Liane Mars

Asrai

Die Magie der Drachen

Drachenmond Verlag

Drachenmond Verlag GmbH
Auf der Weide 6
50354 Hürth
https://www.drachenmond.de
E-Mail: info@drachenmond.de

Lektorat: Nina Bellem
Korrektorat: Michaela Retetzki
Satz & Layout: Astrid Behrendt
Umschlag- und Farbschnittdesign: Alexander Kopainski
www.kopainski.com
Bildmaterial: Shutterstock
Karte: Liane Mars

Druck: Booksfactory

ISBN 978-3-95991-533-5

Für Inken
und ihre schrägsten Sprachnachrichten der Welt.
Ich danke dir!

Pax
Yorinston
Janara
Lark
Zamm
Arlynn
Kolos
Altuntasberge
Drachenhort
Menschenstadt

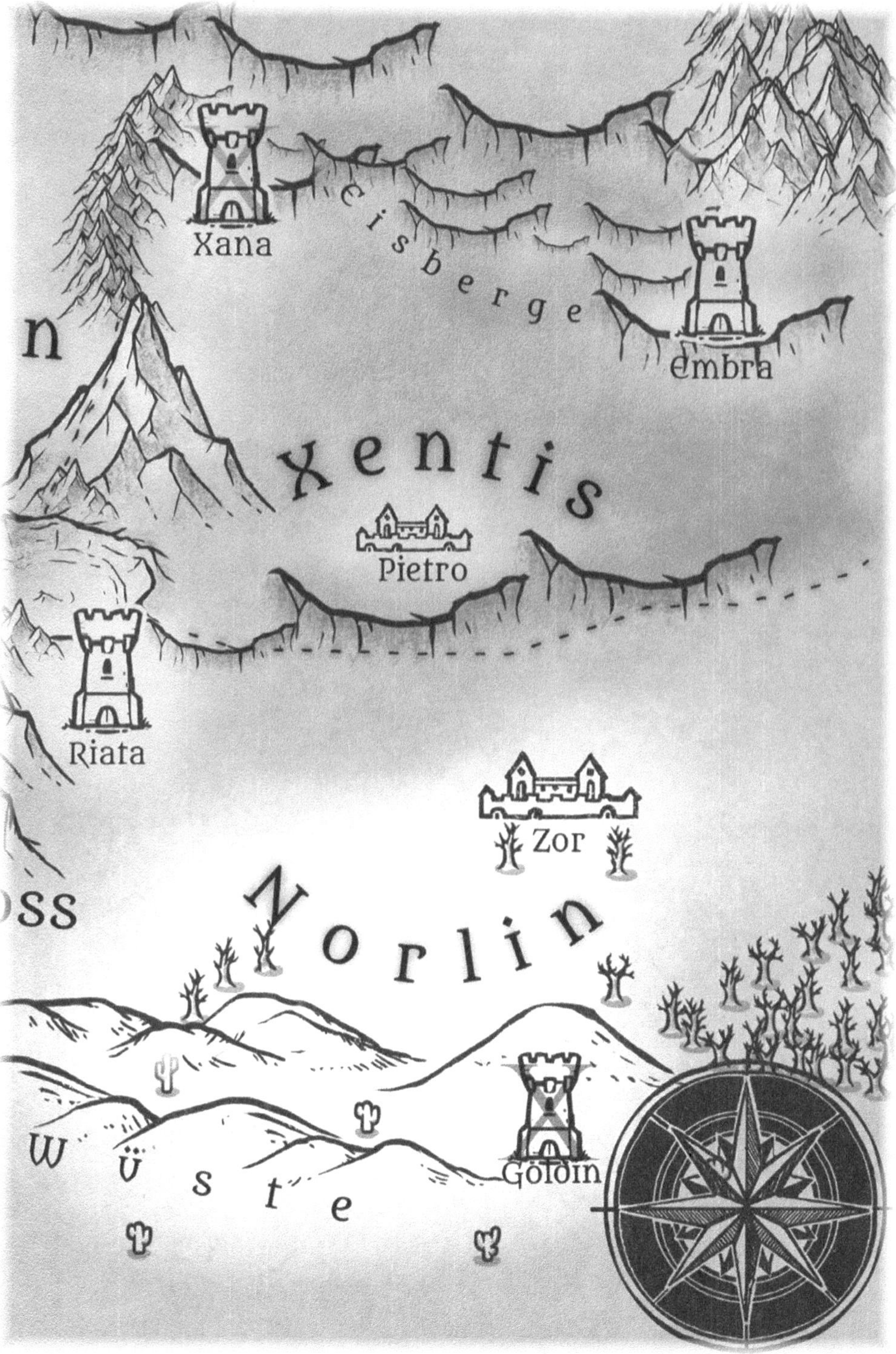
n
Xana
eisberge
Embra
Xentis
Pietro
Riata
Zor
ss
Norlin
Wüste
Goldin

I

Meine Welt hatte sich innerhalb eines Lidschlags komplett verändert. Ians Erklärungen waren zu schrecklich, um sie wirklich zu erfassen.

Er war ein Pfortenwächter, genau wie ich. Als solche konnten wir von einer Welt in die nächste wechseln. Magische Pforten erschaffen. Etwas, das sonst kein Drachenreiter zu tun vermochte. Pro Welt gab es einen von uns.

Den Shetai. Die Asrai. Rai.

Ich hatte bislang gedacht, dass ich die Pfortenwächterin einer fremden Welt sein musste. Obwohl … Wenn ich ehrlich war, hatte Ian mir das vermutlich eingeredet. Er hatte mich manipuliert. Mich in die Irre geführt – und ich hatte ihm jedes Wort geglaubt.

Dass er der wahre Pfortenwächter unserer Welt war. Der Welt der grünen Drachen.

Dass ich eine Gefahr sein könnte, sodass ich mich und meine Macht vor den Drachenreitern dieser Welt verstecken musste.

Dass es hier keinen Wächterdrachen für mich gab, denn der sollte in einer anderen Welt schlüpfen.

Dass mein weißer Drache ein Monster sein würde.

Alles. Schreckliche. Dreiste. Lügen.

Denn *ich* war die Pfortenwächterin dieser Welt. Der Welt der grünen Drachen. Ian war hierhergekommen, um meine Welt zu übernehmen. Um Rache zu üben für einen Krieg, der vor über tausend Jahren begonnen haben musste. Ein Krieg, der alle dreihundert Jahre entbrannte, denn in diesem Rhythmus wurden die Pfortenwächter wiedergeboren.

Der Shetai, der zu den blauen Drachen gehörte.

Rai, der Anführer der roten Drachen, dem ich noch nicht leibhaftig begegnet war, und der bereits einen tödlichen Angriff auf mich in den Bergen geflogen war.

Und ich. Die Asrai. Angeblich die mächtigste der Pfortenwächter. Ich gehörte zu den grünen Drachen. In diese Welt.

Eine Welt, die bislang friedlich gewesen war. Bis jetzt. Denn Ian hatte seine Maske vor mir fallen lassen, weil ich ihm und seinen Lügen auf die Schliche gekommen war. Er zeigte sein wahres Gesicht und offenbarte seine wahren Pläne:

Mich, die Asrai, zu töten.

Ian griff mich in diesem Moment an. Er griff mich ernsthaft an! Ungläubig sah ich das Schwert, das auf mich zusauste. Bemerkte die Entschlossenheit in seinem Blick und die Anspannung in jeder Bewegung.

Er schlug zu.

Und ich? Ich rührte mich nicht. Keinen einzigen verdammten Muskel. Er hätte mich zweiteilen, mich ermorden können. Hätte.

Doch er tat es nicht.

Kurz bevor das Schwert meine Kehle traf, stoppte er. Die Klinge schnitt mir nur ganz leicht in die Haut, während ich kaum zu atmen wagte. Wir starrten uns an. Er in meine weißen, ich in seine dunklen Augen.

»Du willst das gar nicht«, sagte ich leise und möglichst eindringlich. »Wir sind keine Feinde.«

»Und ob wir das sind.«

Das Schwert in seinen Händen begann zu zittern, während er es an Ort und Stelle hielt. Ich sah den Kampf, den er in seinem Innersten ausfocht. Den Drang, die fremde Pfortenwächterin zu töten und gleichzeitig mich zu beschützen. Denn in einer Sache war ich mir absolut sicher: Er wollte mir nichts tun. Nicht mir. Elaja. Einzig die Asrai in mir musste sterben.

Nur waren die Asrai der vergangenen Jahrhunderte und ich ein und dieselbe Person – was uns vor ein unlösbares Problem stellte.

»Ian«, sagte ich eindringlich. »Lass uns reden. Alles in dir sträubt sich gegen dein Vorhaben. Hör auf, bevor du es bereust.«

Er presste die Kiefer noch fester zusammen, blickte ganz kurz nach rechts. Wir standen noch immer auf dem Vorplatz von Riata, dem größten Hort unserer Welt. Bis vor etwa fünf Minuten war es hier ausgesprochen friedlich gewesen. Ein Ort, an dem es keinen Krieg zwischen Drachen gab. Wo nur grüne Drachen lebten, die allesamt keine Ahnung gehabt hatten, dass es noch weitere Drachenvölker gab.

Das der blauen Drachen zum Beispiel, zu dem Ian gehörte. Ein Volk, das Riata soeben angriff. Mit einer Härte, die mich noch mehr erschreckte als Ians Schwert an meiner Kehle.

Drachen brüllten um uns herum. Über mich hinweg flog ein Schatten. Riesig. Erhaben. Mit blauen Schuppen, einem etwas schmaleren Körperbau als bei unseren Drachen und noch viel mehr scharfen Stacheln am geschuppten Leib. Blau. Ein angreifender Drache aus Ians Welt.

Der Kampf der Drachen um mich herum musste allerdings warten. Erst mal musste ich die nächsten Sekunden überleben.

»Du willst Frieden. Keinen Krieg«, versuchte ich es erneut. Meine Stimme zitterte genau wie das Schwert in Ians Händen. Er kämpfte mit sich und seinen widerstreitenden Gefühlen, das sah ich ganz klar in seinen Augen.

»Wehr dich«, befahl er mir barsch.

»Nein. Ich werde nicht gegen dich kämpfen. Wenn du mich töten willst, dann nur auf diese Weise: wehrlos. Während ich mich ergebe. Du wirst mich in dem Wissen ermorden, dass ich Frieden wollte und du nicht.«

Etwas flackerte in seinem Blick. Verzweiflung. Trauer. Panik. All das wurde allerdings von purem Zorn beiseitegefegt. »Wie du willst.« Ian holte erneut aus, diesmal mit noch mehr Schwung. Ich sah die Klinge und schloss die Augen. Weiterhin reglos. Gelähmt vor Schock.

Keine Ahnung, ob er wirklich zugeschlagen hätte. Vielleicht. Womöglich. Eher unwahrscheinlich. Er kam nie dazu, denn in der Sekunde sprang ihn zähnefletschend eine weiße Bestie von der Seite an. Geifer traf mich, und eine Schwinge. Mein Drachenbaby Manila hatte beschlossen, für mich zu kämpfen. Wenn ich es schon nicht tat, erledigte sie das – und wie.

Ian ging zu Boden und schaffte es in letzter Sekunde, seinen Schwertgriff zwischen ihre weit geöffneten Kiefer zu rammen. Sonst hätte sie ihm vermutlich die Kehle zerfetzt. Er schrie vor Schmerzen auf, weil sie die Krallen ihrer Hinterbeine tief in seine Oberschenkel bohrte und gleichzeitig mit den Vorderpfoten nach ihm schlug. Vermutlich hätte er den Hieb nicht überlebt, wenn ich nicht in dieser Sekunde meinen Schock abgeschüttelt und mich auf sie geworfen hätte. Entschlossen zerrte ich sie von ihm runter.

»Manila, nicht! Hör auf«, brüllte ich sie an, allerdings war mein erst wenige Stunden altes Drachenbaby verflixt schwer. Wann, bei allen Drachengeistern, war sie so gewachsen? Ich hätte schwören können, dass sie mir vor einem Augenblick noch bis zur Hüfte gegangen war. Jetzt reichte sie mir weit über den Bauchnabel.

Manila wehrte sich mit aller Kraft und bemühte sich gleichzeitig, mich nicht zu verletzen. Dabei behielt sie ihren Gegner fest im Blick. Mordlust glitzerte in ihren Augen, während sich Ian aufrappelte und sein verloren gegangenes Schwert vom Boden auflas. Als er die Finger fest um den Griff legte, einzig Manila ansah und mich nicht länger beachtete, durchschaute ich seinen Plan.

Mich hatte er nicht töten können. Mein Drachenweibchen hingegen war ihm von Anfang an ein Dorn im Auge gewesen. Sie zu erledigen war für ihn durchaus eine Option. Unsere Verbindung war noch nicht gefestigt. Die Wahrscheinlichkeit, dass ich den Tod meines Drachen überlebte, war also hoch. Das wusste er ganz genau.

»Nicht, Manila. Er wird dich, ohne zu zögern, umbringen«, sagte ich zu ihr und schob sie irgendwie hinter mich, mogelte mich zwischen die beiden.

»Elaja, geh zur Seite«, knurrte Ian nun deutlich genervter.

Ertappt. Er hatte also wirklich nie vorgehabt, mich mit dem Schwert zu erledigen. Er hatte lediglich Manila zum Angriff verleiten wollen.

»Nein«, sagte ich mit möglichst fester Stimme und wollte noch etwas hinzufügen, doch Makon unterbrach uns.

»Ian! Sean steht mitten auf dem Landefeld. Er wird angegriffen.«

Makon. Mein geliebter Drache, dem ich mehr als jedem anderen vertraut hatte. Mit dem ich eine magische Verbindung eingegangen war und der mich genauso hintergangen hatte wie sein Reiter.

Auch er gehörte zum Volk der blauen Drachen, allerdings war das wegen seiner schwarzen Farbe nicht offensichtlich gewesen. Auch er hatte sich zwischen die grünen Drachen gemischt und so getan, als wäre er ein Teil von ihnen. Auch er war ein Verräter.

Wie selbstverständlich klinkte er sich in meinen Kopf ein, wie es eigentlich ganz normal zwischen Drache und Reiter war. Bloß war Makon nicht mein eigener Drache, sondern er gehörte zu Ian. Der hatte ihn mir lediglich zur Ausbildung anvertraut. Vermutlich, um mich auszuspionieren. Nun rächte sich die Verbindung, denn ich bekam sämtliche Gespräche zwischen Ian und Makon mit. Noch vor einem Tag war das anders gewesen. Da hatte ich zumindest Ians lautlose Worte nie gehört. Jetzt vernahm ich auch ihn als dunkle Stimme in meinem Kopf.

»Ein Angriff auf Sean?«, fragte Ian. *»Von wem?«*

»Neldram.«

Der Austausch zwischen den beiden war vermutlich nicht für mich bestimmt gewesen. Ich nutzte die Chance trotzdem, um Ian von weiteren Angriffen abzuhalten. »Sean ist dein bester Freund. Ihn willst du genauso wenig verlieren wie mich. Rette ihn. Rette uns. Stopp diesen Wahnsinn!«

Endlich löste Ian seinen lodernden Blick von Manila und sah sich um. Ich tat es ihm gleich und spürte, wie sich mein Magen bei dem Anblick zusammenzog. Die blauen Drachen verhinderten gezielt, dass die grünen abheben konnten. Die waren auf dem Boden ein leichtes Ziel.

Makon richtete sich abrupt weiter auf und breitete die Flügel aus. *»Zair ist getroffen. Ian. Was soll ich tun?«*

Sein Zwiespalt wurde in dieser einzigen Frage mehr als deutlich und zeigte mir, dass es Hoffnung gab. Weder Makon noch Ian waren überzeugt von dem, was sie hier taten.

Ian fluchte. »Genau aus dem Grund wollte ich das hier von Anfang an verhindern. Verscheuch Neldram und …« Ian brach mitten im Satz ab, denn mit einem Schlag veränderte sich das Bild über uns erneut.

Weitere schwarze Pforten klafften auf. Fünf, sechs, ein Dutzend. Daraus kamen diesmal keine blauen, sondern schlanke rote Drachen.

»Nein«, hörte ich Ian flüstern und sah ihn zeitgleich erbleichen.

Ich hatte mittlerweile den Kopf weit in den Nacken gelegt und starrte in den Himmel. Rote Drachen. Überall. Viel, viel mehr, als es blaue Drachen waren. Sie warfen sich wahllos ins Getümmel. Ein roter holte einen blauen vom Himmel, während sich ein anderer roter auf einen grünen stürzte.

»Rai nutzt das Durcheinander für seine Zwecke. Er wird uns alle erledigen. Ian! Rauf mit dir! Er greift uns gleich an.«

In Ian kam Bewegung. Er steckte sein Schwert in einer fließenden Bewegung zurück in die Scheide, die er auf dem Rücken trug, und rannte los. Rüber zu Makon. Parallel drehte er sich um, lief drei Schritte seitlich, um mich sehen zu können. »Lauf, Elaja! Rüber ins Gebäude. Rai wird alles tun, um dich zu erwischen!«

Wenn ich noch einen Beweis gebraucht hätte, dass Ian mir nichts tun würde: hier war er. Statt mich Rai auszuliefern, rief er mir noch eine Warnung zu.

Ich hatte noch keinen Muskel gerührt, da saß er bereits auf Makons Rücken, und ich spürte die Macht, die von ihm ausging. Er hob die Arme, sammelte pure Magie. Im Anschluss hörte ich einen Knall, und eine Druckwelle folgte, die dafür sorgte, dass ich mich instinktiv duckte. In letzter Sekunde sah ich noch, wie direkt vor sämtlichen blauen Drachen kleine Pforten auftauchten und sie verschluckten – auch jene, die eigentlich gar nicht vorgehabt hatten, dort durchzufliegen.

Ian holte sein Volk aus der Gefahrenzone.

»Elaja! Lauf!«, brüllte Ian mich an. Ein eindeutiger Befehl. Er wollte mich in Sicherheit bringen.

Bloß war ich eine Drachenreiterin. Eine Kriegerin. Ich lief nicht davon, wenn mein Volk angegriffen wurde. Das konnte er vergessen.

Ich rannte los, allerdings nur ein paar Schritte, denn ich hatte den Stalleingang erreicht, wo unsere Übungsschwerter hingen. Die waren stumpf und dennoch besser als nichts. Hastig zog ich eins aus der Halterung, drehte mich um … und knallte mit voller Wucht gegen eine erstaunlich breite weiße Drachenbrust.

Es riss mich einfach von den Füßen, während ich ungläubig Manila anstarrte, deren Kopf mittlerweile ein ganzes Stück über meinem schwebte.

»Wir sollten da mal eingreifen«, hörte ich sie zum allerersten Mal in meinem Kopf. Eine dominante Frauenstimme. Keine Spur von Kindlichkeit. Kein Hauch von Baby. *»Lust darauf, Rai so richtig in den Allerwertesten zu treten?«*

»Manila?«, keuchte ich ungläubig.

»Ja, wer soll denn sonst mit dir sprechen? Siehst du noch einen anderen weißen Drachen hier in der Gegend?«

»Aber … du … Baby … du … groß!« Mein Verstand weigerte sich strikt, das Unglaubliche vor mir zu erfassen.

»Ich bin das magischste Wesen weit und breit. Können wir das später besprechen? Momentan würde ich gern unser Volk vor den zwei Verrückten retten, die es vernichten wollen. Wir müssen einen Krieg verhindern. Jetzt!«

Ach. Du. Scheiße.

Nur mit äußerster Kraftanstrengung schaffte ich es, meine Starre zu bezwingen. Dann wollte ich in den Stall rennen.

»Wo willst du denn hin?«, stoppte mich Manila hastig. *»Auf meinen Rücken geht es in die andere Richtung!«*

»Ich brauche einen Kriegszaum!«

»Vergiss den bekloppten Zaum. Wir müssen denen augenblicklich einheizen. Rauf mit dir. Sonst mach ich das im Alleingang.«

Sie meinte es ernst. Jedes verdammte Wort. Also gab ich klein bei und betete, dass sie mich nicht umbrachte. Während ich zum allerersten Mal auf den Rücken meines schneeweißen Drachen kletterte, sah ich Makon bereits starten. Keine Sekunde zu früh. Gleich vier rote Drachen stürzten sich auf ihn. Er kam gerade noch weg, vor allem, weil Ian zwei von den Angreifern in einer dunklen Pforte versenkte.

»Sie haben uns entdeckt. Mach dich bereit, uns zu verteidigen.«

»Was?«, schrie ich panisch. »Wie denn? Ich hab da keine Ahnung von!«

»Na klar kannst du das. Wir sind geschmiedeter Stahl. Glühendes Feuer. Wir sind die Waffe, auf die Arandor schon immer zählen konnte.«

»Arandor? Was ist denn Arandoooooor?«

Manila hob ab. Und wie! Ich hatte noch nie einen Drachen gesehen, der mit einem einzigen Schlag seiner Flügel über den Boden schoss und dabei zwanzig Meter Höhe machte. Parallel drehte sie sich, wich den zupackenden Krallen ihrer Gegner aus und brüllte so laut, dass ich eine Gänsehaut bekam.

»Du Wicht willst mich erwischen? Nimm das, du Feigling!«

Eine Feuersbrunst schoss an mir vorüber, grillte den roten Drachen samt Reiter und verpuffte so schnell, wie sie gekommen war. Konnte Manila etwa Feuer speien? Eigentlich hatten die Drachen diese Fähigkeit vor Jahrhunderten verloren!

Das hinderte Manila allerdings nicht daran, genau das zu tun. Sie konnte Feuer speien, wobei sie um sich selbst rotierte, einen roten Drachen eher nebenbei rammte und mit ihrem Schwanz einen weiteren Reiter vom Rücken seines Drachen fegte.

Sie hatte recht.

Sie *war* geschmiedeter Stahl. Glühendes Feuer. Und eine tödliche, lebendige Waffe.

Nur ich leider nicht. Ich klammerte mich mit all meinem Können und meiner Energie an ihr fest. Statt sie zu beschützen, war ich damit beschäftigt, mich mit Magie an ihr festzuhalten.

»Erinnere dich, Asrai. Erinnere dich an das Gefühl, wenn wir zusammen fliegen und uns unseren Feinden stellen. Erinnere dich, was

wir zusammen können. Lass dein heutiges Ich los. Unser Volk braucht uns. Arandor. Das sind wir. Die grünen Drachenreiter. Offenbar habt ihr sogar vergessen, welchen Namen wir einst getragen haben. Die blauen gehören zu Marani. Eine für uns feindliche Welt, angeführt vom Shetai. Um Arandor zu retten, musst du zur Asrai werden. Jetzt!«

Die magische Welle erfasste mich völlig unerwartet. Sie ging von Manila aus und überflutete mein Innerstes ebenso wie meinen Verstand. Sie löschte alle meine Unsicherheit aus. Vernichtete meine Zweifel. Mein Unvermögen.

Zurück blieb nur die Asrai, die ihr Volk retten wollte. Mit allen Mitteln.

Arandor zählte auf uns.

IAN

Ungläubig sah ich zu, wie meine größte Feindin mit einem triumphalen Gebrüll vom Boden abhob und die Frau mit sich nahm, der ich mein Herz geschenkt hatte.

Manila war so schnell gewachsen, dass ich es kaum glauben konnte. Sie war innerhalb eines Wimpernschlags zu dem Horrorwesen mutiert, das ich all die Jahrhunderte zu fürchten gelernt hatte. Eine Waffe, die kaum zu stoppen war, bestehend aus tödlichen Stacheln an Kopf und Schwanz und einem feuerspeienden Maul. Weder Makon noch Rais Drachen konnten Flammen spucken. Das war Manilas Spezialität. Nur Sekunden später bewies sie, dass sie die Fähigkeit noch immer besaß.

Sie pulverisierte den ersten Angreifer, der sich in ihre Nähe wagte, und holte den nächsten mit einem tödlichen Schlag ihres stachelgespickten Schwanzes vom Himmel.

»Verdammt noch eins«, fasste Makon unsere gemeinsamen Gedanken zusammen. *»Manila ist noch unheimlicher, als ich sie in Erinnerung habe.«*

Mir brach der Schweiß aus, während ich das Chaos um mich herum zu überblicken versuchte. Wenigstens hatte ich meine Kämpfer aus diesem Wahnsinn holen können. Soweit ich es gespürt hatte, war lediglich ein blauer Drache bei unserem kläglichen Versuch, Elajas Volk aufzuhetzen, gestorben. Ein einziger. Dennoch war es einer zu viel. Wir waren nur noch so wenige, dass jeder Verlust unseren Untergang bedeuten konnte. Zum Glück hatte ich ihn noch in einer Pforte verschwinden lassen können, um die Spuren seiner Anwesenheit in dieser Welt zu verwischen.

Ich verdrängte den Gedanken, da ich in dieser Sekunde Zairs grüne Schuppen unter mir entdeckte. Den Drachen meines besten Freundes erkannte man zum Glück recht schnell, da seine Flügel etwas heller als der dunkelgrüne Körper waren und er statt eines Stachelkamms eine Wellenform besaß. Das Tier hatte die Attacke des blauen Angreifers einigermaßen überstanden und wurde aktuell von zwei roten attackiert. Noch immer stand er am Boden und hatte die Schwingen schützend ausgebreitet. Vermutlich befand sich Sean darunter. War mein Freund womöglich verletzt?

»Wir müssen Sean helfen«, entschied ich laut und ließ Makon in den Sturzflug gehen. Parallel bemühte ich mich, so viele grüne Drachen vor den roten Angreifern zu schützen, wie ich konnte. Leider tat Rai genau dasselbe wie ich. Er stemmte seine Magie gegen mich und sorgte dafür, dass ich nur in weniger als der Hälfte der Fälle erfolgreich war. Er blockierte meine Pforten und schleuderte sie stattdessen gegen die grünen Drachen.

»Dieser Bastard«, hörte ich Makon in meinem Kopf erzürnt wüten.

Ich antwortete nicht, denn von der Anstrengung ächzten meine Magieadern bereits. Der Tod meines zweiten Drachen Shy saß mir in den Knochen. Mehrere Weltensprünge, um den Angriff meines Volkes auf Arandor vorzubereiten, hatten mich erschöpft – und die Marani erst hierherzuholen und dann so abrupt wieder zurückzuschicken, war beinahe zu viel gewesen. Dieser Kampf konnte mich magisch definitiv töten. Das wurde mir so richtig bewusst, als ich mit letzter Kraft einen eher halbherzig ausgeführten Angriff eines roten Drachenreiters abwehren konnte und den Kampf beinahe verloren hätte.

»Makon«, sagte ich heiser, als sich die Welt um mich zu drehen begann.

»Ich weiß. Deine Magie kollabiert. Halte durch. Ich erledige das mit brachialer Gewalt. Spar dir deine Kraft.«

Makon stürzte sich wie ein Geier auf den einen roten Drachen, der Zair attackierte. Den zweiten schob ich mit Magie zur Seite, weil er uns sonst zu nahe gekommen wäre. Ich wurde durchgeschüttelt, als Makon zu kämpfen begann. Gleichzeitig spürte ich eine noch viel gefährlichere Macht direkt über uns.

Als ich den Kopf hob, sah ich einen dunkelroten Drachen auf uns herabstoßen. Anders als der Rest dieses Drachenvolkes war er wirklich komplett rot. Keine Nuancen von Schwarz oder Braun oder Orange. Nur rot. Eine lange Narbe führte vom Hals bis zum Schwanz. Die Schuppen wirkten an dieser Stelle wie halbiert. Auf dem Kopf trug das Ungetüm so viele Stacheln, dass seine Augen kaum auszumachen waren. Im Vergleich zu den grünen oder blauen Drachen war er zierlicher gebaut, allerdings genauso groß. Seine Zähne waren noch länger als bei unseren. Sein Maul klaffte auf, und er hielt direkt auf uns zu.

Ich kannte diesen Drachen. Seinen Namen hatte ich nie erfahren, doch er war eng mit einem meiner schlimmsten Feinde verbunden. Mit Rai.

Der Pfortenwächter der roten Drachen schob seine Magie wie eine tödliche Welle vor sich her, um mir den Rest zu geben. Vermutlich wusste er genau, wie erschöpft ich war, und wollte die Gelegenheit nutzen, sich einen von zwei gegnerischen Pfortenwächtern vom Hals zu schaffen.

Meine Warnung an Makon wäre definitiv zu spät gekommen. Rai hätte mich erledigt. Nur hatte er die Rechnung ohne den mächtigsten Gegner in dieser Welt gemacht.

Manila krachte mit solcher Wucht gegen den roten Drachen, dass er quer von mir weggeschleudert wurde. Bevor er ins Trudeln geraten konnte, brachte Rai sich und sein Tier hastig durch eine geöffnete Pforte in Sicherheit. Aus Erfahrung wusste ich, dass ihm das wenig nutzen würde. Manila konnte Magiespuren selbst durch die Pfortenwelt verfolgen. Zu meiner Überraschung verzichtete Elaja allerdings aufs Nachsetzen und sorgte stattdessen dafür, dass Manila einem Rammbock gleich einem anderen roten Drachen den Garaus machte.

Ich sah das Drachengespann kurz doppelt und blinzelte verzweifelt. Meine Sicht verschwamm immer wieder, und mir war kotzübel.

»Wenn es mir nicht bald besser geht, müssen wir landen«, sagte ich schwach zu Makon und verschnürte mich parallel noch weiter mit den Sicherungsstricken. Sollte ich ohnmächtig werden, musste ich fest angebunden sein.

Uns war natürlich klar, dass wir am Boden leichte Beute wären. Vor allem für Rai, womöglich auch für Manila. Weiterzufliegen konnte uns nur leider ebenfalls umbringen. Zumindest, wenn ich noch schlechter sehen konnte als ohnehin schon.

»Wir könnten nach Marani fliehen«, sagte Makon schließlich zögernd. *»Soll Rai doch die Grünen erledigen.«*

Ich spürte, dass Makon sich wünschte, genau das tun zu können, bloß waren wir über diesen Punkt längst hinaus. Wir hatten uns in diese Welt verstrickt. Waren, ohne es zu wollen, ein Teil von ihr geworden. Wir konnten Zair und Sean nicht zurücklassen. Wir mussten Jama und Larian helfen. Meine Flugkameraden retten. Meine Schülerinnen und Schüler beschützen.

Ich war nicht mehr länger allein der Pfortenwächter von Marani. Mittlerweile fühlte ich mich auch für Arandor verantwortlich, selbst wenn ich diese Verbundenheit all die Jahre über hatte vermeiden wollen.

Von daher konnte ich nicht gehen. Vor allem nicht, solange sich Elaja in tödlicher Gefahr befand.

Elaja.

Die ich belogen und betrogen hatte. Die ich manipulieren und lenken musste. Die ich deswegen verloren hatte. Vermutlich würde sie niemals wieder ein Wort mit mir wechseln. Falls wir diesen Tag überhaupt überlebten.

»Vorsicht! Angriff!«

Die nächste halbe Stunde war ich damit beschäftigt, am Leben zu bleiben und gleichzeitig den Drachen von Arandor zu helfen. Dass ich das jemals tun würde, war unfassbar für mich, aber ja, ich tat es. Der Moment war gekommen, mich zu entscheiden. Sean in mein Leben zu lassen und ihn als meinen Bruder anzusehen, war der erste Schritt gewesen. Elaja nicht zu töten der nächste. Das Volk der grünen Drachen vor Rai zu beschützen der letzte. Ab sofort gab es kein Zurück mehr.

Zeit zum Erholen war mir nur nicht vergönnt. Rai tauchte wieder wie aus dem Nichts auf. Er wusste, dass er gerade die beste Gelegenheit hatte, um mich ein für alle Mal loszuwerden. Diesmal wich Makon seinem magischen Angriff rechtzeitig aus, sank in den Sturzflug und versuchte, Rai loszuwerden. Vergebens. Der rote Drache blieb an uns dran.

»Ich mach etwas, für das ich mich verachten werde«, sagte Makon in meinem Kopf. *»Ich rette mich zu Manila, damit die das hier erledigt. Beten wir, dass sie mich nicht vorher aufschlitzt.«*

Zu einer Antwort kam ich gar nicht erst. Makon warf sich herum und hielt direkt auf einen schneeweißen Punkt zu, der von einer ganzen Traube roter Drachen umkreist wurde. Wer wen attackierte, war für mich längst nicht mehr zu erkennen. Ich wusste allerdings, dass Manila locker mit einem halben Dutzend Gegner fertigwurde. Vor allem, wenn ihre Asrai auf ihrem Rücken saß. Die Frage war, wie viel Elaja ihr momentan helfen konnte. Erinnerte sie sich wieder an ihr gesamtes Können? Oder kon–

»Makon«, schrie ich entsetzt, als mein Bulle ganz knapp über einen roten Drachen hinwegflog und um ein Haar mit Manila kollidierte. Ihre messerscharfe Schwanzspitze verfehlte uns nur durch puren Zufall, und sie brüllte uns empört an. Ein Hitzeschwall fegte über uns hinweg. Hatte die ernsthaft nach uns Feuer gespuckt?

»Mistvieh!«, beschwerte sich Makon erbost.

»Was erwartest du? Du hast sie fast gerammt!«

Wenigstens hatte Rai ein ganz ähnliches Problem. Er war uns in den Pulk gefolgt und machte soeben Bekanntschaft mit einer fuchsteufelswilden Manila. Der Kampf wurde unverzüglich episch. Der rote Drache hatte dem weißen kaum etwas entgegenzusetzen, allerdings war Rai ein geschickterer Magier. Beinahe wäre es um Elaja geschehen gewesen, wenn ich nicht eingegriffen hätte.

Ja genau, Rai, dachte ich, *wir sind in diesem Leben zu zweit in dieser Welt.*

Rai geriet fast sofort in Bedrängnis, zumal mittlerweile immer mehr grüne Drachen gestartet waren und uns zu Hilfe eilten. Schon bald mussten die ersten roten Drachen abdrehen, um nicht getötet zu werden. Ihr Pfortenwächter konnte sie nicht länger beschützen, weil wir ihn beschäftigten.

Manila war unerbittlich. Ich hatte noch nie einen Drachen derartige Manöver fliegen sehen. Elaja bemühte sich sichtlich, sie zu unterstützen, wobei …

Ich riss die Augen auf. »Hat sie keinen Kriegszaum an?«

»Nein. Wäre das der Fall, hätten die beiden Rai bereits auseinandergenommen. Zumindest mit uns als Rückendeckung.«

Rai hatte auch so genug zu tun und machte etwas, das ich niemals für möglich gehalten hätte: Er floh erneut in die Pfortenwelt, um Manila zu entkommen. Dabei nahm er einen Teil seiner roten Drachen mit und ließ nur etwa ein Dutzend zurück. Die wehrten sich nun noch verbissener.

Ich kämpfte so lange gegen sie, bis mein Verstand immer wieder aussetzte und Makon letztlich für mich entschied. Er landete direkt neben Zair, der sich am Boden stehend erfolgreich gegen sämtliche Angreifer verteidigt hatte.

»Wo ist Sean?«, rief ich ihm mental zu und bemühte mich parallel, irgendwie wach zu bleiben. Der Drachenbulle hatte mittlerweile akzeptiert, dass ich in seine Gedanken eindringen konnte, wann immer ich es wollte. Für normale Drachenreiter war das unmöglich. Ich hingegen war in der Lage, mich mit so ziemlich jeden Drachen in Verbindung zu setzen, den ich sprechen wollte. Bloß hatte ich das bislang immer vermieden, um meine Andersartigkeit nicht noch

mehr zu unterstreichen. Einzig Zair war eine Ausnahme. Bei ihm hatte ich das in der Vergangenheit schon mehrere Male gemacht und damit bewiesen, was ich war: mächtiger als andere Drachenreiter.

»Er lebt, nur weiß ich nicht, wo er steckt. Ein roter Drache hat ihn gepackt, mehrere Meter in die Höhe gezerrt und ihn irgendwo über der Landebahn fallen lassen. Ich wollte zu ihm, aber dann hätte ich die hier zurücklassen müssen.«

Zögernd öffnete Zair die Flügel und präsentierte mir ein halbes Dutzend Frauen und Kinder, die sich dort zusammendrängten. Verdammt. Ich hatte den Angriff meines Volkes begonnen, als die Kinder gerade zur Schule hatten gehen wollen. Wie unachtsam von mir. Hoffentlich hatten sich alle anderen in Sicherheit bringen können.

Mir wurde noch übler. An das nagende Gefühl des schlechten Gewissens in meinem Magen hatte ich mich über die Jahre hinweg eigentlich gewöhnt. Jetzt erreichte es ganz neue Höhen.

Zeit, ein wenig Wiedergutmachung zu leisten.

»Ich gebe ihnen Feuerschutz, damit sie ins Gebäude rennen können«, rief ich Zair laut zu, um meine Magie zu schonen. Müde hob ich die Arme und starrte in den Himmel, bereit, sich nähernde rote Drachen abzuwehren. Zu meiner Überraschung waren keine mehr da.

»Rai hat die überlebenden Drachen gerade in seine Welt geholt. Es ist nur noch der übrig, mit dem Manila gerade kämpft«, sagte Makon nach einem Moment, in dem wir gemeinsam in den Himmel starrten.

Zair stapfte umgehend los und brachte die Kinder und ihre Begleiterinnen von der Landebahn fort, ließ uns allein zurück.

Manila holte soeben den letzten roten Drachen vom Himmel und brüllte danach ihren Triumph in die Welt.

Sie war wirklich die Königin der Lüfte und ließ keine Gelegenheit aus, das allen zu zeigen. Ungeachtet der Tatsache, dass sie noch vor ein paar Stunden ein kleiner Babydrache gewesen war, der Fleischbrei gefuttert hatte.

Unfassbar.

Um ein Haar hätte ich mich entspannt, doch dann drehte sich Manila um und ließ sich zu Boden fallen. Blitzschnell. Völlig unerwartet. Die Krallen hatte sie weit vorgestreckt. Das Maul war aufgerissen. Die Augen blitzten vor Hass.

Und ihr Ziel war eindeutig Makon.

2

Wir waren der Tod, das Feuer und pure Rache. Manila wütete unter unseren Feinden wie eine Berserkerin, und ich leitete sie, stützte sie in den entscheidenden Momenten mit meiner Magie. Im Kampf wurden wir zu einem Wesen, verbunden durch die Energie der Asrai.

Wir waren Asrai. Die Waffe, um unser Volk zu retten.

Ich genoss das Gefühl purer Macht. Die Kraft, die durch meine Magieadern rauschte und mich mächtiger, unantastbarer machte. Nur das lästige schlechte Gewissen, das von meinem jetzigen Ich wie Wellen ausging, nervte schrecklich. In diesem Jahrhundert war ich viel schwächer. Viel lieblicher. Viel … gewissenhafter als sonst. Dank meiner Asrai-Magie verhinderte ich, dass dieses naive Ding wieder die Kontrolle über unser Handeln übernahm.

Bis zu einem gewissen Punkt.

Die roten Drachen zogen sich zurück. Rai gab auf und brach den Angriff ab, nachdem er unsere volle Wut abbekommen hatte. Kluger Mann. Doch je weniger Asrai-Magie durch mich hindurchfloss, desto mehr kämpfte sich mein momentanes Ich an die Oberfläche.

Elaja.

Vermutlich hatten wir nur noch Sekunden, ehe ich mich zurückziehen musste, daher sah ich mich nach meinem nächsten Ziel um. Das war natürlich eindeutig.

Der Shetai musste sterben, bevor er mein jetziges Ich noch weiter manipulieren konnte.

Es benötigte lediglich ein kurzes Zucken meines Zeigefingers, schon hatte mein Drache verstanden und nahm Kurs auf den wahren Feind. Schnell. Tödlich. Absolut zielsicher.

Ich ließ sie gewähren und vertraute darauf, dass sie unsere Aufgabe zu Ende bringen würde, um me–

Ich kam zur Besinnung, als sich Manila plötzlich kopfüber in die Tiefe stürzte. Irgendwas hatte mich in Trance versetzt, mich gelenkt, womöglich sogar übernommen. Etwas Gewaltiges. Unheimliches.

Ich hatte dieses Etwas zunächst machen lassen, da es kampferprobter und mächtiger war als ich. Womöglich meine Magie, die sich verselbstständigt hatte? Es war ein Rauschzustand gewesen, den ich in gewisser Weise sogar genossen hatte – mal abgesehen von den seltsamen narzisstischen Gedanken, dem Feiern der eigenen Macht und dem Willen, alles zu beherrschen. Das war ... ungewohnt und unheimlich gewesen. Doch auch das hatte ich akzeptiert, denn rote Drachen jagen war für mich in Ordnung gewesen.

Jetzt kämpfte ich um einen klaren Verstand, weil Manila nicht nur in den Sturzflug überging. Nein. Sie griff an – und zwar Makon und Ian, die unter uns auf der Landebahn standen.

»Was tust du?«, schrie ich entsetzt.

»Ich kümmere mich um die größte Bedrohung, die noch auf dieser Welt existiert. Bevor Ian dich völlig umdrehen kann.«

»Umdrehen? Was meinst du?« Krampfhaft klammerte ich mich mit meinen Beinen und meiner Magie an Manilas Rücken und hob trotz allem bedrohlich von meinem fragwürdigen Halt ab. Mittlerweile bluteten meine Finger und Handflächen, weil ich mich verzweifelt an sämtliche Schuppen krallte, die ich erreichen konnte.

»Ian hat dich irgendwie mit seinem Charme eingewickelt. Du denkst nicht klar. Ich schon, genau wie die Magie in dir. Mach dir

keinen Kopf. Ich erledige das ganz schnell. Gib mir noch eine halbe Minute, dann ist der Spuk vorbei.«

Bei allen Drachengöttern dieser Welt, das war nicht ihr Ernst! Manila hielt tatsächlich auf Makon zu, öffnete sogar ihr Maul. Ich erahnte ihren Plan, hatte es immerhin erst eine Minute zuvor erlebt. Sie wollte Feuer speien.

Auf Makon. Auf Ian!

»Nein«, brüllte ich. »Ich verbiete es!«

Zu spät. Sie hatte bereits die erste Salve abgefeuert. Die brennende Flamme raste direkt auf die beiden zu. Lediglich Ians rascher Reaktion und seinen unfassbaren magischen Kräften war es zu verdanken, dass sie nicht direkt in Rauch und Asche aufgingen. Beide schrien vor Schmerzen auf.

»Lass dich von Makons Rücken fallen«, rief ich Ian lautlos zu und hoffte, dass mein magischer Ruf ihn erreichen würde. *»Sie landet auf euch!«*

Ob Ian mich gehört hatte oder zu dem gleichen Schluss gekommen war wie ich, wusste ich nicht. Er sprang jedenfalls in genau der Sekunde von Makons Rücken, in der Manila auf ihn draufkrachte und ihn herumriss. Der Aufprall war so übel, dass ich den letzten Rest meines Halts verlor und gut drei Meter durch die Luft geschleudert wurde. Kurz bevor ich auf dem Boden aufkam, erinnerte ich mich an die Fallübungen und rollte mich zusammen, milderte den Aufschlag ab. Dennoch trieb es mir sämtliche Luft aus der Lunge.

»Weg, Asrai! Nicht dass ich versehentlich auf dich trete!«, hörte ich Manila in meinem Kopf. Ihre Gedankenstimme ging in ein sehr reales Knurren über, gefolgt von einem gänsehautverursachenden Krachen.

Hastig machte ich drei Hüpfer zurück und erfasste endlich die gesamte Szene. Makon und Manila hatten sich ineinander verbissen. Ein Knäuel aus Schuppen, Krallen und tödlichen Stacheln. Es erinnerte mich verheerend an eine ganz ähnliche Szene nur einen Tag zuvor, als Shy und Makon miteinander gekämpft hatten. Anders als da, hatte der Bulle allerdings das Nachsehen. Manila war wendiger und besaß mehr Stacheln.

»Manila, hör auf«, schrie ich verzweifelt sowohl laut als auch in meinem Kopf. »Hör auf! Hör auf! Wir müssen reden und nicht kämpfen! Stopp!«

Doch das Weibchen war wie von Sinnen. Manila bekam Makons Hals zu packen. Ich hörte sein Stöhnen sogar bis in mein Innerstes. »Stopp«, versuchte ich es erneut und wurde in der gleichen Sekunde herumgerissen.

Ein stahlharter Arm schlang sich um meinen Brustkorb, so heftig, dass ich nicht mehr atmen konnte. Parallel riss mich Ian ein Stück in die Höhe, sodass meine Füße die Bodenhaftung verloren. Es tat weh, vor allem, als sich gleichzeitig eine scharfe Klinge in meine Haut am Hals bohrte. »Lass ihn los, du Mistvieh«, brüllte Ian so laut, dass selbst die Drachen darauf reagierten. Möglicherweise hatte Manila auch meinen Schmerz gespürt und gefror deshalb.

Bei allen Drachengeistern. Manila hatte Makons Kehle gepackt. Sie müsste nur zubeißen und es wäre aus. Das Gleiche galt für Ian und mich. Ein kurzer Stoß und ich wäre tot.

Manila starrte Ian erbost an, der mich als Schutzschild vor sich hielt und zugleich den Druck auf meinen Hals erhöhte. Blut floss. »Loslassen«, befahl Ian erneut.

»Du tötest sie eh nicht«, antwortete Manila ruhig. *»Ich hab keine Ahnung, was hier passiert ist, aber du verehrst sie. Nie im Leben schlitzt du ihr die Kehle auf.«*

»Willst du das ernsthaft riskieren?«, antwortete Ian und irritierte mich damit komplett. Wieso konnte er mein Gedankengespräch mit Manila hören? Die Verbindung zwischen uns über Makon kannte ich. Die über Manila war neu.

»Wir haben uns schon mal im denkbar ungünstigsten Moment gegenseitig umgebracht. Zur Not werde ich das wiederholen!« Hoffentlich überhörte Manila Ians Zittern in der Stimme. Auch dass seine Hand bebte, wertete ich als eher schlechtes Zeichen. Er stand kurz vorm Durchdrehen. Dass er mich tötete, war eher unwahrscheinlich. »Lass. Makon. Los«, sagte er erneut.

»Nö.«

»Manila. Gehorch ihm«, krächzte ich. Mussten Drachen nicht eigentlich immer auf die Befehle ihres Reiters hören? Was stimmte mit meinem bitte nicht? »Ich befehle es.«

»Und ich ignoriere es. Du denkst nicht klar. Noch nicht. Später wirst du deinen Irrtum erkennen und mir danken. Der Shetai muss sterben. Jetzt.«

»Ian bringt mich um!«

»Der tut dir nichts. Vertrau mir.«

Sie hätte zugebissen! Kein Zweifel. Ian hingegen hätte definitiv *nicht* zugestoßen. Allerdings hatten beide die Rechnung ohne mich gemacht. Ich überraschte Ian, indem ich seine Messerhand ergriff und mir mit solcher Vehemenz quer über die Haut am Hals ritzte, dass ich Sternchen sah.

Ian hielt entsetzt dagegen, riss das Messer zurück. Blut schoss aus der Wunde, und ich ging zu Boden. Gut so. Auf diese Weise kam ich wenigstens an das Küchenmesser in meinem Stiefel heran. Ich zog es hervor und setzte es mir seitlich liegend an den Hals.

»Lass los, Manila. Oder ich bring uns beide um«, keuchte ich, während sich die Welt zu drehen begann. Ich hatte zu viel Magie verwendet, und jetzt kam auch noch der Blutverlust dazu. Das war zu viel für meinen Körper. »Wenn wir diesen beginnenden Krieg beenden wollen, müssen wir miteinander reden. Ian ist nicht die größte Gefahr. Das ist Rai. Wenn du Makon tötest, könnte das unseren Untergang bedeuten. Also lass ihn los!«

Manila musste meine Entschlossenheit gespürt haben, denn sie gab Makons Kehle frei und trat langsam einen Schritt zurück. Der Bulle brachte sich hastig aus ihrer Reichweite und schüttelte sich. Drachenblut flog durch die Luft und traf mich. Ich hingegen hielt das Messer weiterhin fest gegen meine Kehle gedrückt. Noch immer lag ich im Staub und musste mich seltsam verrenken, um meinen Drachen überhaupt sehen zu können.

Der knurrte böse und funkelte mich wütend an. *»Du bist irre.«*

»In diesem Leben läuft das alles anders ab«, entgegnete ich laut und begegnete ihrem Blick möglichst fest. Dass Ian sich mittlerweile neben mich gekniet hatte und mir einen Stoffstreifen auf die Wunde drückte, nahm ich nur am Rand wahr. »Du wirst ihm nichts tun, hörst du? Schwör es!«

»Nö!«

»Schwör es!« Ich brüllte sie an und verstärkte gleichzeitig den Druck des Messers auf meine Kehle, sodass auch sie den Schmerz spüren würde.

»Elaja, hör auf mit dem Scheiß«, ging Ian in der Sekunde dazwischen und wollte mir ernsthaft das Messer aus der Hand nehmen. Ich stieß ihn weg.

»Schwöre es!«, kreischte ich stattdessen.

Manilas Blick war mörderisch, doch sie sah auch meine Entschlossenheit und meinen Kampfgeist. Ich würde nicht nachgeben. Nicht in dieser Sache.

»Na fein. In Ordnung. Ich schwöre es. Ich tu ihm nichts.«

»Ihnen«, korrigierte ich hastig. »Makon und Ian.«

»Ja, meinetwegen. Ich verzichte darauf, beide zu töten, obwohl sie es definitiv verdient hätten. Zufrieden? Jetzt lass dir von dem Shetai helfen, damit wir zwei nicht in den nächsten Minuten krepieren. Verdammt, Asrai. Der Irrsinn muss dich in diesem Leben überfallen haben. Du bist verrückt!«

»Nein«, sagte ich lautlos zu Manila. *»Nicht verrückt. Nur nicht so aggressiv wie dieses … dieses Ding in mir. So viel Rache. So viel Hass. Das kann nicht gesund sein. Wir müssen uns vertragen, statt aufeinander loszugehen.«*

Manila verzichtete auf eine Antwort, vielleicht hörte ich sie auch nur nicht mehr. Ich spürte, dass Ian mir hastig das Messer abnahm und so fest er konnte das Stück Stoff auf die Halswunde drückte. Gleichzeitig schrie er um Hilfe.

Niemand kam. Momentan waren alle mit sich selbst beschäftigt.

»Makon, hol den Notfallkoffer aus dem Stall. Schnell!«, befahl er daraufhin. Der Bulle zögerte. Er wollte seinen Herrn ungern mit Manila allein lassen. Letztlich sah er ein, dass ihm keine Wahl blieb. Also galoppierte er auf allen vieren los.

Ich starrte in den Himmel und wurde gleichzeitig schrecklich müde. Meine Lider wurden schwer.

»He! Wach bleiben, Elaja. Wir zwei haben noch viel zu besprechen.« Ian gab mir einen Klaps gegen die Wange, woraufhin ich langsam meinen Kopf drehte und ihn ansah. Er sah schlimm aus. Zerkratzt. Geschunden. Die Kopfwunde, die er sich bei dem Kampf zwischen Shy und Makon zugezogen hatte, war wieder aufgeplatzt, und er zitterte am ganzen Leib. So hektisch, wie er atmete, ging es ihm mindestens genauso schlecht wie mir.

»Du bist der gegnerische Pfortenwächter«, flüsterte ich. »Wie konntest du uns nur so hintergehen?«

Seine Augen wurden bei meinen Worten noch dunkler. Schmerz huschte über sein Gesicht, vermischt mit Zorn und Frust. »Das sollten wir ein anderes Mal besprechen«, antwortete er knapp. »Wichtiger ist unsere gemeinsame Erklärung für die grünen Drachenreiter, die vermutlich bald hier auftauchen werden.«

»Ich lass dich nicht mit deiner Lüge durchkommen.« Die Müdigkeit senkte sich immer schwerer über mich, und ich hatte Schwierigkeiten, die Augen offen zu lassen.

Die Erde bebte, als Makon zu uns zurückgerannt kam und direkt neben uns stehen blieb. Ein schweres Teil knallte neben uns zu Boden. Ian behielt eine Hand an meiner Halswunde und öffnete mit der anderen rasch den Notfallkoffer.

»Bleib wach«, hörte ich noch, bevor mich die Dunkelheit verschluckte.

Als ich wieder zu mir kam, saß Ian noch immer mit mir an der gleichen Stelle, allerdings wirkte er weniger hektisch. Statt mir seine Hände gegen den Hals zu drücken, hielt er mit seiner rechten meine linke und streichelte beruhigend mit dem Daumen über meine Haut. Ob er mich oder sich damit entspannen wollte, war fraglich.

Mein Hals brannte wie die Hölle. Wenigstens drehte sich die Welt nicht länger um mich. Ich fühlte mich besser. Zumindest ein wenig.

Augenblicklich entzog ich ihm meine Hand und funkelte ihn von unten her an. Ich lag seitlich auf dem Boden, er wartete im Schneidersitz neben mir.

»Zair hat Sean gefunden«, erklärte mir Ian völlig zusammenhanglos. Offenbar hatte er sich solche Sorgen um seinen Freund gemacht, dass ihm die Information wichtiger war als alles andere um uns herum. »Er lebt, und außer ein paar Prellungen und Schnittwunden hat er sich wohl nichts weiter getan. Sie versuchen zu uns zu gelangen, aber das kann dauern.«

Ich nickte schwach und berührte im Anschluss die Stelle an meinem Hals, die höllisch brannte.

Ian sah das und deutete darauf. »Ich hab die Wunde genäht. Es sieht hässlich aus und wird eine gruselige Narbe geben, aber wenigstens ist die Blutung gestillt. Zum Glück war es auch weniger dramatisch als zunächst angenommen. Schätze, du bist eher wegen magischer Überlastung umgefallen als wegen des Blutverlustes. Vielleicht war das auch alles insgesamt etwas viel.«

Etwas? Ich starrte ihn ungläubig an und versuchte verzweifelt meine Gedanken zu sortieren. Wie fing man ein Gespräch an, das so schwierig, so kompliziert war, dass man vor Wut und Trauer am liebsten geheult hätte?

»Erwartest du ein Danke?«, krächzte ich heiser und bemühte mich, irgendwie in eine sitzende Position zu kommen. Als mir Ian zu Hilfe kommen wollte, schlug ich seine Hand weg. »Fass mich nicht an!«

»Elaja, bitte!«

»Und sprich auch nicht mit mir. Nie wieder!« Kaum hatte ich das gesagt, schossen mir Tränen in die Augen. So viele, dass ich nur mühsam etwas sehen konnte. Mittlerweile hatte ich mich in eine sitzende Position hochgekämpft, wobei ich kurzzeitig zwei Ians sah. Verdammt. Ich brauchte klare Sicht. In doppelter Hinsicht. Ich blinzelte so lange, bis aus den beiden wieder einer wurde. Der hob in dieser Sekunde erneut die Hände. Vermutlich, weil ich schwankte. Daraufhin hieb ich noch mal nach ihm, woraufhin er sich meine Hände schnappte und sie festhielt.

»Nicht. Schlag nicht um dich. Lass uns reden«, sagte er eindringlich.

Der hatte vielleicht Nerven! »Reden? Du hattest tausend Gelegenheiten, um zu reden. Jetzt ist es dafür zu spät«, brüllte ich ihn an und zog an meinen Händen, doch er gab sie nicht frei. Stattdessen zerrte er mich näher zu sich.

»Es tut mir leid, Elaja. Wirklich. Wenn ich könnte, würde ich die Zeit zurückdrehen. Da ich es nicht kann, müssen wir eine andere Lösung finden. Bitte, Elaja. Schrei rum. Lass die Wut raus, nur gib mir danach die Gelegenheit, alles zu erklären. Du musst mir glauben, ich –«

»Dir glaub ich einen Scheiß!« Weil ich meine Hände partout nicht frei bekam, trat ich nach ihm. Ich traf seine Hüfte. Anstatt mich loszulassen, zog er mich jedoch unerwartet so dicht an sich heran, dass er seine Arme um mich schlingen konnte.

»Es tut mir leid«, flüsterte er an meinem Ohr. Dabei klang er atemlos. Außer sich. Aufgebracht.

Ich sträubte mich gegen seinen Griff, wehrte mich innerlich und äußerlich gegen seine Anwesenheit. Gegen dieses Gefühl, das seine Berührung in mir auslöste. Wie konnte etwas so vertraut und gleichzeitig falsch sein? Ich wollte ihn schlagen, ihm entkommen, ihn hassen. Und dennoch fühlten sich seine Arme um mich herum wie Geborgenheit an. Wie der Schutzraum, den ich all die Jahre über gesucht hatte.

Ich hatte ihn gefunden. Für wenige Minuten. Danach hatte Ian ihn vollständig zerstört. Für immer.

Als ich mich erneut gegen ihn stemmte, ließ er mich los, sonst hätte er mir ernsthaft wehgetan. Hastig rutschte ich ein kleines Stück zurück, entfernte mich allerdings nicht weit von ihm. Unsere Füße und Unterschenkel berührten sich noch immer, nur hatte ich keine Kraft, noch weiter fortzukrabbeln. Wortlos starrten wir uns an.

Er sah müde aus. Dunkle Schatten lagen unter seinen Augen. Ein Anblick, den ich eigentlich schon längst kannte. In letzter Zeit war es ihm durchgehend dreckig gegangen. Wie sehr, wurde mir erst jetzt richtig bewusst. Ich hatte nicht nur seine körperlichen Schmerzen bemerkt, sondern auch seine innere Zerrissenheit. All die Narben, innen und außen. Allmählich ergaben sie Sinn. Er hatte sie sich nicht bei zu viel Training zugezogen, sondern beim Kampf um seine Welt.

Eine Welt, die er auf uns gehetzt hatte.

Und trotzdem wollte ich ihm zuhören. Seine Beweggründe verstehen. Seine Ausreden annehmen. Warum zur Hölle wollte ich das? Weil er so traurig guckte? Weil er nach wie vor diese sanfte Ian-Ausstrahlung hatte? Oder weil ich nicht richtig tickte? Vermutlich alles in einem.

Ich wollte ihm so viel erzählen. Über die Asrai-Magie, die in mir erwacht war. Über die Stimme in meinem Kopf. Meinen Kontrollverlust über meinen Körper. Den damit einhergehenden Schock. Die Gefahr, die in mir lauerte.

Doch all das konnte ich ihm nicht mehr erzählen. Nicht auf seinen Rat warten. Denn jede Antwort war vermutlich nur eine weitere Lüge.

»Elaja, ich –«

»Spar dir die Worte für das Tribunal.« Verdammt. Meine Sicht verschwamm erneut, allerdings lag das diesmal an den Tränen. Verärgert wischte ich sie fort, noch bevor sie mir über die Wange laufen konnten. »Du hast mich verraten. Sean. Die Drachenreiter. Diese Welt. Was erwartest du von mir?«

»Dass du zuhörst?« Die Frage kam so vorsichtig, dass sie mich ernsthaft überrumpelte. Einen Moment schwieg ich, bemühte mich um innere Balance und verlor trotz allem die Fassung.

»Warum soll ich denn zuhören, verdammt?«, brüllte ich ihn an. »Aus deinem Mund kommen nur Lügen und Manipulationen. Verschon mich mit deinen Erklärungen. Dir glaube ich kein Wort. Keinen einzigen verdammten Buchstaben.«

Vermutlich hatte er mit so einer Reaktion gerechnet. Sie war ja auch zu erwarten gewesen. Dennoch sah er aus, als hätte ich ihn soeben nicht nur verbal geohrfeigt, sondern ihm so richtig eine reingehauen. Wir starrten einander an. Er wirkte traurig. Ich bemühte mich um glühend heißen Zorn, doch vor allem war ich verwirrt.

So schrecklich, schrecklich verwirrt.

»Du hast dich zwischen mich und Manila gestellt und dir sogar ein Messer an den Hals gehalten, um mich zu schützen. Erzähl mir also nicht, dass du nicht reden willst«, sagte er leise.

Erwischt.

Weil mir sonst nichts anderes einfiel, versuchte ich ihn allein durch meine Blicke zu töten. Er hielt stand, zumindest eine Weile. Schließlich hielt er es nicht mehr aus, sah weg und schloss die Augen. »Es tut mir leid.«

»Das ist alles? Mehr hast du dazu nicht zu sagen?«

»Für den Moment ja. Auch mir fehlen die Worte für das Geschehene.«

»In dem Fall helfe ich dir gern auf die Sprünge. Du bist ein elender Verräter. Ein Manipulator der schlimmsten Sorte. Ein Spion und ein Kriegstreiber.«

Da hatte ich offenbar einen Nerv getroffen. »Ich bin alles, nur ganz bestimmt kein Kriegstreiber«, sagte er so scharf, wie ich es noch nie bei ihm gehört hatte. Jetzt begegnete er meinem Blick eher entschlossen. »Im Gegenteil. Ich habe sechs Jahre lang versucht, diese Konfrontation mit allen Mitteln zu vermeiden. Ich wollte einen Krieg verhindern. Sechs Jahre lang bin ich durch die Hölle gegangen. Habe Mitmenschen hintergehen müssen – meine und deine gleichermaßen, mich mit meinen Drachen angelegt, mentale, verbale und auch körperliche Tiefschläge eingesteckt, nur um diesen einen verdammten Angriff zu verhindern.«

»Ach ja? Du armer Kerl! Und was ist passiert, dass du höchstpersönlich genau den Krieg gestartet hast, den du so heldenhaft abwenden wolltest?«

Zorn blitzte in Ians Augen auf. Das erste Mal, seit wir hier saßen. Wortlos zeigte er auf Manila, die daraufhin böse grummelte. »Sie ist passiert. Mit ihrem Schlüpfen hat sich alles geändert.«

»Jetzt sind wir schuld an dem Ganzen?«, empörte ich mich. »Wie kannst du –«

»Sie ist aus dem Ei gekrabbelt und hat versucht, mich zu Hackfleisch zu verarbeiten«, brüllte mich Ian völlig unerwartet hat. »Da war sie nicht mal eine Minute alt. Sie ist auf mich losgegangen wie eine Berserkerin, so wie immer! Genau das macht ihr schon seit Jahrhunderten mit mir. Kaum treffen wir aufeinander, habe ich ein verdammtes Schwert in den Eingeweiden stecken, werde von Drachenfeuer gegrillt oder Rai zum Fraß vorgeworfen. Was, glaubst du, hab ich in dieser Sekunde gedacht, als sie mir die Pulsader mit ihren Fangzähnen aufschlitzen wollte? In dieser Sekunde war Ende mit meinem Willen für Friedensverhandlungen. Da habe ich erkannt, dass ich mir die ganze Zeit etwas vorgemacht habe. Mit euch kann man nicht verhandeln. Euch muss man töten, oder ihr kommt einem zuvor.«

»Verhandeln? Was redest du denn da? Wie soll ich denn mit jemandem verhandeln, wenn ich gar nicht weiß, dass es etwas zu verhandeln gibt? Bis gestern hab ich nicht mal gewusst, dass es einen Krieg zwischen den Welten gibt, und bin schon gar nicht auf die Idee gekommen, dass wir zwei uns spinnefeind sein könnten. Was ist denn bitte schön aus ›wir sind keine Feinde‹ geworden? Es hätte so nicht laufen müssen, wenn du verdammt noch mal mit mir geredet hättest.«

»Ich konnte dir das nicht erzählen«, schrie mich Ian an, weil ich ebenfalls laut geworden war. Sehr laut.

»O doch. Du hättest das gekonnt. Es gab tausend Gelegenheiten. Als ich dich im Schneesturm habe küssen wollen, hast du vorgeschoben, dass wir Freunde bleiben sollten. Da hättest du mir alles erklären können. Liebe Elaja, hättest du sagen können, kein Kuss möglich, solange nicht klar ist, ob ich dich demnächst umbringen möchte. Auf der Landebahn mit dem Echo. Da hättest du mich sofort überzeugen können. Stattdessen erzählst du mir eine Lügengeschichte über alte Magie, die in mir wohnt und mir Visionen schickt.«

»Das waren keine Lügengeschichten. Das ist wahr. Die alte Magie – das ist die Asrai. Sie schickt die Visionen, um dich an dein vergangenes Leben zu erinnern. Damit du so wirst wie sie.«

Für einen Moment kam ich ins Schleudern und musste diese Informationen erst mal vorsichtig an mich heranlassen. Vehement schob ich sie von mir und konzentrierte mich auf etwas, das momentan dafür sorgte, dass ich nicht durchdrehte. Meine Wut. »Ich bin jemand, der gut zuhören kann«, sagte ich scharf. »Niemand, der sich Argumenten gegenüber verschließt oder Dinge abtut. Ich will verstehen. Das weißt du ganz genau. Du hättest mit mir reden können, wenn du es wirklich gewollt hättest. Aber du warst zu feige.«

»Ich durfte nicht. Ich –«

»Du hast mich verdammt noch mal geküsst«, unterbrach ich ihn mit doppelter Lautstärke. »Du hast mir weisgemacht, dass du mich magst. Dass ich bei dir sicher bin. Dass du mir hilfst und ich dir vertrauen kann. Wie konntest du mich derart hintergehen?«

Unverzüglich flossen noch mehr Tränen – und zwar reichlich. Ich ließ sie diesmal laufen und versteckte sie nicht. Ian durfte ruhig sehen, was er mir angetan hatte. Wie sehr er mich getroffen hatte. Meine bebende Unterlippe nervte allerdings, genau wie das leise Schluchzen, als ich möglichst würdevoll hinzufügte: »Du hast dich in mein Herz geschlichen und es im Anschluss genüsslich zermalmt. Das verzeihe ich dir nie. Wehe, du fasst mich an! Sonst ziehe ich mein anderes Küchenmesser aus dem Stiefel und ramme es diesmal nicht mir in den Hals, sondern dir! Das schwöre ich!«

Ian wirkte ernsthaft schockiert und definitiv genauso emotional überfordert wie ich. Stocksteif saß er noch immer vor mir und bemühte sich sichtbar, die passenden Worte zu finden. Das Schweigen wurde schlimmer, während er mir beim Heulen zusah. Ich versuchte, dabei möglichst erhaben auszusehen. Vergebens. Niemand sah weinend erhaben aus. Dennoch ließ ich es ihn sehen.

Weil er das Ausmaß seines Verrats begreifen musste.

»Er wollte es dir sagen. An die tausend Mal. Ich habe es ihm verboten und bin wirklich hässlich zu ihm gewesen«, mischte sich Makon in meine Gedanken. *»Für mich warst du lange Zeit der Feind. Ian hat das von Anfang an anders gesehen. Er wollte reden, um Frieden zu schaffen. Ich hab das für vergebliche Liebesmüh gehalten. Wenn du auf jemanden wütend sein willst, dann auf mich.«*

»Glaub mir. Ich bin auf euch beide wütend. Dein Verrat fühlt sich sogar noch schwerer an. Du warst all die Monate in meinem Kopf und hast mich ausspioniert. Das muss ja überaus amüsant für euch gewesen sein. Die dumme, naive Elaja kapiert gar nichts.«

»Elaja, komm schon. Du weißt genau, dass wir niemals so über dich gedacht haben. Im Gegenteil. Ich war so dankbar, dich in Ruhe kennenlernen zu dürfen.« Ian sprach leise, und wenn ich mich nicht irrte, vernahm ich ein Zittern in seiner Stimme. Egal! Kein Mitleid mit dem Verräter.

»Du meinst: Du warst so dankbar, mich in Ruhe manipulieren zu dürfen«, erwiderte ich hitzig.

»Das hab ich nie getan. Ich habe lediglich versucht, dich aus der ganzen Sache rauszuhalten. Besonders bezüglich deiner wahren Rolle in dieser Welt. Wenn du zu früh erzählt hättest, dass du eine Pfortenwächterin bist, hätte dich Fürst Larian womöglich eingesperrt oder sogar getötet. Das wollte ich verhindern.«

Ich schnaubte verächtlich. »Wie nobel von dir. Vor allem, wenn man bedenkt, dass du stattdessen meine rechtmäßige Position eingenommen hast.«

»Und dennoch bleibt es dabei: Ich habe versucht, dich zu schützen. Weil ich dich mag. Sogar sehr.«

Mein Herz zog sich bei diesen Worten zusammen. So heftig, dass es schmerzte. Wirklich. Der Stich sauste quer durch meinen gesamten Körper und sorgte dafür, dass ich erst mal eine Weile gar nichts sagen konnte. Selbst mein Tränenfluss stockte.

»Wenn du so mit deinen Freunden umgehst, will ich nicht wissen, was du mit deinen Feinden anstellst«, brachte ich schließlich bitter heraus, und mein Herz weinte. Es weinte so laut, dass es mich nicht gewundert hätte, wenn Ian es hätte hören können.

So wie er mich ansah, wusste er genau um die Wirkung unseres Gesprächs. Sein Blick wurde weich. »Wir sind nicht nur Freunde. Wir sind mehr. Viel mehr.«

Das brachte mich zur Besinnung. »Momentan sind wir weder noch«, stellte ich ruppig klar. »Jemand, der mir erst eine wirre Lügengeschichte auftischt, mich anschließend küsst und direkt danach umbringen will, ist gar nichts mehr für mich.«

»Ich wollte dich nie umbringen.«

»Mich vielleicht nicht, aber meinen Drachen – was auf dasselbe hinausläuft.«

Ian zögerte und überlegte, ob er die nächsten Worte sagen sollte. »Dein Drache ist gefährlich. Genau wie deine Magie.«

Erzähl mir was Neues, dachte ich stumm und schwor mir gleichzeitig, das niemals zuzugeben. Mit Manila und meiner Magie musste ich allein lernen klarzukommen. Selbst wenn es mir ein Rätsel war, wie ich das anstellen sollte.

Im Anschluss stöhnte Ian leise und verbarg das Gesicht in den Händen. »Was für ein Fiasko«, murmelte er leise.

»Und es wird noch viel schlimmer«, vermeldete Makon in meinem Kopf. *»Da hinten kommen grüne Reiter samt ihren Drachen auf uns zu. Ich kann nicht erkennen, welche Absicht sie haben. Sie wirken finster und entschlossen. Wütend. Was machen wir, wenn sie die Wahrheit erkannt haben und uns verhaften?«*

»Keine Ahnung. Wir lassen es drauf ankommen.«

»Sicher? Wir könnten uns zurückziehen.«

»In dem Fall war alles umsonst. Wir bleiben und warten ab.«

Ians und mein Blick kreuzten sich. »Es ist an der Zeit, dich zu entscheiden«, forderte er mich auf. »Enttarnst du uns oder hörst du dir noch an, warum ich all das getan habe?«

»Ich könnte dich enttarnen und es mir im Anschluss in Ruhe anhören. In der Verhörzelle, zum Beispiel.«

Sofort spannte sich Ian an, und ein leicht panischer Ausdruck huschte über sein Gesicht. Gleich darauf hatte er sich wieder in der Gewalt. »Das wäre nicht mein erstes Verhör«, antwortete er mit harter Stimme. »Damals wie heute würdet ihr von mir nur Schweigen ernten.«

Mit einer eleganten Bewegung kam er auf die Beine und hielt mir eine Hand hin. »Komm hoch. Die Begegnung sollten wir aufrecht stehend hinter uns bringen.«

Selbstverständlich ignorierte ich seine Hilfe und mühte mich allein hoch. Als ich schwankte, ergriff Ian trotz meiner bösen Blicke meinen Oberarm und stützte mich. Für den Moment musste ich das zulassen, weil ich sonst wirklich nicht hätte stehen können. Ein Umstand, der mir gar nicht recht war.

Schweigend und dicht nebeneinanderstehend warteten wir darauf, dass die kleine Schar, die sich uns unaufhaltsam näherte, vor uns anhielt. Ich zählte fünf Männer, drei Frauen und genauso viele Drachen. Eine komplette Reiterei. Die vorderen hielten ihre Schwerter in den Händen und musterten uns auf eine Art, die ich partout nicht einzuordnen vermochte.

Der Anführer kam mir vage bekannt vor. Vor allem der grimmige Ausdruck auf dem kantigen Gesicht und die streng zusammengekniffenen Lippen. Als hätte ich mich schon mal mit ihm gestritten. Aber wann?

»Das gibt Ärger«, merkte Manila trocken an. Das Drachenweibchen hatte sich ein kleines Stück neben uns niedergelassen und knurrte böse. *»Die sollen sich bloß nicht mit mir anlegen. Ich hab Hunger. Da hab ich komplett keine Geduld.«*

»Manila, benimm dich«, ermahnte ich sie.

»Sie ist noch aggressiver, als ich sie in Erinnerung habe«, seufzte Ian leise.

»Ehrlich gesagt, weiß ich nicht, was ich unheimlicher finde. Dass du meinen grummeligen Drachen hören kannst oder dass mein Drache so grummelig ist«, antwortete ich.

»Ich kann alle Drachen hören, nur hänge ich das nicht an die große Glocke.«

Also diese Information musste ich erst mal sacken lassen. »Wer bist du?«, fragte ich tonlos.

»Jemand, den du nicht als Feind haben willst. Und? Wie hast du dich entschieden? Lieferst du mich ans Messer?« Ian zog fragend eine Augenbraue in die Höhe.

»Ich …«, setzte ich an, brach ab. »Ich … keine Ahnung.« Das war alles so verwirrend. Mir schwirrte der Kopf von den vielen Neuigkeiten, die ich in letzter Zeit erfahren hatte. Von dem Blutverlust. Meiner Magieüberlastung. Und vor allem von der Erkenntnis, dass ich Ian nicht verlieren wollte. Egal was auch immer kommen mochte.

Ja, verdammt. Das war vermutlich der wahre Grund gewesen, weshalb ich mich zwischen ihn und Manila geworfen hatte. Ich war mir bis vor einer Stunde wirklich sicher gewesen, endlich den Mann getroffen zu haben, dem ich mein Herz zu Füßen legen wollte. Der mich auf eine Weise geküsst hatte, die tiefer gegangen war. Der mich die Welt hatte vergessen lassen. In den ich, wenn ich ehrlich war, hoffnungslos verliebt war.

Mit dem entlieben kam ich nicht so schnell hinterher, weshalb es mir gerade unendlich schwerfiel, ihn an besagtes Messer zu liefern. Wenn ich ihn als feindlichen Pfortenwächter enttarnte, war er so gut wie tot.

In der Sekunde waren die Drachenreiter ohnehin heran. Der vordere mit dem kantigen Gesicht, dem grimmigen Gesichtsausdruck und den blitzenden grünblauen Augen baute sich vor uns auf, während die hinter ihnen herstapfenden Drachen lautlos an uns vorüberzogen und dabei Manila eingehend in Augenschein nahmen. Sie brummten warnend. Das war der Moment, in dem sich alle Härchen auf meinem Arm aufstellten und ich das Folgende bereits ahnte.

Der Patrouillenführer hob die rechte Hand, um sie auf die Brust auf Höhe seines Herzens zu legen. Gleichzeitig verbeugte er sich knapp. »Fürst Ian, sollen wir die gegnerische Pfortenwächterin gefangen nehmen?«, fragte er, und mein Herz verrutschte zeitgleich mit meinem stockenden Atem.

»Gegnerische Pfortenwächterin«, fragte ich ungläubig, während Ian zeitgleich »Fürst Ian?« sagte. Wenigstens klang er genauso irritiert, wie ich es war.

»Fürst Larian wurde von einem roten Drachen getötet. Wir konnten nichts mehr für ihn tun. Ihr wart sein Wunschkandidat für seine Nachfolge und als Pfortenwächter ohnehin als Fürst vorgesehen, sobald sich ein Drachenangriff aus einer anderen Welt ereignet. Das ist soeben geschehen.«

Ian starrte sein Gegenüber entgeistert an. »Ernsthaft, Aric? Du sprichst mich als Fürst an? Du hast mir während meiner Ausbildung das Gesicht in die Latrine getunkt, weil ich frech zu dir gewesen bin!«

»Das war, bevor Ihr mein Fürst geworden seid«, sprach der andere Mann weiter, und endlich wusste ich auch, woher ich ihn kannte. Aric. Das war der Kerl, der mich bei meinem Überlandflug abgefangen und zu Ian geleitet hatte. Der Patrouillenführer, der schon bei unserem ersten Aufeinandertreffen genervt von mir gewesen war. Ausgerechnet der!

Hinzu kam, dass sich Ian und Aric ganz offensichtlich sehr gut kannten. Weil Ian ihn weiterhin verdattert anstarrte, hakte er nun deutlich ungehaltener nach. »Also, mein Fürst? Wie verfahren wir mit ihr?« Dabei sah Aric zu mir.

Zum Glück hielt mich Ian noch immer locker am Ellbogen, sodass er mich unauffällig stützte, weil mir ernsthaft die Knie weich wurden. In dieser Sekunde wurde mir nämlich etwas mehr als bewusst.

Ian hatte sich über die Jahre gut aufgestellt. Er war kurz vorm Abschluss seiner Hortanführerausbildung. Er war ein geachtetes Mitglied der Jägerschar. Er war offiziell der Favorit für Larians Nachfolge. Er verkörperte alles, was ich nicht war.

Er war der verdammte neue Fürst meiner Welt!

»Bleib ruhig«, hörte ich Ian in meinem Kopf. *»Überleg deine Worte und dein Handeln genau. Wenn du die Wahrheit erzählst, wird dir niemand glauben. Niemand. Solltest du einige wenige überzeugen können, wird es zu einer Spaltung der Drachengemeinschaft kommen. Eine Spaltung, die ihr euch in eurer derzeitigen Lage nicht leisten könnt. Rai wird leichtes Spiel haben, wenn er euch in solch einem Zustand angreift. Glaub mir. Ich kenne ihn. Er wird eure Schwäche sofort erkennen. Ich bin deine beste Möglichkeit, um einen Krieg innerhalb eurer Drachengesellschaft zu verhindern. Daher verspreche ich dir, dass ich euch nicht in den Untergang führen werde. Das habe ich bisher nicht getan, und das werde ich auch nicht tun. Ich schwöre es dir.«*

Ganz langsam drehte ich den Kopf, um Ian ungläubig anzusehen. Der ließ sich absolut nichts anmerken. Dass er mir gerade den Untergang meiner Welt prophezeit hatte, blieb den Drachenreitern vor uns verborgen.

Die Stille allerdings nicht.

»Mein Fürst?«, hakte Aric noch einmal nach. »Wie verfahren wir?«

Ian fixierte mich mit seinem stahlharten Blick, während er sprach. »Sie ist keine gegnerische Pfortenwächterin. Sie steht auf unserer Seite.«

»Das sah für uns gerade völlig anders aus. Ihr habt miteinander gekämpft.«

»Die Drachen haben gekämpft. Wir nicht. Mittlerweile konnten wir das klären. Nicht wahr, Manila?« Noch immer wandte sich Ian nicht von mir ab. Selbst bei seiner Frage nicht.

»Ich zerreiß dich in der Luft, du Wicht«, antwortete Manila mit so viel Hass in der Stimme, dass sich meine Gänsehaut verstärkte.

»Sie sagt, dass wir eine friedliche Einigung erzielt haben«, übersetzte ich völlig falsch. Erst im Anschluss schaffte ich es, mich Aric zuzuwenden. Der Moment der Wahrheit war gekommen. Welchen Weg würde ich einschlagen? Was war die bessere Wahl, um ein Fiasko zu vermeiden? Und was verhinderte am effektivsten ein Blutvergießen?

»Liefer ihn ans Messer. Sag die Wahrheit. Den Fatzke erledigen wir im Schlaf. Keine Vereinbarungen mit Wahnsinnigen«, sagte Manila.

»Du bist hier die Wahnsinnige, du Giftschlange«, antwortete Makon.

»Sag das noch mal und ich zerreiß deine Flügel wie Papier.«

Ian und ich drehten uns zeitgleich zu unseren Drachen um, die sich stumm gegenüberstanden und den mentalen Machtkampf des Jahrhunderts ausfochten, gut verborgen vor dem Rest der Drachenwelt.

»Haltet die Klappe. Alle beide. Ich hab genug von sich gegenseitig angreifenden Drachen. Wir wollen alle Frieden. Auch du, Manila. Die Pubertät durchlöchert dir gerade das Gehirn, sodass du das noch nicht erkennen kannst«, sagte Ian lautlos und zugleich ausgesprochen streng zu beiden. *»Werd ein paar Tage älter, dann siehst du klarer.«*

»Ich …«, setzte Manila an, doch da drehte ich mich mit einem Ruck zu den irritiert dreinblickenden, wartenden Drachenreitern. Langsam hob ich die Hände, als wollte ich mich ergeben. »Ich bin eine Pfortenwächterin«, sagte ich ruhig. »Genau wie Ian. Ich kämpfe auf eurer Seite.« Jetzt wandte ich mich langsam an ihn, senkte den Kopf. Noch nie war mir eine Bewegung so schwergefallen. »Mein Fürst.«

Aus den Augenwinkeln sah ich genau, wie sich die Männer und Frauen um uns herum etwas entspannten. Dennoch blieben ihre Blicke misstrauisch, vor allem, weil Manila aufgebracht knurrte.

»Beachtet mein Drachenweibchen nicht. Sie hat Hunger und ist deshalb unleidig«, warf ich ein. »Sobald wir ihr etwas zu essen besorgt haben, sollte sich ihre Laune bessern.«

Aric nickte langsam, als wäre das völlig logisch. Im Anschluss sah er fragend Ian an. »Es gibt Tote und Verletzte. Wir brauchen Euch.«

Ian wirkte für einen winzigen Moment überfordert. Ich sah es an seiner angespannten Miene, der leicht gerunzelten Stirn und seiner hoch aufgerichteten Haltung. Das verging allerdings recht zügig, und zurück blieb ein Ian, der unverzüglich die Kontrolle übernahm.

»Wir müssen den Drachenreiterrat einberufen. Sofort. Außerdem will ich ein Jagdgeschwader in der Luft, das uns Deckung gibt, sollten die roten Drachen zurückkommen. Entzündet Signalfeuer, um die anderen Horte zu warnen. Höchste Alarmstufe. Findet heraus, ob es auch einen Angriff auf Lark gegeben hat. Falls das nicht der Fall ist, holt mir die Heilergilde von Hort Lark her. Alle Mitglieder. Sie sind die besten im Umkreis.« Während Ian seine Befehle herunterrasselte, konnte ich ihn nur anstarren. Er sagte noch mehr. Viel mehr. Es klang alles so logisch. So sinnvoll.

Die Befehle eines wahren Anführers.

Nur wollte dieser hier eigentlich mein Volk hintergehen. Manipulieren. Vernichten. Oder?

3

Nachdem Ian seine Befehle erteilt hatte, eilten die einzelnen Drachenreiter fort, um sie weiterzutragen. Kurz bevor der letzte weglaufen konnte, hielt Ian ihn auf.

»Mein Freund Sean sucht nach mir. Versuch ihn zu finden und hol ihn her. Das hat Priorität.« Der Drachenreiter nickte und rannte los. Übergangslos wandte sich Ian wieder an mich. »Es ist ein einziges magisches Chaos um mich herum, daher kann ich Zair nicht mehr erreichen, um ihn selbst zu fragen.«

»Du … du kannst mit allen Drachen reden?« Keine Ahnung, warum ausgerechnet das die eine Sache war, die mich so fassungslos machte. Vielleicht hielt es mich davon ab, über das eigentliche Drama nachzudenken. Dass er ein Kerl aus einer fremden Welt war. Dass er sein Volk auf meins gehetzt hatte. Dass er verdammt noch mal mein neuer Fürst war.

Vermutlich ahnte er die eigentliche Frage hinter meiner ausgesprochenen, denn er seufzte. Als er Anstalten machte, mir die Hand auf den Oberarm zu legen, zuckte ich zurück.

»Anfassen verboten«, fauchte ich aufgebracht. »Ich dachte, das hätte ich deutlich genug gemacht!«

Ian zog sich sofort zurück. »Entschuldige. Ein Reflex. Ist notiert und verinnerlicht«, sagte er, und ich sah den Schatten in seinen Augen. »Ich weiß, was du über mich denken musst. Du darfst mich auch hassen. Später. Aber lass mich dir zeigen, warum ich in dieser Welt bin. Warum ich euch hintergangen habe. Es ist nicht so, wie du denkst.«

»Ach ja? Du hast deine blauen Drachen auf uns gehetzt, damit sich anschließend die grünen Drachen gegenseitig an die Gurgel gehen. Hast du mir selbst gegenüber zugegeben. Den ersten Punkt auf deiner Eroberungsliste kannst du direkt abhaken. Du bist Fürst. Herzlichen Glückwunsch. Ruh dich nur nicht zu lange darauf aus. Sobald sich das Chaos in meinem Kopf gelichtet hat, vertreibe ich dich von deinem Posten. Davon kannst du ausgehen.« Kämpferisch schob ich das Kinn nach vorn.

Als Ian das sah, schloss er erschöpft die Augen. Alles Tapfere wich mit einem Schlag aus seiner Miene, und er wirkte nur noch ausgelaugt und müde. »Tu das nicht, Elaja. Fordere mich nicht heraus, bevor du nicht die volle Wahrheit kennst.«

»Und ob ich dich herausfordere!«, schnauzte ich ihn an. »Du bist der feindliche Pfortenwächter. Du! Nicht ich. Du elender Verräter!«

»Du hast recht«, brüllte Ian unerwartet zurück. Bislang hatte er relativ ruhig gesprochen. Nun verlor er von einer Sekunde auf die andere die Fassung, und purer Frust entlud sich. »Ich bin ein Verräter, und glaub mir, ich verabscheue mich mehr dafür, als du es jemals könntest. Du hast keine Ahnung, was ich wirklich getan habe.«

»Dann erklär es mir endlich, verdammt noch mal.«

Wir standen uns wutentbrannt gegenüber, die Fäuste geballt, bebend. Statt erneut zurückzubrüllen, holte Ian tief Luft und sagte bedeutend leiser: »Ich habe Menschenleben gegeneinander abgewogen und entschieden, deine Welt zu schützen und mein Volk verloren zu geben. Für die Kinder deiner Welt. Für die Unschuldigen. Ich wollte das größte Blutvergießen verhindern und habe dadurch das Blut meiner Schwestern an den Händen. Das Blut meiner Freunde. Also ja. Ich bin ein Verräter. Nur dass der Verrat an deinem Volk und dir winzig war im Vergleich zu dem Verrat an meinem.«

Das nahm mir zunächst den Wind aus den Segeln. Gleich darauf fing ich mich wieder. »Du sprichst wie immer in Rätseln – und genau das habe ich allmählich satt. Fang von vorn an, damit ich begreife. Sofort!«

Ian zögerte, und ich hätte schwören können, dass er in alte Muster verfiel und mir auswich. Letztlich sprach er trotzdem. Langsam und bedächtig.

»Nach deinem Tod vor dreihundert Jahren war das Volk der grünen Drachen in meiner Welt gefangen. Ausgerechnet die Streitmacht, die gekommen war, um uns blaue Drachen zu besiegen. Sie waren wütend. Außer sich vor Angst und Zorn. Viele hatten Kinder und Familie in der anderen Welt, die sie niemals wiedersehen würden. Als sie das begriffen, wollten sie Rache. Aus diesem Zorn wurde ein Vernichtungsfeldzug, der sich bis heute fortsetzt. Vor dreihundert Jahren gab es rund viertausend blaue Drachen. Heute sind es nicht mal dreihundert, mittlerweile vermutlich sogar noch weniger. Die Streitmacht der grünen Drachen hat sich in der Zwischenzeit vervierfacht. Sie sind die neuen Herrscher und gnadenlose Jäger. Als ich geboren wurde, fiel unser letzter Hort. Wir wurden heimatlos und versteckten uns in den Höhlen des Gebirges. Viele Jahre lebte ich so, bis ich bei einem Überfall gefangen genommen wurde. Die Narben siehst du noch immer auf meiner Haut. Sie wollten von mir wissen, wo sich meine Leute versteckten – und sie waren nicht zimperlich. Nicht einmal gegenüber den Kindern. Ich entkam, und gleichzeitig erwachte etwas in mir. Die Macht des Shetai zeigte sich. Fast zeitgleich legte eine Drachendame ein ganz besonderes Ei. Das von Makon. Ab da war nichts mehr wie zuvor. Meine Magie wurde stärker und ließ sich nur schwer verstecken. Tagsüber schaffte ich es einigermaßen, sie zu überdecken. Sobald ich einschlief, fanden uns die grünen Drachen. Sie erspürten die Macht des Shetai. Ich schlief über Jahre nur auf dem Rücken eines Drachen sitzend, immer in Bewegung. Döste ich auch nur kurz in einer Höhle ein, mussten wir sofort verschwinden. Ich war eine Gefahr für jeden in meiner Umgebung. Dennoch begriffen meine blauen Drachenreiter, dass ich womöglich die Rettung für sie bedeutete. Sie schützten mich. Ein schreckliches Gefühl, denn ich war mir der Gefahr, die ich für sie darstellte, und der hohen Erwartungen in mich nur allzu bewusst.

Irgendwann stand fest, dass ich nicht lange überleben würde, wenn ich ständig auf der Flucht war. Also wagten mein Vater und ich einen Versuch. Ich wusste noch aus meinen vergangenen Leben, dass ich nur mit meinem Drachen eine Weltenpforte öffnen konnte. Makon musste in meiner direkten Nähe sein, damit es funktionierte. Das galt zum Glück auch für ihn im Ei. Wir wechselten mit dem Drachen meines Vaters in deine Welt – mit Makons Ei in einem Sack. Hier anzukommen war ein Schock für mich. Es war so friedlich. So ausgeglichen und wunderbar. Ich hatte mir Horrorszenarien vorgestellt. Unterdrückte Menschen, eine Schreckensherrschaft. Nichts davon fand ich. Stattdessen bot man mir bereits bei meinem ersten Besuch Hilfe an. Ich sah schrecklich aus, und eine Bäckersfrau hatte Mitleid mit mir. Sie gab mir das erste frische Brot meines Lebens. Ich kann dir gar nicht sagen, wie fassungslos ich war. Mein gesamtes Weltbild war erschüttert.«

Ian machte eine kurze Pause, holte Luft. »Diese Welt machte keine Jagd auf mich, denn den Drachenreitern war gar nicht bewusst, dass ich eine Gefahr darstellen könnte. Sie spürten womöglich meine Macht. Das war auch schon alles. Als ich wieder in meine Welt zurückkehrte, verstand ich in vollem Ausmaß, wie schlecht es meinem Volk ging. Das hier war kein Leben für die Kinder. Sie vegetierten mehr schlecht als recht vor sich hin. Die Führungselite hingegen schöpfte Hoffnung. Ich konnte die Welten wechseln. Der Wendepunkt. Sie verlangten von mir, die grünen Drachen zurückzuschicken.«

Ian schnaubte freudlos. »Ein Ding der Unmöglichkeit. Eine ganze Armee in Pforten zu versenken, überstieg meine Kräfte – noch dazu war es eine Armee, die nicht meine Magie in sich trug und mir feindlich gesonnen war und sich wehren würde. Ich redete mir den Mund fusselig und wurde immer verzweifelter, denn der Druck auf mich war immens. Und dann … wurden wir erneut angegriffen. Mein Vater starb bei dem Kampf, und mir war in der Sekunde klarer als je zuvor, dass es für mich nur einen Ausweg gab: Arandor. Also brachte mich der Drache meines Vaters zusammen mit Makons Ei in diese Welt. Er starb bei der Bruchlandung, und ich strandete hier.«

Ians Augen waren dunkel, als er sich erinnerte. Als er an den Tod seines Vaters dachte. Langsam ließ er sich zu Boden sinken und den Kopf hängen. Ich blieb still stehen und hoffte auf weitere Erklärungen. Es dauerte eine Weile, bis Ian sich wieder so weit gefangen hatte, dass er weitersprechen konnte.

»Damals habe ich den Plan gefasst, den du heute zu spüren bekommen hast. Ich wollte ausgebildet, ein Teil dieser Drachenwelt werden, in der Hierarchie aufsteigen und die grünen Drachen gegeneinander in den Krieg führen. Es war waghalsig und völlig verrückt, aber ich zog es durch. Ich schlich mich auf Riata ein, schmuggelte Makons Ei in die Bruthöhle und forderte danach die grünen Reiter auf, mich auszubilden. Zunächst hielten sie mich für einen Hochstapler, doch dann erkannten sie meine Macht. Allerdings hatte ich keinen eigenen Drachen und kein Geld, um mir ein Ei zu kaufen, ganz ähnlich wie du. Makon war ja noch nicht geschlüpft. In meiner Verzweiflung holte ich Shy in mein Leben. Ich stahl ihr Ei von der wilden Drachenherde und präsentierte sie den Reitern auf Riata. Jetzt mussten sie mich ausbilden, und sie taten es, wenn auch zähneknirschend. Ich zeigte Larian meine Macht und erzählte ihm, ich sei der Pfortenwächter dieser Welt. Er glaubte mir, denn es gab keine richtigen Aufzeichnungen darüber. Lediglich Gerüchte. Mündliche Überlieferungen. Er hatte von der Existenz dieser Magie gehört, und meine Berichte passten dazu. Ehrlich gesagt, habe ich ein paar manipuliert und den Begriff Shetai nach Arandor gebracht. Die blauen Drachen denken, dass ihr Pfortenwächter so heißt. Die wenigen Aufzeichnungen über die Asrai habe ich vernichtet, sodass du quasi komplett aus dem kollektiven Gedächtnis der Drachenreiter verschwunden bist. Im Anschluss wurde ich ins Hortanführerprogramm aufgenommen. Auch dank Seans Fürsprache. Er wurde mein Freund. Mein einziger Freund zwischen all den grünen Kriegern.«

Wieder stockte Ian. Vermutlich wurde ihm beim Gedanken an Sean ganz anders. »Anfangs drehte ich beinahe durch, sobald ich einen grünen Drachen sah. Zu tief war die Angst vor ihnen in mir verwurzelt. Mein Leben lang war ich vor diesen Wesen in Deckung gegangen. Ab sofort lebte ich mitten unter ihnen. Es machte mich fast verrückt. Sean war der Einzige, der nach und nach zu mir durchdrang. Den ich zu mögen begann. Den ich achtete.« Mit seltsam zitternden Fingern fuhr sich Ian mit der Hand über die Augen. »Shy und ich wurden ausgebildet, und sobald ich konnte, zwang ich sie zum ersten Mal durch eine Weltenpforte, indem wir Makon im Ei mitnahmen. Mein Wächterdrache war also mit dabei. Shy hingegen war für solch einen Flug noch viel zu jung und verstand nicht, was das für ein schreckliches schwarzes Nichts war, durch das ich sie lotste. Rote Drachen scheinen die Pfortenwelt auf eine andere Art und Weise zu kennen. Da sie nicht wie blaue oder grüne Drachen mit mir Kontakt aufnahm, konnte ich es ihr auch nicht erklären.«

Ian seufzte tief. »Sie war so panisch, dass wir beinahe dabei umkamen. Vor allem, weil wir, kaum in Marani angekommen, direkt eine grüne Patrouille auf uns aufmerksam machten. Die griffen uns unverzüglich an. Es war schrecklich. Seitdem hatte Shy Angst vor grünen Drachen. Für sie waren das von nun an Todfeinde, die es zu bekämpfen galt. Wer konnte es ihr auch verdenken? Sie fühlte meine Zerrissenheit und wusste genau, wie schwer es mir fiel, unter den grünen Reitern zu leben. Sie verstand, dass wir die blauen Drachen retten mussten. Das war für sie ihre wahre Familie. Eine Familie, die sie ohne Wenn und Aber akzeptierte. Auf Riata oder Janara war sie immer der wilde, verrückte Drache. Auf Marani war sie die Retterin. Stets willkommen und hoch geachtet.«

Als er Shy erwähnte, wurde er noch eine Spur blasser. Die Trauer fraß sich in sämtliche seiner Gesichtszüge. Ihr Tod hatte ihn tief getroffen, und den Schock über ihren Verlust hatte er noch lange nicht verkraftet. Kein Wunder. Das Drachenweibchen war erst gestern gestorben.

Ich benötigte meine gesamte Willenskraft, um keinen Schritt auf ihn zu zu machen und womöglich etwas Dummes zu tun oder zu sagen. Ian hatte mich verraten. Mich. Die ganze Welt. Ich musste meine Wut beibehalten und nicht einknicken, bloß weil mir der Tod eines Drachen naheging.

Trotzdem spürte ich längst, wie ich mich innerlich auf ihn zubewegte. Wie ich verstand und seine Motive nachzuvollziehen begann. So unglaublich sich das auch alles anhörte.

»Ich zog fast ein Jahr lang ein mörderisches Programm durch. Tagsüber trainierte ich hier auf Arandor, nachts flog ich gestohlenes Essen und Waffen zu meinem Volk. Ich brachte Verbandsmaterial rüber, und es war weiterhin zu wenig. Bei jedem Angriff verloren wir unsere etwas älteren Jungdrachen. Die Eier konnten wir mitnehmen, die Jungdrachen nicht. Sie konnten noch nicht selbst fliegen und dadurch nicht fliehen, sodass sie bei den Angriffen starben. Die Kinder waren krank und ...« Er atmete tief ein, bevor er endlich den bislang in sich gekehrten Blick wieder auf mich richtete. »Ich habe die Eier schließlich nach Arandor geholt und in einer provisorischen Bruthöhle im Koloss versteckt. Die wilden Drachen, die alle so in Alarm versetzt haben, leben eigentlich in der Wüstengegend. Was dein Volk gesehen hat, waren unsere Jungdrachen, die fliegen geübt haben. Ich habe einen halben Herzkoller bekommen, als mir das bewusst geworden ist.«

»Du ... du ... du hast die blauen Drachen über Jahre in dieser Welt ausgebrütet?«, fragte ich ungläubig nach.

»Nicht nur das. Ich habe die Kinder hierhergeholt. Erst war es eine Verzweiflungstat, im Anschluss wohl überlegt. Sean hat mir geholfen, ohne zu ahnen, wer diese Kinder überhaupt waren. Einige lebten jahrelang hier, andere kamen nur für eine kurze Zeit, um sich zu erholen. Es ging nicht anders. Wir waren am Ende und ich völlig ratlos.« Sein Blick wurde noch trauriger als ohnehin schon. »Ich wollte Larian alles erzählen und mein Volk hierherholen. Als Flüchtlinge. Der Fürst hätte uns geholfen. Ich bin mir sicher. Er hatte ein gütiges Herz und liebte Kinder. Er hätte Verständnis gehabt.«

»Aber?«

»Die Führungselite meines Volkes weigerte sich. So viele waren im Kampf um unsere Heimat gestorben. Es war undenkbar, ihr nach all den Verlusten den Rücken zu kehren. Sieg oder Untergang. Etwas anderes gab es nicht in ihrem Denken. Ich flehte sie an. Ohne Erfolg. Sie hatten das Sagen. Ich war machtlos. Heute denke ich oft, dass ich sie einfach hätte zwingen müssen, aber … ich war nicht länger ein Teil dieser Welt. Meine Freunde und Verwandten litten in meiner Abwesenheit. Kämpften. Weinten. Alles ohne mich, denn ich musste ständig zum Schlafen zurück nach Marani. Sie waren eine eingeschworene Einheit, ich die Waffe, die sie retten sollte. Nichts anderes. Mittlerweile hatten sie meinen verrückten Plan übernommen und verinnerlicht. Ich sollte Fürst werden, um die grünen Drachen in Arandor und Marani gegeneinander aufzuhetzen. Auf Marani gibt es inzwischen viele grünblaue Drachen, da die grünen Drachenreiter von Arandor einige gestohlene Drachen mit ihren gekreuzt haben, um frisches Blut unterzumischen. Im Eifer des Gefechts hätten deine Leute eventuell die Farbunstimmigkeit nicht bemerkt. Ein Schwachpunkt in unserem Plan, den wir riskieren mussten. Sobald Makon geschlüpft war, wollten wir damit loslegen, nur dass ich mir langsam nicht mehr sicher war. Arandor war ein friedlicher Ort. Ihn in einen Krieg zu zerren, der vor dreihundert Jahren in einer anderen Welt ausgefochten worden war, fühlte sich falsch an. Diese Generation an Drachenreiter konnte nichts für die Taten ihrer Vorfahren in Marani. Sie dafür zu bestrafen wäre falsch.«

Zum ersten Mal ließ er mich das volle Ausmaß seiner Verzweiflung sehen. Seiner Zerrissenheit. Ich sah es in seinen Augen und in jeder Bewegung. »Als Makon schlüpfte, änderte sich wiederum alles. Ein halbes Jahr konnte ich nicht mehr nach Marani wechseln, weil ich meinen Wächterdrachen dafür benötigte. Im Ei hatte ich ihn mit Shy zusammen mitnehmen können. Als Jungdrache war er zu groß dafür. Er musste erst selbst fliegen lernen.«

Ian straffte sich. »Es war ein halbes Jahr, das mein Denken komplett umdrehte. Ich bekam eine eigene Schülergruppe zugeteilt, die ich unterrichtete. Ging an Schulen für kleine Kinder, um ihnen die Welt der Drachenreiter näherzubringen. Lernte mehr Menschen kennen und versuchte verzweifelt, niemanden zu mögen oder gar Freundschaften aufzubauen, aber es war unmöglich. Auf Dauer völlig isoliert zu sein brachte mich um. Ich war kein Teil von Marani und kein Teil von Arandor, und dennoch liebte ich beide. Als ich schließlich zum ersten Mal mit Makon statt mit Shy bei meinem Volk war, wurden wir wie Helden gefeiert. Sie waren sich so sicher, dass die Rettung endlich nahte. Mir wurde klar, dass ihre Rettung der Untergang meiner Freunde und Bekannten in Arandor sein würde. Die Führung wollte Larians Tod und mich an der Macht. Sie wollten die grünen Drachen vernichten – beide Völker. Ich sollte die Waffe sein, die das möglich machte.«

Jetzt starrte er mich so intensiv an, wie er es damals auf dem Hügel getan hatte. Ich ahnte das Kommende. »Bei unserer ersten Begegnung wusste ich genau, was meine Aufgabe war. Ich hätte dich töten müssen. Gleichzeitig spürte ich, dass das falsch gewesen wäre. Also fasste ich einen ganz anderen Plan. Ich wollte dich kennenlernen. Dich bitten, mir zu helfen. Darum erkundigte ich mich über dich, und was ich hörte, gefiel mir.«

Ich lachte trocken auf. »Ernsthaft? Wer hat denn bitte was Nettes über mich zu berichten gehabt? Die hatten alle Angst vor mir und meinen Visionen.«

»Maai hat mir von deiner Begeisterung fürs Heilen erzählt und davon, wie zerrissen du dich fühlst. Ich konnte das nachvollziehen und ahnte, woher das stammte. Du warst eine Drachenreiterin, keine Heilerin. Jama hat dich als willensstark und freundlich bezeichnet. Er hielt große Stücke auf dich. Darum entschied ich mich für einen radikalen Schritt, der mich bis heute quält.«

Erneut brauchte er einen Moment, um sich zu sammeln, ehe er weitersprechen konnte. Vermutlich hatte er die Geschichte noch nie jemandem erzählt. Es musste seltsam für ihn sein, endlich die Wahrheit zu sagen. Vor allem, weil er sich dabei wie ein Verräter fühlte. Ich sah es genau. Er schaffte es nicht mal, mir in die Augen zu sehen. Schließlich sagte er leise: »Ich mied Marani, denn mein Volk hätte von mir verlangt, dich zu töten. Shy machte das ganz verrückt. Sie liebte das Volk der blauen Drachen und wollte helfen. Rüberfliegen. Essen bringen. Sie retten. Dass ich mich weigerte, ließ sie außer Kontrolle geraten. Nach und nach wurde ich zum Feind, der sich auf die Seite der grünen Drachen stellte. Und Makon? Der hat mich genauso verachtet.«

Ian drehte sich etwas, um seinen Drachen anzusehen. Der grummelte leise vor sich hin.

»Ich bin der Wächterdrache von Marani. Es ging mir einfach nur gegen den Strich, dass ich auf einmal die Welt der grünen Drachen beschützen sollte, während unser Volk drüben starb«, brummte er.

»Du warst fuchsteufelswild.« Ian sagte es ruhig, doch ich spürte seinen Schmerz. Sich gegen seine beiden Drachen zu stemmen, musste heftig gewesen sein.

Gleichzeitig begriff ich die tiefere Wahrheit dahinter. »Shy hat ihre Wut anderweitig herausgelassen. Ist sie deshalb mit dir in die Pfortenwelt geflogen?«

»Ja. Sie wollte mich entweder dazu bringen, nach Marani zu wechseln, oder mich umbringen. Vielleicht auch beides. Ich weiß es nicht. Ich weiß nur, dass sie mich kalt erwischt hat. Normalerweise komme ich in der Pfortenwelt gut zurecht. Dass ein roter Drache überhaupt dort hineinwechseln kann, war mir allerdings neu. Ihre Magie war wild und unberechenbar. Sie griff mich sofort an. Makon machte es nicht besser, weil er uns gefolgt war. Den Ausgang dieses Kampfes kennst du.«

Und wie. Ich erinnerte mich, dass Ian mich verzweifelt um Hilfe angefleht hatte. In meinem Kopf. Mittlerweile ergab das auch Sinn. Wir konnten uns lautlos miteinander verständigen. Damals hatte ich mich für verrückt gehalten.

»Allerdings gibt es da noch etwas, das du Elaja bislang verschwiegen hast«, warf Makon nach einer langen Pause ein. *»Als Ian verstand, dass er zu lange in der Pfortenwelt geblieben war und mit hoher Wahrscheinlichkeit sterben würde, hat er mich mit aller Gewalt an dich gebunden. Dass das überhaupt geht, war uns vermutlich allen neu. Er wollte unbedingt dafür sorgen, dass ich überlebte, um dir den rechten Weg zu zeigen. Damit ich dir von Marani und unserem sterbenden Volk berichten konnte. Es war das Übelste, was ich je erlebt habe. Ich habe ihn dafür gehasst.«*

»Du … bist mein Drache?«, fragte ich ungläubig.

»Irgendwas dazwischen. Was meinst du, warum Ian mich unbedingt bei dir abladen wollte und den kuriosen Drachentausch gestartet hat?

Er hat das nicht nur getan, um mich aus Shys Reichweite zu schaffen. Er wollte, dass wir uns anfreunden und ich meine Vorbehalte gegen dich aufgebe, immerhin war ich zur Hälfte ohnehin an dich gebunden. Ich hielt das für einen Verrat an unserem Volk. Wir haben uns dermaßen gestritten, dass ich kurz davorstand, allein nach Marani zu fliegen. Leider klappt das ohne Reiter nicht.«

Ich spürte, wie mir das Blut aus dem Kopf wich und mir ernsthaft schwindelig wurde. Dass hinter meinem Rücken ein derartiger Machtkampf ausgefochten worden war, hatte ich nie bemerkt. »Du hast mich gehasst«, stellte ich fassungslos fest.

»Ich wollte es, allerdings war das wirklich schwierig. Du hast mich auf der Landebahn gerettet und mir geholfen. Ich schuldete dir Ians und mein Leben. Dennoch fand ich es gar nicht lustig, an meine Erzfeindin der vergangenen Jahrhunderte gekettet zu sein. Wir Drachen empfinden da anders als ihr Menschen. Ihr vergesst alte Empfindungen. Alten Hass. Wir nicht. Es hat lange gedauert, mich vom Gegenteil zu überzeugen. Letztlich war das alles egal, denn das eigentliche Problem warst nicht du, sondern Ians weitreichende Entscheidung, die ich nicht mittragen konnte und wollte.«

Verwirrt runzelte ich die Stirn. »Was meinst du?«

»Es ist das, was Ian ganz am Anfang gesagt hat: Er hat beschlossen, nicht nur dein Leben zu verschonen, sondern Arandor zu retten und das blaue Drachenvolk verloren zu geben. Er hat sich strikt geweigert, nach Marani zu fliegen. Er wollte einen Krieg verhindern.«

Ian wartete, bis ich die Tragweite vollständig erfasst hatte, dann erst sprach er weiter. »Die Führungselite von Marani hätte mich gezwungen, unseren Ursprungsplan endlich durchzusetzen. Also blieb ich fern. Ich brachte lediglich die verbliebenen Kinder zurück und kehrte meiner Heimat den Rücken, wurde zu dem Verräter, den du so verachtest. Nur dass ich nicht deine Welt verraten habe, sondern meine. Ich wollte Leben retten. Wollte den Krieg verhindern und mein Volk zwingen, sich für den anderen Ausweg zu entscheiden: nach Arandor zu fliehen und hier zu leben. Ich blieb bei meinem Kurs, obwohl Makon mich dafür hasste und Shy mich töten wollte. Ich blieb dabei. Bis …« Er verstummte und schloss müde die Augen.

»Bis ich versehentlich die Pfortenwelt nach Marani geöffnet habe und du mir gefolgt bist«, sagte ich leise.

»Ja. Ich schätze, Makons Magie hat dich unterbewusst dort hingeführt. Er wollte so dringend in seine Welt. So dringend nach dem Rechten sehen. Erst als ich dort ankam, wurde mir das Ausmaß meines Handelns richtig bewusst. Meine Schwestern lebten nicht mehr. Das hatte ich bis dahin nicht gewusst. Nicht einmal geahnt. In dem Moment spürte ich es ganz deutlich. Genau wie die Schuldgefühle. Ich hatte sie im Stich gelassen.« Seine Stimme brach, und er hob die Hände vor die Augen, schirmte sich vor meinem Blick ab. Vermutlich, damit ich seine Tränen nicht sah. Er brauchte lange, um sich zu fangen. Erschreckend lange. Ich rührte mich weiterhin nicht, wartete ab, allerdings fiel es mir mit jeder Sekunde schwerer. Ian so zu sehen war erschütternd.

Schließlich ließ er die Hände sinken und sprach mit leiser Stimme weiter. »Dieser Flug in meine Welt hat mich bis in die Grundfesten erschüttert. Mir wurde klar, dass ich mit solch einer Schuld nicht leben konnte. Mit deinem Tod aber auch nicht. Noch immer wollte ich unbedingt Manilas Geburt verhindern und dir gleichzeitig alles erzählen. Ich wollte es, nur Makon hielt das für ein zu hohes Risiko. Diesmal hörte ich auf ihn.«

Ich wusste sofort, welchen Moment Ian damit meinte. Nachdem ich durch eine seiner Weltenpforten geflogen war, hatte er mich wiederbeleben müssen. Es war knapp gewesen. Makon hatte von ihm verlangt, mich sterben zu lassen. Noch heute hörte ich seine harten Worte in meinem Kopf.

»Sie ist eine Gefahr – und das weißt du. Hör auf. Hör auf! Sie muss so oder so sterben. Es gibt kein Zurück mehr. Nicht nach heute. Sie sind tot, Ian. Wegen ihr!«

Endlich ergab dieses »sie« einen Sinn. Makon hatte Ians Schwestern damit gemeint. Der hatte mich allerdings nicht aufgegeben. Mich nicht sterben lassen. Stattdessen hatte er mir alles beichten wollen, nur war der Drache in letzter Sekunde dazwischengegangen.

Er hatte es verboten.

Vermutlich bemerkte Ian, dass ich mich erinnerte, und ließ mir Zeit, die Informationen sacken zu lassen. Dann erzählte er weiter. »Als mich Makon im Anschluss bat, nach Marani zurückzukehren, war ich einverstanden. Ich war erschöpft von all den Kämpfen, den schwierigen Entscheidungen und meinem schlechten Gewissen. Ein schwacher Moment, den meine Leute sofort ausnutzten. Es kam, wie es kommen musste. Sie verlangten von mir den Angriff. Ich fügte mich. Den Rest kennst du. Er hat uns zu diesem Moment geführt, an dem ich dir alles beichte und du über mich richten kannst.«

Mir fiel keine passende Erwiderung ein. Das waren viel zu viele Informationen gewesen, die ich erst mal zu verarbeiten hatte. Die mich fassungslos zurückließen. Dass Ian einen derart heftigen Kampf von mir unbemerkt ausgefochten hatte, war unfassbar. Dennoch blieb es dabei: »Du hast deine Leute in meine Welt gebracht, um uns anzugreifen«, sagte ich leise.

»Ich weiß.« Langsam erhob er sich. Ein müder Krieger, der trotz allem weiterkämpfte. Er straffte sich. »Ich weiß auch, dass du mich für ein Monster halten musst, aber das bin ich nicht. Der wahre Feind ist schwer auszumachen. Es ist die Magie, die uns immer wieder aufeinanderprallen lässt.«

»Sie ist es vermutlich auch, die uns alle dreihundert Jahre wieder auferstehen lässt«, überlegte ich schaudernd.

»Ja. Sie ist mächtiger als alles, was wir uns vorstellen können.«

»Aber warum geschieht das? Warum werden wir immer wiedergeboren?«

Ian zuckte mit den Schultern. »Keine Ahnung. Ich weiß nur, dass es die Magie ist, die uns zu Feinden macht und uns den Zyklus wiederholen lässt. Ergeben wir uns ihrem Willen, wird es nie Frieden geben.« Ian musterte mich aufmerksam, ließ seinen Blick über mein Gesicht bis zu meinen Händen wandern. »Du hast sie heute gespürt«, sagte er zu mir. »Zumindest gehe ich davon aus. Die Asrai-Magie in dir.«

Asrai. Allein das Wort sorgte bei mir für ein weiteres Schaudern. Sofort dachte ich an den Moment zurück, als mich dieses Etwas aus meinen Gedanken verdrängt und mein Handeln und mein Können übernommen hatte. Meinen Körper. Ich hatte mich zurückgekämpft, doch sie war noch da. Tief in mir drin.

Lauerte. Wartete.

Allein an meinem Gesichtsausdruck erkannte Ian die Bestätigung seiner Vermutung. Er nickte. »Ich will die Asrai loswerden. Nicht dich. Wir zwei sind keine Feinde. Unsere Magie hingegen wird sich vermutlich nie vertragen.«

Ich schluckte schwer. »Bleibt die Frage, warum das so ist.«

»Das müssen wir dringend herausfinden. Die Angst vor der Asrai hat mich dazu getrieben, den letzten Schritt zu wagen und mein Volk auf deins zu hetzen. Elaja!« Sein Tonfall wurde drängender. »Bitte. Du musst mir glauben. Es tut mir leid, dass ich das getan habe, aber um zu verstehen, warum ich keine Wahl hatte, musst du sie sehen. Mein Volk. Die Drachen. Die Kinder. Die verzweifelten Krieger, die keinen anderen Ausweg mehr gesehen haben. Du musst sie sehen. Komm mit mir in meine Welt, damit du begreifst, was deine Magie mit unserer angerichtet hat. Was die Asrai uns angetan hat. Es erzählt zu bekommen und es zu sehen, sind zwei völlig verschiedene Dinge. Bitte, Elaja!«

Ich spürte, wie sich langsam eine Schlinge um meinen Hals legte, die sich erbarmungslos zuzog. So hatte sich Ian vermutlich all die Jahre gefühlt. »Wer sagt mir, dass du mich nicht wieder verrätst?«

»Dein Herz sagt es dir. Ich plane keinen Hinterhalt. Im Gegenteil. Ich bitte dich um Hilfe. Etwas, das ich schon längst hätte tun müssen.«

Er sah mich an. So offen. So verzweifelt, dass ich kaum Nein sagen konnte. Vor allem spürte ich tief in mir drin, dass ich die Wahrheit erfahren musste. Was, wenn er wirklich recht hatte und ein Monster in mir lauerte, das sein Volk zugrunde richten wollte? Ich musste wissen, ob es stimmte. Das gab den Ausschlag. »In Ordnung. Zeig sie mir: die Wahrheit in deiner Welt«, sagte ich schweren Herzens. Als ich seine Erleichterung bemerkte, hob ich warnend die Hände. »Ich behaupte damit nicht, dass ich dir vertraue. Das werde ich vermutlich nie wieder tun. Für den Moment bleibt mir allerdings keine Wahl. Also verrat mich nicht. Nicht schon wieder.«

»Versprochen. Allerdings müssen wir Sean mitnehmen, sobald er hier auftaucht. Er hat ebenfalls ein Anrecht auf die Wahrheit. Er ist tiefer darin verstrickt, als er bislang geahnt hat. Bevor wir das tun können, muss ich mich noch mit dem Rat treffen. Wenn wir uns sofort davonstehlen, wirft das Fragen auf, die wir nicht gebrauchen können. Außerdem sollten wir uns um unsere Leute in dieser Welt kümmern. Sie brauchen unsere Hilfe. Wir können nicht vor Mitternacht losfliegen, sonst fällt das auf. Im Schutz der Dunkelheit können wir uns am ehesten wegschleichen.«

»Meine Leute«, korrigierte ich ihn.

»Nein, Elaja. Es sind auch meine. Sie sind es schon sehr lange, bloß habe ich mich immer dagegen gewehrt, ein Teil dieser Welt zu sein. Letztlich muss ich der Wahrheit ins Auge blicken. Ich kämpfe längst nicht mehr nur für Marani. Ich kämpfe auch für Arandor, so seltsam sich das für mich anfühlt.«

Ich wollte ihm glauben. So sehr! Und trotzdem hatte er mir bewiesen, dass er ein verteufelt guter Lügner war. Daher ließ ich seine letzten Ausführungen unkommentiert und lief stattdessen los, rüber Richtung Chaos. Manila und Makon waren auf der Landebahn aufeinander losgegangen. Der Kampf mit den roten Drachen hatte jedoch direkt vor den Wohnbereichen und den Übungsplätzen stattgefunden. Darauf hielt ich zu.

Ich musste dringend über alles nachdenken. Mich sortieren. Begreifen. Vor allem musste ich mich entscheiden, wie ich Ian zukünftig sehen würde. Hasste ich ihn weiter? Hasste ich ihn überhaupt? Und war es möglich oder sinnvoll, ihm jemals verzeihen zu wollen?

Meine Gedanken stoppten abrupt, als ich eine mir völlig unbekannte Stimme in meinem Kopf vernahm.

»So, ihr Hübschen. Ich glaube, wir sollten miteinander reden, jetzt, wo Ian zu meiner grenzenlosen Fassungslosigkeit ein Gespräch mit der Asrai überlebt hat. Eine erfrischende Neuerung. Normalerweise lyncht sie ihn immer direkt. Am Vulkan wäre ein guter Ort, um sich auf einigermaßen neutralem Gebiet zu unterhalten.«

Ich begriff erst einige Sekunden später, wessen Stimme ich in meinem Kopf gehört hatte. Manila und Makon waren es nicht gewesen, genauso wenig wie Ian. Letzterer war abrupt stehen geblieben und blass geworden.

»Rai«, hörte ich Ian in meinem Kopf. *»Du willst reden? Wirklich? Ich dachte, du wolltest uns einfach erledigen.«*

»Ich passe mich den neuen Begebenheiten an. Offenbar ist miteinander sprechen der neueste Schrei. Ich erwarte euch am Vulkan. Lasst eure Armee und vor allem den weißen Horrordrachen zu Hause. Fliegt zusammen auf Makon rüber. Sonst werde ich Arandor mit Feuer überziehen – und danach nehme ich mir Marani vor.« Die drohende Stimme in meinem Kopf machte eine Kunstpause, und etwas, das wie ein genervtes Schnalzen klang, ertönte. *»Bei dem Treffen wird euch nichts geschehen. Mein Wort darauf. Ich schätze, ein Gespräch ist allmählich wirklich angebracht.«*

Ian regte keinen Muskel, während ich noch verzweifelt herauszufinden versuchte, wie ich mich in das Gespräch einklinken konnte. Bevor ich den Dreh raushatte, herrschte Stille in meinem Kopf.

»War das wirklich *der* Rai?«, fragte ich ungläubig, während Manila verächtlich schnaubte.

»Als ob ich dich mit dem Shetai und seinem hässlichen Drachen allein zu dem Monster der Jahrhunderte fliegen lasse. Ich komme mit.«

»Wir fliegen gar nicht«, protestierte ich laut. »Das riecht nach Falle.« Fragend warf ich Ian einen Blick zu. Der wirkte erschreckend nachdenklich. »Du willst nicht ernsthaft da hin!«

»Wir müssen. Es ist das erste Mal, dass Rai überhaupt ein Gespräch anbietet. Dass du mich nicht sofort erledigt hast, macht ihn offenbar nervös. Er fürchtet, wir könnten uns gegen ihn zusammentun. Das wäre die Chance, ihn von weiteren Angriffen abzuhalten.« Ians Blick wurde bittend. »Wir können uns keinen weiteren Konflikt leisten. Arandor ist ein vom Frieden verwöhntes Land und auf solch eine Konfrontation überhaupt nicht vorbereitet. Rai wird die grünen Drachen zerfetzen. Wenn er uns einen Strohhalm reicht, um einen Krieg zu verhindern, müssen wir ihn annehmen.«

»Wir?«, antwortete ich giftig und spürte, wie meine Wut trotz all seiner Erklärungen wieder neu entbrannte. »Sprich nicht von einem

Wir. Du wolltest selbst einen Krieg beginnen. Dir das zu verzeihen, fällt mir schwer.«

Ian trat einen Schritt zurück, als hätte ich ihn geschlagen und nicht nur angeblafft. Sein Blick flackerte kurz. Schließlich zwang er sich sichtbar zur Ruhe. »Arandor ist mir wichtig. Ich habe nicht meine Schwestern verloren gegeben, um diese Welt zu retten und sie im Anschluss Rai zu überlassen. Machen wir uns außerdem nichts vor. Was immer er von uns will, er wird bei Arandor nicht haltmachen. Früher oder später wird es auch Marani treffen.«

»Rai ist gefährlich«, bestätigte Makon vehement. *»Und genau deshalb müssen wir vorsichtig sein, Ian. Ihm kann man nicht vertrauen.«*

»Makon! Wir haben in all den Jahrhunderten nie mit ihm gesprochen. Zumindest ich nicht.« Ian sah mich fragend an. »Habt ihr das getan?«

»Keine Ahnung! Ich weiß erst seit ein paar Stunden, dass ich regelmäßig wiedergeboren werde«, antwortete ich und drehte mich zu Manila um, sah meinen Drachen fragend an. »Weißt du da eine Antwort?«

»Nein. Die Vergangenheit ist wie ein dichter Nebel, aus dem manchmal Erinnerungen auftauchen. Manche bleiben in meinem Gedächtnis, andere verschwinden wieder. Was zurück bleibt, sind Gefühle. Ich weiß, dass Rai mörderisch ist, genau wie wir. Er fürchtet uns mehr als alles andere und belächelt den Shetai für seinen Hang, an die friedliche Lösung eines Konfliktes zu glauben, von dem er keine Ahnung hat.«

»Von welchem Konflikt reden wir denn überhaupt? Was ist das für ein weltenzerfetzender Streit?«, erkundigte ich mich genervt bei Ian.

»Frag mich nicht. Meine Welt war immer nur Kollateralschaden. Rai hat es vor dreihundert Jahren geschafft, dir weiszumachen, dass ich deine Welt angegriffen habe – und nur fürs Protokoll: Das habe ich nie getan. Ich war immer nur froh, in Ruhe gelassen zu werden. Dein Angriff kam wie aus dem Nichts.«

»Das soll ich dir glauben?«

»Glaub es oder nicht. Tatsache ist, dass wir Rai am Hals haben und er keine Ruhe geben wird. Er will dich. Nur dich. Ich werde lediglich ständig in euren Streit mit reingezogen.«

Das fand ich kaum vorstellbar, doch so wie Ian aussah, log er tatsächlich nicht. Oder? »Manila! Du musst irgendwas dazu wissen«, versuchte ich es erneut bei meinem Drachen.

»Der Konflikt entflammt jedes Mal aufs Neue, sobald die Pfortenwächter geboren werden. Es geht um Rache und um einen dramatischen Überlebenskampf. Rai ist aus irgendeinem Grund ausgesprochen sauer auf uns. Warum, weiß ich nicht.«

»Wir streiten uns um etwas, von dem wir nicht mal wissen, warum wir uns streiten? Weiß Rai das denn wenigstens?« Ich konnte es kaum fassen.

»Um das herauszufinden, sollten wir uns mit ihm unterhalten«, schlug Ian vor und deutete gleichzeitig auf Makons Rücken. »Also?«

»Jetzt?«, fragte ich ungläubig.

»Ich glaube nicht, dass er von der geduldigen Sorte ist. Ja, jetzt.«

»Unsere Freunde und Kameraden brauchen uns!« Als mir klar wurde, was ich da gesagt hatte, korrigierte ich mich aus Prinzip. »Meine Freunde und Kameraden brauchen mich.« Solche Spitzen musste er sich gefallen lassen.

Ian ging nicht darauf ein und stieg stattdessen auf Makons Rücken. »Kommst du?«, fragte er, kaum dass er oben angekommen war.

»Nein«, sagte Manila voller Empörung. *»Sie ist ja nicht irre!«*

Irre nicht. Aber verzweifelt. Ich brauchte Antworten. So dringend, dass ich tatsächlich zu Makon trat und mich hinter Ian auf den Drachenrücken schwang. »Wenn ihr zwei mich hintergeht, wird meine Rache im nächsten Leben fürchterlich sein«, knurrte ich böse.

»Ich habe nichts mehr zu verbergen. Meine Kapazitäten für Lügen und doppeltes Spiel sind aufgebraucht.« Er verdrehte sich fast, um mich ansehen zu können. »Es tut mir leid. Alles«, sagte er sanft zu mir. »Das solltest du wissen.«

Mir fiel keine passende Antwort ein, daher schwieg ich.

4

Es war seltsam, so dicht hinter Ian zu sitzen und ihm gleichzeitig so fern zu sein. Er reichte mir einige Halteriemen, damit ich mich sichern konnte. Ansonsten achtete er peinlich darauf, mich nur ja nicht zu berühren. Gut so. Ich musste Distanz wahren. Auf Abstand gehen, um klar denken zu können. Zorn half mir ein wenig dabei. Er hatte mich hintergangen und mir sogar ein Schwert an die Kehle gehalten. Das durfte ich nie vergessen.

Und dennoch war da dieses Stimmchen, das mir einredete, dass er eher der bedächtige, ruhige Typ von Mann war. Kein Kriegstreiber. Kein Aggressor. Eher das Gegenteil. Dass er uns dennoch angegriffen hatte, sagte viel über den Grad seiner Verzweiflung aus. Und dass es sich bei ihm ganz offenbar um den größten Geheimniskrämer handelte, dem ich je begegnet war.

Wie hatte er all das die ganzen Jahre über verheimlichen können?

Die Antwort auf diese Frage musste allerdings warten. Zunächst stand die Begegnung mit Rai an. Wenn wir die überleben wollten, brauchten wir unsere volle Konzentration.

»Fertig?«, fragte er mich, sobald er das Klicken der Halteriemen vernommen hatte.

»Dafür werde ich vermutlich nie bereit sein. Aber ja. Kann losgehen.«

Als Makon startete, musste ich mich an Ian festhalten, und allein diese eine Berührung ließ mein Herz vor Trauer aufstöhnen. Was war nur geschehen, dass ich ihn hassen statt lieben wollte? Am liebsten hätte ich die Arme um ihn geschlungen und ihn angefleht, die letzte Stunde einfach zurückzudrehen. Ungeschehen zu machen. Ich wollte zurück zu ihm ins Bett und mich an ihn kuscheln. All das weit von mir schieben, um ihn weiterhin so zu sehen, wie ich ihn kennengelernt hatte. Sanft. Mutig. Gewissenhaft. Loyal.

Nur war er das Gegenteil davon.

Ich spürte das Pochen seines Herzens unter meiner Hand. Es schlug viel zu schnell und irgendwie auch unregelmäßig. Auch er war nervös. War das ein Zittern in seinen Gliedern? Ich war mir nicht ganz sicher und horchte genauer hin. Tatsache. Da war ein Beben unterhalb seiner Haut. Als würde sein Körper Schwerstarbeit verrichten. Oder als …

Bevor ich es genauer benennen konnte, tauchte der gewaltige Vulkankrater vor mir auf, der den Koloss durchschnitt. Sein Anblick lenkte mich von Ian ab, verschlug mir wie immer den Atem. Noch immer stieg Rauch aus seinem Inneren hervor. Wenn ich den Hals reckte, konnte ich rote Funken darin entdecken und eine Stufe tiefer einen tiefroten Fluss erkennen. Lava. Sofort wurde es derart heiß, dass ich kaum atmen konnte. Makon drehte seitlich ab und umrundete den Krater mit weit größerem Abstand.

Den roten Drachen entdeckten wir beinahe gleichzeitig. Er hockte auf einem Felsvorsprung etwa drei Kilometer Luftlinie vom Krater entfernt. Ein komplett dunkelroter Drache mit einem stachelbesetzten Kopf und schrecklich vielen Narben. Neben ihm wartete ein dunkler Punkt, der mit jedem von Makons Flügelschlägen mehr zu einem großen, athletischen Mann wurde. Seine Haare hatte er abrasiert. Stattdessen wanden sich Tattoos über seinen kahlen Schädel. Als Makon landete, entdeckte ich weitere schwarze Kunstwerke überall auf seiner Haut. Drachen über Drachen, die sich ineinander wanden, sich bissen oder nebeneinanderher flogen. Ein Gemälde, so dunkel und düster, dass es mir einen Schauder über die Haut jagte.

Beinahe spöttisch zog er sich den Schwertgurt von den Hüften und warf die Waffe gut sichtbar vor sich in den Staub. Ein Zeichen seines guten Willens. Dennoch machte ich mir nichts vor. Der Mann an sich war die eigentliche Waffe. Nicht das Schwert.

Er war vermutlich ein kleines Stück größer als Ian und auch bulliger. Bei jeder Bewegung sah ich die Muskeln arbeiten. Ein durchtrainierter Krieger, der sich seiner Wirkung auf andere sehr bewusst war. Vor allem das Blitzen seiner Augen war unübersehbar. Ein Funkeln, das Intelligenz und auch ausgesprochen viel Spott versprühte. Durch die vielen Tattoos im Gesicht konnte ich mich nicht entscheiden, ob ich ihn attraktiv fand oder nicht. Sein Kinn war ausgesprochen kantig, beinahe viereckig. Glatt rasiert. Die Augen standen ganz leicht schräg, waren dafür aber wahnsinnig groß und von dichten Wimpern umrahmt.

Als er meine Musterung bemerkte, zwinkerte er mir beinahe spielerisch zu und deutete eine Verbeugung an.

»Asrai. So hübsch wie eh und je, nur dieser weiche Ausdruck auf deinem Gesicht ist ungewohnt. Wo ist der brennende Zorn? Der lodernde Hass? Deine freundliche Miene beunruhigt mich mehr, als wenn du direkt auf mich losgegangen wärst.«

Ich wollte antworten und wusste nicht wie. Mit Ian gedanklich zu kommunizieren war mittlerweile zu einer Selbstverständlichkeit geworden, aber jemand Fremden in diese mentalen Gespräche aufzunehmen? Wie ging das?

Von daher antwortete ich notgedrungen mit eisigem Schweigen und hoffte, dass mir Rai das als Überlegenheit und nicht als Schwäche auslegte. Dass ich keine Ahnung von meiner Magie hatte, musste er ja nicht direkt erfahren.

So elegant wie möglich stieg ich ab, dicht gefolgt von Ian. Der lief irgendwie weniger federnd als sonst und bückte sich beim Laufen beinahe unmerklich, hielt den Arm vor den Bauch. Das sah seltsam aus, und unter normalen Umständen hätte ich mich bestimmt deswegen gesorgt, doch Rai lenkte mich ab. Sobald wir auf normale Sprechweite herangekommen waren, blieben wir gegenüber von ihm stehen. Ian und ich auf der einen, Rai auf der anderen Seite. Schweigend musterten wir uns gegenseitig.

»Shetai«, sagte Rai mit einer überraschend angenehmen Stimme. Dunkel und samtig. Beinahe freundlich. »Eine spannende Entwicklung, dass wir uns endlich unterhalten können, bevor die Asrai dich tötet.«

Beinahe unmerklich versteifte sich Ian neben mir und atmete hörbar durch. »Du wolltest reden, also rede«, befahl er mit deutlichem Unwillen in der Stimme.

Rais durchdringender Blick wanderte von mir zu Ian und wieder zurück. »Ich versuche seit etwa zwei Jahren hier durchzublicken, aber so recht gelingt es mir nicht. Was macht der Shetai in dieser Welt?« Er nagelte meinen Blick fest. »Dir ist schon klar, dass er dich töten will?«

»Will er nicht. Versuch gar nicht erst, für böses Blut zwischen uns zu sorgen. Das wird dir nicht gelingen. Viel interessanter ist die Frage nach deinen Plänen«, antwortete ich so selbstbewusst wie möglich.

Ein verächtliches Lachen antwortete mir. »Rache. Nahrungsmittel. Überleben für mein Volk. Deinen Tod. Seinen Tod. Such dir was aus.« Er hatte den Nerv, mir verschmitzt zuzuzwinkern, dann wandte er sich übergangslos an Ian. Seine Miene wechselte von amüsiert zu eiskalt. »Lass uns ehrlich miteinander sprechen. Du willst deine Welt von dem mörderischen Volk der Asrai befreien und bist allein zu schwach dazu. Ich könnte da aushelfen. Die roten und blauen Drachen gemeinsam gegen die Brut der Hölle in deiner Welt. Sie hätten keine Chance.«

»Und was hättest du davon?«

»Wir bekommen die Nahrungsmittel, ihr eure Welt. Und ich meine Rache.« Er bleckte die Zähne. »Es gibt natürlich eine Bedingung für diese Vereinbarung.«

»Die wäre?«

Rai deutete auf mich. »Wir erledigen die Asrai, bevor sie das mit uns machen kann. Vorzugsweise sofort.«

Ians Reaktion war bemerkenswert. Für etwa eine Sekunde wirkte er ehrlich überrascht. Dann schob er sich recht deutlich vor mich. Allein seine Körperhaltung war Antwort genug.

Rai schnaubte verächtlich, als er das erkannte. »Sobald ihre Magie sie übernommen hat, wird es für dich nichts mehr zu lachen geben, mein Freund. In dem Fall ermordet sie dich mit einem Fingerschnippen und holt sich danach Marani. Das weißt du. Das weiß ich. Also sei vernünftig. Sie ist keine Verbündete. Sie ist eine Bedrohung. Für uns alle. Wir hatten noch nie die Gelegenheit, sie in einem solch schwachen Zustand vorzufinden. Normalerweise ist sie die Erste, deren Magie erwacht, und uns daher meilenweit überlegen. Diesmal ist es anders. Shetai! Wir könnten das Töten in diesem Leben beenden, indem wir das einzig Richtige tun und die Bedrohung ausschalten, bevor es zu weiterem Blutvergießen kommt.«

»Hallo? Ich stehe direkt hinter euch«, mischte ich mich ein und trat zur Seite, um an Ian vorbei Rai böse ansehen zu können. »Ich sehne mich genauso nach Frieden wie ihr beide. Wobei ich das bei dir noch zu bezweifeln wage, Rai. Du willst Rache? Für was?«

»Ach ja. Ich vergesse immer, dass du völlig ahnungslos auf die Welt kommst, bis deine Magie übernimmt.« Drohend trat Rai einen Schritt nach vorn. Einen weiteren.

Ian spannte sich an, während ich mich bemühte, nicht zurückzuweichen. Fort war jeglicher Spott, jedes Lächeln in Rais Miene. Einzig Zorn und Hass waren geblieben. »Du hast meine Welt untergehen lassen. Seitdem kämpfen wir jeden Tag, jede Minute um unser Überleben. Die Hitze von eurem heißesten Hort ist ein Scheiß gegen die Glut, in der wir leben müssen. Nahrung anzubauen ist beinahe unmöglich geworden, von der Suche nach Wasser ganz zu schweigen. Neunhundert Jahre quält sich mein Volk bereits. Ich habe dich im letzten Leben angefleht, zurückzunehmen, was immer du uns angetan hast. Du hast nur gelacht und mir erklärt, dass du jeden roten Drachenreiter vernichten wirst, der dir begegnet. Bis keiner von uns mehr lebt. Das habe ich als die Kriegserklärung aufgefasst, die es war – und mich gewehrt. Auf die einzige Weise, die du verstehst. Durch einen solch gewaltigen Angriff, dass selbst du ins Wanken kamst.« Rai deutete auf den Lava spuckenden Vulkan neben uns. »Ich habe deine Welt bluten lassen und im Anschluss dafür gesorgt, dass du die falsche Welt angreifst. Ihr spielt ein doppeltes Spiel? Das vermag ich auch.« Er bewegte die Hand in einer Geste, die mir verdächtig bekannt vorkam. Ich kannte den Wink aus meinen Visionen, bloß führte ich ihn da selbst aus. Pfortenwächtermagie. Ganz plötzlich wurde sein ehemals roter Drache grün. Ein weiterer Wink und Makons Schwarz wurde zu Blau.

»Glaubt euren Augen besser nicht«, sagte er scharf. »Ian mag Weltenpforten vom Boden aus formen können, von deinem Können ganz zu schweigen. Nur unterschätzt mich nie wieder. Ich kann nicht nur die Pforten in der Erde bewegen. Ein paar Tricks mehr hab ich durchaus auf Lager.«

Ich starrte fassungslos den ehemals roten Drachen an und begriff endlich, was geschehen war. Warum ich die falsche Welt attackiert hatte. Rai hatte seine roten Drachen blau aussehen lassen oder Ians Drachen rot, sodass wir tatsächlich das falsche Volk angegriffen hatten. Ich war auf die Finte hereingefallen.

»Wir haben uns gegenseitig erledigt, weil du uns überlistet hast«, schlussfolgerte ich laut und folgte dem Gedankengang, bis ich stutzte. »Das scheint dir nur nicht so viel genutzt zu haben. Warum hast du nicht die Chance ergriffen, als alleiniger Pfortenwächter zu herrschen? Ian und ich waren tot. Und was hast du danach angestellt?«

Die Frage war Rai eindeutig unangenehm. Ich hätte schwören können, dass er sie nicht beantwortete. Letztlich tat er es aber doch. »Ich hab mich damals überanstrengt und bin an einem Magieschock gestorben. Das geht bei uns Pfortenwächtern schneller, als man denkt. Unsere Magie ist mächtig, nur leider nicht für uns schwache Menschen gemacht.« Kritisch sah er Ian an. »Merk dir das, mein Freund. Sonst ergeht es dir wie mir.«

»Ich bin nicht dein Freund«, entgegnete Ian ruppig. »Zumindest im Moment nicht. Nur zu gern können wir das allerdings ändern und Freunde werden. Wenn wir aufhören, uns gegenseitig zu hintergehen, zu töten oder unsere Welten anzugreifen. Du brauchst

Nahrung? Frag einfach und hör auf, uns zu terrorisieren. Wir haben genug. Wir können teilen.«

»Kannst du auch die Dunkelheit beenden? Die Hitze? Nein? Dachte ich mir. Das kann nur sie.« Anklagend deutete Rai auf mich. »Und da beißt sich die Katze in den Schwanz. Wenn wir darauf warten, dass ihre Magie erwacht, damit sie die Hitze und die Dunkelheit zurücknimmt, wird das in der gleichen Sekunde unser Todesurteil sein. Statt uns zu helfen, wird sie die Chance nutzen und uns erledigen.« Sein Blick wurde eindringlicher, als er Ian fixierte. »Shetai! Du weißt, worauf das hier hinauslaufen wird! Was geschieht, wenn die Asrai erwacht. Warum läufst du sehenden Auges in den Untergang?«

Noch immer stand ich ein kleines Stück hinter Ian. Dadurch sah ich, wie er langsam die Finger zur Faust ballte. Wie er sich anspannte. Und für einen schrecklichen Moment fragte ich mich das Gleiche wie Rai. Warum tat Ian das? Warum hatte er mich nicht schon längst erledigt und die Gefahr gebannt, wenn sie wirklich so dramatisch war?

»Ich bin ein Mann des Friedens«, sagte Ian schließlich in die angespannte Stille hinein. »Diesen Konflikt werden wir nicht durch Waffengewalt oder Töten beilegen können. Wir müssen aufeinander zugehen. Verstehen, was in den vergangenen Jahrhunderten geschehen ist. Uns verzeihen. Nur so werden wir langfristig überleben können.«

»Wenn du das glaubst, bist du ein größerer Narr, als ich dachte. Mit ihrer Magie kann man nicht verhandeln.« Rai war lauter geworden. So laut, dass er beinahe schrie. Gleichzeitig war er uns so nahe gekommen, dass es durchaus als ein Angriff gewertet werden konnte. Ein anderer Mann hätte vermutlich bereits zur Verteidigung angesetzt und Rai angegriffen. Ian nicht. Er hielt Rais Drohgebärde und die Provokation regungslos aus, stemmte sich allein mit seiner Haltung dagegen.

»Mit der Asrai kann man nicht verhandeln«, gab er zu. »Das stimmt. Mit Elaja durchaus. Sie ist anders in diesem Leben. Wir müssen es versuchen. Rai! Das hier muss nicht in einem Blutbad enden. Du willst, dass dein Volk überlebt? Dann geh auf Elaja zu und lass uns zusammen eine Lösung finden.«

Dass Rai das ganz anders sah, war offensichtlich. Purer Zorn loderte in seinen Augen. Gleichzeitig schüttelte er den Kopf. »Du Narr«, zischte er leise. »Sieh dir dein Volk an. Es wurde getroffen vom Zorn ihrer Welt. Und meins? Wir kämpfen. Wir leiden. Anders als du werde ich allerdings nicht zusehen, wie die Asrai uns den Rest gibt. Wenn du ihr vertraust, wird das der Untergang deiner Welt sein.«

Die beiden Männer maßen sich noch gut zehn Sekunden mit Blicken. Rangen miteinander, ohne auch nur einen Muskel zu rühren. Dass es hier um mein Überleben ging, war offensichtlich. Sobald Ian auch nur einen kleinen Schritt zur Seite tat, würde Rai mich angreifen. Er wollte es. So sehr. Das Glühen in seinen dunkelbraunen Augen war unmissverständlich. Er brannte auf Rache und sah seine Chance gekommen.

Doch Ian trat nicht zur Seite. Er blieb standhaft.

Schließlich gab Rai nach und machte einen großen Schritt zurück. »Wie du willst. Ich hab dich gewarnt. Mit deiner Entscheidung trägst du die Verantwortung für den Untergang aller drei Welten. Denk an meine Worte, wenn sie dir das Schwert in die Eingeweide rammt.« Verächtlich wandte er den Blick von Ian ab, sah mich an. »Wir sehen uns«, sagte er mit vor Spott tropfender Stimme. Allein dadurch machte er deutlich, dass beim nächsten Aufeinandertreffen einer von uns nicht überleben würde. Mit einem letzten Wink drehte er sich um und stolzierte zu seinem Drachen, der unruhig von einem Bein aufs andere trat.

Wir sahen ihm dabei zu, wie er gekonnt aufsaß und losflog. Kaum hatte sein Drache genug Geschwindigkeit aufgenommen, verschwand er in eine Pforte und ließ Ian und mich aufgewühlt und schockiert zurück.

»Wir müssen herausfinden, was du seiner Welt angetan hast«, sagte Ian schließlich, nachdem wir gut eine Minute reglos den Punkt angestarrt hatten, an dem Rai verschwunden war. »Und vor allem, worum es hier überhaupt geht. Was für einen Grund hat deine Magie, dich immer wieder auf uns zu hetzen? Was ist geschehen, dass du einfach nicht zur Ruhe kommen kannst?« Ganz langsam drehte er sich zu mir um und sah mich mit einem seltsamen Ausdruck in den Augen an. »Lass mich meine Entscheidung, dich zu schützen, nicht bereuen«, sagte er leise.

Ich richtete mich auf. »Wehe, du machst mich zur Täterin. Du bist es, der noch vor nicht mal einer Stunde einen Krieg vom Zaun brechen wollte. Nicht ich«, entgegnete ich scharf. »Du willst den Grund für all das herausfinden? Konzentrier dich mal, vielleicht fällt dir eine Erklärung ein. Ich dachte, du erinnerst dich an deine vergangenen Leben.«

»So einfach ist das nicht. Ich erinnere mich hauptsächlich an Gefühle. An Emotionen, die ich mit einzelnen Geschehnissen verbinden und visualisieren kann. So hab ich es zum Beispiel mit dem letzten Angriff von dir auf unseren Hort getan. Ich konnte mich an das Gefühl von deinem Schwert in meinen Eingeweiden recht deutlich erinnern, darauf baue ich den Rest meiner Erinnerung auf. Wenn ich jede kleine Einzelheit der vergangenen Jahrhunderte wüsste, würde ich verrückt werden. Selbst ein normaler Mensch vergisst Einzelheiten in seinem Leben oder verdrängt sie.«

»Nur haben wir für Verdrängen keine Zeit. Was verbindest du sonst noch mit der Asrai? Der Shetai muss gewusst haben, worum es ging.«

Zu meiner Enttäuschung schüttelte Ian den Kopf. »Im letzten Jahrhundert hat es mich kalt erwischt. Wir haben mit keinem Angriff gerechnet, denn der Streit schwelte zwischen dir und Rai. Du hast uns ohne Vorwarnung angegriffen, weil du dich in der Adresse geirrt hast. Weil du auf seine Finte reingefallen bist und statt Rais Welt meine attackiert hast. Du warst so voller Rachegedanken, dass du nicht klar denken konntest.«

»Ich hab dich wohl kaum für Rai gehalten, als ich dich auf der Landebahn ermordet habe«, hielt ich dagegen. »Da muss auch schon damals etwas zwischen uns gewesen sein, was mich zu dieser Tat verleitet hat. Wahrscheinlich hast du recht und ich habe mein Volk in die falsche Welt geführt und das falsche Volk angegriffen. Aber warum habe ich den Angriff nicht abgeblasen, als ich dir gegenüberstand? Wir waren auch da bereits Feinde. So wie ich dich angesehen habe, kann es gar nicht anders sein.«

Ian runzelte die Stirn. »Punkt für dich.«

»Also konzentrier dich und versuch dich zu erinnern!«

»Glaub mir, das habe ich schon tausendmal versucht. Es ist wie eine schwarze Mauer, so viel Trauer und Verlust, dass ich es nicht ertrage, mich diesem Punkt zu nähern. Etwas Schreckliches ist geschehen. Dermaßen schrecklich, dass ich es anscheinend so tief in mir vergraben habe, dass ich es einfach nicht hervorholen kann.«

Ich atmete tief durch, um geduldig bleiben zu können. »Wir haben keine Zeit, um auf deine Gefühle Rücksicht nehmen zu können. Kannst du den Zeitpunkt zumindest einkreisen? Geht es hier um etwas, das vor dreihundert, sechshundert oder vor neunhundert Jahren begonnen hat?«

»Neunhundert.«

Fassungslos starrte ich ihn an. »Dein Ernst? Das weißt du?«

»Nein. Ich fühle es. Das ist es ja, was ich dir sagen will. Die Erinnerungen sind so alt, dass sie schwer zu fassen sind. Sie sind da und gleichzeitig nicht. Ich erinnerte mich an meine Ehefrau. An die Gefühle ihr gegenüber. Wie sehr ich sie geliebt habe und wie glücklich ich war. An ihr Gesicht erinnere ich mich hingegen nicht. Es muss auch noch ein Kind gegeben haben, denn zwischendurch fange ich Fetzen von Kinderlachen auf, doch wenn ich versuche, ein Bild heraufzubeschwören, sehe ich lediglich einen roten Drachen.«

»Rais Drachen?«

»Weiß ich nicht. Kann sein. Es ist ungenau. Sobald ich mich an die Asrai zu erinnern versuche, sehe ich zum Beispiel lediglich Wut und Asche und so viel Trauer, dass mir die Luft wegbleibt.«

»Und vor sechshundert Jahren? Ist es da klarer?«

»Da sind wir zwei nie aufeinandergetroffen. Rai hat mich angegriffen und getötet, unsere Vorräte gestohlen und unsere Welt verwüstet. Keine Ahnung wieso. Es fühlte sich wie ein Rachefeldzug an. Geredet haben wir nicht miteinander, denn er ließ mich nicht zu Wort kommen. Ich bin jung gestorben.«

Ein Schauder jagte über meinen Rücken, vor allem, weil er es so emotionslos gesagt hatte. Vermutlich musste er das so handhaben, um nicht durchzudrehen. »Und vor dreihundert Jahren?«

Ian sog scharf die Luft ein. »Da erinnere ich mich noch an sehr viel. An meine Familie. Fünf Brüder. Drei Schwestern. An viele Cousinen und an ein sehr glückliches Leben. Eine Frau, die ich heiraten wollte. Vielleicht war es auch ein Mann, so genau erkenne ich es nicht. Ich fühle nur, wie zugetan wir einander waren. Dennoch war alles überschattet von der Angst vor der Asrai oder Rai. Ich wusste, dass ihr kommen würdet. Mein Leben bestand daher daraus, mich auf das Schlimmstmögliche vorzubereiten. Als es wirklich geschah, überrollte es uns vollkommen. Du kamst einem Racheengel gleich in meine Welt und hast unsere Horte in Schutt und Asche gelegt. Auf der Landebahn hast du mich gestellt und wir haben geredet. Ich war weiterhin der Ansicht, dass wir keine Feinde sein müssen. Du hast das anders gesehen. Du warst die personifizierte Rache. Ohne Erbarmen. Warum du das getan hast? Sag *du* es mir. Ich weiß es nicht.«

Erschöpft ließ ich die Schultern sinken. »Verdammt. Wieso haben wir bloß nie miteinander geredet? Dann wüssten wir es.«

»Elaja! Mit der Asrai kann man nicht reden.«

Die Feststellung musste ich erst mal sacken lassen. Sie ließ mich innerlich erbeben, weil sie gleich zwei Ängste in mir auslöste.

Das Wesen in mir war brutal.

Und ich war das Wesen.

»Aber mit mir«, brachte ich leise hervor.

Ian starrte mich lange an, überlegte. Schließlich nickte er. »Das ist auch der einzige Grund, weshalb du überhaupt noch lebst. Dennoch spüre ich die Gefahr, die von dir ausgeht. Jetzt, nachdem ich Rais Meinung gehört habe, macht mir deine Magie noch mehr Angst.«

Mein Herzschlag beschleunigte sich bei seinen Worten, denn das Schreckliche war: Da war er nicht allein. Das Etwas in mir war so unvorstellbar mächtig gewesen, dass ich es nur mit ganz viel Mühe wieder hatte zurückdrängen können. Es war das komplette Gegenteil von mir. Reizbar. Aggressiv. Brutal.

Genau wie mein Drache.

All das waren Dinge, die ich Ian nicht sagen konnte. Sobald ich es aussprach, brachte ich mich damit in Todesgefahr. Ja. Ian hatte mich vor Rai geschützt. Er hatte mich am Leben gelassen. Das würde er noch mal überdenken, wenn er die Wahrheit gekannt hätte.

Die Asrai in mir war die tödlichste Waffe, die jemals gelebt hatte. Sie war ein Teil von mir – und beinahe unkontrollierbar.

5

Den Rückflug über schwiegen wir, jeder tief in seine Gedanken versunken. Als ich jedoch den noch immer teilweise brennenden Hort aus der Ferne auftauchen sah, schob ich meine Ängste zur Seite. Immer ein Problem nach dem anderen.

Meine Magie war nur eines davon. Da gab es ein noch viel drängenderes. Einen Fürsten, der eigentlich aus einer fremden Welt stammte, und eine Aufforderung, mit ihm in ebenjene Welt zu fliegen, um die Gründe für sein Handeln und seinen Verrat zu verstehen.

Nach der Begegnung mit Rai war mir absolut klar, dass ich es auf jeden Fall tun musste, denn das war ich Ian schuldig. Vor neunhundert Jahren hatte ich das Unglück in Gang gebracht. War es da nicht meine Pflicht, mir die Auswirkungen vor Augen zu führen? Schon allein um überhaupt entscheiden zu können, wie es mit seiner und meiner Welt weitergehen sollte.

Makon landete ein kleines Stück von Manila entfernt, die uns mit großen Augen giftig musterte.

»Ihr hättet Rai erledigen müssen«, schimpfte sie mit uns. *»Er ist die wahre Gefahr. Nicht die Asrai oder ich. Er. Sein Wunsch nach Rache befeuert den Krieg jedes Mal aufs Neue.«*

»Wir haben vor neunhundert Jahren seine Welt in Dunkelheit versinken lassen. Da wäre ich auch sauer«, entgegnete ich müde.

»Das haben wir bestimmt nicht aus Spaß gemacht. Es muss einen guten Grund gegeben haben. Den verrät uns Rai natürlich nicht. Weil er weiß, dass unser schlechtes Gewissen sofort verpufft und wir zu Recht zum Gegenangriff übergehen. Lasst euch nicht einlullen. In diesem Leben ist es bislang eindeutig. Rai hat uns angegriffen. Nicht andersherum.«

Das war natürlich wahr, wenn auch etwas zu einfach gedacht. *»Ian hat uns ebenfalls angegriffen. Auch er hatte seine Gründe. Trotzdem haben wir es geschafft, uns nicht sofort gegenseitig zu töten. Vielleicht können wir das ja auch bei Rai so handhaben.«*

»Du bist naiver als gedacht, kleine Asrai. Das wird für uns alle tödlich ausgehen.«

Offenbar hatten sowohl Makon als auch Ian ihre Worte verstanden, denn beide richteten sich unwillkürlich ein wenig auf.

»Es ist nie falsch, bedächtig vorzugehen«, sagte Makon scharf. *»Das hat nichts mit Naivität zu tun. Setz Elaja nicht den Gedanken in den Kopf, dass sie zu zart besaitet oder gar schwach ist. Dass ihr zwei noch lebt, liegt genau daran: Elaja ist mitfühlend statt aufbrausend. Das kann uns alle retten.«*

»Gesprochen wie ein wahrer Schwächling«, knurrte Manila zurück. *»In einem Krieg ist Mitgefühl tödlich. Wir stecken mitten in einem, falls du es noch nicht mitbekommen haben solltest. Sie –«*

»Ich höre mit, verdammt noch mal«, brauste ich auf. *»Hört auf mit dieser Diskussion, denn sie ist müßig. Ich bin, wer ich bin. Findet euch damit ab und verschont mich um Himmels willen mit euren Streitgesprächen. Stattdessen sollten wir zusehen, dass wir den Drachenreitern helfen. Da brennt es noch immer, und es gibt bestimmt viele Verletzte.«*

Entschlossen kletterte ich von Makon und stapfte an Manila vorüber. Den Blick in ihre Richtung vermied ich. Was war nur aus meinem niedlichen kleinen Drachenbaby geworden? Stattdessen stand da ein stachelbewehrtes, unleidiges Monster, das mich ständig kritisierte. Ihre Worte waren wie Nadeln in meiner Haut, trafen mich an Punkten, die richtig schmerzten. Schon immer hatte ich den Eindruck gehabt, nie gut genug zu sein. Nicht als Heilerin.

Nicht als Drachenreiterin. Schon gar nicht als Pfortenwächterin. Dass mein Drache das genauso sah, schmerzte.

»Elaja, warte«, rief mir Ian hinterher, der seltsam langsam war. Trotzig ging ich weiter und stoppte schließlich doch, damit er mich einholen konnte. Er sah müde aus. Abgekämpft.

»Du musst dich hinlegen«, sagte ich zu ihm. »Shy ist erst gestern gestorben. Der Magieschock könnte dich noch immer umbringen.«

»Ich weiß. Ich … Elaja! Bleib mal stehen!« Ian bekam mein Handgelenk zu fassen und zog mich zu sich herum, woraufhin Manila böse knurrte. Wir ignorierten sie so gut es ging. Stattdessen starrten wir einander an. Verzweifelt stemmte ich mich gegen den Drang, mich an ihn lehnen zu wollen. Seine Nähe versprach Sicherheit. Geborgenheit. Nur war all das trügerisch.

»Unser Gespräch nach Rais Begegnung ist nicht so gelaufen, wie ich das wollte«, sagte er ruhig und zugleich eindringlich. »Ich wollte dir nicht das Gefühl geben, dass du Angst vor mir haben musst. Ich werde dir nichts tun. Niemals. Versprochen. Das wollte ich noch mal klarstellen.«

Nur zu gern hätte ich ihm geglaubt. Leider fiel mir das nach all den Lügen ausgesprochen schwer. »Ich bin kein Monster«, erklärte ich eher schwach und klammerte mich gleichzeitig an diese Aussage. Sie musste wahr sein. Denn wenn nicht …?

»Ich weiß. Deswegen lebst du auch noch.« Er hob die Hand, als wollte er mich berühren. So wie unzählige Male zuvor. Ein sanftes Streicheln. Ein schweigendes »Ich bin da für dich«. Nur war ab sofort alles anders zwischen uns. Kurz bevor er mein Hemd berühren konnte, brach er die Bewegung ab, sah mich einfach nur an. Als würde er auf Erlaubnis warten. Eine Erlaubnis, die ich ihm natürlich nicht erteilte. Dazu war zu viel passiert.

Ich seufzte. »Wir müssen weiter«, ermahnte ich ihn und lief los. Ian folgte mir. Wir kamen etwa zehn Schritte weit, dann sah ich einen großen dunkelgrünen Drachen auf uns zustapfen. Neben ihm lief ein junger Mann mit blonden, zerstrubbelten Haaren und extrem langen Beinen. Sean. Dass er sich zum Gehen an seinem Drachen festhalten musste, hielt ihn nicht auf. Entschlossen kam er uns entgegen.

Erst jetzt bemerkte ich, wie viel Sorgen ich mir um Sean gemacht hatte. Den Drachengöttern sei Dank, dass ihm nichts passiert war. Er sah arg mitgenommen aus und zugleich entschlossen. Bei seinem Gesichtsausdruck stutzte ich allerdings. Er wirkte wütend. Frustriert. Geradezu außer sich.

Ian schien das zu übersehen, denn er eilte an mir vorüber, um seinen Freund zu begrüßen. Zu spät fiel mir ein, dass Sean längst über Ian Bescheid wusste. Auch er hatte kurz vor dem Angriff die Puzzleteile zusammengefügt und war genau wie ich zu der Erkenntnis gelangt, dass Ian der feindliche Pfortenwächter sein musste.

Sean kannte die Wahrheit – und er war wütender als Manila und ich zusammen. Ohne auch nur eine Sekunde zu zögern, packte er Ian mit der einen Hand am Kragen und schlug mit der anderen direkt zu. »Wie konntest du nur?«, brüllte er ihn an.

Ian wirkte nicht nur wegen des plötzlichen Schlages geschockt. Vermutlich brauchte er ein paar Sekunden, um zu verstehen, dass sein Freund über ihn Bescheid wusste. Auch den nächsten Schlag steckte er kommentarlos ein und hätte das vermutlich auch beim darauffolgenden so gemacht. Dazu kam es allerdings nicht, denn ich löste mich endlich aus meiner Überraschung und ging hastig dazwischen.

»Sean, hör auf!« Im letzten Moment bekam ich seine zur Faust geballte Hand zu packen und verhinderte damit, dass er Ian vermutlich den Kiefer gebrochen hätte. »Zurück!« Verzweifelt zerrte ich an ihm. Weil er Ian weiterhin an der Kleidung festhielt, brachte das nichts. Stattdessen wehrte er sich gegen meinen Griff. Wahrscheinlich hätte er damit früher oder später auch Erfolg gehabt und erneut zugeschlagen, allerdings reichte mir das langsam. Entschlossen zog ich ihm die Beine unter dem Körper weg. Für irgendwas musste meine Nahkampfausbildung schließlich gut gewesen sein. »Stopp!«

Sean krachte rücklings auf den Boden und blieb einen halben Lidschlag lang liegen. Gleich darauf war er wieder auf den Beinen und stellte sich kampfbereit hin. Beide Fäuste geballt. Das Gesicht vor Wut verzerrt. Ich sah überall Schrammen an ihm. Wangen und

Stirn waren aufgerissen, seine Kleidung zerfetzt und seine Schulter blutete. Das hielt ihn nicht davon ab, erneut auf Ian loszugehen.

Ich stand zwischen beiden und rammte Sean in meiner Not mit der Schulter, um ihn erneut von den Füßen zu holen. Ärgerlicherweise war er deutlich kampferprobter als ich, packte mich und schleuderte mich zur Seite. Wenigstens wich Ian diesmal dem nun folgenden Schlag aus.

»Sean, beruhig dich«, sagte er eindringlich. »Dass du sauer bist, kann ich verstehen. Lass es mich erklären.«

»Einen Scheiß lass ich dich. Du gehörst eingesperrt. Weggesperrt. Du bist der schlimmste Lügner, dem ich je begegnet bin. Das größte Arschloch, das ich mir vorstellen kann. Wie konntest du uns nur auf diese Weise hintergehen? Wie konntest du mich derart an der Nase herumführen? Und ich Dummkopf glaube dir auch noch jedes Wort.« Sean brüllte so laut, dass sich mittlerweile die ersten Drachenreiter zu uns umdrehten.

»Wenigstens einer hat den Durchblick«, merkte Manila zu allem Überfluss auch noch an. *»Der Kerl ist mir sympathisch. Den darfst du gern küssen. Den anderen sollten wir wirklich einsperren. Oder gleich hinrichten.«*

Ich spürte, wie uns die gesamte Situation entglitt. Makon bereitete sich darauf vor, seinen Herrn zu verteidigen, wurde dabei allerdings sowohl von Zair als auch von Manila drohend umkreist. Ian machte eine kaum wahrnehmbare Geste in seine Richtung. Ein Kopfschütteln. Ein Handzeichen, das ihm befahl, sich hinzulegen. Sich auf keinen Fall einzumischen.

Makon grollte empört, musste aber gehorchen. Wenigstens legte er sich so hin, dass er eine natürliche Sichtbarriere zwischen uns und dem Rest der irritierten Drachengemeinschaft schuf.

Ich hatte nicht aufgepasst und daher Seans blitzschnellen Angriff auf Ian verpasst. Unter normalen Umständen wäre er zu langsam gewesen, denn Ian war der beste Nahkämpfer, den ich je gesehen hatte. Dass er den Schlag schon wieder kassierte, war volle Absicht. Dass er sich von Sean in einen Würgegriff nehmen ließ, ebenfalls.

»Wehr dich«, zischte Sean, dem das offenbar genau wie mir völlig klar war.

»Ich will nicht mit dir kämpfen«, keuchte Ian. Ihm ging ganz eindeutig langsam die Luft aus.

»Aber ich!« Sean ließ Ian los und stieß ihn von sich weg, trat nach ihm. Ian wich nach hinten aus und hob erneut die Hände.

»Hör auf, Sean. Hör auf!«

»Nein!« Seans Wut war vollkommen ungezügelt. »Ich hör erst auf, wenn du am Boden liegst! Scheiße! Du hast mir geschworen, dass ich nichts Illegales tue! Dass ich Leben rette, statt sie zu gefährden. Du hast es geschworen!« Jetzt sah ich eindeutig Tränen in Seans braunen Augen. Er blinzelte sie wütend fort und stellte sich erneut drohend auf, bereit für den nächsten Angriff.

»Ich erinnere mich an jedes Wort, das ich zu dir gesagt habe, Sean. Jedes einzelne! Und glaub mir, du hast auch nichts Illegales getan.«

»Ich hab dem Feind geholfen, ohne es zu wissen!«, schrie Sean dazwischen und griff erneut an.

Zu meiner Überraschung schien es Ian ganz plötzlich zu reichen. Den nächsten Schlag blockte er mit aller Härte ab und schlug gleichzeitig zu. Er traf Sean am Kinn, sodass der einen Moment benommen zur Seite taumelte. »Frauen und Kinder sind doch keine Feinde! Du hast viele Leben gerettet. Sehr viele!«, rief er.

Sean wollte das eindeutig nicht hören. Sein nächster Angriff hatte eine ganz andere Qualität. Wenn er Ian mit solchen Schlägen traf, würde der nicht wieder aufstehen. Ian erkannte das ebenfalls und wehrte sich nun deutlich entschlossener, woraufhin der Zweikampf mit doppelter Härte weiterging. Ians Bewegungen sahen allerdings mit jeder Sekunde erschöpfter aus, während Sean an Entschlossenheit dazugewann. Er wollte Ian ernsthaft fertigmachen.

Kurz bevor ich überlegte, ob ich mich noch mal einmischen musste, änderte Ian seine Taktik. Was immer er tat, ich bekam es nicht mal mit. Blitzschnell tauchte er unter Seans Schlag durch, griff ihn von hinten an und schlang seine langen Arme im festen Würgegriff um dessen Hals. Ich erinnerte mich, dass er diesen Griff auch bei mir angewandt hatte, um mich kampfunfähig zu machen. Damals. Als ich die schreckliche Schwertkampf-Vision gehabt hatte und meinen Mitschüler zweiteilen wollte.

Sean war allerdings ein anderes Kaliber als ich damals. Er wehrte sich so heftig, dass Ian Mühe hatte, ihn festzuhalten. Die beiden gingen zu Boden. Einen Moment sah es so aus, als würde sich Sean lösen können. Kurz davor ging ihm allerdings die Luft aus. Seine Bewegungen erlahmten. Seine Kraft ließ nach.

Zair wollte eingreifen. Sich auf Ian stürzen, doch Makon schnappte drohend nach ihm, trieb ihn zurück. Mir brach prompt wieder der Schweiß aus. Wenn Manila auch noch mitmischte, war alles vorbei. Zu meiner Überraschung hielt sie sich zurück.

»Wenn Drachen in Menschenkämpfe eingreifen, sterben für gewöhnlich beide Menschen«, sagte sie als Erklärung trocken in meine Verblüffung hinein. *»Unser Gebiss ist nicht für präzises Zuschnappen gemacht.«*

Sean war mittlerweile krebsrot im Gesicht und bemühte sich weiterhin, sich aus Ians Umklammerung zu lösen. Der gab keinen Millimeter nach. Ich sah die Muskeln, die sich an seinem Arm anspannten, und wusste, dass Sean keine Möglichkeit mehr hatte, sich da rauszuwinden. Nicht, wenn Ian den Winkel so beibehielt.

»Hör auf«, zischte Ian schließlich. »Ich will dir nicht wehtun.«

Sean ächzte schmerzerfüllt, ehe er mühsam ein »Hast du längst« hervorpresste.

»Es tut mir leid, Sean. Wirklich. Du glaubst gar nicht, wie sehr. Ich konnte es dir nicht sagen. Ich durfte nicht. Aber jetzt möchte ich dir alles beichten. Dir meine Welt zeigen, wenn du mich lässt. Sean! Sean! Hör auf, dich zu wehren!«

Seans Gesichtsfarbe war mittlerweile bedenklich. Er verdrehte sogar die Augen und kämpfte eindeutig darum, bei Bewusstsein zu bleiben.

»Lass los, Ian«, sagte ich alarmiert.

Der ignorierte mich. Stattdessen sprach er in doppelter Geschwindigkeit weiter, sprudelte alles hervor, was ihm auf der Seele lag. »Du hast sechsundsiebzig Kindern im Laufe der Jahre das Leben gerettet.

Sechsundsiebzig Kinder, die ohne dein Eingreifen gestorben wären. Ich konnte dir nicht sagen, woher sie stammten, und letztlich war das auch völlig egal. Du hast gespürt, dass sie Hilfe brauchten, und du hast gehandelt. Das macht dich aus, Sean. Bitte, bitte verzeih mir meine Lügen. Ich würde es jederzeit wieder tun, genau wie du. Diese Kinder brauchen erneut deine Hilfe. Lass mich dich zu ihnen bringen, damit du ihre Not mit eigenen Augen siehst und verstehst!«

»Ian!«, schrie ich ihn an. »Lass los! Er wird ohnmächtig!«

Ich war kurz davor, Ian eine überzubraten, da ließ er Sean abrupt los und rutschte hastig von ihm weg. Sean wand sich einen Moment am Boden und griff sich an die Kehle, während er nach Atem rang. Ich hockte mich neben ihn und rieb ihm den Rücken, stützte ihn, um ihm das Luftholen zu erleichtern.

Es dauerte fast fünf Minuten, bis Sean den Kopf heben konnte und Ian ansah, der etwa drei Meter von ihm entfernt auf dem Boden saß und schwer atmete. Beide Männer waren zu Tode erschöpft.

Kurz bevor Sean etwas sagen konnte, kam ihm Ian zuvor. »Ich kann dich zu Velia bringen«, sagte er mit einem deutlich hörbaren Zittern in der Stimme.

Da geschah etwas Seltsames mit Sean. Er erbebte bis in sein Innerstes und atmete gleichzeitig so scharf ein, dass es gut zu hören war. »Ich hasse dich für das hier«, flüsterte er tonlos.

»Und ich liebe dich. Du bist mein Bruder. Ich wünschte, es wäre alles anders gekommen. Ich hab wirklich alles getan, um es zu verhindern, aber es ging nicht. Es ging einfach nicht. Bitte, Sean! Hör auf zu wüten. Lass es mich erklären! Es dir zeigen.«

Sean hustete und kam mühsam auf die Beine. Ian beeilte sich, das ebenfalls zu tun, genau wie ich. Wir spannten uns beide an, erwarteten Seans nächsten Angriff, doch der blieb aus. Stattdessen nickte Sean niedergeschlagen.

»Zeig es mir, aber wenn es nicht die beste Erklärung aller Zeiten ist, nehme ich dich auseinander. Stück für Stück. Das garantiere ich dir.«

Die beiden maßen sich mit Blicken, die alles sagten. Sean war noch immer wutentbrannt. »Was du in Marani sehen wirst, wird deine Meinung ändern«, versprach Ian schließlich. »Bitte, Sean!

Wenn du es nicht für mich tun willst, dann für Velia und die Kinder. Sie werden sterben, wenn wir ihnen nicht helfen. Das könnte ich mir nie verzeihen. Und du dir auch nicht.«

»Du weißt wirklich, wie du mich manipulieren kannst.« Sean spuckte Blut von seiner aufgeplatzten Lippe auf den Boden.

»Das ist keine Manipulation. Das ist die bittere Realität. Sobald du meine Welt kennst, wirst du begreifen.«

»Das will ich hoffen. Ansonsten werde ich dafür sorgen, dass alle die Wahrheit über dich erfahren. Elaja mag niemand glauben. Mein Wort hat hingegen Gewicht. Ich werde dich stürzen, solltest du mich nicht überzeugen können. Also mach es dir auf deinem Posten als Fürst nicht allzu bequem.«

Ian sagte nichts und nickte lediglich, woraufhin Sean langsam an ihm vorüberging. Wir sahen ihm hinterher, tief erschüttert über seine heftige Reaktion.

Eine Reaktion, die ich in großen Teilen durchaus nachvollziehen konnte. Allerdings hatte Sean Ians Erklärungen verpasst. Er wusste nichts von Ians Zerrissenheit. Von seinem Entschluss, Arandor zu verschonen und sein Volk zu meiden. Nichts von den verstorbenen Schwestern und Ians Moment der Schwäche. Er wusste es nicht.

Aber ich.

Und das veränderte meine komplette Sicht auf Ian. Erneut. Ja, er hatte uns verraten. Ich verachtete ihn dafür. Dennoch war da ein kleiner Teil in mir drin, der ihn bereits verstand.

Jeder Krieg hatte zwei Seiten. Bevor wir weiterreden, angreifen oder womöglich verzeihen konnten, mussten wir die volle Wahrheit kennen. Nur so war Frieden möglich.

»Ich gehe ihm nach«, sagte ich schließlich. »Wenn er dich an den Rat verrät, hast du schlechte Karten. Bevor man dich in den Kerker wirft, musst du mir deine Welt zeigen.«

Ian ließ sich mit einem leisen Stöhnen rücklings zu Boden sinken und lag nun mit angewinkelten Beinen flach auf der Landebahn. »Ich komme gleich nach«, murmelte er. »Gib mir einen kurzen Moment.«

Ich musterte ihn und seine neuesten Blessuren. Sein Kinn verfärbte sich blau, und er presste eine Hand auf die Rippen. »Kommst du wirklich klar?«

»Ich bin zäh und Prügel von allen Seiten gewohnt. Geh. Bin gleich bei euch.«

Ich zögerte. Ian sah schlimm aus. Shys Tod war erst einen Tag her, und womöglich hatte er sich verausgabt. Das würde zumindest die Blässe seiner Haut erklären. Außerdem hatte er reichlich Schläge kassiert. Emotional und körperlich. Gleichzeitig drängte sich auch die Frage auf, ob ich einen potenziellen Feind hier allein zurücklassen konnte. Was, wenn mir Ian erneut lauter Lügen aufgetischt hatte und ich prompt darauf hereingefallen war?

Ich hielt die Luft an, wog Für und Wider ab. Schließlich entschied ich mich, dass Ian für den Moment keine Gefahr darstellte. Manila passte auf. Außerdem war er mit Atmen beschäftigt. So fertig zu sein konnte niemand schauspielern. Und ich … ich musste dringend mit Sean reden und nach Neth suchen. Meine Freundin hatte auf der Landebahn direkt neben Sean gestanden. Nicht auszudenken, wenn sie verletzt oder gar getötet worden war. »Wenn du nicht in fünf Minuten nachkommst, hole ich dich«, drohte ich eher vollständigkeitshalber und rannte gleich darauf los, Sean hinterher.

Ich erreichte ihn, als er gerade die erste Häuserzeile passierte und sich bei meinen Schritten umdrehte. Er sah zum Fürchten aus. Sein Blick war so finster, wie ich es noch niemals gesehen hatte. Hinzu kamen die vielen Blessuren und der Dreck in seinem Gesicht.

»Bleib besser bei dem Verräter«, sagte Sean zur Begrüßung.

»Er ist …« Ich stockte. Die Geschichte, die mir Ian erzählt hatte, war zu unglaublich, als dass ich sie Sean in verkürzter Form wiedergeben konnte. Außerdem musste Ian das selbst machen. »Es ist nicht ganz so einfach, wie du denkst.«

»Ach nein? Er hat uns verraten. Über all die Jahre hat er uns angelogen. So einfach ist das.«

Ich sah deutlich den Schmerz in Seans dunklen Augen. Vorsichtig strich ich ihm über den Oberarm, versuchte ihn durch diese schlichte Berührung zu beruhigen. »Er muss dir einiges erklären«, gab ich zu. »Und du solltest zuhören.«

»Bist du etwa auf seiner Seite?« Ich hörte die stumme Drohung deutlich aus seiner Stimme heraus.

Hastig schüttelte ich den Kopf. »Ich sage damit nur, dass es immer zwei Seiten gibt und du bislang nur eine kennst. Dass du jedoch misstrauisch bleibst, verstehe ich. Auch ich bin unruhig. Ian in seine Welt zu folgen klingt verrückt. Glaubst du, das ist eine Falle?«

Der Schatten über Seans Gesicht wurde noch düsterer. »Noch vor einem Tag hätte ich Stein und Bein geschworen, dass Ian der anständigste Kerl auf dieser Welt sei. Ich hab ihn für den perfekten Fürsten gehalten. Ruhig. Bedacht. Mit dem gewissen Biss und der nötigen Autorität, um sich Gehör zu verschaffen. Jetzt weiß ich, dass ich mich getäuscht habe. In allem. Er hat sein Ziel erreicht und ist Fürst dieser Welt. Eine Katastrophe, die ich nicht kommen sah. Auf mein Urteilsvermögen solltest du also keinen Wert legen.«

»Hör auf, Sean. Stell dich nicht infrage. Ian hat uns alle an der Nase herumgeführt.«

Wir drehten uns synchron zu der einsamen Gestalt um, die noch immer genau an der Stelle lag, an der ich ihn zurückgelassen hatte. Makon bewachte ihn. Als er unser Starren bemerkte, erwiderte er unsere Blicke eher traurig.

»Wir wollen euch nichts tun. Das wollten wir nie. Wir haben euch lediglich verschwiegen, für was und für wen wir kämpfen«, sagte Makon in meinem Kopf.

Hastig wandte ich mich ab und übersetzte für Sean, der verächtlich schnaubte. »Dem glaube ich genauso wenig wie Ian.«

»Und doch werden wir es machen, nicht wahr? Wir werden in Ians Welt fliegen.«

Sean schloss erschöpft die Augen. »Welche Alternativen haben wir sonst? Wir könnten nie damit leben, es nicht zu tun. Wenn wir Ian ans Messer liefern und eine ganze Welt zugrunde geht, wäre das unverzeihlich. Und wenn wir dabei draufgehen, haben wir es zumindest versucht.«

Ich wartete, bis er die Augen wieder geöffnet hatte, und trat vor, um ihn fest in die Arme zu nehmen. So wie er aussah, hatte er das bitter nötig. »Wir schaffen das«, sagte ich leise.

»Ich hasse ihn«, antwortete Sean. »Gleichzeitig bleibt er mein bester Freund. Mein Bruder. Das hasse ich noch mehr.«

»Ich weiß.« Zögernd ließ ich ihn los. »Velia. Den Namen habe ich schon mal gehört. Ist sie nicht die Frau, die du so vermisst hast und die einfach verschwunden ist? Hat sie mit den Kindern zu tun, die du zusammen mit Ian gerettet hast?«

Sean nickte knapp. »Ian bat mich eines Tages um Hilfe, weil Freunde von ihm in Schwierigkeiten steckten. Daraufhin brachte ich eine junge Frau zusammen mit zwanzig Kindern im Sommerhaus meines Vaters unter. Papa hasst das Gebäude, weil meine Mutter darin starb, von daher konnte ich sicher sein, dass er niemals dort hinkommt. Das perfekte Versteck. Über Jahre. Ian erzählte mir, dass die Kinder in einen Krieg zwischen rivalisierenden Banden auf der Straße geraten waren. Dass er sie noch aus seiner Zeit als Straßenkind kannte und sich für sie verantwortlich fühlte. Ich glaubte ihm, selbst wenn seine Erklärungen riesige Löcher aufwiesen. Ich glaubte ihm, weil ich ihm glauben wollte. Hätte ich doch damals schon genauer nachgehakt. Es ging nur alles so schnell, und plötzlich hab ich schon mittendrin gesteckt. Und Velia?« Sean fuhr sich müde über die Locken, verwuschelte sie dadurch noch mehr. »Wir haben uns über Jahre zusammen um die Kinder gekümmert. Bis sie eines Tages einfach verschwunden ist. Ohne ein Wort.«

Ich starrte Sean an und haderte mit mir. Durch Ians Erzählungen wusste ich, dass Velia von ihm zurück nach Marani gebracht worden war. Seine letzte Reise dorthin, bevor er sich selbst verbat, nach seinem Volk zu sehen. Aber konnte ich Sean das jetzt eher nebenbei erzählen?

So wie Sean mich ansah, ahnte er die Wahrheit bereits. »Ich nehme an, sie mussten in ihre Welt zurückkehren«, sagte er bitter. »Also nein. Ich weiß nicht länger, wer Velia ist. Ich dachte, ich wüsste es. So wie es aussieht, basiert das alles auch auf Lügen.« Abrupt ging er weiter. »Lass uns später weiterreden. Erst mal müssen wir den anderen Drachenreitern helfen. Das ist wenigstens etwas, was wir in der Hand haben. Wegen allem anderen müssen wir abwarten.«

Ich folgte Sean umgehend. Je weiter wir gingen, desto verheerender sah die Umgebung aus. Ställe brannten. Reiter liefen durcheinander, schrien sich gegenseitig Befehle zu. Eine Gruppe trug einen Verletzten auf einer Liege fort, woraufhin wir unsere Schritte beschleunigten. Unsere Bedenken mussten warten. Erstmal galt es, die Auswirkungen des Angriffs in den Griff zu bekommen.

Der erste Verletzte ließ nicht lange auf sich warten, sodass ich gleich darauf alle Hände voll zu tun hatte. Sean blieb zunächst an meiner Seite und verließ mich erst, als er zu einem weiterhin schwelenden Brand gerufen wurde. Ich winkte ihm zu. »Such Neth«, rief ich ihm noch hinterher, ehe ich mich wieder um die schlimme Beinwunde des Verletzten kümmern musste.

Die nächsten zwei Stunden kam ich gar nicht mehr dazu, über Ian nachzudenken oder mir um meine Freunde Sorgen zu machen. Erst als mir jemand eine Hand auf die Schulter legte und mir meine Freundin Neth gegenüberstand, fiel es mir wieder ein. Wortlos umarmten wir einander und hielten uns fest.

»Du lebst«, sagte ich voller Erleichterung und Freude.

»Mir ist nichts passiert. Sean hat mich aufgetrieben und mir gesagt, wo du steckst. Kann ich helfen?«

Dankbar drückte ich ihr eine Kompresse in die Hand und deutete auf die weiterhin blutende Wunde einer jungen Dienstbotin. »Drück drauf. Ich hol Nähzeug.«

Die nächsten zehn Minuten beschäftigten wir uns mit der Verletzten. Erst als die von den vielen Betäubungsmitteln ganz glasige Augen bekam, beugte sich Neth zu mir. »Sean hat mir gesagt, dass wir über unseren gemeinsamen Problemfreund kein Wort verlieren dürfen, bis wir mehr wissen. Aber Elaja, wenn deine Theorie richtig ist, haben wir ein gigantisches Problem! Hast du mitbekommen, dass er der neue Fürst ist? Der Fürst, Elaja! Er hat hier ab sofort das Sagen.«

Ich sah mich erst nach allen Seiten um, bevor ich antwortete. »Sean und ich sind dran, allerdings steht uns das Wasser bis zum Hals. Wenn wir ohne gute Beweise behaupten, dass er nicht der ist, der er zu sein scheint, werden wir die Drachenreitergemeinschaft spalten. Das würde hässlich enden.«

»Noch hässlicher als ein Fürst, der uns sein eigenes Volk auf den Hals gehetzt hat?«, antwortete Neth aufgebracht und bemerkte dann, dass sie zu laut geworden war. Hastig senkte sie die Stimme und flüsterte nur noch. »Es gab Tote und Verletzte. Das können wir unmöglich ignorieren.«

»Die gingen auf das Konto von Rai.«

»Rai? Wer zur Hölle soll das sein?«

»Der Pfortenwächter der roten Drachen. Der dritte im Bunde.«

An Neths Gesichtsausdruck erkannte ich, dass sie absolut keine Ahnung hatte, wen ich damit meinte. »Rai gehört zu den roten Drachen, unser Problemfreund zu den blauen und wir zu den grünen. Wobei Ian … äh … unser Problemfreund sagt, dass er auch für uns kämpft. Zumindest für diese Welt.«

»Das würde ich an seiner Stelle auch behaupten, um meinen Hals zu retten. Elaja! Du kannst nicht klar denken, weil du hoffnungslos in den Kerl verknallt bist. Er ist gefährlich! Wie sehr, wird mir erst jetzt bewusst. Der manipuliert uns alle. Schon wieder!«

Ich zögerte. »Mag sein«, gab ich zu. »Mein Bauchgefühl sagt mir was anderes.«

Neths Blick sagte, was sie von meinem Bauchgefühl hielt, aber zum Glück kam sie zu keiner Antwort. Ein aufgeregter Drachenreiter trat nämlich in der Sekunde neben uns.

»Fürst Ian sucht nach dir, Elaja. Du sollst beim Führungstreffen dabei sein.«

Neth versteifte sich neben mir, woraufhin ich ihr einen warnenden Blick zuwarf. Wir mussten behutsam mit unseren Informationen umgehen. Wenn wir zu früh gegen Ians Fürstentitel protestierten, konnte uns das in Schwierigkeiten bringen. »Ich komme sofort. Gib mir einen kurzen Moment.« Hastig übergab ich Neth den Medizinkoffer und beugte mich dabei so nah zu ihr, dass nur sie meine nächsten Worte hören konnte. »Mach keinen Alleingang, Neth. Hör auf zu sticheln und erzähl niemandem von unserer Theorie. Keiner wird uns glauben. Wir sind nur zwei Schülerinnen, deren Wort nichts zählt.«

»Na, du bist immerhin eine Schülerin, die zum nächsten Führungstreffen eingeladen ist«, protestierte Neth.

»Ich bin ja auch eine Pfortenwächterin. Das allein wird nur nicht helfen, um gegen Ians Ansehen etwas auszurichten. Im Gegenteil. Das macht mich erst richtig angreifbar.« Flehend sah ich sie an und folgte schließlich dem ungeduldigen Drachenreiter nach draußen. Dort sah es beinahe schon wieder normal aus. Einige Gebäude qualmten noch, und über mir flogen mehr Drachen als sonst. Ansonsten hatte sich alles wieder beruhigt. Erstaunlich angesichts der Tatsache, dass es auch übler hätte ausgehen können.

Zugegebenermaßen hatte Manila da ihren Anteil dran gehabt. Wie viele Gegner sie vom Himmel geholt hatte, war beeindruckend gewesen. Noch immer erzitterte ich, wenn ich an diese Luftkämpfe dachte. Ich war die meiste Zeit über damit beschäftigt gewesen, mich auf ihrem Rücken zu halten. Wie tödlich würden wir erst sein, wenn ich sie mit meiner Magie unterstützen konnte?

»Wir waren unschlagbar. Mit uns hat sich niemand angelegt. Wir waren unbesiegbar«, sagte sie mit jeder Menge Genugtuung in der Stimme.

»Und vor allem waren wir wirklich unglaublich bescheiden«, antwortete ich ebenso lautlos. Mein schneeweißer Drache hatte mich bereits erwartet und trottete neben uns her. Dem Drachenreiter an unserer Seite brach prompt der Schweiß aus. Es war gut zu riechen. Ein wenig konnte ich ihn verstehen. Manila sah wie eine wandelnde Waffenkammer aus. Tödlich und bedrohlich. Das unterstrich sie noch, weil sie bei jedem Schritt leise grollte.

»Könntest du bitte diese Drohgebärden lassen? Meine Nerven liegen bereits blank«, blaffte ich sie schließlich laut an. »Die Leute haben schon genug Angst vor dir.«

»Das sollten sie auch haben. Sie sind schließlich drauf und dran, unseren schlimmsten Feind zu ihrem Fürsten zu ernennen. Dass du ernsthaft in Betracht ziehst, diese Kröte zu schlucken, macht mich fassungslos. Ich grolle also so lange, bis ihr diesen Wahnsinn lasst und den Shetai samt seinem hässlichen Drachen einen Kopf kürzer macht.«

Ich blieb abrupt stehen und drehte mich langsam zu ihr um. *»Ich mag dich nicht«*, sagte ich lautlos zu ihr. *»Du bist ein garstiger, verbitterter Drache mit zu viel Hass im Herzen.«*

»Und du ein naives, dummes Menschenkind, das bei unserem Erzfeind butterweiche Knie be-«

»Mädels, vertragt euch.«

Sowohl ich als auch Manila brauchten einen Moment, um die Stimme in unseren Köpfen zuordnen zu können. Als ich die Tragweite erfasste, riss ich fassungslos die Augen auf. *»Ian? Du kannst dich einfach in unser Gespräch einschalten?«*

»Wenn ihr rumbrüllt wie zwei Wahnsinnige, kann ich das leider nicht überhören. Beeil dich endlich. Die hohen Tiere sind schon alle hier und wollen beginnen. Du solltest dabei sein.«

Ich warf Manila noch einen wütenden Blick zu, die mir daraufhin ernsthaft die Zunge rausstreckte. Genervt bedeutete ich dem verunsicherten Drachenreiter neben mir, dass wir uns beeilen mussten. Wir rannten eher, als dass wir gingen. Das Hauptgebäude war unbeschädigt geblieben. Dort ging es nun hinein, mehrere Gänge entlang, bis wir in einem größeren Saal herauskamen.

Es sah verdächtig nach einem Audienzzimmer aus.

Alle Köpfe drehten sich zu uns um, als wir reinplatzten. Ich erkannte Jama und zwei weitere Hortanführer. Dazu noch mehrere wichtig aussehende Drachenreiterinnen und -reiter sowie zwei Stadthalter. Seltsamerweise war auch Sean anwesend, obwohl er als Hortanführer in Ausbildung in der Rangfolge garantiert weit unten stand. Er sah auch eher verloren und beunruhigt aus. Als er mich bemerkte, nickte er mir erleichtert zu. Ian stand an der Stirnseite einer langen Tafel.

»Wir können beginnen«, sagte er und deutete neben sich. »Elaja. Dein Platz ist hier.«

Die Blicke der anderen waren unbezahlbar. Hastig machte ich, dass ich zu Ian rüberkam, und setzte mich schneller als alle anderen. Auf diese Weise konnte ich verhindern, dass meine Knie zitterten.

»Mach ihn fertig«, sagte Manila in meinem Kopf.

»Sei still«, antwortete ich.

Ian blinzelte kurz und wirkte einen Moment abgelenkt, fing sich dann aber wieder. Offenbar hatte er unser kurzes Gespräch schon wieder aufgefangen.

»Soll ich Manila einen Maulkorb verpassen?«, mischte sich zu allem Überfluss nun auch noch Makon ein.

»Versuch das ruhig. Dadurch ersparen wir uns diese elende Ratssitzung, weil ich dich erledige. Der Fürstentitel kann im Anschluss direkt an Elaja gehen – wo er hingehört.«

»Du kleines …«

»Ruhe!«, raunzten Ian und ich zeitgleich, woraufhin das sich anbahnende Streitgespräch tatsächlich stoppte.

Ian entspannte sich ein wenig und wartete, bis sich die Anwesenden gesetzt hatten. »Danke für euer zügiges Kommen. Wir haben versucht, die Könige und die Königin dazuzuholen, doch so kurzfristig ließ sich das nicht einrichten. Vielleicht ist es ohnehin besser, wenn wir die Drachenreiterangelegenheiten zunächst unter uns regeln.« Er räusperte sich und schlug im Anschluss plötzlich eine ganz andere Tonart an. Sehr viel ruhiger. Bedachter. Als hätte er einen Schalter umgelegt. Unheimlich. »Wie ihr sicherlich wisst, ist Fürst Larian bei dem folgenschweren Angriff der roten Drachen umgekommen. Genau wie acht weitere Drachen und sieben Reiter. Eine Reiterin kämpft noch mit ihrem Magieschock. Ob sie es überlebt, ist fraglich. Beinahe dreißig von uns wurden verletzt, teilweise schwer. Von einem bin ich mir nicht sicher, ob er die Nacht überleben wird. Die Heiler haben kaum Hoffnung. Bitte lasst uns zunächst all jenen gedenken, die heute ihr Leben gelassen haben oder verletzt worden sind.« Ian stand auf, woraufhin wir uns alle erhoben und den Kopf senkten.

Neun Drachen. Acht Reiter. Wie viele waren durch rote Drachen umgekommen? Wie viele durch blaue? Der Gedanke machte mir Angst, denn er war ganz entscheidend für mein weiteres Vorgehen. Wenn auch nur ein einziger grüner Drache durch einen blauen umgekommen war, würde es ein mögliches Aufeinanderzugehen ungleich schwerer machen.

Einen kurzen Moment erwog ich, Ian in Gedanken danach zu fragen. Letztlich ließ ich es lieber bleiben. Ich wollte ihn nicht aus dem Konzept bringen. Vielleicht wusste er die Antwort nicht, und noch viel wahrscheinlicher würde sie mir nicht gefallen.

»Ich danke euch für die Schweigeminute«, unterbrach Ian meine Überlegungen und setzte sich. Als er die Hände ineinander verschränkte, zitterten sie seltsamerweise ganz leicht. Ansonsten wirkte er vollkommen gelassen. Alarmiert runzelte ich die Stirn, sah genauer hin. Seiner Stimme war absolut nichts anzuhören. Keine Schwäche. Nur Selbstsicherheit. Und dennoch fing ich eine Schwingung auf, die ich zuvor übersehen hatte und die ich leider nicht zuordnen konnte. »Wir werden die Drachen und ihre Reiter morgen Abend den Riten der Drachenreiter entsprechend verbrennen. Bitte gebt das an alle weiter, damit sie sich versammeln.«

Sofort erinnerte ich mich an Shy. Sie lag ebenfalls noch immer auf der Landebahn und musste verbrannt werden. An Ians krampfhaftem Schlucken erkannte ich, dass auch er an seinen Drachen dachte und kurz ins Stocken geriet. Nur mühsam fing er sich. »Bevor wir fortfahren, müssen wir Larians Nachfolge klären. Momentan gelte ich als Fürst, und es wäre nur eine Formsache, meinen Titel zu bestätigen. Als Pfortenwächter dieser Welt wäre ich nach einem Angriff dieser Größenordnung ohnehin offiziell der Fürst. Allerdings möchte ich nicht nur wegen meines Status Fürst werden, sondern weil der Rat mich als beste Option sieht. Deshalb stelle ich mich ganz offiziell erst noch zur Wahl und werde mich eurem Urteil beugen, solltet ihr Bedenken bezüglich meines Alters oder meiner Reputation haben. Wegen meiner jungen Jahre kann ich euch beruhigen: Ich trage die Erinnerungen meiner vergangenen Leben in mir und kann sie jederzeit abrufen. Den Titel des Fürsten habe schon häufiger getragen, den des Anführers noch viel öfter.«

Ian machte eine Pause, damit seine Zuhörer die Informationen erst mal sacken lassen konnten. Ich sah einige ungläubige Blicke. Anscheinend waren die meisten Anwesenden in der Pfortenwächter-Sache nicht so bewandert.

Als ich zu Sean sah, bemerkte ich natürlich sofort dessen Anspannung. Er klammerte sich regelrecht an den Tisch und machte ein Gesicht, als müsste er gleich kotzen. Ich sah hastig weg, um ihn nicht zu einer verräterischen Bewegung zu verführen. Dieser Punkt war heikel. Viel heikler, als die meisten in diesem Raum vermutlich auch nur ahnten.

Auch ich versteifte mich. Natürlich bemerkte Ian das, und er wartete ab, ob ich zu diesem Aspekt etwas zu sagen hatte. Sofort verdreifachte sich das Tempo meines Pulsschlags. Der Moment war gekommen, um zu schweigen oder zu protestieren. Da ich keine Spaltung der Drachengesellschaft riskieren wollte, schwieg ich schweren Herzens.

»Fürst Larian hat seine Wünsche zu Lebzeiten ausgesprochen deutlich kundgetan und Euch als seinen Nachfolger bestimmt. Er hat große Stücke auf Euch gehalten«, sagte schließlich Belram, der Hortanführer von Janara. Ich kannte den Mann noch von meiner Begegnung in der Bruthöhle. Damals hatte ich heimlich meine Hand auf ein Ei gelegt, das gar nicht meins gewesen war. Den Magietest hatte ich bestanden, mir allerdings auch den Zorn des Anführers zugezogen. Jetzt maß er mich mit einem seltsamen Blick. »Bevor wir über Euch sprechen, sollten wir über die junge Frau neben Euch reden. Was sie angeht, war Fürst Larian mehr als skeptisch. Er war sich sicher, dass es nur einen Pfortenwächter dieser Welt geben kann. Euch. Bleibt die Frage, wer sie ist.«

»Es gibt keine konkreten Aufzeichnungen darüber, dass immer nur ein Pfortenwächter pro Welt existiert«, antwortete Ian, bevor ich es tun konnte. »In meinen Erinnerungen war das zwar so. Das heißt aber nicht, dass es keine Ausnahmen geben könnte. Elaja gehört hierher. Sie kämpft für uns.«

»Was macht Euch da so sicher?«

»Mein Instinkt. Meine Menschenkenntnis. Meine Erfahrung.«

Die anderen Hortanführer wirkten weiterhin skeptisch. Besonders Belram schüttelte den Kopf. »Sie könnte Euch täuschen und eine feindliche Pfortenwächterin sein. Nach heute ziehe ich das jedenfalls in Betracht. Habt Ihr das Drachenweibchen gesehen?

Soviel ich weiß, ist das Baby erst gestern geschlüpft. Heute ist es ein ausgewachsener Drache, der mit solch tödlicher Präzision zugeschlagen hat, dass einem angst und bange werden konnte.« Er deutete kurz auf mich, und ich musste all meine Kraft aufwenden, um nicht den Kopf einzuziehen.

Du bist selbstbewusst. Eine Kämpferin, dachte ich und richtete mich entschlossen auf. Diesmal kam ich Ians Antwort zuvor. »Fürst Larian hat sich in mir geirrt. Wie ich schon damals sagte: Ich bin ebenfalls eine Pfortenwächterin dieser Welt, allerdings eine, die sich an ihre vergangenen Leben nur durch unscharfe Visionen erinnern kann. Mein Drache ist hingegen instinktgesteuert. Manila verwandelte sich im Moment der größten Bedrohung für unser Volk in die Waffe, die sie schon seit Jahrhunderten ist. Eine Kriegerin, die ihr Volk verteidigt. Genau das hat sie heute getan. Sie hat die grünen Drachen vor den Angreifern beschützt. Das hätte sie wohl kaum getan, wenn wir Feinde wären.«

Jemand am anderen Ende des Tisches räusperte sich daraufhin. Er trug die Abzeichen eines Patrouillenführers und wirkte seltsam aufgebracht. Verdammt. Aric. Der Mann, der uns direkt nach unserem Kampf auf dem Vorplatz angetroffen hatte. »Bitte verzeiht mir diese Nachfrage, nur erklärt uns in dem Fall, warum ihr aufeinander losgegangen seid. Der weiße Drache hat eindeutig versucht, den schwarzen zu töten, woraufhin beide Reiter ebenfalls gegeneinander kämpften. Was letztlich dazu führte, dass der Konflikt friedlich beigelegt werden konnte, ließ sich aus der Entfernung nicht erkennen. Die Anspannung zwischen allen Beteiligten war jedoch offensichtlich.«

Ian schwieg so lange, dass ich schließlich antwortete. »Mein Drache war aufgeputscht von dem Kampf und hat die emotionale Reife eines Jungspundes. Manila hat schlicht die Übersicht verloren und war sich sicher, dass der schwarze Drache eine Bedrohung für mich darstellt. Was nicht der Fall ist. Makon und ich sind durch einen gewissen Drachentausch, von dem ihr alle längst gehört haben müsst, mental miteinander verbunden. Das hat meinen Drachen verwirrt.«

»Emotionale Reife eines Jungspundes? Ernsthaft, Elaja? Ich bin doch keine pubertierende Rotzgöre«, keifte Manila in meinen Gedanken.

»Dann benimm dich auch nicht so«, antwortete ich ihr. *»Sei erhaben und besonnen wie Makon.«*

»Erhaben? Dieser vermaledeite Drecksdrache ...«

Was immer Manila noch weiter sagte, musste ich ignorieren, denn Ian stöhnte leise und schlug sich die Hände vors Gesicht.

»Entschuldige«, flüsterte ich ihm zu und hätte das genauso gut laut sagen können, denn jeder im Raum hatte es gehört. Ian reagierte zunächst nicht. Er presste sich die Handflächen gegen die Stirn und hielt die Augen geschlossen. »Alles in Ordnung?«, fragte ich nach einer unangenehmen Pause, in der niemand etwas sagte.

»Nein. Dein Drache macht mich wahnsinnig«, antwortete Ian gepresst. »Mein Schädel dröhnt.« Mit zusammengekniffenen Augen hob er den Kopf und bemühte sich nun sichtbar, sich zusammenzureißen. »Wir haben ein paar Anpassungsschwierigkeiten. Die Magie der Pfortenwächter ist sich sehr ähnlich, und durch Makons und Elajas Verbundenheit herrscht momentan ein heilloses Chaos zwischen uns. Um die Frage zu beantworten: Wir sind eher unbeabsichtigt aneinandergeraten, haben das Problem geklärt und arbeiten daran, zusammenzuwachsen. Elaja und ich sind beide Pfortenwächter und kämpfen für diese Welt. Ich bin mir sicher. Diesbezüglich hat Larian sich schlicht geirrt.« Als er die weiterhin misstrauischen Blicke bemerkte, seufzte er tief. »Glaubt es oder auch nicht: Wir brauchen sie. Im Moment mehr als je zuvor. Wenn wir sie aber als Pfortenwächterin dieser Welt anerkennen, hat sie theoretisch ebenfalls Anspruch auf den Fürstentitel. Das sollte uns bewusst sein.«

Die Stille war bezeichnend. Jama riss die Augen so weit auf, dass ich sehr viel Weiß sehen konnte. Ein anderer konnte ein leises »Ach du Scheiße« nicht unterdrücken. Damit hatte ich meine Antwort. In diesem Jahrhundert würde ich wohl eher keine Drachenreiterfürstin werden.

»Ich bin fähiger, als ihr denkt«, sagte ich zu meiner Verteidigung. »Lasst mir noch ein wenig Zeit zur Eingewöhnung, und ihr werdet eure Meinung über mich ändern. Solltet ihr mich allerdings nur nicht anerkennen wollen, damit ich auf keinen Fall Fürstin werde, darf ich euch beruhigen. Ich beanspruche den Posten nicht. Das Regieren überlasse ich lieber anderen. Es genügt mir schon, wenn ihr mich nicht als feindliche, sondern als gleichberechtigte Pfortenwächterin neben Ian anerkennt.«

Der Einzige, der bestätigend nickte, war Sean. Alle anderen wirkten eher skeptisch. Ich hielt den zweifelnden Blicken stand und erinnerte mich daran, dass auch niemand erwartet hatte, mich einmal als Drachenreiterin zu sehen. Jetzt hatte ich sogar einen Wächterdrachen, wobei dessen moralische Einstellung eher fragwürdig war.

»Solange Ihr Euch für sie verbürgt, bin ich bereit, Elaja als Pfortenwächterin dieser Welt anzuerkennen, immer vorausgesetzt, dass sie ihren Führungsanspruch wirklich abgibt«, sagte schließlich Lukan, der Hortanführer von Embra.

Ians Antwort kam zügig. »Ich verbürge mich für sie.«

Daraufhin entspannte sich die Atmosphäre ein klein wenig, bis sich Jama räusperte. »Wie verfahren wir weiter?«, fragte er.

»Ich stelle meinen Führungsanspruch zur Diskussion und gebe allen Zeit, sich weitere Kandidaten zu überlegen. Daher schlage ich vor, dass wir morgen deswegen abstimmen. Für heute sollten wir es gut sein lassen.« Ian hatte endlich seine Hände vom Gesicht genommen, sodass wir seine Augen sehen konnten. Ich erschrak. Er sah mit einem Schlag regelrecht krank aus. Wenn ich nicht irrte, hatte er Fieber. Rote Wangen. Verschleierter Blick. Schweiß auf der Stirn.

»Sollten wir uns nicht schnellstmöglich einigen? Wer weiß, wann die feindliche Armee wieder zuschlägt«, protestierte Lukan aus Embra.

»Nein. Für heute ist es genug.« Abrupt stand Ian auf. Als niemand seinem Beispiel folgte, seufzte er leise. »Ich habe gestern erst meinen Drachen verloren, heute eine kräftezehrende magische Schlacht mit einem mir fremden Pfortenwächter ausgefochten und kämpfe gegen einen sich anbahnenden Magieschock. Ich bin erschöpft. Wenn ihr einen Fürsten wählen wollt, macht das. Allerdings bitte in meiner Abwesenheit. Sonst habt ihr nämlich ab morgen nur noch eine Pfortenwächterin und keinen Pfortenwächter.«

Die Ansprache saß. Fast jeder kam umgehend auf die Beine und verneigte sich vor Ian, der mit einem letzten grüßenden Nicken zur Tür ging. Kaum hatte er sie hinter sich geschlossen, redeten alle durcheinander. Es ging um die Wahl, um den Angriff, um mich und Ian und um die Einstufung der aktuellen Bedrohungslage.

Ich schwieg und hörte zu, registrierte die verschiedenen Schwingungen und merkte mir Fürsprecher und Gegner von Ian. Kein Einziger erwähnte mich als Pfortenwächterin, stattdessen trafen mich misstrauische Blicke. Die Verrückte mit zu viel Macht. Das gefiel den wenigsten. Ich setzte meine stoischste Miene auf und begegnete jedem Stirnrunzeln mit hochgezogener Augenbraue. Mehr konnte ich nicht tun.

Gleichzeitig beschlich mich leise Panik, wenn ich an meinen bevorstehenden Ausflug nach Marani dachte. Was sollte ich tun, wenn Ian uns doch in eine Falle führte? Oder wenn er mich nicht überzeugen konnte und wir ihn als Fürst absetzen mussten? Dass ich diese Männer und Frauen jemals auf meine Seite ziehen konnte, hielt ich für ausgeschlossen. Und dann?

Schließlich beendeten die hohen Ratsherren ihre Gespräche und verließen nach und nach den Raum. Sean und ich blieben allein zurück und starrten zunächst dumpf in die Gegend, bis er schließlich aufstand.

»Wir sollten uns noch mal kurz hinlegen, bevor es losgeht«, murmelte er. Ich nickte und erhob mich ebenfalls, folgte ihm aus dem Raum. Völlig unerwartet liefen wir Neth in die Arme.

»Wir müssen reden«, sagte sie mit weit aufgerissenen Augen zu uns, packte meine Hand und zerrte mich den Gang runter.

»Neth«, rief ich aufgebracht. »Was tust du?«

»Was tust du?«, zischte sie mich an. Hilflos drehte ich mich in ihrem Griff. Sean klebte direkt an meinen Hacken. »Ian soll als Fürst bestätigt werden? Das müssen wir verhindern. Aber so was von!«

Sie schob erst mich, danach Sean in einen Raum, der wie eine Besenkammer aussah. Kaum waren wir drin, knallte sie die Tür hinter uns zu und baute sich vor uns auf. Im Dämmerlicht sah ich fast nur noch ihre funkelnden Augen.

»Wie gehen wir vor, um Ian zu entmachten?«

»Äh«, brachte ich schwach hervor.

»Wir entmachten hier erst mal niemanden«, ging Sean sanft dazwischen.

»Was? Seid ihr irre? Der Typ hat uns unterwandert, uns seine Drachen auf den Hals gehetzt und macht es sich auf unserem Thron gemütlich. Natürlich müssen wir das verhindern.« Jetzt bildete ich mir das wilde Funkeln in den Augen meiner besten Freundin nicht mehr nur ein. Es war definitiv vorhanden.

Beruhigend legte ich ihr die Hände auf die Oberarme. »Atme erst mal tief durch, Neth. Ich weiß, dass das alles sehr verwirrend ist, aber wir müssen einen kühlen Kopf bewahren.«

»Den hab ich, im Gegensatz zu euch zweien«, brüllte sie mich völlig unerwartet an. »Mann, Elaja! Leg die rosarote Brille ab. Dein Herzblatt ist brandgefährlich, und du!« Abrupt wandte sie sich trotz meines Griffs zu Sean um und wedelte ernsthaft mit dem Zeigefinger vor seiner Nase herum. »Du legst gefälligst deine brüderlichen Gefühle für Ian ab und führst dir das aktuelle Geschehen vor Augen. Wir werden feindlich übernommen. Wenn ihr das nicht laut in der Gegend herumposaunt, mach ich das!«

»Und ich verbiete es dir!« Sean sagte es so hart, wie ich es noch nie bei ihm gehört hatte. Zeitgleich rückte er Neth auf die Pelle. So hoch aufgerichtet, so bedrohlich, dass wir beide einen Schritt zurück machten. Es schepperte laut, als wir gegen einen Putzeimer stießen und deshalb stehen bleiben mussten. »Wir kümmern uns um das Problem«, erklärte er mit eisiger Stimme. »Und nein: Ich bin nicht verblendet, naiv oder dumm, wie du es gerade angedeutet hast. Ich weiß verdammt genau, was auf dem Spiel steht, und ich bin noch wütender auf ihn als ihr zwei zusammen. Das könnt ihr mir glauben. Wenn ich könnte, würde ich ihm gleich noch ein Dutzend mehr Hiebe verpassen, so sehr gärt es in mir. Ich bin ein friedlicher Mensch, aber was er getan hat, ist unfassbar. Dennoch dürfen wir uns nicht von unseren Gefühlen leiten lassen, sondern so handeln, wie es für unsere Welt und unser Drachenvolk am besten ist. Wir geben Ian die Chance, sich zu erklären. Heute Nacht. Morgen entscheiden wir dann, wie wir weiter vorgehen.«

Neth wirkte nicht wirklich überzeugt und setzte eindeutig zu einer scharfen Erwiderung an, die ich hastig im Keim erstickte. »Neth! Wir müssen behutsam vorgehen. Das mit Ian hat genug Sprengkraft, um die gesamte Drachengemeinschaft zu spalten. Ohne wirkliche Beweise wird uns alles um die Ohren fliegen. Gerade jetzt, wo wir angegriffen werden, müssen wir zusammenhalten. Um ehrlich zu sein: Wir brauchen Ian.« Den letzten Satz hatte ich recht kleinlaut gesagt.

»Was redest du denn da für einen Scheiß? Den Kerl brauchen wir nur im Kerker!«

»Er ist der Einzige, der sich wirklich mit Pfortenmagie auskennt. Ich hab keine Ahnung davon und einen Heidenrespekt vor dem, was in mir steckt. Wenn Rai noch mal angreift, ist Ian unsere beste Verteidigung. Also ja. Es ist bitter, aber uns bleibt nichts anderes übrig, als einen Schritt auf Ian zu zu machen und uns seine Version der Geschichte anzusehen. Bis dahin darfst du nichts sagen, in Ordnung? Bitte, Neth! Versprich es mir!« Ich ließ meine Stimme so flehend klingen, wie ich konnte. Dann zog ich sie fest an mich und drückte sie. Das brauchten wir beide ganz dringend. Endlich, endlich spürte ich, wie zum ersten Mal ein Argument zu ihr durchdrang.

Sofort hieb ich in diese Kerbe. Flehte sie an. Bettelte. Überredete. Nach und nach bröckelte ihr Widerstand, da nun auch Sean mich unterstützte. Er war ein wahrhaft guter Redner, sodass Neth schließlich die Hände in die Höhe riss und rief: »In Ordnung. Ich warte ab! Himmel noch eins. Ihr zwei könnt einem ja Schwarz für Weiß verkaufen. Für den Moment habt ihr mich überzeugt, und ich bin gewillt, euren seltsamen Ausflug in Ians Welt abzuwarten. Danach überlegen wir neu.« Sie kniff die Augen zusammen, sah erst mich, danach Sean eindringlich an. »Das heißt nicht, dass ich Ian davonkommen lasse, aber fürs Erste habt ihr recht, wir müssen erst mal alle Gründe kennen, um eine Entscheidung zu treffen. Selbst wenn mir das nicht gefällt.«

Sofort entspannte ich mich. »Danke.« Wir ließen einander los, woraufhin Sean Neth kumpelhaft auf die Schultern klopfte.

»Dann wäre das ja geklärt. Können wir uns jetzt ein wenig hinlegen? Ich bin völlig fertig, und das Kommende wird hart genug.« Er tastete kurz im Dunkeln herum, öffnete die Tür und wir stolperten aus der Kammer. Zum Glück sah das niemand. Das hätte reichlich schräg ausgesehen.

Ein Zimmer zum Ausruhen zu finden, stellte sich als etwas komplizierter heraus. Sean trieb einen Ruheraum mit vier Betten auf, wo wir uns einfach alle drei zusammen hinlegten.

»Was, wenn wir verschlafen?«, fragte ich besorgt und bezweifelte zugleich, dass ich auch nur ein Auge zutun konnte.

»Ian weckt uns schon. Der kann jederzeit mit jedem von uns Kontakt aufnehmen«, brummte Sean und klang dabei, als würde er schon halb schlafen. Er lag im Bett gegenüber von mir. Neth hatte das Stockbett über meinem gewählt.

»Er kann *was*?«, rief Neth ungläubig, und ich seufzte.

»Ian ist mächtiger, als wir bisher angenommen haben. Was meinst du, warum wir uns besser gut mit ihm stellen sollten?«, antwortete ich ihr. »Jetzt schlaf! Wir brauchen einen klaren Kopf.«

Entschlossen drehte ich mich zur Seite und hatte gerade die Augen geschlossen, als die Tür mit einem Rumms aufging und sich jemand regelrecht auf mich warf. »Elaja, Neth! Verdammt noch eins! Narel und ich suchen dich schon seit Stunden und hatten zwischendurch echt Panik, dass die dich eingekerkert haben!«

Erst im zweiten Anlauf erkannte ich Hora, die längs auf mir drauflag und mich quasi platt drückte. Ich bekam nur ein Ächzen heraus. Erst nachdem sich meine Freundin ordnungsgemäß von mir gelöst und sich seitlich aufs Bett gesetzt hatte, fand ich wieder die Luft, um zu sprechen. »Hora?«, fragte ich ungläubig. »Was macht ihr hier?«

»Ganz Lark wurde hierherbeordert. Wir räumen auf, verarzten und bewachen den Luftraum über euch. Höchste Alarmstufe. Die rechnen mit weiteren Angriffen und haben zur Sicherheit den Hort mit den ganzen Schülern geräumt, weil wir im Fall einer Attacke aufgeschmissen wären. Narel und ich haben es irgendwie geschafft, hierher versetzt zu werden. Und was hör ich da? Du bist eine Wächterin und kannst Pforten in andere Welten öffnen? So wie Ian?«

»Offenbar. Und bevor du fragst: Ich gehöre zu dieser Welt. Keine Sorge.«

»Abgefahren.« Das kam von Narel, den ich erst nach genauem Hinsehen im Halbdunkel des Zimmers entdeckt hatte. Er hatte sorgsam die Tür hinter sich geschlossen und wirkte mitten im Raum etwas verloren.

Ein Stöhnen erinnerte uns daran, dass wir nicht allein im Zimmer waren. »Könntet ihr bitte, bitte eure Wir-sind-wieder-zusammen-Feier woanders abhalten«, murrte Sean. »Es gibt Anwesende, denen platzt der Schädel von zu vielen Informationen.«

Hora und Narel versteiften sich, als sie die Stimme im Dunkeln hörten und vermutlich gerade erkannten, wer da lag. Sean war legendär. Als einer der besten des letzten Jahrgangs der Hortanführerausbildung stand er im Rang haushoch über uns. Seine Bitte kam eher einem Befehl gleich.

Neth schwang bereits die Beine über den Rand der Bettkante. Sie baumelten quasi direkt vor Horas Nase herum. »Hast du schon Manila gesehen?«, fragte sie.

»Scheiße, ja! Dieses Stachelmonster gehört zu unserer süßen kleinen Elaja? Echt jetzt?« Hora lachte leicht hysterisch. »Da warten wir alle gespannt, welchen Drachen du bekommst, und es ist ausgerechnet so einer. Und wie zur Hölle ist das Vieh so schnell gewachsen?«

»Frag mich was Einfacheres.« Ich gab genau wie Neth die Sache mit dem Schlafen auf und lehnte mich neben Hora an die Wand. Daraufhin kletterte Neth zu uns runter und gesellte sich zu uns, sodass ich in der Mitte saß. Narel ließ sich zögernd auf der Stelle nieder, wo Hora zuvor gesessen hatte: auf der Bettkante. Dabei musste er unsere Füße zur Seite schieben, um Platz zu haben.

»Sollten wir nicht lieber rausgehen?«, flüsterte er und nickte in Richtung Sean.

»Ich kann euch auch hören, wenn ihr leise redet«, kam die gebrummte Antwort. »Der Raum ist recht klein!«

Ich ignorierte seine schlechte Laune, legte die Arme um meine beiden Freundinnen und drückte sie fest an mich. »Gerade bin ich einfach nur froh, dass wir uns wiedergefunden haben. Hört bitte nicht auf das unweigerlich folgende Getratsche über mich. Ich bin eine Pfortenwächterin dieser Welt. Nicht feindlich. Genauso wenig wie Manila.«

»Und was ist mit Ian?«, fragte Hora und schockierte mich mit dieser Frage nicht nur ein wenig. Hatte Neth ihr etwa was verraten? Zum Glück redete sie allerdings gleich weiter: »Das mit Shy ist ja furchtbar. Wie geht es ihm?«

»Er kämpft«, brachte ich schwach heraus und bemühte mich, meinen Herzschlag wieder unter Kontrolle zu bekommen. Auf keinen Fall durften Hora und Narel von Ians wahrer Identität erfahren. So wie Neth reagiert hatte, würden auch die beiden reagieren. Noch so ein Überredungsgespräch konnte ich nicht gebrauchen.

»Ich schätze, heute Abend hat alles verändert«, mischte sich nun auch Narel ins Gespräch ein. »Wir sind angegriffen worden. Von fremden Drachen. Das stellt alles auf den Kopf. Unsere gesamte Weltsicht. Die Sicherheitskonzepte. Unsere Ausbildung. Wir bereiten uns tatsächlich auf einen Krieg vor.«

»Na, wenigstens wissen wir endlich, gegen wen wir ihn führen«, sagte Hora. »Die Wochen davor, als wir die ganze Zeit gewartet haben und lediglich die Gerüchteküche gebrodelt hat, war schrecklich.« Sie stupste mich in die Seite. »Bekommst du ab sofort eine Extraausbildung? Mit Ian als Lehrer?« Obwohl ich es nicht sehen konnte, bemerkte ich Horas anzügliches Grinsen allein an ihrer Stimmlage. Sie wusste genau, wie sehr ich auf Ian stand.

»Ganz ehrlich? Keine Ahnung. Alles ging so schnell. Wir müssen abwarten«, antwortete ich ausweichend und spürte gleichzeitig, wie sich der Knoten in meinem Magen verdichtete. Ich. Die Schülerin von Ian. Unvorstellbar. Vor allem mit dem Wissen über ihn.

Wie sollten wir uns nur jemals wieder normal miteinander unterhalten können? Falls ich ihn nicht sogar den Wölfen zum Fraß vorwerfen und ihn enttarnen musste.

Ein schrecklicher Gedanke, der mich mehr erschütterte, als er sollte.

»Elaja? Bist du sehr beschäftigt?«

Ich erstarrte, als ich die Stimme in meinem Kopf hörte. Makon. Seltsam und vertraut zugleich. Es war eine gefühlte Ewigkeit her, dass er von sich aus mit mir Kontakt aufgenommen hatte. Seit unserem Ausflug nach Marani war er auf Distanz gegangen. Mittlerweile wusste ich auch wieso. Er gab mir die Schuld an dem Tod von Ians Schwestern und hatte von ihm verlangt, mich auf der Landebahn einfach sterben zu lassen. Das arbeitete noch immer wie eine gärende Wunde in meinem Magen.

»Beschäftigt würde ich nicht unbedingt sagen. Meine wahren Freunde sind hier, um nach mir zu sehen.« Die Spitze musste er sich gefallen lassen. *»Was gibt es?«*

Makons Antwort ließ zunächst auf sich warten und kam dann eher zögernd. *»Ich weiß, dass du wütend auf Ian bist, allerdings solltest du das eher auf mich sein. Er wollte dir alles verraten und dich um Hilfe bitten. Ich habe dagegengehalten und es verhindert. Es war eine schwierige Zeit für uns beide. Ian ist deswegen beinahe durchgedreht. Und jetzt … jetzt ist es noch schlimmer. Ich mache mir Sorgen um ihn. Große Sorgen.«*

Ich wusste keine richtige Erwiderung, denn es war unmöglich, ihm zu diesem Zeitpunkt einfach alles zu verzeihen. Was wollte Makon von mir? *»Der Besuch in Marani wird es entscheiden«*, gab ich zögerlich zurück.

»Nur braucht er sofort deine Hilfe. Könntest du kommen? Ich weiß, es ist viel verlangt, aber ich bin mir nicht sicher, was hier gerade geschieht. Er sollte das nicht allein machen, nur konnte ich ihn nicht davon abhalten.«

Alarmiert richtete ich mich auf. *»Was meinst du?«*

»Schau aus dem Fenster und du weißt es.«

Hastig löste ich mich aus der Umarmung von Hora und Neth, rutschte an Narel vorbei und stand auf, huschte zum Fenster.

»Was ist los?«, fragte Neth alarmiert.

Ich antwortete nicht, sondern starrte konzentriert in die Finsternis. Zunächst sah ich nur die normalen Magiekugeln, die den Hort beleuchteten. Momentan waren es mehr als sonst. Vor allem die

Start- und Landebahnen waren in ein rötliches Licht getaucht. Als ich nach links sah, entdeckte ich schließlich ein Flackern, das eher ungewöhnlich war. Erst rötlich, dann blauer. Eine heiße Flamme, die immer größer wurde. Da brannte was.

»Ich sehe ein großes Feuer«, sagte ich sowohl zu meinen Freunden als auch zu Makon.

»Genau. Er verbrennt gerade Shy.« Makon klang traurig.

»Er verbrennt Shy allein?«, fragte ich ungläubig, als ich begriff. Sofort hörte ich, wie sich Sean in seinem Bett aufsetzte und auch die anderen die Hälse reckten, um mehr zu sehen.

»Shy hat die grünen Drachen gehasst, genau wie den ganzen Hort. Auf keinen Fall hätte sie gewollt, dass sie verbrannt wird, wenn sich die gesamte Drachenreitergesellschaft um sie versammelt. Was das angeht, verstehe ich Ian, doch hier geht es nicht nur um Shy. Es ist eine Beerdigung für Ians gesamte Familie. Dass seine Schwestern tot sind, weiß er erst seit vier Tagen, und das setzt ihm mehr zu, als er nach außen hin zeigt. Er ist kurz vorm Zusammenbruch. Diese Einäscherung sollte er nicht allein durchführen, und dennoch steht er hier, abgeschottet vom Rest der Welt. Von beiden Welten. Eigentlich will er nicht mal mich dabeihaben, weil ich Shy getötet habe. Er hat mich sogar weggeschickt. Es gibt nur eine, die er sich momentan an seiner Seite wünscht – und das bist du.« Die Trauer schwang deutlich in Makons Worten mit. *»Wie gesagt, es ist viel verlangt, aber könntest du kommen?«*

Da war er. Der erste von vermutlich vielen Momenten, in denen ich mich entscheiden musste. Zwischen dem alten Ian, dem ich vertraute und dem ich unbedingt helfen wollte, und dem neuen Ian, der mich verraten hatte. Das Schlimme war: Ich konnte niemanden fragen, wie ich mich zu verhalten hatte.

Sollte ich Makons Bitte ignorieren und meine Wut ausleben? Oder zu Ian gehen, um ihm beizustehen? Es wäre ganz klar eine Positionierung. Eine Richtungsänderung. Weg von meinem Zorn, hin zum Verzeihen.

War ich schon so weit?

Ich wurde ganz still. Dachte nach. Ging in mich und fühlte mich derart hin- und hergerissen, dass ich weder vor noch zurück konnte.

Dabei starrte ich die Flammen an, die in die Höhe schossen. Größer und größer wurden. Während ich zusah, spürte ich ganz genau, dass ich es mir nie verzeihen würde, Ian in diesem Moment allein gelassen zu haben.

Meine Zuneigung zu ihm war größer als die Wut auf seinen Verrat.

Es war Ian, um den es hier ging. Wir hatten eine Menge zusammen durchgemacht, selbst wenn ich mittlerweile jeden Moment mit ihm mit anderen Augen sah. Mein Blickwinkel hatte sich verschoben, und ich musste lernen, ihn aus diesem zu betrachten. Und dennoch war er noch immer der Ian, der mir absolut aufrichtig versichert hatte, keine Wahl gehabt zu haben. Der mich mit diesem speziellen Blick angesehen hatte.

Als wäre ich das Wichtigste in seinem Leben, und als hätte er mehr als alles andere Panik davor, mich für immer verloren zu haben.

»Ich muss zu Ian. Bleibt bitte hier. Das sollte ich allein machen«, sagte ich zu meinen Freunden und sah aus dem Augenwinkel, wie Sean aufstand und sich die Stiefel anzog.

Wenn er mir folgte, war das nicht tragisch. Bei Hora, Narel und Neth hingegen war es wohl besser, wenn sie auf Abstand blieben. Gleich darauf verließ ich den Raum und rannte bereits, noch bevor die Tür hinter mir zuschlug.

6

Den Weg zu Ian zu finden war recht einfach. Das Leuchten von Shys Verbrennungsfeuer leitete mich. Offenbar hatte Ian sie einfach an der Stelle angezündet, an der sie nach ihrem Tod noch immer lag. Auf dem Vorplatz zwischen den einzelnen Gebäuden. Mittlerweile war ich auch nicht mehr die Einzige, die das Feuer bemerkt hatte. Immer mehr Drachenreiter traten irritiert auf die Gänge, um den Grund für die Flammen herauszufinden.

Einer rannte parallel mit mir nach draußen und blieb stehen, als er mich erkannte. »Was ist los?«, fragte er.

»Geh wieder rein. Ian verabschiedet sich auf seine Weise von Shy und möchte nicht gestört werden. Sag das auch den anderen«, trug ich ihm auf und eilte weiter. Der Drachenreiter blieb tatsächlich zurück und ging nach kurzem Zögern rein.

Ich rannte längst wieder, wurde aber langsamer, je näher ich dem brennenden Drachen und der Gestalt kam, die einsam davorstand. Der Anblick erinnerte mich auf irritierende Weise an unsere Begegnung auf dem Landeplatz, als ich Ian wegen des Echos um Hilfe gebeten hatte. Auch da hatte er sich mit Shy abgesondert und deutlich gemacht, dass ihn niemand zu stören hatte. Damals hatte ich ihn lediglich für eigenbrötlerisch gehalten. Jetzt kannte ich die Wahrheit. Er gehörte genau wie Shy nirgendwohin. Weder zu Arandor noch zu Marani. Selbst von Makon hatte er sich entfernt, emotional und körperlich. Sein Drache kauerte fast fünfhundert Meter von ihm entfernt am Boden. Genauso einsam wie er und mindestens so unglücklich.

Dass das Feuer magisch war, sah ich an der Flammenfarbe. Giftblau. Es brannte so heiß, dass ich die Hitze unangenehm auf meinem Gesicht spürte. Dabei war es vollkommen lautlos. Kein Zischen. Kein Brutzeln. Auch kein Geruch. Shys Gestalt war darin kaum zu erkennen. Die ausgestreckten Flügel waren längst zu Asche verbrannt, während der Körper lichterloh in Flammen stand, genau wie der Kopf.

Ich blieb gut einen Meter von Ian entfernt stehen und starrte seinen breiten Rücken an. Er hatte den Kopf gesenkt und die Hände vor dem Bauch verschränkt. Reglos. So stoisch wie immer. In einer abweisenden Haltung.

Und nun? War ich hier wirklich willkommen?

Als er mich bemerkte, drehte er sich zu mir um. In seiner Miene war nicht abzulesen, was er dachte. Er hatte sich tief in sich zurückgezogen. Keine Tränen. Keine Trauer. Nicht mal den Hauch einer Regung. Dass er mich nicht wegschickte, sagte jedoch viel. Ohne ein Wort an mich wandte er sich wieder Shy zu und starrte in die Flammen, die immer höher in den Himmel ragten.

In dieser einen Bewegung erkannte ich, wie sehr er litt – und obwohl ich mich wirklich um innere und äußere Distanz bemühte, fiel es mir wahnsinnig schwer, den entscheidenden Schritt zu verhindern und ihm eben nicht von hinten meine Arme um den Körper zu schlingen. Allein die Tatsache, dass er es womöglich gar nicht zugelassen hätte, hielt mich von dieser Dummheit ab.

Wir waren Feinde und irgendwie auch nicht.

Weil mir sonst nichts anderes einfiel, blieb ich einfach hinter ihm stehen und wartete, doch je länger die Flammen knisterten und je mehr Asche in den Nachthimmel flog, desto stärker schwankte ich in meinem Entschluss. Mein Magen war längst ein fester Klumpen, und mir taten die Zähne vom festen Zusammenbeißen weh. Die Situation nahm mich mehr mit, als sie sollte.

Ian weinte nicht. Ich hingegen kämpfte mit den Tränen. Shy und ich waren nie Freunde gewesen, vermutlich hatte sie mich sogar gehasst. Dass sie ihren Reiter hatte töten wollen, war noch immer unfassbar für mich, und dennoch hatte ich allmählich die vielen Puzzleteile zusammengesetzt und verstand die Hintergründe.

Shy war ein tragisches Opfer, das durch schwierige Entscheidungen immer mehr in die Rolle der Bestie gedrängt worden war. Einzig Ian hatte sie nie so gesehen. Seiner Meinung nach war er schuld an ihrer Wandlung. Wegen seiner Entscheidungen, seiner Befehle und letztlich auch wegen seines Handelns war es zu dem Angriff und zu ihrem Tod gekommen.

Ians Schuldgefühle brannten durch Makons Gefühlswelt auch in meinem Inneren. Die Zerrissenheit und das Gefühl von purer Einsamkeit kannte ich nur zu gut. Einzig die Trauer war mir neu.

Sie war dunkel und schrecklich und riesig. Drohte ihn zu verschlingen und zu Boden zu zwingen.

Ehe ich mich stoppen konnte, machte ich schließlich doch noch den fehlenden Schritt nach vorn. Ich umarmte ihn allerdings nicht, denn das hätte sich für uns beide seltsam angefühlt. Stattdessen legte ich ihm meine linke Hand auf die rechte Schulter. Ganz sanft. So vorsichtig wie möglich. Als er nicht wegzuckte, ließ ich sie dort liegen. Er drehte leicht den Kopf in meine Richtung, rührte sich aber ansonsten nicht. Trotzdem spürte ich, wie er die Geste annahm.

Wie dankbar er über meine Anwesenheit war.

Es dauerte noch gut eine Minute, bis er schließlich die linke Hand hob und meine damit bedeckte. Sie war eiskalt und zitterte kaum merklich, woraufhin ich meinen Griff um seine Schulter noch verstärkte. Stumm sagte ich ihm, dass ich bei ihm war. Selbst wenn uns seine Lügen weit voneinander entfernt hatten: Ich ließ ihn trotzdem nicht allein.

Als die Flammen allmählich kleiner wurden und stattdessen immer mehr Asche in die Höhe stieg, vernahm ich ein leises Scharren hinter uns. Schritte. Jemand näherte sich. Ich drehte den Kopf und sah zwei Gestalten. Sean erkannte ich sofort. Er blieb auf Abstand, aber immerhin war er trotz seiner Wut auf Ian zu ihm gekommen.

Bei dem anderen Mann musste ich zweimal hinsehen. Aric, der aufmerksame Patrouillenführer. Offenbar ein Freund von Ian, den ich bislang noch gar nicht als solchen erkannt hatte. Beide postierten sich hinter uns und sahen dabei zu, wie auch die Reste von Shy vom Feuer verzehrt wurden und schließlich der letzte Funken verglühte.

Erst jetzt bemerkte ich die unnatürliche Stille um mich herum. Riata schwieg. Normalerweise wurde während der Verbrennung gesungen. Ein zu Herzen gehendes Lied. Ich hatte es erst ein einziges Mal gehört, und es war mir bis tief in die Seele gedrungen. Vor allem, weil es von allen Drachenreitern gemeinsam gesungen wurde. Diesmal schwiegen sie und akzeptierten Ians Wunsch nach Ruhe. Vermutlich kannte hier jeder seine stille, zurückgezogene Lebensweise. Auf ihre Art waren sie dennoch an seiner Seite. Indem sie, genau wie er, verstummten.

Eine Gänsehaut überzog mich, die noch verstärkt wurde, als ich den schwarzen Aschehaufen auf dem Boden im Glanz der Sterne bemerkte. Das war alles, was vom magischsten Geschöpf unserer Welt übrig blieb. Asche.

Auch Ian starrte darauf. Sein Atem stockte kurz, und er zögerte. Schließlich nahm er seine Hand von meiner fort und machte einen sanften Wink mit beiden Armen, erschuf damit einen Luftstrom, der die Asche in Bewegung setzte. Normalerweise übernahmen die Drachen diese Aufgabe, indem sie so lange mit ihren Flügeln schlugen, bis auch das letzte Flöckchen fortgeweht war. Sobald ich bemerkte, dass Sean die Bewegung nachahmte und ebenfalls einen leichten Wind erschuf, zögerte ich nicht länger. So vorsichtig wie möglich, um nur ja meine Asrai-Magie nicht zu berühren, formte ich den kleinsten Strom, den ich zustande brachte. Er bewegte vermutlich nicht einmal eine einzige Ascheflocke, aber die Geste zählte.

Ich legte den Kopf in den Nacken, als die Asche in einem kleinen Miniorkan davongeweht wurde. Er wurde größer und größer. Anscheinend waren Sean und ich nicht die Einzigen, die wortlos mithalfen. Fast alle Drachenreiter beteiligten sich, und wenn ich das Rascheln richtig deutete, machten auch die meisten Drachen unauffällig mit.

Als die letzten Flocken davonwehten, erwachte Ian aus seiner Starre. Langsam drehte er sich zu mir und sah mich an, ließ mich für einen winzigen Moment sehen, wie traurig er wirklich war und wie viel es ihm bedeutete, dass ich hier stand. »Es tut mir leid«, sagte er mit rauer Stimme. »Ich wollte dir nie etwas tun. Das Schwert an deinem Hals … mein Angriff. Alles nur ein kläglicher Versuch, um Manila herauszufordern. Du bist mit das Wichtigste in meinem Leben. Ich könnte dich nie verletzen.«

Ich schwieg zunächst, denn zum Verzeihen war es noch zu früh. Trotzdem brach mir die Verzweiflung in seiner Stimme fast das Herz. »Ich weiß, dass du mich nicht verletzen wolltest, nur leider hast du genau das getan.«

»Dennoch bist du hier.«

»Ja.« Mehr brachte ich nicht heraus, bevor meine Stimme kippte.

Ian bemerkte vermutlich trotz der Dunkelheit die Tränen, die mir über die Wangen liefen. Fast rechnete ich damit, dass er sie wegwischte, doch er rührte sich nicht. »Ich konnte es dir nicht sagen«, flüsterte er. »Wenn ich das getan hätte, wärst du an diesem Wissen verzweifelt. Du hättest dich genauso gespalten gefühlt wie ich mich. Trotzdem wünschte ich, ich hätte dir alles erzählt. Vielleicht hättest du bessere Entscheidungen getroffen als ich.«

Seine Berührung war kaum spürbar. Ein kurzer Moment, in dem seine Finger auf meine trafen. Dann zog er sich auch schon zurück und richtete sich auf. »Sobald sich der Hort beruhigt hat, sollten wir los«, sagte er mit nun festerer Stimme und wollte vermutlich an mir vorbeigehen, um dieser Situation zu entkommen. Da erstarrte er. Offenbar hatte er seine Freunde bemerkt, die noch immer mit großem Abstand hinter uns warteten.

Sean und Ian blickten einander an, während Aric auf uns zukam und Ian ohne Umschweife fest in die Arme nahm. »Tut mir leid wegen Shy«, sagte er. »Das rote Biest hatte es in sich, aber ich weiß, wie sehr du sie geliebt hast. Wenn ich etwas tun kann, genügt ein Wort. Betrinken, sich beim Nahkampf den Frust raushauen, rumpöbeln – ich bin dabei.« Er klopfte Ian fest auf die Schulter, dann wandte er sich zum Gehen und stapfte davon. Wir starrten ihm wohl alle nach.

Fast zehn Minuten vergingen, in denen sich niemand wirklich rührte. Wir warteten darauf, dass sich der Hort schlafen legte, sodass wir ungesehen nach Marani fliegen konnten. Allein bei dem Gedanken brach mir der Schweiß aus. Ich musste Asrai-Magie benutzen. Hoffentlich hatte ich mich da besser unter Kontrolle als nach Rais letztem Angriff. Nicht auszudenken, sollte ich Ian erneut attackieren.

Schließlich setzte sich Ian wieder in Bewegung und hielt auf Sean zu. Der spannte sich unwillkürlich an. So wie ich hatte er vermutlich keine Ahnung, was er Ian gegenüber empfinden sollte. Hass? Misstrauen? Oder trotz all der Schwierigkeiten Verbundenheit und Zuneigung?

Im ersten Moment dachte ich, dass Ian vor Sean stehen bleiben würde. Doch völlig überraschend schwenkte er kurz vor ihm ab und wäre vermutlich an ihm vorübergegangen. Sean verhinderte das, indem er ihm in den Weg trat.

»Du hättest mir die Wahrheit sagen müssen«, sagte er ruhig.

»Sean … bitte verschon mich. Das ist nicht der richtige Augenblick. Tritt nicht nach, wo ich gerade um Fassung ringe.« Bisher hatte sich Ian recht tapfer gehalten, jetzt sah ich, wie der Rest seiner Selbstbeherrschung zusammenbrach. Seine Schultern sackten nach vorn, genau wie sein Kopf. Sein mühsam unterdrücktes Schluchzen traf mich mitten ins Herz.

Das war der Moment, in dem Sean einfach zu ihm trat und ihn genau wie Aric fest umarmte, an sich drückte. Anders als bei Aric reagierte Ian jedoch darauf und fügte sich in den Halt, den Sean ihm gab.

»Shy ist tot. Meine Geschwister sind tot. Du bist alles an Familie, was ich noch habe«, brachte Ian nach einem langen Moment heraus. »Ich habe schreckliche Angst, dass ich dich auch verliere.«

»Das wirst du nicht. Momentan bin ich noch immer sauer auf dich, und vielleicht verzeihe ich dir auch nie, aber eins ist sicher: Du bist und bleibst mein Bruder.« Sean drückte Ian von sich und hielt ihn an den Schultern fest. »Wir finden eine Lösung, in Ordnung? Auch für Elaja und dich. Immer einen Schritt nach dem nächsten. Jetzt lass uns erst mal nach Marani fliegen, damit ich mit eigenen

Augen sehe, warum du mir nicht genug vertrauen konntest, um mir schon vor Jahren die Wahrheit zu sagen.«

Ian nickte schwach, woraufhin Sean ihn freigab und zum Losgehen aufforderte. Auch in Makon kam Bewegung. Der schwarze Drache schlich wie ein geprügelter Hund seitlich neben uns her rüber zu den Landebahnen, wo sich Zair bereits mit Manila eingefunden hatte. Mein Drache war seltsam still gewesen. Ungewöhnlich still. Als ich in ihre verschlafenen Augen blickte, wusste ich auch wieso.

Selbst ein Drachenbiest wie sie brauchte nach derartigen Ereignissen eine Pause. Sie hatte das Drama verschlafen. Welch ein Glück für mich.

Ian löste sich von uns, um Makon abzufangen. Ich spürte das Brennen von Makons Trauer bis in meinen Magen. Der Drache war vollkommen durcheinander. Ähnlich wie sein Herr.

»Er zittert«, sagte Sean in meine Gedanken hinein.

Erst da bemerkte ich, dass sich der Reiter zu mir gesellt hatte. »Wer zittert?«, fragte ich verwirrt.

»Ian. Seine ganze Haltung gefällt mir nicht. Ich kenne ihn zu gut. Er hat Schmerzen.«

»Kein Wunder. Er hat gestern erst seinen Drachen verloren und bei dem anschließenden Kampf viel Magie benutzt.«

Sean zog eine Augenbraue in die Höhe. »Womöglich zu viel?«

Der Gedanke war mir neu und verunsicherte mich. Nachdenklich musterte ich Ian. Auch ich hatte das Zittern bemerkt und es auf seine durchdrehenden Nerven geschoben. Was, wenn das falsch war? Shy und er waren nicht auf dieselbe Art verbunden gewesen wie andere Drachenreiter mit ihren Drachen. Er hatte ihren Tod magietechnisch deutlich besser weggesteckt, als es normalerweise der Fall war. Für gewöhnlich setzte der Verlust des eigenen Drachen einen Reiter für Monate außer Gefecht. Nur dreißig Prozent überlebten es überhaupt. Bislang hatte ich angenommen, dass Ian nicht in Lebensgefahr schwebte, weil das Band zwischen Shy und ihm viel lockerer gewesen war.

Oder versteckte er seine Probleme nur sehr gut?

»Dieser Mann treibt mich in den Wahnsinn«, seufzte ich genervt. »Ich frag ihn.«

Entschlossen ging ich zu ihm rüber, musterte erst Makon, danach ihn. Blasse Haut, tiefe Schatten unter den rot geränderten Augen, kaum wahrnehmbare blaue Lippen. Das sah nicht gut aus, konnte aber auch von dem emotionalen Ausnahmezustand stammen. »Wie schlecht steht es um deine Gesundheit?«

Ian wirkte wenig überrascht, dass ich ihn so direkt fragte und ganz offensichtlich durchschaut hatte. »Schlecht«, antwortete er knapp.

»Ein beginnender Magieschock?«

»Eher ein Kollaps.« Als er meinen entsetzten Blick bemerkte, seufzte er. »Ich halte durch, keine Sorge. Bevor ich euch nicht meine Welt gezeigt habe, breche ich nicht zusammen. Dazu bin ich viel zu stur.«

»Das ist nicht die Antwort, die ich hören wollte.«

»Bloß habe ich keine bessere, es sei denn, ich lüge dich wieder an. Da ich dir geschworen habe, das nie wieder zu tun, bekommst du nun die volle Wahrheit. Ich gehöre ins Bett, nur habe ich dazu keine Zeit. Punkt.«

»Ian! Dein Vorhaben könnte dich umbringen. Einen Weltensprung überlebst du mit einem beginnenden Magieschock vielleicht nicht.«

»Aber ich muss, Elaja. Du und Sean müsst meine Welt sehen.«

»Das können wir auch noch in vier Tagen oder in einer Woche.«

Er schüttelte den Kopf. »Dann sind sie vielleicht alle tot. Wir müssen augenblicklich was unternehmen. Ich muss so oder so rüber. Sie sind wahrscheinlich außer sich und verstehen nicht, was geschehen ist.«

Da waren sie nicht allein. Ich begriff es selbst nicht richtig. »Du hast den Angriff abgeblasen, als die roten Drachen von oben zusätzlich angegriffen haben. Sie wären zwischen den Fronten zerrieben worden. Das werden sie ja wohl einsehen.«

Anscheinend nicht, wenn ich Ians Gesichtsausdruck richtig deutete. Bevor ich noch etwas sagen konnte, zeigte er auf meinen genervt wirkenden Drachen.

»Ohne einen Kriegszaum nehme ich dich nicht mit«, sagte Ian und beendete damit ganz klar unsere vorherige Diskussion. »Meine Welt ist viel gefährlicher als eure. Wenn wir mit hoher Wahrscheinlichkeit einer Reiterei begegnen, müssen wir ihr ausweichen können. Also hol Makons alten Zaum und dann los!«

Mein Magen zog sich bei seinen Worten zusammen. So wie es klang, flogen wir in ein Kriegsgebiet. Die Vorstellung war so unglaublich, dass ich sie kaum zu Ende denken konnte. Die Frage war allerdings, wie gefährlich es für uns wurde, wenn unser Anführer gesundheitlich schwer angeschlagen war.

»Ian«, hob ich noch einmal an.

»Lass es gut sein, Elaja. Ich fliege mit oder ohne euch. Eure Entscheidung.«

Da gab ich auf. Hastig lief ich zurück in den Stall und schnappte mir den alten Zaum von Makon. Dass mich gleich zwei Drachen dabei beobachteten, war natürlich schlecht. Leider konnte ich es nicht ändern.

»Schlaft einfach weiter«, flüsterte ich ihnen zu und hetzte danach zurück. Die Seile und Riemen anschließend an Manila zu befestigen war eine Kunst für sich. Der Zaum war an Makon angepasst, und mein weißer Drache zappelte unwillig herum.

»Das mieft nach schwarzem Drachen«, beschwerte sie sich.

Sie war wahrhaftig ein Pubertier. Ich ignorierte all ihre Proteste und war trotzdem erst erfolgreich, als Ian und Sean mir halfen.

»Autsch.« Sean hatte sich an einer ihrer vielen dolchartigen Schuppen geschnitten und fluchte leise. »Dieses Wesen ist kein Drache, sondern ein fliegendes Schwert.«

Manila grinste breit. *»Ich mag den Kerl immer mehr. Bitte, Elaja. Kannst du nicht den lieben statt den hässlichen Shetai? Sean passt viel besser zu uns.«*

Ian und ich erstarrten zeitgleich in der Bewegung.

Das. Hatte. Sie. Jetzt. Nicht. Gesagt.

Ich spürte, wie mir sofort das Blut in den Kopf schoss. Dass ich Ian liebte, hatte ich ihm gegenüber nie auch nur mit einem Wort angedeutet. Mein trampelhafter Drache musste das natürlich hinausposaunen. So wie Ian mich daraufhin ansah, hatte er Manilas Bemerkung natürlich gehört und auch die Bedeutung dahinter verstanden, im Gegensatz zu Sean. Der wirkte irritiert. »Was?«, fragte er. »Hab ich was nicht mitbekommen?«

»Mein Drache ist nur an Peinlichkeit kaum zu überbieten«, brummte ich verstimmt und zog hastig den letzten Riemen fest. »Können wir?«

Sean saß innerhalb von zwei Lidschlägen auf, während Ian etwa drei Schritte von mir entfernt neben Manila stand und mich einfach nur ansah. Er wirkte wie vom Donner gerührt. Eigentlich hatte ich angenommen, dass er über meine Gefühle für ihn im Bilde war. Immerhin war es für jeden ersichtlich gewesen, dass ich mich im Lauf unserer gemeinsamen Monate hoffnungslos in ihn verguckt hatte. Allein die Szene im Schneegestöber war recht eindeutig gewesen. Oder unser erster gemeinsamer Kuss. Oder –

»Ian, Elaja? Los jetzt! Wir haben nicht viel Zeit!«, rief Sean ungeduldig.

Daraufhin löste sich Ian aus seiner Starre und ging zu Makon hinüber, der hinter Manila wartete. Dabei kam er natürlich an mir vorbei. Seine Berührung an meinem Arm war kaum spürbar, doch ich war mir sicher, sie mir nicht eingebildet zu haben.

»Wir reden später«, sagte er leise zu mir und war weg, bevor ich etwas erwidern konnte.

»Lass dich von dem Kerl nicht einwickeln. Der spielt nur mit uns«, knurrte Manila missbilligend.

Das bezweifelte ich stark, aber mit meinem Drachen über mein Gefühlswirrwarr zu diskutieren brachte nichts. Sie würde niemals verstehen, was Ian und mich verband. Es waren nicht nur Makon und die Magie. Da war eine Ebene, die tiefer ging. Wir zwei hatten mehr gemein, als es auf den ersten Blick den Anschein hatte.

Zwei Außenseiter, die sich gefunden hatten. Zwei Menschen, hin- und hergerissen zwischen der Magie und dem eigenen Herzen. Zwei einsame Gestalten, die zusammen weniger allein waren. Die sich gegenseitig gebraucht hatten – und sich noch immer brauchten.

»Elaja! Reiß dich zusammen. Für Herzeleid ist kein Platz. Wir fliegen in feindliches Gebiet. Da brauche ich deine ganze Konzentration«, ermahnte mich Manila nun noch drohender.

Das gab den Ausschlag und ließ den kurzen, seltsamen Moment zwischen Ian und mir verschwinden. Rasch stieg ich ebenfalls auf und stach mich dabei mindestens dreimal.

»Wie kommt man hier bloß rauf, ohne sich selbst aufzuspießen?«, murrte ich.

»Mit ein bisschen Übung wird das schon. Dein Körper erinnert sich bereits. In wenigen Monaten wirst du keine Probleme mehr haben.«

Ich drückte genervt mit dem Ringfinger auf eine blutende Schnittwunde in meiner Handfläche und verschnürte mich eilig.

»Wir gehen direkt im Startvorgang durch die Pfortenwelt«, sagte Ian in meinem Kopf. *»Folg mir nach Marani. Manila weiß, wie das geht. Sean geht durch deine Pforte. Ich versuche mich magisch zu schonen. Dann los!«*

7

Makon schlug mit den Flügeln und ging direkt nach dem Abheben bereits durch eine Pforte. Ich sah sie in der Dunkelheit lediglich als noch schwärzeren Fleck, und wartete, bis sie sich wieder geschlossen hatte. Danach erhob sich Manila in die Lüfte. Und wie! Zwei Schläge, schon war sie höher als Makon. Ich quiekte erschrocken und sorgte hastig dafür, dass mein Drache auf Zair wartete. Dessen Start war gewohnt ruhig und unspektakulär, allerdings brauchte er dadurch auch länger.

»Wenn er noch langsamer macht, hat uns bald der ganze Hort entdeckt«, wütete mein Drache prompt los.

»Sieh dir lieber an, wie man korrekt startet«, antwortete ich trocken. Sobald Zair auf unserer Flughöhe war, atmete ich tief durch und konzentrierte mich. Bislang hatte ich Pforten immer nur in Notfällen geöffnet oder aus Versehen. Es war seltsam, das nun gezielt zu machen. Was hatte Makon damals zu mir gesagt? Stell sie dir wie Türen vor, durch die du gehen kannst, um von einem Ort zum nächsten zu gelangen.

Sobald ich meine Magie aktiviert hatte, durchflutete mich die Erinnerung an die Pfortenwelt ganz instinktiv. Asrai-Magie. Beinahe sofort spürte ich das Wesen hinter der Magie, das die Kontrolle übernehmen wollte. Ich stemmte mich gegen es, so gut es ging.

»Das soll mir Einhalt gebieten?«, hörte ich die höhnische Stimme der Asrai in meinem Kopf. *»Wie lächerlich. Aber du hast Glück. Ich will mir Marani genauso gern ansehen wie du, immerhin lebt dort ein beträchtlicher Teil unseres Volkes. Hoffentlich sind die nicht so verweichlicht wie der Rest, der hier rumläuft. Wir haben dasselbe Ziel. Also bin ich mal nicht so und helfe dir.«*

Bevor ich überhaupt aktiv etwas machen konnte, hatte sie – oder vielleicht auch ich gemeinsam mit ihr – die Pfortenwelt geöffnet und wir flogen hinein. Gleichzeitig spürte ich es: Diese Welt gehörte zu mir wie das Atmen. So wie eine Libelle genau wusste, wie sie fliegen konnte, kannte ich die nötigen Handgriffe, um mich hier zu orientieren.

Sean folgte mir hindurch, und etwa fünf Atemzüge lang flogen wir durch völlige Finsternis. Kälte und das Gefühl, nicht richtig atmen zu können, lasteten auf mir. In dieser Welt gab es zu wenig Sauerstoff. Auf Dauer erstickte ein Mensch hier drin. Etwas Dunkles, Gewaltiges huschte an uns vorüber, und ich bildete mir ein, ein leises Grollen zu vernehmen. Die Pfortenwelt war angeblich durchaus bewohnt. Allmählich glaubte ich diese Schauergeschichten sogar. Meine Gänsehaut verstärkte sich, während ich einem Pfad folgte, der sich glitzernd wie ein Willkommensteppich vor mir ausbreitete. Makons Spur. Ich hätte sie vermutlich gar nicht gebraucht, denn ich wusste auch so genau, wo ich abbiegen musste. Die Asrai half mit, und Manila ließ sich tiefer sinken. Sekunden später spuckte uns die Pfortenwelt auch schon wieder aus. Zair war so dicht hinter uns geblieben, dass ich mir bereits Sorgen um eine Kollision gemacht hatte. Jetzt ließ er sich etwas zurückfallen.

Ängstlich horchte ich in mich hinein, doch die Asrai hatte sich wieder zurückgezogen. Beobachtete. Wartete. Für den Moment beruhigte mich das, allerdings machte ich mir nichts vor: Sobald sie auch nur die geringste Chance sah, würde sie aus mir hervorbrechen.

»Makon fliegt etwas unterhalb von uns. Wir sollen auf seine Höhe gehen, schätze ich. Ian gestikuliert wild, nur kapier ich seine Zeichen nicht«, bemerkte Manila. Ein wenig bildete ich mir ein, Anspan-

nung in ihrer Geiststimme in meinem Kopf zu hören. War sie etwa genauso aufgeregt wie ich?

»Du sollst ab sofort keine Magie mehr benutzen und dich abschotten«, hörte ich Ian. *»Wir sind hier Beute, keine Jäger. Also absolute Stille und Zeichensprache.«*

Mein Herzschlag beschleunigte sich augenblicklich. Hastig gab ich die Information per Zeichensprache an Sean weiter, und wir ließen uns auf Makons Höhe sinken. Ian sah ich in der Dunkelheit nur als schwarzen Punkt auf seinem Rücken. Wenn ich mich anstrengte, meinte ich seine Handzeichen entziffern zu können.

Wir sollten still sein. Er hatte eine Patrouille weiter vor uns gesichtet.

Pures Adrenalin schoss durch meine Adern und sorgte dafür, dass mein Herz zu rasen begann und ich den Puls an meinen Schläfen spürte. Verzweifelt kämpfte ich gegen die Nervosität an. Ich war eine Kriegerin, verdammt. Und dennoch, so viel Angst hatte ich in meinem ganzen Leben noch nicht gehabt.

Makon sank noch tiefer, sodass wir zwischen zwei gewaltigen Bergmassiven hindurchflogen. Ich setzte mich mit Manila direkt hinter ihn, Zair folgte. Wir segelten den Großteil der Strecke. Nur ab und zu schlugen die Drachen mit ihren Flügeln, um die Höhe halten zu können. Allein das leise Rauschen des Windes begleitete uns. Jetzt bedauerte ich es, dass wir in der Nacht unterwegs waren. Auf diese Weise sah ich erschreckend wenig von Ians Welt. Lediglich Steine. Hohe Berge. Ein Wald tief unter uns in einem kleinen Tal, über das wir lautlos hinwegschwebten.

Manila riss mich aus dieser Betrachtung, da sie mit einem Kopfnicken auf etwas deutete. Ich folgte ihrem Blick und entdeckte einen Drachenhort etwas oberhalb von uns. Er war auf einem Felsplateau errichtet worden. Etwa fünf Gebäude meinte ich zu erkennen, zwei Start- und Landebahnen, zahlreiche Mauern und noch mehr Geschütztürme. So etwas kannten wir in unserer Welt überhaupt nicht. Ich erzitterte, als ich begriff. Die Dinger waren dazu da, um Drachen abzuwehren.

Eindeutig ein Außenposten der grünen Reiter.

Ian ließ Makon etwas nach rechts schweben und entfernte sich dadurch von dem Bereich. Wir umflogen ihn, indem wir mehreren Tälern folgten und erst nach gut zwanzig Minuten höher stiegen.

Wenn ich mich nicht irrte, flogen wir einen Halbkreis. Zumindest sagte mir das meine Orientierung. Wollte mir Ian seine Welt zeigen? Oder warum waren wir so weit entfernt von unserem eigentlichen Ziel aus der Pfortenwelt gekommen?

Mit einem Mal schlug Makon kräftig mit den Flügeln und schoss in den Himmel hinauf. Ian bedeutete mir, ihm zu folgen, woraufhin Manila sofort ebenfalls an Höhe gewann. Es wurde kalt um uns herum. Wir tauchten in eine dichte Wolkendecke, und für einige Zeit sah ich nur Dunkelheit. Wassertröpfchen sammelten sich auf meiner Kleidung und meiner Haut, wodurch ich fröstelte. Gleichzeitig wurde die Luft dünner und dünner. Es war lange her, dass ich derart hoch geflogen war.

Als wir durch die Wolkendecke stießen, sah ich endlich die Sterne. Funkelnde Punkte an einem ansonsten tiefschwarzen Nachthimmel. Ein riesiger Mond strahlte über uns, sodass ich die Drachen endlich wieder gut erkennen konnte.

»Hier können wir uns nicht lange aufhalten, weil man uns auch aus weiter Entfernung sehen kann. Die Wolkendecke schirmt unsere Magie ab, sodass wir uns kurz unterhalten können«, erklärte Ian mir in meinem Kopf und anscheinend auch Sean auf dieselbe Weise. Ich sah ihn hektisch auf Zairs Rücken gestikulieren. *»Keine Panik, Sean. Ich mach das nur jetzt, damit du mich verstehen kannst. Normalerweise dringe ich nicht ohne Erlaubnis in irgendwelche Köpfe ein. Das ist unhöflich. Aber ja. Ich kann das. Mit Drachen und Drachenreitern.«* Er deutete unter sich. *»Im Moment sind sehr viele Patrouillen unterwegs. Wir können nicht riskieren, sie zu meinen Leuten zu führen, daher müssen wir warten. In der Zwischenzeit zeige ich euch etwas anderes. Pendragon. Der größte Hort der grünen Drachen. Er drückt sich quasi in das Gebirge hinein. Davor erstreckt sich die Menschenstadt Pendra mit dem Hauptheer der Magielosen. Sie unterstehen dem Drachenfürsten Fianon. Nach Rai ist er vermutlich der grausamste und gerissenste Kerl, den ich kenne. Er führt die grünen Drachen mit strenger Hand und die*

Menschen mit purer Grausamkeit. Bereit, euch das Ungeheuer aus der Höhe anzusehen?«

Sean und ich nickten, dann tauchten wir wieder durch die Wolken und hielten uns direkt darunter auf. Da sie so dicht waren, dass kein Lichtstrahl hindurchfiel, waren sie die perfekte Deckung. Normalerweise hätten sich unsere Drachen als Schatten davor abgehoben. Einzig das fehlende Licht verbarg uns.

Ich vergaß den Gedanken, als ich eine gewaltige Stadt unter mir sah. Sie dehnte sich tatsächlich von den Ausläufern der Berge bis weit hinein ins Landesinnere. Ein funkelndes Meer aus magischen Lichtern, Feuern und sich spiegelnden Oberflächen. Auf Arandor gab es nichts Derartiges. Keine einzige Menschenstadt hatte solche Ausmaße angenommen.

Von dem Hort ganz zu schweigen.

Er thronte wie ein schwarzes Monster über allem auf einem vorspringenden Felsmassiv. Auch hier sah ich Mauern, Geschütztürme und etwas, das wie gigantische Armbrüste aussah. Verdammt. Da lagen Pfeile drauf, die einen Drachen durchbohren konnten.

Der Hort war beinahe taghell erleuchtet, sodass wir mühelos die emsige Betriebsamkeit darauf sehen konnten. Drachen standen auf den Startbahnen, als wäre es bereits früher Morgen. Aus den Gebäuden rund herum strömten die Menschen. Winzig kleine Punkte, die ich nicht genauer identifizieren konnte, dafür waren wir zu hoch. Doch wenn ich mich nicht irrte, versammelte sich vor dem Hort gerade eine Menschenmenge. Soldaten?

»Wir müssen zu meinen Leuten. Sofort«, hörte ich Ian plötzlich in meinem Kopf. Er klang entsetzt. *»Das sieht nach einem groß angelegten Angriff aus.«*

Makon ließ sich seitlich in die Tiefe fallen und machte dabei eine halbe Rolle um sich selbst. Manila musste sich anstrengen, um an ihm dranzubleiben. Zair war ein geübter Flieger und überholte uns daraufhin um ein Haar. Mein Drache grollte böse.

Ab sofort zeigte uns Makon seine wahren Flugkünste. Er sank so tief in ein Tal, dass die Baumspitzen beinahe Manilas Flügel berührten. Von dort ging es in eine schmale Schlucht, der wir so lange folgten, bis wir abrupt in einen Steilflug übergehen mussten und eine Anhöhe überquerten, die von Pässen durchzogen war. Die Gegend wurde karger. Steiniger. Es ging höher und höher in eine Schluchtengegend, vorbei an einem rauschenden Wasserfall, quer über einen sich von der Dunkelheit kaum abhebenden Bergsee.

Ich wurde mit jeder Minute angespannter. Vor allem, als wir unter einer Reiterei hindurchsegeln mussten und gleichzeitig einer viel zu engen Schlucht folgten. Ian warnte uns zum Glück per Handzeichen vor gefährlichen Stellen und lotste uns sicher durchs Gelände.

»Ich lande zuerst. Macht es mir exakt so nach, sonst verpasst ihr den Eingang«, sagte er schließlich knapp. *»Lasst eure Drachen kurz schweben. Dann zügig rein mit euch.«*

Es krachte leise, als Makon seine Flügel senkrecht stellte und sich gleichzeitig seitlich lehnte. Das Slip-Manöver hatten wir bis zur Unendlichkeit geübt. Es ausgerechnet in dieser Gegend ausführen zu müssen, machte mich nervös. Noch immer hatte ich nicht richtig erkennen können, wo sich das Ziel überhaupt genau befand.

Als Makon abrupt auf einem winzigen Felsvorsprung landete und rasch in einer Höhle verschwand, schluckte ich. Ach herrje.

»Spannend. Das ist selbst für mich eine Herausforderung«, merkte Manila an und ging zeitgleich zur Landung über. Natürlich wartete sie nicht auf Erlaubnis, sondern machte es einfach. Ich ließ es für den Moment durchgehen, weil ich keinen schlecht gelaunten Drachen gebrauchen konnte.

Unsere Landung sah nur halb so elegant aus, aber wenigstens kamen wir an. Hastig hoppelte Manila voran, und ich duckte mich in letzter Sekunde, bevor ich mit der Stirn gegen den engen Durchgang krachen konnte. Mein leiser Fluch blieb allerdings unausgesprochen auf meinen Lippen liegen.

Denn wir standen urplötzlich einer kleinen Armee gegenüber.

Der Felsvorsprung öffnete sich direkt hinter dem Eingang zu einer riesigen Höhle, die lediglich durch blassrotes Licht ausgeleuchtet war, um von außen nicht gesehen zu werden. Blaue Drachen saßen auf winzigen Felsvorsprüngen zu unseren Seiten, hingen wie Fledermäuse kopfüber oder drohend aufgerichtet unterhalb von uns.

»Ja prima«, seufzte Manila in meinem Kopf. *»Wir sind mitten in unseren schlimmsten Albtraum gestapft. Ich habe ja gesagt, dass das eine Falle ist!«*

Endlich entdeckte ich Makon, der eine steile Rampe vom Felsvorsprung zu der unteren Ebene der Höhle hinuntergeklettert war. Ian winkte mir ungeduldig, dass wir folgen mussten, damit Zair auch reinkommen konnte. Manila ließ sich nur mit ganz viel Mühe überreden, weiterzugehen. Ihre stacheligen Schuppen stellte sie alle auf, und sie grollte leise.

»Lass die Drohgebärden«, zischte ich sie an. »Falls es dir nicht aufgefallen ist: Wir sind etwas in der Unterzahl.«

»Die Hälfte von denen grille ich, bevor sie überhaupt mit den Flügeln rascheln können«, antwortete Manila gereizt. *»Den Rest könnte ich womöglich mit den Stacheln erwischen, aber … na gut. Überleben würden wir das vermutlich nicht.«*

Dem Himmel sei Dank, dass sie zu diesem Schluss kam. Nicht auszudenken, wenn sie die Nerven verlor.

Obwohl derart viele Drachen auf engstem Raum zusammenhockten, war es unheimlich still um uns herum. Lediglich das Kratzen von Manilas Krallen auf dem Stein war zu hören. Die Rampe war vom häufigen Gebrauch tief zerfurcht und bröckelte an einigen Stellen. Ein leises Knacken verriet mir, dass sie nicht mehr allzu lange standhalten würde.

Die Anspannung um uns herum war so dick, dass ich sie beinahe einatmen konnte. Ich roch deutlich Angstschweiß von den Drachen und ihren Reitern. Als Zair die Höhle betrat, wurde es sogar noch schlimmer. Ein leises Grollen erhob sich aus einigen Drachenkehlen. Ein grüner Drache in dieser Höhle versetzte so ziemlich jeden in Panik.

Zair erstarrte hinter mir und ließ sich nicht dazu bewegen, Manila zu folgen. Ich hörte, dass Sean leise mit ihm sprach, und drehte mich zu ihm um. Er musterte seine Umgebung genau wie ich eher fassungslos, bevor er endlich Ian entdeckte, der soeben von Makons Rücken abgesessen war.

»Wir müssen hier weg«, sagte Ian mit angespannter Stimme. »Sofort. Die Arandorer planen einen Angriff. Heute Nacht.«

Wenn bislang noch einige blaue Drachen ruhig gewesen waren, verloren nun auch die ihre Nerven. Ein Brummen erhob sich, das von dem Gestein zum Glück geschluckt wurde.

Erst da registrierte ich eine Gruppe von zwei Männern und zwei Frauen, die sich Ian näherten. Drei von ihnen starrten Manila fassungslos an, während sich der vorderste ganz auf Ian konzentrierte. Schon allein an seiner Art zu schreiten sah ich den Anführer in ihm. Eindeutig derjenige, der hier das Sagen hatte.

»Und dann führst du sie direkt zu uns?«, sagte er scharf zu Ian.

»Wir waren vorsichtig. Die Warnung war wichtiger und jedes Risiko wert.«

Der Fremde schnaubte verächtlich. »Als ob wir das nicht längst selbst wüssten. Dass sie sich zusammenrotten, ist unübersehbar.« Er trat so nah an Ian heran, dass es eindeutig eine stumme Herausforderung war. »Was willst du, Verräter?« Er spuckte das letzte Wort beinahe in Ians Gesicht.

Ich hielt die Luft an, als sich Ian komplett versteifte. Trotzdem schaffte er es irgendwie, weder zurückzuweichen noch eine Drohgebärde zu machen. Nach außen hin wirkte er völlig ruhig und gelassen, doch innerlich wand er sich vor Schmerz. Ich konnte es durch Makon fühlen und wusste instinktiv, dass es nicht nur die Gefühle des Drachen waren, sondern auch die von Ian.

Dass sein Volk ihn verachtete, brach ihm das Herz.

IAN

»Ich musste den Angriff abblasen. Die roten Drachen hätten euch zerfleischt«, brachte ich hervor, nachdem ich mich von meinem Schock halbwegs erholt hatte. Dass mein Volk wütend sein würde, hatte ich erwartet. Dass sie mich gleich derart wutentbrannt angingen allerdings nicht.

Temlar ballte erneut die Finger zur Faust. Normalerweise waren wir gut miteinander ausgekommen. Er war über Jahre der stellvertretende Kommandeur gewesen. Jetzt wirkte er komplett verändert. Pure Verzweiflung blitzte in seinen Augen. Seine letzten Hoffnungen hatten vermutlich in unserem Angriff gelegen. Kein Wunder, dass er außer sich vor Wut war.

Ich hörte das Knirschen seiner Zähne ganz deutlich. Scheiße. Hoffentlich schlug er nicht zu. Makon sah so aus, als ob er das auf jeden Fall verhindern würde.

»Ruhig, Makon«, sagte ich zu ihm. *»Nicht eingreifen. Das macht es nur noch schlimmer.«*

Langsam hob Temlar die Hand, und ich spannte mich vorsichtshalber an, aber anstatt anzugreifen, tippte er mir lediglich gegen die Brust. »Du warst immer gegen den Plan. Das wussten wir alle. Doch ich war mir sicher, dass du loyal genug bist, um es trotzdem durchzuziehen. Dass du es nicht getan hast, sagt alles. Wir wissen ab sofort, auf welcher Seite du stehst.« Der Schubs war eher symbolisch und ließ mich dennoch ein kleines Stück zurücktaumeln. »Ich sollte dich augenblicklich töten«, sagte er kalt, und ich spürte seine veränderte Stimmung schon, bevor sie offensichtlich wurde. Er wurde wütend. Zorniger. Aufgebracht deutete er auf Elaja und Manila, anschließend auf Zair. »Wie kannst du es wagen, die Asrai hierherzubringen?«

So viel zu meiner Hoffnung, dass sie nicht wussten, wer sie war. Das mordlüsterne Glitzern in zahlreichen Augen bildete ich mir also nicht ein. Sie warteten lediglich auf die Erlaubnis, sich auf uns stürzen zu dürfen.

Damit die Lage nicht völlig eskalierte, bemühte ich mich um einen möglichst ruhigen Tonfall. »Sie sind hier, um zu helfen«, sagte ich so sanft es ging.

Die Antwort kam prompt – und zwar gebrüllt. »Einen Scheiß wollen die«, schrie Temlar. »Die werden uns vernichten. Weißt du, was, Ian? Wir haben lange genug darauf gewartet, dass du vernünftig wirst und endlich das Notwendige tust. Offenbar hat man dich in Arandor umgedreht. Dass du auch noch unsere Feinde in unsere Höhle bringst, ist der Beweis. Wir werden dir nicht länger vertrauen und richten jetzt und hier über dich.«

Ich sah den Dolch in seinen Händen viel zu spät, genau wie Makon. In allerletzter Sekunde riss ich den Arm hoch und verhinderte damit den tödlichen Stoß in mein Herz, stieß die Klinge zur Seite. Trotzdem schrie ich vor Schmerz auf, als sie meinen Unterarm streifte. Zum Luftholen kam ich nicht, denn der nächste Schlag folgte. Ich wich ihm gerade noch aus.

In Makon kam Bewegung. Er versuchte nach meinem Gegner zu schnappen, doch Elajas und mein erschrockenes »Nicht« kam zeitgleich. Die Gefahr, dass er bei seinem Angriff auch mich erwischte, war einfach zu groß.

»Wir wollen euch retten«, rief ich. »Ihr müsst endlich einsehen, dass ihr hier nicht länger überleben werdet.«

»Das ist unsere Heimat«, brüllte Temlar völlig außer sich vor Wut. »Etwas, das du anscheinend vergessen hast. Du kämpfst nicht mehr länger für uns, sondern suchst nur nach einer Möglichkeit, in deinem schönen Arandor zu bleiben. Aber das ist nicht unser Weg. Ist es nie gewesen.«

Er schlug erneut zu. Diesmal fester und entschlossener. Womöglich hätte er mich tatsächlich getroffen, wenn nicht etwas in mir zerrissen wäre. Ich spürte es als scharfen Schmerz. Wie ein Stich ins Herz, nur noch glühender und brennender. All der Frust. All das Leid in meinem Inneren explodierte mit einem Schlag.

Es reichte.

Entschlossen hob ich erneut den Arm, nur dass ich diesmal nicht den Dolchstoß damit abfing, sondern zum Angriff überging. So schnell. So fließend, dass Temlar keine Chance hatte. Ich packte den Waffenarm meines Gegners und attackierte ihn zeitgleich mit einem gewaltigen Stoß meiner Magie. So stark, dass Temlar einer Puppe gleich quer durch die Höhle geschleudert wurde und mit einem grässlichen Geräusch gegen rauen Stein prallte. Um ein Haar wäre er mir aus dem Griff geglitten und in den Abgrund gestürzt. Das verhinderte ich gerade noch so und hielt ihn danach gegen die Höhlenwand gepresst, sodass er für alle sichtbar in meinem Griff zappelte.

»Es reicht mir mit euch«, rief ich. »Mit euch allen. Hasst mich. Haltet mich für einen Verräter. Plant meinen Tod, aber bis ihr mich erledigen könnt, werdet ihr mir *verdammt noch mal folgen und tun, was ich sage!* Jeder Einzelne von euch.«

Ich gab bei jedem Wort so viel Magie ab, dass es als schmerzhaftes Brennen auf der Haut zu fühlen war. Sie zwickte und biss um sich und sorgte dafür, dass auch der letzte meiner Zuhörer bis in sein Innerstes erzitterte.

»Unsere Feinde rücken an, und sie werden uns in Stücke reißen. Es ist nichts Ehrenhaftes daran, seine gesamte Familie sterben zu sehen. Das weiß ich verdammt genau. Was nützt euch eure Heimat, wenn ihr keinen Platz mehr darin habt? Wenn ihr euch wie wilde Tiere in ihren Höhlen zusammenpferchen müsst und gar keine Möglichkeit habt, ihre Schönheit zu genießen? Das hier ist nicht mehr länger unsere Heimat. Sie wird uns töten, wenn wir länger für sie kämpfen. Ihr habt darauf gewartet, dass *ich* zur Vernunft komme? Nun. Ich habe lange genug darauf gewartet, dass *ihr* zur Vernunft kommt. Mit meiner Geduld ist ab sofort Schluss. Ich sage aufsitzen. Sofort. Und zwar alle. Frauen, Kinder, Krieger. Wir werden diese Welt noch heute verlassen. Wer mir nicht folgen will, darf mich gern herausfordern.«

Ich warf meinem Gegner einen glühenden Blick zu, der weiterhin gegen meinen Griff ankämpfte. Für einen kurzen Moment entließ ich ihn aus seinen Fesseln, setzte ihn sogar auf dem Boden ab, direkt vor mich. Als er daraufhin erneut zum Angriff überging, reichte es mir endgültig. Ich war ein geduldiger Mann, aber für derartige Kämpfe hatten wir keine Zeit. Voller Frust schleuderte ich Temlar mit solcher Macht gegen die Wand, dass Blut spritzte. Ein Knacken ertönte. Augenblicklich erschlaffte mein Gegner.

Verdammt. Eigentlich hatte ich ihn nur ausschalten wollen, nicht töten. Den Schreck über meine eigene Brutalität überwand ich jedoch recht rasch angesichts der Tatsache, dass wir für weiteres Zögern teuer bezahlen würden.

»Ich bin ab sofort euer Drachenfürst«, sagte ich so fest wie möglich an die schockiert starrenden Marani. »Richtet später über mich. Jetzt verlassen wir erst mal diese Hölle. Wir gehen nach Arandor, um dort um Hilfe zu bitten.« Während ich das sagte, fixierte ich die

Führungselite. Dabei ließ ich sie sehen, wie ernst es mir war. Mein Blick war pure Herausforderung.

Zwei machten daraufhin einen kleinen Schritt zurück, beugten sich meinem Führungsanspruch. Einer hingegen trat nach vorn und erwiderte meinen Blick hitzig. »Wir haben nicht all die Jahrhunderte für unsere Freiheit gekämpft, um sie an dich zu verlieren«, zischte er mich an. »Wir werden dir niemals folgen.«

»Ihr vielleicht nicht. Wir schon.« Eine junge Frau drängte sich zwischen zwei drohend herangetretenen blauen Drachen hindurch. Sie war groß und schrecklich ausgemergelt. Zu meiner Schande brauchte ich drei Sekunden, um sie zu erkennen. Velia. Die beste Freundin meiner verstorbenen Schwester. Mein Vater hatte sie als seine Ziehtochter aufgezogen, nachdem ihre Eltern bei einem Angriff umgekommen waren. Sie gehörte zu meiner Familie. Doch wie sah sie aus?

Ihr hageres Gesicht war von zahlreichen Narben überzogen. Ihre Haare hingen glanzlos und schlaff herunter, ungewaschen und ungepflegt. Ihre Augen hingegen waren noch immer voller Leben. Pure Kampfkraft sprach aus jeder ihrer Bewegungen. Sofort entspannte ich mich etwas.

Velias Worte hatten Gewicht. Wenn sie hinter mir stand, stiegen meine Chancen, mein Volk hinter mir versammeln zu können.

»Die Frauen werden Ian folgen«, sagte sie in ihrer für sie typisch herausfordernden Art. Wehe dem, der protestierte. »Für die Kinder. Für all die Leben, die wir schon lange hätten retten müssen.«

Ich bemerkte aus dem Augenwinkel, dass sich Zair mit einem Ruck aufrichtete, und hörte, wie Sean scharf einatmete und wie gebannt die Frau anstarrte, die er so sehr vermisst hatte. Velia und er hatten sich seit Jahren nicht gesehen. Es tat mir noch immer leid, sie getrennt zu haben, doch damals hatte ich keine Wahl. Hoffentlich blieben beide ruhig.

Velia ließ sich nicht anmerken, ob sie Sean erkannt hatte. Sie konzentrierte sich rein auf den Kerl aus der Führungselite. Peinlicherweise wusste ich seinen Namen nicht mehr. Auf jeden Fall mochte ich ihn mit jeder Sekunde weniger. Er behielt seine drohende Haltung bei und lynchte Velia regelrecht mit Blicken. Sofort spannte ich mich wieder an.

»Du hast hier nichts mehr zu sagen, Velia«, sagte er verächtlich.

»Willst du mich herausfordern? Dann mach! Ich mag meinen Drachen und meine Stellung im Fünfgestirn verloren haben, aber dich mach ich mit dem kleinen Finger fertig. Die Frauen haben entschieden. Wir werden mit Ian fliegen.«

»Ohne Drachen wird das schwierig.«

»In dem Fall habe ich eine Neuigkeit für dich: Auch unter den Drachenreitern gibt es Frauen. Wir haben entschieden. Wir kehren Marani den Rücken.«

»Euer Herd- und Küchenrat kann mich mal kreuzweise. Halte dich aus der wahren Politik raus.«

Velia trat näher an den Mann heran. Langsam. Bedächtig. Ab sofort wollte ich nicht mehr in der Haut meines Gegenübers stecken. Mit meiner Ziehschwester war in solchen Situationen nicht gut Kirschen essen. Das bewies sie, indem sie eher gelassen in die Hände klatschte. Beinahe sofort geriet die gesamte Höhle in Bewegung. Drachen wechselten ihre Plätze, rückten näher Richtung Ausgang. Ein Drachenweibchen biss ein kleineres Männchen weg, um den Weg nach draußen frei zu kämpfen. Ein anderes breitete die Schwingen aus und erhob sich sogar auf die Hinterbeine. Eine deutliche Warnung an alle.

»Die wahre Politik hat uns zu diesem Moment geführt. Jetzt ist es Zeit, uns das Ruder übernehmen zu lassen. Ich habe lange in Arandor gelebt. Wir werden dort eher überleben als hier. Deshalb werden wir gehen. Wenn ihr uns aufhalten wollt, müsst ihr das mit Gewalt tun.«

Ihre Worte hallten wie Donnergrollen durch die gesamte Höhle. Ich sah einige Kriegerinnen und Krieger, die unsicher Blicke wechselten. Eine ältere Frau hob bereits zwei kleine Kinder auf den Rücken eines blauen Drachen. Andere folgten ihrem Beispiel.

»Wir haben immer zusammengehalten«, unterbrach Tallora, eine der Frauen aus dem Fünfgestirn, ihr Tun. »Lasst uns nicht auf diese Weise auseinandergehen.«

»Dann folgt uns, damit wir in Ruhe miteinander reden können. In Sicherheit vor einer Armee, die uns zerquetschen will. Ian wird alle zurückbringen, die nicht in Arandor bleiben wollen.« Velia wandte sich mir zu. »Nicht wahr?«

Ich nickte knapp und sagte ansonsten nichts.

Talloras Entschlossenheit schwankte. Prüfend sah sie erst Velia an, danach mich, Elaja und schließlich Sean, der mittlerweile von dem sich sträubenden Zair abgestiegen war und sich uns beinahe unbemerkt zu Fuß genähert hatte.

»Arandor wird euch willkommen heißen«, sagte mein bester Freund in die angespannte Stille hinein. »Mein Wort darauf.«

»Und wer bist du?«, fragte Tallora scharf.

»Mein Name ist Sean, ich ...« Weiter kam er nicht, denn ein kleines Mädchen hatte sich zwischen den Beinen der umstehenden Drachenreiter hindurchgequetscht und rannte nun mit weiten Sprüngen an mir vorüber, um sich gleich darauf in Seans Arme zu werfen. Der war im letzten Moment auf die Knie gegangen, um sie aufzufangen. »Mara«, sagte er mit leicht zitternder Stimme. »Bist du groß geworden.«

Das stimmte. Etwas fassungslos starrte ich das Kind an, das ich damals als Baby in letzter Sekunde aus einer Höhle evakuiert hatte. Sie war bei der anschließenden Bruchlandung in Arandor um ein Haar in einem eiskalten Bergsee ertrunken. Dass sie nun hier stand, war einzig Sean zu verdanken. Er hatte mir damals geholfen. Ohne Fragen. Ohne Zögern.

Mara war der lebendige Beweis, dass es funktionieren konnte. Dass die Zusammenarbeit zwischen Arandor und Marani Menschenleben retten konnte.

Ein junger Mann löste sich aus der Reihe der Drachenreiter, um ebenfalls zu Sean hinüberzugehen. Pete. Auch ihn hatte ich damals in Sicherheit gebracht. Auch er wusste, was er Sean zu verdanken hatte. Mittlerweile musste er sechzehn, vielleicht siebzehn Jahre alt sein. Ein schlaksiger junger Mann, der sich möglichst aufrecht hielt, um beeindruckender zu wirken. Als Sean ihn bemerkte, sah ich Tränen in seinen Augen. Schweigend erhob er sich und umarmte Pete, während sich Mara an Seans Beine klammerte.

Der Druck in meinem Magen wurde ein wenig kleiner, als ich das sah. Die Kinder stellten sich hinter uns. Das war gut. Allerdings …

Der Schmerz, der meinen Körper durchzuckte, kam völlig überraschend. So heftig, so schrecklich, dass ich beinahe laut aufgestöhnt hätte. In letzter Sekunde biss ich mir auf die Lippen und krümmte mich lediglich ein klein wenig.

Meine Magieadern brannten mit einem Schlag wie Feuer, und ich konnte kaum atmen.

»Was ist mit dir?«, fragte Makon alarmiert.

Ich hatte nicht die Kraft zu antworten und übermittelte ihm lediglich ein Bild von mir, ohnmächtig am Boden. Vermutlich spürte mein Drache meine Erschöpfung ohnehin. Er spannte sich hinter mir an und konnte trotzdem nichts tun. Der Schmerz hatte mich eindrucksvoll daran erinnert, wie wenig Zeit wir hatten. Wir mussten hier weg, ehe ich handlungsunfähig wurde.

»Sean ist der grüne Reiter, der über sechzig unserer Kinder gerettet hat«, sagte Pete in diesem Moment mit erstaunlich tiefer Stimme. »Er hat uns ohne Nachfrage sein Haus zur Verfügung gestellt und sich um uns gekümmert. Ich vertraue ihm. Wenn er sagt, dass er sich für uns einsetzt, dann macht er das auch.«

Sean wirkte tief erschüttert. Immer mehr Kinder drängten sich nach vorn. Eins wollte von mir auf den Arm genommen werden, ein anderes nahm meine Hand. Ich bemühte mich, sie das einsetzende Zittern meiner Knochen nicht merken zu lassen. Scheiße. Ich baute schneller ab als gedacht. Jetzt sah ich auch wieder leicht verschwommen, nachdem es in den letzten zwei Stunden deutlich besser geworden war.

»Die Kinder haben entschieden«, sagte die Frau aus dem Fünfgestirn. »Wir werden dir folgen, Shetai.«

Die Erleichterung über diese Worte ließ sich kaum in Worte fassen. Allerdings hatte ich keine Zeit zum Freuen. Wir mussten handeln. Hastig drückte ich Velia die beiden Kinder in die Arme und sah mich nach Elaja um. Die saß noch immer stocksteif auf einer knurrigen Manila und wirkte mehr als unglücklich. Mit einem Wink bedeutete ich ihr, dass sie absteigen musste. Eilig glitt sie am Drachenleib hinunter und stand gleich darauf neben mir.

»Sag mir bitte, dass du sie nach Arandor bringen kannst«, flüsterte ich ihr zu. Magie zu benutzen wäre sicherer gewesen, damit niemand etwas mitbekam, doch selbst das traute ich mich gerade nicht. Meine Magieadern brannten wie Lava.

Der Ausdruck in ihren wunderschönen Augen veränderte sich schlagartig von besorgt zu panisch. »Ich … so viele? Noch dazu ein fremdes Volk? Das hab ich noch nie gemacht. Kannst du das nicht übernehmen?«

Ich hob schweigend eine Hand und präsentierte ihr so viele blaue Linien und Adern, die aus meiner Haut herausstachen, dass mein gesamter Arm seltsam blau erschien. Das war in der letzten Minute passiert. Ein deutliches Warnsignal und das sichere Zeichen, dass ich mir nichts mehr vormachen durfte. »Ich sterbe«, sagte ich möglichst ruhig. »Vielleicht schaffe ich noch drei oder vier Drachen. Mehr nicht.«

Elajas Panik war offensichtlich. »Ich würde zu gern sagen, dass ich es kann. Bloß … ich weiß es nicht.«

»Zum Glück weiß ich es«, platzte Manila in unser Gespräch hinein. *»Wir können das. Es wird schmerzhaft für Elaja, aber als Asrai ist sie in der Lage dazu. Ich pass auf, dass alles gut geht.«*

Erstaunt drehte ich mich zu der Drachendame um. Mit der Rückendeckung hatte ich gewiss nicht gerechnet. Als sie meinen Blick bemerkte, schüttelte sie unwillig den Kopf. *»Guck nicht so ungläubig! Diese Szene mit den kleinen Kindern hat selbst mich tief bewegt. Bin ja kein Holzklotz. Mich vor Rührung fast heulen zu lassen ist eine echte Kunst. Jetzt macht schnell. Ich spüre, dass sich die grünen Drachen nähern. Sie wissen ganz genau, wo wir uns verstecken.«*

Das hatte ich befürchtet. Da ich aber wusste, wie schwer es Manila gefallen sein musste, auch nur den winzigsten Schritt auf mich zuzugehen, legte ich ihr eher instinktiv meine Hand auf eine weiße Schuppe am Brustpanzer. »Danke«, sagte ich schlicht.

»Hände weg, sonst musst du zukünftig deinen Haufen Flüchtlinge mit nur einer Hand regieren«, grummelte Manila zurück.

Hastig tat ich, wie von ihr verlangt. »Aufsitzen«, rief ich danach so laut, dass Elaja neben mir erschrocken zusammenzuckte. »Und zwar zügig!«

In sämtliche Drachen und Reiter kam Bewegung. So schnell sie konnten, hoben sie die Kinder auf die Rücken ihrer Tiere. Manche wirkten schon bald völlig überladen. Das erinnerte mich an einige Evakuierungen, die deswegen in einem Fiasko geendet waren. Überladene Drachen konnten nur schwer Angreifern ausweichen.

Prüfend blickte ich mich um und entdeckte Velia, die in dieser Sekunde direkt neben mir aufgetaucht war. Wie aus dem Nichts. »Sind es genug Drachen?«, fragte ich sie beunruhigt.

»Nein. Wir müssen zweimal fliegen.«

Das war wie ein heftiger Schlag in den Magen. Die grünen Krieger näherten sich uns unaufhaltsam und würden uns gewiss bald erreicht haben. Ganz davon abgesehen, dass ich auf keinen Fall so lange durchhalten würde. Unmöglich, zweimal zu fliegen.

Bevor ich zu einer Antwort kam, mischte sich Elaja ein. »Ich kann noch mindestens fünf Erwachsene mitnehmen, genau wie Sean«, sagte sie zu Velia.

»Das reicht immer noch nicht. Wir haben nur noch knapp zweihundert Drachen. Zusammen mit den Lebensmitteln wird …«

»Kein Gepäck. Wir lassen alles zurück«, unterbrach ich sie.

»Aber …«

»Kein Gepäck«, rief ich nun so laut, dass mich auch der letzte Marani hören konnte. »Lasst alles zurück. Wir können nur ein einziges Mal fliegen! Lasst auch sämtliche Waffen hier, die größer als ein Dolch sind.«

Ich sah daraufhin kleine und große Säcke von den Drachenrücken purzeln. Es schepperte, als die ersten Schwerter auf den Boden krachten.

»Ian«, sagte Velia deutlich leiser zu mir. »Wir kommen vollkommen ungeschützt nach Arandor.«

»Uns bleibt nichts anderes übrig. Ich kann höchstens noch ein einziges Mal die Pfortenwelt durchqueren.« Zum Beweis hob ich die Hand, um ihr das Geflecht zu zeigen. Sie wurde augenblicklich aschfahl. Offenbar wusste sie genau über die Bedeutung Bescheid. »Shy ist gestern gestorben. Ich fürchte allmählich, dass ich unser Abenteuer doch nicht überlebe. Wenn das geschieht, musst du dich um alles kümmern. Lass nicht zu, dass Temlars Anhänger sich durchsetzen. Du bist stärker als alle Sturköpfe zusammen. Halt dich an Elaja und Sean. Sie werden dir helfen.«

Einen langen Moment starrten wir uns lediglich an, und ich sah, wie Velia verzweifelt mit ihrer aufsteigenden Panik rang. Ihr Blick flackerte, als ihr die volle Tragweite meiner Worte bewusst wurde. »Shy ist tot?«, fragte sie leise. Ich nickte und wappnete mich gegen die Trauer, die in mir aufwallen wollte. Mit aller Kraft drängte ich sie fort, nur fiel es mir ungleich schwerer. In Velias Augen las ich die Spiegelung meiner eigenen Gefühle. Sie kannte den Schmerz über den Verlust eines Drachen – und auch sie hatte Shy sehr geschätzt. Anders als auf Arandor war meine rote Drachendame auf Marani wie eine Heldin gefeiert worden. Jeder hatte gewusst, was sie für uns riskierte. Das hatte ihr größten Respekt eingebracht.

»Sie war der tapferste Drache, den ich je erlebt habe. Wir werden sie in Ehren halten«, sagte Velia mit rauer Stimme und berührte mich zart am Oberarm, gab mir durch diese kleine Geste den Halt, den ich brauchte, um durchzuhalten. »Und du wirst das Abenteuer überleben, Ian. Du musst einfach. Ohne dich gehen wir unter.« Sie atmete tief durch. »Also los! Auf nach Arandor.«

Ich nickte und drehte mich um, Richtung Makon. Als ich jedoch bemerkte, dass Velia mir folgen wollte, hielt ich sie auf. »Geh mit Elaja. Ich will nicht, dass du mit Makon und mir fliegst.«

Kurz sah ich pure Irritation in ihren Augen, dann begriff sie. Ich hatte Angst, sie mit in den Abgrund zu reißen, falls ich es nicht schaffen sollte. Auf Manilas Rücken war sie sicherer. Hoffte ich zumindest.

Velia zögerte noch einen Moment, ehe sie sich umdrehte. Dabei fiel ihr Blick auf Sean, der sie gerade anstarrte und hastig den Blick abwandte. Trotzdem waren seine Gedanken offensichtlich.

»Sean ist zornig, weil wir ihn über die Jahre belogen haben«, sagte ich leise zu ihr. »Gib ihm Zeit. Wir müssen erst nach Arandor. Dort könnt ihr euch aussprechen.«

Velia nickte knapp, winkte mir zu und verschwand dann zwischen den Drachen. Ich wandte mich meinem zu. Es fiel mir erschreckend schwer, an Makon hochzuklettern. Meine Finger waren taub, und mein Bauch schmerzte, Magensäure sammelte sich bereits in meiner Kehle. Schweißgebadet kam ich oben an und bemerkte erst da, dass mir Elaja gefolgt war. Sie stand direkt neben Makons Vorderbeinen und starrte prüfend zu mir hoch. Dabei hatte sie ihren strengsten Heilerblick aufgesetzt.

»Wehe, du stirbst. Ich muss dir noch alles verzeihen«, sagte sie eindringlich zu mir und nutzte den Bauchgurt von Makon, um sich ein wenig hochzudrücken und meine Hand fest zu umfassen. »Wir sollten nicht im Streit auseinandergehen.«

Ich starrte erst ihre Hand an, die fest um meine geschlungen war. Im Anschluss in ihre Augen. Darin entdeckte ich zu viel Asrai-Magie, als dass es nicht unheimlich aussehen würde. Der uralten Macht in ihr gefiel es ganz und gar nicht, in meiner Nähe zu sein. Hauptsächlich spürte ich jedoch Elaja. Ihre für sie typische Entschlossenheit. Den Sanftmut der Heilerin. Die Zuneigung mir gegenüber. Zumindest hoffte ich, dass ich mir das nicht nur einbildete.

»Dann muss ich wohl gut auf mich aufpassen«, sagte ich zu ihr und drückte ihre Hand. Nach kurzem Zögern beugte ich mich schließlich vor, um sie halb zu umarmen. Da ich aufgrund meiner seltsamen Position lediglich ihre Schultern erreichte, musste das recht seltsam aussehen. Dennoch machte mir diese Geste mehr Mut als jedes freundliche Wort. Vor allem, weil Elaja die Berührung tatsächlich zuließ. »Sei vorsichtig«, flüsterte ich ihr ins Ohr und ließ sie danach schnell wieder los. Sonst hätte ich sie womöglich komplett zu mir hochgezogen und niemals wieder losgelassen.

Sie nickte, und ich sah Tränen in ihren Augen. Offenbar wusste sie ganz genau, wie es um mich stand. Als Heilerin kannte sie die Anzeichen. Eigentlich wollte ich nicht, dass sie sich um mich Sorgen machte. Gleichzeitig beruhigte mich die Erkenntnis. Wenn sie mich wirklich gehasst hätte, wäre ihr mein Zustand egal gewesen.

Nur leider lagen die Chancen, diesen Tag zu überleben, bei null.

8

Mich von Ian zu verabschieden, fiel mir schwer, selbst wenn ich das vor mir selbst ungern zugab. Er war mir wichtig. Wichtiger als jeder andere Mensch in meinem Leben. Und ja, ich war noch immer in ihn verliebt. Meinem Herzen war es völlig egal, dass er mich derart hintergangen hatte. Es schlug nur für ihn, gerade in diesem Moment. Erst recht, weil er mit jedem Atemzug blasser wurde. Hoffentlich hielt er durch.

Mit einem ganz schlechten Gefühl im Magen kehrte ich zu Manila zurück, neben der bereits fünf junge Frauen auf mich warteten, darunter Velia.

Sie musterte mich eindringlich, sagte aber nichts, als ich mich auf Manila schwang und ihr dabei helfen wollte, hinter mir raufzukommen. So wie sie sich bewegte, hatte sie das allerdings schon sehr häufig gemacht. Eine geübte Drachenreiterin. Ich schluckte, als ich an ihren Verlust dachte. Einen Drachen zu verlieren, überlebten nur dreißig Prozent aller Reiter. Geschwächte Reiter sogar noch sehr viel seltener. Auch die anderen Frauen saßen genauso flink auf und banden sich danach ohne Anweisung fest.

Ich drehte mich, um die kleine Gruppe genauer in Augenschein zu nehmen. »Seid ihr alle Drachenreiterinnen?«, fragte ich, weil ich es einfach wissen musste.

»Männer sterben, wenn sie ihren Drachen verlieren. Wir Frauen sind aus härterem Holz geschnitzt, sonst würden wir keine Geburten überstehen. Wir überleben. Für die Kinder«, antwortete eine Blondine mit beinahe raspelkurz geschnittenem Haar. Lediglich ihr Deckhaar steckte in einem kleinen Zopf. Die Frisur kannte ich nur allzu gut. Ian trug sein Haar genauso. Offenbar seine kleine Art der Rebellion, um ein Stück Tradition seines Drachenvolkes nach Arandor zu bringen.

»Es ist mir eine Ehre, euch fliegen zu dürfen«, sagte ich einem Impuls folgend, woraufhin Manila leise seufzte.

»Du musst in diesem Leben zu viele heroische Bücher gelesen haben, Asrai. Ein wenig sehr pathetisch, findest du nicht?«

»Spotte nur. Diese Frauen haben mehr durchgemacht als wir in all unseren Leben«, antwortete ich böse.

Das brachte Manila ausnahmsweise zum Verstummen.

In der Sekunde hob Ian den Arm, und sämtliche Geräusche verstummten auf beinahe unheimliche Weise. Als hätte jemand die Welt stumm geschaltet. Alle Anwesenden lauschten, selbst die Kinder.

»Die Armee hat uns in wenigen Minuten erreicht. Wenn die grünen Reiter wirklich wissen, wo wir sind, schaffen wir es nicht mehr rechtzeitig aus der Höhle«, hörte ich Ian in meinem Kopf. Den entsetzten Blicken um mich herum nach zu urteilen, hatten sie alle Ian gehört.

In der Sekunde klickte etwas in meinem Gehirn. Es war surreal und unheimlich, weil es sich so anfühlte, als würde mir jemand Fremdes seltsame Pläne in meinen Kopf verpflanzen. Vor meinem inneren Auge spulten sich verschiedenste taktische Möglichkeiten ab, ehemals angewandte Finten, erfolgreiche Manöver. Eine einzige stach heraus.

»Ihr müsst wieder absteigen«, flüsterte ich den Frauen unverzüglich zu. »Schnell!«

Es waren geübte Soldatinnen. Sie fragten gar nicht erst, sondern rissen die Riemen regelrecht auf und sprangen beinahe lautlos von Manila runter.

»Was hast du vor?«, fragte mich Ian alarmiert.

»Lass mich nach vorn. Wir lenken die grünen Reiter ab. Vor dreihundert Jahren sind ihre Vorfahren als Erwachsene in diese Welt gekommen und haben die Geschichte der Asrai gewiss besser an ihre Nachkommen weitergegeben als die Drachenreiter in meiner Welt an ihre Kinder. Sie wissen von mir. Sie wissen garantiert, dass ich einen weißen Drachen fliege und durch die Pfortenwelt wechseln kann. Wenn ich mich ihnen präsentiere, bringt das garantiert ihre gesamten Pläne durcheinander.«

»Das ist Wahnsinn, Elaja!«, protestierte Ian.

»Es wird gelingen. Los. Zur Seite!« Manila unterstrich meinen Befehl gewohnt grob, indem sie Makon erst in den Hintern pikste und sich danach mit ihren fiesen Stacheln an ihm vorbeidrückte. Der Drachenbulle brummte als Protest, machte aber Platz, sodass wir uns Richtung Eingang schieben konnten.

Sekunden später stürzte sich Manila auch schon aus dem Höhleneingang hinaus. Einen Moment sah ich nicht viel. Meine Augen hatten sich an das rötliche Licht in der Höhle gewöhnt. Draußen herrschte noch immer finstere Nacht, allerdings sah ich einen Lichtschimmer am Horizont. Offenbar wollte die Armee im Morgengrauen zuschlagen.

»Eine etwas seltsame Uhrzeit, um einen Höflichkeitsbesuch in einer fremden Welt abzustatten«, merkte Manila an. *»Das wird Fragen aufwerfen.«*

»Mir fällt schon was ein. Um Ausreden war ich noch nie verlegen. Spürst du die grünen Drachen?«

»Ja. Sie befinden sich in einem Tal, etwa sechs Minuten von uns entfernt. Wenn wir ihnen entgegenfliegen, sollten wir ihnen gleich begegnen.«

»Gut. Mach dich mal bereit für eine grandiose Darbietung. Wir müssen dieser Armee schon im ersten Moment klarmachen, dass ihre Asrai vor ihnen aufgetaucht ist.«

»Oh, in beeindruckenden Auftritten bin ich brilliant. Darf ich mich austoben?« Ich hörte Manilas zufriedenes Grinsen förmlich in meinem Kopf.

»Ich bitte darum.«

Manila flog daraufhin noch ein wenig schneller und … *»Sag mal, glitzerst du?«*

»Jap. Hübsch, nicht wahr? Ich hab nie kapiert, warum ich das kann, aber die Leute lieben es, wenn ich das mache. Ich sehe dann wie ein Engelchen aus.«

Zum ersten Mal, seit ich Manila in meinem Kopf hörte, musste ich herzhaft über ihre Worte lachen. *»Du bist so weit von einem Engelchen entfernt wie eine Taube von einem Drachen«*, spottete ich.

»Aber auch in einer Taube kann ein kleines Biest stecken. Also los. Da sind sie.«

9

Vor uns tauchte die gewaltigste Drachenarmee auf, die ich jemals gesehen hatte. Sie flogen in Fünferreihen neben- und übereinander. Drache an Drache, mit einem perfekten Sicherheitsabstand. Den Trupp führte ein gigantischer Drache an, der selbst Jamas Bronx in den Schatten stellte. Er war dunkelgrün, beinahe schwarz und besaß sogar noch größere Hörner als Makon. Sie sahen wie zwei Teufelsstacheln aus.

Ich schluckte, als ich das sah. Das musste der Drachenfürst sein. Seinen Namen hatte ich leider wieder vergessen. Auf der anderen Seite war das gar nicht so schlecht. Offiziell konnte ich schließlich gar nicht wissen, wie er hieß.

Ich sah genau, wie der Drache stutzte. Einen winzigen Moment schlug er weniger ausgeprägt mit den Flügeln als zuvor.

»Ich leg mal mit dem Angeben los«, sagte Manila überflüssigerweise und tat genau das.

Sie glitzerte.

Sie spie Feuer.

Sie brüllte so laut, dass es als dreifaches Echo von den Bergen widerhallte.

Dabei drehte sie Pirouetten, Saltos und wilde Kapriolen. Ich hatte Mühe, sie während ihrer Manöver zu stützen, aber sie kam auch ganz gut allein zurecht. Vor allem, als sie haarscharf an der

Nase des Drachenfürsten vorbeidonnerte und dabei ernsthaft nach ihm schnappte.

»Manila!«, schrie ich entsetzt.

»Was denn? Ich hab dem hübschen Bullen nur gerade klargemacht, dass ich hier das Sagen habe. Wir sind Asrai. Schon vergessen? Die Armee gehört eigentlich uns. Hahaha. Sieh sie dir an. Die haben echt Angst vor uns!«

Tatsächlich kam die gesamte Formation komplett durcheinander, weil die vorderen Drachen in die Schwebephase übergegangen waren, während der Rest noch einige Flügelschläge ausgeführt hatte. Manila stieg derweil steil in die Höhe, damit sie auch der letzte Drache gut sehen konnte, ließ sich am obersten Punkt über den rechten Flügel fallen und jauchzte, als wir halb ins Trudeln gerieten.

»Vergiss nicht, Asrai. In deinem letzten Leben warst du eine eiskalte Oberbefehlshaberin. Eine herausragende Strategin, vor der die gesamte Drachenwelt erzittert ist. Drachenleben waren dir nur etwas wert, wenn sie nützlich für dich waren. Du warst die unbestrittene Anführerin. Und wer das anzweifelte, musste sterben. Also vergiss jede Art von Unsicherheit. Vergiss, dass du eigentlich nur eine Drachenschülerin bist. Vergiss deine rosarote Verliebtheit in unseren Erzfeind. Wir müssen denen klarmachen, dass es keinen Krieg ohne unser Einverständnis gibt.«

»Und wie mache ich das?«, rief ich.

»Ian kann alle Drachen erreichen, die er möchte. Eine Fähigkeit der Pfortenwächter. Du kannst das auch. Darum mach genau das. Jetzt.«

Ich kniff die Augen zusammen und suchte in mir selbst nach dieser Fähigkeit. *»Hallo«*, sagte ich lautlos in meinem Kopf.

»Hallo? Bist du irre?«, motzte Manila. *»Zu freundlich! Nur gut, dass das eh niemand gehört hat. Kneif die Arschbacken zusammen und motz sie an. Und zwar so richtig.«*

O Mann. Dieser Drache war der herrischste auf der gesamten Welt. Leider hatte er recht. Also kniff ich die Arschbacken zusammen, atmete tief ein und sagte dann so wutentbrannt, wie ich es irgendwie schaffte:

»Ich bin eure Asrai. Umdrehen. Sofort. Es gibt keinen Angriff ohne meine Genehmigung.«

»Hahaha! Sooooo muss das klingen!«, brüllte Manila in meinem Kopf und zischte gleichzeitig funkensprühend über die Köpfe der Drachenarmee hinweg. Sie brüllte, und wer sich nicht schnell genug duckte, bekam ihren messerscharfen Schwanz zu spüren. *»Ich mach aus dir noch eine waschechte Asrai.«*

Bloß nicht, dachte ich schaudernd und ließ die Überlegung gleich darauf wieder fallen, denn die gesamte Drachenarmee drehte tatsächlich um. Zunächst folgte nur der vorderste Drache. Der dunkelgrüne Gigant. Seine Wendung wirkte eher zögernd, als wollte er dem Befehl seines Herrn ungern folgen. Der Rest der Truppe brauchte sogar noch länger, bis sie dem Drachenfürsten in einem weiten Bogen hinterherflogen. Solch eine Armee ließ sich nicht mal eben auf die Schnelle wenden. Vor allem, wenn die Krieger eigentlich auf einen Angriff vorbereitet gewesen waren. Dass sie den abrupt abbrachen, sprach für sich. Sie folgten Manila wie eine Herde Schafe, wobei uns der Drache des Fürsten drohend anbrummte.

»Verdammte Axt«, sagte ich laut. »Die gehorchen ja echt.«

»Na klar. Die haben richtig *Angst vor uns. Nur darfst du gleich nicht das nette kleine Nachbarsmädchen raushängen lassen. Sei ein echtes Arschloch, und die fressen dir aus der Hand.«*

»In dem Fall solltest du mir meine Worte diktieren. Das mit dem Arschloch-Dasein hast du echt gut drauf«, merkte ich trocken an.

Manilas Lachen rüttelte mich durch. *»So langsam verstehen wir uns*«, sagte sie in meinen Gedanken.

Es war surreal, wie Manila und ich durch eine enge Schlucht nach der anderen flogen. In einer fremden Welt. Gefolgt von einer riesigen Drachenarmee. Wenigstens hörte mein weißer Drache endlich auf zu glitzern. So langsam hatte es begonnen, mich zu blenden.

»Kannst du Makon Bescheid geben, Manila? Sie müssen los, bevor mein Manöver auffliegt.«

»Teil ihm das doch selbst mit.«

»Ich traue meinen neuen Fähigkeiten noch nicht. Nachher sag ich das zur süßen kleinen Drachenkompanie hinter uns.«

Ich spürte regelrecht, wie Manila die Augen verdrehte und meine Inkompetenz verfluchte. Immerhin tat sie, um was ich sie gebeten hatte.

»Ich versuche, so viele wie möglich rüberzunehmen, aber ich fühle mich immer schlechter. Es werden noch einige Drachen zurückbleiben. Wir haben uns neu formiert, sodass einige Krieger zur Verteidigung hinten fliegen. Sie haben keine Kinder und Frauen dabei und werden recht sicher zurückbleiben. Kannst du sie rübergeleiten?«

Ian. Ich hörte seine Angst in jeder Silbe. Er war verzweifelt, weil er nicht mehr die Kraft hatte, sein komplettes Volk in Sicherheit zu bringen. Jetzt, wo es ihm endlich folgen wollte, verlor er die Kontrolle über seine Magie.

»Wir machen das schon, kleiner Shetai. Flieg du mal schön nach Arandor. Wir kommen später nach«, antwortete Manila in gewohntem Ätzton.

»Benimm dich, Manila«, schimpfte ich laut mit ihr.

»Glaub mir, Elaja. Je fieser ich bin, desto motivierter ist Ian. Er will dich auf keinen Fall mit deinem grässlichen Monsterdrachen und drei mies gelaunten Völkern allein lassen. Der überlebt das schon allein deshalb, weil er mir in den Allerwertesten treten will.«

Diesmal war ich es, die die Augen verdrehte. »Da unten ist Pendragon«, sagte ich statt einer Antwort auf ihre Worte. »Lass uns dort landen und hoffen, dass uns die Drachenarmee folgt.«

Dem war leider nicht so. Manila ging zwar mustergültig auf dem Hort nieder, genau wie der unheimliche Drachenfürst und zwei seiner vermutlich engsten Begleiter, doch der Rest der Drachen zog über uns ihre Bahnen. Anscheinend hatten sie ihren Eroberungsfeldzug nur wegen mir verschoben.

»Sei das größte Arschloch, das du dir vorstellen kannst, Asrai«, sagte Manila plötzlich ausgesprochen ernst in meinen Gedanken. *»Sonst überleben wir unseren netten Ausflug nicht. Der Fürst scheint nicht gut auf uns zu sprechen zu sein. Ich spüre seine negativen Gedanken, obwohl ich sie nicht hören kann. Er wird sich von uns nicht bevormunden lassen. Offenbar hat dieser Teil des Drachenvolkes seine Freiheiten ein wenig zu sehr genossen. Der Fürst wird sie nicht kampflos aufgeben. Schon gar nicht an die Asrai, die das Volk der grünen Drachen vor dreihundert Jahren hier stranden ließ.«*

»Soll ich mich etwa mit ihm um die Vorherrschaft prügeln?«, fragte ich entsetzt.

»Nein, auf keinen Fall. Du würdest verlieren. Dein Körper ist im Vergleich zum letzten Mal in einem desaströsen Zustand. Du bist viel zu schwach, um in einem Schwertkampf zu bestehen. Ich könnte ihn höchstens mit einem Bissen verschlucken, aber das würde eher schlecht beim Rest der schnuckeligen Drachenarmee über uns ankommen. Schätze, wir wären tot, bevor wir abheben könnten.«

»Du bist ein echter Motivator.«

»Immer wieder gern.«

Ich löste die Riemen und stieg so erhaben ab, wie ich irgendwie konnte. Hoffentlich sah niemand, dass mir die Knie zitterten. Möglichst würdevoll lief ich auf den Kerl zu, der ebenfalls von seinem Drachen abgesessen war und mir mit großen Schritten entgegenkam. Er überragte mich um mindestens zwei Köpfe, war sogar noch größer als Ian und etwa doppelt so breit. Vor allem hatte er lange, wilde Haare. Sehr viel davon. Ausufernder Bart, den er teilweise in Zöpfen geflochten trug, und die buschigsten Augenbrauen, die ich je gesehen hatte. Dadurch wirkte er wie ein grimmiger Bär, der einen schon allein durch sein Aussehen eindringlich davor warnte, ihn zu reizen.

Schätze, das hatten wir schon hinreichend getan.

Er blieb etwa drei Schritte von mir entfernt stehen, knallte seine rechte Prankenhand auf seine linke Brustseite und verbeugte sich. »Asrai. Wie nett, dass Ihr vorbeischaut«, sagte er in einem Tonfall, der mir sofort klarmachte, wie verachtenswert ich in seinen Augen eigentlich war. Der Sarkasmus war in jeder Silbe hörbar.

»Manila, was soll ich sagen?«, schrie ich in Panik.

»Du stellst dich breitbeinig hin und musterst ihn wie Dreck unter deinen Fingernägeln. Anschließend fragst du ihn, gegen wen zur Hölle er da in den Krieg geflogen ist und ob er Hilfe braucht.«

Ich tat, wie mir befohlen, und betete, dass mir der bullige Krieger mein Auftreten abkaufte. Das mit dem wie Dreck mustern gelang mir eigentlich ganz gut, das mit dem verächtlich fragen nicht so ganz.

Der Kerl vor mir entblößte beeindruckend gelbe Zähne. Sollte das ein Grinsen sein? »Wir stampfen die letzten Reste der blauen Drachen in Grund und Boden, um ein für alle Mal Ruhe vor ihnen zu haben. Ihr dürft Euch gern anschließen. Wir sind Euch höflichkeitshalber gefolgt. Euer Drache ist beeindruckend.« Dass ich das eher weniger war, ließ er unausgesprochen, doch es war offensichtlich, was er dachte.

Arschloch, dachte ich und reckte trotzig das Kinn vor. »Dafür braucht ihr eine ganze Drachenarmee?«, fragte ich gelangweilt und deutete auf das größte Heer, das ich je gesehen hatte.

»Glaubt mir, das ist nur ein kleiner Teil unserer Kapazitäten. Mehr brauchen wir nicht, um unser lästiges Problem endlich loszuwerden. War das alles? Können wir zunächst die Arbeit erledigen, bevor wir weiter Höflichkeiten austauschen?«

Das waren Höflichkeiten gewesen?

»Ich schätze mal, dieses Gespräch ist so gut wie beendet«, merkte Manila an. *»Er mag dich nicht besonders und nimmt dich nicht für voll.«*

»Ach? Sag bloß!«

»Du musst klein beigeben, sonst dürfen wir nicht mit. Das müssen wir aber, wenn wir die blauen Drachen durch eine Weltenpforte fliegen wollen. Anders als Ian können wir das nicht vom Boden aus erledigen.«

Mir schwirrte der Kopf. Sich gleichzeitig auf Manila und auf den Kerl vor mir zu konzentrieren, überstieg beinahe meine Fähigkeiten. Hastig nickte ich. »Zeigt mal euer Können«, sagte ich zu ihm und drehte mich um, wollte gerade zu Manila zurückkehren, da sah ich sie.

Wir standen auf dem vordersten Teil der Landebahn und damit recht nahe an den gewaltigen Gebäuden, die sich an noch viel höhere Abwehrmauern schmiegten. Eine Stadt in sich. Da der Hort auf einer Anhöhe gebaut war, ging es dahinter steil in die Tiefe. Das sah ich problemlos, weil die Mauern an zwei Stellen unterbrochen waren. Dazwischen gab es einen umzäunten flachen Bereich, wie eine Art Rampe über dem Abgrund, und darauf saßen oder lagen Menschen. Hauptsächlich Männer, aber ich entdeckte auch zwei Frauen. Sie sahen schrecklich aus.

Der Fürst hatte meinen Blick natürlich bemerkt und kniff prompt die Augen zusammen. »Gibt es Probleme?«, fragte er aggressiv.

»Was sind das für Leute?«

»Gefangene. Blaue Drachenreiter, die ihre Drachen im Kampf verloren haben und nicht schnell genug gestorben sind, bevor wir sie erwischen konnten. Sie warten dort auf ihre Hinrichtung. Bis es so weit ist, hoffen wir, dass sie weithin sichtbar sind und die blauen Reiter zu hirnrissigen Befreiungsversuchen verleiten. Die Taktik war in den letzten Wochen erstaunlich erfolgreich.«

Ich erschauderte. Nur mit äußerster Kraftanstrengung konnte ich mich von dem grässlichen Anblick der Gefangenen abwenden und zu Manila zurückkehren. Die starrte weiter die Maraner an, und wenn ich mich nicht irrte, war sie schockiert.

»Damit ist es amtlich«, sagte Manila in meinen Gedanken. *»Diesen Arschlöchern helfen wir garantiert nicht. Die sind ja völlig enthemmt.«* Sie warf mir den giftigsten Blick zu, den ich je von ihr gesehen hatte – und das waren bisher nicht wenige gewesen. *»Eine derartige Behandlung von Gefangenen ist untragbar. Dafür gehört dieser Fürst gevierteilt.«*

»Könnten wir das Vierteilen bitte auf später verlegen? Erst mal müssen wir hier lebend rauskommen.«

Ich saß auf und ließ dem unheimlichen Fürsten den Fortritt, etwas, das Manila natürlich gegen den Strich ging. *»Wir sollten voranfliegen. Wir fliegen immer voran. Du hast noch viel über Alphaweibchen zu lernen, Asrai«*, knurrte sie.

»Nenn mich nicht so. Ich heiße Elaja.«

»Bis ich dich so nenne, muss noch so einiges passieren. Du bist und bleibst die Asrai. Oder Asrai. Je nachdem, ob man das Wort als Titel oder Namen verwendet.«

»Bist du fertig mit philosophieren? Können wir endlich ein hilfloses Volk vor diesem Tyrannen retten?«

»Gern. Darf ich ihn vielleicht im Anschluss unauffällig pulverisieren? Verdient hätte er es.«

»Nein! Du erinnerst dich an die schlecht gelaunte Drachenarmee, die was dagegen hätte?«

Manila brummte noch etwas vor sich hin, dann startete sie so steil und so schnell, dass sie mit nur zwei Flügelschlägen den Drachenfürsten überholte. Ihre Art zu sagen, dass er sie mal konnte.

Ich seufzte und ließ es durchgehen. Jetzt war es ohnehin zu spät. Und wer wusste das schon? Vielleicht musste ich mir wirklich ein wenig von dem Alphaweibchen-Gehabe bei Manila abgucken. Bislang nahm man mich als Pfortenwächterin jedenfalls nicht für voll. Etwas, das ich dringend ändern musste.

Wir setzten uns an die Spitze der Drachenarmee und warteten auf den wegen uns plötzlich ausgesprochen schlecht gelaunten Drachenfürsten. Der Blick war selbst über die Entfernung von zwei Drachenlängen tödlich.

Manila fröstelte sichtlich. *»Ich stecke in einem moralischen Dilemma«*, sagte sie zu mir.

»Na, jetzt bin ich mal gespannt.«

»Ich spüre Verbundenheit mit diesen grünen Idioten. Sie gehören zu meinem Volk. Meine Bestimmung ist es, sie in ihre Welt zurückzubringen, damit sie dort leben können. Das würde den blauen Drachen auch den Allerwertesten retten und wir könnten uns dieses ganze Hin und Her mit Volkumtopfen sparen. Grüne zu grünen, blaue zu blauen. Fertig.«

Ich wartete, ließ Manila denken. *»Aber?«*, fragte ich vorsichtig.

»Diese Riesenarschlöcher können wir unmöglich nach Arandor bringen. Echt nicht. Die machen unsere Kuscheldrachen im Handumdrehen fertig, übernehmen die Herrschaft und vorbei ist es mit dem beschaulichen Frieden in Arandor.«

»Endlich hast du Ians Dilemma in voller Tragweite begriffen.«

»Und genau das ist der Grund für meine Frustration. Wir müssten ihm dankbar sein, dass er diesen Schritt nie getan hat. Ihm war vollkommen bewusst, was mit unseren von Frieden verwöhnten grünen Drachen geschehen würde. Es wäre ihr Untergang gewesen. Das wiederum heißt, dass Ian unsere Welt beschützt hat. Und das nervt! Ich will ihn hassen.« Manila knurrte hörbar vor sich hin. *»Ich sag trotzdem nicht Danke zu ihm und seinem hässlichen Drachen«*, sagte sie abschließend.

»Ich denke, solange du ihn nicht länger fressen willst, kann er damit leben.«

Gleich darauf lieferte sich Manila weiter ein stummes Flugduell mit dem Drachen des Fürsten. Sie achtete stets darauf, dass sie eine Nasenlänge vor ihm flog.

»Sie teilen sich auf«, sagte ich nach einer Weile. Nach und nach verließen immer mehr Drachen in kleineren Gruppen die Formation.

»Jagdgeschwader, um Entkommene aufzumischen.«

Sofort gruselte ich mich bei dem Gedanken. Ein Klumpen formte sich in meinem Magen. Pure Panik, angereichert mit dem Wissen, dass es ab sofort auf mich ankam. *»Ich erreiche Makon und Ian nicht mehr. Ist das gut oder schlecht?«*

»Schlecht. Vor mir erspüre ich nämlich eine ganze Gruppe fremder Drachen. Vermutlich sind es die übrig gebliebenen blauen Drachen, die auf eine Weltenpforte von uns warten. Ian scheint nur einen kleinen Teil rübergebracht zu haben.«

Als wir um die nächste Felsformation flogen, blieb mir kurz das Herz stehen. Ein kleiner Teil? War die Gruppe überhaupt geschrumpft? Es musste sich bei den verbliebenen Drachen um fast alle Mitglieder von Ians Volk handeln. Als sie die Drachenarmee hinter mir bemerkten, drehten sie hastig um, versuchten sich zwischen den nächsten Berghängen zu verstecken. Sie waren schnell und wendig, doch völlig überladen.

Die Drachenarmee hatte sie natürlich genau wie wir bemerkt und nahm die Verfolgung auf. Wie auf ein geheimes Signal hin fächerte sie sich in kleinere Gruppen auf. Seitlich am Horizont sah ich nun auch die bereits zuvor abgeflogenen Jagdgeschwader. Sie umflogen die blauen Drachen in großem Bogen.

»Sie kesseln sie ein. Die vorderen Jagdgeschwader halten soeben auf sie zu, um sie von allen Seiten anzugreifen«, sagte ich geschockt.

»So macht man das bei einer Drückjagd, fürchte ich. Dort hinten nähert sich nämlich gerade eine zweite Drachenarmee. Der Fürst hat vergessen zu erwähnen, dass das hier nur ein ziemlich großes erstes Geschwader ist. Das zweite taucht soeben hinter den Bergen auf. Schau.«

Bei allen heiligen Drachen. Mir wurde eiskalt, als am Horizont Drache neben Drache erschien. In einer lang gezogenen Linie schnitten sie den blauen Drachen jede Fluchtmöglichkeit ab. Von hinten trieb sie die Formation vor sich her, in der ich mitflog, von den Seiten verhinderten die Jagdgeschwader jeden Ausbruchsversuch und von vorn näherte sich die zweite Armee.

»So langsam wäre es Zeit für eine Weltenpforte«, merkte Manila an.

»Kann die von beiden Seiten durchflogen werden?«

»Ja.«

»Und wir müssen mit durchfliegen, damit es funktioniert?«

»Ja.«

Ich fluchte. *»Wir sind zu weit weg. Das zweite Geschwader wird die Weltenpforte früher erreichen als wir. In dem Fall fliegen die entweder mit durch oder verhindern, dass wir es bis dorthin schaffen.«*

»Dann mal her mit deiner Lösung. Ich bin nur dein Reittier und keine wirklich fähige Strategin. Das ist deine Aufgabe. Aber beeil dich. Noch etwa eine Minute. Ab da prallen die blauen Drachen auf die grünen.«

Die blauen Drachen formierten sich derweil in der engen Schlucht um, stiegen höher. Sie nahmen die langsameren Drachen mit den vielen Kindern auf den Rücken in die Mitte und postierten die Krieger außen. Ich bezweifelte, dass ihnen das irgendetwas nutzen würde.

»Hoppla«, sagte Manila plötzlich. *»Da ist soeben ein schwarzer Drachen aufgetaucht.«*

»Was?« Ich schrie es laut heraus und lehnte mich hastig zur Seite, um besser sehen zu können.

»Ian ist wieder hier. Offenbar ist er zurückgekommen, um einen zweiten Versuch zu starten, die restlichen Drachen rüberzuholen. Er …«

Manila unterbrach sich, denn plötzlich klaffte unterhalb der blauen Drachen ein gewaltiges schwarzes Loch auf, direkt über dem Erdboden der schmalen Schlucht. Gleichzeitig ließen sich etwa acht Drachen fallen. Die einzige Richtung, die ihnen blieb. Makon löste sich ebenfalls aus dem Pulk, legte die Schwingen an und stürzte sich kopfüber nach unten. Die blauen Drachen schrien verzweifelt und setzten dazu an, ihm zu folgen.

»Wenn das alle so machen, wird Ian das nicht verkraften«, rief ich. »So viele Drachen auf einmal, das wird ihn umbringen.«

Tatsächlich schafften es etwa zwanzig Drachen, dann schloss sich die Pforte lautlos und es gab nur noch nackten Erdboden. Der erste Drache konnte sich nicht mehr rechtzeitig abfangen und krachte ungebremst in den Felsen.

Das war der Moment, in dem meine Magie das Kommando übernahm. Ganz instinktiv warf ich die wohl größte Pforte, die ich je erschaffen hatte, an genau dieselbe Stelle wie Ian. Als der erste blaue Drache ungebremst hindurchflog, spürte ich einen so scharfen Schmerz in meinem Inneren, dass ich aufschrie.

Zeitgleich regte sich die Asrai in mir. Sie grummelte mich genervt an, griff aber zu meinem Erstaunen nicht ein. Vermutlich lag es daran, dass ich sie mit so viel Panik und Energie niederdrückte, dass sie einen Moment strauchelte. Das reichte, um die Kontrolle zurückzugewinnen.

In der realen Welt entglitt mir die Kontrolle allerdings. Da erwachte ein Schmerz in mir, den ich kaum aushalten konnte.

»Du wirst uns umbringen, kleines Mädchen«, keifte mich die Asrai-Stimme in meinem Kopf an. *»Den Schmerz darfst du gern allein ausbaden. Ich halte mich diesmal vornehm zurück. Viel Vergnügen.«*

Scheiße. Tat. Das. Weh!

»Halt dich fest, Asrai«, mischte sich Manila in dieser Sekunde in meine Gedanken. *»Das wird hässlich für dich. Ein magiefremdes Volk durch eine Weltenpforte zu schleusen ist schmerzhaft. Bleib bloß wach, sonst schließt sich die Pforte und der Rest der blauen Drachen zerschellt. Die gehen gerade alle in den Sturzflug. Genau wie wir. Los geht's!«*

Manila machte ernst. Sie legte die Flügel einfach an, drehte sich noch im letzten Moment und schleuderte dem verdutzten Drachenfürsten eine tödliche Feuersalve entgegen.

»Nimm das, du mieser Drecksack«, schrie sie ihn an. Dann kippte sie trudelnd ab, wurde immer schneller und schneller, um die blauen Drachen eher zu erreichen als die uns entgegenkommenden grünen Drachen. Beim Trudeln gab es keinerlei Strömung mehr an den Flügeln. Dadurch stürzte man wie ein Stein zu Boden, sogar noch schneller als im normalen Sturzflug. Der Nachteil lag darin, dass es schwierig war, aus dieser kreiselnden Bewegung wieder rauszu-

kommen. Da Manila ein fliegerisches Ass war, hoffte ich mal auf ihre Fluginstinkte, während ich mich kreischend an den Seilen festhielt und jeden einzelnen Eintritt der blauen Drachen in die Pfortenwelt wie einen Schwertstich in mir spürte.

Noch etwa hundert blaue Drachen mussten durch die Pforte. Auch sie hatten die Flügel angelegt, verzichteten aber aufs Trudeln, sonst hätten sie womöglich all ihre Reiter weggeschleudert. Auch ich hatte meine liebe Mühe, irgendwie auf Manilas Rücken zu bleiben.

Der erste grüne Drache hatte die Gruppe aus Marani erreicht, schnappte nach einem blauen Tier. Das wich aus und wurde von einem größeren blauen gerettet, der den Angreifer im Sturzflug einfach wegrammte.

Noch fünfzig Drachen vor uns, doch die grünen waren schneller gewesen als gedacht.

»Wir sind zu langsam«, brüllte ich panisch. Blaue und grüne Drachen durchmischten sich. Zweikämpfe brachen aus. Die Krieger verlangsamten ihren Sturzflug, um die anderen Drachen mit den Kindern zu schützen, warfen sich den grünen entgegen.

Manila holte selbst im Trudeln zwei Grüne vom Himmel, die ihr zu nahe gekommen waren.

»Pass auf die Blauen auf. Dein Schwanz ist tödlich«, schrie ich, als wir den ersten Blauen passierten. Der stürzte nicht mehr Richtung Pfortenwelt, sondern wehrte einen Angreifer ab. Beinahe hätten wir ihn erwischt.

»Wir sind gleich an der Pforte. Fliegen wir direkt rein, um die blauen Drachen samt wertvoller Kinderfracht in Sicherheit zu bringen? Oder helfen wir den anderen, damit sie sich auch noch hineinretten können? Deine Entscheidung, Asrai!«

Mir war schlecht von den vielen Drehungen um mich herum, von dem Schmerz in meinem Inneren und dem Druck, der sich in meinen Magieadern aufbaute. Lange hielt ich das nicht mehr durch. Aber was passierte mit den Drachen, die es nicht durch die Pfortenwelt schafften? Sie würden sterben!

10

Ich spürte Makon, ehe ich ihn sah. Er tauchte wie aus dem Nichts neben uns auf und warf sich mit vollem Gewicht gegen einen grünen Drachen. Parallel verschwanden weitere grüne Angreifer, als hätte sie jemand fortgezaubert. Ian, der tödliche Pforten auf seine Gegner warf.

»Rein mit euch in die Pforte, Elaja«, rief er in meinem Kopf. *»Ich schicke so viele wie möglich hinter euch her.«*

»Dann entscheidet halt er«, knurrte Manila genervt. In der nächsten Sekunde waren wir durch die Pforte getrudelt. Fliegen konnte man das wahrhaftig nicht mehr nennen.

Die eisige Schwärze erwischte mich wie ein Faustschlag in den Magen. Zusätzlich zu den heftigen Nadelstichen in meinem Inneren sorgte die Pfortenwelt dafür, dass mir noch schlechter wurde als zuvor. Alles drehte sich, und mein gesamter Körper schrie vor Panik und Schmerz auf. Wenigstens fing sich Manila gekonnt ab und zischte nun an orientierungslos vor sich hin flatternden Drachen aus Marani vorbei.

»Durchhalten. Wenn du jetzt ohnmächtig wirst, bleiben alle blauen Drachen in der Pfortenwelt stecken und sterben«, motzte Manila in meinen Gedanken. Allein ihr aggressiver Tonfall ließ mich wieder munter werden. Zu einer Antwort kam ich nur nicht, denn ich musste kotzen.

»Echt? Auf meine Schuppen?«, empörte sich Manila.

»Halt die Klappe und konzentrier dich aufs Fliegen. Wir müssen hier raus. So schnell wie möglich.«

»Dann mach uns mal eine Pforte nach Arandor auf. Makon ist bei der letzten Passage da entlanggeflogen. Ich rieche seine müffelnde Spur.«

»Folg seiner Spur, ob müffelnd oder nicht. Ich halte nämlich nicht mehr lange durch«, stöhnte ich. Noch immer ließen sich blaue Drachen durch meine Pforte fallen. Jeder Durchflug zerrte auf eine Weise an meiner Magie, wie ich es noch nie gespürt hatte. Es war die Hölle.

»Mach hinter uns dicht. Da sind uns schon zwei Grüne hinterhergefolgt. Die erledige ich, sobald wir in Arandor sind. Wer noch in Marani rumfliegt, muss von Ian eingesammelt werden. Wir haben da zu viel Verantwortung, als dass wir riskieren können, alle zu verlieren.«

Ich gab es nicht gern zu, aber Manila hatte recht. Schweren Herzens schloss ich die Pforte hinter mir und betete, dass die blauen Drachen das rechtzeitig bemerkten und sich niemand mehr kopfüber reinstürzen wollte. Die Schwertstiche hörten auf, doch der diffuse wühlende Schmerz in meinem Magen blieb. Fremde Drachen durch die Pfortenwelt zu führen war wirklich eine magische Herausforderung.

»Makons Spur endet gleich. Schätze, da hat er die ersten blauen Drachen abgeladen. Das wäre der Moment, um die Pfortenwelt nach Arandor zu öffnen, kleine Asrai.«

Ich verdrehte genervt die Augen und betete, dass ich das auch wirklich konnte. Für einen winzigen Moment geriet ich in Panik, weil meine Asrai-Magie sich sträubte. Dann aber bekam ich sie zu packen und warf die rettende Pforte. Als hätte ich das schon tausendmal getan. Sofort blendete mich gleißendes Licht, und ich musste blinzeln. Hitze begrüßte mich. So heftig, dass mein Körper einen Moment lang nicht wusste, ob er frieren oder schwitzen sollte. Die Belastung für meinen Kreislauf war enorm. Um ein Haar hätte mich die Schwärze eingeholt, doch zum Glück war Manila schneller als die Ohnmacht.

»Wehe, du kippst mir um, verdammt! Ich will wirklich nicht für hundert tote Kinder verantwortlich sein!«, brüllte mich Manila an.

»Ich werde dich bis an dein Lebensende piesacken, wenn du jetzt nicht durchhältst. Das hast schließlich du uns eingebrockt!«

Tatsächlich half mir Manilas Rumgezeter, um im letzten Moment wach zu bleiben. Der erste blaue Drache folgte mir, der nächste, danach eine wahre Flut. Es war schmerzhaft, und einzig das Wissen, dass ich sie in Sicherheit gebracht hatte, wog schwerer. Vor allem, als Manila sie mit einem triumphierenden Brüllen begrüßte und eine kleinere Schar blauer Drachen uns rasch entgegenflog. Die Truppe, die Ian zuvor durch die Pfortenwelt gelotst hatte. Sie war noch immer in der Luft unterwegs.

Wo waren wir überhaupt?

Suchend sah ich mich um. Es war heiß. Ich sah Sand. Rote Felsen. Vertrocknete Baumreihen und ganz viele Kakteen. Verdammt. Wir waren in der Wüste, und das da vorn auf einer Anhöhe … das war der verlassene Hort Goldin.

»Wenn du mich fragst, hat dein schnuckeliger Pfortenwächterfreund das von langer Hand geplant«, sagte Manila, als sie das ebenfalls bemerkte. *»Sein Volk im verlassensten Bereich unseres Landes in Sicherheit zu bringen ist genial.«*

»Wir sollten …«, setzte ich an und kreischte, als Manila abrupt nach rechts abschwenkte und gleichzeitig mit dem Schwanz peitschte.

»Entschuldige. Da war ja noch ein grüner Drache zu erledigen«, sagte Manila so ruhig, als würde sie übers Wetter reden. *»Und der zweite folgt sogleich.«*

Ich bekam eine Gänsehaut, wie emotionslos sie über den Tod ihres Artgenossen sprach. Was das anging, war Manila einfach anders als ich. Sie schaffte uns unsere Gegner mit zwei Schwanzhieben vom Hals. Die krachten derart in den Sand, dass sich eine Staubwolke erhob. Zum Glück legte die sich wie eine Puderdecke über sie und verbarg ihre Anwesenheit vor den möglichen Blicken einer Patrouille. Es würde schwierig werden, tote grüne Drachen zu erklären. Noch dazu welche, die niemand in dieser Welt kannte.

»Was wolltest du sagen?«, fragte sie danach ungerührt.

»Wir landen auf Goldin«, bestimmte ich, nachdem ich meine Sprache wiedergefunden hatte.

»Aber nur kurz. Wir müssen da nämlich noch was anderes erledigen. Hups. Jetzt hätte ich fast Zair vom Himmel geholt. Da war ja noch ein grüner Drache, den ich nicht töten darf. Ich komm schon ganz durcheinander.«

»Manila!«

»Jaja. Mein Fehler. Beruhig dich wieder. Dann bringen wir mal diese armen Seelen auf Goldin in Sicherheit und flattern danach zurück nach Marani.«

Im ersten Moment dachte ich, ich hätte mich verhört. Doch Manila sprach so vehement, dass es eindeutig kein Versprecher war. »Wir machen was?«, kiekste ich schockiert.

»Wir fliegen zurück und befreien die Gefangenen. Die grünen Fieslinge lassen sonst ihren Frust an denen aus. Ich hab nachgerechnet. Dort, wo die blauen und grünen Drachen zusammengetroffen sind, war keine Heimatpforte in den Bergen. Das heißt, dass die Armee erst mal die Gegend durchkämmt, sich tierisch ärgert, weil sie nichts und niemanden mehr findet, und im Anschluss zurück nach Pendragon fliegt. Das dauert. So wie ich das sehe, sind sämtliche kampffähigen Drachen losgeflogen, um sicherzugehen, dass auch wirklich alle gegnerischen Frauen und Kinder gemeuchelt werden. Das wiederum heißt, dass da nur noch die Y-Truppe auf die Gefangenen aufpasst. Unsere Chance, sie zu holen.«

Ich war fassungslos. »Aber … ich dachte, du hasst das, was ich gerade mache. Dass ich die blauen Drachen rette. Dass wir die grünen Drachen hintergehen. Dass ich dem Shetai helfe.«

»Es gibt ein paar Dinge zu Kriegszeiten, die macht man einfach nicht. Kriegsgefangene auf diese Weise behandeln, zum Beispiel. Es gibt Abkommen, wie man mit gefangenen Gegnern umzugehen hat. Da hält man sich einfach dran. Punkt. Und wer das nicht tut, der kann nicht mehr mit meiner Unterstützung rechnen. Ich war lange Zeit sehr strikt darin, die blauen Drachen und insbesondere den Shetai und seinen hässlichen Drachen zu bekämpfen. Doch nach dem, was ich da gesehen habe, muss ich meine Feindesliste überarbeiten. Der gruselige Drachenfürst Fianon führt meine Liste ab sofort an, und das heißt: Ja, wir holen die Gefangenen raus. Schon allein deshalb, weil das Fianon so richtig anpissen wird.«

Herrje. Mein Drache verfügte über eine wahrhaft üble Gossensprache, allerdings sprach Manila meine heimlichen Gedanken aus.

»Wie ist dein Plan?«, fragte ich, während wir zum ersten Mal in meinem Leben den verlassenen Hort Goldin anflogen. Er war deutlich kleiner als Riata oder auch Lark, besaß statt grünen Start- und Landebahnen lediglich eine schmale geschotterte Piste und statt Holzbaracken Häuser aus Stein, die im flirrenden Licht der Sonne rotbraun schimmerten.

Ein Reißen zeigte mir an, dass Makon soeben aus der Pfortenwelt getreten war. Hinter ihm flogen noch etwa fünfzehn blaue Drachen raus, dann schloss sich das dunkle Loch und eine seltsame Schwere senkte sich über mich. Der Himmel war bevölkert von aufgeregten blauen Drachen, die sich gegenseitig begrüßten. Und dennoch waren es so wenige. Zumindest wenn man bedachte, dass das alles war, was von Ians Volk noch existierte.

Zu meiner Irritation ging Makon recht abrupt in einen halben Sturzflug über und hielt seitlich auf Goldin zu, statt wie Manila und ich eine ordentliche Platzrunde einzuhalten.

»Da stimmt was nicht«, sagte ich alarmiert.

»Der Shetai ist tot. Zumindest atmet er nicht mehr«, antwortete Manila ungerührt.

Ich brauchte einen Moment, um ihre Worte zu verstehen. »Was?«, rief ich entsetzt. Hastig bedeutete ich meinem Drachen, dass wir schneller landen mussten. Das Weibchen schlug daraufhin noch mal mit den Flügeln und ging in einen steileren Endanflug über. Makon war in der Zwischenzeit leicht wackelig vor einer Reihe Gebäude gelandet. Dadurch hockte er jetzt auf einem alten, hoffnungslos mit Sand bedeckten Übungsplatz. Manila verstand meinen Wink und segelte auf ihn zu. Direkt hinter uns folgten zwei blaue Drachen und Sean auf Zair.

Ich war die Erste, die, kaum gelandet, von ihrem Drachen sprang und zu Makon lief, der sich in dieser Sekunde einfach auf den Bauch fallen ließ und die Flügel weit von sich streckte.

»Makon, sprich mit mir«, schrie ich ihn in Gedanken an.

Dass der schwarze Drachenbulle nicht mal antwortete, ließ mir die Haare zu Berge stehen. Schlitternd kam ich neben ihm zum Stehen und ergriff umgehend die Halteseile an seiner Seite, kletterte so schnell wie möglich hoch. Ian war weiterhin fest angeschnallt, sodass er lediglich mit dem Oberkörper nach vorn hatte fallen können. Dort lag er noch immer. Das Gesicht seitlich auf Makons Rücken, Wange an Schuppe. Die Augen geschlossen.

Mit einem Satz war ich bei ihm, rüttelte an seiner Schulter. Nichts. Makon atmete, was ich am Heben und Senken seines Brustkorbs bemerkte. Zumindest er war nicht tot. Bei Ian war ich mir da nicht so sicher.

»Ian! Ian! Sag was«, brüllte ich ihn an. So schnell ich konnte, zog ich mein Messer hervor und zerschnitt die Seile, um ihn loszubekommen.

»Was ist passiert?«, hörte ich Sean von unten rufen.

»Ian atmet nicht mehr«, rief ich ihm zu. »Magieschock. Hol dein Notfallpaket. Bitte sag mir, dass du eins dabeihast.«

»Das ist immer an Zairs Geschirr befestigt. Ich hol es. Schaff du Ian nach unten.«

Ich antwortete nicht, weil mir Ian beinahe seitlich von Makons Rücken geschlittert wäre. In letzter Sekunde hielt ich ihn fest.

»Komm schon, Ian. Mach nicht schlapp«, flehte ich ihn an und hatte parallel dazu große Mühe, nicht von seinem Gewicht vom Drachenkörper gezerrt zu werden.

Da kam zum Glück ein mir fremder Krieger zu Hilfe. Er kletterte behände ebenfalls auf Makon und packte Ians Kleidung. »Steht jemand unten, um ihn anzunehmen?«, rief er.

»Ja, lass ihn runter«, antwortete eine andere Männerstimme.

Der Fremde fluchte leise, als er Ians Gewicht spürte. Zusammen schafften wir es, ihn vorsichtig hinabzulassen, wo er von einer ganzen Schar blauer Krieger in Empfang genommen wurde. Jetzt erkannte ich auch Velia, die blass danebenstand und Anweisungen gab. Kaum lag Ian sicher auf dem Boden, beugte sie sich bereits über ihn, legte ihren Finger auf seinen Puls, und begann nur Sekunden später mit einer Herzmassage.

Nein. Das durfte einfach nicht wahr sein. Er musste leben! Da stand noch so viel zwischen uns. So viel, was wir zu klären hatten. Ganz davon abgesehen, dass ich keine Ahnung hatte, was ich mit seinem Volk anstellen sollte. Falls er starb, würde alles über mir zusammenbrechen.

Allen voran mein ohnehin bereits gebeuteltes Herz. Den Mann zu lieben, der mich manipuliert und verraten hatte, tat ohnehin schon weh. Diesen Mann zu verlieren aber noch mehr.

Mit zitterten Fingern kletterte ich von Makon runter und rannte zu Ian und Velia, ließ mich auf die Knie fallen. In meinem Kopf dröhnte ein einziger Satz. Nein, das durfte nicht sein.

»Übernimm du«, keuchte Velia und nahm ihre Hände von Ians Brustkorb. Ich verstand sofort und machte mit der Herzmassage weiter. Mein eigenes Herz wummerte dabei so heftig in meiner Brust, dass mir schwindelig wurde.

Velia riss derweil mit aller Kraft den Stoff von Ians Hemdsärmel auf. Ihr Fluch folgte meinem.

»Was ist das?«, fragte ich ungläubig, als ich längliche tiefe Schnitte auf Ians Armen bemerkte.

»Er hat sich vermutlich vor dem letzten Flug die Magieadern aufgeschnitten. Ein alter Trick, um ein paar Minuten länger durchzuhalten. Allerdings ist es langfristig ein Todesurteil.« Ich sah die Verzweiflung in Velias Augen und bemerkte zu meinem Entsetzen, dass sie sich still nach hinten lehnte. Statt wie zuvor hektisch helfen zu wollen, zog sie sich zurück.

»Tu was«, schrie ich sie an.

»Ich darf nicht. Hör auf. Ian ist tot. Selbst wenn du ihn wiederbeleben kannst, wird ihn das nur kurz retten. Geöffnete Magieadern bedeuten den sicheren Tod.«

»Nein. Verdammt. Nein.« Ich lehnte mich weiterhin verbissen auf Ians Brustkorb und starrte dabei in sein Gesicht. So friedlich hatte ich ihn noch nie gesehen. Die Augen geschlossen. Die Lippen ausnahmsweise nicht zusammengepresst, sondern ganz entspannt. Die Stirn geglättet.

»Makon atmet auch nicht mehr«, informierte mich Manila nüchtern. *»Schätze, die Kraft kannst du dir sparen. Die bringt nichts mehr auf die Beine.«*

»Sei still«, brüllte ich sie an und konnte meine Tränen nicht mehr zurückhalten. Sie rannen mir in Sturzbächen über die Wangen. »Ich geb die beiden nicht auf!«

Sean kam endlich wieder neben uns an, kniete sich vor Ians Kopf hin und zog entschlossen die Verschlüsse der Tasche auf. »Was brauchst du?«, fragte er mich und bedeutete mir damit, dass auch er Ian nicht aufgab.

Leider ließ mich gerade diese Frage meine Fassung verlieren. Ich wusste es nicht. Ich wusste nicht, was Ian retten konnte, denn so etwas hatte ich in meiner gesamten Heilerinnenkarriere noch nie gesehen. Dass sich jemand die Magieadern aufschnitt, um den Druck zu entlassen, war für mich unvorstellbar.

Mein rhythmisches Pressen auf Ians Brustkorb wurde langsamer, unregelmäßiger. Als Sean das bemerkte, drängte er mich zur Seite und übernahm für mich.

»Denk nach«, schnauzte er mich an. »Und du auch, Velia! Schüttel den Schock ab und tu was. Wenn wir Ian verlieren, verliert ihr damit auch euren einzigen Fürsprecher auf Arandor, der etwas für euch verändern kann. Wir brauchen ihn. Ihr braucht ihn.«

»Mann! Ihr macht es mir auch echt schwer, den Shetai krepieren zu lassen«, mischte sich Manila mit eindeutig unwilliger Stimme ein. *»Eigentlich hatte ich vor, ihn endlich loszuwerden, nur kann ich mir das nicht länger mit ansehen. Asrai! Eine normale Bluttransfusion ist mittlerweile im Heilerbereich gang und gäbe. Angeblich funktioniert das auch mit Magie. Wir haben das schon mal gemacht. Hat damals nicht geklappt, aber theoretisch geht es. Da Pfortenwächter eine identische Magie haben, käme es auf einen Versuch an. Du könntest Ian Magie spenden.«*

Ich wirbelte zu Manila herum. »Wie?«, fragte ich.

»Keine Ahnung. Wie gesagt, das hat damals nicht funktioniert. Du hattest die Idee aus einem alten Buch über Heilkunst auf dem Schlachtfeld. Damals hast du dem sterbenden Krieger eine Nadel in den Magie-

knoten am Hals gerammt und ihn über komische Schläuche mit seiner Schwester verbunden. In der Theorie sollte das funktionieren. In der Praxis sind beide draufgegangen.« Manila seufzte tief, als sie mich bereits nach den Schläuchen im Notfallkoffer greifen sah. *»Wenn du das machst, können wir die Gefangenen nicht mehr retten.«*

»Doch. Können wir. Müssen wir.«

»Oder wir sterben alle. Der Shetai. Der hässliche schwarze Drache. Du. Ich. Die Gefangenen. Hätte ich nur nichts gesagt.«

Ich ignorierte ihr Gegrummel und drückte Velia das eine Ende der Schläuche in die Hand. »Stich Ian in den Magieknoten oben am Hals.«

»Was? Das bringt sein Herz auch nicht wieder zum Schlagen.« Ihre Augen wurden groß, als sie mich dabei beobachtete, wie ich mir hastig das Hemd aufknöpfte, um besser an meinen eigenen Hals zu kommen.

»Was hast du vor?«, fragte sie alarmiert.

»Eine Verzweiflungstat. Beeilung! Wir haben nur fünf Minuten, dann muss ich los.«

Niemand fragte, wohin ich musste. Stattdessen tastete Velia umgehend nach Ians Magieknoten. Den zu finden war nicht schwer. Er war dick und geschwollen. Bei mir suchte ich eine Weile herum.

»Halt! Ich mach das. Blind zuzustechen könnte dich umbringen«, stoppte mich Velia. »Sean, warte kurz mit der Herzmassage. Ich muss zielen.«

Sean war mittlerweile schweißgebadet. Tatsächlich brauchte er zwei Ermahnungen, ehe er endlich mit Pressen aufhörte. Atemlos sahen er und ich dabei zu, wie Velia mit sicherer Hand eine Nadel in Ians Adern einführte. Anschließend wandte sie sich mir zu. »Bist du sicher?«, fragte sie mich ernst.

»Mach schon.«

Kopfschüttelnd tat sie, wie ihr geheißen, woraufhin ich vor Schmerz aufkeuchte. Verdammt. Im Vergleich zu diesem Gefühl war es ein Kinderspiel gewesen, eine fremde Drachenhorde durch die Pfortenwelt zu führen. Die Nadel in meinem Magieknoten brannte so sehr, dass ich die Tränen nicht zurückhalten konnte. Wobei ich, ehrlich gesagt, ohnehin schon die ganze Zeit weinte.

Velia drückte mir einen Moment mitfühlend die Schultern und nickte Sean zu. »Press weiter. Magie allein wird ihn nicht retten. Wir müssen sein Herz wieder zum Schlagen bringen.«

Sean reagierte zunächst nicht, sondern starrte das glitzernde Etwas an, das eher zähflüssig und langsam durch den Schlauch wanderte. »Das ist Magie?«, fragte er tonlos.

Ich erinnerte mich an eine ganz bestimmte Lektion auf einer Landebahn in einem gefühlt anderen Leben, als mir Ian beibringen wollte, das sogenannte magische Echo loszuwerden. »Es ist die Essenz meiner Magie«, korrigierte ich, als ich die Zusammenhänge begriff. »Sie ist friedlicher als reine Magie und wird Ian nicht angreifen. Es könnte funktionieren.«

Daraufhin riss sich Sean hastig seinen Waffengurt von den Schultern und begann wieder mit der Herzmassage. Alle dreißig Mal beugte er sich vor und beatmete Ian. So geübt, wie er vorging, hatte er das schon öfter getan.

Ich hingegen wurde ganz still. Jetzt konnte ich nur noch abwarten, ob unsere Idee funktionierte. Daher nahm ich Ians Hand in meine und hielt sie, gab ihm zu verstehen, dass wir bei ihm waren.

Sean war das Gegenteil von mir. Er schwitzte, fluchte, gab alles. »Komm schon, Ian«, murmelte er zwischendurch immer wieder. »Wir zwei müssen dringend miteinander reden. Atme. Atme!«

Mittlerweile hatte meine Essenz Ians Magieknoten erreicht und sickerte in ihn hinein. Lautlos. Kaum sichtbar. Ein stiller Vorgang, der zunächst auch nichts bewirkte. Velia verband in der Zwischenzeit die tiefen Wunden an Ians Armen und versuchte damit, das doppelte Ausbluten zu stoppen. Auf magischer und normaler Ebene.

»Wenn du dich dafür entscheidest, den Shetai auf diese Weise zu retten, können wir für die gefangenen blauen Reiter nichts mehr tun. Arandor wird sie töten«, schob sich Manila mit erstaunlich kummervoller Stimme in meine Gedanken.

»Ich weiß«, antwortete ich heiser. *»Wenn wir Ian allerdings sterben lassen, wird es für sie keinen Ort geben, an den sie flüchten könnten. Wir müssen sie verloren geben.«*

»Du hast entschieden.« Dass Manila damit nicht einverstanden war, hörte ich in jeder Silbe, doch sie zog sich zurück. Überließ mich meinem schlechten Gewissen und der Angst, dass es Ian so oder so nicht schaffen würde. In dem Fall hatte ich die Gefangenen völlig umsonst ihrem Schicksal überlassen.

Ich blieb reglos sitzen und hielt Ians kalte Hand, die sich nur durch Seans Pressen bewegte. Meine Tränen waren mittlerweile versiegt. Ich war zu erschöpft, um mich noch weiter aufzuregen – und trotzdem stapelten sich die Ängste immer höher auf meinen Schultern. Nicht auszudenken, wenn Ian starb. Wie sollte ich all die blauen Drachen erklären? Auf Arandor war ich ein kleines Licht, das entweder keine Beachtung fand oder misstrauisch beäugt wurde. Wenn Ian es nicht schaffte, stand sein Volk vor dem Nichts.

IAN

Ich kämpfte. Ich tobte. Ich bemühte mich verzweifelt, nicht zu sterben. Wach zu bleiben. Doch ich versagte.

Die Pforte. Sie hatte sich zu früh geschlossen. Wie viele Drachen waren noch hindurchgekommen? Was war mit Elaja? Und …

Der Schmerz in meinem Körper tobte so gewaltig durch meine Glieder, dass jeder Gedanke verbrannte. Ich starb. Und es gab nichts, was ich dagegen tun konnte. Für mein Volk sah es in dem Fall schlimm aus. Ich hatte sie gegen ihren Willen nach Arandor gezwungen und ließ sie jetzt allein. In einer Welt, die ihnen womöglich feindselig gegenüberstehen würde, wenn ich es nicht erklärte. Falls überhaupt irgendjemand aus Marani den Pfortensprung überlebt hatte.

»Mach die Augen auf«, hörte ich da jemanden flehen. Zum ersten Mal seit langer Zeit lichtete sich die Schwärze um mich herum. Ich meinte etwas zu sehen. Ein verschwommenes Gesicht. Ehe ich mehr erkennen konnte, presste sich mein Brustkorb so schmerzhaft zusammen, dass ich aufstöhnte. Mein Herz. Es fühlte sich an, als ob es entzweigerissen würde.

»Er atmet«, schrie ein Mann. »Sein Herz schlägt. Komm schon. Mach die Augen auf. Werd wach, Ian.«

Die Eindringlichkeit in seinem Tonfall alarmierte mich. Erinnerte mich daran, was alles auf dem Spiel stand. Ich musste leben. Atmen. Mein Herz zum Schlagen bringen.

Leider fühlte ich lediglich Kälte und das Brennen in meinem Inneren.

»Ian«, sagte eine andere Stimme. Eine Frau. Elaja! Sie klang schrecklich verzweifelt. Ihre Hand schob sich in meine. Sie verschränkte unsere Finger ineinander, hielt mich.

In der Sekunde erkannte ich erst die volle Tragweite. Wo ich war. Ich lag in Elajas Armen. Sean neben mir. Aber …

Panisch bäumte ich mich auf, versuchte hochzukommen. Mich umzusehen. »Die Pfortenwelt«, rief ich. »Sie hat sich zu früh geschlossen. Sie sind tot. Sie sind tot.«

Elaja drückte mich runter. Entschlossen stemmte ich mich gegen ihren Griff und gab schließlich auf. Dafür fehlte mir die Kraft. »Es ist alles gut. Sie sind da, Ian. Du hast sie nach Arandor gebracht. Dein Volk ist in Sicherheit«, erklärte sie mir mit seltsam rauer Stimme.

Zunächst sträubte ich mich gegen ihre Hände, doch dann fand mein Blick ihren. Ich brauchte noch einen Herzschlag, um zu begreifen. Es wirklich zuordnen zu können. »Elaja«, flüsterte ich.

»Wir sind auf Arandor«, wiederholte sie. »Wir haben es geschafft. Wir sind aus Marani entkommen. Du hast durchgehalten, bis alle durch die Pfortenwelt geflogen sind.«

Ich glaubte ihr so lange nicht, bis ich einen blauen Drachen über mich hinwegschweben sah. Er landete. Auf Goldin. Auf dem wärmsten aller Horte von Arandor.

Er landete.

Erst jetzt registrierte ich, wie heiß es um mich herum war. Die Luft flirrte vor Hitze. Jeder Atemzug schmerzte in der Lunge. Die Sonne brannte erbarmungslos auf uns nieder und ließ die vielen Staubkörner in der Luft gelb glitzern. Alles wirkte wie in Eiter getaucht. Die Gebäude um mich herum waren halb in sich zusammengefallen und über und über mit dreckigem Sand bedeckt. Braun in Gelb in Braun.

Mühsam drehte ich den Kopf, und da sah ich sie. Frauen. Kinder. Krieger. Drachen. Es war ein schreckliches Durcheinander. Ein Geschrei. Gebrüll. Sie waren hier.

»Wir sind auf Arandor«, wisperte ich ungläubig.

»Ja«, bestätigte Elaja leise. »Alles ist gut. Du kannst dich entspannen. Atme durch, Ian.« Sie ließ ihre Hand meinen Arm hinaufgleiten, strich mir über die Schulter, erreichte schließlich mein Gesicht. Sanft nahm sie meinen Kopf in ihre Hände und lächelte tapfer. »Du hast sie gerettet.«

Ich starrte sie etwa drei Atemzüge lang ungläubig an und begriff es endlich wirklich. Mein Volk. Auf Arandor.

Ich hatte es geschafft. Nein. Wir hatten es geschafft.

Und obwohl mir wirklich alles wehtat und mein Herz seltsam stolperte, mein Gesichtsfeld sich verengte und eine neue Welle der Schmerzen über mich hinwegrollte, zog ich Elaja an mich. So fest ich konnte. »Danke«, flüsterte ich in ihr Ohr und spürte, wie mich der Sog der Dunkelheit erneut erfasste. Ich stemmte mich dagegen, denn eigentlich hatte ich ihr noch so viel zu sagen.

Ich wollte ihr unbedingt zurufen, dass ich zäh sei. Dass ich kämpfte. So wie damals, als mich Shy in der Pfortenwelt hatte töten wollen und ich verzweifelt nach Elaja gegriffen hatte. Oder als Shy mich gebissen und Elaja mich im letzten Moment hatte zusammenflicken können. Oder … Es gab erschreckend viele Begebenheiten in meinem Leben, an denen ich hatte kämpfen müssen. An denen sie an meiner Seite gewesen war. Nur diesmal sah es schlecht aus.

Ich war müde. So müde wie noch niemals zuvor.

Trotzdem kratzte ich alle Kraft zusammen, die ich noch finden konnte.

Mit purem Willen schaffte ich es, dass sich meine Finger eine Spur fester um Elajas Hand schlossen. Ich hielt mich an ihr fest. Klammerte mich an sie wie damals in der Pfortenwelt.

Mein Sichtfeld verschwamm, und ich erahnte lediglich, dass sich Elaja erneut über mich beugte. Ich spürte ihren Atem auf meinem Gesicht. Eine ihrer Tränen erwischte meine Nase. Eine zweite meine

Wange. Ich wollte nicht, dass sie wegen mir weinte, nur gab es nichts, um sie zu beruhigen.

Als sie ihre Stirn gegen meine lehnte und sich unsere Nasen berührten, prägte ich mir dieses Gefühl ganz fest ein. Sie war da. Bei mir.

»Wehe, du stirbst«, flüsterte sie, und ich meinte, ihre Lippen ganz zart auf meinen zu spüren. Allein das war es wert gewesen, halb ohnmächtig mehrere Weltenpforten zu öffnen.

Vor unserem Flug war ich mir sicher gewesen, sie verloren zu haben. Bei Shys Beerdigung war sie zwar zu mir gekommen, doch diesbezüglich machte ich mir nichts vor. Die Geste war eher aus Mitleid als aus wirklicher Zuneigung geschehen. Ich hatte sie so tief verletzt, dass sie auf Abstand gegangen war. Verständlicherweise.

Jetzt aber war sie bei mir. Hielt mich. Ihre Lippen auf meinen. Ein Moment, so kostbar für mich, weil er sich mit hoher Wahrscheinlichkeit niemals wiederholen würde.

Verzweifelt wollte ich mit ihr reden, aber alles, was ich erreichte, war ein leises Stöhnen. Dabei gab es so viel zu besprechen. Über Marani. Über die Zukunft. Über die Dinge, die wir tun mussten, und vor allem über die Sätze, die ich ihr noch nie gesagt hatte und so dringend sagen musste.

Bevor ich starb. Bevor es zu spät war. Bevor …

Mühsam holte ich Luft.

»Ich …«, brachte ich mit ganz viel Mühe heraus.

»Pssst«, unterbrach mich Elaja. »Du musst dich ausruhen.«

»… liebe …«

»Sei still, Ian. Schon deine Kräfte.«

»… dich …«

»Du solltest …« Sie verstummte mitten im Satz, als sie begriff, was ich da so mühsam von mir gegeben hatte.

Ich gab alles, um klarer zu sehen. Ihre Augen erkennen zu können. Das Weiß ihrer Iriden war mir noch immer unheimlich, doch der Ausdruck darin war vertraut und wunderschön. Sanft. Freundlich. Zugewandt.

Liebevoll.

Sag etwas, dachte ich verzweifelt. *Reagier auf meine Worte.*

Noch immer berührten sich unsere Nasen. Stirn an Stirn. Sie bewegte sich lediglich, um den Winkel zu verändern. Diesmal bildete ich mir ihre Lippen auf meinen definitiv nicht ein. Sie küsste mich so zärtlich, dass auch der letzte Rest meiner Zweifel verflog. Es war ein stummer Schritt auf mich zu. Einer, den ich dringend gebraucht hatte und der mir die nötige Kraft gab.

Für sie wollte ich leben. Kämpfen. Weitermachen. Egal wie schwierig es wurde. Sie war es wert.

Wären da nur nicht diese höllischen Schmerzen. Ich krümmte mich und unterbrach damit eher unfreiwillig den Kuss. Mein Atem ging plötzlich wieder stoßweise. Nein, nein, nein!

»Was hat er?«, fragte Elaja panisch.

»Ein Magieschock tut höllisch weh, vom Aufschneiden der Adern ganz zu schweigen.« Eine andere Frau. Velia.

Ich konnte meine Ziehschwester nicht richtig erkennen und griff daher blind nach ihrer Hand. Sie fing meine auf halbem Weg ab und drückte sie. »Ich bin hier, Ian. Halte durch.«

Atme, Ian, dachte ich verzweifelt und suchte parallel nach Makons Geist. Ich fand lediglich einen verblassenden Funken. Auch ihm ging es schlecht, und er litt genau wie ich. Bevor ich ihn lautlos ansprechen konnte, versteifte sich Elaja neben mir. Ich spürte es ganz deutlich.

»Was ist los?«, fragte Sean alarmiert, der ihre Reaktion offenbar ebenfalls bemerkt hatte. Er hockte dicht neben mir, zumindest nahm ich das an. Mein Sichtfeld war zu verschwommen, um seine Position genau erkennen zu können.

»Sie kommen«, flüsterte Elaja tonlos. »Arandor. Manila hat sie soeben gesichtet. Eine Patrouille, die sich Goldin nähert. Offenbar waren die Reiter auf Erkundungsflug und haben die blauen Drachen gesehen. Sie sind in wenigen Minuten hier.«

Ich bemühte mich um eine klarere Sicht. Blinzelte verzweifelt. Zunächst sah ich nur Elajas Kinn. Offenbar lag ich halb auf ihren Knien. Sie blickte in den Himmel, sah sich suchend um. Ein Drache schwebte über uns hinweg. Er war blau. Einer von meinen.

Aber so wie es aussah, würde sich das bald ändern.

Mein Herzschlag beschleunigte sich unwillkürlich, genau wie das Piepsen in meinen Ohren. Die grünen Drachenreiter von Arandor hatten uns zu früh bemerkt. Wir hatten uns noch keinen Plan zurechtgelegt, was wir ihnen sagen würden.

Ganz davon abgesehen, dass ich kaum ein Wort hervorbringen konnte.

»Wie erklären wir denn all das hier?«, fragte Elaja in der Sekunde mit genau der Panik in der Stimme, die ich ebenfalls empfand.

»Keine. Lügen. Mehr«, sagte ich stockend. »Wahrheit.«

Mehr brachte ich nicht heraus, stattdessen zitterte ich so heftig, dass ich Elaja damit durchrüttelte. Sie schlang die Arme um meine Schultern und drückte mich hoch, sodass ich beinahe aufrecht saß, versuchte mir damit etwas Luft zum Atmen zu schaffen. Das funktionierte nur bedingt. Ich sah dadurch nämlich in Seans angsterfüllte Augen. Der Ausdruck darin ließ mich erstarren. »Was?«, fragte ich schwach.

»Ian! Wir können ihnen das nicht sagen! Wenn wir das tun, richten die dich direkt hin. Du bist verdammt noch mal der Fürst! Wenn die erfahren, dass du sie all die Jahre über angelogen hast und auch noch ein feindlicher Pfortenwächter bist, lynchen die dich!«

»Nicht feindlich. Nur fremd«, protestierte ich schwach.

»Ich bezweifle, dass du lange genug lebst, um diese Feinheit mit ihnen zu diskutieren. Vor allem, wenn du noch dazu dein Volk hierhergebracht hast. Ohne Absprache.«

»Brauchten … Hilfe.«

Seans Blick wurde weicher. »Das erkenne ich jetzt auch«, sagte er mitfühlend. »Nur weiß der Rest von Arandor das nicht.«

»Sie sind gleich da«, unterbrach Elaja unser Gespräch. »Wenn wir Ian nicht als Pfortenwächter von Marani preisgeben dürfen, brauchen wir eine andere Erklärung. Sean! Denk nach. Du bist in Politik besser als ich.«

Sean und ich wechselten einen sorgenvollen Blick miteinander. Vermutlich dachte er gerade dasselbe wie ich, nur dass ich nicht die Kraft hatte, es auszusprechen.

»Ian muss Fürst bleiben«, sagte er schließlich betont ruhig. »Die Alternative wird uns allen den Hals brechen. Wenn Ian nicht Fürst bleibt, wird es Kjell.«

»Kjell? Schwachsinn! Der ist nicht mal Hortanführer.«

»Das ist er nur nicht, weil kein Posten frei geworden ist und niemand abdanken wollte. Nach Larians Tod wird er ziemlich sicher Riata übernehmen. Wenn Ian in Ungnade fällt, wird sich jeder an Kjell erinnern. Er hat schon immer behauptet, dass mit unserem Pfortenwächter etwas nicht stimmt. Er war seit Ians Auftauchen misstrauisch. Wenn wir ihm die richtige Munition liefern, befördern wir ihn damit direkt an die Spitze der Hierarchie. Wir werden es sein, die ihm den Fürstentitel beschaffen – und Kjell wird nicht zögern. Sobald wir zugeben, dass Ian der Pfortenwächter von Marani ist, wird er ihn direkt hinrichten lassen. Die Macht dazu hat er als Fürst.«

Allein der Gedanke sorgte dafür, dass sich mein Magen umdrehte. Alles rebellierte in mir. Ich war nicht so weit gekommen, um das Schicksal meines Volkes in die Hände eines egoistischen Mistkerls zu legen. Auf keinen Fall.

»Ich werde das überstehen«, flüsterte ich mit letzter Kraft und betete und hoffte, die Wahrheit gesagt zu haben. »Ich … kämpfe.«

Weitere Worte erstickten in meiner Kehle, denn durch meinen gesamten Körper raste ein gewaltiges Brennen. Ich konnte nicht mehr klar denken und spürte lediglich, wie ich die Augen aufriss. Wie ich schrie. Wie ich mich aufbäumte.

Mein letzter Gedanke war, dass ich auf gar keinen Fall das Bewusstsein verlieren durfte. Gleich darauf sorgten die Schmerzen für dunkles Vergessen.

II

Er krampft«, sagte Velia und half Sean und mir, den sich krümmenden Ian auf die Seite zu legen. Ich hielt ihn panisch so fest ich konnte und wusste, dass uns gleichzeitig die Zeit davonlief.

Wir mussten eine Entscheidung treffen. Uns auf eine Geschichte einigen. Nur wie, wenn Ian kaum bei Bewusstsein war?

»Leute! Die Reiterei ist gleich über uns und landet womöglich! Wir benötigen eine brauchbare Idee! Jetzt! Die ersten blauen Drachen in der Luft drehen schon zu ihnen ab, um sie abzublocken. Wenn sie angreifen, ist es vorbei mit friedlichen Verhandlungen. Dann wird Arandor sie sofort als Feinde einstufen.« Manila wirkte seltsam ruhig, beinahe nüchtern. Dabei ließen mir ihre Worte die Haare zu Berge stehen.

»Alle Drachen von Marani müssen landen. Sofort«, sagte ich hektisch zu ihr. »Sag das den blauen Drachen!«

»Zu denen kann ich nur schwer Verbindung aufnehmen. Bei den grünen ist das kein Problem, aber Marani ist nicht mein Volk.«

»Makon! Du musst das deinem Volk sagen«, rief ich, doch Makon lag reglos ein Stück von uns entfernt. Ein riesiger schwarzer Berg, der kaum noch atmete. Ian ging es nicht viel besser. Verzweifelt rüttelte ich an ihm. »Ian, komm schon«, flehte ich. »Sag mir, was ich tun soll.«

Es dauerte lange, bis er reagierte. »Rette sie«, antwortete er beinahe unhörbar.

»Wie denn?«

Keine Antwort. Stattdessen lag er verkrampft zu einer Kugel zusammengerollt vor uns im Staub, voller Dreck und Blut. In der Sekunde begriff ich wirklich und wahrhaftig, dass er es womöglich nicht schaffen würde. So bleich. So schwer verletzt. Er hatte sich völlig überanstrengt und zahlte nun den Preis dafür.

Und ich? Ich womöglich auch.

Prompt spürte ich, wie sich eine Schlinge um meinen Hals legte. Sie zog sich ruckartig zu, sodass ich kaum Luft bekam. Pure Panik. Eine solche Last legte sich auf meine Schultern, dass ich darunter zusammenzubrechen drohte – und gleichzeitig wusste ich auch, dass es ab sofort an mir lag.

Ian konnte mir nicht helfen oder mir einen Rat geben, wie er es unzählige Male zuvor getan hatte. Ich war als Pfortenwächterin auf mich allein gestellt und musste nun entscheiden, wie es weitergehen würde. Ob es Krieg oder Frieden gab. Ob Ians Volk unterging oder gerettet wurde.

Und ich entschied mich. Keine Diskussionen mehr. Kein langes Überlegen. Wir hatten keine Zeit und auch keine Energie übrig.

Ein letztes Mal beugte ich mich über Ians wie wächsern aussehendes Gesicht. Er atmete, allerdings viel zu schwach. »Ich rette sie«, flüsterte ich und gab ihm einen sanften Kuss auf die Lippen. Seine Worte kamen mir sofort in den Sinn. Ich liebe dich.

Sie zu erwidern, war mir nicht möglich gewesen. Noch hatte ich ihm nicht alles verziehen. Dazu war die Zeit zu kurz gewesen. Doch allein seine Zuneigung zu mir gab mir die Kraft für das Kommende. Ihn zu berühren war meine Medizin, um nicht durchzudrehen. Das war schon immer so gewesen. Daran änderte auch sein Verrat nichts. Mein Herz schlug für ihn. »Ich beschütze dein Volk. Nur weiß ich nicht, ob du mit meiner Lösung einverstanden sein wirst. Hoffentlich kannst du sie mittragen.«

In der Sekunde brüllte ein blauer Drache oben am Himmel einen grünen warnend an. Die Patrouille war zu nahe herangekommen. Marani bereitete sich auf einen Kampf vor. Wer in dem Fall gewinnen würde, war eindeutig. Die blauen Drachen waren geschwächt, aber in der Überzahl. Außerdem waren sie zu allem bereit.

Es würde ein Desaster werden.

Entschlossen löste ich die Schläuche zwischen uns und betete, dass ich Ian genug Essenz gespendet hatte. Anschließend sprang ich auf die Beine. »Versucht ihn am Leben zu erhalten. Wenn er stirbt, ist alles aus«, sagte ich zu Sean und Velia und lief gleichzeitig los, rüber zu dem ersten blauen Drachen, den ich erreichen konnte. »Sag deinen Leuten, dass sie landen müssen. Alle. Runter auf die Landebahn. Sofort!«

Ich musste so autoritär rübergekommen sein, dass er tatsächlich reagierte und den Kopf hob. Seinen verklärten Augen nach zu schließen, setzte er sich mental mit seinen Freunden in der Luft in Verbindung. Atemlos sah ich dabei zu, wie der auf die Patrouille zufliegende blaue Drache im letzten Moment abdrehte und zurückflog. Der erste Kriegsdrache ohne Zivilisten auf seinem Rücken ging zur Landung über. Meine Botschaft war angekommen.

Mit einem Satz sprang ich auf einen halb verrotteten Karren, der seitlich am Flugfeld stand, damit mich die bereits gelandeten Drachen, Reiter und Zivilisten besser sehen konnten. Von meiner erhöhten Position aus entdeckte ich die nächste grüne Patrouille am Himmel. Die erste hatte Hilfe gerufen. Da Riata durch die Heimatpforte in wenigen Minuten erreichbar war, würde es hier vermutlich gleich vor grünen Drachen nur so wimmeln.

»Arandor hat uns entdeckt und wird uns jeden Moment erreicht haben«, schrie ich die Marani so laut ich konnte an. Fast sofort wurde es gespenstisch still. Einzig das Geschrei von Babys war zu hören und das Rauschen von Flügeln, als die letzten blauen Drachen landeten. »Es kommt jetzt auf euch an, wie diese erste Begegnung endet. Arandor ist erst gestern angegriffen worden. Sie werden euch zunächst als Feinde betrachten.«

Ein Murmeln ging durch die Reihen, und ich sah mehrere Krieger, die ihre Dolche daraufhin fester packten, sich breitbeiniger hinstellten. Ich atmete tief durch, um die nächsten Worte durchzustehen. »Ihr ergebt euch«, brüllte ich. »Ihr ergebt euch verdammt noch mal alle. Niemand greift die grünen Reiter an. Wenn das auch nur einer von euch tut, werden sie euch hart anfassen und unverzüglich gefangen nehmen. Hört ihr? Auch eure Kinder! Also, reißt euch zusammen.«

Die weit geöffneten Augen, die mich anstarrten, sagten alles. Purer Zweifel und Panik standen darin. Meine nächsten Worte würden das allerdings nicht besser machen. »Ian ist schwer verletzt«, ließ ich die Bombe platzen, die alles ändern konnte. »Er kämpft um sein Leben. Kurz vor seiner Ohnmacht hat er mir eine Botschaft für euch mitgegeben.«

Ich musste mich unterbrechen, als ein grüner Drache tiefer flog und das Rauschen seiner Flügel einen Moment meine Worte zu übertönen drohte. Sie waren zu wichtig, um ungehört zu verklingen. Vor allem, weil sie die dreisteste Lüge enthielten, die ich je erzählt hatte.

Leider hatte ich keine Zeit zum Diskutieren.

Keine Zeit zum Abwägen.

Ich musste handeln und einen Krieg verhindern.

So wie Ian es bislang versucht hatte.

»Ian muss als Drachenfürst von Arandor bestätigt werden«, rief ich. »Nur so kann er euch langfristig helfen. Seine schützende Hand über euch halten. Niemand von Arandor wird ihn wählen, wenn er zugibt, wer er wirklich ist. Er kann nicht mehr länger euer Pfortenwächter sein. Ich hingegen kann das! Ich werde seinen Platz einnehmen, um zu erklären, wie ihr in diese Welt kamt. Ab sofort bin ich eure Pfortenwächterin. Ich habe euch hierhergeholt. Ich bitte für euch um Hilfe. Um eine neue Heimat.« Ein letztes Mal holte ich Luft, ließ mein altes Leben hinter mir, entschuldigte mich in Gedanken bei Ian, weil ich es nicht mit ihm abgesprochen hatte und er gewiss nicht damit einverstanden war. Dann rief ich: »Ich bin ab sofort die Asrai von Marani. Wir werden das gemeinsam durchstehen. Ohne Blutvergießen. Ich verspreche es euch. Und als eure Pfortenwächterin befehle ich euch: Ergebt euch!«

Mein Herz donnerte in meiner Brust, als ich den Atem anhielt und die Reaktion der blauen Drachenreiter abwartete. Die starrten mich einen Moment verdutzt an, doch bevor irgendwer etwas sagen konnte, trat Velia neben mich.

»Ihr habt unsere Pfortenwächterin gehört. Wir ergeben uns und hoffen, dass Ian überlebt«, schrie sie. »Runter mit euch. Die erste Reiterei setzt gerade zur Landung an!«

Tatsache. Ich hatte mich so auf die Marani konzentriert, dass ich den Anflug der grünen Drachen beinahe verpasst hätte. Fünf Tiere gingen in einen langen Endanflug über, der Rest blieb in der Luft, um sie abzusichern. Zum Glück war mittlerweile auch der letzte blaue am Boden, sodass die Gefahr eines Luftkampfes gebannt war.

Ich stand noch immer auf meinem Karren und starrte das Bild an, das sich mir bot. Die blauen Drachen, die sich duckten, hin- und hergerissen, ob sie nicht zuschnappen sollten. Die Kinder, deren Angst groß war und die schreiend vor den grünen Reitern davonliefen, quer über das Vorfeld. Die Krieger aus Marani, die schockstarr vor mir warteten, unschlüssig darüber, was sie machen sollten. Sie waren mir hierher gefolgt, weil sie keine Wahl gehabt hatten. Jetzt begriffen sie sie Tragweite.

Eine unsichere Zukunft. Eine mögliche Gefangenschaft in einer fremden Welt. Der Verlust ihrer Heimat. Das Gegenteil von dem, für das sie die ganze Zeit gekämpft hatten.

»Ihr werdet wieder frei sein, aber dafür müsst ihr das hier erst überleben«, brüllte ich sie an. »Also, runter mit uns allen auf die Knie!«

Ich sprang von dem Karren, faltete demonstrativ die Hände an meinem Hinterkopf zusammen und ließ mich auf die Knie sinken, kreuzte die Beine sogar über den Knöcheln. Velia tat es mir nach, woraufhin ich einen raschen Blick nach rechts riskierte, wo sich Sean mit Ian befand. Er hatte meinen Platz eingenommen und hielt seinen Freund in den Armen. Mehr konnte er nicht tun.

Bitte, dachte ich verzweifelt. *Lass Ian nicht sterben.*

Nur mit Mühe wandte ich den Blick von der liegenden Gestalt ab, konzentrierte mich wieder auf die Krieger. Der Mann direkt vor mir starrte mich noch eine Sekunde lang an, drehte sich um und musterte die sich nähernden grünen Drachen. Noch höchstens zwei Minuten. Dann würden sie hier sein. Das war der Moment, in dem er mit starrer Miene seine Hände hob, sich ergab und ebenso wie ich auf die Knie ging. Bleich und geschockt. Dahinter taten es ihm seine Gefährten gleich. Einer nach dem anderen. Sogar die älteren Kinder kopierten die Geste, woraufhin sich die blauen Drachen auf den Boden kauerten und die Köpfe senkten. Auch sie ergaben sich.

Mir blutete das Herz, als ich das sah, doch es gab keine andere Möglichkeit.

Da fiel mein Blick auf einen jungen Mann, der sich als letzter fügte. Er hatte sich den Schädel beinahe kahl geschoren. Einzig sein Deckhaar trug er in einem Zopf, der ihm bis in den Nacken reichte.

NEIN!

Abrupt sprang ich wieder auf die Beine. »Ihr müsst euch die verdammten Zöpfe abschneiden, ehe die grünen Drachenreiter hier sind«, rief ich und packte gleichzeitig Velia an der Schulter. »Du auch, Velia. Ihr alle.«

»Unsere Zöpfe? Was …«

»Ian trägt seine Haare so wie ihr. Ein Blick auf eure Frisur, und jeder weiß, dass er zu euch gehört. Er hat sein Haar entgegen der Drachenreiterregeln immer so auf Arandor getragen, und man hat es ihm durchgehen lassen. Es war seine stumme Art des Protests. Sein Geheimnis. Das fliegt uns jetzt um die Ohren. Darum weg mit den Zöpfen!«

Ich zog meinen Dolch, packte Velias eher dünnen Zopf und schnitt ihn ab. Die Kriegerin zuckte instinktiv zurück und schlug nach mir. Zum Glück verfehlte sie mich. Sie begriff mein Handeln erst, als ihr Blick auf Ian fiel. Sofort sprang sie auf.

»Zöpfe ab! Sofort!«

Atemlos sah ich dabei zu, wie Bewegung in die Kriegerschar kam. Die Kinder trugen ihre Haare zum Glück nicht auf die gleiche Art. Offenbar war die Frisur einzig den Drachenreitern vorbehalten. Ich sah überall Dolche aufblitzen.

Vermutlich sah die Drachen die seltsamen Bewegungen. Der erste war gelandet und sein Reiter stieg ab. Hoffentlich war er dadurch abgelenkt genug, um die ungewöhnlichen Aktivitäten zu übersehen. Hinter ihm setzten die anderen Drachen auf dem Boden auf.

»Weg mit den Dolchen, sobald ihr fertig seid«, rief ich panisch. Der Anführer näherte sich uns mit großen Schritten. Vermutlich hatte er das Blitzen der Waffen gesehen und zog augenblicklich sein Schwert. Er ging von einem Angriff aus. Dass sich etwa hundert Krieger ihre Zöpfe mit Dolchen abschnitten, war aus der Entfernung hoffentlich nicht sofort erkennbar gewesen. Mittlerweile hatten fast alle das erledigt. Leider hielten viele Marani ihre Dolche noch in der Hand.

»Waffen weg«, schrie prompt einer der fünf sich nähernden Krieger von Arandor. »Sofort runter damit!«

»Sammelt die verdammten Zöpfe ein und lasst sie verschwinden«, fauchte ich Velia an. Gleichzeitig hob ich die Arme so hoch ich konnte und trat auf die grünen Krieger zu, die sich zügig näherten. Den vorderen erkannte ich sogar. Aric. War das gut oder schlecht für uns? Vermutlich würde ich es gleich herausfinden.

»Ich bin die Pfortenwächterin des Drachenvolkes von Marani«, rief ich ihm zu und trat dabei zwischen ihn und die knienden Krieger, zog die gesamte Aufmerksamkeit auf mich. Zumindest hoffte ich das. »Wir bitten euch um Hilfe. Die meisten meines Volkes sind verletzt, einige von ihnen schwer. Ihr müsst den Kindern helfen. Den sterbenden Drachen. Bitte, Aric! Hilf uns!«

Ich legte so viel Flehen in meine Worte, wie ich nur konnte. Sah die weit aufgerissenen Augen des Patrouillenführers, seinen Unglauben und seine völlige Überforderung. Als ich einen weiteren Schritt auf ihn zu machte, hob er sein Schwert.

»Keine Bewegung mehr, Elaja«, knurrte er mich an und bewies damit, dass er mich natürlich längst erkannt hatte. An das Misstrauen in seiner Miene würde ich mich wohl gewöhnen müssen. Es stand in seinem Blick.

Verräterin.

Es traf mich mehr, als ich erwartet hatte. Dennoch blieb ich standhaft. Mit erhobenen Armen blieb ich in der brütenden Hitze der Wüste stehen. Aufrecht. Gleichzeitig möglichst demütig. Hinter mir hockten die letzten Krieger des Drachenvolkes von Marani, während sich die Kinder in einiger Entfernung in der erbarmungslosen Sonne der Wüste zusammengefunden hatten. Sie kauerten Schulter an Schulter aneinander. Viele schrien, weinten.

Einzig von den Drachen war nichts mehr zu hören. Sie hatten sich eng aneinandergeschmiegt, wirkten, als wären sie eine einzige blaue Wand. Dicht an dicht. Ihre Art zu sagen, dass sie nicht vorhatten, loszufliegen. Bei einigen bezweifelte ich, dass sie das überhaupt noch gekonnt hätten.

»Unsere Drachen sterben«, sagte ich möglichst ruhig zu Aric. »Sie sind ausgehungert, halb verdurstet. Genau wie unsere Kinder.«

Aric folgte meinem vorsichtigen Wink hinüber zu der Gruppe Kinder, die sich bei seinem Blick duckten. Beinah sofort entdeckte ich die Erschütterung in seiner gesamten Haltung und schöpfte ein wenig Hoffnung, bis ein anderer grüner Reiter hinter Aric trat und ihm etwas ins Ohr flüsterte. Augenblicklich ruckte sein Kopf zur Seite, und er sah Ian und Sean, der sich in diesem Moment wieder über den Verletzten beugte. Anscheinend ging es Ian gerade so schlecht, dass Sean völlig abgelenkt war. Auf ihn als Rückendeckung musste ich wohl verzichten.

Als Aric seinen zukünftigen Fürsten und vermutlich auch guten Freund reglos und wie tot am Boden liegen sah, verlor er die Nerven. »Ist das Ian?«, fragte er entsetzt und wurde gleichzeitig bleich.

»Ja«, sagte ich leise. »Er –«

»Seht nach ihm«, unterbrach er mich aufgebracht. Seine mir zugewandte Haltung verschwand augenblicklich. Angespannt wartete er, bis einer seiner Männer zu Sean und Ian hinübergegangen war. Die Männer sprachen knapp miteinander, wobei Sean kaum Zeit dafür zu haben schien. Hektisch presste er ein Stück Stoff auf Ians Brustbereich und drückte sogar dem dazugekommenen Mann etwas in die Hand, damit der ihm half.

Aric sah indes so aus, als wäre er am liebsten hinterhergestürmt, um zu helfen. Vermutlich blieb er nur fern, weil er mich nicht aus den Augen lassen wollte.

»Und?«, rief er ungeduldig, und ich meinte einen Hauch von Panik in seiner Stimme zu erkennen.

»Ian ist kaum noch am Leben. Er blutet stark aus einer ganzen Reihe von Schnittwunden«, brüllte sein Untergebener uns zu. »Der Puls ist so schwach, dass ich ihn kaum spüren kann. Seine Magieadern sind dunkelblau und stehen hervor. Zumindest die, die nicht aufgeschnitten sind. Ich bin kein Heiler, aber das sieht nicht gut aus.«

Aric wurde noch eine Spur blasser. Nicht nur mir lag Ian am Herzen. »Kümmere dich um ihn«, blaffte er zurück. »Und wo bleibt verdammt noch mal die Verstärkung?«

»Kjell landet gerade mit seinen Männern«, antwortete ein anderer Drachenreiter, der hinter seinem Anführer stand und dessen Rücken mit finsterem Blick absicherte.

Nein, nein, nein. Nicht ausgerechnet Kjell. Mit Aric konnte ich umgehen, jedoch nicht mit Kjell. »Aric«, mischte sich jetzt endlich Sean ein. Er musste brüllen, damit wir ihn verstanden. »Ian hat den blauen Drachen zu helfen versucht und sich dabei überanstrengt. Deswegen liegt er hier. Die Fremden haben ihm nichts getan.«

»Sei still«, antwortete Aric scharf. »Wir zwei müssen uns später eingehend miteinander über deine Anwesenheit unterhalten. Bleib ja bei Ian, bis Kjell bei uns ist.« Abrupt wandte er sich an den Rest der angespannten Kriegerschar von Marani. »Keiner rührt sich«, befahl er drohend.

Finstere Blicke antworteten ihm, und für einen Moment hatte ich wirklich Angst, dass die Stimmung kippte.

»Ruhig bleiben«, mischte sich Velia ein. »Hört auf den Mann. Niemand greift an.« Sie sprach vermutlich absichtlich Arandor, damit auch Aric sie verstehen konnte.

Der musterte sie kurz und stufte sie eindeutig als vernünftig ein. Ein knappes Nicken in ihre Richtung folgte, und er machte Anstalten, zu Ian zu eilen, blieb dann aber wieder abrupt stehen und warf mir einen nachdenklichen Blick zu. Sein Misstrauen war so spürbar, dass ich es zu schmecken meinte. Warum war ausgerechnet er auf unsere blauen Drachen aufmerksam geworden? Der Kerl glaubte mir kein Wort.

Ein Krachen ließ uns zusammenzucken. Ein blauer Drache war in sich zusammengesackt und lag nun zwischen seinen Gefährten am Boden. Er jammerte leise und hechelte seltsam.

»Aric«, sagte ich eindringlich. So schnell gab ich nicht auf. »Wir müssen aus der Sonne raus! Die Drachen sind schon lange am Ende ihrer Kräfte. Viele sind völlig unterernährt. Die Hitze gibt ihnen den Rest!«

»Niemand rührt sich«, entgegnete Aric eisern. »Das hab nicht ich zu entscheiden.«

Eine weitere Patrouille landete hinter ihm. Diesmal waren es gleich zehn Drachen. Ich erkannte auf den ersten Blick keinen von ihnen. Vermutlich welche aus Riata. Nein. Halt. Einen kannte ich. Verdammt.

»Schätze, der grimmige Kerl, der soeben von dem dunkelgrünen absteigt, ist Kjell«, bestätigte Manila in der Sekunde meinen Verdacht. *»Er bewegt sich wie jemand, der sich einbildet, wichtig zu sein.«* Mein Drache hatte sich für ihre Verhältnisse erstaunlich zurückgehalten. Anders als die blauen Tiere von Marani stand sie weder zusammengedrängt bei den anderen noch geduckt da. Stattdessen wartete sie mit ein wenig Abstand neben Makon. Ein schwarzer, massiger Berg aus Schuppen und Panzer, der sich nicht mehr rührte.

»Lebt er noch?«, fragte ich bange.

»Gerade so. Auch er muss aus der Sonne raus. Es ist einfach zu heiß.«

Bevor ich antworten konnte, war Kjell heran. Ich erkannte ihn noch von unserer letzten Bewegung. Bullig. Grimmig. Der perfekte Soldat und Befehlshaber. Er musterte die kniende Kriegerschar, den am Boden liegenden Ian und schließlich mich mit abschätzigem Blick.

»Also hatte ich recht mit dir. Du bist eine feindliche Pfortenwächterin«, stellte er verächtlich fest.

»Nein. Ich bin nur nicht die Pfortenwächterin dieser Welt und trotzdem nicht feindlich«, sagte ich noch, bevor Bewegung in Kjell kam.

»Festnehmen«, brüllte er seinen Männern zu. »Fesselt die Pfortenwächterin. Jeder, der eine Waffe in der Hand hat, wird ebenfalls zusammengeschnürt, bis er sich nicht mehr rühren kann. Ich will keine Überraschungen. Holt mir eine Heilerin, die sich um unseren Pfortenwächter kümmern kann. Und sorgt dafür, dass uns der feindliche Wächterdrache nicht grillt!«

»Meint der mich damit?«, fragte Manila schockiert.

»Bitte, Manila. Lass das einfach über dich ergehen. Nicht angreifen. Wenn du durchdrehst, eskaliert hier alles«, sagte ich noch zu ihr, bevor mich ein grüner Drachenreiter mit solch brutaler Gewalt auf den Boden drückte, dass mir die Luft wegblieb. Ich fing mich zu spät ab und krachte mit der Nase gegen einen Stein. Für einen Moment sah ich Sternchen. Mein Protest erstickte in meiner Kehle, denn der Kerl auf mir drehte mir die Arme auf den Rücken. Ich spürte scharfe Fesseln an den Handgelenken.

Eine Frau schrie protestierend auf, und ich meinte Velias Stimme zu erkennen. Offenbar ging man sie genauso brutal an wie mich. »Wir ergeben uns. Wir ergeben uns«, rief sie noch, bevor ihr Protest in ein Stöhnen überging.

»Aric«, schrie ich. »Wir sind friedlich und bitten um Hilfe! Geht sanfter mit uns um!«

Keine Ahnung, was weiter geschehen wäre. Die grünen Reiter waren eindeutig überfordert mit der Situation. Dass sie hoffnungslos in der Unterzahl gegenüber einer womöglich bewaffneten Übermacht waren, tat ein Übriges. Sie wollten klarstellen, wer das Sagen hatte. Nur waren sie da bei den blauen Reitern an der falschen Adresse. Die hatten schon viel zu lange unter aggressiven Besatzern gelitten. Ich spürte regelrecht, wie ein Ruck durch die Marani ging. Aus dem Augenwinkel sah ich sogar, wie sich der erste Mann erhob, bereit, sich zu wehren.

»Stopp«, hörte ich da jemanden sagen. Seltsam ruhig. Beinahe unhörbar in all dem Chaos, und dennoch wurde er vernommen. Arics Stimme. »Elaja hat recht. Es gibt keinen Grund, derart brutal vorzugehen. Seht euch doch mal die Kinder an. Die sind ja ganz verrückt vor Angst.«

Der grüne Reiter, der mich gepackt hielt, ließ mich nicht los, aber wenigstens wurde der Druck zwischen meinen Schulterblättern etwas geringer. Ich atmete vorsichtig auf und drehte den Kopf, sodass ich den halb stehenden Marani sehen konnte. Unsere Blicke kreuzten sich, woraufhin ich hastig den Kopf schüttelte. Zu meiner Erleichterung ließ er sich tatsächlich wieder nieder und hob sogar die Hände hinter den Schädel.

Jetzt konnte ich auch Aric sehen, der sich soeben mit Kjell ein Blickduell lieferte.

»Du gehorchst mir«, warnte Kjell ihn. »Ich bin ab sofort dein Hortanführer.«

»Natürlich. Nur das Wie ist meine Sache. Das hier ist meine Patrouille, meine Verantwortung«, antwortete Aric ungerührt, dann drehte er sich langsam zu den ihn anstarrenden Marani um. »Befolgt unsere Befehle und niemandem wird etwas geschehen«, sagte er eindringlich. »Wir entwaffnen euch einen nach dem anderen. Solange sich niemand wehrt, werden wir dabei sanfter vorgehen. Verstanden?« Niemand nickte, doch das allgemeine Schweigen nahm er wohl als Bestätigung. »Also los!«

Ich atmete vorsichtig auf. Leider bezog sich das mit dem vorsichtigeren Umgang offenbar nicht auf mich. Der grüne Reiter zerrte mich mit einem schmerzhaften Ruck auf die Beine und bugsierte mich zur Seite in den Schatten eines halb zusammengebrochenen Schuppens. Dort zwang er mich erneut auf die Knie. Velia stieß man ähnlich energisch dazu. Offenbar hatte man sie als Befehlshaberin identifiziert, genau wie drei weitere Drachenreiter, die in den vorderen Reihen gehockt hatten, darunter Tallora und der Mann, der sich in der Höhle mit Velia gestritten hatte. Verdammt. Aric hatte die Mitglieder des Fünfgestirns zielsicher identifiziert.

Als auch Sean gefesselt zu uns gebracht wurde, sah ich ihn panisch an. »Wieso setzen die dich fest?«

»Kjell konnte mich noch nie leiden.«

»Was ist mit Ian? Ist –«, setzte ich an.

»Maul halten«, unterbrach mich der grüne Reiter, der mich offensichtlich schon längst auf dem Kieker hatte.

Ich verstummte. Dabei bemerkte ich durchaus die Blicke, die Sean und Velia miteinander tauschten. Sie hockten sich quasi gegenüber und starrten sich gegenseitig an.

»Bist du so weit unverletzt?«, erkundigte sich Sean nach einer langen Phase der Stille, und ich hörte die vielen ungestellten Fragen in seiner Stimme, die er jetzt nicht aussprechen durfte.

»Ich bin nur bis auf die Knochen erschöpft«, antwortete Velia flüsternd. »Und du?«

»Seid endlich still«, ging unser Bewacher erneut dazwischen, und die beiden verstummten sofort. Das hinderte sie jedoch nicht, sich weiterhin fassungslos anzustarren. Keiner von beiden konnte glauben, den anderen wiedergetroffen zu haben. Weil ich spürte, dass das ein sehr persönlicher Moment war, sah ich weg und linste an Sean vorbei. Aric stand zusammen mit zwei anderen Reitern neben Ian. Gemeinsam trugen sie ihn in den Schatten. Wenigstens das.

»Liebe Elaja«, riss mich da die ruhige Stimme meines Drachens aus der Betrachtung. *»Ich mache dich darauf aufmerksam, dass fünf Krieger auf mich zustampfen, die soeben aus einer der alten Stallungen Ketten geholt haben. Die sind anscheinend für mich.«*

»Lass dich fesseln.«

»Im Leben nicht! Ich bin ein Wächterdrache. Ich erlaube keine Ketten an mir.«

»Doch!«

»Nein! Ich bin ein Drache von Arandor. Ich lass mich nicht von meinen eigenen Leuten wie ein Paket verschnüren. Langsam hört der Spaß echt auf!«

Ich fluchte leise und spürte gleichzeitig, dass es Manila ernst war. Todernst. »Bleibt stehen«, schrie ich den Kriegern zu. »Manila grillt euch sonst!«

Sofort drehten sich alle fünf zu mir um. »Sag ihr gefälligst, dass sie sich ergeben muss«, sagte der vorderste scharf.

»Manila ist nicht wie normale Drachen«, antwortete ich im selben Ton. »Sie wird sich wehren. Egal was ich ihr sage.«

Als Bestätigung knurrte Manila bedrohlich und schlug mit ihrem unheimlichen Messerschwanz.

»Elaja, lass den Scheiß«, fauchte Aric von der Seite. »Ich dachte, du willst deeskalieren!«

»Sag das nicht mir, sag das meinem Drachen!«

Was nun folgte, war schrecklich. Manila grillte die grünen Drachenreiter natürlich nicht, das hieß nur keineswegs, dass sie sich einfach so fesseln ließ. Es benötigte meine gesamte Überredungskunst und gleich vier grüne Drachen, bis sie so verschnürt war, dass sie keine Gefahr mehr für ihre Umwelt darstellte. In der Zwischenzeit nahm die angespannte Atmosphäre natürlich wieder zu, vor allem, weil sich Ian unruhig zu bewegen begann. Er stöhnte und röchelte auf eine Weise, die an sämtlichen Nerven zerrte.

Die Marani wussten, dass ihr Schicksal eng mit seinem verbunden war. Starb er, verloren sie ihren wichtigsten Schutz. Auch was mich anging, machte ich mir nichts vor. Kjell hatte mich bereits ins Visier genommen. Ich war so gut wie tot, falls Ian es nicht schaffen sollte.

Von daher war es nicht verwunderlich, dass wir immer wieder nervöse Blicke zu Ian rüberwarfen. Auch die grünen Drachenreiter taten das. Ian war immerhin fast schon fest als ihr Fürst eingesetzt und noch dazu der Pfortenwächter, der den letzten Angriff der roten Drachen abgewehrt hatte. Gut. Zusammen mit Manila, aber das zählte vermutlich eher weniger.

Die grünen Reiter hielten viel von Ian und wurden aufgebrachter, je deutlicher ihnen sein Zustand wurde. Prompt gingen sie wieder ungeduldiger vor, packten die Marani teilweise auch zu hart an, sodass es zu kleineren und größeren Rangeleien kam.

»Das geht nicht mehr lange gut«, murmelte Sean schließlich erschöpft neben mir. Er war, genau wie ich, blass und schwitzte schrecklich. Es war einfach brutal heiß. Jeder Atemzug war ein Problem.

Kjell machte es nicht besser, indem er seine eigenen Leute anbrüllte und seine Anspannung an den Rest der Umgebung weitergab. Die Art und Weise, wie er immer wieder zu Ian schielte, beunruhigte mich. Wo blieb die versprochene Heilerin? Wo blieb die Verstärkung? Oder zögerte er alles hinaus, damit Ian nicht mehr zu retten war und er Fürst werden konnte?

Der Gedanke war erschreckend und zugleich realistisch. Kjell war solch eine Aktion durchaus zuzutrauen.

Mittlerweile war die Hälfte der Marani entwaffnet und befand sich im Schatten. Wer protestiert hatte, war gefesselt worden. Ich sah einige, die sich mittlerweile auf dem Boden zusammengerollt hatten, um sich auszuruhen. Gerade den Drachen ging es bedenklich schlecht.

»Kjell kommt«, warnte mich Sean. »Egal was passiert, erzähl nicht zu viel. Halt deine Sätze kurz. Ihn kannst du eh nicht überzeugen. Der Drachenreiterrat ist viel wichtiger.«

»Klappe halten«, knurrte unser Bewacher erneut.

»Ach, verpiss dich, Dell«, antwortete Sean und erntete dafür eine harte Kopfnuss. Ich warf ihm einen ermahnenden Blick zu. Dass er im ungünstigsten Moment jemanden provozierte, war eher ungewöhnlich für ihn. Seine Nerven lagen ebenfalls blank.

Kjell baute sich vor uns auf. Arme vor der Brust verschränkt. Beine etwas gespreizt. Der Blick gereizt.

»Was hattet ihr geplant?«, fragte er provokant. »Wolltet ihr hier einen Stützpunkt aufbauen? Pech für euch, dass wir die Gegend trotz ihrer abgeschiedenen Lage noch immer überwachen.«

»Natürlich. Wir bringen für eine feindliche Übernahme all unsere todkranken Kinder mit«, antwortete Velia verächtlich.

Ich trat sie unauffällig, damit sie still blieb. »Wir wollen mit Jama sprechen.«

»Der hat hier nichts zu sagen. Ihr seid auf Riatas Hoheitsgebiet, und dort habe mittlerweile ich das Sagen. Also? Was habt ihr wirklich geplant?« Er trat nun näher, deutlich drohender. Ich brauchte all meine Kraft, um ruhig vor ihm knien zu bleiben. Eine mehr als unangenehme Situation.

Vor allem, als er langsam vor mir in die Hocke ging und mich mit einem kalten Blick maß. »Ihr habt unseren Pfortenwächter erledigt. Glaubt nicht, dass ich euch das durchgehen lasse.«

»Ian ist nicht tot«, protestierte ich.

»Aber so gut wie.«

Sein Blick sorgte bei mir für eine Gänsehaut. Warum denn ausgerechnet Kjell? Jeder andere Hortanführer hätte diese Situation ganz anders gehandhabt. Warum …

Flügelrauschen unterbrach meine verzweifelten Gedanken. Kjell stand abrupt auf und drehte sich gleichzeitig um. Weitere grüne Drachen landeten, darunter ein gewaltiger Drachenbulle, den ich nur zu gut kannte.

Bronx.

»Wer hat Jama informiert?«, fragte Kjell verärgert.

»Er war nach dem Angriff noch auf Riata. Vermutlich hat er den Aufruhr mitbekommen«, sagte Aric, der beinahe lautlos zu uns getreten war. Er wirkte erleichtert, genau wie ich. Offenbar bevorzugte auch er einen entspannteren Führungsstil.

Jama sprang soeben von seinem Drachen, orientierte sich kurz und eilte dann zu uns herüber. Als er Sean und mich gefesselt neben Kjell knien sah, riss er die Augen auf.

»Was bei allen Drachenhintern ist hier los?«, brüllte er. »Was sind das für Kinder und Reiter? Warum werden sie wie Kriegsgefangene behandelt? Kjell! Da sterben Drachen in der brütenden Sonne!«

»Es sind feindliche Drachen«, entgegnete Kjell ungerührt.

»Haben sie dich angegriffen?«

»Ja. Gestern.«

»Das waren rote Drachen. Bist du farbenblind?«

»Nein. Ganz am Anfang waren blaue Drachen mit dabei. Ich bin mir sicher. Wenn alle anderen farbenblind sind, kann ich nichts dafür. Hier stimmt etwas nicht. Das spüre ich. Solange ich nicht weiß, was es ist, gehe ich von einer Bedrohungslage aus.« Er deutete seitlich neben sich. »Da liegt unser Pfortenwächter, halb tot und blutig. Jemand hat ihm die Magieadern aufgeschnitten. Ihn zu retten dürfte schwierig werden.«

Jamas Gesicht verlor jede Farbe, als er Ian bemerkte. Sofort wirbelte er herum. »Maai! Hierher! Komm hier rüber!«

Als ich meine Ziehmutter entdeckte, die eigentlich geradewegs auf die Kinder zugeeilt war, hüpfte mein Herz vor Erleichterung. Gleichzeitig bekam ich Angst. Wie würde sie reagieren, wenn sie hörte, dass ich eine feindliche Pfortenwächterin sein sollte? Dass ich es sogar zugegeben hatte?

Maai bedeutete ihren Schülerinnen, weiterzugehen, während sie sich zu uns durchschlug. Sobald sie mich erkannte, wurden ihre Augen groß. »Elaja? Was –«

»Unser Fürst braucht deine Hilfe. Er liegt dort drüben«, unterbrach Jama sie ruppig und leitete sie vehement an mir vorbei, sorgte dafür, dass sie gar nicht erst stehen blieb. Sie ging auch tatsächlich weiter, allerdings drehte sie dabei den Kopf, behielt mich im Auge. Ich lächelte ihr traurig zu und entschuldigte mich in Gedanken für die kommende Verwirrung.

Jama atmete tief ein und aus, ehe er sich wieder Kjell und mir zuwandte. »Und warum ist Elaja gefesselt?«

»Sie hat zugegeben, die fremde Pfortenwächterin zu sein.«

Das machte Jama sprachlos – und zwar so vollkommen, dass sich die Stille ausgesprochen unangenehm anfühlte. »Sie … hat es zugegeben?«

»Ich weiß es erst seit etwa drei Tagen«, sagte ich rasch und trug die wohl größte Lüge meines Lebens so authentisch wie möglich vor. »Direkt nach dem Angriff der roten Drachen ist es mir klar geworden. Ich bin daraufhin in meine eigentliche Welt geflogen und habe festgestellt, dass von meinem Volk nicht mehr viel übrig ist. Es wurde in seiner Heimat gejagt. Von einem Teil der grünen Drachen, die vor dreihundert Jahren in Marani zurückgeblieben sind.«

Weil Kjell verächtlich schnaubte, konzentrierte ich mich ganz auf den anderen Hortanführer. Wenn ich ihn überzeugen konnte, würde er uns schützen. Hoffte ich zumindest. Gleichzeitig betete ich, dass ich mich nicht in Widersprüche verstrickte. »Jama! Vergesst die Geschichten mit der Drachenpest und dem Vulkanausbruch. Die erwachsenen Drachen sind damals nicht gestorben. Sie sind nur in der Welt der blauen Drachen gestrandet, als sie einen Angriff gegen das dort lebende Drachenvolk geflogen sind. Beide Pfortenwächter kamen bei dem Konflikt ums Leben, und die grünen Drachen von Arandor strandeten auf Marani. Ihre Rache war fürchterlich. Über dreihundert Jahre lang haben sie das blaue Drachenvolk an den Rand der Vernichtung gebracht. Als ich zu ihnen flog, führte Arandor gerade eine Hetzjagd auf die Letzten von ihnen durch. Ich holte

Ian zu Hilfe. Gemeinsam konnten wir sie retten, doch Ian hat sich dabei überanstrengt. Er wollte uns unterstützen, weil er die Wahrheit kennt. Bitte. Ihr müsst mir glauben!«

Jama starrte mich an. »Hast du Beweise für deine Behauptungen?«

»Sind dreihundert halb tote Frauen, Kinder, Krieger und Drachen nicht Beweis genug?«

»Womöglich wäre das so, wenn uns nicht kurz zuvor blaue Drachen angegriffen hätten. Da hat Kjell durchaus recht«

»Die Drachen bei dem Angriff waren rot.«

»Es gibt Berichte über blaue Drachen, die als Erstes zugeschlagen haben.«

»Die müssen falsch sein oder diese Drachen waren nicht von meinem Volk. Wir haben niemanden angegriffen. Wie denn auch? Wir waren mit Überleben beschäftigt. Euer Volk versucht auf Marani, uns ein für alle Mal von der Welt zu tilgen.«

»Das ist nicht unser Volk.«

»Die Drachen sind jedenfalls genauso grün wie Eure. Im Gegensatz zu den angeblich blauen Drachen, die Euch angegriffen haben. Die waren nämlich rot.«

Jama wirkte kurz irritiert, während Aric leise schnaubte. »Auch ich bin nicht farbenblind. Da waren blaue Drachen beim Angriff mit dabei.«

Ich bemühte mich, nicht nervös zu werden und den prüfenden Blicken standzuhalten. Dieser verdammte Angriff von Ian. Der würde uns möglicherweise das Genick brechen. »Wieso sollten wir an zwei Fronten einen Krieg beginnen?«, fragte ich möglichst fest. »Wir waren schon mit dem anderen Teil eures Volkes völlig überfordert. Was hätten wir davon gehabt, Ärger auf dieser Welt zu beginnen? Wir waren das nicht. Wenn, dann will uns jemand etwas anhängen.«

Mir kam eine Idee. Rais Finte. Seine Erklärung. Ob es klug war, sie hier auszubreiten, wusste ich nicht, nur hatte ich keine Zeit, genauer darüber nachzudenken. »Jeder Pfortenwächter hat eine spezielle Kraft«, platzte ich heraus. »Ian kann Pforten vom Boden aus öffnen. Die Magie des Shetai, des Pfortenwächters dieser Welt. Meine Kraft, die der Asrai, kenne ich nicht, aber der Wächter der roten Drachen kann die Farbe der Tiere verändern. So hat er uns vor dreihundert Jahren hereingelegt. Genau das hat er bei der Attacke getan. Er hat seine roten Drachen blau verfärbt und den Angriff auf uns gestartet. Um Euch zu verwirren und uns in Schwierigkeiten zu bringen.«

So wie Jama mich anstarrte, schöpfte ich sofort ein wenig Hoffnung. Zumindest er hielt die Theorie nicht für völlig abwegig.

»Ich habe an Eurer Seite gekämpft«, sagte ich möglichst fest. »Ich habe die fremden Drachen aus dieser Welt vertrieben. Wir wollen keinen Streit mit Euch. Wir wollen Hilfe. Wir brauchen Hilfe.« Ich deutete mit dem Kinn aufgebracht auf die Kinderschar, die mit weit aufgerissenen Augen die grünen Drachen beobachtete. »Kinderaugen lügen nicht. Seht sie euch an. Sie haben panische Angst vor unseren … den grünen Drachen.« Mann! Derlei Versprecher konnten mich schnell jede Glaubwürdigkeit kosten. Das durfte nicht passieren.

Er war natürlich sofort aufgefallen. »Du siehst dich weiterhin als grüne Drachenreiterin«, stellte Jama trocken fest.

»Ich bin in dieser Welt aufgewachsen. Natürlich betrachte ich die grünen Reiter als mein Volk. Das ändert dennoch nichts daran, dass ich nicht Eure Pfortenwächterin bin. Vor dreihundert Jahren habe ich auf Marani gelebt. Vor dreihundert Jahren habe ich mich mit Eurem Pfortenwächter gemessen und verloren. An dieses Leben erinnere ich mich kaum noch. Ab und zu erhasche ich Bruchstücke, dann versinkt alles wieder im Nebel. Ich weiß nur, dass ich mein Volk aus Marani herausholen musste, bevor die grünen Drachen dort es vollständig vernichten konnte. Den Marani zu helfen ist meiner Meinung nach die Pflicht der Drachen von Arandor. Und bevor Ihr das falsch versteht: Ich bin nicht der Meinung, dass die grünen Drachen dieser Welt etwas für die Taten ihrer Verwandten in der anderen Welt können. Es wäre allerdings die Schuld der grünen Drachen, wenn sie davor die Augen verschließen und das Leid der Marani noch verlängern würden. Wir sind keine Gefangenen, sondern Flüchtlinge. Als solche sollte man uns auch behandeln. Dass Ihr mich fesselt und gefangen nehmt, kann ich verstehen. Beim Rest der Führungselite nicht.«

»Das reicht. Ich höre mir diese Lügen nicht länger an«, ging Kjell dazwischen. Unwillig schnippte er mit den Fingern und winkte zwei weitere grüne Reiter heran. »Bringt diese Leute nach Riata, wo wir sie eingehender befragen können. Wir müssen herausfinden, was hier los ist.«

»Und der Rest des fremden Drachenvolkes? Die sind alle in einem bedenklichen Zustand«, sagte Aric.

»Der bleibt hier, bis wir das Chaos überblickt haben. Wenn sie unerlaubt auf einem fremden Hort landen, müssen sie mit den Konsequenzen leben. Wir betrachten sie zunächst als feindliche Eindringlinge. So lange, bis mich jemand vom Gegenteil überzeugt hat.«

12

Jemand zog mir einen Sack über den Kopf. Ich war wenig überrascht. Ein Feind, der nichts sah, war weniger gefährlich. Und so wie mich die Drachenreiter von Arandor kurz zuvor gemustert hatten, hielten sie mich für brandgefährlich.

Selbst Jama protestierte nicht, als mich jemand am Oberarm packte und zu einem Drachen führte, der leise vor sich hin brummte.

»Ich ziehe dich jetzt hoch«, sagte ein Mann. Aric. Offenbar brachte er mich nach Riata. Mit auf dem Rücken gefesselten Händen und einem Sack über dem Kopf auf einen Drachenrücken zu kommen, war eine Kunst für sich. Aric schaffte es irgendwie, mich hochzuhieven, doch ich war danach völlig fertig. Die brütende Hitze tat ein Übriges. Ich konnte kaum atmen.

»Kannst du mir den Sack bitte abnehmen? Ich ersticke.«

»Vergiss es. Ich fliege garantiert nicht mit einer potenziell feindlichen Pfortenwächterin los, während sie gut sehen kann. Sei lieber froh, dass ich das überhaupt mache. Kjell wollte dich eigentlich mitnehmen, aber ich bezweifle, dass du diesen Flug überlebt hättest. Also, sei brav und halt die Klappe.«

Weil mir nichts anderes übrig blieb, gehorchte ich und wartete geduldig, bis er mich angebunden hatte.

»Wie geht es Ian? Was macht ihr mit ihm?«, fragte ich trotzdem nach. Schweiß floss mir mittlerweile in Strömen über die Wangen.

»Der ist bereits auf einem anderen Drachen unterwegs nach Riata. Hier in der Hitze konnten wir nichts mehr für ihn tun.«

»Und Makon?«

»Der bleibt auf Goldin, bis er aufwacht. Falls er jemals aufwacht.« Aric sagte es möglichst neutral, doch ich meinte herauszuhören, dass auch ihm Ians Zustand Sorgen bereitete. Große Sorgen.

Mein Herz wurde schwer. Gleichzeitig zog sich mein Magen krampfhaft zusammen. Er musste aufwachen. Er musste!

»Makon lebt«, sagte Manila in meinem Kopf. *»Um dich mache ich mir gerade viel größere Sorgen. Soll ich entgegen deines komischen Plans diese Fesseln sprengen, dich befreien und wir hauen von hier ab? Die können uns alle mal kreuzweise!«*

»Manila!«

Mein Drache grummelte vor sich hin, und ich spürte ihre Unruhe. Dass ich von ihr weggebracht wurde, gefiel ihr ganz und gar nicht. Mir ja auch nicht, nur …

Arics Drache Nevin flog los und jegliche Diskussionsfreude verflog. Hilfe! Mit einem Sack über dem Kopf zu fliegen, forderte alles von meinem Magen. Mir war innerhalb von Sekunden speiübel.

»Wir gehen jetzt durch die Heimatpforte«, warnte mich Aric vor, ehe ich von der Finsternis verschluckt wurde. Sofort entspannte ich mich etwas. Nach wie vor war mir die Pfortenwelt unheimlich, aber wenigstens herrschte nun nicht mehr die alles erdrückende Hitze. Ich spürte erneut ein leichtes Reißen an meiner Magie. Wir waren wieder draußen und gingen vermutlich in den Landeanflug über.

»Ich bin keineswegs feindlich«, sagte ich zu Aric, bevor wir landeten. »Nur die Pfortenwächterin einer anderen Welt. Das muss nicht bedeuten, dass wir keine Freunde sein können.«

Aric sparte sich eine Antwort. Stattdessen holte er mich nach der Landung recht unsanft von seinem Drachen runter und führte mich in ein Gebäude hinein. Statt festgetrampelter Erde spürte ich plötzlich Stein unter meinen Füßen. Mein Begleiter hielt mich dicht bei sich, um mich gleichzeitig zu führen und klarzumachen, wer das Sagen hatte. »Treppenstufen«, sagte er, und es ging abwärts.

Verdammt. Die brachten mich wirklich ins Gefängnis.

Was nun folgte, war schrecklich. Ich wurde zunächst in einen fensterlosen Raum eingesperrt. Aric nahm mir den Sack wieder ab, doch ich blieb gefesselt. Danach holten mich zwei finster dreinblickende Kerle, die mich in ein anderes Zimmer brachten, wo mich Kjell zusammen mit Jama erwartete.

Hier wurde ich befragt. Immer und immer wieder. Stundenlang.

Ich nannte mich weiterhin Asrai, obwohl das eigentlich die Pfortenwächterin der grünen Drachen war – bloß wussten das die Drachenreiter von Arandor nicht. Ian war für sie der Shetai. Dabei war das eigentlich die Bezeichnung für den Pfortenwächter von Marani. Ich wechselte die Begriffe nicht, weil Ian sie so etabliert hatte. Offenbar gab es wirklich kaum noch Aufzeichnungen darüber, wie die Pfortenwächter vor dreihundert Jahren in dieser Welt genannt worden waren. Womöglich hatte Ian sie auch allesamt verschwinden lassen. Zuzutrauen war ihm ein solches Manöver durchaus.

Kjell ging zwischendurch fort, genau wie Jama. Andere Drachenreiter setzten sich zu mir, fragten mich aus, bohrten nach.

Ich konnte ihnen nicht viel erzählen. Laut meiner Version war mir erst seit drei Tagen bewusst, wer ich wirklich war. Die Asrai der blauen Drachen. Das Volk der Marani kannte ich so gut wie gar nicht. Bei Lügen war es wichtig, so dicht wie möglich an der Wahrheit zu bleiben. Genau das tat ich und verdrehte die Rollen von Ian und mir. Ansonsten gab ich nicht viel preis.

Dass ich die Drachenreiter nicht überzeugt hatte, war offensichtlich. Vor allem Jama blieb skeptisch. Wenigstens war er häufig fort und flog immer wieder nach Goldin, um da nach dem Rechten zu sehen.

»Wie geht es den Kindern?«, fragte ich ihn, als er mir beim nächsten Mal gegenübersaß. Vermutlich waren mittlerweile drei, vielleicht sogar vier Tage vergangen. Das war schwer zu sagen, da ich den Stand der Sonne nicht sehen konnte. Das Licht um mich herum war magisch erzeugt, und ich hatte jedes Gefühl für Zeit verloren.

Allein an meiner Müdigkeit und am Aussehen meiner Befrager erkannte ich, dass wir einige Nächte durchgemacht haben mussten.

Ich war zwischendurch im Sitzen eingeschlafen. Zweimal hatte man mir auch mehrere Stunden Schlaf auf einer harten Pritsche gegönnt. Ansonsten wurde ich befragt. Beinahe durchgängig.

Jamas sonst tadellos gestutzter Vollbart wucherte mittlerweile wild vor sich hin, sodass der sonst so ordentlich wirkende Hortanführer ganz anders aussah. Unbeherrschter. Als würde er die Kontrolle verlieren. Er war sogar blasser als sonst, sodass ich die vielen kleinen Brandnarben in seinem Gesicht noch besser sehen konnte.

»Den Kindern und Jugendlichen geht es schlecht. Wir geben ihnen Wasser und versuchen sie zum Essen zu überreden, aber das ist schwierig. Sie weigern sich, mit uns zu kooperieren.«

»Gebt ihnen Schokolade. Vielleicht hilft das.«

Jama runzelte die Stirn. »Schokolade?«

Ich zuckte mit den Schultern. »Die Kinder haben bislang nur schlechte Erfahrungen mit grünen Drachenreitern gemacht. Vielleicht hilft ein wenig Bestechung. Und die blauen Drachen? Wie geht es denen?«

»Wir haben sämtliche Drachenheiler hingeschickt, die wir zur Verfügung haben, bringen so viel Wasser wie möglich hin und versorgen sie mit Essen. Nur bleibt die Lage angespannt. Es sterben Drachen. Beinahe täglich.«

»Sie müssen da weg. Es ist einfach zu heiß«, stellte ich das Offensichtliche fest.

Jama nickte. »Ich weiß.«

»Und Ian? Was ist mit ihm?«

»Sollte ich hier nicht die Fragen stellen und du beantwortest sie mir?« Tadelnd zog er die Augenbrauen zusammen und antwortete dennoch auf meine Frage. »Sein Zustand ist bedenklich. Maai ist bei ihm, aber es sieht nicht gut aus.«

Eigentlich hatte ich mich bereits auf diese Antwort vorbereitet, sie erwartet. Dass ich Ian mental nicht mehr erreichte, war ein bedrohliches Zeichen. Er war immer noch ohnmächtig. Sofort wurde mir vor Sorge ganz kalt. »Er könnte meine Geschichte bestätigen«, sagte ich schwach.

»Ich weiß. Hoffen wir, dass er noch mal aufwacht. Vor allem, weil wir bald unseren Fürsten ganz offiziell wählen müssen.«

Sofort setzte ich mich aufrechter hin. »Ian ist Euer Fürst. Das ist nur eine Formsache«, protestierte ich.

»Ian liegt im Sterben, eine fremde Großmacht hat uns angegriffen, ein halb totes Drachenvolk taucht plötzlich in einem unserer verlassenen Horte auf und die Pfortenwächterin, die angeblich zu uns gehört, stellt sich als feindlich heraus. Wir brauchen einen Fürsten, der uns zusammenhält. Schnell. Wenn Ian das nicht sein kann, müssen wir jemand anderen wählen.« Dass Jama darüber nicht glücklich war, lag auf der Hand. Seine schmalen Lippen hatte er fest zusammengepresst, und ich konnte den dunklen Schatten unter den Augen beim Wachsen zusehen.

»Meint Ihr etwa Kjell?«, fragte ich leise. Momentan waren wir allein im Zimmer, lediglich eine Wache stand draußen vor der Tür. Ich musste die Gelegenheit nutzen, um Jama zu beeinflussen. Der nickte auf meine Frage, woraufhin ich mich zu ihm vorbeugte. »Jama! Der Mann ist gefährlich. Das wisst Ihr genau. Ihr müsst Euch unbedingt als Anwärter zum Fürsten aufstellen lassen, sollte Ian das nicht können.«

»Sag mir bloß nicht, was ich zu tun oder zu lassen habe«, schnappte Jama. »Ich kann kein Fürst werden. Zu alt. Zu müde. Nicht aggressiv genug. In Friedenszeiten wäre ich eine Option gewesen, in diesen Zeiten brauchen wir jemanden mit Biss. Auf meine Menschenkenntnis ist außerdem kein Verlass mehr. Jeder weiß, dass ich dich protegiert habe.« Mit sorgenvoller Miene beugte er sich ebenfalls vor. »Ernsthaft, Elaja? Das mit der Pfortenwächterin von Marani kaufe ich dir keine Sekunde ab. Du bist hier geboren. Du bist unsere Wächterin. Und du lügst nicht mal besonders gut. Was verschweigst du mir?«

»Nichts.«

Verärgert stand Jama wieder auf. »In dem Fall kann ich dir leider nicht weiterhelfen. Wir wählen heute Nachmittag unseren Fürsten. Ian wird es nicht werden können, daher finde dich mit einer recht ungewissen Zukunft ab. Kjell wird dir die Hölle heiß machen. Es waren blaue Drachen beim Angriff auf uns dabei. Dass weiß jeder.«

»Das war Rai! Er hat seine Drachen blau gefärbt, um uns was anzuhängen.«

»Das behauptest du. Nur fehlen die Beweise.«

Ich sparte mir weitere Diskussionen. Stattdessen sah ich schweigend dabei zu, wie mein einziger Unterstützer aufstand und mich allein in einem finsteren Verlies zurücklassen wollte. Als er jedoch die Kerkertür aufriss, warteten dort Maai, die Hand zum Klopfen erhoben, und ein Wächter, der eher unglücklich an der Seite stand.

»Ich muss Elaja mitnehmen«, sagte Maai ohne Begrüßung.

»Was?« Jama erstarrte mitten in der Bewegung.

»Ian stirbt, und ich bin langsam am Ende mit meinen Ideen. Er hat allerdings seltsame Male am Hals. Einstichstellen. Jemand hat ihm angeblich Blut oder Magie verabreicht. Ich nehme an, das war Elaja. Sie muss das noch mal machen.«

»Elaja ist eine Gefangene.«

»Sie ist meine Tochter, Jama. Wenn ich dir je irgendetwas bedeutet habe, dann tust du das für mich. Wir wissen beide, dass sie nicht lange überleben wird, sobald Kjell an der Macht ist. Sollten wir Ian nicht in den nächsten Stunden retten können, ist auch sie verloren.«

»Maai –«

»Nein, Jama! Du hast die Macht, sie aus diesem Kerker zu holen und zu Ian zu bringen. Komm meinetwegen mit, nur muss es schnell gehen.«

Unschlüssig drehte sich Jama um. Ich stand bereits, soweit es die Fesseln erlaubten. Man hatte mir meine Hände mit Ketten am Tisch gefesselt, wodurch ich mich nicht ganz aufrichten konnte. »Ich habe Ian Magieessenz gespendet. Das hat tatsächlich funktioniert. Er ist kurzzeitig wach geworden. Allerdings war es zu wenig.«

»Magieessenz?« Jama runzelte verwirrt die Stirn. »Von so etwas habe ich noch nie gehört.«

»Genau deshalb muss sie auch mitkommen.« Maai drängelte sich an ihm vorbei in die Zelle und kam zu mir. Anklagend deutete sie auf meine Ketten. »Mach sie los, Jama.«

»Ich kann nicht. Ich hab hier keine Befugnisse. Das ist Kjells Hort.«

»Mach. Sie. Los.«

Die beiden maßen sich derart finster mit Blicken, dass es mir ganz unwohl wurde. Gleichzeitig spürte ich mehr denn je die Zuneigung, die sie seit jeher füreinander empfanden. Jetzt war ich mir ganz sicher, dass die beiden heimlich ein Paar waren. Da Hortanführer nur untereinander heiraten durften, hatten sie die Verbindung offenbar geheim gehalten.

Schließlich gab Jama nach. »Wache, öffne die Fesseln der Gefangenen.«

Der Wächter an der Tür zögerte einen winzigen Moment, dann kam er herein und schloss meine Fesseln auf. Als Jama mich am Oberarm packte und Richtung Ausgang schob, trat er ihm entschlossen in den Weg.

»Ich darf sie nicht einfach so gehen lassen«, protestierte er.

»Dann komm eben mit.« Jama drängte ihn mit purer Muskelkraft zur Seite und eilte danach in einen dunklen Gang. Wir waren wirklich im Gewölbekeller bei den Gefängnissen. Ob Velia und die anderen auch hier waren?

Maai eilte an meine Seite und ging vor. Jama und ich folgten, der Wächter dahinter. Wir mussten eine steile Steintreppe hinauf, die uns in einen völlig überfüllten Gang mit vielen Türen führte. Da ich Riata noch nie von innen gesehen hatte, wusste ich nicht, wo genau in welchem der vielen Gebäude wir uns befanden. Letztlich war das auch egal, denn Jama schob mich so schnell vorwärts, dass ich keine Zeit zum Gucken hatte.

Das war vermutlich auch besser so. Sobald mich ein Drachenreiter erkannte, blieb er stehen und starrte mich an. Ich war die Asrai. Die Verräterin. Jene Pfortenwächterin, die ein unbekanntes Volk in ihre Welt gebracht hatte und jetzt wie eine Gefangene behandelt wurde.

Vermutlich hätte ich da auch gestarrt.

Schließlich erreichten wir weniger belebte Gänge. Das Gemurmel und Geflüster wurde leiser, und ich sah hauptsächlich Heilerinnen in ihren dunkelgrünen Roben von einer Tür zur anderen huschen. Maai hielt auf die hinterste zu und öffnete sie rasch, damit wir hineinschlüpfen konnten. Bevor der Wächter folgte, hielt sie ihn auf. »Du wartest hier draußen. Lass niemanden rein.«

Ich war längst im Raum und erstarrte bei dem Anblick, der sich mir bot.

Ian lag beinahe vollständig entkleidet in einem Bett mit vermutlich ehemals weißen Laken. An vielen Stellen sah ich rotes Blut darauf. Die tiefen Wunden an seinen Armen bereiteten noch immer Schwierigkeiten. Ansonsten hob sich sein Hautton kaum von den Laken ab. Ein gespenstischer Anblick.

Ich war mit zwei Sätzen neben ihm und legte ihm eine Hand auf die Stirn. »Ian«, flüsterte ich. »Ich bin wieder da und kümmere mich um dich.« Er fühlte sich eiskalt an.

»Er hatte bis vor einer Stunde hohes Fieber, jetzt kämpft er wieder mit Schüttelfrost. Den Wechsel hält er nicht mehr lange durch. Wir mussten ihn nach dem Flug erneut wiederbeleben, seitdem atmet er kaum noch. Einen normalen Patienten hätte ich schon längst aufgegeben und würde ihn nicht weiter quälen, sondern gehen lassen. Aber sein Schicksal ist deins, von daher ...« Maai verstummte. Als ich hochblickte und sie ansah, bemerkte ich Tränen auf ihren Wangen. »Was ist denn nur passiert, Elaja? Warum reden sie davon, dich womöglich hinzurichten? Und was ist mit Ian geschehen?«

»Ich erkläre es dir später«, sagte ich so sanft ich konnte. »Erst mal müssen wir Ian retten.«

Also gingen wir ans Werk. Maai folgte ohne Protest meinen Anweisungen. Dabei runzelte sie das eine oder andere Mal die Stirn, zögerte jedoch nicht, in Ians Magieknoten zu stechen. Er zuckte nicht einmal. Ich hingegen musste fest die Zähne zusammenbeißen, als sie das auch bei mir tat.

»Kann dich das ebenfalls umbringen?«, fragte Maai schließlich.

»Ich pass auf. Wir machen das nicht zum ersten Mal.«

»Dachte ich mir schon.«

Ich atmete den Schmerz weg, verband mich rasch mit Ian und wartete, bis die erste Essenz in ihn gesickert war. Maai schob mir einen Stuhl heran, sodass ich mich neben ihn setzen konnte. Einen Moment zögerte ich, dann nahm ich schließlich doch Ians Hand in meine. Was Maai und Jama davon halten würden, war mir in der

Sekunde völlig egal. Es beruhigte mich und bestärkte mich darin, dass ich das Richtige tat.

»Stirb nicht. Es hängen eine Menge Leben von dir ab«, sagte ich eindringlich zu ihm und drückte seine Hand, hoffte, dass er meine Anwesenheit bemerkte. Keine Reaktion. Mir traten Tränen in die Augen. Rasch blinzelte ich sie fort. Dass er Schmerzen hatte, war offensichtlich. Anders als zuvor lag er in keiner normalen Ohnmacht. Seine Augen waren leicht zusammengekniffen, ab und zu zuckte sein gesamter Körper. Es ging ihm schlecht, und das spürte er sogar im tiefsten Delirium.

»Kannst du ihm was gegen die Schmerzen geben?«, fragte ich Maai.

»Das sind Nervenschmerzen. Da hilft nichts gegen. Zu heftige Betäubungsmittel verkraftet er nicht. Außerdem blutet er aus. Auf magischer und normaler Ebene. Dass er sich die Arme und Unterschenkel aufgeschnitten hat, ist ein ernstes Problem. Ich kann die Wunden im Moment noch nicht zunähen. Die Magieadern sind angeschwollen, der Druck zu hoch. Gleichzeitig verliert er zu viel Blut.«

Ich dachte nach. »Jama? Holt bitte Sean hierher«, sagte ich schließlich. »Er kann Ian Blut spenden.«

»Sean ist ebenfalls ein Gefangener«, entgegnete Jama ruppig.

»Jama! Bitte!« Ich legte so viel Flehen hinein wie ich konnte. Der große Mann stand am anderen Ende des Zimmers und wirkte grimmig und abweisend. Die Fäuste geballt, die Kiefer zusammengepresst. Jede einzelne meiner Handlungen gefiel ihm ganz und gar nicht. Er würde Sean nicht holen. Offenbar hatte Kjell es verboten.

Mein Mut sank, und ich hätte vermutlich aufgegeben zu diskutieren, wenn Maai nicht aufgestanden und zu Jama hinübergegangen wäre. Sie nahm seine Hand fest in ihre.

»Sie gehört zu unserer Familie«, sagte sie leise. »Und Ian dadurch auch. Wir müssen ihn retten, also hol Sean.«

Jama zögerte noch immer, doch letztlich zog er sie an sich, gab ihr einen kurzen, beinahe herrischen Kuss auf die Lippen und wandte sich zum Gehen. »Dafür seid ihr mir was schuldig«, brummte er, zog die Tür auf und warf noch einen Blick zurück, sah speziell mich strafend an. »Das nächste Mal erzählst du mir die Wahrheit, bevor alles zusammenbricht.«

Ich nickte kleinlaut und wusste gleichzeitig, dass das niemals passieren würde. Um Jama zu schützen, durfte ich ihn nicht einweihen. Das würde ihn nur genauso in Schwierigkeiten bringen wie Sean. Dass er ebenfalls im Gefängnis saß, erschütterte mich zutiefst.

Kaum war die Tür wieder ins Schloss gefallen, baute sich Maai vor mir auf. »In Ordnung, Elaja. Wir sind allein. Also rede gefälligst mit mir!«

»Ich kann nicht!«

Sie seufzte tief. »Dass du eine feindliche Pfortenwächterin sein sollst, glaube ich keine Sekunde. Nur frage ich mich, warum du ihn schützt.« Sie deutete anklagend auf Ian.

Verdammt. Sie wusste es.

Als ich ihrem Blick auswich, trat sie näher an mich heran. »Ich mag Ian«, sagte sie leise zu mir. »Er hat dich immer unterstützt, als andere dich längst fallen gelassen hätten. Und dennoch stimmt etwas nicht mit ihm. Das weißt du genau. Wir beide wissen, dass du in dieser Welt geboren wurdest. Ich war nicht direkt dabei, aber ich habe dich deiner toten Mutter aus den Armen genommen. Sie hat dich geboren. Du gehörst hierher. Wenn du allerdings die Pfortenwächterin dieser Welt bist, stellt sich die Frage, wer er ist.«

»Maai, lass es gut sein.«

»Das kann ich nicht. Elaja! Die halten dich für eine Bedrohung für unsere Welt. Ian wird diesen Aufruhr überstehen. Du nicht. Also frage ich dich noch mal als deine besorgte Mutter: Was ist geschehen, dass Ian wie tot hier liegt und kaum noch atmet?«

»Er hat seinen Drachen verloren und den Angriff eines feindlichen Pfortenwächters abgewehrt. Danach hat er mir geholfen, mein Volk in diese Welt zu bringen. Dabei hat er sich überanstrengt. Ende der Geschichte.«

Maai schüttelte vehement den Kopf. »Ich habe lange genug die Augen vor bestimmten Hinweisen verschlossen. Allmählich bin ich dazu nicht mehr bereit. Dass sich jemand die Magieadern aufschneidet, habe ich zuletzt in alten Büchern über Medizin auf dem

Schlachtfeld gelesen. Genau wie diese Art der Verbände. Etwas Derartiges wird nur angewendet, wenn es schnell gehen muss. Solch eine Technik beherrscht heutzutage niemand mehr in dieser Welt. Hinzu kommen all die Verletzungen. Ian muss als Kind schwer misshandelt worden sein.«

»Sein Vater war ein Mistkerl.«

»Er wurde gefoltert, Elaja! Ich bin nicht blind – und du auch nicht!«

Ich wusste nicht, was ich darauf sagen sollte. Zum einen war mir die Information neu und zum anderen hatte ich panische Angst, Maai in etwas hineinzuziehen, das sie vor große moralische Entscheidungen stellen würde. Allmählich verstand ich auch, warum uns Ian so lange angelogen hatte. Die Wahrheit lastete schwer auf mir.

»Du willst es mir nicht sagen«, stellte Maai fest. »Deshalb erzähle ich dir noch eine weitere Geschichte. Als Ian neu an diesem Hort war, kam er nachts mit einem halb toten Baby zu mir. Er behauptete, es auf der Landebahn gefunden zu haben. Wir bemühten uns, das Kind zu retten. Vergebens. Es war zu schwach. Ian war zu erschüttert, als dass ich ihm glauben konnte, dass er das Baby angeblich nicht kannte. Etwa ein halbes Jahr danach kam er noch mal zu mir. Er brachte mir einen kleinen Jungen von fünf Jahren, der eindeutig von einem Schwert durchbohrt worden war. Und weißt du, was? Er war exakt so verbunden wie Ian jetzt. Deinem Freund war natürlich klar, dass ich ihm nicht ein zweites Mal seine Mär von dem gefundenen verletzten Kind glauben würde. Also bat er mich schlicht, Stillschweigen zu bewahren und den Jungen zu retten. Ich bin Heilerin. Ich erfüllte seinen Wunsch. Im Laufe der Zeit brachte er mir noch zwei weitere Kinder und eine Schwangere, die kein Wort mit mir sprach und mich ansah, als wollte sie mich lieber töten, statt sich von mir helfen zu lassen. Sobald die Kranken außer Lebensgefahr waren, nahm Ian sie wieder mit. Wohin, weiß ich nicht. Ich meldete es schließlich Jama, der sich der Sache annehmen wollte. Ob er das getan hat, weiß ich nicht. Ich weiß nur, dass Ian nicht der ist, der er zu sein scheint. Denn weißt du, was? Ich habe den kleinen Jungen gestern wiedergesehen. Auf Goldin. Zwischen zwei blauen Drachen. Er gehört zu den Marani, genau wie –«

»Sprich es nicht aus«, sagte ich schnell. »Bitte, Maai. Du musst das für dich behalten. Kannst du mir glauben, wenn ich dir sage, dass wir lediglich versuchen, einen Krieg zu verhindern? Ich weiß, dass du mich retten willst. Dass du Ian bloßstellen und klarstellen willst, wer ich bin und wer er ist. Aber bitte, Maai, tu das nicht! Stell dich gern hinter mich und mach deutlich, dass ich als fremde Pfortenwächterin keine Gefahr für diese Welt bin, nur zweifle meine Behauptungen nicht an.«

»Du machst mir Angst.«

»Glaub mir. Ich habe genug Angst für uns beide. Allerdings brauchen die von dir geretteten Kinder erneut deine Hilfe, genau wie Ian und ich. Ihn zu retten hat oberste Priorität. Wir hatten beide keine Wahl, glaub mir. Wir wollen lediglich eine menschliche Katastrophe verhindern.«

Maai schwieg eine lange Zeit, blickte dabei zwischen mir und Ian hin und her. Einen Moment sah es schlecht für uns aus, dann nickte sie. »Ich vertraue dir. Dir! Nicht ihm! Und ich vertraue auf dein Bauchgefühl. Du bist niemand, der sich Hals über Kopf in einen Kerl verliebt und sich von ihm manipulieren lässt. Wenn du alles gut durchdacht hast und dich nicht nur von deinen Gefühlen ihm gegenüber leiten lässt, stehe ich hinter dir. Egal was du wieder anstellst.«

Wir starrten uns an, beide mit Tränen in den Augen. Schließlich beugte sich Maai zu mir hinunter, um mich zu umarmen. Wegen der Schnüre von mir zu Ian musste sie dabei vorsichtig sein. Ich klammerte mich an sie und spürte, wie mir eine gewaltige Last von den Schultern rutschte. Da war jemand, der unseren Plan unterstützte. Weil er mich liebte. Weil er an mich glaubte.

»Ich liebe dich, Maai«, sagte ich zu ihr und begriff erschrocken, dass ich diese Worte noch nie zu jemandem gesagt hatte. Zu niemandem.

»Ich dich auch, Tochter. Und sag nicht mehr länger Maai. Ich bin deine Mutter. Das hätte ich schon längst klarstellen müssen.«

Wir weinten beide. Es war letztlich Maai, die sich von mir löste und sich hastig die Tränen vom Gesicht wischte. »Genug geweint. Wir müssen einen zukünftigen Fürsten auf die Beine bringen. Wir sollten ...«

Sie unterbrach sich, als die Tür aufging und ein völlig zerzauster und mitgenommen aussehender Sean hereintaumelte. Seine Hände waren noch immer gefesselt, die Kleidung zerrissen, und jemand hatte ihm ein blaues Auge geschlagen. Schockiert starrte ich meinen Freund an.

»Was haben die denn mit dir gemacht?«

»Ich war Kjell gegenüber zu frech. Reize niemals einen brutalen Kerl, wenn deine Hände gefesselt sind. Mein Fehler.« Sean verstummte, als er Ians reglose Gestalt und die Nadeln in unseren Hälsen bemerkte. »Schon wieder? Elaja! Bring dich ja nicht um, denn sonst können wir direkt einpacken.«

»Ich bin vorsichtig. Jetzt setz dich auf die andere Seite vom Bett. Du musst Ian Blut statt Magie spenden.«

Sean gehorchte und hielt still, während meine Mutter seine Ärmel hochkrempelte. Sie schnalzte missbilligend mit der Zunge, als sie die Fesseln sah. »Die sind zu stramm«, sagte sie zu Jama.

»Es wird ihn nicht umbringen«, antwortete der finster.

Maai runzelte als Antwort die Stirn, protestierte aber nicht länger. Gekonnt verband sie Sean mit Ian. Über Ians Körper hinweg starrten wir uns danach wortlos an, beide völlig geschockt von den uns überrollenden Ereignissen. Nur zu gern hätte ich mit ihm über alles gesprochen, ihn um Verzeihung gebeten und alles erklärt. Dass ich mich als fremde Pfortenwächterin ausgab, war eine spontane Idee von mir gewesen. Ich hatte die Konsequenzen nicht durchdacht und damit Sean in Schwierigkeiten gebracht.

»Dass Kjell auf mich losgeht, liegt nicht an dir«, sagte Sean sanft. Ganz offensichtlich hatte er meine Gedanken erraten. »Er hat mich schon immer verabscheut. Während unserer Ausbildungszeit war ich einfach beliebter als er. Außerdem war Ian mein Freund, und der hat ihm den Fürstentitel quasi direkt vor der Nase weggeschnappt. Das lässt er gerade an mir aus. Er genießt es, mich in Fesseln zu sehen.«

Sean brachte trotz der brisanten Lage ein schiefes Grinsen zustande. »Bald wendet sich das Blatt. Ian muss nur aufwachen.«

»Und das schnell«, warf Jama von hinten ein. »Heute Nachmittag wird gewählt, und der Rat wird das nicht noch einmal verschieben. In Krisenzeiten führungslos zu sein, kann gefährlich werden.«

»Einen völlig entfesselten Fürsten zu wählen aber auch«, entgegnete ich scharf.

»Ansichtssache. Kjell weiß genau, was er tut. Er ist an der richtigen Stelle misstrauisch. Seine Vorgehensweise ist mir ebenfalls zu radikal, wobei ich ihn durchaus verstehe. Ihr drei verheimlicht uns so offensichtlich etwas, dass auch ich kurz davor bin, euch entweder zu schütteln oder auf die Streckbank zu schnallen.«

»Jama!« Das war Maai. Sie warf ihrem Freund oder womöglich sogar Lebensgefährten einen glühenden Blick zu. »Sag so was nicht.«

»Was ich hier gerade tue, wird mich politisch ruinieren«, hielt Jama dagegen. »Wenn das geschieht, kann ich niemandem von euch helfen. Also beeilt euch mal mit eurem Rettungsversuch. Elaja und Sean müssen zurück ins Gefängnis. Das mag uns nicht passen, aber hier hat Kjell das Sagen. Wenn ich seinen Führungsstil anzweifle, wird mir das schlecht bekommen. Und den blauen Drachen auf Goldin erst recht.«

Im ersten Moment wollte ich hitzig etwas darauf erwidern, doch da zuckte Ians Hand. Nur ein ganz klein wenig, und dennoch hatten sowohl Sean als auch ich es bemerkt. Sofort richteten wir uns auf, und ich beugte mich über ihn.

»Ian? Hörst du uns?«

Ein kaum hörbares Stöhnen antwortete mir. Mit ganz viel Mühe hob Ian ein wenig das Augenlid an. Es reichte, um mir die Tränen in die Augen schießen zu lassen. Sanft strich ich ihm mit der freien Hand über die Wange, das Kinn.

»Elaja«, flüsterte er heiser, und sein Blick wurde etwas belebter, als er seine Umgebung bemerkte. Den Raum. Das weiche Bett.

»Du bist auf Riata«, sagte ich hastig. »Wir mussten dich aus der Hitze rausschaffen, sonst wärst du gestorben.«

Sein Atem ging sofort deutlich schneller. Offenbar erinnerte er sich sofort an die letzten dramatischen Minuten, bevor er ohnmächtig geworden war. Panik mischte sich in seinen Blick. »Was ist mit …«, setzte er an, woraufhin ich ihm hastig ins Wort fiel. Nicht auszudenken, wenn er sich verplapperte. Jama und Maai lauschten jedem seiner Worte.

»Ich habe es zugegeben«, sagte ich möglichst deutlich. »Arandor weiß, dass ich in Wahrheit die Pfortenwächterin von Marani bin. Die Asrai der blauen Drachen. Ich habe ihnen erzählt, dass du uns retten wolltest und uns nach Goldin gebracht hast. Bevor du das jedoch bestätigen konntest, bist du ohnmächtig geworden. Seitdem werde ich als feindliche Pfortenwächterin behandelt. Die grünen Drachenreiter denken, dass die blauen Drachen sie angegriffen haben. Dabei war das doch Rai, der uns was anhängen wollte. Er hat seine roten Drachen blau gefärbt. Eine Finte, nur glaubt uns das keiner. Ian. Du musst das klarstellen.«

Ich starrte ihn eindringlich an und betete, dass er meine stummen Hinweise begriff. Leider sah ich hauptsächlich Verwirrung und Entsetzen. »Was hast du getan?«, fragte er tonlos, als er verstand.

»Die Wahrheit gesagt. Dass ich eine fremde Pfortenwächterin bin, konnte ich nicht länger verschweigen. Es war offensichtlich, speziell für Kjell.« Den Namen betonte ich besonders intensiv. *Komm schon*, dachte ich verzweifelt. *Begreif endlich.*

Sean räusperte sich, sodass er Ians Aufmerksamkeit von mir auf sich lenkte. Mit besonderer Betonung auf die Geste hob er die Hände, wodurch Ian die Fesseln sehen konnte. »Kjell wird neuer Fürst, wenn du nicht bald auf die Beine kommst. Wir brauchen dich als Rückendeckung. Als Fürst von Arandor.«

So wie Ian ihn anstarrte, begriff er noch immer nicht so recht. Vor allem war er völlig fassungslos wegen der Stricke um Seans Handgelenken. »Du bist ein Gefangener?«, keuchte er mühsam.

»Man geht davon aus, dass ich Arandor verraten habe, genau wie Elaja. Es wäre daher nett, wenn du das Missverständnis korrigieren könntest«, sagte Sean möglichst deutlich. Er deutete mit einem Finger auf die beiden anderen Personen im Raum. »Jama glaubt uns zum Beispiel kein Wort. Du müsstest deutlich machen, dass du der Pfortenwächter von Arandor bist und Elaja zu Marani gehört, jedoch keine Gefahr für unsere Welt darstellt. Genauso wenig wie ihr Volk der blauen Drachen. Rai war es, der angegriffen hat. Nicht Marani.«

»Haltet ihr mich für dämlich?«, mischte sich Jama verärgert ein. »Ihr zwei habt ihm gerade minutiös vorgetragen, was er zu sagen hat. Damit er nicht die Wahrheit erzählt, wie auch immer die aussieht.«

Ertappt.

Ich spürte, dass ich rot wurde, während Sean eher gelassen blieb. »Wir haben ihn lediglich auf den neuesten Stand gebracht.«

Ian beachtete Jama und Sean nicht weiter. Stattdessen sah er mich an, griff mit beiden Händen nach meinen Fingern. »Das ist Wahnsinn«, brachte er leise heraus. Nackte Angst stand in seinen Augen. »Sie werden dich ächten. Dich hassen.«

»Ich hatte keine Wahl. Alles ging so schnell, und ich konnte nicht lange darüber nachdenken.« Vorsichtig setzte ich mich seitlich neben ihn aufs Bett, um ihm ein paar verschwitzte Strähnen aus der Stirn zu streichen. »Sobald du Fürst von Arandor bist, kannst du mich schützen, Ian. Verstehst du?«

Endlich sah ich, wie er meine Beweggründe erfasste. Wieso ich unsere Rollen vertauscht hatte. Seine Augen wurden groß, füllten sich genau wie bei mir mit Tränen, nur ließ er sie nicht frei.

»Danke«, sagte er schlicht.

Ich wusste, wie schwer dieses eine kleine Danke wog. Es beinhaltete jede Menge ungesagte Worte. Er wusste genau, was ich alles aufgegeben hatte. Was es bedeutete, mich als fremde Pfortenwächterin auszugeben, immerhin hatte er dieses Spiel lange genug gespielt. War zwischen zwei Völkern gefangen gewesen. Hatte nirgendwo dazugehört. Sich in so viele Lügen verstrickt, dass er sie kaum noch hatte durchblicken können.

Wie es aussah, stand mir nun dasselbe bevor.

13

IAN

Ich war fassungslos. Wäre ich nicht fast besinnungslos vor Schmerzen gewesen, hätte ich vermutlich vor Frust losgebrüllt. Elaja hatte sich als fremde Pfortenwächterin ausgegeben? Als Marani? Sie hatte die Rollen getauscht? Und Sean hatte das auch noch mitgemacht?

Die Konsequenzen ließen mir die Haare zu Berge stehen. Allerdings begriff ich gleich darauf ihre Beweggründe. Die Tür ging mit einem Krachen auf und ein stinkwütender Kjell stürmte herein.

»Er ist wach?«, brüllte er und blieb abrupt stehen, als er Elaja und Sean neben mir am Bett sitzen sah, noch immer mit Schläuchen mit mir verbunden. Es war vermutlich ein recht abstruser Anblick. Kein Wunder, dass sich seine Augen sofort weiteten.

»Was machen die beiden hier?«, schrie Kjell gleich noch viel lauter und wirbelte zu Jama herum. »Habt Ihr das veranlasst?«

»Der Fürst brauchte Blut und magische Unterstützung. Sonst wäre er längst tot. Also ja. Das habe ich veranlasst«, sagte der Hortanführer von Lark mit ruhiger Stimme. Meine Achtung vor ihm wuchs. Gut möglich, dass er sich soeben auf politischer Ebene vollständig ins Aus befördert hatte. Sollte Kjell Fürst werden, sah es übel für Jama aus.

Der Gedanke machte mich munter. Ich versuchte mich in meinen Kissen aufzurichten und versagte prompt. Meine Arme waren so schwer wie Blei und mein Kopf wie in Watte gepackt. »Kjell«, brachte ich dennoch heraus und bemühte mich dabei um möglichst viel Autorität in meiner Stimme. Sie wackelte trotz allem. »Bring mich auf den neuesten Stand.«

Kjell warf mir einen verächtlichen Blick zu. »Werd erst mal gesund. Anschließend reden wir.«

»Wir reden jetzt.«

»Morgen. Wenn ich Fürst bin und dich auf deinen Platz verweisen kann.«

Verdammt. Der Kerl ging direkt auf Konfrontationskurs. Ich bemühte mich, seinem stechenden Blick zu begegnen, allerdings verschwamm mir immer wieder die Sicht. Da ich meiner Stimme nicht traute, ließ ich ihm die Provokation durchgehen.

»Heute Nachtmittag wählen wir«, setzte Kjell nach. »Und verlass dich drauf, du wirst garantiert nicht Fürst. Dafür sorge ich.«

»Soweit ich weiß, bin ich es für den Moment allerdings noch. Versuch ruhig, mir den Posten wegzunehmen. Viel Glück.«

Kjell schnaubte. »Sieh dich an. Du kannst ja kaum atmen. Überlebst du überhaupt bis heute Nachmittag?« Bevor ich antworten konnte, winkte er bereits verächtlich ab. »Ich habe Besseres zu tun, als mich mit dir herumzuschlagen. Wir sehen uns heute Nachmittag. Wache! Bring gefälligst die beiden Gefangenen zurück ins Verlies!«

Ich wollte protestieren. Vermutlich hätte ich sogar die Befugnis dazu gehabt, aber Jama schüttelte ganz leicht den Kopf. Warnte mich stumm davor, mich in meinem Zustand mit Kjell anzulegen.

Und noch etwas begriff ich in dieser Sekunde: Wenn ich zu früh Partei für Elaja ergriff, konnte mir das schlecht bekommen. Sie galt als Verräterin. Ich musste behutsam vorgehen, wenn ich sie schützen und mich gleichzeitig an der Macht halten wollte.

»Elaja kannst du meinetwegen einbuchten«, sagte ich schweren Herzens. »Sean bleibt hier an meiner Seite. Er hat nichts getan, was eine Verhaftung rechtfertigen würde. Oder was wird ihm vorgeworfen?«

»Er saß reglos neben unserem sterbenden Fürsten inmitten eines feindlichen Volkes, das er wortreich verteidigen wollte. Natürlich mussten wir davon ausgehen, dass er ein Verräter ist.«

»Das ist er keineswegs. Er ist ein Zeuge«, sagte ich scharf. »Und er bleibt hier.«

Kjell wusste, dass er dagegen keine Argumente vorbringen konnte. Daher fügte er sich. Außerdem hatte er es viel mehr auf Elaja abgesehen. Die Wache packte sie unsanft an den Oberarmen, riss sie in die Höhe.

»Wir müssen erst noch die Verbindung kappen«, protestierte sie hastig und deutete auf die Schläuche, die sie und mich verbanden. Dabei sah sie mich mit großen Augen ängstlich an. »Fühlst du dich denn besser? Hast du genug von mir bekommen?«

Ich wusste es nicht, doch Kjell würde diesbezüglich nicht mit sich diskutieren lassen. Also nickte ich und sah zu, wie Maai uns trennte. Um ein Haar hätte ich noch einmal Elajas Hand ergriffen, ihr damit Mut zugesprochen. Im letzten Moment stoppte ich mich.

Sie und ich mussten von nun an auf Abstand zueinander gehen. Selbst wenn mir allein bei dem Gedanken schlecht wurde. Ich wollte ihr noch so viel sagen. Ihr danken. Sie um Verzeihung bitten. Ihr Ratschläge mit auf den Weg geben und sie auf das Kommende vorbereiten.

Doch all das musste warten.

Hilflos sah ich stattdessen zu, wie sie wie eine Verbrecherin aus dem Raum geführt wurde.

»Auf ein Wort«, sagte Kjell düster zu Jama, der daraufhin tief seufzte und sich fügte. Hintereinander traten sie aus meinem Zimmer und ließen Sean, Maai und mich aufgewühlt zurück.

Sobald die Tür zufiel, fluchte Sean ungehalten. »Verdammt. Das läuft alles völlig aus dem Ruder!«

Ich bemühte mich um eine ruhige Atmung. Dennoch schlug mein Herz viel zu schnell, und mir war übel. »Wie schlimm ist es?«, fragte ich stattdessen.

»Was meinst du? Dass Kjell die Marani in der brütenden Hitze von Goldin wie Gefangene behandelt? Das ist ziemlich schlimm.

Dass er dich entmachten will? Noch schlimmer. Dass er Elaja ans Leder will und dich politisch mundtot machen möchte? Richtig übel. Ich würde dir normalerweise dringend empfehlen, die Ratssitzung auf ein paar Tage später zu verschieben, damit du dieses politische Desaster mit klarem Kopf durchhalten kannst, bloß haben die blauen Drachen diese Zeit nicht mehr. Sie sterben, wenn sie nicht bald ernst gemeinte Unterstützung bekommen. Männer wie Jama und Aric bemühen sich, ihnen zu helfen, aber Kjell hält den Finger drauf. Ich glaube, er will Elaja zwingen, die Marani zurück in ihre Welt zu bringen. Er weiß nur nicht, wie er sie gefügig machen soll.«

Ich stöhnte und schloss für einen Moment die Augen, sammelte meine Gedanken. Als ich sie wieder öffnete, beugten sich sowohl Sean als auch Maai besorgt über mich. »Was?«, fragte ich verwirrt.

»Du bist fast eine Stunde ohnmächtig gewesen«, antwortete mir Sean, woraufhin ich panisch wurde.

»Wie lange noch bis zur Ratssitzung?«, fragte ich.

»Zwei Stunden. Die ursprünglich geplante wurde wegen der Ereignisse auf Goldin verschoben. Sie ein weiteres Mal zu verschieben ist allerdings nicht möglich. Dafür hat Kjell gesorgt. Er drängt auf eine Abstimmung. Heute.«

»Maai! Ihr müsst mich auf die Beine bringen. Jetzt! Ich muss offiziell als Fürst ernannt werden, um eine Katastrophe zu verhindern!«

»Ich wüsste nicht wie. Ihr seid wirklich sehr schwer verletzt. Dass Ihr überhaupt wach seid, grenzt an ein Wunder. Ihr könnt unmöglich aufstehen.«

»Ich muss!«

»Können wir die Ratssitzung nicht hier in deinen Räumen abhalten?«, warf Sean ein.

Ich verdrehte die Augen. »Würdest du einen Fürsten in Kriegszeiten wählen, der nicht mal aufstehen kann? Ich nicht. Maai. Es ist ernst. Ihr müsst mir helfen. Egal wie!«

Das tat sie dann auch. Sie pumpte mich mit seltsamem Zeug voll und warnte mich bei jeder Gabe eindringlich davor, mich zu übernehmen. »Ich weiß, dass Ihr zäh seid, aber Euer Körper macht Euch momentan klar, dass er nicht mehr kann. Ihr hattet mehrere Herzstillstände, und dass Ihr klar bei Verstand seid, ist erstaunlich. Wir bringen Euch in den Sitzungsaal und hoffen, dass Ihr das verkraftet. Danach müsst Ihr wieder ins Bett. Habt Ihr verstanden?«

Ich nickte. Dass es mir weiterhin richtig mies ging, war offensichtlich. Alles tat weh. Wirklich alles. »Was ist mit den Adern?« Ich hob den Arm und zeigte auf die noch immer offenen Wunden. Es blutete seltsamerweise nicht mehr so stark wie zuvor.

»Ich nähe sie zu und hoffe, dass ich Euch damit keinen neuen Magieschock verpasse. So könnt Ihr aber nicht rumlaufen.« Geschäftig holte sie Nadel und Faden und setzte sich neben mich ans Bett. Ihre Missbilligung über meine Verzweiflungstat war offensichtlich. Ich beobachtete sie dabei, wie sie mit ruhigen Stichen nähte.

»Danke«, sagte ich, als sie den Faden abschnitt.

»Ich tue das nicht für Euch. Ich tue das für meine Tochter.« Als sie aufblickte, hatte sie Tränen in den Augen. »Sie hat es nicht verdient, derartig behandelt zu werden. All die Jahre wollte sie nur dazugehören. Sie hat sich so sehr bemüht. Und als sie es endlich geschafft hat, habt Ihr alles zerstört und jeder verachtet sie mehr, als das jemals zuvor der Fall gewesen ist.«

Ich hielt ihrem anklagenden Blick möglichst stand. Vor allem, weil sie recht hatte. »Ich mach es wieder gut«, sagte ich leise. »Versprochen.«

Maai nickte und stand auf. »Ihr habt jetzt die Gelegenheit.«

Ich kam nur mit ihrer und Seans Hilfe auf die Beine. Beinahe hätte ich direkt vor ihnen auf den Boden gekotzt und riss mich in letzter Sekunde zusammen.

»Geht es?«, fragte Sean besorgt.

»Ja«, hauchte ich. »Es muss.«

»Ich kann dich stützen.«

Entschlossen schüttelte ich den Kopf. Nein. Den Weg musste ich allein schaffen. Einen schwachen Fürsten wählte niemand. Selbst dann nicht, wenn er kurz vorher einen Drachen verloren und einen Großangriff abgewehrt hatte. Meine Macht war mein Schutzschild. Der einzige, den ich hatte.

Mühsam ging ich zur Tür, gefolgt von Sean und Maai. Langsam und stetig. Mit jedem Schritt wurde ich selbstsicherer, bis ich halbwegs geschmeidig lief. Der Schmerz tobte tief in meinem Inneren, wurde jedoch von den vielen Schmerzmitteln gedämpft, die ich eingenommen hatte. Die Nervenschmerzen in den Magieadern spürte ich trotzdem. Es war die Hölle.

Langsam und so aufrecht ich konnte verließ ich mein Zimmer und ging den Gang hinunter, raus aus den Unterkünften der Führungselite. Sofort wurde es voller um uns herum. Die ersten Drachenreiter erkannten uns und blieben stehen. Zunächst sah ich lediglich Erschrecken auf ihren Gesichtern. Ihren Pfortenwächter so zu sehen, musste ein Schock sein.

Blutige Verbände. Blasse Haut. Verkrampfte Haltung. Alles an mir schrie nach Zusammenbruch. Nur nicht mit mir!

Trotzig ging ich weiter, woraufhin die Drachenreiter respektvoll Platz machten. Einige verbeugten sich, andere nickten mir zu. Ich sah nur einen, der missbilligend die Stirn runzelte. Alle anderen wussten, was sie mir zu verdanken hatten.

Und theoretisch auch Manila und Elaja, nur vergaß die irgendwie jeder.

Tatsächlich schafften wir es in das Besprechungszimmer, und ich ließ mich auf den ersten Stuhl sinken, der vor mir auftauchte. Das war nicht die Stirnseite. In dem Fall war mir das völlig egal. Hauptsache, ich war angekommen.

Atme, dachte ich. *Atme*! Mit dem Handrücken wischte ich mir den Schweiß von der Stirn. Zum Glück waren wir früh genug angekommen, sodass ich noch Zeit hatte, mich zu beruhigen. Einzig Jama erwartete uns bereits. Er sah angespannt aus und musterte mich eindringlich.

»Wenn Ihr während der Ratssitzung zusammenbrecht, wird Euch niemand wählen«, warnte er, und erst in dem Moment fiel mir auf, dass er mich nicht länger vertraulich als Schüler ansprach, sondern wie einen Fürsten. Das war ungewohnt.

»Keine Sorge. Ich bin stärker, als ich aussehe«, sagte ich knapp.

»Das hoffe ich.«

Damit hatte Jama wohl alles gesagt und setzte sich rasch auf seinen Platz. Nach und nach füllte sich der Saal. Die Anführer der verschiedenen Horte kamen herein, anschließend die Patrouillenführer und die Hauptmänner der einzelnen Geschwader. Als sogar die Könige und die Königin der vier Länder eintraten, wurde mir erst die volle Tragweite bewusst. Verdammt. Für so etwas war ich nicht kräftig genug. Ich konnte nicht mal aufstehen, um die Hoheiten angemessen zu begrüßen. Stattdessen nickte ich ihnen knapp zu und hoffte, dass sie die schlichte Geste keineswegs als Affront ansahen, sondern als den Hinweis, dass ich niemals hochgekommen wäre.

»Ich verdrück mich lieber«, sagte Sean leise zu mir. Bislang hatte er stumm hinter meinem Stuhl gestanden und gewartet. »Das hier übersteigt meine Hierarchiestufe.«

»Nein«, sagte ich. »Bleib. Setz dich dahinten hin. Du wirst hier bald mehr zu sagen haben als so manch anderer.« Vermutlich hätte ich das nicht so laut gesagt, wenn ich klar bei Sinnen gewesen wäre. So aber sahen mich einige Ratsmitglieder etwas entsetzt an, während Sean auf jegliche Diskussionen verzichtete und sich zügig auf einen Stuhl an der Wand setzte.

Kjell kam herein und erstarrte, als er mich und die blutigen Verbände bemerkte. Eigentlich hatte ich so etwas wie Genugtuung und Triumph erwartet, stattdessen wirkte er eher verblüfft. »Solltest du nicht besser im Bett sein?«, fragte er.

»Ich packe das. Keine Sorge.« Ich gab so viel Spott in meine Stimme, wie ich nur konnte.

Kjell verstand und zog eine Augenbraue hoch. »Wie du willst, Pfortenwächter«, sagte er und setzte sich möglichst weit entfernt von mir hin. Dabei gab er einer Wache an der Tür ein stummes Zeichen. Die verschwand wortlos.

Nicht gut. Kjell plante etwas.

Sobald alle saßen, eröffnete ich die Sitzung und bemühte mich dabei um eine möglichst feste Stimme. »Danke für Euer Kommen«, sagte ich. »Und danke für Eure Geduld. Wie Ihr seht, hatte ich deutlich mehr mit den Auswirkungen meiner magischen Überlastung zu kämpfen, als beim letzten Mal absehbar war. Der Tod meines Drachen und der Magiekampf haben mich beinahe in die Knie gezwungen, aber es geht aufwärts. Um zu überleben, musste ich eine etwas ungewöhnliche Maßnahme ergreifen. Daher auch die blutigen Verbände. Beachtet das nicht weiter. Ich werde das überstehen und schon nächste Woche wieder ganz der Alte sein.« Jetzt sah ich Kjell so herausfordernd an, dass es wirklich jeder im Raum mitbekam. Gerade wollte ich auf die blauen Drachen zu sprechen kommen, als die Tür mit einem Ruck aufgerissen wurde und der von Kjell zuvor weggeschickte Mann hereinkam. Neben ihm stand Elaja. Gut sichtbar mit dicken Eisenketten gefesselt.

»Ah«, sagte Kjell. »Unser Ehrengast ist gerade zu uns gestoßen.«

Verdammt. Kjell hatte es tatsächlich geschafft und mich mit seiner Aktion aus dem Konzept gebracht. Elajas Anblick stach mir direkt ins Herz. Die Fesseln. Ihr Ausdruck im Gesicht, als sie die hohen Herrschaften sah und begriff, wo sie sich befand. Die Angst. Die Sorge. Die Unsicherheit.

Ich hätte dort stehen müssen. Gefesselt. Gedemütigt. Nicht sie. Und dennoch war es so. Wenn ich ihr helfen wollte, musste ich da irgendwie durch.

Entschlossen straffte ich mich und bemühte mich um eine neutrale Miene. »Elaja, bitte setz dich.« Einen Moment erwog ich, ihr die Fesseln abnehmen zu lassen, und entschied mich dagegen. Das würde man mir eventuell falsch auslegen.

Elaja wurde von der Wache auf einen Stuhl gedrückt und wie ein gefährliches Tier im Zoo begafft. Sie streckte sich ganz ähnlich wie ich zuvor und bemühte sich, äußerlich gelassen zu wirken.

»Danke für die Einladung«, sagte sie trocken. »Als Ehrengast hätte ich mir eine bessere Behandlung gewünscht, aber ich will nicht kleinlich sein.«

Vermutlich hatte sie das von Manila vorgeschlagen bekommen. Es klang zumindest nach ihrem Drachenweibchen. Seltsamerweise half mir ihr frecher Spruch, mich wieder zu fangen.

»Wir wissen alle über die Vorkommnisse Bescheid«, sagte ich schließlich ruhig. »Allerdings gibt es ein paar Unstimmigkeiten, die ich gern klarstellen würde, bevor wir einen neuen Fürsten wählen. Dass Elaja mich angegriffen haben könnte, ist nichts als ein Gerücht. Im Gegenteil. Als uns die roten Drachen attackierten, stand sie uns zur Seite. Zu diesem Zeitpunkt gingen wir noch davon aus, dass wir beide die Pfortenwächter dieser Welt sind. Das änderte sich nach einer ihrer Visionen.« Möglichst knapp gab ich die Version wieder, die Elaja hoffentlich ebenso erzählt hatte. Wir hatten uns nicht großartig absprechen können, daher beschränkte ich mich auf die wenigen Informationen, die mir Sean und sie verklausuliert in Anwesenheit von Jama und Maai zu verstehen gegeben hatten. Hoffentlich verstrickten wir uns dabei nicht in Widersprüche.

»Die blauen Drachen sind zusammen mit mir hierhergekommen. Als Flüchtlinge. Sie als feindliche Eindringlinge zu behandeln widerspricht unserem Schwur, den Schwachen zu helfen. Wir müssen sie so schnell es geht von Goldin fortbringen«, schloss ich meine Rede.

»Wenn ich dazu etwas sagen dürfte?«, mischte sich Kjell prompt ein, und ich seufzte in Gedanken auf. Am liebsten hätte ich ihm das Wort verweigert, doch das ging nicht. Daher nickte ich widerwillig.

»Da mir unterschwellig vorgeworfen wird, nicht den Statuten der Drachenreiter folgend gehandelt zu haben, möchte ich den Sachverhalt gern klarstellen. Eine Patrouille hat zweihundertsiebenundachtzig Frauen, Kinder und Männer eines fremden Volkes im verlassenen Hort Goldin entdeckt. Als wir landeten, fanden wir unseren Fürsten und Pfortenwächter leblos vor, und Elaja gab sich als fremde Pfortenwächterin zu erkennen. Die Stimmung war aufgeheizt. Wir gingen daraufhin streng nach Protokoll vor.«

Ich atmete möglichst flach und bemühte mich parallel dazu, nicht mit den Zähnen zu knirschen. Das Protokoll. Ich ahnte, was sie getan hatten.

»Wir entwaffneten die Krieger und fesselten diejenigen, die uns aggressiv erschienen. Da sich niemand als Führungsstab zu erkennen gab, nahmen wir die potenziellen Anführer gefangen. Die Frauen und Kinder versorgten wir den Umständen entsprechend so gut es ging. Bei den Drachen sieht die Lage schwieriger aus. Die meisten sind in einem desaströsen Zustand und zeitgleich ausgesprochen unkooperativ. Eine Behandlung war unmöglich.«

»Ihr habt die Drachen in der Hitze liegen lassen. Das hat Leben gekostet«, ging ich scharf dazwischen. »Derartiges ist untragbar.«

»Wie gesagt, wir gingen nach Protokoll vor. Eine feindliche Übermacht –«

»Das war doch keine Übermacht«, unterbrach ich ihn hitzig. »Bist du völlig von Sinnen? Sie sind durch die Hölle gegangen und haben sich mit letzter Kraft hierher gerettet. Die Drachen müssen nach Riata, wo wir sie verarzten können, genau wie die Frauen und Kinder, von den vielen verletzten Kämpfern ganz zu schweigen. Haben sie sich ergeben?«

»Ja.«

»Dann holt sie gefälligst hierher!«

Als ich in Kjells zufrieden dreinblickende Visage blickte, wusste ich, dass ich einen Fehler gemacht hatte. Das Volk von Arandor war von Natur aus misstrauisch. Es hasste Veränderungen und reagierte nur äußerst träge und nach gebührend Diskussionen auf Begebenheiten, die ihm suspekt waren.

Fast dreihundert Menschen und Drachen eines fremden Volkes nach Riata zu bringen war eine solche Veränderung, mit der sich das hiesige Drachenvolk gewiss schwertat. Wenn ich diesen Weg so offen unterstützte, verlor ich die Wahl womöglich.

Allerdings musste ich das riskieren.

»Ich habe die Not dieser Menschen und Drachen gesehen«, sagte ich ruhig. »In der anderen Welt wurden sie von unseren eigenen Drachen, grünen Drachen und grünen Drachenreitern, wie Vieh gejagt. Es war schrecklich. Sie hierherzuholen war unsere einzige Möglichkeit, um sie zu retten. Es ist richtig und wichtig, dass wir genau das tun. Einen anderen Weg gibt es nicht, damit wir am nächsten Tag noch in den Spiegel blicken können. Jeder Tod geht zukünftig auf unser Konto.«

Erleichtert bemerkte ich, wie die Königin tatsächlich nickte und selbst der bislang skeptisch dreinblickende Hortanführer von Janara nachdenklich wurde.

Kjell hingegen zog finster die Augenbrauen zusammen. »Wenn sie in der anderen Welt von unserem Volk gejagt wurden, müssen wir in Betracht ziehen, dass wir es mit Unruhestiftern zu tun haben.«

»Oder mit einem Volk, das um seine Heimat gekämpft und verloren hat«, hielt ich dagegen. »Unsere Armee drang vor dreihundert Jahren bei ihnen ein und hat sie das Fürchten gelehrt.«

»Das wissen wir nur von Elaja. Gibt es Beweise?«

»Ich war auf Marani und habe es selbst gesehen.«

»Wir müssen dennoch sichergehen. Meiner Mei–«

»Genug!« Ich hieb vor Frust heftig auf den Tisch, konnte diese Geste nicht verhindern. Pure Wut schoss so heiß in mir hoch, dass sie mich selbst erschreckte. Ich bemühte mich, sie wieder runterzuschlucken, doch das war schwierig. »Du willst Beweise? Sobald es mir besser geht, kann ich euch gern nach Marani führen und euch mit eigenen Augen sehen lassen, wie aggressiv dieses Volk ist. Sie haben mich, ohne mit der Wimper zu zucken, sofort angegriffen. Das werden sie mit euch genauso machen, ob grüner Drache oder nicht. Sie wollen Marani für sich beanspruchen.«

»Dafür, dass du nur so kurz drüben gewesen bist, hast du aber den vollen Durchblick. Zumindest tust du so.« Kjell maß mich mit einem langen, verächtlichen Blick. »Oder weißt du schon länger von Marani und hast es nur verschwiegen?«

»Ich war zwei Stunden dort. Das hat mir für ein ganzes Leben gereicht. Sie sind direkt auf mich losgegangen. Ohne Fragen zu stellen.« Jetzt fixierte ich Kjell so eindringlich wie möglich. »Warum sollte ich diesbezüglich falsche Aussagen treffen? Habe ich dir einen Grund gegeben, mich als Lügner zu bezeichnen?«

Kjell erwiderte meinen Blick hitzig – und sah weg. Zum Glück. Wie hätte ich reagieren sollen, wenn er genau das getan hätte? Um aus diesem gefährlichen Fahrwasser wegzukommen, wechselte ich die Gesprächsrichtung.

»Die Entscheidung über das Schicksal der Marani hängt eng mit der Wahl des Fürsten zusammen«, erklärte ich. »Wir wissen alle, dass ich das eigentlich sein müsste. Da ich aber vor der Entdeckung des blauen Drachenvolkes meinen Posten zur Diskussion gestellt habe, werde ich von einer freien Wahl nicht abweichen.«

Im Nachhinein hätte ich mir deswegen in den Hintern beißen können. Vor dem Drama in Marani hatte ich gedacht, ich würde meine Position mit einer freien Wahl festigen. Dass ich gewählt werden würde, war reine Formsache gewesen. Momentan war ich mir da nicht mehr so sicher. Ärgerlicherweise musste ich diesen Kurs beibehalten, um nicht den Respekt der Ratsmitglieder zu verlieren. Selbst wenn mir das alles Angst machte. »Lasst uns unseren nächsten Drachenfürsten wählen. Wer stellt sich zur Wahl?«

Wie sich herausstellte, war Sean besser in Politik als jeder von uns. Es kristallisierte sich schnell heraus, dass Jama nie wirklich zur Debatte gestanden hatte. Er wollte nicht mal. Übrig blieben am Ende nur noch Kjell und ich.

Prompt riss der erneut das Wort an sich. »Ich bin kein Pfortenwächter, aber ich bin ein guter Anführer. Gewissenhaft. Magisch geerdet. Ein offenes Buch für jedermann. Standhaft und ehrbar. Wenn ihr mich wählt, wisst ihr genau, wer ich bin. Kein mysteriöses magisches Können. Keine beunruhigenden Fähigkeiten oder undurchschaubare Alleingänge. Ich bin in der Lage, diese Welt durch eine schwierige Zeit zu führen. Wenn ihr mich wählt, werde ich mit Bedacht vorgehen und das Wohl unseres Volkes in den Vordergrund stellen. Natürlich ist mir das Schicksal des blauen Drachenvolkes nicht egal, nur sollten wir nichts überstürzen. Der Friede in unserer Welt steht an oberster Stelle. Genau den werde ich als Drachenfürst mit aller Macht verteidigen und hoffe, dass sich der Pfortenwächter meiner Führung unterordnen wird.«

»Wenn du gewählt wirst, werde ich das tun. Dafür muss das erst einmal eintreffen«, sagte ich eisig. »Und falls du mich mit undurchschaubar und mysteriös gemeint hast: Ich bin der Pfortenwächter. Meine Magie übersteigt alles bisher Gesehene. Selbst ich verstehe sie erst nach und nach. Wenn der feindliche Pfortenwächter der roten Drachen noch einmal hier auftaucht, wird er schlechte Karten haben. Wir sind nun vorgewarnt. Elaja und ich werden ihm das Fürchten lehren. Sie mag die Pfortenwächterin von Marani sein, aber sie ist mit dieser Welt eng verbunden, immerhin ist sie hier aufgewachsen.«

»Und genau das ist dein Schwachpunkt. Elaja. Du stehst ihr viel zu nahe, um neutral urteilen zu können. Sie verfolgt ihre eigenen

Pläne, wie das Auftauchen eines uns fremden Volkes eindrucksvoll beweist.«

»Elaja hat uns alle gerettet. Wir sollten ihr danken und sie mit unserem Misstrauen verschonen«, antwortete ich ruppig. »Wenn du sonst nichts mehr zu deiner Person zu sagen hast und lediglich Gift versprühen willst, lasst uns endlich einen neuen Fürsten wählen.«

Genau das tat der Rat auch. Zwanzig Männer und Frauen waren stimmberechtigt, die Königin und die Könige konnten lediglich ihren Favoriten benennen und durften selbst nicht wählen. Sie alle wählten mich, woraufhin ich mich beinahe entspannt hätte.

Leider war der Rat geteilter Meinung. Zehn zu zehn.

»In dem Fall wird es der Pfortenwächter. Er wäre es ohnehin, wenn er nicht selbst die demokratische Wahl zugelassen hätte. Im Kriegsfall wird der Pfortenwächter Fürst«, mischte sich Jama ein.

»Normalerweise entscheidet bei Gleichstand allerdings das Recht des Stärkeren«, wandte ein mir unbekannter Drachenreiter mit jeder Menge Orden an der Schärpe ein.

Alle sahen zu mir. Ich schnaubte, als ich das hörte. »Ich habe Kjell schon besiegt, da war ich noch nicht mal Drachenschüler und er bereits am Ende seiner Ausbildung. Zählt das doppelt?«

Eine Pause entstand, in der vermutlich jeder an den denkwürdigen Kampf zwischen Kjell und mir zurückdachte. Um mehrere Ausbildungsstufen überspringen zu dürfen, hatte mir Larian damals verschiedene Aufgaben gestellt. Unter anderem ein Zweikampf mit Kjell. Mein Gegner war danach im Hospital gelandet. Für eine sehr lange Zeit. Das hatte er nie vergessen.

»Ich nehme die Herausforderung an«, sagte Kjell, wie nicht anders zu erwarten, in die angespannte Stille hinein. »Ein ehrenhafter Zweikampf um die Führung der Drachenreiter. Möge der Stärkere gewinnen.«

»Das ist lächerlich«, begehrte Jama auf. »Seht euch Ian an. Er kann sich ja kaum auf diesem Stuhl halten.«

Ich pflichtete ihm gedanklich bei, allerdings half mir das nicht weiter. Wenn ich klein beigab, würde Kjell Fürst werden. Undenkbar. »Ich nehme die Herausforderung ebenfalls an«, sagte ich schweren Herzens und mied dabei Elajas entsetzten Blick. Sie war blass geworden. »Klären wir das jetzt und hier.«

»Jetzt?«, rief Sean von hinten, woraufhin sich alle zu ihm umdrehten. Das schüchterte ihn allerdings nicht weiter ein. »Seid ihr irre geworden? Das könnte unseren stärksten Trumpf gegen einen gefährlichen Gegner umbringen. Da kommt ein Weltenkrieg auf uns zu. Wir brauchen Ian!«

»Dann darf er gern auf die Fürstenwürde verzichten und sich mir unterordnen«, sagte Kjell ungerührt. »Ich habe ihn zuvor gefragt, ob er es wirklich durchziehen kann. Wenn er sich in diesem Zustand hier hinsetzt und sich zur Wahl stellt, muss er mit so etwas rechnen.«

»Dann ist es wohl entschieden.« Ich stand schwankend auf. »Lass uns kämpfen.«

»Ian«, zischte Elaja mich an.

Ich erwiderte ihren glühenden Blick möglichst ruhig. »Vertrau mir. Kjell ist kein Gegner.«

Dass der dunkelrot vor Zorn anlief, ignorierte ich einfach. Stattdessen stützte ich mich auf dem Tisch ab und drehte mich zu Sean um. »Könntest du mir kurz helfen? Allein schaff ich es nicht bis zum Übungsplatz.«

Die Drachenreiter wechselten untereinander entsetzte Blicke, aber ich blieb so gelassen, dass mir alle im Schneckentempo aus dem Raum folgten.

»Was hast du vor?«, fragte Sean mich leise.

»Ich reagiere auf veränderte Begebenheiten. Wenn ich mich nicht darauf eingelassen hätte, wäre Kjell Fürst. Die Drachenreiter, die gegen mich gestimmt haben, sehen lediglich meine momentane Schwäche. Ich muss ihnen das Gegenteil beweisen.«

»Aber du *bist* zu schwach«, protestierte er vehement.

»Hab Vertrauen, Sean. Ich mach das schon.«

Wir erreichten den Übungsplatz nur mit äußerster Mühe. Ich war immer langsamer geworden, sodass uns Kjell und der Rest des Trosses irgendwann überholten. Blitzschnell hatte sich die Nachricht von einem Zweikampf zwischen den Fürstenanwärtern herumgesprochen, sodass sich die Drachenreiter von Riata bereits draußen versammelten. Ein Spektakel.

»Ian«, sagte Sean nervös. »Das wird ein Fiasko.«

»Ich muss nur schnell genug sein«, antwortete ich ruhig.

»Du hast Nasenbluten.«

»Dann sehe ich umso unheimlicher aus.« Ich fuhr mir mit dem Handrücken unter der Nase her und verteilte das Blut im gesamten Gesicht. »Martialisch genug?«

»Stirb einfach nicht, in Ordnung? Mit Kjell als Fürst kommen wir schon irgendwie klar.«

»Ich aber nicht. Der Kerl wird uns schneller auf die Schliche kommen, als wir reagieren können. Er muss in die letzte Reihe gedrängt werden. Damit fange ich jetzt an.«

Während ich lief, drehte ich mich vorsichtig um und sah nach Elaja. Tatsächlich. Die Wache hatte sie offenbar einfach mitgenommen. Sie lief umringt von der Führungselite mit gefesselten Händen direkt hinter mir.

Unsere Blicke begegneten sich.

Ich sah Angst, Skepsis und vor allem Sorge.

Um ihr und mir Mut zuzusprechen, zwinkerte ich ihr zu. Dann musste ich wieder nach vorn schauen. Vor dem Zaun des Übungsplatzes blieben wir stehen. Mir stand der Schweiß auf der Stirn, und mein Atem ging viel zu schnell. Den Schwindel konnte ich ignorieren, die bleierne Müdigkeit jedoch nicht. Wenn Maai das sah, würde sie einen Herzkoller bekommen.

Hoffentlich brachte mich diese Aktion nicht um.

»Ich muss mein Hemd ausziehen«, sagte ich schließlich nach kurzem Überlegen zu Sean. Meine Arme waren dick einbandagiert, genau wie ein Großteil meines Oberkörpers. Maai hatte mir ein etwas zu enges Oberteil darübergezogen, um die vielen Verbände zu überdecken. Die Kombination störte mich jedoch in der Bewegungsfreiheit. Etwas, das tödlich für mich ausgehen konnte. »Hilf mir mal.«

Sean wirkte mit einem Schlag noch nervöser, als er mir so vorsichtig wie möglich das verflixte Hemd über den Kopf zog. Die Arme zu heben ließ mich ächzen.

»So kannst du unmöglich kämpfen«, sagte er scharf. »Du schwankst.«

Ich sah frisches Blut auf den Verbänden und spürte die Blicke sämtlicher Hortbewohner auf mir. Ein unbehaglicher Moment, zumal ein leises Raunen durch die Reihen ging. Ich hielt mich an Sean fest und bemühte mich, Ruhe zu bewahren. All die Jahre über hatte ich sorgsam vermieden, dass mich irgendwer ohne Hemd sah. Wegen meiner vielen Narben. Der Geschichte, die hinter jeder einzelnen stand. Um Nachfragen zu vermeiden. Mich lediglich in Verbänden zu präsentieren, fiel mir schwer. Aber besser zum Gesprächsthema zu werden, als tot zu sein.

»Ich mag dich auch ohne Titel«, versuchte Sean erneut, mich umzustimmen. »Und vielleicht versaut es Kjell auch und du kannst schneller seinen Posten einnehmen, als wir gucken können.«

»Ich hätte den Titel nie zur Wahl stellen dürfen. Das war dumm von mir. Jetzt muss ich zusehen, wie ich das wieder geradebiege.«

»Stirb nicht. Bitte. Wir müssen da noch was zwischen uns klären.«

Ich wusste, dass Sean damit Velia meinte, genau wie meine Lebenslüge, die nun auch seine Karriere bedrohte. Wir wechselten einen ernsten Blick, und ich nickte. »Ich pass auf«, sagte ich leise.

Also los. Nur mit größter Mühe konnte ich zwischen den Zaunlatten hindurchklettern. Bücken war die Hölle. Mir wurde übel, und das Ziehen im Magen wurde so schlimm, dass ich nur gebeugt weitergehen konnte. Kjell überwand das Hindernis mit einem eleganten Sprung und wartete mit spöttischer Miene auf mich. Ich kam um Längen später an, obwohl ich früher losgegangen war.

»Das ist lächerlich, Pfortenwächter. Gib den Fürstentitel auf und ordne dich mir unter.«

»Ich heiße Ian – und wovon träumst du nachts?«, knurrte ich.

Jama folgte uns und fühlte sich dabei sichtlich unwohl. »Fürst Larian hat mir zu Lebzeiten von eurem spektakulären Zweikampf im Kreis erzählt. Wollt ihr eine Wiederholung? Oder lieber Magiedrücken? Schwertkampf?«

»Kreis«, sagten Kjell und ich gleichzeitig.

»Ich hab da noch eine Rechnung offen«, setzte Kjell hinzu.

Währenddessen ließ ich mich in den Staub des Übungsplatzes nieder, da mir die Beine den Dienst versagten. Das konnte ja was werden. Mit verschwommener Sicht sah ich dabei zu, wie Jama geübt einen Kreis um uns beide in den Dreck zog. Vor rund fünf Jahren hatte das Larian an genau dieser Stelle ebenfalls getan, um zu entscheiden, wie und ob ich bei den Drachenreitern unterkommen durfte. Zwei Gegner. Zwei Fahnen. Ein Kreis. Es galt, den anderen entweder über die Linie des Kreises zu befördern oder die gegnerische Fahne zu erobern. Auf die Weise wurde Wendigkeit, Angriffstaktik und Verteidigung in einem geübt.

»Ist Magie erlaubt?«, fragte Jama an uns gewandt.

»Nein«, antwortete Kjell recht zügig, und ich protestierte nicht. Noch immer spürte ich keinen Funken Magie in mir. Bei unserem letzten Kampf war das anders gewesen. Da hatte ich Magie gewählt und Kjell beim ersten Angriff quer über den gesamten Vorplatz geschleudert. Danach war er natürlich zum Nahkampf übergegangen, aber auch das hatte ihm nicht viel genutzt.

Heute sah das leider anders aus. Ich konnte nicht mal richtig stehen.

In der Sekunde bedeutete Jama, dass er fertig sei. Rechts von mir steckte nun eine blaue Fahne im Boden, bei Kjell war es eine rote.

»Jetzt steh endlich auf, damit ich dich wieder in den Staub stoßen kann«, sagte Kjell herausfordernd zu mir.

Ich stand mühsam auf und drehte mich zu meinem Gegner. »Bereit, dich im Hospital wiederzufinden?«, fragte ich provokant, um Kjell noch ein wenig zu reizen. Ein aggressiver Gegner war oftmals unvorsichtig. Etwas, das mir den Hintern retten konnte.

»Das versuch mal«, sagte Kjell leider viel zu ruhig und bleckte kampflustig die Zähne. Er wusste genau, dass alle Vorteile auf seiner Seite standen. Ich gehörte ins Bett und nicht auf den Kampfplatz.

Doch ein Zurück gab es längst nicht mehr. Ich sammelte all meine Kräfte und betrat neben Jama den Kreis. »Auf drei greift ihr an. Keine Magie. Keine Waffen. Wer den Kreis verlässt, hat verloren. Wer seine Fahne verliert, hat verloren. Wer die andere Fahne erreicht, gewinnt. Drei, zwei, eins, los!«

Kjell war wahnsinnig schnell. Ich hielt den Atem an, als er auf mich losstürmte. *Bleib ruhig. Bleib gelassen*, dachte ich und wusste gleichzeitig, dass ich keinen einzigen Schlag abblocken konnte. Mir fehlte schlicht die Kraft dafür. Also musste ich das irgendwie anders erledigen.

Als Kjell heran war, wandte ich Velias Spezialgriff an. Die Kriegerin war die beste Nahkämpferin, die ich je gesehen hatte. Ihre Größe, das fehlende Gewicht und die im Vergleich zu meist gut trainierten Männern deutlich geringere Kraft glich sie durch Gelassenheit, Wendigkeit und richtig fiese Griffe aus. Einige davon hatte sie mir ganz nebenbei beigebracht, als sie mit den Kindern in Seans Hütte trainiert hatte.

Genau so einen Kniff wandte ich nun an. Statt Kjells Schlag abzufangen, nutzte ich seinen Schwung, um ihn seitlich von den Füßen zu fegen und gleichzeitig den Arm festzuhalten. Bei einer ähnlichen Aktion hatte ich ihn das letzte Mal schwer verletzt. Leider erinnerte er sich nur zu gut daran und war diesmal schlauer. Statt gegen den Griff anzugehen, folgte er seinem eigenen Schwung. Er ging zu Boden, dafür blieben seine Knochen heil und ich musste ihn loslassen.

Mit einem Brüllen kam er wieder auf die Beine. »Glaubst du, ich falle da zweimal drauf rein?«, schrie er mich an. »Damit hast du mich für Wochen ins Krankenhaus gebracht.«

»Entweder das, oder ich erledige dich für immer«, antwortete ich ungerührt – und griff unvermittelt an. Wir wussten alle, dass ich keinen einzigen Treffer überstehen würde. Auch so war ich bereits am Anschlag. Ich musste diesen Kampf beenden. So schnell wie möglich. Und zwar ohne viel Energie aufzuwenden, denn die hatte ich einfach nicht mehr.

Kjell wusste das ebenso. Er ging voll auf Konfrontation. Versuchte mich im direkten Angriff auszuschalten, nur hatte ich damit gerechnet. Eigentlich wollte ich Kjell nichts tun. Wirklich nicht. Er war ein kluger Mann. Einer, den das Drachenvolk gut gebrauchen konnte. Einer mit Prinzipien, die nur leider meinen Untergang bedeuten konnten. Daher tat ich etwas, das ich unter normalen Umständen nie getan hätte.

Ich erledigte Kjell. Ein für alle Mal.

Velia hatte mir gezeigt, wie das ging – und ich war gewillt, es skrupellos anzuwenden. Sobald er nahe genug heran war, tauchte ich unter seiner zuschlagenden Faust hindurch und schnappte mir gleichzeitig seine Stirn und den Nacken. Es gab Griffe, die wandte man während eines Vorführkampfes nicht an. Die Gefahr war zu groß, dass man den Gegner dabei tötete. Ehrensache, es nicht zu tun.

In der Sekunde dachte ich allerdings lediglich an die Hitze der Wüste. An mein Volk, das dringend Hilfe brauchte. Und an Kjell, der zwischen ihnen und dieser Hilfe stand.

Er begriff erst, als es schon zu spät war. Einen winzigen Moment versuchte er das Unvermeidliche zu verhindern, indem er die von mir angesetzte Bewegung mitmachte, doch sein Hals war nun einmal nicht unendlich dehnbar. Schon gar nicht, wenn ich dagegenhielt.

Als sein Genick brach, war das vermutlich eins der schlimmsten Geräusche, die ich je gehört hatte. Direkt gefolgt von dem Laut, als sein gesamter Körper leblos zu Boden sackte und ich von ihm fortsprang.

Einen Herzschlag starrte ich meinen reglos am Boden liegenden Gegner an, dann drehte ich mich zu meinem geschockt und sprachlos wirkenden Publikum um. »Will noch jemand meinen Fürstentitel anfechten?«, fragte ich so fest wie möglich.

Stille antwortete mir.

Jetzt bloß nicht ohnmächtig werden, dachte ich verzweifelt und biss die Zähne so fest zusammen, dass mein ganzer Kiefer schmerzte und meine verdammte Nase wieder zu bluten anfing. Vermutlich bot ich einen recht monströsen Anblick. Auf der anderen Seite konnte mir das nur zugutekommen. Angst vor dem Fürsten sorgte womöglich dafür, dass man weniger mit mir diskutierte.

Dass ich eigentlich nie vorgehabt hatte, auf derartige Weise an die Macht zu kommen, war dabei nebensächlich. Es war ohnehin zu spät, um daran noch etwas zu ändern.

Jama kniete derweil neben Kjell, fühlte seinen Puls. Wir wussten beide, dass er dort nichts mehr finden würde. Tief erschüttert stand der Hortanführer wieder auf. »Sieg für Ian«, sagte er leise. »Der Rat sollte sich wieder zusammenfinden.«

Niemand applaudierte. Das hatte ich auch keineswegs erwartet. Vielmehr wollte ich es einfach nur noch hinter mich bringen. Als ich in Elajas weit aufgerissene Augen sah, spürte ich ein schmerzhaftes Ziehen in meinem Magen. Sie hatte ein weiteres Mal gesehen, wie skrupellos ich werden konnte, wenn es darum ging, meine Ziele zu erreichen.

Der Ian, der ihr auf der Landebahn Schokolade gegeben hatte und sich um sie kümmerte, war nur ein kleiner Teil von mir. Ich konnte auch anders. Ganz anders. Dass ich sie nicht hatte töten können, lag lediglich an meinen Gefühlen für sie. Wäre sie eine andere gewesen, hätte sie den Tag des Angriffs nicht überlebt.

Nur mit Mühe wandte ich mich von ihrem Anblick ab und hinkte zum Zaun, wo Sean mich erwartete.

»Tja«, sagte mein Freund gedehnt. »Was soll ich sagen? Du hast ihn gewarnt. Mehrfach.«

Ich nickte lediglich und bemühte mich, einigermaßen würdevoll das Hindernis zu überwinden. Elaja stand noch immer reglos ein Stück hinter uns und starrte Kjell an, über den soeben eine schwarze Decke gebreitet wurde. Maai hockte neben ihm und untersuchte ihn.

»Du solltest Velia für ihre Nahkampflektionen danken«, setzte Sean leiser hinzu. Er hatte den Griff also erkannt. Dass Velia den Kindern Selbstverteidigung beigebracht hatte, war für Sean lange Zeit irritierend gewesen, letztlich hatte er allerdings mitgemacht. Er wusste, wie gefährlich Velia war – und wie mächtig ihre Technik.

Anstatt Seans Feststellung zu kommentieren, trat ich neben Elaja und berührte sie möglichst unauffällig am Arm. »Wir reden später über alles«, sagte ich leise zu ihr. Alles. Das war eine ganze Menge. Kjells Tod. Der Rollentausch. Meine Liebesbekundung. Ihr Schweigen danach.

Gerade letzteres setzte mir mehr zu, als es sollte. Momentan ging es um das Überleben meines Volkes. Darauf sollte ich meinen Fokus legen. Stattdessen sorgte ich mich darum, dass mir Elaja womöglich niemals verzieh.

»Zunächst solltest du dich wählen lassen«, antwortete sie und zeigte mir damit deutlich, dass zumindest sie den Fokus nicht verloren hatte.

Sean packte daraufhin meinen Oberarm und stützte mich auf diese Weise. Wortlos gingen wir den Weg wieder zurück in den Besprechungsraum, wo uns bereits die Würdenträger dieser Welt erwarteten. Elaja folgte mit ihrem Bewacher, genau wie die anderen Ratsmitglieder. Jama schloss hinter uns die Tür.

Ich blieb stehen. Langsam drehte ich mich zu Jama, der ein Stück von uns entfernt stehen geblieben war. Seine Miene war kummervoll.

»Ich hatte gehofft, dass dieser Tag mit Freude und nicht mit dem Tod einhergehen wird«, sagte er, und ich hörte den deutlichen Tadel in seiner Stimme heraus.

Das konnte ich so nicht stehen lassen. »Kjell wusste, auf was er sich einließ. Er wollte den Kampf. Ich konnte ihn nur auf diese Weise gewinnen. Wir werden ihn als mutigen Drachenreiter in Erinnerung behalten.«

Jama brauchte noch einen Moment, um die Fassung zurückzugewinnen. Dann nickte er. »In dem Fall sollten wir erneut abstimmen. Zur Wahl steht nur noch Ian. Gibt es Gründe für Protest?«

Einige runzelten verwirrt die Stirn, denn die Frage stand in keinem Protokoll. Ich ließ sie dennoch zu. Es sagte ohnehin niemand mehr etwas gegen mich. Jama ließ eine Weile die Stille wirken.

»Wer ist dafür, dass Ian der neue Fürst der Drachenreiter wird? Bitte hebt bei einem Ja die Hand.«

Alle Hände wanderten in die Höhe. Alle, bis auf Jamas. Er kommentierte seine stille Gegenstimme nicht weiter. Als Mann des Friedens konnte er vermutlich nicht damit leben, dass ich meinen Widersacher getötet hatte. Womöglich ahnte er auch, dass mit meiner und Elajas Geschichte etwas nicht stimmte und wollte mich deshalb nicht als Fürsten sehen. Immerhin trat er auf mich zu und legte seine rechte Hand auf seine Brust. Ich kannte die Geste bereits von den grünen Drachenreitern auf Marani und hasste sie. Für mich stand sie nicht für Ehrerbietung, sondern für Demütigung. Um nicht zurückzuschrecken, biss ich fest die Zähne zusammen und wartete geduldig, bis Jama sich vor mir verbeugt hatte. Der Rest der Drachenreiter folgte seinem Beispiel.

»Nehmt Ihr die Wahl an?«, fragte Jama.

»Ja, ich nehme die Wahl an.«

»Damit seid Ihr nun der neue Fürst der Drachenreiter. Herzlichen Glückwunsch, Fürst Ian«, sagte er möglichst neutral.

Daraufhin atmete ich noch einmal tief ein und aus und sprach jene Worte aus, die die gesamte Drachenwelt auf den Kopf stellen würden. »Wir holen das Volk von Marani nach Riata. Sofort.«

14

Die Stimmung im Versammlungsraum kippte nach Ians knappen Worten direkt. Obwohl die Führungselite ganz genau gewusst hatte, welchen Kurs Ian einschlagen würde, traf sie die Plötzlichkeit mit voller Wucht. Entsprechend heftig redeten sie auf ihn ein.

Er begegnete ihren Argumenten mit stoischer Gelassenheit. »Mein Entschluss steht. Das hier ist nicht länger eine Demokratie. Wir befinden uns im Kriegszustand. Da kann ich solche Entscheidungen ohne Rücksprache mit euch fällen. Das wisst ihr. Also, Aric? Was ist mit dir? Statt hier rumzustehen und dir die Diskussion anzuhören, solltest du lieber deine fähigsten Drachenreiter um dich versammeln und loslegen. So eine Evakuierung funktioniert nicht von selbst. Nimm Sean mit. Wenn einer gut organisieren kann, dann er.«

Aric wirkte etwas überfordert. »Natürlich, mein Fürst«, sagte er schließlich knapp.

»Fein. Du bist befördert. Herzlichen Glückwunsch, Hauptmann. Ich übernehme fürs Erste den Hort Riata, bis wir einen fähigen Ersatz für Kjell gefunden haben. Wenn es Probleme geben sollte, wende dich direkt an Sean. Der ist ab sofort der stellvertretende Hortanführer hier.«

Mit einem Schlag wurde es still im Raum.

»Ich … bin noch nicht mal fertig mit der Ausbildung«, wagte Sean vorsichtig einzuwerfen.

»In drei Monaten schon. Deshalb bist du ja auch erst mal der Stellvertreter.« Ians Blick in die Runde war eine eindeutige Warnung an alle, die protestieren wollten. Es war klar, woher der Wind wehte. Sobald die drei Monate rum waren, würde Sean hier das Sagen haben. »Will irgendwer dagegen protestieren?«, fragte er provokant.

Schweigen antwortete ihm.

»Äh, Elaja?« Das war Manila in meinem Kopf. Sie klang irgendwie … seltsam. Ein vorsichtiges Anfragen passte nicht zu ihr.

»Was ist?«, fragte ich lautlos zurück.

»Seid ihr fertig mit wählen?«

»Ja. Ian ist Fürst.«

»Gut. Dann sag ihm mal bitte, dass Goldin angegriffen wird.«

»Was?!« Meine Frage hatte ich laut herausgebrüllt, woraufhin sich alle zu mir umdrehten.

»Du bist gegen Sean?«, fragte Ian verwirrt, der wohl noch beim anderen Thema war.

Ich ignorierte seine Frage und konzentrierte mich voll auf Manila. *»Goldin wird angegriffen? Von wem? Warum? Manila?«*

»Ich glaube, der Pfortenwächter der roten Drachen hat erkannt, dass da zwei derangierte Wächterdrachen abgeschnitten von ihren Reitern auf einem gottverlassenen Hort festsitzen. Der eine ist wie ein Festtagsbraten fest verschnürt und kann sich nicht rühren, der andere ist so erschöpft, dass er sich nicht mal aufzurichten vermag. Die perfekte Gelegenheit, um beide ins Jenseits zu befördern. Also, falls euch etwas an Makon und mir liegt, solltet ihr uns recht zügig zu Hilfe eilen. Über mir sehe ich etwa acht Reitereien mit je rund zehn Drachen. Macht achtzig. Und … ja … nun … sie greifen soeben an.«

Ian musste mich erbleichen gesehen haben, denn er stand abrupt von seinem Stuhl auf. »Was ist los?«, fragte er alarmiert.

»Rai nutzt die Gelegenheit, dass unsere beiden Drachen zurzeit kampfunfähig sind«, sagte ich tonlos. »Er greift Goldin an. Manila ist gefesselt und kann sich nicht wehren.«

Ian fluchte. Anschließend zeigte er, dass er zwar erst seit etwa drei Minuten im Amt war, aber ein verteufelt guter Befehlshaber sein konnte. »Tanus! Nimm Elaja die Ketten ab. Jama! Warnt sämtliche Horte. Wir werden angegriffen. Aric? Wer ist vor Ort in Goldin? Die müssen Manila die Ketten abnehmen, dann renn wie der Teufel und schwing deinen Arsch nach Goldin. Wir müssen die Marani und vor allem Makon und Manila schützen. Nimm Elaja mit. Sean? Du bereitest Riata auf den Ausnahmezustand vor. Die Drachen müssen in die Luft«, kommandierte er. »Die Ketten ab, Tanus!«, brüllte er den verdutzten Wächter neben mir an, weil der noch nicht reagiert hatte.

Ich hielt ihm daraufhin auffordernd die Hände hin. Als er zu langsam war, griff Aric bereits nach den Schlüsseln und erledigte das selbst. »Die Reitereien in Goldin haben mich gerade ebenfalls über den Angriff informiert«, rief er Ian über den Tumult hinweg zu, der im Besprechungsraum entstanden war. »Wir versuchen zu Manila durchzukommen.«

»Durchzukommen?«, quietschte ich schockiert.

»Die Lage ist unübersichtlich.«

Ian und ich wechselten einen erschrockenen Blick miteinander. »Geh!«, sagte er eindringlich zu mir. »Ich muss hierbleiben. Einen Kampf überstehe ich nicht, und ich wäre nur im Weg. Schnapp dir Manila und verteidige Makon. Los!«

Dass er tatsächlich nicht mitkommen wollte, obwohl sein Drache in Gefahr war, sagte alles. Ihm musste es weit dreckiger gehen, als er es nach außen hin zeigte.

Also musste ich ran.

Kaum waren die Ketten zu Boden geplumpst, sprintete ich los. Aric folgte mir direkt hinterher. Nebeneinander rannten wir durch die Gänge, die mittlerweile völlig überfüllt waren. Offenbar hatte sich die Nachricht, dass einer unserer Horte angegriffen wurde, bereits rumgesprochen. Ich rammte rücksichtslos jeden zur Seite, der mir nicht schnell genug auswich.

»Manila! Lebst du noch?«, rief ich in Panik.

»Ja, aber das hab ich allein den blauen Drachen hier zu verdanken. Die sind echt verteufelt schnell, wenn es um feindliche Angriffe

geht. Und radikal. Und brutal. Das schockiert sogar mich! Irgendwer muss den grünen Reitern unbedingt sagen, dass die blauen Drachen auf unserer Seite kämpfen. Die haben sich nämlich schneller in die Lüfte geschwungen, als die meisten grünen Reiter die Lage überhaupt kapiert haben. Es ist beängstigend. Die Kämpfer von Arandor sind völlig überfordert. Wir bräuchten hier mal einen, der das Sagen hat. Sofort!«

Weil ich bei ihren Worten abrupt stehen geblieben war, rannte Aric recht unsanft in mich rein. »Weiter«, drängte er.

»Warte kurz. Ich muss mich konzentrieren, um den grünen Reitern eine Botschaft zu senden.« Verzweifelt versuchte ich meine Magie so zu fokussieren, dass ich mit den Leuten von Arandor kommunizieren konnte. So wie ich es auch mit dem angreifenden Heer der grünen Drachen getan hatte. Leider rempelte mich ständig jemand an, sodass ich kaum einen klaren Gedanken fassen konnte. Schließlich gab ich auf.

»Sag irgendeinem Drachen auf Goldin, dass die blauen Drachen kämpfen. Auf unserer Seite«, sagte ich zu Aric.

»Die wollen mitkämpfen?«, hakte er ungläubig nach.

»Nein. Die kämpfen schon mit. Allerdings hat Manila Sorge, dass die grünen Drachenreiter den Überblick und die Nerven verlieren und nicht nur gegen die roten Drachen vorgehen, sondern auch gegen die blauen.«

Aric sah mich den Bruchteil einer Sekunde verwirrt an. Vermutlich musste er zunächst das Farbenwirrwarr sortieren, dann nickte er. Während wir zu seinem Drachen rannten, war er recht still. Vermutlich nahm er gerade Kontakt zu seinem Führungsstab auf Goldin auf. Da das nur von Drache zu Drache und nicht von Reiter zu Reiter funktionierte, war das eine recht mühsame Angelegenheit. In dieser Sekunde schwor ich mir, meine Fähigkeiten als Pfortenwächterin so schnell es ging zu perfektionieren. Es ging einfach nicht, dass ich manchmal auf mein Können zurückgreifen konnte und manchmal nicht.

»Ja, benutz die Asrai-Magie möglichst oft«, merkte da eine Stimme in meinem Kopf an. *»Je müder du wirst, desto einfacher kann ich dich demnächst übernehmen.«*

Bitte was?!

Ich blieb erneut im vollen Lauf stehen, sodass mich Aric diesmal wirklich umrannte. »Was machst du denn?«, schnauzte er mich an und zog mich quasi am Hemd wieder in die Höhe. »Was ist an Rennen so schwierig?«

Ich taumelte mehr oder weniger hinter ihm her, während ich fieberhaft überlegte, ob ich mir diesen Spruch in meinem Kopf nur eingebildet hatte.

Oh, bitte. Bitte, bitte, bitte.

»Was willst du von mir?«, fragte ich schließlich vorsichtig nach und spürte eher nebenbei, dass mich Aric mehr als unsanft auf den Rücken seines Drachen schob.

»Von dir? Nichts. Dein Geist nervt eigentlich nur. Von deinem Körper? Alles. Wir sind Asrai. Wir werden uns zurückholen, was uns gehört. Und wir werden diese Brut aus Marani dahin zurückschicken, wo sie hingehört.«

»Hey, Asrai. Was zur Hölle ist los mit dir? Du siehst aus, als hättest du ein Gespenst gesehen«, herrschte mich Aric an, der mich nach kurzem Zögern selbst anschnallte.

Das brachte mich einigermaßen zur Besinnung, sodass ich in die Gegenwart zurückfand. »Entschuldige. Kurzes Magiedurcheinander in mir.«

»Konzentrier dich gefälligst. Wir werden angegriffen.«

Ja, danke auch. Bloß war das in meinem Fall offenbar nicht nur von außen, sondern auch von innen der Fall. Weil ich Aric das lieber verschweigen wollte, beendete ich das Gespräch, indem ich ihn einfach ignorierte. Er schien sich nicht daran zu stören, setzte sich hastig vor mich und lenkte seinen Drachen zur Startbahn. Sekunden später hoben wir ab. So schnell es ging. So zügig wie möglich. Und doch hatte ich das schreckliche Gefühl, dass wir womöglich zu spät kommen würden.

Arics Gedanken schienen in eine ähnliche Richtung gewandert zu sein. »Kannst du für uns eine Pforte öffnen? Bis zur Heimatpforte von Riata ist es nicht weit, aber dort kommen wir mit etwa zehn Minuten Flugzeit von Goldin entfernt heraus.«

Na, die Antwort fiel mir in diesem Fall verdammt leicht. Solange ich dieser unheimlichen Stimme in mir nicht Einhalt geboten hatte, verwendete ich meine Asrai-Magie garantiert nicht mehr. »Zu gefährlich«, rief ich Aric zu.

Der nickte lediglich, als wäre das total logisch, und steuerte uns augenblicklich durch die Heimatpforte. Heraus kamen wir in absolutem Chaos.

Der Kampf schien sich nicht nur um Goldin zu beschränken. Eine Reiterei aus Arandor war offenbar zu Hilfe gekommen und direkt beim Rauskommen aus der Pforte von den angreifenden roten Drachen abgefangen worden. Die grünen Reiter kämpften verzweifelt um ihr Leben und standen einer Übermacht gegenüber.

Arics Bulle wich in letzter Sekunde gleich zwei auf uns zukommenden roten Drachen aus und tauchte nach unten weg, flog fort von den Luftkämpfen. Unser Ziel war ein anderes. Manila. Goldin. Vor allem Makon.

»Manila? Wo bist du?«, rief ich in Gedanken.

»Ich verteidige Makon vom Boden aus mit Feuerstößen. Funktioniert mäßig. Die bekommen meine verdammten Beinketten nicht auf. Irgendwer hat den Schlüssel verlegt.« Ich spürte Manilas Wut über so viel Inkompetenz in jeder Silbe vibrieren.

»Hast du den Schlüssel für Manilas Ketten?«, brüllte ich dem vor mir sitzenden Aric ins rechte Ohr. Der fluchte leise, als er nach einem kurzen Abtasten seiner Flugjacke das gesuchte Objekt hervorholte. *»Wir sind in fünf Minuten mit dem Schlüssel bei euch«*, sagte ich daraufhin zu Manila.

»Das dauert zu lange. So, ihr kleinen Menschlein, hüpft mal bitte aus dem Weg. Ja, auch du. Ist ja gut gemeint, aber mit dem komischen Beil bekommst du die Kette nicht durch. Platz da. Ich schmelze das Scheißteil einfach. Makon. Rück mal ein Stück zur Seite, sonst kokel ich dich mit an. Elaja? Mach dich bereit. Ich komme gleich zu dir.«

Obwohl wir noch fünf Minuten vom Hort entfernt waren, sahen wir die Stichflamme bis hierher. Sie leuchtete blau. Ein Zeichen, dass sie besonders heiß war. Hoffentlich hatten sich alle Menschen rechtzeitig in Sicherheit gebracht. Manila hatte vermutlich eine recht eigene Vorstellung davon, was ein ausreichender Sicherheitsabstand war.

»Bin frei. Da hängen noch etwa drei Meter Kette an mir, aber ich fliege trotzdem. In der Luft kann ich mich besser verteidigen. Die haben Makon und mich im Visier. Ein waghalsiges Rettungsmanöver wäre nett. Irgendwelche Ideen?«

Im Grunde genommen erwartete mein Drache gar keine Antwort. Ich sah Manila im Steilflug starten. Ein kleiner weißer Punkt, umringt von vielen roten. Wenigstens sah ich immer mehr blaue und grüne dazwischen. Arandor und Marani gingen ebenfalls zur Verteidigung über. Blieb die Frage, was mit den armen Menschen am Boden war. Hatten sich die Verletzten samt Frauen und Kindern in Sicherheit bringen können?

Als ich einen schwarzen Punkt am Boden ausmachte, stockte mir kurz der Atem. Makon lag noch immer am Boden und regte sich kaum. Er war den Angriffen schutzlos ausgeliefert. Nicht auszudenken, wenn ihm etwas geschah.

Das war der Moment, in dem sich in meinem Kopf wieder seltsame Dinge taten. Die Asrai-Magie schien auch ganz losgelöst von der Stimme zu funktionieren. Strategien rasselten durch mein Gehirn, Möglichkeiten. Eine einzige kristallisierte sich heraus. Ich musste Makon retten, sonst brach unser gesamter Plan in sich zusammen. Starb er, starb auch Ian und damit die schützende Hand für die Marani.

»Aric, tut mir leid. Aber ich öffne eine Pforte, die uns direkt über Makon ausspucken wird«, brüllte ich meinem Piloten ins Ohr. Scheiß auf die Stimme. Scheiß auf die Gefahr, die von ihr ausging. Wenn ich das nicht tat, war ohnehin alles zu spät.

»Ich dachte, du kannst das nicht?«, antwortete Aric und fluchte, als uns in der gleichen Sekunde bereits meine Pforte erwischte. Gleichzeitig wappnete ich mich gegen einen inneren Angriff, doch der blieb für den Moment aus. Vermutlich wartete das Etwas eher auf einen Moment der Unachtsamkeit von mir. Jetzt war ich vorgewarnt, selbst wenn ich keine Ahnung hatte, wie ich mich im Falle einer Attacke überhaupt wehren sollte. Wie verhinderte man, aus seinem eigenen Geist rausgeschmissen zu werden?

Ich verschob den beängstigenden Gedanken auf später und schnürte mich noch während des Pfortenflugs ab. »Du musst landen. Wenn ich einfach abspringe, breche ich mir alle Knochen«, rief ich Aric zu und hustete, als mir klar wurde, dass er mich in dieser Atmosphäre überhaupt nicht hören konnte. Bevor ich den Gedanken zu Ende gebracht hatte, spuckte uns die Pforte direkt über Makon aus. Und zwar direkt! Keinen Meter über ihm.

Mein Körper machte sich selbstständig. Es waren alte, lange trainierte Abfolgen, die mein Gehirn einfach abrief. Katzengleich kam ich auf die Beine, sprintete an Nevins Flügel entlang … und sprang.

Ich hörte Arics entsetzten Ruf, Manilas deftigen Fluch im Kopf und Makons Schreckensschrei, als ich nur Sekunden später mit einem Krachen auf dem schwarzen Drachen landete. Zum Glück rollte ich mich noch einigermaßen geschickt seitlich über meine Schulter ab, sonst hätten mir seine Schuppen die halbe Seite aufgeschlitzt. Allerdings war der Drachenkörper zu kurz, sodass meine Rutschpartie an seinem rechten Vorderbein endete und ich unsanft zu Boden segelte. Den anschließenden Aufprall fing ich leider eher weniger elegant ab. Eine halbe Sekunde gönnte ich mir, um keine Sternchen mehr zu sehen, dann sprang ich schon auf die Beine.

»Scheiße, Elaja! Lebst du noch?«, fragte Manila beunruhigt. *»Sah ja fies aus!«*

Arics Drache hatte mittlerweile wieder an Höhe gewonnen und wurde prompt von einem roten Drachen angegriffen. Ich sah es nur aus den Augenwinkeln, da ich gerade mit Klettern beschäftigt war. So schnell ich konnte, versuchte ich auf Makons Rücken zu kommen.

»Steh auf! Steh auf!«, brüllte ich den schwarzen Drachen an.

Der kam erst nach dem zweiten Versuch überhaupt auf die Beine und schwankte bedenklich. Dabei schüttelte er die ganze Zeit den Kopf, als wollte er meinen Plan kategorisch ablehnen.

»Warum redest du nicht endlich wieder mit mir?«, herrschte ich ihn genervt an, während ich hektisch die wenigen Schnüre packte, die Ians Bruchlandung und die anschließende Befreiung mit meinem Dolch überlebt hatten. Makon antwortete mit einem jämmerlichen Brummen, das mir das Blut zu Eis gefrieren ließ. »Du kannst es nicht«, stellte ich entsetzt fest. Scheiße. Natürlich. Makons und Ians Magie war vollständig in sich zusammengebrochen. Sie hatten sich vollkommen übernommen.

»In dem Fall muss das eben auch ohne Kommunikation gehen. Wofür haben wir die Handzeichen geübt«, entschied ich und dankte Ian für seine irre Idee, dass wir die Drachen tauschen sollten. Ohne dem hätte ich einen Ritt auf Makon gar nicht erst versuchen brauchen. Erst recht nicht in seinem Zustand. »Hoch mit dir. Los!«

»*Ducken!*«, unterbrach mich Manila.

Eher instinktiv zog ich den Kopf ein und entging dadurch einem gezielten Krallenhieb eines roten Drachen. Der wurde gleich darauf von Manila im vollen Flug seitlich gerammt.

»*Wäre es nicht sinnvoller, wenn du zu mir kommst und wir verteidigen Makon in der Luft, während er am Boden bleibt?*«, fragte Manila ungehalten. »*Ich wäre viel effektiver mit dir auf meinem Rücken. So bin ich nichts weiter als ein Rammbock. Selbst Feuerspeien ist nur bedingt möglich. Mit dir als Reiterin dabei kann ich das viel intensiver. Mein Unvermögen ohne dich nervt!*«

Eine interessante Information, über die ich später nachdenken musste. »*Schau mal hinter dich. Da kommt Rais halbe Armee auf uns zu. Die wollen dich und Makon – und wenn wir hier weiter reglos rumsitzen, werden sie zumindest ihn erwischen. Von den vielen Kindern mal abgesehen. Wir müssen die Armee von den Marani weglocken!*«

Manila schwieg einen kurzen Moment, drehte sich vermutlich um. »*Ich hasse es, wenn du recht hast*«, grummelte sie. »*Aber sag dem hässlichen Drachen, dass du meine Reiterin bist. Er soll sich gar nicht erst an deine Anwesenheit gewöhnen.*«

War mein mies gelaunter Drache etwa eifersüchtig? Kaum zu glauben.

»Makon, jetzt breite endlich deine Flügel aus. Hinter uns kommt eine verdammte Armee, die dich in Stücke reißen will. Los!«

Der Drache versuchte es. Eher schwach hob er die Flügel und ging ein paar Schritte, schwankte. Verdammt. Ich hatte mich verkalkuliert. Makon war schlimmer dran als gedacht. Entsetzt drehte ich mich um, starrte etwa zehn sich rasant nähernde rote Drachen an. Zwei rammten gleich drei grüne in der Luft weg, andere wichen den sich verzweifelt dazwischendrängenden Marani aus und näherten sich unaufhaltsam Goldin.

Noch zehn Sekunden und sie würden uns erreicht haben.

Makon schien zum gleichen Ergebnis gekommen zu sein, denn in ihn kam endlich mehr Bewegung. So schnell er konnte, trottete er los. Seine Flügel zog er noch immer schlaff über den Boden. Offenbar war er zu schwach, um sie zu bewegen. Oder waren sie gebrochen?

»Zur Startbahn geht es nach rechts«, schrie ich, als ich irritiert seine Laufrichtung bemerkte. Wo zur Hölle wollte er denn hin?

Schließlich erkannte ich, dass er einfach auf den Klippenrand von Goldin zuhielt. Der Hort war auf einer Anhöhe gebaut und lediglich durch Mauern vom Abgrund getrennt. Im Bereich der Start- und Landebahnen gab es diese Abgrenzung jedoch nicht. Da ging es steil nach …

… unten!

Zu meiner Schande muss ich gestehen, dass ich ernsthaft entsetzt aufschrie, als Makon sich tollkühn über den Rand stürzte. Wirklich flugfähig war er nämlich nicht. Seine Flügel flatterten kraftlos im Wind. Für einen schrecklichen Moment war ich mir sicher, dass wir wie ein Stein abstürzen würden. Im letzten Moment warf ich so viel Magie unter seine Flügel, wie ich es wagte – und wir gewannen etwas an Höhe.

»Nach links! Ihr habt gleich drei Gegner an den Hacken. Nach links, Elaja!«, brüllte mich Manila an.

Hastig gab ich das Zeichen, und Makon legte sich mit enervierender Langsamkeit in die gewünschte Richtung, verlor dabei bedenklich an Höhe und geriet beinahe ins Trudeln. Das rettete uns den Hintern, denn unser Angreifer verschätzte sich und verpasste uns ganz knapp. Als Antwort schleuderte ich ihm eine glühende

Lavakugel entgegen und erkannte erst danach, dass ich das noch nie gemacht hatte. Seit wann konnte ich denn so was?

Egal. Für den Moment hatte es mich gerettet. Hoffentlich verausgabte ich mich nicht zu sehr, sodass die verdammte Stimme in mir hervorschießen konnte.

Mit vor Angst viel zu schnell schlagendem Herzen drehte ich mich um und bemerkte gut sieben rote Drachen in lang gezogener Linie hinter uns. Die äußeren waren dabei deutlich schneller, überholten uns in einem Halbkreis. Eine klassische Einkesselung. Auch von vorn näherten sich zwei Gegner. Wenigstens verlagerte sich der Kampf nun von Goldin weg.

Makon verlor indes mehr und mehr an Höhe. Viel zu schnell.

»Du musst durch eine Pforte fliegen«, sprach Manila schließlich meine eigenen Überlegungen aus. *»Das ist deine einzige Chance. Ich bin dicht hinter euch.«*

»Makon wird ohnmächtig, wenn ich das mache!«

»Dann öffne sie über einem See und lass ihn da reinfallen. Nur mach schnell. Vorzugweise JETZT!«

Also warf ich eine Pforte direkt vor Makons Nase, und er tauchte mit dem nächsten kraftlosen Flügelschlag hinein. In der gleichen Sekunde spürte ich, wie ihn jegliche Energie verließ, sobald ihn meine Magie umhüllte und die letzten Reste von seiner verdrängte. Wir stürzten augenblicklich ab und kippten dabei über die linke Fläche seitlich weg. Hastig korrigierte ich den ursprünglich von mir geplanten Ausgang und verlegte ihn zügig nach links, hoffte dabei, dass Manila die Planänderung mitbekam. Sie hielt sich, wie angekündigt, an Makons Schwanzspitze.

Es krachte, als wir aus der Pfortenwelt schossen. Helligkeit blendete mich einen Moment, ließ mich blinzeln. Der See! Wo war der verdammte See? Hatte ich mich verschätzt? Nein. Da war er. Direkt unter uns. Makon trudelte indes in engen Spiralen wie ein Stein zu Boden. Wo war oben? Wo unten?

»Absprung, Elaja! Scheiße! Makon landet sonst auf dir!«

Verzweifelt versuchte ich die Schnüre zu öffnen, doch zu spät. Wir kamen mit unfassbarer Geschwindigkeit auf der Wasseroberfläche auf, und es fühlte sich ernsthaft an, als wäre es harter Stein. Ich wurde zwischen Wasser und Makons schwerem Körper um ein Haar erdrückt. Kurz bevor mir sämtliche Knochen brachen, drehte sich der Drache zum Glück seitlich. Dennoch wurden wir so tief unter Wasser gepresst, dass alles um mich herum grau wurde. Einzig meine emporschwebenden Luftblasen gaben mir eine Orientierung, wo oben und unten war.

Wir sanken und sanken.

»Elaja«, brüllte Manila in meinem Kopf. *»Ihr geht unter!«*

Sag mir was Neues, dachte ich noch, ehe ich endlich mein Messer aus dem Stiefel zu packen bekam und die verdammten Schnüre losschneiden konnte, in denen ich mich hoffnungslos verheddert hatte. Zeitgleich ging mir die Luft aus. Mein Herz pumpte viel zu schnell, meine Lunge schrie und mein Kopf fühlte sich immer wattiger an. Luft. Ich brauchte Luft.

Mit schwindenden Kräften zog ich mich an Makons Schuppen in die Richtung, in der ich die Oberfläche vermutete. Da war es tatsächlich etwas heller. Bevor ich jedoch einen Schwimmzug machen konnte, erkannte ich meinen Denkfehler. Ich schaffte es vielleicht hinauf. Makon hingegen sank weiter nach unten, Richtung Seeboden. Zu schwach, um zu kämpfen.

Dabei war er durchaus wach. Für einen winzigen Moment sah ich eine geschlitzte Pupille aufblitzen und wandte mich ihm zu. Vielleicht konnte ich ihn mit Magie hochbringen?

Waaaah!

Ein Drachenschwanz erwischte mich mit der Kraft einer durchgehenden Kuhherde. Ehe ich überhaupt reagieren konnte, wurde ich von ihm weggeschleudert, hoch zur Wasseroberfläche. Makons Werk. Er wollte verhindern, dass ich mit ihm unterging, und hatte mir den Schubs meines Lebens verpasst.

Diesmal schrie ich, als ich erneut die Wasseroberfläche durchbrach, nur in umgekehrter Reihenfolge. Ich flog etwa zwei Meter durch die Luft, bevor ich wieder aufs Wasser klatschte. Erneut ging ich unter, doch diesmal war die Oberfläche gut zu erreichen und ich paddelte hoch, sog gierig meine Lunge voll. Hustete und würgte Wasser aus.

»Du lebst. Gut. Dann hol ich mal unseren Wal hoch. Drachen sind allerdings nicht zum Schwimmen gemacht, also drück mir die Daumen, dass wir das überleben«, keifte Manila, und ein weißes Etwas tauchte direkt neben mir ab. Die Welle, die sie dabei verursachte, drückte mich direkt wieder unter Wasser, sodass ich erst mal damit beschäftigt war, nicht zu ertrinken.

Womöglich wäre ich ernsthaft untergegangen, denn der See war eisig und meine Kräfte schwanden bedenklich. Zum Glück erreichten mich in der Sekunde gleich drei Drachenreiter. Sie hatten sich in die Fluten geworfen und schwammen zu mir, packten mich und brachten mich an Land. Ihre grüne Uniform sagte mir, dass sie aus Arandor waren. Ihre Abzeichen wiesen sie als Schüler von Janara aus.

Kaum hatte ich festen Boden unter den Füßen, spuckte ich so viel Wasser aus, dass ich eine ganze Wanne damit hätte füllen können. Parallel schwammen weitere Drachen los und tauchten ab.

»Können die überhaupt schwimmen?«, fragte ein junger Reiter neben mir beunruhigt. »Das sieht nicht sehr elegant aus.«

»Manila? Lebst du noch?«, fragte ich daraufhin bange in meinen Gedanken.

»Ich hab den hässlichen Drachen am Schlafittchen, aber der muss dringend abspecken. Ist der schwer! Ah! Verstärkung. Willkommen!«

Etwa drei Atemzüge später tauchten vier eher ungelenk paddelnde Drachen in der Mitte des Sees auf, die einen schlaffen schwarzen Körper zwischen sich herzerrten. Einer hielt recht grob Makons Kopf über Wasser. Er blutete, so fest hielt der andere Drache ihn gepackt.

Bei allen Drachengeistern. Makon war erschreckend reglos.

»Wie belebt man einen Drachen wieder?«, fragte ich beinahe tonlos.

Zunächst antwortete mir niemand, bis schließlich eine junge Frau genauso tonlos sagte: »Gar nicht.«

Wir wichen zurück, um den Drachen Platz zu machen. Sie zogen Makon so sanft es ging ans Ufer, doch wie war das noch? Ihre Kiefer waren nicht für Präzision gemacht. Blutige Male zeichneten sich auf Makons gesamten Körper ab, bis er endlich vor mir lag.

Keine Regung. Kein Heben und Senken des Brustkorbs. Keine Atmung.

»Manila«, schrie ich panisch. »Makon atmet nicht!«

»Weiß ich. Nur was soll ich machen? Auf ihn draufhüpfen und eine Herzmassage machen, wie ihr das bei euch Menschen versucht?«

»Ja!«

Zum ersten Mal, seit ich Manila kannte, wirkte sie überfordert. Nach kurzem Zögern tat sie dennoch, wie ihr befohlen. Sie erhob sich auf die Hinterbeine und ließ ihre Vorderfüße mit brutaler Gewalt auf Makons Brustkorb niedersausen. Es knirschte bedenklich.

»Noch mal!«, forderte ich sie auf, während die Reiter um mich herum entsetzt zurückwichen.

Also versuchte es Manila noch mal. Und noch mal. Bis Makon endlich einen halben Wasserfall ausspuckte und gleichzeitig die Augen öffnete.

»Nicht noch mal«, schrie ich hastig. »Er ist wach!«

»Na, den Drachenheiligen sei Dank. Das war entwürdigend. Los, Asrai! Rauf auf meinen Rücken. Wir müssen noch ein paar roten Drachen in den Hintern treten.«

»Was? Jetzt?«

»Makon kann auch ohne uns kotzen. Der überlebt offenbar selbst Abstürze aus tausend Metern. Die Marani werden hingegen gerade ausgelöscht, von den friedenverwöhnten Arandorern ganz zu schweigen. Also hopp! Rauf auf meinen Rücken. Wir müssen zeigen, wer hier das Sagen hat.«

Zu meiner eigenen Überraschung gehorchte ich tatsächlich. Manila war so vehement, dass diskutieren ohnehin zwecklos war. Ich drückte Makon lediglich beim Vorbeilaufen einen raschen Kuss auf die bebende Drachennase, dann sprang ich bereits auf Manilas Rücken.

»So einen peinlichen Knutscher will ich nie wieder sehen«, merkte mein Drache an, sobald ich saß. *»Wir sind Kriegerinnen, keine zuckersüßen Weicheier.«*

»Auch Kriegerinnen haben ein Herz, und das gehört zu einem Großteil Makon und Ian.«

Das musste Manila erst mal verkraften. *»Und mir«*, sagte sie nach einer kurzen Pause eher kleinlaut.

»Den Platz musst du dir erst noch verdienen«, antwortete ich rüde und verbarg dabei sorgsam vor ihr, dass sie auf gutem Wege war. Ja, sie war ruppig, hartherzig und eiskalt. Aber sie hatte Makon verteidigt. Sie war ihm sogar im See hinterhergetaucht und hatte ihn wiederbelebt.

Das tat nur jemand mit dem Herz am richtigen Fleck.

15

Wir ließen die schockiert wirkenden Drachenschüler aus Janara zurück und machten, dass wir nach Goldin zurückkamen. Da war noch immer die Hölle los. Rote Drachen kämpften mit grünen, dazwischen mischten sich immer wieder blaue. Ein heilloses Chaos.

Ich bemühte mich, die Szene zu überblicken. »Wo ist Rai?«, fragte ich Manila.

»Kommt grad seitlich auf uns zu, um uns zu rammen.«

»Was?«, rief ich noch, bevor Manila abdrehte, um dem Angriff zu entgehen. Gleichzeitig peitschte sie mit dem Stachelschwanz, um Rais roten Drachen auf Abstand zu halten. Das Manöver funktionierte. Rai schoss haarscharf über uns hinweg und …

»Vorsicht! Magieattacke!«

Manila hatte wie immer schneller begriffen, was uns blühte. Verdammt. Was Luftkämpfe anging, war ich einfach viel zu unerfahren, um hier irgendetwas auszurichten. In allerletzter Sekunde bekam ich einen krüppeligen Schutzschild hochgezogen, sodass Manilas Flügel nicht direkt in Flammen aufgingen.

Dennoch machte ich mir nichts vor. Rai war stärker als ich. Viel stärker.

»Momentan wohl nicht so in Form, Asrai?«, hörte ich Rais Stimme prompt in meinem Kopf höhnen. *»Glück für mich. Pech für dich.«*

Die nun folgenden Angriffe sowohl vom roten Drachen als auch vom Reiter wehrten wir nur mit ganz viel Mühe und sehr vielen Luftrollen von Manila ab. *»Asrai!«*, rief mein Drache. *»Hör auf zu denken. Lass Elaja hinter dir und hol die alte Asrai raus. Sonst sind wir gleich tot!«*

Im Leben nicht! Wobei ich zugeben musste, dass es wirklich brenzli–

Rai hätte uns erwischt. Definitiv. Er hätte uns direkt vom Himmel geholt, und nichts auf der Welt hätte uns retten können. Zum Glück warf sich in der Sekunde ein grüner Drache in den Kampf und sorgte für Ablenkung. Aric mit Nevin. Die beiden waren ihrem Gegner absolut unterlegen, aber sie schafften es zumindest, Rai so zu verärgern, dass wir unter seinem Drachen hindurchtauchen konnten und sein magischer Angriff im Nichts verpuffte. Gleichzeitig holte Manila aus. Sie erwischte den roten Drachen seitlich mit dem Ende ihres Stachelschwanzes, woraufhin das Tier vor Schmerzen aufbrüllte. Parallel drehte sie sich und spuckte Rai eine heiße Feuersalve entgegen. Der hatte damit nicht gerechnet und sich eigentlich auf einen magischen Angriff von mir vorbereitet. Ich hörte seinen Schrei, als seine Kleidung in Flammen aufging und die Schuppen seines Drachen glühten.

»Getroffen«, brüllte ich triumphierend und sah ungläubig zu, wie Rai ernsthaft wegflog. Er brach den Angriff ab!

Nur nützte uns das nichts. Der gesamte Kampf hatte sich auf uns konzentriert. *»Rote Reiterei«*, warnte mich Manila noch, kurz bevor wir uns mittendrin befanden. Rechts, links, oben, unten. Es gab kein Entrinnen.

Manila wirbelte mit ihrem tödlichen Schwanz herum und spuckte erneut Feuer, hielt die Gegner dadurch auf Abstand. Trotzdem war es unmöglich, das hier zu überleben, zumal von rechts ein recht großer roter Drache auf uns zuhielt, um uns zu rammen. Sein Kopf war über und über mit Narben übersät, als hätte er schon einmal die Bekanntschaft mit Manilas Feuer gemacht. Brandnarben. In seinen Augen blitzte es voller Entschlossenheit. Anstatt allerdings zuzuschnappen, drehte er sich seitlich und setzte sich im vollen Flug neben uns, sodass ich seinen Reiter sehen konnte.

Der …

… hob die Arme. Überkreuzte sie über dem Kopf und starrte mich an, als wollte er mich damit zu etwas auffordern. Ich kannte die Geste nicht, hatte keine Ahnung.

»Weißt du das zu deuten?«, rief ich und stellte erstaunt fest, dass auch der Rest der roten Reiterei nicht länger auf uns eindrosch. Noch immer waren wir rund herum eingekesselt, nur seltsamerweise lebten wir noch. Was erstaunlich war.

»Ich schätze mal, der will, dass wir uns ergeben«, sagte Manila.

»Schätzt du oder weißt du?«

»Schätze ich. Und weißt du, was? Asrai ergibt sich nicht!« Bevor ich sie aufhalten konnte, hatte Manila bereits zugeschnappt. Der rote Drache entkam eher durch Zufall und brüllte empört, woraufhin der Reiter hastig seine Arme runternahm und dafür sorgte, dass er aus der Feuerreichweite meines Drachen kam. Manila machte sich bereit, unser Leben so teuer wie möglich zu verkaufen. Bevor es jedoch dazu kam, führte der rote Reiter eine herrische Handbewegung aus. Ich erahnte sie eher, als dass ich sie sah. Unverzüglich ließ sich die gesamte Reiterei nach unten fallen. Der Drache über uns huschte haarscharf an uns vorbei und ließ uns in Ruhe.

Sie … gaben uns frei.

Etwas fassungslos sahen wir dabei zu, wie sie sich seitlich von uns sammelten. Ganz vorn entdeckte ich Rai, dessen Drache eindeutig Schwierigkeiten beim Fliegen hatte.

»Wir haben den Pfortendrachen voll erwischt«, stellte Manila triumphierend fest, doch in ihrer Stimme meinte ich die gleiche Verblüffung zu vernehmen, die auch ich empfand.

Die Reiterei hatte uns gehabt! Warum hatten die Drachen nicht angegriffen? Rai hätte es getan. Da war ich mir sicher. Der wollte uns tot sehen.

Ein scharfes Reißen in meinem Inneren riss mich aus der Überlegung. Rai hatte eine Pfortenwelt geöffnet und verschwand soeben darin. Sämtliche rote Drachen folgten ihm.

Der Angriff auf Goldin war vorbei. Wir hatten gewonnen!

»Das war … seltsam«, brachte es Manila schließlich auf den Punkt. *»Wenn man einen Gegner derart in die Enge gedrängt hat, sollte man es auch zu Ende bringen.«*

»Sei froh, dass sie sich anders entschieden haben. Bist du dir sicher mit dem Zeichen? Vielleicht hat der Reiter uns auch was anders zu verstehen geben wollen.«

Manila zögerte mit ihrer Antwort. Einen Fehler einzugestehen fiel ihr schwer. *»Kann sein«*, gab sie schließlich zu. *»Allerdings werden wir das hoffentlich nie erfahren. Der rote Pfortenwächterdrache hat eine ziemlich üble Wunde am Bauch davongetragen, und Rai ist dezent angekokelt. Vielleicht überleben die beiden ja auch nicht und der Spuk ist vorbei.«*

»Was, wenn nicht?«

»Dann wird er erneut angreifen. Bis einer von uns tot ist. Das zumindest ist sicher.«

Auch die grünen und blauen Drachen um uns herum konnten kaum fassen, dass ihre Feinde so plötzlich abgezogen waren. Eher ziellos segelten sie über Goldin hin und her, suchten nach übrig gebliebenen Gegnern. Doch da waren keine mehr. Zwei tote rote Drachen entdeckte ich am Boden, dazu ein blauer und ein grüner. Keine Verletzten, die man hätte befragen können. Außer den toten roten Drachen hatten es offenbar alle anderen durch die Pforte in ihre Welt zurückgeschafft.

»Wir sollten landen und sehen, ob wir helfen können«, entschied ich schließlich, als ich Arics Drachen auf einer Landebahn von Goldin entdeckte. Immer mehr Drachen folgten seinem Beispiel, um sich nach diesem schrecklichen Angriff auf dem Boden zu erholen. Besonders die blauen Drachen schwankten bedenklich in der Luft. Sie waren am Ende ihrer Kräfte.

Wir ließen ihnen den Vortritt und gingen danach mitten in einer Reiterei von Arandor nieder. Die grünen Drachen rückten rasch von Manila ab. Ein unangenehmes Gefühl. Wir waren nicht länger Teil dieser Welt. Wir waren die Verräter, die man mied. Autsch!

Die Erkenntnis gab mir einen so tiefen Stich in mein Herz, dass ich einen Moment brauchte, um mich zu fangen. Vor allem, als ich die Blicke der Reiter am Boden bemerkte. Distanziert. Misstrauisch. Beinahe feindlich.

Das konnte ja was werden.

Mit einem Schlag verpuffte das gesamte Adrenalin in meinen Adern. Zurück blieben zitternde Knie und ein ungutes Rumoren im Magen. Beinahe trotzig stieg ich ab – und rannte geradewegs in Aric rein.

»Was war das denn?«, fragte der mich ohne Begrüßung. »Wieso haben die roten Drachen ihren Angriff abgeblasen? Die waren uns haushoch überlegen.«

»Manila hat den Pfortenwächterdrachen schwer verletzt. Vermutlich wollten sie verhindern, in dieser Welt zu stranden, und haben sich deswegen zurückgezogen. Rai hat es auch erwischt.«

Aric starrte mich mit einer wilden Mischung aus vorsichtiger Hoffnung und Unglaube an. »Es ist vorbei?«

»Nein. Mit hoher Wahrscheinlichkeit wird der Drache überleben und Rai kehrt zurück.«

»Aber erst mal haben wir Ruhe?«

»Glaub schon.«

Aric entspannte sich sichtbar. Sein Gesicht war über und über mit Staub bedeckt. Wüstensand und Dreck. Seine Kleidung sah nicht viel besser aus, und wenn ich mich nicht irrte, zitterte seine Hand ganz leicht. Verdenken konnte ich es ihm nicht. Die Ereignisse überforderten auch mich.

Dann riss er sich sichtbar zusammen und verwandelte sich blitzartig in den kompetenten Patrouillenführer, vor dem ich echt Angst hatte. »Was ist mit Makon?«

»Lebt. Ist in einem Bergsee bei Janara runtergegangen. Es war allerdings knapp. Wir mussten ihn wiederbeleben.«

Verrückterweise wirkte Aric ehrlich betroffen, beinahe geschockt. »Wiederbeleben?«, fragte er scharf. »Was ist mit Ian?«

»Der … äh … ich hoffe sehr, dass er noch lebt.«

Aric starrte mich an, als wäre ich irrsinnig geworden. So etwas wie echte Angst mischte sich in seinen Blick, zumindest bis zu dem Moment, wo er wieder den Soldaten herauskehrte und sich straffte. Abrupt drehte er sich weg von mir und ließ seinen Blick über das Chaos in Goldin schweifen.

Blaue Drachen, die bis gerade eben den Angriff abgewehrt hatten, lagen irgendwo in der Sonne. Viele waren einfach dort in sich zusammengesackt, wo sie gelandet waren. Viel zu erschöpft, um auch nur noch mit einer Kralle zu zucken. Ich sah zwei Reiter, die einen anderen vom Rücken seines Drachen ziehen mussten, weil er selbst dazu nicht mehr in der Lage war.

Dazwischen huschten grüne Reiter, die zu helfen versuchten und gleichzeitig zu wenig Hände hatten. Mädchen und Jungen weinten, Babys kreischten, Mütter suchten ihre Kinder. Eine Kakophonie, die sich tief in mein Herz einbrannte.

Aric ging es vermutlich ganz genauso, denn er seufzte tief. »Wir müssen evakuieren. Sofort. Die meisten Drachen von Marani befinden sich in einem desaströsen Zustand. Nach diesem Angriff sogar noch mehr. Um hier wegzukommen, müsstest du allerdings eine Pforte möglichst nahe bei Goldin öffnen, die sie direkt vor Riata wieder rausbringt. Einen längeren Flug übersteht hier keiner.«

Sobald ich das hörte, wurde ich panisch. »Unmöglich. Das kann ich nicht!«

»Red keinen Unsinn. Natürlich kannst du das. Du hast sie von ihrer Welt in diese gebracht. Da kannst du sie auch innerhalb dieser Welt von einem Ort zum nächsten führen.«

»Nein! Kann ich nicht!« Als ich Arics Unglauben bemerkte, versuchte ich wirklich alles, um standhaft zu bleiben. Vergebens. Natürlich durfte er den Hauptgrund für meine Ablehnung nie erfahren. Noch einmal ein fremdes Volk durch meine Pforten zu führen, würde mich umbringen. Ich war schon lange erschöpft. Wenn sie mein Volk gewesen wären, hätte ich es vielleicht versucht. Da dem nicht so war, sah die Sache völlig anders aus. Das Hauptproblem war allerdings ein anderes: Ich war mir ziemlich sicher, dass solch eine gewaltige magische Kraftanstrengung zu viel für mich sein und das unheimliche Etwas in mir leichtes Spiel haben würde. »Ich bin kurz vor einem Magieschock«, log ich. »Wenn es mir nicht so wie Ian ergehen soll, brauchen wir eine Alternative.«

Aric glaubte mir nicht wirklich, ließ meine Worte aber unkommentiert. Stattdessen dachte er konzentriert nach. »Weißt du zumindest, ob die blauen Drachen durch unsere Heimatpforten fliegen können?«

»Ich … nein. Weiß ich nicht.«

»Du bist eine verdammte Pfortenwächterin. Warum kannst du eine Pforte direkt vor der Nase meines Drachen öffnen und das tollkühnste Manöver hinlegen, das ich je gesehen habe, und dann weißt du so etwas nicht? Was stimmt nicht mit dir?«

Jetzt war ich es, die ihn anstarrte. Das Gefühl purer Unzulänglichkeit schnürte mir die Kehle zu und sorgte dafür, dass ich mich noch alleingelassener und inkompetenter fühlte als ohnehin schon.

»Soll ich ihn zwicken? Oder vorzugsweise direkt den Kopf abbeißen? Ein Wort genügt und der kleine Scheißer ist Geschichte«, mischte sich Manila in meine Gedanken ein.

Weil ich mir nicht sicher war, ob sie wirklich scherzte, drückte ich den Rücken durch und beschloss, mir ein wenig Manila-Biss auszuleihen. Nur nicht wortwörtlich, sondern lediglich bildlich. Das war gesünder für alle Beteiligten. »Ich weiß erst seit ein paar Tagen, dass ich eine Pfortenwächterin bin«, antworte ich Aric scharf. »Meinen Drachen kenne ich auch erst seit diesem Zeitpunkt, und du kannst mir glauben: Manila in den Gedanken zu hören ist kein Spaß! Wenn dir also dein Leben lieb ist, gehst du mich nie wieder so an. Manila wartet nur auf eine Gelegenheit, um ihren Frust abzuladen, vorzugsweise mit Mord. Also verschon mich mit deinen bissigen Kommentaren. Ich kann auf mein Können immer nur in den denkbar seltsamsten Momenten zugreifen, insbesondere in Gefahrensituationen. Ansonsten betrachte mich als Drachenschülerin im ersten Jahrgang, die nicht mal ihre volle Prüfung ablegen konnte, weil sie bis dahin leider keinen Drachen hatte! Ich bin auf Arandor aufgewachsen. Dass ich zu Marani gehöre, weiß ich auch erst seit ein paar Tagen. Also entschuldige, wenn ich kein wandelndes Lexikon für fremde Völker und Magiestrukturen bin.«

Aric und ich duellierten uns noch etwa drei Sekunden stumm, bis er genervt die Augen verdrehte. »Verstanden und verinnerlicht«, sagte er leise. »Entschuldige. Mir sind die Nerven kurzzeitig durchgegangen. Darf ich dennoch ehrlich sein?«

»Wenn es sein muss.«

»Bitte leg diesen hilflosen Reh-totgeschossen-Blick ab. Du bist die verdammte Anführerin der Marani, ob erst seit vier Tagen oder nicht. Das ist scheißegal. Deine maranischen Freunde befinden sich gerade in einer echt beschissenen Lage, und ich bin erst seit drei Minuten in der Führungsebene unserer Welt angekommen. Dass es Pfortenwächter und verschiedene Welten gibt, weiß ich erst seit dem verdammten Angriff auf uns. Das muss ich erst noch verkraften. Arandor? Ich höre das Wort heute zum ersten Mal. Sind wir das? Das Volk von Arandor?«

Ich nickte stumm.

Aric strich sich müde übers Gesicht. »Abgefahren«, brummte er anschließend. Dann nahm er mich wieder aufs Korn. Der Kerl konnte echt finster gucken. Seine Worte fühlten sich scharf wie Messer an. »Dass es mehrere Welten gibt, muss ich erst mal verdauen, bloß hab ich da keine Zeit für. Genauso wenig wie du. Asrai! Ich kann den Marani nicht helfen. Die Führungselite von Arandor schätzt mich nicht besonders. Das wird Ian schon bald zu spüren bekommen. Ich bin Fußvolk und sollte das, ehrlich gesagt, auch besser bleiben. Im Gegensatz zu dir. Im Rang stehst du weit über mir, ob vermurkste Prüfung oder nicht. Ich war dabei, du erinnerst dich? An deinen bescheuerten Flug über den Vulkan und die anschließende Standpauke. Das ist nun Vergangenheit. Du bist nicht mehr die kleine Drachenreiterschülerin auf einem ausgeliehenen Drachen. Du bist eine verdammte Pfortenwächterin mit einem schneeweißen, echt mies gelaunten Drachen, der aussieht wie eine wandelnde Waffenkammer. Ein Drache, der mir eine Heidenangst einjagt. Genau so müsstest du dich ab sofort verhalten. Du brauchst nicht nur meinen Respekt, sondern den der restlichen Drachenreiter. Denn egal, ob es dir passt oder nicht: Du hast hier im Moment das Sagen. Also spuck es aus: Wie gehen wir vor?«

Offenbar hatte er echt nicht kapiert, was ich ihm zwischen den Zeilen hatte mitteilen wollen. Oder er wollte es nicht hören. Ich war absolut planlos.

Um mich zu beruhigen, schloss ich die Augen. Überlegte. Was sollte ich tun? Im Pläneschmieden war mein altes Ich offenbar richtig gut gewesen, bloß schwieg mein strategisches Gehirn gerade. Merke: Ich musste unbemerkt herausfinden, wie ich jederzeit darauf zugreifen konnte. Aber die heutige Elaja hatte auch einiges drauf. Ich …

Ich war wirklich gut darin, mir Hilfe zu holen!

Entschlossen öffnete ich die Augen. »Manila? Sag Sean Bescheid. Der muss herkommen und Velia mitbringen. Die wird den Marani klarmachen, dass sie mitzukommen haben. Auf Sean hört hier jeder, selbst wenn er noch nicht fertig mit seiner Hortanführerausbildung ist. Ist Jama noch hier?« Ich sah Aric fragend an. Der schüttelte den Kopf.

»Hortanführer habe ich bislang nur Lukan aus Embra gesehen. Belram müsste eigentlich auch hier irgendwo sein, aber nachdem du Makon so unsanft vor seiner Türschwelle abgesetzt hast, ist er vermutlich nach Janara geflogen, um da nach dem Rechten zu sehen. An Führungselite, fürchte ich, haben wir zwei hier gerade das Sagen. Die eigentlichen Befehlshaber haben momentan mit den letzten Angriffen und panischen grünen Drachenreitern zu kämpfen. Die finden das nämlich allesamt gruselig, dass wir nicht länger allein auf der Welt sind.«

Verdammt. Das waren ja finstere Aussichten. Noch nie im Leben hatte ich mir Ian derart herbeigewünscht, nur mussten wir auf den noch einige Zeit verzichten. Unwillkürlich schauderte ich. Hoffentlich hatte er Makons Herzmassage nicht mitbekommen. Da er über keine Magie mehr verfügte, hatte er …

Meine Gedanken machten eine Vollbremsung. »Manila? Frag Sean bitte, wie es Ian geht«, sagte ich leise und bemühte mich dabei um Gelassenheit. Dennoch zitterte meine Stimme hörbar. »Nicht dass er Makon womöglich für tot hält.«

Aric riss die Augen auf, als er meine Worte hörte. Gemeinsam warteten wir, nur war der Krieger eindeutig nicht fürs Nichtstun geschaffen. »Ich hole derweil eine Karte. Finde du in der Zwischenzeit heraus, wer momentan neben dir bei den Marani das Sagen hat. Oder weißt du das zufällig dann doch?« Als er meinen bösen Blick bemerkte, zuckte er mit den Achseln. »Ich hab keine Zeit für deine zarten Gefühle. Du fragst dich, warum mich jeder in der Führungsetage fürchtet? Genau darum! Ich treffe nie den Ton!«

Das hatte ich bemerkt. »Ich erkundige mich«, sagte ich spitz. »Denn nein: Das weiß ich leider nicht. Ich kenne die Marani ungefähr genauso lange wie du.«

»Dann frag mal den Kerl da. Der mit der langen Narbe quer durchs Gesicht. Der uns gerade mit Blicken aufspießt. Er ist mir bei den Luftkämpfen aufgefallen und hat mir, ehrlich gesagt, sogar das Leben gerettet. Die Marani hören auf seine Befehle. Er schnauzt nur rum, dafür pariert auch jeder. Schätze, neben ihm steht seine Schwester. Auch sie hat Führungstalent. Bring beide her. Wir treffen uns vor Manila wieder. Oder frisst die uns gleich? Die guckt so komisch.«

Ich musterte mein Weibchen, das tatsächlich Aric mit einem Ausdruck im schuppigen Gesicht bedachte, der mir Sorgen bereitete. »Wir treffen uns vor deinem Drachen im Schatten«, entschied ich daraufhin und stapfte los zu dem von Aric beschriebenem Marani. Die Frau neben ihm sah ihm tatsächlich so ähnlich, dass es garantiert seine Zwillingsschwester war.

»Hast du Zair erreicht?«, fragte ich Manila lautlos.

»Er antwortet nicht. Scheint beschäftigt zu sein. Ich schätze es nicht, ignoriert zu werden.«

»Manila! Du bist hier keine Königin. Gewöhn dich dran, dass wir uns unsere Position erst erarbeiten müssen.«

»Welche Position? Statt uns zu verehren, hassen uns unsere Leute, denn die halten uns für hinterhältige Verräter und Lügner.«

Ich blieb kurz vor dem unheimlichen Kerl aus Marani stehen und drehte mich zu Manila um. *»Es tut mir leid, dass du so sehr unter deinem Gesichtsverlust leidest«*, sagte ich lautlos zu ihr und meinte es auch genau so. *»Unsere persönlichen Befindlichkeiten müssen allerdings warten. Versuch Zair zu erreichen, in Ordnung?«*

»Jawoll, Eure Hoheit.« Die Ironie troff aus Manilas Worten.

Ich warf ihr noch einen warnenden Blick zu und wandte mich dann meinen maranischen Freunden zu. Oje. Die sahen mich so finster an. Die nächste Konfrontation stand mir bevor. »Habt ihr zwei was bei den Marani zu sagen?«, fragte ich erschöpft.

»Wir haben eine ganze Menge zu sagen«, antwortete der Kerl giftig. »Nur willst du das garantiert nicht hören.

Na prima. Das fing ja gut an. Bevor ich etwas erwidern konnte, schubste ihn die Frau einfach zur Seite und trat vor den Mann. »Da unsere eigentliche Führungselite recht effektiv von Arandor identifiziert und entführt wurde, hast du das richtig erkannt. Die Marani folgen unseren Empfehlungen. Ich bin Maya. Der Typ hier ist mein Bruder Brick. Wie können wir helfen?«

Endlich mal jemand mit Verstand. »Ich brauche eure Meinung zur Evakuierung«, erklärte ich knapp. Wortlos drehte ich mich um und lief zurück. Die beiden folgten eher zögernd. Gleich darauf begriff ich. Dass ich sie sie in die Bissreichweite von Arics Drachen brachte, machte sie nervös.

»Gewöhnt euch an die Nähe der grünen Drachen«, sagte ich sanft zu ihnen. »In dieser Welt wollen sie euch nichts tun. Sie sind Freunde.«

»Das bleibt abzuwarten.« Bricks Blick war wachsam und eher misstrauisch. Als er Aric näher kommen sah, versteifte er sich. »Sie sehen jedenfalls genauso aus wie in unserer Welt. Beinahe identische Uniformen. Gleiche Hybris. Ähnliche Haltung.«

Unwillkürlich dachte ich an den Drachenfürsten von Arandor. An sein unheimliches Auftreten, und ehe ich es verhindern konnte, blitzte die Erinnerung an die Gefangenen in meinem Kopf auf. Bislang hatte ich erfolgreich verdrängt, dass ich sie hilflos zurückgelassen und Ians Leben vor ihres gestellt hatte.

Vermutlich würde mich diese Entscheidung für immer verfolgen.

»Alles in Ordnung?«, fragte mich Maya irritiert. »Du wirst plötzlich blass.«

»Ja«, log ich eher offensichtlich und räusperte mich. Wegen der zurückgelassenen Gefangenen musste ich mir ein anderes Mal Vorwürfe machen. Jetzt galt es, diese Situation in den Griff zu bekommen. »Diese Drachenreiter sind anders als die, die ihr kennt. Kein Vergleich. Sie werden euch retten.« Entschlossen straffte ich mich und schob den Gedanken an die Gefangenen beiseite. Stattdessen deutete ich auf die Karte in Arics Händen. »Wir überlegen uns gerade unsere Vorgehensweise.«

Mittlerweile war der Hauptmann bei uns angekommen und warf einen fragenden Blick in die Runde. »Gibt es Probleme?«, fragte er provokant.

»Weiß ich nicht. Machst du Probleme?«, entgegnete Brick.

Herrjemine. Hastig ging ich zwischen die beiden. »Aric, sei bitte netter zu den beiden als zu mir. Kriegst du das hin? Brick und Maya sind Arandor-geschädigt und müssen etwas sanfter behandelt werden, als du es mit mir zu tun pflegst. Und ihr zwei: Reißt euch zusammen. Aric will helfen.«

Zu meiner Überraschung hielt Aric Brick eine Hand hin. »Danke für die Rettung in der Luft. Ich hab den roten Drachen nicht gesehen. Ohne dein Eingreifen wären Nevin und ich tot.«

Brick starrte die Hand an, als wäre sie eine tödliche Waffe. Es war Maya, die sie nach kurzem Zögern ergriff. »Gern geschehen«, sagte sie ruhig. »Brick und ich fliegen zusammen«, erklärte sie auf Arics verwirrten Blick wegen ihrer so unerwarteten Einmischung hin. »Mein Drache ist tot. Seitdem sind mein Bruder und ich ein Zweierteam. Brick fliegt, ich behalte die Umgebung im Auge und verteidige uns im Luftkampf mit Magie. Und zu unserer Rettungsaktion: Der rote Drache kam aus dem Nichts. Der Pfortenwächter muss ihn hinter dich gesetzt haben. Du warst chancenlos. Das hätte jedem passieren können.«

Daraufhin nickten Aric und Maya einander zu, als hätten sie alles geklärt. Brick hingegen wirkte weiter abwehrend und kreuzte die Arme vor der Brust. Alles an ihm schrie Missbilligung. Aric hatte das natürlich durchaus bemerkt, und ich war ihm unendlich dankbar, dass er die Provokation ignorierte. Statt weiter zu diskutieren, breitete der Hauptmann die Karte auf dem Boden aus, und wir versammelten uns alle darum herum. Erst da entspannte ich mich ein klein wenig.

Uff.

Die erste richtige Begegnung zwischen Arandor und Marani auf Augenhöhe hatte besser geklappt als zu Beginn gedacht. Niemand war körperlich aufeinander losgegangen. Alle lebten noch.

Hoffentlich blieb es so friedlich.

Zum ersten Mal wurde mir bewusst, auf was für eine Aufgabe ich mich da eingelassen hatte. Wenn alle Marani so misstrauisch und angriffslustig waren wie Brick, konnten wir einpacken. Die Drachenreiter in Arandor würden es sich auf Dauer nicht bieten lassen, wie Verbrecher angegangen zu werden. Sie konnten nichts für das Verhalten ihres Volkes in der anderen Welt.

Das mussten die Marani schnellstmöglich verinnerlichen.

Sobald ich allerdings daran dachte, wie lange Ian für diese Erkenntnis gebraucht hatte, schauderte es mich. Selbst nach Jahren, in denen er unter den grünen Drachenreitern gelebt hatte, war er auf Distanz geblieben. Auf der anderen Seite hatte er vermutlich auch immer das Gefühl gehabt, sich jederzeit verraten zu können. Das Wissen, dass er seine Freunde womöglich verraten musste, hatte jede Kontaktaufnahme garantiert noch zusätzlich erschwert.

Und dennoch: Wenn es Ian schon so schwergefallen war – wie lange brauchte sein Volk, um sich einzugewöhnen?

»Wir sind hier«, riss mich Aric aus meinen Gedanken. »Goldin liegt ganz im Süden unserer Welt. Der heißeste Ort überhaupt. Wir müssen hierhin, nach Riata. Unser Haupthort. Da hat unser Pfortenwächter das Sagen, also der Kerl, der euch hierhergebracht und offenbar einen Narren an euch gefressen hat. Er hat beschlossen, dass wir euch retten sollen, und holt euch zur Sicherheit in seine Nähe.«

Als sich Maya und Brick einen kurzen Blick zuwarfen, betete ich, dass Aric das übersehen hatte. Dem war natürlich nicht so, dazu war der Hauptmann zu aufmerksam. »Habt ihr etwas zu sagen, was Ian betrifft?«, fragte er scharf.

»Nein«, sagte Maya etwas zu hastig. »Er schien für einen Arandor recht zugänglich zu sein, und wir sind ihm zu Dank verpflichtet. Immerhin hat er uns zusammen mit … unserer Asrai … in letzter Sekunde gerettet.«

Sieh mich nicht so komisch an, dachte ich panisch und spürte, wie mir noch mehr der Schweiß ausbrach. Maya war fast an den Worten »unserer Asrai« erstickt.

»Gewöhn dich an solche Gespräche. Wir balancieren hier zu viele Lügen, über die zu viele Menschen Bescheid wissen. Das kann gar nicht gut gehen«, murrte Manila.

»So was kann ich gerade nicht gebrauchen«, erwiderte ich genervt. *»Wenn du nichts Konstruktives beizutragen hast, dann verschwinde aus meinen Gedanken.«* Laut sagte ich zu Maya: »Wisst ihr, ob ihr die Heimatpforten auf Arandor benutzen konntet? Gab es so etwas auf Marani? Ich habe eine in eurer Welt entdeckt, die von den grünen Drachenreitern durchflogen wurde. Konntet ihr das auch?«

Maya schüttelte den Kopf. »Nicht, ohne ohnmächtig zu werden. Außerdem wurden die Pforten generell verteidigt. Wir hatten keine eigenen. Heimatpforten scheinen ein Ding von Arandor zu sein.«

Mist. Aric und ich wechselten einen besorgten Blick, dann seufzte ich. »Manila? Weißt du zufällig, wie die Heimatpforten entstehen? Wären wir in der Lage, welche zu erschaffen, durch die auch die Marani fliegen können?«

»Ach, jetzt darf ich wieder was zum Gespräch beitragen?«, muffelte mein Drache. *»Aber nein. Von Pforten verstehe ich nichts. Das war dein Gebiet. Du hast einige auf Arandor gepflanzt und, soviel ich weiß, auch welche auf Marani. Nur waren das halt Pforten für die grünen Drachen.«*

Sofort richtete ich mich auf. *»Ich hab die Dinger erschaffen?«*, fragte ich ungläubig und zur Sicherheit lieber lautlos nach.

»Ja klar. Unsere Spezialität. Neben rote und blaue Drachen umbringen.«

Die Drachenreiter vor und neben mir bekamen natürlich nur meine Seite des Gesprächs mit und wirkten entsprechend irritiert. Vor allem, weil sie vermutlich sahen, wie ich bei Manilas letztem Satz schauderte.

»Elaja? Klär uns auf«, forderte Aric schließlich.

»Offenbar kann ich als Asrai Heimatpfor–«

»Elaja! Sprich den Satz nicht zu Ende! Du verrätst uns sonst! Die Asrai von Arandor kann Heimatpforten erschaffen. Nicht der Shetai von Marani. Aber warum sollte die Asrai von Marani Pforten für grüne Drachen auf Marani erschaffen?«, brüllte Manila dazwischen.

Waaaah! Manila hatte recht. Beinahe hätte ich Aric einen Hinweis geliefert, dass ich nicht die Pfortenwächterin von Marani war. Mann! Bei diesem Gespräch bekam man ja Gehirnverknotungen. »… äh … also ich kann keine Heimatpforten erschaffen«, korrigierte ich lahm.

Aric wirkte genervt. »Sag mir nicht, was du nicht kannst, sondern wie wir die verdammten blauen Drachen nach Riata schaffen.«

»Keine Ahnung! Ich bin Neuling in der Pfortenwelt. Hab ich doch schon gesagt.«

»Hier geht es um so viele Leben. Konzentrier dich und denk nach!«

Da brauchte ich mich eigentlich nicht zu konzentrieren, denn ich bezweifelte, dass ich für ein mir fremdes Volk die passende Weltenpforte auf Arandor erschaffen konnte. Von Marani-Magie hatte ich keinen Schimmer. Da konnte nur Ian helfen. Bloß durfte Aric das nie erfahren.

Maya begriff mein Dilemma und versuchte mir zu helfen. »Wie wäre es, wenn du uns noch mal durch kurzfristige Pforten nach Riata bringst?«, schlug sie mir vor.

»Kann ich nicht. Schaff ich nicht. Ich bin kurz vorm Magieschock. Euch hierherzubringen hat mich ähnlich ausgelaugt wie Ian«, trug ich meine bereits vor Aric dargestellte Lüge vor. Zumindest war es nur eine halbe Lüge.

Der Hauptmann schlug daraufhin heftig mit der Hand auf die Karte. »Fassen wir zusammen: Die Asrai ist uns keine Hilfe«, knurrte er schlecht gelaunt. »Vergessen wir sie als Rettungsoption. Wir brauchen Alternativen, damit ihr nicht allesamt in dieser Hitze krepiert.«

»Mannomann. Von dem Kerl kann ich mir in Sachen Muffeligkeit noch eine Scheibe abschneiden. Der dreht echt jedes Messer in der allerkleinsten Wunde um«, merkte Manila daraufhin trocken an, und zum ersten Mal seit Beginn des Gesprächs pflichtete ich ihr bei.

»Mein schnell zusammengeschusterter Plan sieht so aus: Wir fliegen die magielosen Zivilisten mit den grünen Drachen durch unsere Heimatpforte auf kürzestem Weg nach Riata. Dann sind die schon mal aus der Hitze raus und können sich erholen. Mit den schwer verletzten Drachenreitern können wir leider nicht durch die Pforten, weil die sonst magisch gegrillt würden. Für die holen wir die kräftigsten und schnellsten grünen Drachen und fliegen sie ganz klassisch den Weg von Goldin bis nach Riata. Und ja. Ich weiß. Das ist Wüste und verdammt heiß, nur haben wir keine Alternative. Vermutlich müssen sie einen Zwischenstopp einlegen, vielleicht geht es auch an einem Tag, das werden wir sehen. Ähnlich verfahren wir mit den blauen Drachen. Wir fliegen mit ihnen zusammen, so weit sie es schaffen Richtung Norden, erst mal raus aus der Hitze. Je nördlicher, desto kühler wird es. Von der Anhöhe hier sollten die Drachen ein ganzes Stück segeln können, hoffentlich bis hier.« Aric tippte auf eine Stelle in der Karte, wo ein kleiner See inmitten von Kakteensymbolen eingezeichnet war. »Das ist immer noch Wüste, nur nicht mehr ganz so heiß. Wer kann, sollte bis hierhin kommen. An der Stelle liegt ein kleines Dorf. Ich kenne die Einheimischen da gut. Sie sind hilfsbereit, und wenn wir alle anpacken, werden sie zusammen mit uns Unterstände bauen.«

Die Stille nach seinem Vorschlag sagte eigentlich alles. Maya und Brick wirkten geschockt. »Das schafft Tiala nicht«, stellte Brick schließlich fest. »Sie ist zu erschöpft und zu schwer verletzt. Galahad auch nicht. Misala vielleicht. Kaja kann nicht mal aufstehen, genau wie –«

»Sie müssen«, unterbrach Aric ihn ruppig. »Es gibt keine Alternative.«

»Vier Drachen bekommen wir noch durch eine Pforte durch. Das verkraften wir magietechnisch«, mischte sich Manila ein. Sie hatte sich beinahe unbemerkt näher geschlichen und reckte den Hals, sodass sie besser sehen konnte. *»Da können wir dann auch die schwer verletzten Drachenreiter mitnehmen. Durch deine kurzen Pforten scheinen die Marani das magietechnisch zu verkraften. Pfortenwächtermagie.«*

Ich drehte mich zu ihr um. »Wenn du mir verrätst, wie ich das mache, gern. Ich kann das immer nur im Notfall. Wenn es sein *muss*. Nicht, wenn ich es will. Meine Magie gehorcht mir einfach nicht.« Und lautlos zu Manila sagte ich: *»Ganz davon abgesehen, dass es da etwas in mir gibt, das auf die kleinste Schwäche von mir wartet, um meinen Körper zu übernehmen. Über den Punkt müssen wir uns dringend mal in Ruhe unterhalten.«*

»Das ist die alte Asrai von vor dreihundert Jahren, schätze ich. Ihr Geist scheint nur halb so tot zu sein wie gedacht. Tu uns beiden einen Gefallen und halte sie in Schach. Die Frau macht mir Angst. Wir brauchen nur deine Asrai-Magie. Ansonsten kommen wir klar.«

»Und wie benutze ich die, ohne die Höllenfrau zu wecken?«

»Das ist dein Problem. Ich bin nur das Reittier.«

»Wie bequem.«

Vermutlich hätten wir uns noch eine ganze Weile so gestritten, wenn Aric sich nicht mit einem lauten Räuspern bemerkbar gemacht hätte. »Kannst du uns an deinem stillen Wutgespräch mit deinem Drachen teilhaben lassen?«

»Manila sagt, dass wir vier Drachen mit einer kurzfristigen Pforte rüberbekommen und dabei auch die verletzten Reiter mitnehmen könnten. Nur leider weiß ich nicht, wie ich das anstellen soll. Wie erwähnt, bin ich Neuling im Bereich der Pfortenmagie.«

»Dann frag Ian«, sagte Maya.

»Kann ich nicht. Der ist momentan über Magie nicht ansprechbar.«

»Wir brauchen Lösungen, keine negativen Schwingungen. Du wirst mit uns zusammen die Zivilisten nach Riata fliegen müssen. Auf diese Weise kannst du Ian auf direktem Weg fragen«, maßregelte mich Aric prompt. »Also? Gibt es Einwände gegen meinen Plan?«

»Dein Plan ist Scheiße. Er wird Leben kosten. Viele Leben. Unsere Drachen sind halb tot, falls du es nicht bemerkt haben solltest.«

Aric begegnete Bricks eisigem Blick eher gelassen. »Ich bin für Gegenvorschläge offen. Falls du nur aus Prinzip dagegen bist, verschon mich bitte mit deiner Attitüde, dafür hab ich keine Zeit und keinen Nerv. Also? Keine bessere Idee? Dem scheint nicht so zu sein. Dann los! Sortiert die Menschen ohne Magie aus. Kinder, die bereits erwachende Drachenmagie in sich tragen, dürfen nicht mit. Höchstens welche, die nur zarte Fünkchen ausbilden. Die werden vermutlich ohnmächtig und verkraften einen Sprung durch die falsche Heimatpforte hoffentlich einigermaßen. Und nein! Ich will nichts hören, Brick. Du hattest deine Chance. Wir brauchen nicht jede Kleinigkeit zu diskutieren. Ich bin das Diskutieren leid. Ab sofort bestimme ich. Ihr folgt mir. Zumindest bis hier jemand antanzt, der mehr zu sagen hat als meine Wenigkeit.«

Aric war schon aufgestanden und eilte zu seinen Leuten, um sie ins Bild zu setzen. Maya, Brick und mich ließ er samt Karte etwas fassungslos zurück. »Besteht eure gesamte Führungselite aus Trampeltieren?«, fragte Maya leise.

»Eure? Sag so was nicht. Ich gehöre zu euch, vergiss das bitte nicht. Aber nein. Es gibt durchaus Diplomaten unter ihnen. Aric ist … speziell.«

»Ich find ihn ausgesprochen inspirierend«, sagte Brick zu meiner absoluten Überraschung. »Der Kerl ist ein Arsch, aber er rettet Leben. Genau so was brauchen wir. Außerdem hat er recht. Ich hab keinen Gegenvorschlag. Von daher machen wir es so, wie er es bestimmt hat. Passt mir nicht, nur muss meine Attitüde da wohl tatsächlich mal zurückstecken.« Brick verzog auf eine Weise das Gesicht, die sowohl Maya als auch mich lachen ließ. Daraufhin ging es uns direkt besser – und wir gingen ans Werk.

Als Erstes machten wir eine Liste von den Drachen und Reitern, denen es besonders schlecht ging. Das fiel den beiden blauen Reitern deutlich schwer, da wir damit über Leben und Tod entschieden.

»Kajas Platz sollten wir vergeben. Sie wird es so oder so nicht schaffen. Tiala und Misala sind Schwestern. Sie sind zäh. Einen kurzen Flug durch eine Pforte verkraften sie und haben danach eine reelle Überlebenschance. Die beiden sollten mit dir fliegen. Galahad …« Brick sah seine Schwester fragend an.

»Galahad sollte die Chance bekommen. Wenn er überlebt, packt es Delken auch. Der Kerl hat das Zeug dafür, den panischen Haufen hier zusammenzuhalten. Ihn als Führungstalent zu verlieren wäre ein heftiger Schlag.«

Schließlich hatten wir uns auf vier Drachen und sechs Reiter geeinigt. Blieb nur die Frage, wie ich die Pforte öffnen sollte. »Ich löchere Ian, sobald ich in Riata bin«, fasste ich seufzend zusammen. »Erst mal sollten wir die Marani über unseren Plan informieren. Die werden nicht begeistert sein.«

Nicht begeistert traf es leider nicht mal im Kern. Sie meuterten. Frauen waren nicht bereit, ihre Kinder allein ziehen zu lassen. Reiter wollten sich nicht von ihren Drachen trennen, und so mancher Krieger beharrte darauf, dass alle zusammen fliegen sollten oder keiner.

Mir entglitt die Situation innerhalb von einer halben Minute. Brick hielt noch ein wenig länger durch. Letztlich war es nur noch Maya, die all ihre Überredungskünste einsetzte. Beunruhigt bemerkte ich, dass sich Aric von hinten näherte. Seiner Miene nach zu schließen, hatte er den Aufruhr natürlich bemerkt. Nicht auszudenken, wenn er in seiner ruppigen Art die Marani zur Vernunft bringen wollte. Das würde nicht gut gehen.

Bevor ich ihn stoppen konnte, hatte er sich vor der Menge aufgebaut und schrie so lange »Ruhe, verdammt noch mal! Ruhe!«, bis auch der letzte Protest verklungen war.

»Gleich kommt eure heiß geliebte Velia zu euch, inklusive eures restlichen Führungstrupps. Nehmt es als Zeichen des guten Willens von unserer Seite, dass wir sie euch zurückgeben. Ich hab zu euren Diskussionen nur ganz kurz was zu sagen: Wir versuchen eure Ärsche zu retten. Also hört auf zu murren und tut das, was euch als Volk am Leben erhalten wird. Während wir also darauf warten, dass ihr zur Vernunft kommt, stellen sich die ersten blauen Drachen schon mal auf und warten auf Mitflieger. Vertrödelt gern eure Zeit in dieser Hitze. In einer Stunde fliegen wir ab, mit oder ohne euch. Aber glaubt mir, wir kommen nicht noch mal zurück, wenn ihr jetzt querschießt.«

Nicht nur ich starrte Aric verdattert an. Der wedelte kurz mit einem Klemmbrett in der Luft herum. »Wer mag sein Leben und kommt mit mir?« Aric sah ein kleines Kind an, das recht nah vor ihm stand und ihn mit offenem Mund anstarrte. »Was ist mit dir, junger Mann? Lust, am Leben zu bleiben? Bitte sei schlauer als deine

Mama und komm mit!« Er hielt dem Jungen eine Hand hin, der daraufhin die Augen weit aufriss, sich auf den Fersen umdrehte und schreiend zu seiner Mama lief. Ich seufzte tief. Aric hingegen zuckte nur mit den Schultern und wollte zu seinen Drachenreitern zurückgehen, die sich tatsächlich gerade in Reih und Glied aufstellten.

Zu meiner Überraschung nahm die Mutter ihren weinenden Jungen lediglich auf den Arm und rief zeitgleich Aric zurück. »Er kommt mit Euch«, sagte sie entschlossen. »Ich selbst habe Drachenmagie in mir und darf die Heimatpforte nicht passieren. Mein Sohn und meine Nichte können das jedoch.« Entschlossen packte sie die Schulter einer etwa Achtjährigen und schob sie zu Aric. Das Mädchen sträubte sich ganz kurz und gab schließlich auf. Schweigend nahm sie ihrer Tante den kleinen Jungen aus den Armen und trottete zu Aric rüber.

Der wartete auf sie und klopfte dem Mädchen anerkennend auf die Schulter. »Wir passen gut aufeinander auf«, sagte er freundlich zu der Mutter. »In wenigen Tagen seid ihr drei wieder zusammen. Versprochen.«

Die Frau fing daraufhin an zu weinen, gab ihrem Jungen noch einen kurzen Kuss, drückte das Mädchen an sich und eilte zurück zu den Marani. »Na, los! Seid vernünftig und nehmt die Chance an, dass eure Kinder aus dieser Hitze rauskommen«, sagte sie streng zu den anderen.

»Wer garantiert uns, dass wir sie jemals wiedersehen?«, antwortete eine Reiterin.

»Ich garantiere das«, sagte ich, bevor irgendjemand anderes etwas erwidern konnte. »Ihr werdet sie alle wiedersehen. Sie warten auf euch in Riata, wo der Pfortenwächter dieser Welt das Sagen hat. Ian. Er passt auf eure Kinder auf.«

Ians Name an der richtigen Stelle brach das Eis. Immer mehr Mütter und Väter brachten es über sich, ihre sich sträubenden Kinder zu den blauen Drachen zu bringen. Sie irgendwie da raufzubekommen war allerdings noch eine Sache für sich. Die meisten Jungen und Mädchen hatten gelernt, Arandor bis ins Mark zu fürchten. Wer noch ein wenig Energie in sich hatte, wehrte sich gegen einen möglichen Flug.

Schließlich waren genug Kinder zusammengekommen. Auf Manila wollte keiner mitfliegen. Ich konnte das verstehen. Sie sah auch wirklich zum Fürchten aus.

»Sean hat mir soeben über unsere Drachen mitteilen lassen, dass die von uns angeforderte Velia auf Riata bleibt, um dort die Kinder in Empfang zu nehmen«, informierte mich Aric zwischendurch. »Ist das genehm, Frau Asrai?«

Ich durchlöcherte ihn mit einem vernichtenden Blick und nickte lediglich. Dann zog ich mich auf Manila. Wir hatten keine Zeit für großartige Diskussionen. »Hat er auch was zu Ian gesagt? Geht es ihm gut?«, fragte ich, als ich korrekt saß.

Aric schüttelte wortlos den Kopf. »Dazu war keine Zeit. Wir werden das herausfinden, sobald wir in Riata sind. Durch eine Heimatpforte zu fliegen bekommst du hin?«

Die Frage war als Provokation gemeint und gleichzeitig durchaus berechtigt. »Ja«, antwortete ich unfreundlich, woraufhin sich Aric abwandte und mich endlich in Ruhe ließ.

Aric bohrte ärgerlicherweise an den richtigen Stellen. Nur zu gern hätte ich einen eigenen Pfortensprung angeboten, doch egal wie sehr ich mich auch konzentrierte: Was ich in den jeweiligen Extremsituationen gemacht hatte, wusste ich nur noch undeutlich. Außerdem war ich nicht scharf darauf, die Stimme herauszufordern. Trotzdem war der Wunsch immens, den verletzten Drachen zu helfen, und die Zeit rannte uns davon. Bereits der Abstecher nach Riata konnte für einige blaue das Todesurteil sein.

»Wir testen das gleich allein für uns«, entschied ich mich schließlich schweren Herzen.

»Bei so was bin ich gern dabei.« Manila schnaubte leise. *»Dir fehlt das nötige Selbstbewusstsein. Bloß weil du gerade nicht sofort sagen kannst, wie du das machst, heißt das nicht, dass du es nicht kannst.«*

»Also los. Probieren wir es.«

Manila und ich flogen als Erste und ließen das ganze Drama und die weinenden Mütter, Väter und Kinder hinter uns. Ein wenig bedauerte ich die grünen Reiter, die mit den völlig aufgelösten Mitfliegern starten sollten. Es gab angenehmere Aufgaben.

Zunächst hatte ich erst mal meine eigene zu bewältigen.

Kaum hatten wir eine angemessene Flughöhe erreicht, konzentrierte ich mich auf meine Magie. Ich stellte sie mir, wie im Unterricht gelernt, als glitzernden Strom vor. Als Verlängerung meines Körpers, quasi wie ein dritter Arm. Das fiel mir leicht. Anschließend bemühte ich mich, mich an das Gefühl zu erinnern, als ich meine eigenen Pforten geworfen hatte. Im ersten Luftkampf mit Manila. Bei der Weltenüberquerung nach Marani und zurück. Beim letzten Sprung, als ich mit Arics Drachen in dieser Welt die Pforte geöffnet hatte.

Etwas Wildes regte sich in mir. Auch das Gefühl war mir mittlerweile vertraut. Ich verband es mit der Stimme in meinem Kopf, die mir Visionen nach Visionen um die Ohren geschlagen hatte und sich ausgesprochen unheimlich mit mir unterhalten konnte. Ich hielt dagegen und konzentrierte mich auf die sanftere Macht dahinter, bis sie mir eher gemächlich gehorchte und an die Oberfläche kam. In Zeiten höchster Not schoss sie einfach hervor und überspülte mich. Jetzt achtete ich sorgfältig darauf, dass das nicht geschah. Ich wollte sie nur nutzen, nicht mich in ihr verlieren.

Bloß war das kaum möglich.

Das Flüstern in meinem Kopf wurde lauter und lauter. Bilder flackerten prompt vor meinem inneren Auge auf. Alte Visionen.

Ich saß auf Manila und machte den seltsamen Handwink. Magie umwehte mich mit so viel Macht, dass ich kaum atmen konnte. Danach flogen wir über Wüste. Endloses Nichts. Schwärze.

Verzweifelt blinzelte ich und drängte die Vision zur Seite, woraufhin eine neue hervortrat.

Ich befand mich in einer Bibliothek, hielt ein Buch in den Händen. Sorgsam blickte ich mich um, ehe ich es ganz unten rechts in eine Reihe stellte. Ein Ruf erschreckte mich. Ich sprang auf und wirbelte herum …

»Schluss damit«, ging ich in der realen Welt dazwischen und schüttelte hektisch den Kopf. »Keine Visionen. Pforten!«

»Darf ich dazu etwas sagen?«, fragte Manila ungewöhnlich zaghaft.

»Wenn es sein muss.«

»Solange du dich instinktiv gegen die Magie der Asrai wehrst, wird das nie etwas. Du willst sie im Grunde gar nicht benutzen, weil du Angst vor ihr hast.«

Das war leider wahr. Ich schluckte. »Sie fühlt sich … falsch an. Aggressiv. Ich habe Angst, dass sie mich nachhaltig verändert, wenn ich sie zu oft hervorhole. Genau damit hat mir die Stimme gedroht.«

»Sie verändert dich nicht, denn das, vor dem du so Angst hast, ist ein Teil von dir. Wir sind aggressiv. Wir sind Kriegerinnen. Wir diskutieren nicht, sondern handeln. Das macht uns als Asrai aus, und das will dir die Magie samt Stimme mitteilen. Solange du sie nur so zart anstupst und vor ihr zurückschreckst, wird sie dir nie gehorchen. Du musst sie genau so packen, wie du es bei dem Weltensprung getan hast. Mit purem Willen. Du hast das Sagen. Du bist die Asrai.«

Und genau das war das Problem. »Ich will nicht die Asrai sein«, stellte ich klar. »Ich bin Elaja, die Pfortenwächterin. Im Prinzip möchte ich nur die Magie der Asrai nutzen und nicht zu ihr werden.«

»Ich sage ja auch nicht, dass du das Höllenweib in dir entfesseln sollst. Bitte nicht. Aber du musst selbstbewusster vorgehen, sonst wirst du nie so stark werden, wie du es sonst sein könntest. Eine verunsicherte Asrai hat nicht das Zeug dazu, um die volle Pfortenmagie zu bändigen.«

Ich zögerte und überlegte, ob ich es laut aussprechen sollte. Es würde Manila wehtun. Schließlich entschied ich mich für die Wahrheit. »Dann ist das eben so. Also kein Pfortenwurf für uns. Wir nutzen die Heimatpforte.«

»Das ist entwürdigend.«

»So ist das Leben. Finde dich damit ab oder such dir eine neue Reiterin.«

Erstaunlich diplomatisch sagte Manila nichts mehr dazu, sondern reihte sich leise grummelnd hinten in die Formation ein. Allein das musste ihr gewaltig gegen den Strich gehen, nur waren wir eben die Einzigen, die keine Mitreiter trugen. Da stand es uns nicht zu, uns ganz nach vorn zu mogeln.

Sobald wir uns der Heimatpforte näherten, hielt ich instinktiv die Luft an. Als Asrai hatte ich nun schon einige Sprünge hinter mir, als Elaja eher weniger. Ich fühlte mich in diesem Moment wieder wie eine Schülerin, die eigentlich durch keine Pforten fliegen durfte und das daher auch noch nie trainiert hatte. Doch kurz vorm Einflug verschob sich meine Magie in die richtige Richtung und meine Instinkte übernahmen. Gleich darauf spürte ich das Ziehen und Zerren in mir. Die Macht, die mich lockte. Die Wut, die unterschwellig in jedem Funken Magie mitschwang. Die Asrai wollte heraus und mich aus der zweiten Reihe holen. Führen. Herrschen.

Vernichten.

Nur dass ich mich mit aller Gewalt dagegenstemmte und hartnäckig hinter dem hintersten Drachen herflog, anstatt Manila an ihm vorbeizulenken.

Die Pforte verschluckte uns. Ich spürte die alte Magie, die Jahrhunderte, Jahrtausende überdauert hatte. Noch nie hatte ich mir Gedanken darüber gemacht, woher die Heimatpforten überhaupt stammten. Jetzt fühlte ich die erschreckende Ähnlichkeit zu der Magie, die auch in mir toste.

Asrai-Magie.

Ich war es gewesen, die dieses monströse Etwas erschaffen hatte, durch das Millionen von Drachen ein und aus geflogen waren. Unfassbar, dass ich dazu in der Lage sein sollte.

»Das waren wir, kleines Menschenmädchen. Manila und ich. Wahre Größe. Wahre Macht. Wir werden wieder herrschen. Versprochen.« Die Stimme in meinem Kopf klang so höhnisch und selbstsicher, dass mir eisig wurde.

Das war zu viel. Bloß raus hier, damit ich die Magie nicht mehr nutzen musste. Hastig gab ich Manila das Zeichen, sämtliche vor uns fliegenden Drachen zu überholen. Erfreut gehorchte sie. Vermutlich dachte sie, ich wollte die Führung einnehmen, die uns ihrer Meinung nach zustand.

In Wirklichkeit wollte ich einfach nur hier raus.

Kaum waren wir draußen und schwebten über Riata, begannen meine Finger zu zittern, denn der Schreck saß mir tief in den Gliedern. Die Stimme machte mir Angst, denn sie war ein Echo aus der Vergangenheit. Gehörte zu mir und auch nicht. Damals war ich eine andere gewesen – und ich weigerte mich, wieder zu ihr zu werden.

16

Manila war eingeschnappt. Das erkannte ich an jeder einzelnen Bewegung. Resolut ging sie auf Riata nieder und stolzierte danach an den Rand der Landebahn, um steif und mit hoch aufgerichtetem Kopf den grünen Drachen beim Landen zuzusehen. Dabei strafte sie mich mit Schweigen.

Ich nutzte die Zeit, um meine zitternden Knochen wieder unter Kontrolle zu bringen und abzusteigen. Arics Drache Nevin gesellte sich zu uns. Anders als ich, blieb sein Reiter allerdings auf seinem Tier sitzen und wartete auf die auf uns zueilenden Helfer. Die verteilten sich blitzartig um die bereits gelandeten Tiere und nahmen die Kinder in Empfang. Die meisten Jungen und Mädchen sahen blass und überfordert aus. Sie klammerten sich aneinander und weigerten sich teilweise sogar, auch nur einen Schritt auf die Gebäude zu zu machen. Viele weinten.

Ich fing den kleinen Jungen und das Mädchen auf, die Aric mitgenommen hatte. Gekonnt ließen sie sich von dem grünen Drachen auf den Boden in meine Arme plumpsen.

»Keine eigene Pforte zustande bekommen?«, fragte mich Aric gewohnt provokant. Jedes Wort troff dabei vor Missbilligung.

Ich schüttelte schweigend den Kopf und hielt mich nur mit größter Mühe davon ab, ihm die Zunge rauszustrecken. *Arschloch.* Manila brummte warnend.

Da entdeckte ich Velia, die am anderen Ende der Landebahn die Kinder einsammelte und in verschiedene Gruppen sortierte. Sean stand mit ein wenig Abstand neben ihr und half ihr dabei. Die beiden waren so konzentriert bei der Sache, dass sie mich vermutlich noch gar nicht bemerkt hatten.

»Wir sollten da rü…«, setzte ich an und unterbrach mich, als ich meinen Namen in der Ferne hörte. Gebrüllt.

Oje. Was war jetzt schon wieder los?

»Elaja? Elaja?« Eine Heilerschülerin in dunkelgrüner Robe lief zwischen den Drachen hin und her und formte immer wieder ihre Hände zu einem Trichter am Mund, um so laut sie konnte nach mir zu rufen.

»Hier!«, schrie ich und winkte.

Sofort rannte sie auf mich zu, als wären tausend Höllendrachen hinter ihr her. »Da bist du ja. Komm!« Sie schnappte mich am Arm und zerrte mich mit.

»Was ist los?«

»Der Fürst dreht durch. Er schreit nach dir und lässt sich nicht beruhigen. Vermutlich ist er gerade auf dem Weg zu dir. Ein Bild wie aus einem Horrormärchen.«

Was?!

Augenblicklich überholte ich die Schülerin und setzte mich kurzfristig vor sie, bis mir einfiel, dass ich den Weg gar nicht kannte. Sie übernahm wieder die Führung, und wir schlängelten uns rücksichtslos durch die Menge auf ein Gebäude zu, in dem vermutlich die Schlafbereiche lagen. Wir stürmten gerade die Außentreppe hoch, als ich auch schon aufgeregte Stimmen hörte.

»Ian! Ihr müsst Euch hinlegen, ich flehe Euch an.« Maai. Wenn meine Mutter mit dabei war und trotzdem nichts ausrichten konnte, war es ernst.

Ich riss die Tür auf und fand mich gleich darauf in einem hochherrschaftlichen Eingangsbereich wieder. Hohe Decken mit Kronleuchtern, Stuck, Marmorfliesen und sehr langen Gängen. Vor uns führte eine Treppe nach oben, und auf dem ersten Absatz …

Verdammt noch eins!

Ian sah schlimmer aus als irgendwelche Höllendrachen. Eher wie der Tod persönlich. Unter dem halb aufgeknöpften Hemd entdeckte ich blutige Verbände, und er trug etwas, das man nur beim besten Willen für eine zu kurz geratene Pluderhose halten konnte.

Dabei hielt er sich krampfhaft mit der einen Hand am Treppengeländer fest, mit der anderen stützte er sich an der Wand ab. Gerade lehnte er die Stirn gegen den Putz und schwankte.

Meine Mutter stand direkt hinter ihm und wirkte mit jeder verstreichenden Sekunde verzweifelter. »Sie kommt zu Euch. Versprochen. Aber –«

»Ich bin hier«, unterbrach ich sie und stürmte bereits los, übersprang die ersten drei Stufen mit einem Satz und erklomm die nächsten halb stolpernd. Gerade rechtzeitig, weil Ian an der Wand lehnend in sich zusammensackte.

»Ich muss zu Elaja«, flüsterte er mit einem Blick, der tief in sich versunken war. Dass ich längst bei ihm war, bemerkte er nicht mal. Mit den Händen fuhr er wild in der Luft herum. Mit einer erwischte er mich am Ohr, weil ich den Fehler begangen hatte, mich zu ihm runterzubeugen.

Als er ernsthaft versuchte, wieder auf die Beine zu kommen, packte ich seinen Unterarm etwas zu fest. Sofort schrie er vor Schmerz auf. Verdammt. Ich hatte seine offenen Wunden vergessen.

»Fass ihn nicht an«, merkte meine Mutter hastig an. »Egal wo: Die Nähte brechen auf.«

Daraufhin stemmte ich mich mit meinem Körper gegen ihn, um ihn davon abzuhalten, den nächsten Treppenabsatz in Angriff zu nehmen. Um meinem Griff zu entkommen, entwickelte er eine erstaunliche Kraft, letztlich gab er aber auf und sackte schwer gegen mich. Ich hielt ihn so gut ich konnte und bemühte mich dabei, ihn möglichst wenig zu berühren. Halb stehend, halb kniend verharrten wir in dieser seltsamen Stellung.

»Was ist denn los?«, fragte ich entsetzt. »Er war noch munter, als ich ihn verlassen habe, um Makon und Manila auf Goldin zu retten.«

»Sein Zustand hat sich von jetzt auf gleich, etwa zwanzig Minuten nach deinem Abflug verändert. Er hat nur noch geschrien.«

Zwanzig Minuten? Ich brauchte nur Sekunden, um eins und eins zusammenzuzählen. Nein! Verdammt. Nein! »Ian denkt, dass Makon tot ist«, schlussfolgerte ich. »Zwanzig Minuten nach meinem Abflug haben wir eine Bruchlandung in einem See hingelegt. Makon hatte einen Herzstillstand, aber er lebt. Er lebt!«

»Ich weiß, nur bekommen wir das nicht in Ians Schädel. Er hört uns nicht mehr, und so wie er herumtastet, ist er mittlerweile auch blind. Elaja!« Maais Stimme wurde leiser und eindringlicher. »Ich weiß nicht, wie Maranisch klingt, aber im Fieberdelirium redet er in einer fremden Sprache. Wenn nicht alle über euren kleinen Rollentausch Bescheid wissen sollen, müssen wir ihn schleunigst isolieren.«

Hier war der Beweis. Meine Mutter wusste also ganz genau Bescheid über Ian und mich. Zum Glück war die Schülerin unten in der Halle stehen geblieben und hatte Maais Worte gewiss nicht gehört. »Riegel den Teil des Gebäudes ab«, rief ich der jungen Frau zu. »Und schick jemanden nach Sean.«

»Der ist zu Makon nach Janara geeilt«, widersprach mir Maai. »Auch er hat die Zusammenhänge verstanden und holt Ians Drachen her. Eine Verzweiflungstat.«

Scheiße. Geschockt über die Neuigkeiten hielt ich Ian zunächst einfach fest, nur leider stemmte er sich weiterhin gegen mich, murmelte immer wieder meinen Namen. Schließlich drückte ich ihn so hoch, dass ich sein Gesicht umfassen konnte. »Ich bin hier«, sagte ich eindringlich. »Ich bin's. Elaja. Ich bin hier!« Diese Sätze wiederholte ich immer wieder, strich ihm über die Wangen. Die Nase. Den Hals. Er fragte dennoch weiter nach mir und wirkte völlig entrückt.

»Ich kann so nicht gehen«, flüsterte er heiser. »Nicht so. Nicht ohne sie.«

»Ich bin hier, Ian!« Verzweifelt legte ich meine Stirn gegen seine und umarmte ihn. Als auch das nichts brachte, küsste ich ihn. Erst auf die Wange. Auf die Mundwinkel und schließlich auf die Lippen. Zunächst sträubte er sich gegen mich, bis er abrupt stiller wurde. Sein hektisches Atmen beruhigte sich, sein Zittern wurde weniger. Vor allem erlahmte die Gegenwehr, und er horchte auf. Spürte nach mir. Nach meinen Berührungen. Sanft strich ich ihm über den

Nacken und vertiefte den Kuss, indem ich meine Lippen fordernder gegen seine presste. Er schmeckte nach Blut und Schweiß. Nach Kampf und Verzweiflung. All das war ein großer Teil von ihm, und gleichzeitig war er noch viel mehr.

»Ich bin bei dir«, flüsterte ich an seinen Lippen.

Und endlich, endlich schien ich zu ihm durchzudringen. Zischend stieß er den angehaltenen Atem aus und hob die Hand. Statt sie mir wie zuvor um die Ohren zu hauen, legte er sie auf meiner Wange ab, strich mir vorsichtig mit dem Daumen quer durchs Gesicht. Ich hielt still und betete, dass er mich endlich erkannte. »Du bist wirklich hier.«

»Ja!«, bestätigte ich mit möglichst viel Nachdruck und rang dabei mit meinen Nerven. Ian so zu sehen, erschütterte mich zutiefst. Vor allem, weil er losgezogen war, um mich zu suchen. Trotz seines bedenklichen Zustands. Trotz seiner Schmerzen. Warum tat er so etwas? »Du musst dich beruhigen. Hörst du mich?«

»Es ist vorbei«, erklärte er statt einer direkten Antwort und lehnte kraftlos seine Stirn gegen meine. Seine Hand schob er unter meine Haare in meinen Nacken, genau wie ich das bei ihm getan hatte. Im Gegensatz zu meiner war seine Haut dort glühend heiß. Er fieberte. Die Augen hatte er geschlossen. »Makon ist tot, und ich bin so müde. Es tut mir leid. Ich wollte für dich stark sein und das hier überleben. Meine Fehler gutmachen, damit du mir eines Tages wieder vertrauen kannst. Du bedeutest mir die Welt, Elaja. Du *bist* meine Welt. Aber Makons Tod verändert alles. Das überlebe ich nicht. Ich habe nur so lange durchgehalten, weil ich dich noch ein letztes Mal um Vergebung bitten wollte. Verachte mich nicht. Hass mich nicht. Verzeih mir.« Die letzten zwei Worte waren kaum zu verstehen gewesen.

Mir wurde kalt, als ich begriff. Ein Magiekollaps tötete innerhalb einer Stunde. Bei Ians und Makons enger Verbundenheit war es eigentlich unmöglich, den Verlust des Drachen zu überstehen. Dass er bereits mehrere Stunden durchhielt, und das in seinem Zustand, war so gut wie unmöglich. Dennoch war es geschehen.

Weil ich ihm noch immer nicht verziehen hatte und er so nicht sterben wollte.

»Makon lebt!«, sagte ich eindringlich zu Ian, doch er reagierte überhaupt nicht auf meine Worte. Offenbar war er noch immer taub und blind. Wie sollte ich ihm da sagen, dass ich ihm schon längst verziehen hatte?

Denn genau das war der Fall, stellte ich überrascht fest. Ich hatte seine Welt gesehen. Seine Beweggründe, warum er uns hintergangen hatte. Uns hintergehen musste. Die Art und Weise seines Verrats tat noch immer schrecklich weh, allerdings litt er augenscheinlich noch mehr darunter als ich. Wenn ich ihn so sah, bröckelte mein Widerstand sofort.

Ich brauchte ihn. Ich mochte ihn. Ich … liebte ihn. Noch immer. Dass ich ihm das nie gesagt hatte, bedauerte ich jetzt zutiefst. Doch wie sollte ich ihm das verständlich machen?

Hilflos sah ich meine Mutter an. »Was machen wir denn jetzt?« Dass uns die Zeit davonlief, war offensichtlich. Ian war verstummt. Stattdessen lag er schwer in meinen Armen. Um ihn besser halten zu können, ließ ich mich nach hinten gegen die Wand sinken und zog ihn gleich hinterher. Er sackte schwer gegen mich. Maai packte hastig mit an und sorgte dafür, dass ich an die Wand gelehnt Ian im Arm halten konnte. Dabei lag er zwischen meinen Beinen, den Rücken an meinen Oberkörper gelehnt, den Kopf an meiner Schulter. Es war ausgesprochen ungemütlich, aber immer noch besser als zuvor.

»Ich habe eine Idee. Eine weitere Verzweiflungstat«, sagte meine Mutter hastig. »Kann ich euch ganz kurz allein lassen? Bin sofort wieder da.«

»Mach schnell!«

Maai sprang auf und rannte mit wehenden Röcken die Stufen hinauf. Parallel hörte ich aufgebrachte Stimmen an der Eingangstür. Bislang hatte die Heilerschülerin ihren Auftrag gut erfüllt und niemanden zu uns gelassen. Jetzt klappte allerdings die Tür und ein völlig aufgebrachter Aric erschien in der Eingangshalle. Als er uns entdeckte, riss er entsetzt die Augen auf.

»Beim Drachenarsch. Was ist denn hier los?«, rief er mir zu und war in nur fünf Sprüngen bei uns angekommen. Besorgt hockte er sich vor uns hin und nahm wie selbstverständlich Ians Hand in seine. »Stirbt er?«

»Ja. Zumindest wenn uns nicht sofort eine Lösung einfällt.« Möglichst knapp klärte ich Aric auf. Der setzte zu einer vermutlich harschen Antwort an, verstummte jedoch, als Maai zu uns zurückkam und sich mit einem dicken Buch vor uns hinkniete. Hektisch blätterte sie darin herum.

»Was hast du vor?«, fragte ich irritiert.

»Deine Aktion mit der Magieessenzübertragung hat mich auf die Idee gebracht. Das hier ist eine Abhandlung für Heiler aus grauer Vorzeit. Damals war es noch üblich, dass Drachenreiter ihre Magie auch der Heilkunst widmeten. Weil das ausgesprochen kräftezehrend und auch gefährlich für den Reiter war, überließ man das Feld lieber der herkömmlichen Medizin. Das Wissen ging verloren, vermutlich auch, weil so viele Bücher beim Vulkanausbruch verbrannten. Ich hab eins nach langem Suchen aufgestöbert. Ah, da ist es ja.« Sie tippte auf eine Seite und drehte das ganze Buch so, dass ich die Zeichnungen darauf sehen konnte. »Ein alter Zauber, der bei Magieüberlastung gewoben wurde. Er raubt sehr viel Energie, weshalb er nicht mehr angewendet wird. Willst du es dennoch versuchen?« Meine Mutter sah mich fragend an. »Machen wir uns nichts vor. Du kannst ihm nicht noch mal Essenz geben. Das würde dich töten. Wir müssen dafür sorgen, dass er wieder hören und sehen kann. Außerdem braucht er einen Hauch von Magie, damit auch die begreift, dass Makon lebt.«

Mit einer Hand angelte ich mir das Buch und musterte die Zeichnung. Den Handwink bekam ich hin, der sah nicht mal besonders schwer aus. Solange ich dafür nur meine herkömmliche Drachenmagie und nicht die der Asrai verwenden musste, traute ich mir einen Versuch zu.

»Halt das Buch mal, Aric.« Schon drückte ich meinem Gegenüber den Wälzer in die Hand und führte den Handwink aus, bevor mich irgendwer hindern konnte. So war ich einfach. Nicht reden. Handeln. Leider geschah nichts.

»Du musst das Handgelenk mehr drehen, und Magie dabei wäre auch nicht schlecht, Drachenreiterschülerin«, merkte Aric verärgert an. »Soll ich es versuchen?«

»Halt die Klappe. Ich kann das. Kennst du dich mit Heilen aus? Nein? Dann sei still. Find dich damit ab, dass ich keine Ahnung vom Zaubern, dafür magietechnisch deutlich mehr draufhabe. Jetzt muss ich nur lernen, damit umzugehen.« *Nur.*

Ich brauchte fünf Anläufe, bis ich zumindest ein Kribbeln fühlte. Als auch der sechste Versuch nicht zielführend war, ging Aric dazwischen. »Durchatmen, Asrai«, sagte er im Lehrertonfall. »Ruhe hilft Magie bei schwierigen Aufgaben. Sie will helfen. Deine Aufgabe ist es, sie zu lenken.« Er legte meine Hand auf Ians. »Ian hat immer zu mir gesagt, dass du eine großartige Heilerin bist. Du bekommst das hin. Er glaubt an dich, selbst wenn er das gerade nicht mitteilen kann.«

Ich starrte Aric einen Moment ungläubig an, dann atmete ich wie befohlen durch und spürte Ians Berührung nach. Seine Hand auf meiner. Sofort wurde ich ruhiger, konzentrierte mich. Meine Drachenmagie. So freundlich und hell. Sie wartete tatsächlich wie ein diensteifriger Hund auf ihren Einsatz, bloß begriff sie nicht so recht, was ihre Aufgabe war. Als ich sie nun dirigierte, tat ich das sanft und mit wesentlich weniger Hektik. Wir ließen uns Zeit, dem Wink zu folgen, und diesmal spürte ich tatsächlich, dass es funktionierte.

Ein sanfter Nebel ging von mir aus, der in Ian hineinsank. Es fühlte sich wie ein Ziehen an, vermischt mit einem leichten Brennen, das immer stärker wurde. Vermutlich war der Zauber deshalb aus der Mode gekommen. Er verbrannte buchstäblich meine Energie. Kaum war sie in Ian hineingesickert, lenkte ich sie hastig an die Stellen, die ich für am wichtigsten hielt. Der Hauptmagieknoten musste gestärkt werden. Genau wie der Knoten am Hals, damit Ian wieder hören und sehen konnte. Das Brennen verstärkte sich, sodass ich schon bald die Zähne zusammenbeißen musste. Schließlich hielt ich es nicht mehr aus und beendete den Zauber mit einem raschen Wink. Der Schmerz verging sofort, und nur eine bleierne Müdigkeit blieb übrig. »Ian? Hörst du mich wieder?«, fragte ich bange.

»Ja«, antwortete Ian leise. »Nur nützt uns das nicht viel. Makon ist tot, Elaja. Du musst bald ohne mich weiterkämpfen. Es tut mir leid, dich allein zu lassen. So unendlich leid.«

»Makon lebt!«, protestierte ich, woraufhin er vehement den Kopf schüttelte.

»Er ist tot, denn ich spüre ihn nicht mehr. Ich habe ihn verloren. Genau wie dich.« Seine Augen wurden dunkel vor Trauer, als würde das letzte Lebenslicht darin erlöschen.

Daraufhin zog ich ihn fest an mich, küsste ihn erneut fest auf die Lippen. »Er lebt! Eure Magie ist nur vollständig zusammengebrochen«, flüsterte ich eindringlich, damit mich Aric nicht hören konnte. »Sean holt ihn gerade hierher. Du musst nur noch einen Moment durchhalten, dann kannst du ihn sehen. Versprochen.«

Ian schwieg voller Verblüffung. »Er lebt?«, hakte er ungläubig nach.

»Ja! Und weißt du, was? Du hast auch mich nicht verloren. Wenn du durchhältst, bis er da ist, verzeihe ich dir alles. In Ordnung?«

Ian erbebte bei meinen Worten kaum merklich in meinem Griff. »Ich verzeihe dir, Ian«, wiederholte ich die Worte, die er so dringend hören musste. »Wirklich. Du hast mir genug Gründe gegeben, um alles zu verstehen, und ich begreife es endlich. Also, entspann dich bitte. Es wird alles gut.«

»Auch zwischen uns?« Ich hörte die Angst in seinen Worten genau heraus.

»Ja. Auch zwischen uns.« Vorsichtig strich ich ihm eine Strähne hinters Ohr, woraufhin er sich zur Seite lehnte und seine Wange in meine Handfläche schmiegte. »Aber du musst noch mal stark sein, Ian. So lange, bis Makon hier ist. Kannst du das für mich tun?«

Er nickte und sah mich mit immer klarer werdendem Blick an. Der Kampfgeist kehrte in ihn zurück. Seine Entschlossenheit. Sein Wille, das Unmögliche zu vollbringen. »Für dich würde ich alles tun.«

Meine Erleichterung war kaum in Worte zu fassen. Es hatte tatsächlich funktioniert. Ich hatte mit Magie geheilt. Zumindest für den Augenblick. Jetzt fehlte nur noch Makon. Einige Herzschläge lang gaben wir uns, um einander einfach nur anzusehen. Die Nähe des jeweils anderen auszukosten. Dadurch wurde ich ruhiger. Hoffnungsvoller. Leider verging die Zeit viel zu schnell.

»Makon ist da!« Die Heilerschülerin kam hereingepoltert und winkte hektisch. »Wo soll er hin?«

»Den Gang runter ist eine Tür, die auf einen Vorhof führt. Da sieht uns nicht halb Riata zu, wie wir unseren sterbenden Fürsten wiederzubeleben versuchen. Sag Sean, dass er Makon dort hinbringen soll«, rief Aric ihr zu, an dessen Anwesenheit ich mich erst jetzt wieder erinnerte. »Dann mal hoch, mein Lieber. Auf zu Makon!« Der Kerl war wirklich begnadet darin, Notfallpläne innerhalb von Sekunden zusammenzuzimmern. Prompt beugte er sich über Ian.

Er legte sich Ians rechten Arm über die Schulter und zog ihn auf die Beine. Maai winkte hektisch die Schülerin hoch, damit die Ians andere Seite übernahm, und beugte sich zu mir herunter.

»Alles in Ordnung bei dir?«, fragte sie besorgt.

»Ja«, murmelte ich. »Meine Beine fühlen sich weich wie Pudding an, und mir ist ein wenig schwindelig. Ansonsten geht es mir gut.« Noch immer machte ich mir große Sorgen um Ian, aber gleichzeitig freute ich mich. »Mama! Ich hab mit Magie geheilt!«

Maai erwiderte mein glückliches Lächeln gleich doppelt so breit. »Das habe ich gesehen. Und weißt du noch was? Ich habe schon immer gewusst, dass du eine begnadete Heilerin bist.«

Mein Lächeln erlosch. »Ich bin eine Drachenreiterin. In die Heilergilde komme ich nie wieder zurück.«

»Wer redet von der Heilergilde? Und wer sagt, dass du nicht beides sein kannst? Heilerin und Drachenreiterin. Jetzt komm hoch. Wir sollten Ian und diesem ungehobelten Kerl folgen. Wer ist das überhaupt?«

Kopfschüttelnd half mir meine Mutter auf die Beine, und wir taumelten gemeinsam die Treppe runter. Das Buch trug ich unterm Arm. In diesem Jahrhundert würde ich es nicht mehr hergeben. Da meine Mutter über keine Magie verfügte, hatte sie ohnehin keine Verwendung dafür. Für mich hingegen war es womöglich das wertvollste Unterrichtsmaterial, das ich je besessen hatte.

Der Weg durch den Gang erschöpfte mich allerdings mehr als gedacht. Nicht nur Ian war schweißgebadet, sondern auch ich. Aric brachte es irgendwie fertig, die Tür aufzustoßen und Ian parallel aufrecht zu halten. Gleich darauf tauchte eine schwarz geschuppte Drachenschnauze im Eingang auf.

»Makon«, flüsterte Ian und ließ sich völlig erschöpft auf Makons Maul sinken, lag halb auf ihm, halb kniete er im Türbereich. »Du lebst wirklich.«

Makon brummte als Antwort und drückte sich an seinen Reiter. Falls er versuchte, mit Ian zu sprechen, hörte ich es nicht. Wahrscheinlicher war, dass er es nach wie vor nicht konnte.

Sobald auch ich angekommen war, legte ich meine Hand auf die Drachenschnauze, streichelte das Tier. »Spürt ihr euch auf magischer Ebene?«, fragte ich vorsichtig.

»Einen kurzen Moment. Jetzt nicht mehr, aber es hat gereicht. Die Magie hat verstanden. Makon lebt.« Ian seufzte leise und ließ sich, bei Makons Schnauze angekommen, neben ihm auf den Boden sinken, lehnte sich mit dem Rücken gegen den Türpfosten. Eine Hand ließ er allerdings auf Makons Nasenspitze liegen. Dass er ihn liebevoll streichelte, bemerkte er vermutlich nicht einmal.

Ich hockte mich vor ihn nieder und musterte ihn prüfend. »Du hast ein wenig Farbe im Gesicht.«

»Und du bist leichenblass. Alles in Ordnung mit dir?«

Ich überlegte und setzte mich neben ihn. »Geht so. Rutsch mal. Mir ist schwindelig.«

Unverzüglich hob er den Arm, damit ich mich an ihn kuscheln konnte. Ich folgte seiner Aufforderung, legte meinen Kopf auf seine Schulter und genoss das Gefühl seines Körpers an meinem. Es war wirklich an der Zeit, loszulassen. Einen Neuanfang zu wagen. Der begann genau jetzt, beschloss ich.

»Du verzeihst mir wirklich?«, fragte Ian, dessen Gedanken offenbar in eine ähnliche Richtung gewandert waren.

»Ja.« Ich lachte leise. Vermutlich würde ich das noch einige Male wiederholen müssen, bis er es mir endlich glaubte.

»Wieder hast du mich gerettet«, seufzte Ian in meine Gedanken hinein und klang dabei ein wenig peinlich berührt.

»Alte Gewohnheiten lege ich nur schwer ab. Ich sturer Esel. Sei froh.«

Er strich mir mit der Hand über den Bauch. Wann war die denn da hingekommen? Tatsächlich passte ich perfekt zwischen seinen Ober- und Unterarm. Als wären unsere Körper dafür geschaffen.

Der Gedanke machte mich seltsam zufrieden, und ich schloss die Augen, gab mir einen Moment, um Kraft und Ruhe zu tanken. Bis sich ein völlig aufgelöster Sean zwischen Tür und Makon durchquetschte.

»Wo ist er? Lebt er noch? Ist er tot?«

»Ich bin hier.« Ian winkte schwach, woraufhin sich Sean auf die Knie warf und seinen Freund an sich riss. Dabei umarmte er mich inklusive.

»Verdammt noch eins. Ich war mir wirklich sicher, dass endgültig dein letztes Stündlein geschlagen hat. Mach so einen Quatsch nie wieder.«

»Damit ich das versprechen kann, darf Elaja meinen Drachen nicht mehr in irgendwelchen Tümpeln versenken.«

Ich ächzte, weil ich zwischen den Männern zerdrückt wurde. »In Zukunft darfst du deinen Drachen gern wieder selbst retten. Dann muss ich das nicht tun.«

Endlich ließ Sean uns beide los. Gleich darauf wurde ich noch mal einzeln umarmt, danach Ian, danach wieder ich und zuletzt Makon. »Bin ich froh. Einfach nur froh.« Er stockte in der Bewegung, als ihm noch etwas einfiel. »Ian!«, rief er. »Hast du eigentlich schon nach draußen gesehen?«

Ian blinzelte verwirrt. »Nein. Was meinst du?«

»Geh mal ein Stück zur Seite, mein Dicker, damit dein Reiter einen Blick nach draußen werfen kann«, sagte Sean daraufhin zu Makon. Der rutschte, ohne aufzustehen, so weit nach rechts, dass ein ausreichender Sichtspalt zwischen Hauswand und seiner massigen Gestalt entstand. Seinen Kopf ließ er an der gleichen Stelle liegen, damit Ian ihn weiter streicheln konnte.

Die kraulende Hand stoppte allerdings in der Bewegung, als Ian begriff, was er da sah.

»Sie sind hier«, flüsterte er mit weit aufgerissenen Augen und starrte den Tumult an. Von hier aus konnte man nur einen kleinen Teil sehen, doch das reichte. Die vielen Frauen und Kinder, die von grünen Reitern in die Gebäude geleitet wurden, sprachen ihre eigene Sprache.

»Ja, Ian. Das sind sie.«

Gut eine Minute sah Ian reglos zu, wie ein grüner Drachenreiter ein kleines Mädchen in eine Decke hüllte und in ein Gebäude trug. Eine ganze Gruppe Kinder folgte, umringt von erschöpft wirkenden Müttern und sich um sie kümmernden grünen Reitern. Velia huschte an uns vorbei, verschwand ins Gebäude und kam gleich darauf wieder heraus, diesmal mit Essen bewaffnet, das sie den Kindern in die Hände drückte. Andere hielten bereits Kuscheltiere oder Getränke umklammert. Ein Anblick, der traurig, hoffnungsgebend und berührend zugleich war. Ian wirkte in der Zeit wie entrückt. Er atmete nicht mal richtig.

Ich beobachtete ihn dabei, wie er langsam begriff und die jahrelange Anspannung nach und nach aus seinen Knochen wich.

Als er schließlich seinen Blick abwandte und mich anblickte, sagte ich nichts. Stattdessen gab ich ihm einen sanften Kuss auf die Wange und den Mundwinkel. Eine stumme Geste, die ihm zeigte, dass ich über seine Gefühle Bescheid wusste. Schweigend zog er mich in die Arme und vergrub das Gesicht in meiner Halsbeuge.

»Hab ich was verpasst?«, unterbrach Aric schließlich den Moment irritiert und erinnerte uns damit daran, dass hier nicht jeder den Durchblick hatte. Er kannte Ians Vergangenheit nicht – und wenn es nach uns ging, sollte es auch dabei bleiben. »So viel Emotionalität bei ein paar Flüchtlingen?«

»Ian ist nur erschöpft«, antwortete Sean rasch und stand auf, stellte sich zwischen uns und Aric. »Wie sieht es mit dem Rest der Evakuierung aus?«

»Eigentlich wollte ich mit der Asrai gleich wieder zurück nach Goldin fliegen, um die nächsten blauen Drachen hierherzuholen. Nur gibt es da ein kleines Problem. Asrai? Klärst du das?«

»Gib uns einen Moment.«

»Den hab ich aber nicht.« Arics Ungeduld war genauso groß wie sein Mundwerk. Er klang sogar richtiggehend gereizt. Schließlich seufzte er genervt. »Passt auf. Ich fliege allein nach Goldin zurück und komme in ein paar Stunden mit der nächsten Runde armer Frauen und Kinder zurück. Das sollte euch die Gelegenheit geben, eure Gefühle wieder in den Griff zu bekommen, was auch immer ihr damit meint. Asrai? Frag Ian um Rat. Ich hol dich später.«

Die Drohung war unüberhörbar, genau wie das anschließende Gestampfe. Aric eilte fort, ohne eine Bestätigung von uns abzuwarten.

»Den Kerl ändert niemand mehr«, brummte Sean genervt. Gleich darauf hockte er sich wieder vor uns. »Leider hat er recht. Die Zeit drängt, allerdings bin ich schwer dafür, dass ihr beide euch erst mal ausruht. Dann können wir immer noch miteinander reden. Aber bitte nicht hier. Zu zugig. Zu kalt. Makon gehört in einen Stall und Ian in ein Bett, genau wie Elaja. Kriegen wir das hin?«

»Gib mir noch eine halbe Stunde. Im Anschluss darfst du mich gern vor einen Kamin setzen. Vorzugsweise mit was zu essen«, antwortete Ian. Da er dabei nach wie vor seinen Kopf an meiner Schulter beließ, klang seine Stimme dumpf und belegt.

Ich drückte ihn aufmunternd, weil ich genau wusste, wie aufgewühlt er war und das vor Sean nicht so deutlich zeigen wollte. Offenbar löste sich gerade eine jahrelang währende Anspannung in ihm.

»Hier. Eine Decke.« Meine Mutter hatte sie von irgendwoher gezaubert und legte sie uns über die Schultern. »Ich bereite alles vor. Sean? Dafür benötige ich kurz Eure Hilfe.«

Mir war absolut klar, dass das nur eine Ausrede war. Meine herzensgute Mama versuchte uns ein wenig Privatsphäre zu gönnen. Sean fügte sich tatsächlich, und ich lauschte, bis sie weit genug weg waren und wir allein im Flur saßen. Entschlossen drückte ich Ian von meiner Schulter weg, damit ich ihn ansehen konnte.

In seinen Augen glänzten ungeweinte Tränen, die er vehement zu unterdrücken versuchte. »Lass es raus«, sagte ich lächelnd zu ihm. »Manchmal helfen Tränen, um zu verstehen.«

Daraufhin brachte er ein schiefes Lächeln zustande. »Ich bin der verdammte Drachenfürst. Der kann unmöglich am Eingang sitzen und heulen.«

»Wenn er sein verloren geglaubtes Volk in Sicherheit gebracht hat, darf er das durchaus tun«, erwiderte ich trocken.

Er seufzte als Antwort leise und lehnte den Hinterkopf gegen den Türpfosten. Eine junge Frau in Heileruniform trug gerade ein Baby ins Gebäude, begleitet von der Mutter, die kaum noch stehen konnte. Ihre Haut war verbrannt und pellte sich bereits. »Goldin war eine wirklich schlechte Idee«, sagte Ian daraufhin leise.

»Es war die einzige Option, die dir in der Sekunde eingefallen ist. Gräm dich nicht. Wir zwei haben viele Leben in Sicherheit gebracht.« Ich knuffte ihn in die Seite. »Solange ich dir immer wieder den Hintern rette, sind wir eigentlich ein ganz gutes Gespann.«

»Das beste«, bestätigte er und konnte nicht verhindern, dass sein Blick auf meine Lippen fiel.

»Sean und Maai kommen gleich wieder«, sagte ich daraufhin.

»Das ist mir gerade total egal.« Er senkte den Kopf, während ich mich reckte, und ließ seine Lippen sanft über meine gleiten. Vorsichtig und eher tastend. Ähnlich wie bei unserem ersten Kuss. Nur dass Ian diese Ruhe diesmal nur zwei Sekunden durchhielt, ehe ein Ruck durch ihn ging und er mich so heftig an sich zog, dass mir die Luft wegblieb.

»Ich hatte so Angst, dass ich das niemals wieder tun darf«, flüsterte er, ohne den Kontakt mit meinen Lippen zu verlieren. »Es hat mich beinahe um den Verstand gebracht.«

»Immerhin hat es dich am Leben erhalten. Wenn du dich nicht von mir hättest verabschieden wollen, wärst du jetzt tot.«

»Das ist wahr«, murmelte er und küsste mich gleich darauf noch viel intensiver. So intensiv, dass mir heiß wurde – trotz des zugigen Eingangsbereichs. Gleichzeitig zog Ian mich mit erstaunlicher Kraft an sich heran. Nun, wo er wusste, dass sein Drache lebte, ging es ihm von Sekunde zu Sekunde besser. Genau wie mir.

Wie sehr hatte ich dieses Gefühl vermisst. Seine Nähe. Seine Zuneigung. Seine pure Leidenschaft für mich. Ich kannte niemanden, der mir auf solch eine Weise das Gefühl gab, perfekt zu sein. So wie ich war. Ohne Wenn und Aber. Wie sehr er mich brauchte, machte er mit jeder Bewegung seines Körpers deutlich.

Bis sich jemand räusperte.

»Ja, also … wenn ihr das schon wieder könnt, scheint es ja steil bergauf zu gehen. Nur an den durchgehenden Emotionen müssen wir noch arbeiten.« Sean, der ausgesprochen amüsiert klang.

Eher widerwillig lösten Ian und ich uns voneinander und sahen ihn synchron böse an. Sein breites Grinsen ließ unseren Frust über die Unterbrechung jedoch sofort verschwinden.

»Wir können den Gang hier nicht mehr länger sperren, das wirft sonst zu viele Fragen auf«, erklärte Sean achselzuckend. »Knutschen könnt ihr auch oben, vorm warmen Feuer. Wollen wir?«

Wir quälten uns hoch, und Ian verabschiedete sich von Makon. »Ich schaue später nach dir, ja?«, sagte er liebevoll, gab ihm einen dicken Kuss auf die Nase und sah danach zu, wie sich sein Drache wie ein alter Opa umdrehte und von Zair begleitet Richtung Stall stapfte. Ich sah die Sorge in Ians Blick.

»Der wird sich schneller berappeln als du«, sagte ich zu ihm. »Jetzt komm. Es ist wirklich kalt.«

Ian nickte und warf noch einen letzten Blick zu seinen Leuten. Den blauen Reitern. Freude und Zukunftsängste blitzten kurz in seinem Gesicht auf, dann löste er sich von dem Anblick. »Kann losgehen.«

Sean und Maai nahmen Ian zwischen sich, um ihn zu stützen. Ich schlich hinterher und kämpfte dabei mit meinem Kreislauf. Meine Magieheilung hatte wirklich viel Energie verbraucht. Nichtsdestotrotz grinste ich bei dem Gedanken breit. Ich hatte mit Magie geheilt! Das war die grandioseste Entwicklung überhaupt. Eine von vielen.

Je länger Ian lief, desto selbstsicherer wurden seine Bewegungen. Es ging ihm immer besser, wobei ich mir da nichts vormachte. Ein völliges Ausbrennen der Magie war ein deutliches Warnsignal. Es würde lange dauern, bis er wieder ganz gesund sein würde. Vom Kämpfen ganz zu schweigen.

Der Gang war weiterhin wie leer gefegt, genau wie der Treppenaufgang. Ian, Sean und Maai waren bereits auf dem obersten Absatz angekommen, ich hatte erst zwei Stufen hinter mich gebracht, als ich lautes Rufen hörte.

»Elaja, Elaja! Hier! Die lassen uns nicht zu euch!«, brüllte mir jemand von draußen zu. Verblüfft drehte ich mich um und sah durch die geschlossene Flügeltür mit den Milchglasfenstern jemanden wild winken.

Ein Tumult entstand. »Zurück«, rief eine Männerstimme, »Genug!«, jemand anderes.

Weil ich mir denken konnte, wer da Randale machte, stoppte ich sofort. »Ich komme gleich nach«, rief ich Sean zu und stieg die Treppenstufen wieder runter, eilte zur Tür und riss sie auf.

Dort standen Hora und Neth vor zwei grimmig dreinblickenden Drachenreitern, die offenbar die Tür mit ihrem Leben verteidigt hatten. Meine Freundinnen sahen nicht minder entschlossen aus.

»Ich hab einen anderen Eingang gefunden«, hörte ich Narels Stimme von der Seite. »Im Hinterhof steht eine Tür sperrangelweit auf! Kommt schnell, bevor auch da Wachen aufkreuzen!«

Meine Freundinnen reagierten nicht auf seinen Ruf, weil sie mich entdeckt hatten. »Elaja! Hier! Die Kerle lassen uns nicht zu dir. Wurdest du verhaftet?«

»Sehe ich verhaftet aus?«, entgegnete ich verwirrt und drängte mich zwischen den Wachen durch, um erst Hora, danach Neth zu umarmen. »Narel!«, rief ich. »Komm zurück. Ich bin hier!«

Gleich darauf packte mich Hora bereits an den Schultern. »Die behaupten, dass du eine feindliche Pfortenwächterin seist und alles zugegeben hast. Was soll der Unsinn? Was machen die mit dir?«

Ich seufzte tief. »Was macht ihr hier, ist die viel wichtigere Frage«, entgegnete ich, um mir Zeit für eine passende Antwort zurechtzulegen. Vor allem Neths Blick war bezeichnend. Ich bat sie stumm darum, sich zurückzunehmen und weiterhin Stillschweigen zu bewahren.

Sie sah mehr als unglücklich darüber aus.

»Wir fliegen zwischen Riata und den anderen Horten hin und her, um Nahrungsmittel ranzuschaffen. Für die Flüchtlinge.« Hora machte eine bedeutungsschwere Pause. »Die angeblich zu deinem Volk gehören«, sagte sie bezeichnend und zog eine Augenbraue hoch.

»Es ist wahr. Ich gehöre zu ihnen. Nur weiß ich das erst seit dem Angriff. Es ist alles sehr verwirrend, aber … macht euch keine Sorgen. Ian und ich arbeiten an einer Lösung.«

Neths Schnauben sagte mehr als tausend Worte.

Mittlerweile war auch Narel bei uns angekommen. »Du bist echt immer für einen Skandal zu haben«, schnaufte er. »Wegen dir habe ich mindestens zwanzig neue graue Haare!«

»Tut mir leid. Ich bin selbst etwas überfordert mit allem.« Ich umarmte ihn hastig und danach Hora. Als ich das auch bei Neth machen wollte, wich die zurück.

»O nein, Elaja! So einfach lasse ich dich nicht davonkommen.« Sie schnappte mich am Ellbogen und zerrte mich zur Seite. Mir blieb nichts anderes, als ihr hinterherzustolpern. »Das soll eure Lösung sein?«, zischte sie mich an. »Ian bleibt Drachenfürst und du hältst den Kopf für ihn hin? Was ist los mit Sean und dir? Seid ihr komplett durchgeknallt?«

»Wir werden es dir erklären«, sagte ich hastig und war dankbar, als Neth endlich stehen blieb. Hora und Narel sahen einigermaßen verwirrt aus, doch sie schienen zu spüren, dass das ein Gespräch nur zwischen uns beiden war.

»Ich will nichts mehr hören, Elaja! Ihr spielt mit dem Feuer. Was glaubst du eigentlich, wa–«

»Auf ein Wort, Neth!« Die Stimme war so herrisch, dass sie meine Freundin tatsächlich mitten im Wort verstummen ließ. Zeitgleich drehten wir uns zu dem Sprecher um. Sean, der sich gerade zwischen den Wachen durchquetschte und auf uns zueilte. Er sah ärgerlich aus. »Habt ihr nichts zu tun?«, herrschte er Hora und Narel im Vorbeigehen an, dann baute er sich vor Neth und mir auf. »Du gehst sofort zu Ian«, befahl er mir. »Und du isst was. Nein. Ich will nichts hören. Ab mit dir, Elaja. Ich kläre das mit Neth.« Weil ich weiter zögerte, wurde er deutlicher. »Das ist ein Befehl, Drachenschülerin«, ließ er seinen höheren Rang heraushängen. Dass ich ihm als Pfortenwächterin mittlerweile weit überlegen war, behielt ich für mich.

Ich wusste, wann ich verloren hatte.

Seufzend umarmte ich Neth, die sich dabei besorgniserregend versteifte. »Ich hab dich lieb. Bitte sei nicht böse auf uns. Wir haben alles unter Kontrolle!«

»Ich glaube eher, das Gegenteil ist der Fall. Hat euch Ian irgendwie verzaubert? Erpresst? Gebannt? Anders ist euer Verhalten nicht mehr zu erklären«, antwortete meine Freundin steif. Kurz bevor ich mich von ihr löste, erwiderte sie die Umarmung doch noch. Ein kleiner Schritt auf mich zu.

»Wir reden später«, sagte ich eilig und sorgte im Anschluss dafür, dass ich aus Seans drohendem Blickfeld herauskam. »Macht euch keine Sorgen«, rief ich Hora und Narel zu, während ich bereits die Treppen hinaufhastete. Die Wachen rückten bereitwillig zur Seite.

Erneut betrat ich die Eingangshalle, erneut lief ich die Stufen empor. Diesmal war mein Herz nicht mit Schreck angefüllt, sondern lediglich mit leichter Sorge. Die Begegnung mit Neth hatte mich beunruhigt, doch ich schob sie von mir. Erst mal das Positive genießen nach all dem Drama. Ian ging es besser, und ich hatte meine Freunde gesehen. Das war mehr, als ich heute Morgen erwartet hatte.

Als ich oben ankam, zögerte ich. Wo ging es denn jetzt hin? Zum Glück hatte Maai mitgedacht und die Heilerschülerin abgestellt, die mich rasch durch verwaiste Flure zum hintersten Zimmer führte. Als ich hineinging, blieb sie zurück. Offenbar ein weiterer Befehl meiner Mutter. Klug mitgedacht.

Im Raum war es dank eines prasselnden Feuers behaglich warm, allerdings hatte jemand eine Sitzgruppe etwas zu nahe davor platziert. Auf dem längsten Möbelstück saß Ian, zumindest meinte ich seine breiten Schultern hinter der Rückenlehne zu erkennen. Maai stand von einem schlichten Holzstuhl auf, den sie seitlich danebengestellt hatte.

»Er weigert sich, ins Bett zu gehen«, erklärte sie vorwurfsvoll. »Diese Sitzgelegenheit war alles, was ich heraushandeln konnte. Übernimmst du bitte? Er ist störrischer als ein Esel.«

»Dann geht es ihm ganz offensichtlich wieder gut«, feixte ich und trat um die Sitzgruppe herum. Es war ein längliches Polstermöbel aus hellem Leder und mit floralen Mustern. Ian wirkte darauf seltsam deplatziert. Gleich drei Decken hatte er um sich geschlungen. Eine um die Schultern. Eine um den Oberkörper und eine um die Beine. »Geh ruhig. Ich pass auf.«

Maai warf mir noch einen bezeichnenden Blick zu. Ihr Rückzug lag nicht an ihrer Müdigkeit, sondern daran, dass sie uns noch ein paar Minuten für uns geben wollte. Selten war ich ihr so dankbar gewesen. Beim Rausgehen drückte sie kurz meine Hand und war schon halb zur Tür raus, als mir noch etwas einfiel.

»Ist Jama sehr böse auf dich?«, fragte ich besorgt. »Beim letzten Mal haben wir seine Geduld reichlich überstrapaziert.«

»Er hat mir einen Heiratsantrag gemacht. Das ist vermutlich ein gutes Zeichen.«

»Mama!«, rief ich begeistert. »Das sind tolle Neuig… sind das tolle Neuigkeiten? Du hast Ja gesagt, oder?«

»Wenn ein gewisser Fürst demnächst die aktuell geltenden dummen Heiratsvorgaben für Hortanführer aufhebt, dann ja. Da meine Tochter und ich besagtem Fürsten jedoch so einige Male das Leben gerettet haben, würde ich sagen, er ist uns was schuldig.«

Ians leises Lachen sorgte seltsamerweise für eine Gänsehaut, die mir quer über den Rücken rauschte. Eine von der guten Sorte. »Den Wink mit dem Zaunpfahl habe ich verstanden. Betrachtet es als erledigt, sobald sich alles beruhigt hat.«

Maai grinste breit, wodurch sie um Jahre jünger aussah. »In dem Fall sind das wohl gute Neuigkeiten.«

Ich quietschte vor Freude und sprang zu ihr, um sie stürmisch zu umarmen.

»Du musst dich ausruhen«, flüsterte sie mir dabei ins Ohr. Ganz die Heilerin. »Und sprecht euch aus. So misstrauisch ich ihm gegenüber auch bin: Was seine Gefühle für dich angeht, war er immer ehrlich. Er liebt dich, da bin ich mir sicher. Und das ist genau das, was du am dringendsten brauchst. Rückhalt. Du kämpfst momentan für ein Volk, das dich mit Verachtung bestraft. Das hast du nicht verdient, und ich bin beeindruckt, dass du trotzdem weitermachst.

Kämpfst. Um diesen Weg weiter zu bestreiten, wirst du Ian brauchen. Also rede mit ihm. Alles andere wird sich zeigen.«

Ich schniefte vor Rührung und ließ sie nur los, weil sie mich von sich drückte. »Danke«, flüsterte ich. »Und ich freue mich. Für Jama und für dich.«

Das warme Gefühl in meinem Inneren blieb bestehen, als ich Maai dabei beobachtete, wie sie aus dem Raum huschte und die Tür hinter sich schloss. Bis ich Ians Blicke im Rücken zu spüren meinte. Er hatte sich zu mir herumgedreht und linste über die Lehne hinweg. »Kommst du zu mir?«, fragte er mich sanft. »Ich habe warmen Tee, heiße Suppe und mindestens eine Decke zu viel.«

Sofort lief ich los und setzte mich nur Sekunden später neben ihn. Er ruhte mit dem Rücken an der Armlehne, sodass er die Beine ausstrecken konnte. »Ist da noch Platz für mich?«

Wortlos hob er die Decken an, und ich rutschte neben ihn, sodass er mich darin einhüllen konnte. Auf einem kleinen Schemel vor uns standen besagter Tee und zwei Suppenschüsseln. Eine davon war leer.

»Du hast gegessen. Das ist gut.«

»Sterben macht hungrig.«

Ich drehte mich, um ihn anzusehen. Bevor ich es verhindern konnte, hatte ich bereits mit dem Finger seine Wangenkonturen nachgefahren. Sein Bart war so lang wie noch nie. Ein Dreitagebart, der ihm beinahe unverschämt gut stand und die Blässe seiner Haut kaschierte. »Bist du kräftig genug für ein Problemgespräch?«, fragte ich vorsichtig.

Er seufzte tief. »Können wir nicht lieber da weitermachen, wo Sean uns unterbrochen hat?«

»Nein, definitiv nicht.« Ich lachte leise. »Entweder du schläfst oder wir reden.«

»Selbst wenn ich wollte, könnte ich niemals schlafen. Nicht, wo ich dich endlich wieder in den Armen halten darf. Ein kostbarer Moment. Also wähle ich das Reden, selbst wenn ich weiß, dass ich es bereuen werde.«

Das konnte ich definitiv nicht abstreiten. Vorsichtig drehte ich mich in seinem Griff, um nicht von dem Sitzmöbel zu fallen und Ian gleichzeitig besser ansehen zu können. Eigentlich hätte ich ihn lieber noch etwas geschont, aber uns lief die Zeit davon.

»Spuck es aus«, forderte er mich sanft auf.

»Es ist alles ein einziges Chaos. Die blauen Drachen können nicht durch die Heimatpforten, und ich weiß nicht, wie ich sie über eine meiner eigenen Pforten rüberbekommen kann. Das überfordert mich. Du musst mir schnell mehr über die Pfortenmagie beibringen, sonst gibt das ein Unglück.«

»Du hast eine Weltenpforte geöffnet und ganz Marani hier rübergeschafft«, wandte Ian eindeutig verwirrt ein. »Da sollte eine weitere Pforte kein Problem sein.«

Mein Herz klopfte viel zu schnell bei seiner Feststellung. Denn genau das war der Knackpunkt. Die Tatsache, der ich mich stellen musste. »Wenn ich auf das Können der Asrai zurückgreife, riskiere ich, dass ich zu ihr werde«, sprach ich endlich die Wahrheit aus, die ich tief in mir längst wusste. Es war eine so große, so essenzielle Angst, dass ich unwillkürlich schauderte. »Sie ist herrisch und wild, gefährlich und wütend. Meine Asrai-Magie. Der erste Angriff auf dich, als ich komplett die Kontrolle verloren habe, ist kein Einzelfall geblieben. Sie macht das ständig, sobald ich zu viel von ihr nutze. Sie überschwemmt meinen Verstand und ich werde … zu dem, was du zu fürchten gelernt hast.«

Für mehrere Sekunden regte sich Ian um keinen Millimeter. Schließlich atmete er scharf ein. »Das war mir in der Dimension nicht klar«, brachte er hervor.

»Mir auch nicht, aber ich spüre, wie es tief in mir drin rumort. Sobald ich auf altes Können zugreife, fühle ich mich, als würde ich ein Stück von Elaja verlieren und die Asrai stärken.«

Ich sah genau, wie Ian blasser wurde. Niemand wusste den Grad der Bedrohung durch die Asrai besser einzuschätzen, immerhin hatte sie ihn in den vorherigen Leben einige Male getötet. Allein beim Gedanken daran mischte sich Panik in seinen Blick. Er rang sie hinunter, während er die weitreichenden Ausmaße meiner Andeutung zu verstehen versuchte. Ich rechnete mit einem Ratschlag, mit einer Idee, stattdessen schloss er erschöpft die Augen und lehnte den Kopf nach hinten gegen die Armlehne. »Ich kann nicht klar denken«, murmelte er. »Alles dreht sich.«

Ich bemühte mich, meine Ungeduld zu zügeln. Um mich abzulenken, legte ich ihm den Arm quer über den Bauch und kuschelte mich an ihn. »Ruh dich etwas aus.«

»Wie könnte ich, während auf Goldin blaue Drachenreiter sterben. Verdammt.« Er hieb vor Frust kurz gegen das Rückenpolster, dann hatte er sich wieder in der Gewalt. Tief durchatmend wechselte er das Thema. Vermutlich, um ein wenig Zeit zu haben, sich wieder sammeln zu können. »Sind die Marani einigermaßen freundlich zu dir?«

Ich überlegte, denn die Antwort war kompliziert. »Sie bemühen sich, ihre Abneigung mir gegenüber zu verbergen. Ich spüre sie dennoch mehr als deutlich. Die Gespräche versiegen, wenn ich in der Nähe bin. Man weicht mir aus oder geht mir aus dem Weg. Ich gewöhne mich an meine alte Rolle der Außenseiterin, und trotzdem tut es weh. Zukünftig möchte ich mich daher auf meine Gabe konzentrieren. Aufs Heilen. Da lassen mich die Menschen wenigstens an sich heran, selbst wenn das nicht ganz freiwillig ist. Vielleicht kann ich sie auf diese Weise von meinen Qualitäten überzeugen.«

»Und du bist eine begnadete Heilerin. Hab ich das geträumt oder hast du Magie benutzt, um mich zu stärken?«

»Oh, das habe ich. Dieses Buch werde ich auswendig lernen. Versprochen.« Ich deutete auf den alten Schinken, den ich tatsächlich noch immer an mich gedrückt hielt. Als mir das bewusst wurde, legte ich ihn liebevoll auf den Boden und hatte beide Arme frei, um Ian zu umarmen.

Ian gab uns einen Moment, um das Gefühl auszukosten. »Es tut mir leid, dass du momentan so unglücklich bist«, sagte er leise. »Dieser Rollentausch geht uns beiden nahe.«

Zum ersten Mal überhaupt hatten wir beide die Möglichkeit, über das Geschehen zu sprechen. Es tat mir gut, und gleichzeitig hatte ich Angst davor, es auszusprechen. Daher hob ich den Kopf, um ihn prüfend anzusehen. »Ich bereue nichts. Dieser Tausch hat viele Leben gerettet und war die einzige Möglichkeit, um das ganze Chaos zu erklären. Nun müssen wir irgendwie damit klarkommen. Du musst dich auf Arandor zubewegen und ich mich auf Marani. Wenn wir es nur genug wollen, schaffen wir das.«

Ian antwortete mit einem Lächeln. »Da spricht wieder die Kämpferin aus dir. Wie gut, dass du genug Energie für uns beide übrig hast.«

Wir wussten beide, dass er über Jahre für drei gekämpft hatte. Sein Zusammenbruch war unausweichlich gewesen. Dass die ersten Marani auf Riata angekommen waren, sorgte dafür, dass er sich zum ersten Mal ein wenig entspannen konnte. Dennoch spürte ich eine Unsicherheit an ihm, die mich irritierte.

»Was ist los?«, fragte ich sanft.

Er zuckte mit den Schultern. »Mich beißt das schlechte Gewissen. Gegenüber Marani, weil ich sie im Kampf allein gelassen habe. Gegenüber Arandor, weil ich sie belüge. Gegenüber Sean, weil ich ihm erst wichtige Details verschwiegen habe und jetzt sein Leben auf dem Kopf steht. Vor allem dir gegenüber, weil du wegen mir eine Lüge leben und dich vor der Welt verstellen und verstecken musst. Wenn ich es könnte, würde ich die Zeit zurückdrehen und es irgendwie besser machen. Nur weiß ich leider nicht wie.«

Zunächst fehlten mir die Worte für eine Erwiderung. Dann nahm ich seine Hand und drückte sie fest. »Ich sage es gern noch einmal: Ich verzeihe dir. Das habe ich nicht nur gesagt, weil du kurz vorm Herzstillstand gestanden hast, ich habe es auch so gemeint. Ich verzeihe dir. Deine Lügen. Deine verdrehten Wahrheiten. Deinen Angriff auf mich. Ich verzeihe es. Weil ich es endlich verstehe und du genauso wenig Spielraum zum Agieren hattest wie ich, als ich unseren kleinen Rollentausch initiiert habe. Jetzt musst du dir selbst verzeihen, denn sonst wirst du niemals glücklich werden können.«

Er starrte mich an. Lange. Schließlich nickte er und zog mich an sich, hielt mich genauso fest wie ich ihn. »Danke«, flüsterte er.

»Immer«, antwortete ich mit einem Lächeln. »Du kümmerst dich um mich, ich mich um dich. Schon vergessen?«

»Wie könnte ich das je vergessen.« Er atmete tief durch, danach ließ er mich spürbar widerwillig los, sah mich fest an. »Nun zu deinem Problem mit der Asrai.«

Sofort versteifte ich mich. Die Asrai. Sie grummelte längst tief in mir vor sich hin. Die Nähe des Shetais machte sie aggressiv. Wie immer stemmte ich mich dagegen und betete, dass ich genug Kraft hatte, um sie weiter in Schach halten zu können. »Es ist furchtbar. Als würde da etwas in mir lauern, das nur auf einen schwachen Moment wartet, um mich auszuradieren«, sprach ich schließlich meine größte Angst aus.

»Das wird nicht passieren«, antwortete Ian fest. »Nicht, wenn du lernst, sie zu kontrollieren. Sie. Die Magie. Nicht die Asrai. Die wirst du niemals kontrollieren können. Wir müssen sie irgendwie loswerden.«

»Und wie?«

»Ich denk mir was aus. Wenn du mich fragst, ist es nicht die Asrai selbst, sondern das Echo, das dir so zusetzt. Die Magie, die bereits von der Asrai benutzt worden ist und ein Teil von ihr wurde. Das springt auf dich über.«

Hilflos zuckte ich mit den Schultern. »Ja, vermutlich ist es das. Es fühlt sich auch ähnlich wie eine Vision an. Alles verschwimmt zu einem Brei. Altes Können, die Realität, die Asrai und ich.« Ich schluckte. »Und Manila«, setzte ich vorsichtig nach. »Sie ist auch ein Problem. Sie und die Asrai waren eins. Dass ich so anders bin, verwirrt sie. Daher setzt sie auch alles daran, mich auf den Weg der alten Magie zurückzubringen. Vor dem alten Asrai-Ich hat sie zwar Angst, trotzdem möchte sie, dass ich die Magie nutze, um mächtiger zu werden.«

»Das ist etwas zu einfach zusammengefasst«, mischte sich mein Drache zum ersten Mal seit unserer Ankunft ein und bewies damit, dass er jedes Wort belauscht hatte. *»Das klingt ja, als wäre ich voll der Horrordrache! Ich bin halt ein Gewohnheitstier. Dass du so lieblich bist und dich hoffnungslos in den Shetai verknallt hast, ist seltsam für mich. Er war der Feind! Du stellst mit deinem verwirrenden Handeln alles infrage, wofür ich im letzten Leben gekämpft habe.«*

Auf Ians fragenden Blick hin übersetzte ich für ihn Manilas Worte, ließ allerdings das mit dem Verliebtsein aus. Das war ein Thema für ein anderes Gespräch. Vor allem, weil Ian schon besorgt genug aussah. Da musste ich nicht auch noch unser kompliziertes Liebesleben vor ihm ausbreiten. Zumindest noch nicht.

Eine Weile ließ ich ihn denken und hakte schließlich vorsichtig nach. »Was machen wir denn jetzt?«

»Du musst mit Manila sprechen. In Ruhe. Über die Vergangenheit. Dein altes Ich. Bis dahin darfst du die Asrai-Magie nicht anfassen.«

Den Vorschlag hatte ich befürchtet. »Wenn wir diesen Weg gehen, werden mindestens vier Drachen aus Marani sterben, die ich sonst vielleicht retten könnte. Sie schaffen den Flug von Goldin bis hierher nicht. Die maranischen Drachen können keine Pforten von Arandor benutzen. Wenn sie aus der Gluthölle rauswollen, müssen sie das ganz klassisch machen. Fliegen.«

Der fassungslose Ausdruck in Ians Augen traf mich tief ins Herz. Vor allem, weil ich sofort begriff, warum er so fühlte. »Ich hätte Goldin nie als Unterschlupf wählen dürfen«, murmelte er prompt. »Das war dämlich.«

»Es lag auf der Hand. Abgeschieden. Normalerweise kommt da niemand hin. Für gesunde Drachenreiter und Drachen wäre die Hitze auch kein Problem. Mach dir keine Vorwürfe. Wir finden eine Lösung.«

Erneut hatte ich ihn eher beunruhigt als beruhigt. Vor allem, weil er direkt wieder auf das eigentliche Problem zurückkam. »Du darfst keine Pforten mehr öffnen«, stellte er klar. »So lange nicht, bis ich dir die Grundlagen beibringen konnte. In Ordnung? Wenn du zur Asrai wirst, ist alles aus. Sie wird sich auf die Marani stürzen wie ein Geier. Die Asrai hasst uns, und wir müssen noch immer dringend herausfinden, warum das so ist.«

Das stimmte. Was das anging, waren wir bislang keinen Schritt weitergekommen. Der Grund für den Konflikt war noch immer unklar. Wir mussten uns mehr anstrengen, um das zu klären.

Ian strich mir über die Wange, um meine Aufmerksamkeit zurückzuerlangen. Anscheinend hatte er bemerkt, dass ich nachdenklich geworden war. »Wir dürfen nicht riskieren, dich an sie zu verlieren. Die vier Drachen müssen wir anders retten. Deine Magie ist keine Lösung.« Er wartete, bis ich nickte, und strich mir sanft über den Arm. »Wir zwei tragen sehr viel Verantwortung und müssen vorsichtig mit unserem Handeln und unseren Entscheidungen sein. Vier Drachenleben sind nichts im Vergleich zu dem, was uns blüht, wenn du die Kontrolle verlierst und die Asrai sich rächt. Verstehst du das?«

Erneut nickte ich, und dennoch war mir schrecklich elend zumute. Sofort dachte ich an eine andere folgenschwere Entscheidung zurück. Eine Entscheidung, die mir noch immer schwer auf der Seele lag. Eigentlich wollte ich Ian mit diesem Wissen verschonen, doch mit irgendjemandem musste ich darüber sprechen. »Es ist nicht das erste Mal, dass ich Menschenleben gegeneinander abgewogen habe. Als ich beim Drachenfürsten von Arandor war, auf Pendragon, da habe ich etwas gesehen ... etwas, das mich nachhaltig erschüttert hat.«

Allein es in Worte zu fassen, fiel mir schwer. Daher schwieg ich einen langen Moment. Ian wartete geduldig. »Du hast die Gefangenen gesehen«, sagte er schließlich.

»Ja«, bestätigte ich überrascht, nachdem ich meine Stimme wiedergefunden hatte.

»Fianon verwendet die Taktik schon sehr lange. Jeden blauen Drachenreiter, den er lebendig fangen kann, kettet er dort gut sichtbar auf der Plattform an, um die Marani zu unüberlegten Handlungen zu verleiten. Es ist eine schreckliche Kriegstaktik. Du hättest nichts tun können, um sie zu befreien. Das haben schon andere versucht und sind dabei gestorben.«

»Manila war sich sicher, dass wir sie hätten befreien können. Direkt nach dem Angriff, als wir dein Volk hierhergebracht haben. Sie wollte zurück und die Gefangenen holen. Bloß hätte ich dich dann allein lassen müssen. Statt sie zu retten, habe ich dir Magie gespendet, damit du lebst. Ich habe ihr Leben gegen deins eingetauscht.«

Ians sanftes Streicheln blieb für etwa fünf Sekunden aus. Seine Kinnpartie spannte sich sichtbar an, als er meine Worte in ihrer ganzen Tragweite begriff. Zu meiner Überraschung schüttelte er jedoch vehement den Kopf, griff mit den Fingern an mein Kinn und zwang mich, ihn anzusehen. »Wenn ich eins in diesem Krieg gelernt habe, dann das: Es gibt Momente, in denen wir uns innerhalb von Sekunden entscheiden müssen. Mit diesen Entscheidungen müssen wir anschließend leben lernen. Es ist wichtig, dass wir nicht ständig das Was-wäre-wenn-Spielchen in unserem Kopf durchlaufen. Deine Entscheidung war eine der schwersten, und sie hallt in dir nach. Weil du mitfühlend bist. Weil du immer das Richtige tun möchtest. Das macht dich zu einem guten Menschen. Deshalb spiele ich das Was-wäre-wenn-Spiel für dich ein letztes Mal und sage ich dir in aller Deutlichkeit: Deine Entscheidung war richtig. Wäre ich auf Goldin gestorben, hätte Kjell den Marani das Leben schwer gemacht. Ein neuer Konflikt wäre aufgeflammt, in den du mitten hineingeraten wärst. Womöglich hättest du den Befreiungsversuch auch gar nicht überlebt und mein Volk wäre hier auf Arandor gestrandet, ohne Hilfe und Unterstützung, denn beide Pfortenwächter wären tot gewesen. Ich verstehe, dass du den Gefangenen helfen wolltest. Auch ich war einige Male kurz davor. Aber letztlich müssen wir das Gesamtbild betrachten und entscheiden, was für beide Völker am besten ist. In dem Fall war meine Rettung die einzige Möglichkeit, die dir geblieben ist.«

Wie sehr ich diese Worte gebraucht hatte, wurde mir erst jetzt bewusst. Eher spontan umarmte ich ihn und ließ zum ersten Mal die Trauer zu, die in meinem Herzen wütete. »Ich habe den Eindruck, versagt zu haben. Bei den Gefangenen. Und jetzt auch bei den vier Drachen, die ich nicht retten kann.«

»Wir finden eine andere Lösung, Elaja. Eine, in der du keine Magie benutzen musst, denn dieser Weg könnte uns ins Verderben führen.«

»Nur verstehen das die Drachenreiter um mich herum nicht. Aric hält mich für völlig unfähig«, brachte ich schließlich hervor. »Sie denken, dass ich einfach eine Pforte werfen könne und alles sei in Ordnung. So wie du das machen kannst. Sie verachten mich für meine Schwäche.«

»Niemand verachtet dich. Sie spüren lediglich deine Unsicherheit und reagieren darauf. Besonders Aric neigt dazu, bei solchen Gelegenheiten draufzuhauen. Ignorier ihn, wenn er so was sagt.«

Skeptisch hob ich eine Augenbraue hoch und löste mich aus unserer Umarmung, um Ian besser sehen zu können. »Ich hasse den Kerl, aber du scheinst ihn sehr zu schätzen. Wenn wir zwei miteinander auskommen wollen, muss ich ihn besser verstehen.«

Ian zögerte. »Aric und ich haben eine Geschichte«, gab er schließlich widerwillig zu. »Jetzt, wo er gesehen hat, wie wichtig du mir bist, wird er dich nicht mehr so angehen.«

»Das beruhigt mich nicht wirklich. Warum wurde er von Larian nicht zum Hauptmann befördert? Weil er großmäulig und zu direkt ist?«

»Unter anderem. Allerdings war der Hauptgrund für seine fehlende Beförderung seine Sexualität. Er steht auf Männer.«

Etwas verwirrt blinzelte ich Ian an. »Ja und?«

»Ich vergesse immer, wie kurz deine Zeit bei den Drachenreitern bislang ist. Homosexualität ist bei den grünen Drachenreitern verpönt. Frag mich nicht warum. Weil Aric daraus kein Geheimnis gemacht hat, wurde er bei sämtlichen Beförderungen übergangen. Bis ich kam. Deswegen ist er auch so harsch zu mir. Er macht sich Sorgen wegen der Beförderung und will nicht, dass ich mich wegen ihm ins politische Aus bewege. Ist mir nur egal. Aric ist der beste Mann, um Sean und dir den Rücken frei zu halten – und er ist mir gegenüber absolut loyal.«

Sofort witterte ich eine Geschichte hinter der Geschichte und kniff die Augen zusammen, sah Ian streng an. »Warum?«, hakte ich misstrauisch nach.

Am liebsten hätte Ian das Gespräch abgebrochen, das sah ich genau. Schließlich gab er nach. »Aric hat mich mal geküsst – und damit meine ich nicht so ein nettes kleines Küsschen, sondern richtig. Schätze, ich hab da die falschen Signale gesendet. Ich hab aus meinem fehlenden Interesse an den Reiterinnen keinen Hehl gemacht. Aric hat das falsch interpretiert und nahm an, dass ich auf Männer stehe und das nicht so deutlich sagen will.« Er zuckte mit den Schultern. »Ich hingegen bin gar nicht auf die Idee gekommen, dass er sich für mich interessieren könnte. Rückblickend betrachtet war ich vermutlich zu fertig gewesen, um Arics sehr offensichtliche Annäherungsversuche zu erkennen – bis er mich geküsst hat. Ende der Geschichte.«

»Ende? Jetzt wird es erst richtig spannend. Was geschah danach?«

»Nichts. Ich hab klargestellt, dass ich nicht auf Männer stehe … und irgendwie auch nicht auf die meisten Frauen.« Ian verstummte, sah mich auf einmal ganz seltsam an. Sein anschließendes Lächeln wirkte beinahe entschuldigend. »Eigentlich stehe ich nur auf eine Person. Auf dich.«

Er ließ das erst mal so stehen. Seine Unsicherheit war seltsam für mich, da er sonst immer Selbstbewusstsein für uns zwei ausstrahlte. Ich konnte ihn da sogar verstehen. Er hatte schon zweimal seine Gefühle für mich deutlich formuliert – und ich hatte beide Male nicht so reagiert, wie er es sich vermutlich erhofft hatte.

Auch jetzt starrte ich ihn lediglich an, unfähig, etwas zu erwidern. Ehrlich gesagt, war ich schlicht überfordert mit so viel Zuneigung. Ich liebte ihn. Das war mir längst klar. Vermutlich wusste er das auch, schon allein durch Manilas unabsichtliche Bestätigung musste ihm das bewusst sein. Trotzdem hielt er die Luft an, während wir uns anblickten.

Und dennoch brachte ich es nicht über mich. Meine Zunge war wie gelähmt, mein Körper erstarrt – und die Asrai rebellierte so heftig, dass ich kaum atmen konnte.

In Ians Blick schlich sich Enttäuschung, je länger das Schweigen anhielt. Schließlich räusperte er sich unwohl. »Du bekommst gerade Arics Frust ab«, wechselte er das heikle Thema und kehrte zum eigentlichen zurück. »Er hat es schwer unter den Drachenreitern. Dass ich ihn auch noch in den Fokus dieser ganzen Aktion gezerrt habe, macht es nicht besser. Es wird Gerede geben. Ungeachtet dessen bleibe ich bei meiner Entscheidung. Sie ist richtig.«

Ich wusste, dass er eigentlich lieber über etwas anderes gesprochen hätte. Weil mir aber noch immer die Worte dazu fehlten, entschied ich mich schließlich für die Flucht nach vorn.

Ich küsste ihn. Erst sanft auf den Mund, auf den Mundwinkel, die Nase und schließlich wieder auf den Mund. So lange, bis die Anspannung aus seinem Gesicht wich und er leicht lächelte.

»Das hat mir gefehlt«, stellte er fest.

»Wenigstens sind Aric und ich uns in einer Sache einig.« Ich schmunzelte, als ich Ians fragenden Blick bemerkte. »Wir stehen beide voll auf dich«, präzisierte ich.

Kaum hatte ich das ausgesprochen, breitete sich ein gewaltiges Grinsen auf Ians Gesicht aus, gemischt mit purer Erleichterung. »Welch ein Glück«, murmelte er, hob die Hände und zog mich an sich, um mich diesmal weit weniger sanft zu küssen. Er presste die Lippen auf meine, verschmolz regelrecht mit mir. Parallel tippte er mit der Zungenspitze gegen meinen Mund und sorgte dafür, dass ich mich ihm weiter öffnete. Ein Blitz schoss durch mein Innerstes, als er sich prompt an mich schmiegte und mir zeigte, dass er ein verdammt guter Küsser war. Das Knistern des Feuers, das leise Ticken der Uhr an der Wand, der Lärm von weiteren ankommenden Flüchtlingen, all das blendete ich aus. Einzig Ian war wichtig und der Punkt, an dem wir uns berührten. Er nahm mir den Atem und sorgte gleichzeitig dafür, dass ich endlich wieder Luft holen konnte. Alles in einem und noch viel mehr.

Vermutlich hätte ich ewig so weitermachen können, nur Ian nicht. Seine Bewegungen wurden träger, und er blinzelte häufiger. Die Erschöpfung holte ihn ein, jetzt, wo er sich zum ersten Mal seit Jahren zu entspannen begann. Daher löste ich mich von ihm. »Du musst schlafen. Tatsächlich schielst du schon. Das ist einerseits wirklich süß und charmant, andererseits besorgniserregend.«

Mit einem leisen Stoßseufzer lehnte er den Kopf gegen meinen. »Ich mach kurz die Augen zu«, murmelte er und war nur Sekunden später tief und fest eingeschlafen. Ich schmunzelte darüber, zog ihm die Decke bis hoch über die Schulter und schmiegte mich an ihn, legte einen Arm um seine Hüfte und atmete selbst tief durch. Vielleicht war es an der Zeit, dass auch ich mir endlich ein wenig Ruhe gönn–

Rumms! Jemand klopfte an die Tür. Nein. Er hämmerte dagegen. »Asrai! Wir müssen los!« Aric. Nur Sekunden später riss er bereits die Tür auf und stürmte herein.

Ian fuhr in derselben Sekunde hoch, genau wie ich. Aric sah kurz zwischen uns hin und her und verdrehte die Augen. »Hört auf zu fummeln, ihr zwei. Es gibt Wichtigeres zu tun.«

»Wir haben geschlafen, bis du Trampeltier hier reingestürmt bist«, entgegnete ich bissig.

»Ja klar. Erzähl das deiner Großmutter. Asrai! Komm in die Gänge! Wir müssen Drachenleben retten. Abflug in zwei Minuten«, knurrte er schlecht gelaunt und verschwand so schnell, wie er gekommen war.

»Ich hasse ihn. Wirklich«, stellte ich im Anschluss fest und drückte meine kühlen Hände auf meine glühenden Wangen.

Ian lachte nur leise. »Du wirst ihn lieben lernen. Sobald du mal zu seinem inneren Kreis gehörst, wird er für dich durchs Feuer laufen. Aber bis dahin ... ertrag es mit Fassung.«

Das fiel mir denkbar schwer. Aus irgendeinem Grund fühlte ich mich ertappt und irgendwie vorgeführt. Als hätten wir etwas Unanständiges getan. Um dem unangenehmen Gefühl zu entkommen, stand ich von dem Sitzmöbel auf, wurde jedoch von Ian gestoppt. Der angelte nach meiner Hand und drückte sie leicht.

»Ignorier Arics Gebrüll oder seine Spitzen. Solange wir zwei uns sicher sind, kann uns niemand etwas.« Sein Blick war ernst und absolut aufrichtig. Gleichzeitig spürte ich die Frage darin mitschwingen.

Um ihn zu beruhigen, lächelte ich liebevoll und beugte mich vor, gab ihm einen kurzen Kuss auf die Stirn. »Was dich angeht, bin ich mir sicher. Allerdings glaube ich auch, dass wir das nicht so öffentlich zeigen dürfen. Du bist der Fürst, ich die angeblich gefährliche Pfortenwächterin. Lass uns vorsichtig sein.«

»Diesen Teil des Rollentauschs muss ich noch mal überdenken. Das schaffen wir eh nicht.«

»Aber wir müssen.«

Ian seufzte leise. »Ich weiß, und dennoch ist das eine Sache, gegen die ich mich sperre. In den letzten Jahren habe ich so ziemlich alles für mein Volk geopfert. Meinen Schlaf. Meine Nerven. Meinen Drachen. Meine Schwestern. Dich aufzugeben, dazu bin ich nicht bereit.«

Ich starrte Ian an und konnte nicht glauben, wie leicht es ihm fiel, solche Dinge zu sagen. So schöne. So deutliche. Sie erfüllten mein Innerstes und stopften eine Leere, die mich ständig bedrohte, verdrängte meinen ständigen Begleiter namens Einsamkeit. Warum nur fiel es mir so schwer, meine Zuneigung zu ihm in eigene Worte zu fassen?

Wie immer bemerkte Ian meinen inneren Kampf und lächelte traurig als Antwort. »Du musst nichts erwidern, Elaja. Wir haben Zeit, um uns aufeinander zuzubewegen. Ganz in unserem eigenen Tempo.«

Hoffentlich hatte er recht. Bevor ich darauf etwas sagen konnte, hörte ich Aric brüllen. »Komm in die Gänge, Asrai!«

»Ich geh lieber, bevor Aric zurückkommt«, murmelte ich, doch Ian ließ mich nicht frei. Ich sah ihn strafend an, und mir fiel noch etwas viel Wichtigeres ein.

»Kennst du Maya und Brick? Was hältst du von ihnen?«

Ian wirkte kurz verwirrt wegen des Themenwechsels, dann legte er den Kopf schief, überlegte. »Maya ist eine besonnene Anführerin, die ihren aufbrausenden Bruder gut im Griff hat. Durch den Tod ihres Drachen ist sie nur leider in der Hierarchie abgestiegen. Ich weiß nicht genau, wie ihre Stellung im Moment ist. Da ich Marani in den letzten Jahren gemieden habe, bin ich nicht mehr auf dem neuesten Stand bezüglich der aktuellen Unterströmungen in der Führungselite. Wieso?«

»Weil ich Unterstützer brauche und nicht auf die falschen Leute setzen darf. Wen würdest du empfehlen? Vor wem muss ich mich in Acht nehmen?«

Ian zögerte keine Sekunde. »Maya und Brick sind eine gute Wahl. Pass auf Tolligan auf. Der schleimt sich ein und ist zugleich ein Fähnchen im Wind. Setz auf Delken. Der wurde unter der Hand als Anführer gehandelt. Zumindest in der Zeit, in der ich noch häufiger in Marani war.«

»Heißt sein Drache Galahad?«

»Ja, wieso?«

»Dann sind die beiden die Todeskandidaten, die ich mit einer Pforte herausholen sollte.«

Erschrocken stellte ich fest, wie sehr Ian diese Nachricht erschütterte. Seine Gesichtszüge entgleisten ihm kurz, und er wirkte augenblicklich wieder hellwach. Ich wartete, bis er sich gefangen hatte, und fragte anschließend vorsichtig: »Ein guter Freund von dir?«

»Ja«, antwortete er leise. »Delken und mein Bruder Raric sind über Jahre zusammen in einer Einheit geflogen. Nach Rarics Tod sind meine Schwestern nachgerückt und Delken hat die Führung übernommen. Uns verbindet viel miteinander. Wir kennen uns schon unser ganzes Leben. Ihn zu verlieren können wir uns nicht leisten.« Er sah mich entschuldigend an. »Die Asrai zu wecken aber auch nicht. Von daher müssen wir uns für Delken eine andere Lösung einfallen lassen. Keine Pforten. Wag es ja nicht.« Sein Blick wurde so intensiv, dass ich hastig nickte. »Mit Maya und Aric solltest du zwei Führungskräfte an deiner Seite haben, die dich durch das schlimmste Chaos lotsen. Sie werden sich gegenseitig fürchterlich nerven und dadurch umso effektiver sein. Schon deine Kräfte. Bleib erst mal dicht bei ihnen und gehorch ihren Befehlen. Verdammt. Ich wünschte, ich könnte mit dir mitfliegen, nur machen wir uns nichts vor. Makon und ich werden für lange Zeit keine wirkliche Hilfe sein.«

»Ich weiß. Du solltest auch dringend schlafen.«

»Asrai, verdammt noch mal!« Aric, der vom Gang aus brüllte.

Ich seufzte und wandte mich zum Gehen, machte einen halben Schritt und blieb wieder stehen. »Ich habe panische Angst«, vertraute ich ihm mit bebender Stimme an. »So viele Leben hängen an meiner Magie. Eine Magie, die mich innerlich zerstören könnte. Was bin ich, wenn ich Elaja verliere?«

»Das wird nicht geschehen«, antwortete er so fest, dass ich es beinahe glaubte. »Ich denke mir einen Trainingsplan aus. Versprochen. Hol du die restlichen Drachen hierher. Ich überlege mir was wegen der Asrai.«

Ich nickte und ging, ohne mich noch einmal umzudrehen.

17

Aric erwartete mich voller Ungeduld, während der neben ihm stehende Sean einfach nur fertig aussah. »Leg dich hin«, sagte ich streng zu ihm. »So hilfst du niemanden. Schau dir Ian an. Er hat es übertrieben und zahlt jetzt den Preis dafür.«

»Sagst du das als Freundin oder als Heilerin zu mir?«, entgegnete er erschöpft.

»In Doppelfunktion. Leg. Dich. Hin.«

Sean nickte, dann blickte er Aric an. »Zunächst brauche ich einen Moment mit Elaja. Allein.«

»Kann das nicht warten?«, entgegnete Aric unwillig.

»Nein.«

Daraufhin stapfte Aric genervt davon. »Ihr habt fünf Minuten«, brüllte er.

Sean wartete, bis er aus unserer Hörreichweite gegangen war, dann sagte er leise zu mir: »Ich konnte Neth nur bedingt überzeugen. Sie ist stinksauer, weil wir Ian weiterhin als Fürsten akzeptieren. Um ehrlich zu sein, habe ich sie nur durch pure Erpressung dazu gebracht, stillzuhalten.«

Entsetzt riss ich die Augen auf. »Was hast du ihr gesagt?«

»Dass wir ihr das Leben zur Hölle machen, wenn sie was verrät.« Weil Sean sah, dass ich blass wurde, hob er rasch die Hände. »Es ging nicht anders, und glaub mir: Es ist mir bewusst, wie schrecklich du das finden musst. Ich habe sie mit dem letzten Trupp nach Lark geschickt, damit sie außer Reichweite ist. Wenn sie Ian nicht ständig sieht, beruhigt sie sich vielleicht schnell. Sie muss sich ohnehin auf ihre Ausbildung konzentrieren.«

»Mir gefällt das überhaupt nicht.«

»Mir auch nicht, und dennoch müssen wir das große Ganze sehen. Ihre Gefühle sind nichts im Vergleich zu dem, was auf dem Spiel steht. Ich habe mit Hora gesprochen und ihr gesagt, dass Neth momentan neben der Spur sei. Sie soll sich um sie kümmern. Hoffen wir, dass sie den Mund hält. Mehr können wir nicht tun. Überlass Neth mir, Elaja. Du hast ganz andere Probleme.«

Ich schluckte hart und kämpfte gegen das schlechte Gewissen an. Schließlich knickte ich ein. »Verstanden.«

»Gut. Dann geh zu Aric, bevor der ohne dich abfliegt.« Tatsächlich wollte ich gehorchen, da sah ich Velia aus dem Gebäude wuseln. Sie huschte mit ein wenig Abstand an uns vorüber und nickte uns hastig zu.

Sean und ich sahen ihr nach, bis sie verschwunden war. »Wie sieht es zwischen euch aus?«, fragte ich zögernd.

»Mein Herzeleid muss warten.«

»Trotzdem frage ich dich. Weil du mir wichtig bist und dein Herzeleid mich durchaus interessiert. Habt ihr euch mittlerweile ausgesprochen?«

Sean seufzte und schüttelte kaum merklich den Kopf. »Das ist ein Gespräch, das man nicht zwischen Tür und Angel führen kann. Wir brauchen Zeit, doch die haben wir nicht.«

»Nehmt sie euch. Das ist wichtig.«

An Seans sich leicht rötenden Wangen bemerkte ich, dass er sich weit weg wünschte. Das Gespräch behagte ihm ganz und gar nicht. Tatsächlich konnte er mir nicht mal in die Augen blicken. »Ich wüsste nicht mal, was ich ihr sagen sollte«, murmelte er.

»Wie wäre es mit der Geschichte, dass du Ian nur nicht erwürgt hast, weil er versprochen hat, dich zu ihr zu bringen? Schätze, diese simple Tatsache spricht Bände.«

Sean schnaubte genervt. »Soweit ich weiß, war ich in seinem Würgegriff. Nicht umgekehrt.«

»Du weißt, was ich meine.«

»Ja, weiß ich. Bloß ist es nicht so einfach. Ich hab zwei Jahre hart daran gearbeitet, sie zu vergessen. Kaum ist es mir gelungen, taucht sie wieder in meinem Leben auf und alles steht kopf. Meine Gefühle sind so widersprüchlich, dass ich sie nicht mal in Worte fassen kann.«

»Da bist du in guter Gesellschaft.« Jetzt war ich es, die seufzte. »Du hast Ian doch auch verziehen. Warum kannst du das bei Velia nicht?«

»Weil Ian immer zu mir gesagt hat, dass ich Abstand halten soll. Dass er Geheimnisse hat, die er nicht mit mir teilen kann, darf und will. Das wusste ich. Gut, dass sie so episch sind, hab ich nicht mal im Ansatz geahnt, aber … ich wusste, dass wir eines Tages womöglich an einem Scheideweg stehen werden. Bei Velia hab ich es nicht kommen sehen. Sie hatte meinen Heiratsantrag angenommen, Elaja! Ein Leben mit mir geplant. Sie hat ihn angenommen – und einen Tag später war sie weg. Das wiegt schwer.«

Erst jetzt begriff ich die volle Tragweite seines Dilemmas und sah ein, dass Sean vermutlich wirklich Zeit brauchte, um sich und seine Gefühle zu sortieren. »Schlaf drüber«, riet ich ihm schließlich.

»Das werde ich. Du solltest jetzt wirklich zu Aric gehen. Der sieht nicht gerade glücklich aus.«

Eher widerwillig wandte ich mich von Sean ab und hielt auf den genervt dreinblickenden Hauptmann zu. Er stand breitbeinig da, die Arme vor der Brust verschränkt. Pure Ungeduld.

»Fertig mit eurem kleinen Kaffeeklatsch?«

»Leck mich, Aric!«

Der gluckste als Antwort nur und schrie Sean zu: »Leg dich hin, bevor du umkippst. Mein Tipp: Gib ein paar Aufgaben ab. Brüll die Leute an. Sei ein Arschloch. Sofort geht alles viel schneller.«

»So schnell wie bei dir?«, schrie Sean zurück. »Sei lieb zu Elaja, sonst lyncht dich Ian.«

Aric wedelte nur ungeduldig mit den Händen und zerrte mich ungefragt zu den wartenden Drachen.

»Lass mich los«, zischte ich ihn an.

»Dann hör auf, dich an Ian ranzukletten. Du solltest ihn nur um Rat fragen und ihn nicht abknutschen. Mann. Du zerstörst den letzten Rest seiner Reputation. Wenn die dich als seine Bettgefährtin ansehen, werden sie jede seiner Entscheidungen zerlegen.«

Mir schoss die Röte in die Wangen. Empört starrte ich Aric an und überlegte, ob ich eine Antwort unterhalb der Gürtellinie entgegnen sollte. Letztlich entschied ich mich dagegen. Um das hier zu überstehen, brauchte ich ihn. Stattdessen beschloss ich einen Richtungswechsel. »Uns verbindet was«, erklärte ich großspurig und legte eine Kunstpause ein.

»Ach ja? Da bin ich ja mal gespannt.«

»Wir lieben beide den gleichen Kerl, nur hat die ganze Welt was dagegen. Und weißt du, was? Sowohl dir als auch mir ist das scheißegal. Wir lieben, wen wir lieben. Punkt. Nur lass uns eins klarstellen: Ian gehört zu mir. Ich geb ihn nicht auf, bloß weil das jeder von mir erwartet. Genauso wenig wie du das getan hättest, wenn er deine Gefühle erwidert hätte. Noch eine Sache, die uns verbindet.«

Damit hatte ich Aric voll erwischt. Er blieb abrupt stehen, die Hände noch um meinen Unterarm gelegt. Mit leichtem Triumph sah ich ein wenig Fassungslosigkeit über sein Gesicht huschen. Überraschend zügig hatte er sich wieder im Griff. »Fein. Dann hätten wir das ja geklärt. Können wir jetzt zusammen ein Volk retten?«

Huldvoll nickte ich und registrierte durchaus, dass er mich endlich losließ. Nebeneinander eilten wir zu unseren Drachen und saßen auf. Manila schwieg noch immer konsequent, obwohl ich genau wusste, dass sie zu meinem Schlagabtausch mit Aric einiges zu sagen gehabt hätte.

In frostiger Atmosphäre flogen wir zurück nach Goldin, wo es erstaunlich gesittet vor sich ging. Der Hort wirkte seltsam leer. Offenbar waren die ersten Reitereien bereits zu ihrem langen Überlandflug gestartet.

»Wer fliegt als Nächstes los?«, fragte Aric, kaum dass wir gelandet und Maya erwischt hatten. Die stand neben Jama, der mir lediglich knapp zunickte und sich ansonsten auf sein vollgekritzeltes Klemmbrett konzentrierte. Seit meinem Gefängnisaufenthalt hatten wir noch kein ruhiges Wort miteinander wechseln können. Hoffentlich war er nicht allzu böse auf mich. Dass er Ian und mir unsere Geschichte nicht abkaufte, war offensichtlich. Und dennoch war ich mir sicher, dass er auf meiner Seite stand. Das hatte er immer. Als er kurz aufblickte, lächelte ich ihn warm an. Er erwiderte es kaum merklich, und ich entspannte mich sofort. Ein einziger Blickwechsel zwischen uns hatte gereicht, um klarzustellen, dass alles gut war. Zum Glück. Jama war mein Leben lang mein Befürworter, Beschützer und so etwas wie eine Vaterfigur gewesen. Ihn zu verlieren, wäre schrecklich.

»Die Kinder mit aufkeimender Drachenmagie sind alle weg«, riss mich Maya ins Hier und Jetzt zurück. »Das nächste Geschwader von uns soll die blauen Drachen und ihre Reiterinnen und Reiter begleiten, die noch einigermaßen gesund sind. Allerdings weigern sich die meisten. Sie wollen mit den verletzten Drachen fliegen, um helfen zu können.« Maya seufzte tief. »Ich kann ihren Wunsch verstehen, aber um ehrlich zu sein, ist keiner von uns noch kräftig genug, um einen langsamen und dadurch kräftezehrenderen Überlandflug zu überstehen.«

»In dem Fall greif durch. Die sollen zügig nach Riata fliegen, sich da ausruhen und erst wieder zurückkommen, wenn sie uns wirklich helfen zu können. In der Zwischenzeit übernehmen die grünen Drachen für sie«, sagte Aric und stieg damit direkt in eine heiße Diskussion mit Maya und Jama ein.

Ich hörte ihnen eine Weile zu und entschied, dass ich hier fehl am Platz war. Bei so etwas konnte ich nicht weiterhelfen, denn meine Meinung hatte ohnehin kein Gewicht. Noch nicht. Stattdessen besann ich mich auf meine wahre Begabung: verarzten. Wie ich bereits zu Maai gesagt hatte, sollte das mein Weg in die Herzen der Menschen sein. Wenn ich sie als Drachenreiterin oder Asrai nicht knacken konnte, dann vielleicht als Heilerin.

Ich lieh mir von einer völlig ausgebrannt wirkenden jungen Schülerin ihren Notfallkoffer und ging zu den im Schatten stehenden blauen Drachen und ihren Reitern rüber. Die erwarteten mich misstrauisch.

»Ich untersuche euch jetzt«, erklärte ich ihnen. »Wer dieses blaue Band von mir bekommt, geht mit seinem Drachen zu Aric rüber. Ihr seid als Nächstes dran mit eurem Flug nach Riata. Wer ein rotes bekommt, muss warten. Ihr gehört dann zu den geschwächten Kandidaten, die beim Flug mehr Pausen machen werden.«

Derjenige, der direkt zum Protest ansetzte, bekam von mir unverzüglich ein blaues Band in die Hand. »Du bist gesund genug, um zu nerven. Tu dir und mir einen Gefallen und schieb ab. Flieg nach Riata, ruh dich da aus und komm als wirkliche Hilfe für deine Mitmenschen zurück. Ich weiß, das ist schwer für euch. Fliegerkameraden allein zu lassen geht euch gegen den Strich. Aber wenn ihr euch beim Kümmern überanstrengt und anschließend selbst Hilfe braucht, werdet ihr plötzlich zur Hauptlast. Außerdem warten auf Riata eine ganze Menge verängstigter Kinder auf euch. Die verletzten Erwachsenen sind ihnen keine Hilfe, ihr hingegen schon. Also geh!«

Der Reiter hätte vermutlich weiter diskutiert, doch sein Drache stapfte entschlossen an uns vorüber und hielt auf Aric zu. Ich ließ den Reiter stehen und wandte mich dem nächsten zu. Den musste ich erst grob untersuchen, um ihn einzuschätzen.

»Bleib hier«, sagte ich zu ihm. »Leg dich noch etwas in den Schatten. Der Flug wird lang.«

Er wirkte etwas geschockt über mein Urteil, fügte sich allerdings und dirigierte sein Tier unverzüglich neben einen schmalen Überhang. Daraufhin wandte ich mich an eine aufgelöst wirkende Drachenreiterin mit Tränen in den Augen.

»Alles in Ordnung bei dir?«, fragte ich besorgt.

»Meine Kinder sind schon auf Riata, nur mein Drache Mel und ich wurden als nicht gesund genug für einen sofortigen Abflug eingestuft«, sagte sie leise. »Meine Kleine ist erst ein halbes Jahr alt. Ich hätte sie gar nicht abgeben dürfen, doch die Hitze hat sie apathisch gemacht. Mein Großer passt sicherlich gut auf sie auf, aber … er ist auch erst vier!«

»In Riata werden sie gut versorgt«, beruhigte ich sie und überlegte. »Wie wäre es, wenn du mit der nächsten Reiterei rüberfliegst und Mel bei uns lässt? Ich sorge dafür, dass sie als eine der letzten starten muss. Bis dahin bist du wieder zurück. Aber lass deine Kinder unbedingt auf Riata!«

Die Reiterin rang sichtbar mit sich. Ihrem in sich gekehrten Blick nach diskutierte sie mit ihrem Drachen. Schließlich mischte sich ein anderer Reiter ein. »Ich bleib bei Mel. Geh du zu deinen Kindern«, sagte er vehement und bedeutete einer anderen Frau, die aufgelöste Reiterin zu Aric zu bringen.

Wir sahen ihr nach. »Wie schlecht geht es denn Mel? Wo ist sie?«, fragte ich vorsichtig.

Der Reiter deutete auf einen ausgemergelten Drachen direkt hinter uns. Er lag auf der Seite und atmete hörbar rasselnd. An der Flanke sah ich eine riesige Wunde, die vor Kurzem fachmännisch versorgt worden war. »Mel ist eine Kämpferin. Mit der richtigen Pflege wird sie wieder, einzig die Hitze setzt ihr zu.«

Mit einem leichten Schaudern bemerkte ich den Drachenheiler an Mels Seite. Wir kannten uns gut. Damals waren er und ich wegen Makons medizinischer Versorgung heftig aneinandergeraten. Ausgerechnet der Kerl kümmerte sich um Mel? Auf der anderen Seite galt er als fähig.

»Mel ist in guten Händen«, entschied ich und musterte mein Gegenüber. »Und was ist mit dir?«

»Ich könnte den direkten Flug schaffen, doch kann ich erst mal hierbleiben? Bis das mit Mel und Ara geklärt ist?«

Ich nickte ihm zu und drückte ihm wortlos ein rotes Bändchen in die Hände. »Damit dich niemand vertreiben will. Geh in den Schatten. Du siehst müde aus.«

So arbeitete ich mich langsam durch die gesamte Reiterei durch, bis Aric tatsächlich genug blaue Drachen zusammenhatte, um den Direktflug zu wagen. Sein anerkennendes Nicken aus der Ferne hatte ich mir womöglich eingebildet. Ganz vielleicht war es auch tatsächlich vorhanden gewesen.

»Wo finde ich Galahad?«, fragte ich meinen nächsten Patienten, während ich ihm voller Bedauern ein rotes Bändchen überreichte. Er war gesund, aber sein Drache hatte einiges abbekommen.

Der Reiter hatte damit wohl schon gerechnet, denn er nahm das Band kommentarlos entgegen und deutete gleichzeitig auf einen dunkelblauen Drachen, um den sich gleich mehrere Reiter versammelt hatten. »Da drüben. Ich schätze, die könnten deine Hilfe gut gebrauchen. Sieht schlecht aus.«

Hastig schnappte ich mir meinen Koffer und eilte rüber. Bis die nächste Reiterei startete, dauerte es noch eine Weile. Ich hatte also Zeit, um mich intensiver um Patienten zu kümmern. Schon beim Näherkommen sah ich den desaströsen Zustand des Drachen. Vor allem seine Flügel hatten einiges abbekommen. Sie waren an vielen Stellen zerfetzt. Mehrere Krallenenden fehlten. Als hätte sie jemand zerrissen. Der Drache lag auf der Seite, ein Mann lehnte halb auf seiner Brust, halb lag er auf seinem Hals. Vermutlich sein Reiter.

»Kann ich helfen?«, fragte ich einen blauen Reiter, der sich mir beim Näherkommen in den Weg gestellt hatte. »Ich bin Heilerin.«

»Du bist die Asrai«, widersprach er.

»Das eine schließt das andere nicht aus. Die beiden sehen schlecht aus. Ich will helfen.«

Der Krieger musterte mich skeptisch und trat eher zögernd zur Seite. »Wir wollten Delken mit der ersten Reiterei wegschicken, nur möchte er Galahad nicht allein lassen. Aktuell ist eigentlich nur die Frage, wer zuerst stirbt, der Reiter oder der Drache.«

»Für den Drachen kann ich nichts tun, aber vielleicht für Delken. Darf ich?« Recht zügig hatte ich festgestellt, dass die blauen Reiter umso kooperativer waren, desto respektvoller ich sie behandelte und eher fragte als forderte.

Wie gehofft, führte mich daraufhin der fremde Reiter zu Delken rüber. Der große Mann sah sogar noch schlechter aus als sein Drache. Er atmete eher stoßweise und schwitzte viel zu stark. Statt sich hinzulegen, klammerte er sich an seinen Drachen, als hinge sein Leben davon ab.

»Er hat Angst, dass wir ihn gegen seinen Willen wegbringen«, erklärte mir mein Begleiter. Sanft legte er Delken eine Hand auf die Schulter. »Die Asrai will nach dir sehen. Jetzt sei nicht so stur und lass Galahad los. Wir achten deinen Wunsch, also sei vernünftig.«

Delken reagierte zunächst nicht sichtbar. Vielleicht hörte er uns auch gar nicht richtig. Einen Moment warteten wir noch ab, dann bedeutete ich dem anderen Mann, mir zu helfen. So sanft wie möglich zogen wir den Verletzten vom Drachenkörper runter auf den Boden.

»Er hat schon sehr lange mit seinen gebrochenen Rippen zu kämpfen. Die hatten nie Zeit, richtig auszuheilen. Kurz vor unserem Sprung nach Arandor hat er sich zusätzlich eine Pfeilwunde zugezogen. Hier an der Schulter. Was genau während der Evakuierung geschehen ist, weiß ich nicht. Irgendwer muss Galahads Schwingen zerfetzt haben. Bei Delken sieht es nach einem Krallenhieb aus.« Er deutete auf eine Lage Mull, die sich quer auf der Brust des Reiters befand. »Seitdem fiebert er.«

Vor allem ist er völlig unterernährt, dachte ich. Eine Heilerin aus Arandor hockte sich neben mich und brachte mich mit wenigen Worten auf den neuesten Stand. »Er hat ein schwarzes Bändchen«, flüsterte sie mir zum Ende ins Ohr. »Wir haben ihm so viele Schmerzmittel wie möglich gegeben und warten eigentlich nur noch auf seinen Tod. Wenn du hier bist – kann ich kurz Pause machen? Ich hab seit Stunden nichts getrunken.«

»Geh ruhig. Ich übernehme.« Ein schwarzes Bändchen bedeutete, dass der Patient von den Heilern aufgegeben worden war. Er wurde nicht länger behandelt. Maximal ging man gegen die Schmerzen vor – solange noch genug Medikamente zur Verfügung standen. Offenbar gab es noch keine Knappheit, nur machte ich mir diesbezüglich nichts vor. Arandor war auf so viele Verletzte nicht vorbereitet.

Ich hockte mich neben den Reiter und fühlte seinen Puls am Handgelenk. Zu schwach. Als ich meine Hand zum Fiebermessen auf seine Stirn legen wollte, sah ich, dass Delken wach war.

»Ich will den Frieden miterleben«, sagte er gepresst zu mir. »Gib mich nicht auf.«

Sofort dachte ich an Ians Worte. Dieser Mann konnte wichtig für uns werden. Dennoch zögerte ich. »Ich möchte dir nichts vormachen. Es sieht schlecht aus. Wenn du leben willst, solltest du mit den nächsten schnellen Drachen nach Riata fliegen. Dann könntest du es schaffen.«

Wie befürchtet, schüttelte er den Kopf. »Galahad packt den Flug nicht allein. Er kann nur noch kurze Strecken fliegen.«

»Du kannst ihn in deinem Zustand gar nicht unterstützen.«

»Er ist alles, was ich noch habe. Wir überleben das. Zusammen.«

Diese Worte kamen mir verdächtig bekannt vor, also nickte ich zögernd. »Ich begleite euch«, sagte ich zu meiner eigenen Überraschung. »Du kommst mit auf meinen Drachen und wir bleiben bei Galahad, sollten wir den Abflug überhaupt wagen.«

Genau diese Worte hatte der Kranke offenbar hören wollen. »Abgemacht«, flüsterte er und schloss die Augen. Beinahe sofort dämmerte er weg.

»Kann der Drache überhaupt fliegen?«, fragte ich zweifelnd, als ich die zerfetzten Schwingen musterte.

»Höchstens segeln – und das auch nur bedingt. Seine Fähigkeit zum Gleitflug dürfte knapp über dem eines Steins liegen. Aber es ist besser als nichts.« Der andere Mann hatte sich mittlerweile im Schneidersitz neben mir niedergelassen. Offenbar beabsichtigte er, bei seinem Freund zu bleiben. Auch eine junge Frau gesellte sich zu uns. Sie war deutlich jünger und sah wild aus. Ihre dunkelblonden Haare hatte sie in ihrer Hast etwas zu knapp abgeschnitten. Ich sah blutige Schlitze auf der Kopfhaut. Trotz ihrer Größer wog sie vermutlich nicht viel mehr als ich. Sie war völlig ausgemergelt. Spitzes Kinn. Ringe unter den Augen. Hohle Wangen. Außerdem starrte sie vor Dreck, und ich zählte so viele Kratzer, Striemen und seltsamerweise Stacheln im Gesicht, dass ich mir unverzüglich Sorgen machte.

»Was ist mit dir geschehen?«, fragte ich sie.

»Abgeschmiert und vom Drachenrücken aus in eine Kakteenansammlung gefallen. Kein Spaß. Wie geht es Delken?« Sie sah den anderen Mann fragend an.

»Zäh wie immer. Jetzt lass dir von der Asrai ein blaues Bändchen geben, damit du hier wegkommst.«

»Wir bleiben und wollen Delkens Flug begleiten.«

»Komm erst mal her«, unterbrach ich die beginnende Diskussion. »Ansonsten brauchen wir gar nicht weiter über das blaue Bändchen zu diskutieren und du bekommst so oder so ein rotes.« Ich zog sie zu mir runter auf den Boden und begann damit, die Kakteenstacheln mit einer Pinzette aus ihr rauszuziehen. »Warum hat das nicht schon längst jemand gemacht?«, ärgerte ich mich.

»Weil sie nie lange genug still hält. Sie steht zu sehr unter Adrenalin. In einer fremden Welt notzulanden ist für uns alle eine Herausforderung.« Ein weiterer Mann setzte sich zu uns.

Offenbar gehörte Delken zu einer eingeschworenen Einheit, die sich eng um ihren verletzten inoffiziellen Anführer scharte. Ich schnalzte missbilligend mit der Zunge. »Ich zähle hier mindestens zwei Reiter, die eigentlich in Riata sein sollten, um sich auszuruhen«, sagte ich streng.

»Wir sind gut im Wegducken und im Ersinnen von alternativen Plänen«, antwortete die junge Frau und verteilte seelenruhig unter meinem ungläubigen Blick rote Bändchen an ihre Freunde.

»Wo hast du die her?«

»Gestohlen. In Ordnung, Frau Heilerin. Wir bleiben bis zum bitteren Ende und fliegen mit Delken und den lahmsten, verletztesten und gequältesten Drachen bis zu eurem Traumhort. So der Plan. Bist du dabei?«

Eigentlich hätte ich dazu noch viel zu sagen gehabt, doch ein inneres Stimmchen warnte mich eindringlich. Wenn ich mir die Truppe so ansah, war es ausgesprochen ratsam, sich nicht mit ihr anzulegen. Sie als Freunde zu gewinnen war hingegen ausgesprochen schlau.

»Ja«, sagte ich schlicht. »Vorher müssen wir Delken nur überhaupt transportfähig machen. Also halt still. Dann bin ich schneller mit dir fertig und kann mich um euren Anführer kümmern.«

»Die Frau hat's verstanden«, sagte sie daraufhin anerkennend zu ihrem Freund. »Im Gegensatz zu dem Kerl dort hinten. Der hat mich jetzt schon auf dem Kieker.«

Ich brauchte gar nicht hinzusehen, um zu wissen, wen sie meinte. Arics wütendes Schnaufen war Indiz genug. Vor allem, weil er soeben neben uns angekommen war. »Ich hasse Diebe und Menschen, dich sich für klüger als mich halten«, eröffnete er das Wortgefecht.

»Wieso? Ich bin beinahe von einer Kaktee ermordet worden. Da hab ich mir mein rotes Bändchen so was von verdient. Frag die Heilerin hier.« Sie sah mich mit hochgezogener Augenbraue an.

Mann. Eigentlich hatte ich mich da raushalten wollen. »Lass es gut sein, Aric. Du musst erkennen, dass du auf verlorenem Posten stehst. Die gesamte Truppe wird sich hier niemals wegrühren. Nicht in diesem Leben.«

Aric gab noch einen deftigen Fluch von sich, dann gab er auf. »Die letzten halbwegs gesunden blauen Drachen machen sich auf den Weg. Danach sind die kranken dran. Die Mehrzahl ihrer Reiter will sie nicht verlassen, daher fliegen sie auf grünen Drachen nebenher. Plant ihr das hier genauso?«

Ich nickte knapp, woraufhin sich Aric einfach umdrehte und uns allein ließ. Die junge Frau neben mir entspannte sich sofort wieder. »Wenn er mich noch drei Sekunden länger so strafend angesehen hätte, wäre ich eingeknickt«, gab sie zu. »Ich bin übrigens Gaeil. Das hier ist Jaro.« Sie deutete auf den Mann, der mich zu Delken gebracht hatte und ihn noch immer wie selbstverständlich in den Armen hielt. Erst jetzt kam ich dazu, ihn genauer zu mustern. Seine schwarzen Haare standen ihm wirr zu Berge. Er hatte dunkelblaue Augen und ein ausgesprochen kantiges Gesicht. Auf seiner rechten Wange entdeckte ich mehrere kleinere Narben, genau wie an der Stirn. Ähnlich wie Gaeil war auch er viel zu dünn und blass. »Und der Griesgram hier ist Torlin«, redete Gaeil weiter. Der erwähnte Mann war etwas bulliger als Jaro. Breite Schultern. Dazu eine etwas düstere Ausstrahlung. Das lag vermutlich an dem finsteren Blick aus seinen dunkelbraunen Augen. »Wir sind die alte Reiterei von …« Sie sah sich kurz nach allen Seiten um und beugte sich näher an mich ran. »… von Ians Geschwistern. Wie geht es ihm?«

Mein Körper reagierte mit einem Stich in den Magen auf ihre Worte. Ians Geschwister. Es gab noch so viel, was ich nicht über ihn wusste. Ein ganzes Leben, das er vor mir verheimlicht hatte. Eigentlich wusste ich nur, dass seine gesamte Familie nicht mehr lebte. Nur zu gern hätte ich Gaeil nach den Details gefragt, doch ich verkniff es mir. Das war nicht der rechte Ort und schon gar nicht die richtige Zeit.

Ich sah echte Sorge um Ian in den Gesichtern der Reiter. Auch ich sicherte mich erst mal ab, ehe ich antwortete. »Schlecht, aber auf dem aufsteigenden Ast. Er wird es überstehen, kann uns jedoch lange Zeit nicht helfen.«

»In dem Fall müssen wir das eben selbst tun.« Torlin stand auf und klatschte in die Hände. »Los, Jaro. Wir müssen Tiala und Misala auf die Beine bringen, damit die Drachendamen so schnell es geht in kühlere Gegenden fliegen können. Gaeil? Du gehst zu Kaja. Sie soll nicht allein sterben. Asrai? Schrei nach uns, sollte es Delken schlechter gehen.«

»Ich heiße Elaja«, entgegnete ich entschieden. »Nicht Asrai.«

Ein knappes Nicken war die Antwort. Die drei hatten verstanden. Jaro legte Delken sanft auf den Boden und folgte danach Torlin zu zwei beinahe identisch aussehenden Drachendamen. Mein Magen zog sich zusammen, als ich sie sah. Die beiden hätte ich durch die Pfortenwelt bringen sollen. Dass sie den weiten Flug überstanden, wagte ich zu bezweifeln. Sie waren völlig ausgemergelt, von den Krallenwunden an ihren Körpern und Bissspuren ganz zu schweigen. Kein Zweifel. Sie hatten hart gekämpft, um hierherzukommen.

Wir brauchten drei Tage, damit die Drachen mit den schwersten Verletzungen überhaupt aufstehen konnten. Kaja starb noch in der ersten Nacht. Anders als die grünen Drachen verkündeten die blauen den Tod eines Artgenossen nicht mit einem lauten Trompeten, sondern mit Stille. Absoluter Stille. Sie sickerte tief in mich hinein und sorgte für eine Gänsehaut, die ich so noch nie erlebt hatte. Die Trauer über einen weiteren verstorbenen Drachen lag wie dicker Nebel in der Luft. Umso entschlossener waren wir im Anschluss, Galahad, Tiala und Misala nicht ebenso zu verlieren. Deren Reiterinnen lebten noch, im Gegensatz zu der von Kaja. Dass sie überhaupt so lange durchgehalten hatte, war bemerkenswert. Leider ging es Tialas Reiterin sogar noch schlechter als Delken. Aric setzte sich schließlich durch und ließ sie von einem besonders schnellen grünen Drachen ausfliegen. Sie hätte einen langen Flug durch die Wüste niemals geschafft. Protestieren konnte sie schon lange nicht mehr. Sie war seit Stunden ohnmächtig und rührte sich nicht.

»Was ist mit der Frau mit den zwei Kindern? Ara? Ist sie mittlerweile in Riata angekommen?«, fragte ich Aric, als er wie so oft zu mir und Delken kam, um nach dem Rechten zu sehen.

»Ganz ehrlich? Ich weiß es nicht. Glaub schon. Ihrem Drachen geht es nach wie vor eher schlecht. Ich würde ihn gern zusammen mit Galahad und den Drachenschwestern starten lassen. Was meinst du? Ihr seid morgen früh die Letzten, die evakuiert werden. Zumindest, wenn alles nach Plan verläuft.«

Ich hatte wirklich gehofft, dass die Reiterin bis zum Abflug wieder zurück sein würde. Aber noch länger warten? Es wurde immer heißer und drückender. »Wir müssen hier weg. Also ja. Die vier starten zusammen mit Delkens Reiterei. Ich nehme ihn mit auf Manilas Rücken. Nimmst du die Reiterin von Misala?«

»Ja.« Damit wollte er sich wieder aufmachen, doch ich hielt ihn hastig zurück.

»Du musst dich hinlegen, Aric.«

»Du dich auch.«

Wir maßen uns mit Blicken und gaben zeitgleich nach. »Ich sag Maya und Lukan Bescheid, dass sie das Sagen haben«, überlegte Aric laut. »Ich glaub, unser steifer Hortanführer von Embra hat einen Narren an unserer blauen Reiterin gefressen. Die regeln das für uns. Also leg dich in den Schatten hin. Der Flug wird heftig.« Ich nickte und rührte mich trotzdem nicht. »Ist noch was, Asrai?«

»Ich überlege, Delken mit Magie zu stärken. So wie ich es bei Ian getan habe. In seinem Zustand überlebt er sonst nicht.«

Aric musterte mich auf eine Weise, die mir unangenehm war. Schließlich nickte er. »Erst legst du dich hin. Danach können wir das versuchen.«

Eigentlich hatte ich nur höflichkeitshalber gefragt, aber gut. Wahrscheinlich hatte er recht. In meinem übermüdeten Zustand sollte ich besser erst schlafen, bevor ich meine Energie verteilte.

Daraufhin winkte ich Jaro zu mir, damit er bei Delken Wache hielt, und rollte mich in Galahads Schatten auf dem sandigen Boden zusammen. Kaum hatte ich die Augen geschlossen, war ich auch schon eingeschlafen und träumte von der Asrai, die zusammen mit Manila über eine blühende Landschaft flog und die tödliche Geste ausführte, die ich zu fürchten gelernt hatte.

Es wurde dunkel um uns herum. Als hätten wir die Nacht über die Welt gebracht.

Was hatten wir bloß getan?

18

Meine Magieübertragung funktionierte, genau wie bei Ian, erstaunlich gut bei Delken, allerdings verzögerte ich den geplanten Abflug dadurch um einen Tag. Ich war einfach zu ausgelaugt, um mich quer durch die Wüste aufzumachen.

»Ich beginne zu ahnen, warum das mit der Magie, dem Heilen und der Drachenreiterei abgeschafft wurde«, knurrte Aric daraufhin ungehalten und akzeptierte zugleich die Zwangspause. Etwas anderes blieb ihm gar nicht übrig.

Ich für meinen Teil nutzte den Tag, um zu schlafen, in meinem Zauberbuch zu blättern und mich um Delken und den Rest der Truppe zu kümmern. Auch die hatten so viele Blessuren, dass alle zusammen schon einen kleinen Heilertrupp beschäftigt hätten.

»Mit Magie zu heilen ist bei uns gar nicht mal so unüblich«, sagte Gaeil zu mir, während ich mir mal wieder ihre an einigen Stellen entzündeten Kakteenwunden ansah. Bei so viel Staub in der Luft war es einfach schwierig, Infektionen zu verhindern. »Velia könnte dir da was zu erzählen.«

Als sie meine Begeisterung bemerkte, hob sie hastig die Hände. »Sie kann Patienten magisch beruhigen, sie in Ohnmacht schicken und bei Wehen die Schmerzen etwas lindern, mehr nicht. Was du da gemacht hast, war viel beeindruckender. Ich meine, im einen

Moment röchelt Delken noch vor sich hin, im nächsten schlägt er die Augen auf und verlangt nach einem Bier.«

Ich lächelte, denn ganz so war es nicht gelaufen. Delken war zumindest kurzfristig aufgewacht, sodass wir ihm hastig ein wenig Wasser hatten einflößen können. Aber ich war Gaeil ausgesprochen dankbar für ihre lieben Worte.

»Sobald ich die Gelegenheit habe, werde ich Velia fragen«, versprach ich ihr. »Hast du so weit alles gepackt? Können wir?«

»Besser wäre das. Aric wirft uns schon ständig Blicke des Todes zu, weil er uns für Trödlerinnen hält.«

Hastig packten wir zusammen. Mein Heilerinnenbuch hing bereits an Manilas Zaumzeug. Fehlten eigentlich nur noch Delken und ich. Den hievten Jaro und Torlin zu mir hoch, sobald ich ebenfalls auf Manila geklettert war.

Um ehrlich zu sein, war ich vermutlich nervöser als alle Drachen und Reiter zusammen. Das Gefühl, sie eigentlich retten zu können und es nicht zu tun, würgte mich. Eine einzige kleine Pforte von mir, und wir könnten die vier Tiere innerhalb von Sekunden nach Riata schleusen. Und was machte ich?

Nichts.

Ich durfte nicht. Ian hatte es verboten, und tief in mir wusste ich auch, dass er recht hatte. Weil ich nervös war, drängte die Asrai ohnehin schon genug in meinem Inneren nach vorn. Lockte mit Wissen, das Leben retten konnte. Doch dieses Wissen würde mich weiter in ihre Richtung drängen. Etwas, das ich auf keinen Fall riskieren durfte. Was würde mit Marani geschehen, wenn ich mich in das Monster verwandelte, das ich die letzten Jahrhunderte gewesen sein musste?

»Wir waren keine Monster«, mischte sich Manila zum ersten Mal seit Tagen in meine Gedanken ein. *»Nur Kriegerinnen, die schwierige Entscheidungen getroffen haben, um das Überleben ihrer Liebsten zu retten.«*

»Darüber reden wir noch«, entgegnete ich lautlos. *»Während des Fluges hast du genug Zeit, um mir alles über die Asrai in mir zu berichten.«*

»Galahad wird wie ein Stein zu Boden fallen. Soll er zu Fuß durch die Wüste stapfen? Das ist lächerlich. Wirf eine Pforte, in die er sich reingleiten lassen kann. Die eine mehr wird dich nicht verwandeln.«

Die eine vielleicht nicht. Nur wie viele würden noch folgen? Ich war außerdem grenzwertig erschöpft und machte mir insgeheim Sorgen um meine Kraftreserven. Gestern hatte ich mich ein wenig ausruhen können, aber die Hitze war kontraproduktiv.

War ich stark genug, um die Asrai in mir in Schach zu halten? Weil ich die Antwort darauf nicht eindeutig mit Ja beantworten konnte, entschied ich mich strikt dagegen.

»Keine Pforte«, sagte ich entschlossen.

»Dann klebt das Blut dieser vier Drachen an deinen Händen.«

Ich schluckte bei ihren harten Worten und versteifte mich. Delken, den wir vor mir mit so vielen Seilen wie möglich befestigt hatten, bemerkte das natürlich. Ihm war es in den letzten Tagen etwas besser gegangen, sodass er im wachen Zustand den Flug seines Drachen verfolgen konnte. Zunächst hatten wir ihn hinter mir festschnallen wollen, doch dazu war er nicht kräftig genug gewesen. Er war immer wieder seitlich weggesackt. Also saß er jetzt vor mir, selbst wenn ich Manila dadurch schwieriger lenken konnte.

Andererseits ließ sich die Drachendame ohnehin nichts sagen.

»Was ist los?«, fragte er leise.

»Nur ein Disput mit meinem Drachen.«

Daraufhin schauderte Delken sichtbar. Ihm war es ohnehin schwergefallen, auf das stachelbewehrte Ungetüm zu steigen. Die Schauergeschichten über die grausame Asrai waren vermutlich Teil seiner Kindheit gewesen.

»Dann mal los!« Ich gab Manila an Delken vorbei das Startzeichen, die sich daraufhin leise grummelnd in Bewegung setzte. Zu Fuß stapften wir in einer lang gezogenen Reihe bis zum Rand des Hortes. Über uns drehten acht grüne Drachen ihre Runden, um unseren verzweifelten Versuch zu überwachen. Jaro, Torlin und Gaeil scharrten sich mit ihren Tieren um Galahad, der sich eher dahinschleppte, als wirklich zu laufen.

Den Drachenschwestern ging es zum Glück deutlich besser. Sie sollten als Erste vom Rand springen und so weit segeln, wie sie konnten. Der Drachenreiter, der sich um Mel hatte kümmern wollen, saß auf ihrem Rücken, seinen Drachen dicht an seiner Seite. Mittlerweile kannte ich auch seinen Namen. Vitus. Er würde alles tun, damit Mel diesen Flug überlebte. Da war ich sicher.

»Du greifst bei deinem Drachen nicht ein«, sagte ich streng zu Delken. »Egal was passiert. Wenn du Magie benutzt, gehst du drauf. Zwei Magieadern liegen offen. Du stehst kurz vor einem Schock. Denk an Ian. Der hat das nur knapp überlebt.«

Delken nickte angespannt, doch ich bezweifelte, dass er auf mich hören würde. Das Schlagen seines Herzens spürte ich sogar durch unsere Hemden hindurch. Der Reiter hatte schreckliche Angst um seinen Gefährten.

Als sich die Drachenschwestern todesmutig in den Abgrund stürzten, hielten wir wohl alle die Luft an. Anders als befürchtet, breiteten sie gekonnt ihre Schwingen aus und flogen. Die grünen Drachen über ihnen feuerten sie mit triumphierendem Gebrüll an und setzten sich anschließend in ausreichendem Abstand über und neben sie. Zwei grüne Drachen flogen so, dass sie ihnen Schatten spendeten. Vielleicht schafften die blauen Drachendamen auf diese Weise tatsächlich die weite Strecke bis zur Zwischenstation. Ich wünschte es ihnen von Herzen.

Wir sahen ihnen so lange hinterher, bis sie nur noch zwei kleine Punkte am Himmel waren. Im Anschluss ließ ich Manila auf die brüchige Randmauer klettern. Galahad und Mel standen auf der Rampe und zögerten.

Ich ballte die Finger zur Faust und betete, als die blauen Drachen langsam ihre Flügel ausbreiteten und Galahad dabei leise ächzte.

»Das schafft er nicht«, flüsterte Delken mit Panik in der Stimme.

»Doch. Für dich schafft er das«, antwortete ich. Gleich darauf blieb mir beinahe das Herz stehen, als Galahad es einfach wagte. Er sprang in die Tiefe – und fiel.

Delken und ich schrien gleichzeitig auf, woraufhin Manila sich einfach hinterherwarf und die Verfolgung aufnahm. Galahad tat sein

Möglichstes, um den Sturz irgendwie aufzuhalten, doch seine Flügel verfügten nicht mehr über genügend Gleitfähigkeit. Er stürzte ab.

»Ich pack ihn im Nacken. Jemand muss seinen Schwanz erwischen und irgendwer die Schwingen. Los, los, los!«, schrie Manila und bewies mir wieder einmal, dass sie im Grunde ihres Herzens mitfühlend und hilfsbereit war. Vor allem riskierte sie bei der Aktion durchaus ihre Gesundheit.

Sie erwischte Galahad erst am Hals und ließ hastig los, als der einen gurgelnden Schrei von sich gab. Ihr deftiger Fluch echote so laut durch meine Gedanken, dass ich davon Kopfweh bekam. Da bekam sie endlich den Nacken zu fassen. Galahads Absturz verlangsamte sich tatsächlich etwas.

»Keine Magie, Delken«, schrie ich, als ich die Anspannung des Reiters vor mir bemerkte. Seine Instinkte rebellierten natürlich. Er wollte seinen Drachen unbedingt stützen. Plötzlich waren wir umringt von grünen Drachen. Einer packte den Schwanz, einer das riesige Horn auf Galahads Kopf, weitere die Schwingen. Es war ein schwieriges Manöver, weil sich die großen Tiere gegenseitig anrempelten. Berührten. Einer brauchte drei Anläufe, bis er endlich die richtige Position gefunden hatte.

Gleich darauf segelten wir, statt zu stürzen. Ein sanftes, stetiges Gleiten. Vor Erleichterung warf ich beide Arme in die Luft und schrie meinen Triumph in die Welt hinaus. Vier Drachen antworteten mir mit einem erleichterten Trompeten, während Manila deutlich ächzte.

»So dürr und doch so schwer«, murrte sie. *»Lange halten wir das nicht durch.«*

»Dann versucht gar nicht erst, an Höhe zu gewinnen. Ein kontrollierter Sinkflug ist das Beste, was wir erwarten konnten.«

Genau das taten die Drachen. Langsam und sicher näherten wir uns dem Erdboden und brachten dabei ganze Kilometer hinter uns. Es wurde bereits merklich kühler. Das Atmen fiel mir leichter, und ich hatte nicht mehr das Gefühl, bei lebendigem Leib geröstet zu werden.

»Wir landen auf der Sanddüne da. Vielleicht können wir nach einer kurzen Pause von dort aus noch mal ein kleines Stück segeln«, befahl ich Manila, die sofort das Ziel in Angriff nahm.

Die Landung war erstaunlich sanft, wobei Galahad bedenklich tief in den Sand einsank. Die grünen Drachen ließen ihn sofort los und plumpsten seitlich neben ihm herunter. Manila segelte noch über die Sanddüne hinweg und drehte dahinter um, setzte sich direkt neben eine zierliche Drachendame.

»Das war die kurioseste Flugaktion, die ich je erlebt habe«, vermeldete Manila danach und klang dabei ausgesprochen zufrieden. *»Und jetzt?«*

Gute Frage. Delken hing schwer in meinen Armen und atmete etwas zu hektisch. Die Aufregung hatte ihn geschwächt. »Es ist kühler«, sagte ich zu ihm. »Das wird euch helfen.«

»Allerdings kein Schatten«, wandte Delken schwach ein und verstummte, als besagter Schatten über Galahad auftauchte. Ein blauer Drache schwebte über ihm und schirmte die brennende Sonne ab. Daraufhin seufzte Delken leise auf. »Das wird Jaro nicht lange durchhalten.«

»Jaro nicht, aber wir sind viele, und wir wollen helfen. Immer positiv bleiben«, sagte ich optimistischer, als ich wirklich war.

Zwei Drachenreiter aus Arandor waren mittlerweile abgesessen und kamen auf mich zu. »In etwa vier Kilometern gibt es einen kleinen Palmenhain. Wenn wir es bis dahin schaffen, könnte der Drache unsere Rettungsmission eventuell überleben«, rief der kleinere von beiden zu mir hoch.

Wir sahen alle zu Galahad, der platt im Sand lag und hektisch atmete. In der gleichen Sekunde glitt ein weiterer Schatten über uns alle hinweg. Als ich hochsah, entdeckte ich Mel, die in großer Höhe über uns hinwegflog.

»Wenn sie das so durchhält, schafft sie es bis zur Zwischenstation«, sagte ich beeindruckt.

»Ja. Mel macht das Unmögliche möglich. Auf keinen Fall will sie riskieren, dass Aras Kinder zu Waisen werden.« Delkens Stimme war leise und brüchig. Als er hustete, klang das gar nicht gut.

»Wir müssen Galahad auf die Beine bringen. Er muss laufen. Sag ihm das. Vier Kilometer sind machbar.«

Das waren sie, allerdings dauerte es eine Ewigkeit. Die Drachen wechselten sich ab – die einen spendeten Schatten, indem sie über uns flogen, die anderen stapften neben dem verletzten her und stützten ihn, indem sie ihn in die Mitte nahmen. Dennoch war es schwierig.

Als Delken ohnmächtig wurde, nutzte ich die Chance und flog mit Manila zu dem kleinen Hain, um ihn dort in den Schatten zu legen. Das leise Rauschen der Palmen zeigte mir, dass tatsächlich ein leises Lüftchen wehte. Es fühlte sich wie ein sanftes Streicheln auf der Haut an. Ein kühler Strom, der mir Hoffnung gab. Die Hitze nahm bereits ab. Es wurde Abend.

Als Galahad endlich in der Ferne auftauchte, konnte ich Tränen der Erleichterung kaum zurückhalten. Auch Manila wirkte beeindruckt. Zumindest verzichtete sie auf spitze Bemerkungen. Gleich darauf ließ sich der große Drache mit einem erleichterten Seufzer im Schatten einer ganz besonders großen Palme nieder und legte seine völlig zerfledderten Flügel liebevoll über seinen Reiter, der reglos neben ihm im Sand ruhte.

Sie waren angekommen. Unglaublich.

»Im Hain ist nicht genug Platz für alle Drachen. Ein Teil sollte zur Zwischenstation weiterfliegen. Manila und ich bleiben hier.« Ich sah Jaro fragend an. »Was ist mit euch?«

»Bis zum Abend halten wir es auch in der Sonne aus. Wir bleiben.« Übergangslos wandte er sich an den Anführer der grünen Drachenreiter. »Danke. Das war ein unglaubliches Manöver. Etwas kurios, aber sehr beeindruckend. Es hat uns außerdem vor Augen geführt, wie erschöpft wir im Vergleich zu euch sind. Unsere Drachen hätten Galahads Sturz nicht aufhalten können.« Mit einem leichten Zögern hob er die Hand und hielt sie dem Patrouillenführer hin. »Wir stehen in eurer Schuld.«

Der schlug gelassen und breit grinsend ein. »Du darfst uns gern ein kühles Bier ausgeben, sobald wir auf Riata sind«, sagte er mit funkelnden Augen. »Da ihr vermutlich kein Geld habt, geht die erste Runde auf mich.«

Die beiden nickten einander noch einmal zu, dann drehte sich der grüne Reiter um. »Wir ruhen uns in der Zwischenstation aus. Ihr kommt klar, Asrai?«, fragte er mich mit deutlicher Distanz in der Stimme.

Ich hätte ihn gern wegen des Namens korrigiert, denn ich hasste es, wenn ich mit meinem Titel angesprochen wurde. Ich war Elaja. Nicht Asrai. Um aber keine Diskussionen auszulösen, schluckte ich den Protest hinunter. Sein Blick war so abweisend, dass alles andere nebensächlich war. Arandor begann zu begreifen, wer ich war. Was ich getan hatte.

Die Bestrafung war allgegenwärtig.

Jaro und ich sahen schweigend dabei zu, wie die grünen Drachen uns verließen. Als sie abhoben, mussten wir uns ducken, weil sie schrecklich viel Sand aufwirbelten. Meine Augen tränten und meine Zähne knirschten. Eine Weile war ich mit meinem Gesicht und dem Sand darauf beschäftigt und bemerkte daher zu spät, dass Jaro mich noch immer anstarrte.

»Was ist?«, fragte ich irritiert.

»Der grüne Reiter war nett. Zu mir. Nur bei dir war er ein Arsch«, sagte er trocken. »Ich fürchte, unsere Leute werden dich ähnlich distanziert behandeln, wie er das gerade getan hat. Von daher beginne ich dein Opfer allmählich zu begreifen. Falls du Rückendeckung brauchst, sag Bescheid. Uns war schon immer egal, was andere von uns denken.«

»Äh … Danke?«, brachte ich schwach hervor und wurde von Gaeil unterbrochen, die zu uns rübergehüpft kam.

»Da kommen zwei neue grüne Drachen; sie bringen vermutlich Wasser und Essen. Eins muss man eurem muffeligen Kommandeur lassen: Organisieren kann er.«

Gleich darauf landete besagter muffeliger Kommandeur sogar neben uns. »Mel schafft die Strecke«, rief er uns zu, noch ehe er abgestiegen war. »Ich verkrieche mich jetzt hier, um zu schlafen. Woanders funktioniert das nicht, weil ständig jemand was von mir will. Also nervt mich gefälligst nicht.«

Kopfschüttelnd sammelten wir die von Aric abgeworfenen Nahrungsmittel ein und sahen dabei zu, wie er sich im Schatten seines Drachen zusammenrollte. Der andere grüne Drachenreiter hingegen startete wieder und drehte danach seine Runden über uns. Im ersten Moment verstand ich das Manöver nicht, bis ich begriff.

Er hielt nach Angreifern Ausschau, die es vielleicht auf die Asrai abgesehen hatten. Denn die Gefahr, die von Rai ausging, war nach wie vor vorhanden.

Eigentlich hatte ich keinen Hunger und zwang mich dennoch zu ein paar Bissen. Das Wasser belebte mich, genau wie der immer kühler werdende Wind.

»Wir sollten in der Nacht wandern«, überlegte Torlin. »Glaubst du, ich kann mir Arics Karte mopsen, ohne dass der mich umbringt?«

Weil ich das Risiko für ihn nicht eingehen wollte, ging ich rüber. Nevin war natürlich wach und nickte zum Gruß. Die gesuchte Karte steckte recht offensichtlich in Arics Gürteltasche. Ich zog sie mit angehaltenem Atem hervor.

»Wiedersehen macht Freude«, brummte Aric und machte sich nicht mal die Mühe, die Augen zu öffnen.

»Weißt du was von Ian?«

»Der schlägt sich mit hysterischen Ratsmitgliedern rum. Hab ihn kurz gesehen. Entspann dich, Asrai. Unser gemeinsamer Herzmensch wird wieder gesund.«

»Das höre ich gern.«

Verschlafen öffnete Aric ein Auge. »Sean und ich haben uns heftig mit ihm gestritten«, erklärte er mir mit strenger Stimme. »Er wollte unbedingt in die Wüste fliegen, um zu helfen. Machen wir uns diesbezüglich nichts vor. Er wollte zu dir, weil er sich Sorgen um dich macht. Dabei kommst du doch klar, oder? Wir haben ihn jedenfalls nur mit viel Mühe von seiner dämlichen Idee abhalten können. Zum Glück ist Makon noch nicht gesund genug, um einen Flug zu wagen. Sean und ich haben uns geweigert, Ian zu dir zu bringen. Viel zu gefährlich. Die Hitze könnte ihn doch noch umbringen.«

Aus irgendeinem Grund beschleunigte sich mein Herzschlag bei seinen Worten. Alle Neuigkeiten über Ian sog ich auf wie ein Schwamm. Ich vermisste ihn. Mehr, als ich vor mir selbst zugeben wollte. »Danke fürs Einschreiten«, sagte ich leise.

Aric nickte daraufhin knapp und schloss wieder das eine Auge. Offenbar war das Gespräch beendet.

»Ich wecke dich in einer halben Stunde. Die Sonne wandert. Gleich hast du keinen Schatten mehr, du Schlaukopf«, spottete ich daraufhin.

Aric reagierte zunächst nicht, dann rappelte er sich auf. »Ich hasse es, wenn du recht hast«, brummte er und stapfte hinter mir her, um sich zu uns in den Schatten zu legen. »Weckt mich erst wieder, wenn die Welt untergeht«, trug er uns auf und schnarchte nur Sekunden später leise vor sich hin.

Wir bemühten uns redlich, so lautlos wie möglich zu sein. Jaro und Gaeil vertieften sich in die Karte, während ich nach Delken sah und Torlin sich um die Drachen kümmerte. Es war seltsam, zum Nichtstun verdammt zu sein. Sanft wechselte ich die vielen Verbände, flößte dem apathischen Mann noch etwas Medizin ein und deckte ihn mit einem dünnen Leinenhemd zu.

»Du machst das übrigens richtig gut«, unterbrach mich Jaro, der vermutlich schon eine Weile neben mir hockte und mich beobachtet hatte, bloß war ich zu versunken in meiner Arbeit gewesen. »Wenn du deinen Job als Asrai an den Nagel hängen willst, könntest du Heilerin werden.«

Vermutlich war der Satz als Scherz gemeint gewesen, doch er traf mich auf seltsame Weise. Etwas sprachlos sah ich Jaro an. »Du wirst lachen, aber bevor ich zu den Drachenreitern gekommen bin, habe ich eine Heilerinnenausbildung gemacht. Ich war kurz vorm Abschluss, dann wurde bei mir Drachenmagie entdeckt und ich ging zu den Drachenreitern.« Ich zögerte mit den nächsten Worten, doch ich musste sie unbedingt aussprechen. Tatsächlich waren sie mir jetzt erst so richtig bewusst geworden. »Als Heilerin wollte ich unbedingt zu den Drachenreitern gehören. Als Drachenreiterin wäre ich lieber wieder eine unbedeutende Heilerin. Denn darin bin ich richtig gut. Im Gegensatz zu der Asrai-Sache.«

Jaro dachte kurz über meine Worte nach und zuckte lässig mit den Achseln. »Wie lange wurdest du als Heilerin ausgebildet?«

»Vier Jahre.«

»Und wie lange bist du eine Asrai?«

Als ich verstand, worauf er hinauswollte, musste ich lachen. »Punkt für dich«, sagte ich anerkennend, woraufhin er sich mit den Knöcheln gegen die Stirn tippte.

»Ich starre zwar vor Dreck und stinke wie ein Ochse, aber das stört meinen messerscharfen Verstand eher weniger. Nein, im Ernst. Lass dich nicht verunsichern. Du machst das schon.« Damit stand er auf und klopfte mir aufmunternd auf die Schultern. »Und falls das mit der Asraikarriere nichts wird, kannst du in unsere Reiterei kommen. Wir nehmen jeden mit offenen Armen auf, denn bei uns ist ohnehin Hopfen und Malz verloren. Du wärst also in bester Gesellschaft.«

Bestimmt war das Angebot nicht ganz ernst gemeint gewesen, und dennoch beruhigte es mich. Irgendwo dazuzugehören war mir schon immer wichtig gewesen. Bei Hora, Neth und Narel war das der Fall. Wie sehr ich sie vermisste. Sie hatten mich so akzeptiert, wie ich war. Ohne Fragen zu stellen. Ohne zu diskutieren. Delkens Männer und Frauen waren ähnlich gestrickt. Wären nur alle Drachenreiter so.

Ich seufzte tief und schob die Gedanken zur Seite. Stattdessen legte ich mich neben meinen Patienten und versuchte zu schlafen. Ein schwieriges Unterfangen. Denn je weiter die gnadenlose Anspannung von mir abfiel, desto klarer wurde mir, dass ich jetzt Kapazitäten für ein ganz anderes Problem übrig hatte.

Ein Gespräch mit Manila.

Obwohl ich lieber noch mal mit Galahad abstürzen würde, als mich meinem Drachen zu stellen, überredete ich mich schließlich dazu, aufzustehen und zu ihr zu gehen. Seitdem sie auf der Welt war, hatten wir keine fünf Minuten Zeit füreinander gehabt. Das mussten wir dringend ändern. Wenn wir ein Drachengespann werden wollten, sollten wir uns aufeinander zubewegen.

Sie kannte natürlich meinen Plan und versteifte sich, kaum dass ich mich vor sie gesetzt hatte. *»Streiten wir uns wieder?«*, fragte sie genervt.

»Nein. Ich will nur reden. Vor allem will ich mehr über die Asrai erfahren. Wie ist sie gewesen?«

»Weiß ich nicht. Ich kann mich genauso wenig an meine vergangenen Leben erinnern wie du.«

Ich riss die Augen auf. »Aber … alles, was du von dir gibst, klingt so, als ob du den Durchblick hast!«

»Das kann ich genauso wenig steuern wie du deine Visionen oder dein hervorbrechendes Können. Ich fühle meine Erinnerung eher, als dass ich sie wirklich kenne.« Weil ich sie ungläubig anstarrte, gab Manila schließlich nach. *»Ein wenig weiß ich natürlich schon noch. Hauptsächlich erinnere ich mich daran, wie sie sich mir gegenüber verhalten hat. Die Asrai war … herrisch. Dominant. Kühl und distanziert. Eine Kriegerin. Eine Anführerin. Die unbestrittene Königin der Drachenwelt. Es zählte einzig die Mission. Persönliche Gefühle oder Befindlichkeiten hat sie weit von sich gewiesen. Das komplette Gegenteil von dir. Du bist … süß. Ich glaub, das beschreibt es am besten. Wo sie die Bombe garniert mit Sprengstoff war, bist du das Sahnehäubchen mit Zuckerguss obendrauf. Wenn ich nicht die Magie in dir spüren würde, käme ich niemals auf die Idee, dass du die Asrai der vergangenen Jahrhunderte sein könntest.«*

»Ich bin kein Sahnehäubchen mit Zuckerguss«, korrigierte ich sie beleidigt. »Ich bin genauso eine Drachenreiterin wie sie.«

»Nein. Du bist keine Kriegerin. Du bist eine Heilerin. Wir haben zerstört. Du flickst zusammen.«

Mir blieb eine Erwiderung im Hals stecken, denn mit Manilas Feststellung hatte sie die komplette Gegensätzlichkeit in mir in wenigen Sätzen zusammengefasst. Meine Drachenreiter- und meine Heilerinnenkarriere, die ich niemals hatte übereinbekommen können. Ian hatte in mir die Kriegerin gesehen, Maai die Heilerin.

»Aber warum bin ich denn nur so anders als sonst?«, fragte ich verunsichert.

»Da kann ich nur raten. Ich glaube, deine Magie ist in diesem Jahrhundert ungewöhnlich spät erwacht. Dass ich erst schlüpfe, wenn du schon über zwanzig Jahre alt bist, ist ausgesprochen ungewöhnlich. Normalerweise wachsen wir zusammen auf, erwecken gemeinsam die Magie, werden zu einem Teil von ihr. Du hingegen bist schon erwachsen. Gefestigt. Du bist schon eine Persönlichkeit. Jemand, der ganz

anders ist, als wir es sonst durch die Magie geworden sind. Das macht es jetzt so schwierig.«

»Oder das öffnet uns die Augen. Manila! Auf Rache zu sinnen und gegen Rai und den Shetai vorzugehen ist kein Lebenssinn. Wir sind so viel mehr als nur gnadenlose Magie. Wir sollten beschützen, nicht herrschen.«

»Ansichtssache.«

Das war vermutlich der Knackpunkt. Manila war schon seit Jahrhunderten mit der Asrai in den Krieg gezogen. Es war ihr quasi in jede Schuppe gesickert. Der Drang zu siegen. Sich zu rächen. Die Stärkste und Mächtigste zu sein. Da konnte ich es ihr nicht verdenken, dass sie sich mit dem Umdenken schwertat.

»Du musst zugeben, dass es Schwachsinn ist, sich für etwas zu rächen, an das man sich nicht mal mehr erinnert«, versuchte ich es ein letztes Mal. Vielleicht drang ich ja nach und nach zu ihr vor, indem ich sie immer wieder an solche Fakten erinnerte.

So wie Manila mich ansah und die Tatsache, dass sie schwieg, bedeutete, sie gab mir im Stillen recht. Sie war nur zu stolz, das zuzugeben. Ich wertete das als Punkt für mich und stand auf, um dieses ungemütliche Gespräch zu beenden. Es war Zeit, sich ein wenig auszuruhen. Ehe wir in der Nacht wieder aufbrachen, um einen Drachen zu retten.

Es wurden acht Nächte und sieben endlose Tage, bis wir der Wüste entkommen konnten. Galahad hielt sich mit purer Willenskraft aufrecht, und sein Reiter überlebte die Tortur nur, weil er unbedingt Riata sehen wollte. Den Frieden, wie er es im Fieber nannte.

Ich bemühte mich verzweifelt darum, ihn zu retten. Fast täglich wandte ich meinen kleinen magischen Griff an und stellte fest, dass es wie beim Trainieren von Muskeln war. Mit jedem Tag fiel es mir leichter. Daraufhin testete ich andere Zaubersprüche aus dem Buch, wobei ich nur die nutzte, die mit *einfach* markiert waren. Leichteres

Atmen für eine Stunde. Nieren anregen. Übelkeit lindern. Schmerzen nehmen, und sei es auch nur für fünf Minuten.

Und dennoch war mir klar, dass das alles nur ein Tropfen auf dem heißen Stein war. Delken gehörte in eine sterile Krankenstation und nicht auf einen Drachenrücken in der Wüste.

Wenigstens ließen wir die endlich hinter uns. Die ersten Grashalme tauchten auf, schließlich sogar ein munter sprudelnder Bachlauf. Bäume säumten schon bald unseren Weg, die Welt wurde bunter und belebter.

Doch statt mich zu freuen, wurde ich angespannter, denn mit jedem Meter, jedem Schritt kamen wir der Realität näher, und ich hatte Angst vor ihr. Riata. Ich konnte die Ablehnung förmlich schmecken und die Blicke auf der Haut spüren. Innerlich wappnete ich mich gegen das Folgende. Letztlich gab es nur leider keinen Schutz gegen Hass und Verachtung. Arandor würde mich mit voller Härte spüren lassen, was es von mir als Verräterin hielt. Da war ich mir sicher. Dass ich bis vor Kurzem nichts von Marani gewusst haben sollte, glaubte mir kein Mensch. Sie gingen davon aus, dass ich diese Aktion schon seit Langem geplant hatte. Viele dachten auch immer noch, dass ich hinter dem Angriff steckte. Die Anwesenheit von blauen Drachen beim Angriff, hatte sich längst herumgesprochen. Meine Erklärung, dass Rai seine roten Drachen getarnt hatte, um uns die Schuld in die Schuhe zu schieben, kursierte weiterhin, nur wurde sie viel seltener erwähnt. Arandor blieb misstrauisch und ließ mich das auch spüren.

Die Landbevölkerung war hingegen anders als die Drachengesellschaft völlig außer sich vor Glück. So viele Drachen hatten sie noch nie aus der Nähe gesehen. Sie begrüßten uns wie Helden. Die Dörfer waren wie zu einem Festtagsumzug geschmückt, um uns zu begrüßen. Kinder warfen Blumen und bunte Blätter vor uns auf den Weg und jubelten. Das Schicksal der blauen Drachen ging nicht nur mir nahe, sondern der gesamten Welt. Galahad gab das die Kraft, tapfer weiterzugehen. Vor all den Menschen zusammenzubrechen kam für ihn nicht infrage.

Ohne es zu wissen, retteten die Magielosen damit gleich zwei Leben. Durch Freundlichkeit. Durch Anteilnahme. Und pure Begeisterung für die mächtigen Magiewesen – die Drachen.

Doch je näher wir Riata kamen, desto hügeliger und beschwerlicher wurde unser Weg. Der Hort war hoch im Gebirge errichtet worden, am Rand vom Koloss und dem Vulkan. Die Luft flirrte mittlerweile längst nicht mehr vor Hitze. Stattdessen wurde es immer kühler und die Luft dünner, weil wir höher und höher stiegen.

»Diese Welt ist seltsam«, stellte Jaro schließlich fest. Seit geraumer Weile liefen sein Drache und Manila nebeneinander, dicht hinter Galahad, der immer deutlicher schwankte. Jaro saß im Schneidersitz auf dem Drachenrücken, was in Arandor absolut verboten war. Ich stützte Delken, der halb in meinen Armen lag und sich kaum rührte. »Hitze und Kälte so dicht beieinander. Das ist echt nicht normal. In unserer Welt hätten wir Wochen laufen müssen, um unsere Wüste zu verlassen. Ist Arandor so winzig?«

»Anscheinend. Ich hab mir da bislang keine großen Gedanken drüber gemacht«, antwortete ich mit deutlicher Verspätung. Delkens Gewicht lastete immer schwerer auf meinen Armen, und ich war schrecklich müde.

»Soll ich ihn nehmen?«, fragte Jaro mitfühlend. »Schläft er?«

»Ich fürchte, er ist ohnmächtig.«

Wir sahen erst uns bedeutungsschwanger an, danach das vor uns aufragende Gebirge. Wie sollten wir den erschöpften Drachen nur jemals dort hinaufbekommen?

»Wir machen Pause«, rief Jaro schließlich den grünen Drachen zu, die vor Galahad liefen und ihm den Weg frei machten. In letzter Zeit war die Zahl der Schaulustigen so dicht geworden, dass es zu brenzligen Situationen gekommen war. Der verletzte Drache trottete lediglich vor sich hin und achtete nicht sonderlich auf seinen Weg. Dreimal hätte er dabei um ein Haar begeisterte Zuschauer niedergetrampelt.

Torlin landete umgehend neben uns und half Jaro und mir dabei, den bewusstlosen Delken vom Drachenrücken zu ziehen. Dass er sich nicht regte, war kein gutes Zeichen.

»Er gehört in ein Bett«, stellte Gaeil fest, kaum dass sie neben uns angekommen war. »Und wenn wir uns über seine Wünsche hinwegsetzen und ihn erst mal ein paar Tage nach Riata bringen? Galahad könnte eine längere Pause auch gut gebrauchen, ehe wir die Berge in Angriff nehmen.«

»Delken wird es uns niemals verzeihen, wenn wir ihn von seinem Drachen trennen. Vergiss die Idee«, erwiderte Torlin ruppig. »Wir lagern hier, bis er wieder aufwacht.«

Der Patrouillenführer der grünen Drachen, Kendigo, kam zu uns. In den letzten Tagen hatte ich seine ruhige, bedachte Art sehr zu schätzen gelernt. Selbst Jaro und Torlin kamen gut mit ihm aus. Diesmal hatte er allerdings einen eher unterwürfig wirkenden Mann dabei. Vermutlich ein Bauer hier aus der Umgebung.

»Das ist Tog«, sagte er ohne Umschweife. »Er hat eine etwas ... wilde Idee für uns, um Galahad irgendwie nach Riata zu bekommen.«

Erst jetzt bemerkte ich eine ganze Ansammlung von Stricken und Seilen in seinen Händen. »Meine Kuh ist neulich den Hang runtergefallen. In ein Moor«, sagte der Bauer eifrig und blinzelte Jaro erwartungsvoll an. Anscheinend hatte er ihn als unseren Befehlshaber identifiziert. »Wir haben sie rausgezogen. Mit einer Winde und diesem Geschirr.« Er hob das Gewirr aus Seilen in die Höhe.

Jaro seufzte. »Das haben wir auch schon überlegt, aber Galahad ist am Bauch und den Seiten verletzt. Ich bezweifle, dass wir ihn auch nur einen Hauch anheben könnten, geschweige denn die gesamte Strecke.«

Trotz seiner Skepsis nahmen Gaeil und er das Geschirr genauer in Augenschein, musterten es eingehend.

Ich zog mich zurück und kümmerte mich um Delken. Mittlerweile hatte ich meine Rolle bei dieser Unternehmung verinnerlicht und akzeptiert. Jaro, Aric und die anderen planten die Route und kümmerten sich um den Transport. Ich konzentrierte mich ganz auf meinen Patienten.

Dass mir Kendigo folgte, war allerdings neu. Er hockte sich neben mich. »Die Kuh ist gestorben«, sagte er trocken. »Das Seil ist am höchsten Punkt gerissen.«

Ich starrte ihn an. »Und warum schleppst du den Bauern mit dieser irren Idee an? Sie weckt Hoffnung an der falschen Stelle.«

»Weil Galahad den Weg nicht schafft. Das wissen wir beide ganz genau. Der Weg wird enger. Die Drachen können ihn seitlich nicht mehr abstützen, und … er wird schwächer. Das Beste wäre, wenn wir hier über Wochen lagern würden, damit er sich erholen kann. Falls das überhaupt möglich ist. Die Alternative wäre solch ein Geschirr oder … eine Pforte.« Er sah mich fragend an. »Du hattest Zeit, dich zu erholen. Ein Drache deines Volkes sollte machbar sein.«

Genau das hatte Aric auch schon öfter in den letzten Tagen angemerkt. Seine Nachfragen waren drängender geworden, je müder Galahad sich dahinschleppte. Nun hieb auch noch der Patrouillenführer in dieselbe Kerbe. Bloß hatten sie keine Ahnung vom wahren Problem.

»Der Drache ist für unsere Welt ein Symbol geworden«, redete Kendigo weiter. »Niemals aufgeben. Kämpfen. Überleben. Auch wenn es hoffnungslos ist. Für die grünen Reiter ist es immens wichtig, dass er es schafft. Er führt unserem Volk vor Augen, was die blauen Drachen durchgemacht haben müssen. Jeder fiebert mit Galahad mit. Das sorgt für ein Gemeinschaftsgefühl, das wir im Moment dringend brauchen. Ihn zu verlieren können wir uns nicht leisten. Wenn du ihn rettest, könnte dir das Pluspunkte in Riata einbringen.«

Pluspunkte. Als ob mir das den Hals retten würde.

Ich drehte mich zu Manila um, die mich mit großen Augen musterte. *»Wenn Galahad im freien Fall ist, wirst du die Pforte diesmal öffnen können«*, prophezeite sie mir. *»Du bist nicht so erschöpft wie vor zwei Wochen. Ich bin optimistisch.«*

»Und ich hab Angst vor der Asrai in mir.«

»Wir haben sie bereits öfter zu spüren bekommen. Es wird schon gut gehen.«

Ich schwankte in meiner Entscheidung. Hilflos sah ich Kendigo an. »Was ist mit Ian? Geht es ihm auch besser?«

»Der Fürst kann sich nach wie vor nicht mit seinem Drachen unterhalten. Also nein. Körperlich scheint er auf dem richtigen Weg zu sein. Magietechnisch sieht es düster aus.«

Ich hörte pure Sorge aus seinen Worten. Ians magisches Können war ein Schutzwall gegen Rai, das wusste in dieser Welt jeder. Dass er uns im Moment in Ruhe ließ, war ein Segen, denn so verwundbar würde er uns so schnell nicht wieder vorfinden. Wahrscheinlich hatten wir Rai bei unserem letzten Gefecht wirklich recht schwer verletzt. Das war die wahrscheinlichste Erklärung für sein Fernbleiben.

Trotzdem machte ich mir keine Illusion. Wir waren nicht sicher. Daher musste ich schnellstmöglich zu Ian, um Magiekontrolle zu erlernen. Natürlich hätte ich Galahads Schicksal auch einfach in die Hände seiner Freunde legen und zu Ian fliegen können, allerdings war es dafür längst zu spät. Meine Anwesenheit war ein fester Bestandteil dieses Dramas geworden.

»Galahad müsste auf einen Berghang und sich noch mal in die Tiefe stürzen. Im Anschluss werfe ich eine Pforte direkt vor Riata. Und dann? Wie soll er landen?«

»Mit so vielen zupackenden Drachen, wie es geht. Ich würde es nicht vorschlagen, wenn ich eine andere Möglichkeit sähe. Aber schau dir Delken an. Er hält nicht mehr lange durch. Um das zu sehen, muss ich nicht mal eine Heilerausbildung haben.«

Er hatte recht. Mit allem. Dennoch machte es das nicht besser.

Pure Angst ballte sich in mir zusammen, die in einem leichten Zittern meines gesamten Körpers endete. Ich wollte das nicht. Die Verantwortung. Das Wissen um die Asrai. Die Herausforderungen. Die Vorwürfe. Das schlechte Gewissen. Und dennoch war ich machtlos. Ich musste eine Entscheidung treffen. Jetzt.

Ian hatte mir kategorisch verboten, eine Pforte zu öffnen. Aber bei unserem Gespräch war ich erschöpft gewesen. Völlig verunsichert. Er hatte eine aufgelöste Elaja vorgefunden, die vor Panik ganz verrückt gewesen war. Natürlich hatte er mir klargemacht, dass ich den vier Drachen ohnehin nicht helfen konnte.

Nun sah die Lage anders aus. Ich war ausgeruhter. Entschlossener. Bereit, mich der Asrai zu stellen, selbst wenn ich dabei dezent in Panik geriet. Und um ehrlich zu sein, war Ian in den letzten Jahren auch nicht unbedingt der beste Ratgeber gewesen. Viele seiner

Ratschläge hatten einen Hintergedanken gehabt. Auch diesmal? Womöglich. Vermutlich nicht. Nur sollte er als Shetai die Asrai ausbremsen wollen, eben doch.

Verdammt noch eins! Was sollte ich tun? Falls Kendigo meine Unsicherheit bemerkte, sagte er nichts dazu. Stattdessen starrte er mich so lange fragend an, bis ich schließlich nickte.

»Wir probieren es, solange sich Galahad noch auf den Beinen halten kann. Eine Stunde Pause. Danach ändern wir den Kurs und klettern auf den höchsten Hügel, den wir finden können. Morgen früh öffne ich die Pforte.« Ich räusperte mich. »Wenn der Plan gelingen soll, darf Ian nichts davon erfahren. Sagt ihm erst kurz vor dem Pfortensprung Bescheid, sonst wird er es verhindern wollen.«

Kendigo wirkte überrascht und zögerte. »Es gefällt mir nicht, den Fürsten außen vor zu lassen. Warum darf er es nicht wissen? Ist es gefährlich? Es geht doch nur um eine harmlose Pforte.«

Wenn es nur so einfach wäre. »Es ist nicht für euch gefährlich. Nur eventuell für … mich.« Ich winkte ab. »Mach dir keinen Kopf. Es wird schon schiefgehen.« Damit beugte ich mich über Delken und zeigte Kendigo damit deutlich, dass unser Gespräch beendet war. Der verstand den Wink und ließ uns allein, ging zu Jaro und dem Seilgewirr herüber. Vermutlich klärte er ihn gerade über das Schicksal der Kuh auf. Endlich verstand ich auch, was Kendigo damit bezweckt hatte. Er hatte mir vor Augen führen müssen, wie ernst die Lage war. Wenn er sogar ein Geschirr in Betracht zog, um Galahad hier rauszubringen, sah er kaum noch Überlebenschancen für den Drachen.

Außer einer Pforte.

Wir brauchten letztlich zwei Tage, um auf einen Hügel zu gelangen, der hoch genug für einen Absprung war. Zwei Tage, in denen ich mit mir haderte. Zu allem Überfluss bekam Aric Wind davon, dass wir die Route geändert hatten, und tauchte prompt am Abend vor unserer Verzweiflungstat bei uns auf.

»Muss ich was wissen?«, fragte er erst Jaro, danach mich.

Ich fasste kurz und knapp zusammen, was wir planten, und erntete prompt einen ungläubigen Blick. »Soviel ich verstanden habe, hast du von Pfortenmagie keinen Plan. Ich war ja immer schwer dafür, dass du eine Pforte wirfst, aber so langsam begreife selbst ich, dass das keine gute Idee sein könnte.«

»In verzweifelten Momenten taucht das Wissen immer in letzter Sekunde auf.«

Daraufhin wirkte Aric etwas fassungslos. »Also hoffst du nur, dass Galahad nicht geradewegs in den Tod hüpft? Asrai! Wenn der Drache am Boden zerschellt, steinigen die dich. Ich ganz vornweg.«

»Nur kein Druck«, murmelte ich.

»Hör auf, sie deswegen anzugehen. Sie hat keine Wahl, genauso wenig wie Galahad«, ging Jaro dazwischen. »Wenn du nur meckern und verunsichern kannst, flieg zurück nach Riata. Wir kommen klar.«

»Indem ihr euch dämliche Pläne ausdenkt?«

Daraufhin bekamen sich Jaro und Aric derart in die Haare, dass ich mich schließlich zwischen die beiden schieben musste. »Genug«, herrschte ich sie an. »Ich bin die Pfortenwächterin und stehe in der Hierarchie weit über euch. Deine Worte, Aric! Und ich sage: Wir wagen es.«

»Wirklich, Asrai? Musst du ausgerechnet jetzt dein Selbstbewusstsein entdecken? Das ist Wahnsinn! Du hast keine Ahnung, wie das geht. Ich … ich hol Ian. Vielleicht kann der das hier klären. Ihr wartet hier!« Mich traf der Blick des Todes, allerdings nicht lange. Dafür war Aric zu aufgebracht und hatte es zu eilig.

Wir sahen ihm schweigend hinterher, als er startete. Kaum war er weg, drehte ich mich entschlossen zu Jaro um. »Wir fliegen. Jetzt.«

»Jetzt?«

»Ja. Wenn Ian hier ist, wird er es verbieten.«

»So langsam beschleicht mich der Verdacht, dass er das aus gutem Grund tun würde. Auf einer Skala von eins bis zehn: Wie verzweifelt ist unser Versuch?«

»Eine fünfundzwanzig. Also los! Ich kann das!«

Zum Glück hatte ich Delkens Einheit korrekt eingeschätzt. Sie reagierten umgehend. Obwohl wir eigentlich alles für eine letzte Übernachtung vorbereitet hatten, packten wir in Windeseile. Kendigo, der gerade den Luftraum über uns überwachte, landete daraufhin umgehend.

»Was ist los? Warum ist Aric wutschnaubend wieder weggegangen? Und … nein! Das macht ihr nicht!« Er wurde blass, als er begriff. »Der Hauptmann hat den Flug verboten und mich einen Kopf kürzer gemacht, weil ich ihn vorgeschlagen habe. Was das anging, war er deutlich. Keine Verzweiflungstat.«

»Kendigo, mein Freund, du musst mal ganz konzentriert in die andere Richtung gucken, in Ordnung?«, erklärte ihm Torlin gelassen und klopfte dem Angesprochenen kumpelhaft auf die Schulter. »Falls jemand fragt, hast du gerade eine Pinkelpause eingelegt und wir haben die Gunst der Stunde genutzt, um uns vom Acker zu machen.«

»Mann! Ich hasse derartige Alleingänge. So was bricht uns allen das Genick. Schon mal was von Regeln gehört? Die werden hier auf Arandor gelebt und sind keine bloßen Vorschläge, sondern überlebenswichtig.«

Ich saß bereits auf Manila und nahm Delken in Empfang, der mir von Jaro und Gaeil gereicht wurde. Mittlerweile waren wir darin recht geübt. »Wir brauchen dich, Kendigo. Du musst mit uns durch die Pforte fliegen und Galahad auf der anderen Seite auffangen, falls er noch immer nicht fliegen kann.«

»Genau das ist der Punkt. Galahad kann nicht fliegen. Im Leben nicht. Ich verbiete diesen Flug, verdammt noch eins! Hätte ich das doch nur nie vorgeschlagen.«

»Frag Galahad. Er ist bereit, das Risiko einzugehen.« Ich deutete auf den erschöpften Drachenbullen, der sich bei seinem Namen etwas aufrichtete und nickte. Drachen ahmten derartige menschliche Gesten nur in besonders wichtigen Momenten nach. Solche wie jetzt.

Da gab Kendigo auf. »Wenn ich deswegen degradiert werde, seid ihr mir mehr als nur ein Bier schuldig«, brüllte er uns zu und stapfte zu seinem Drachen rüber, um noch vor uns zu starten.

»Der kriegt sich wieder ein«, prophezeite Gaeil betont gut gelaunt. Dann drehte sie sich zu Galahad um. »Bereit, in einen behaglichen Stall zu kommen, mein Guter? Hab gehört, da gibt es Stroh zum Reinkuscheln. Wenn das kein Motivator ist.«

Sie klopfte dem zitternden Drachen aufmunternd die Schuppen. Gleich darauf saßen wir alle auf unseren Tieren und starrten in den Himmel, wo Kendigo soeben seine Reiterei um sich versammelte. Ich sah, wie er ihnen hektisch Handzeichen gab und sie über unseren wilden Plan informierte.

»Manila, sag ihnen, dass sie ganz hinten fliegen müssen. Wenn ich doch keine Pforte öffnen kann, sollen sie nicht mit in den Tod stürzen.«

»Das sag ich denen nicht. Die bekommen einen Herzkoller. Wir schaffen das. Keine Sorge.«

Die hatte ich leider – und dennoch machten wir uns bereit. Obwohl mein Verstand rebellierte, mein Magen sich verkrampfte und alles in mir schrie, dass ich etwas grässlich Gefährliches tat. Das allein sagte bereits alles. Ich hatte Angst vor meiner Magie. Der tödlichen, brodelnden Asrai in mir.

Nur hatten wir keine Wahl. Wenn wir den Drachen retten wollten, mussten wir das volle Risiko eingehen.

Galahad wirkte als einziger eher gelassen. Er stapfte an den Rand des Abgrundes und wartete, bis wir uns hinter ihm sortiert hatten. Jaro und Gaeil waren bereits losgeflogen und bei der grünen Reiterei angekommen, während sich Torlin und sein Drache mit Manila und mir abstoßen wollten.

»Drei, zwei …!«, zählte ich an und kam gar nicht mehr bis eins, da Galahad bereits gesprungen war.

Seine Flügel krachten laut, als der Wind sie zu fassen bekam. Anders als beim letzten Mal, flatterten sie nicht leblos herum, sondern blieben weit geöffnet. Durch die vielen Löcher pfiff es laut hörbar, und dennoch … Galahad segelte! Natürlich sank er deutlich schneller Richtung Boden als andere Drachen, aber immerhin fiel er nicht wie ein Stein.

Manila sprang ihm hastig hinterher, genau wie Torlin. *»So. Jetzt mach mal die Pforte auf, Asrai!«*, forderte mich mein Drache auf.

Ich versuchte es. Nichts. Ich kramte tief in mir herum. Nichts. Ich lockte die Asrai. Ich flehte sie an. Ich packte nach dem brodelnden Etwas. Nichts. Sie entwand sich meinem Zugriff und zeigte mir eine lange Nase. Ihre Art, mir zu zeigen, dass sie der Boss war.

Sie entschied über Leben und Tod.

»Sei selbstbewusst. Du beherrschst sie, nicht sie dich. Nur mach bitte schnell. Galahad wurde gerade beinahe von einer Bergspitze aus der Luft geholt.«

Torlin setzte sich neben mich und machte eine in Arandor und Marani gemeingültige Geste. *Zügig. Jetzt. Sofort.*

Panik kroch in mir hoch, übermannte mich, genau wie damals auf Marani. Da hatte ich mich ähnlich gefühlt. Ich hatte gewusst, dass ich die letzte Hoffnung war. Wenn ich ni–

Die Magie schoss so plötzlich in mir hoch, dass sie mich überrumpelte. Gleichzeitig klinkte mein Gehirn aus, wurde hinweggespült von altem Wissen und Können.

Asrai.

Die Macht in mir ließ mich erbeben und für einen Moment blind werden. Mein Blick richtete sich nach innen. Ich sah mich in meiner alten Gestalt. Vor dreihundert Jahren. Eine stolze junge Frau mit einer Härte im Blick, wie ich sie noch nie bei jemandem gesehen hatte.

»Du bist schwach«, sagte sie verächtlich zu mir. *»Zeit, das zu ändern.«*

In der gleichen Sekunde warf sie eine Pforte etwa vier Drachenlängen vor Galahads Nase. Allerdings stimmte etwas nicht damit. Sie glühte an den Rändern und schimmerte giftgrün.

»Die wird Galahad umbringen«, brüllte Manila in meinem Kopf. *»Was tust du?«*

»Ich rette keinen blauen Abschaum«, schnauzte das Magiewesen in mir zurück. *»Wir sind Asrai.«*

»Und ich flieg da gleich hinterher, du irres, herrschsüchtiges Miststück! Schließ die Pforte, sonst schwöre ich dir, bringe ich uns alle um«, keifte Manila mindestens genauso wutentbrannt zurück.

Da reichte es mir. Ich hatte zwar keine Ahnung von Pforten, aber das Ding da war gruselig. Ich bekam es zu packen und schloss es, kurz bevor Galahad hindurchfliegen konnte.

»Du willst dich mit mir messen?«, höhnte die Asrai daraufhin spöttisch.

»Ich will eine verdammte Pforte öffnen. Kann nicht so schwer sein«, knurrte ich zurück und bekam endlich einen Teil meiner

Magie zu packen, mit dem ich etwas anfangen konnte. Dabei erinnerte ich mich an Horas liebevolle Erklärungen über den Umgang mit Magie. Damals, als meine Heilerinnenkarriere endete und meine Drachenreiterkarriere begann.

Die Magie ist ein dritter Arm. Wie ein Körperteil.

Ich bekam meine Magie zu fassen, nur war dieser Teil nicht der, den ich brauchte. Es war meine normale Kraft, nicht die Asrai-Magie – und nur die konnte Pforten aus dem Nichts erschaffen. Allerdings wich sie meinem Zugriff aus, gelenkt von diesem Miststück.

Galahad strauchelte indes immer mehr. Die heftigen Aufwinde bereiteten ihm Schwierigkeiten. Er wurde müde. Vermutlich hatten wir nur noch wenige Sekunden, bevor er abstürzte.

»Wenn du mir nicht hilfst, werde ich Manila gegen den nächsten Berghang fliegen«, sagte ich in dieser Sekunde so ruhig ich konnte – und meinte es zu meinem eigenen Erschrecken tatsächlich ernst. Das Wesen in mir war zu unheimlich, zu unberechenbar, um es auf die Welt loszulassen. Ich musste ihm hier und jetzt klarmachen, wer das Sagen hatte. Die Richtung bestimmte ich, indem ich diesen Körper als Pfand einsetzte. Die Asrai wollte leben. Auf keinen Fall würde sie unseren Tod riskieren.

Nicht, solange der Shetai der Anführer von Arandor war.

Nicht, solange Rai als Gegner lauerte.

Nicht, solange sie nicht die Herrscherin dieser Welt werden konnte.

»Manila hört auf mich. Sie würde dir niemals bei solch einem Befehl gehorchen«, antwortete die Asrai nach kurzem Zögern.

»Dann spring ich halt ab.« Entschlossen löste ich die Gurte um mich herum, bis ich bedenklich ins Rutschen kam. Den Drachengöttern sei Dank hatten wir Delken an anderen Riemen gesichert, sodass er nicht mit mir in den Abgrund stürzen würde. Der sah mir entsetzt bei meinem seltsamen Tun zu, sagte aber nichts.

»Hört sofort auf mit dem Quatsch«, fauchte Manila aufgebracht. *»Wir haben keine Zeit dafür. Asrai! Schnall dich sofort wieder an.«*

»Ich bin nicht Asrai«, entgegnete ich eisig. »Mein Name ist Elaja!« Jetzt hielt mich nur noch ein einziger Riemen. Ich zückte mein Messer, um meine Entschlossenheit zu verdeutlichen.

»Das wagst du nicht.« Die Stimme in meinem Kopf bemühte sich darum, möglichst selbstbewusst zu klingen, doch ich hörte einen Hauch Unsicherheit heraus.

»Wetten?«

»Schluss damit! Elaja, lass den Scheiß! Asrai, wirf endlich die Pforte und wir diskutieren das später.« Zum ersten Mal hörte sich Manila richtiggehend panisch an. Sie spürte, dass ich es ernst meinte – und dieses Gefühl übertrug sich zum Glück auch auf die Magie, die in mir brodelte.

Die Asrai gab sie frei, und ich warf in letzter Sekunde eine Pforte, um Galahad vor einem garantiert tödlichen Aufprall zu bewahren. Auf das Reißen hatte ich mich bereits vorbereitet. Es tat einfach verteufelt weh, einen blauen Drachen durch eine meiner Pforten zu schleusen. Einen Lidschlag später folgte Manila.

Alles wurde schwarz um mich herum. Ein einziger bunter Pfad formte sich vor mir. Manila setzte sich hastig neben Galahad und zeigte ihm den Weg. Hinter mir flog erst Torlin in die Pfortenwelt, danach folgte die Reiterei. Ich wartete, bis alle drin waren, schloss danach die Pforte hinter mir und öffnete direkt vor uns den Ausgang. In dieser Sekunde fühlte es sich wie Atmen an. Alles war selbstverständlich. Problemlos. Dennoch machte ich mir nichts vor. Sobald ich die Asrai in mir wieder zurückgedrängt hatte, würde ich keine Ahnung haben, wie ich mit der Macht in mir umgehen sollte.

Meine Pforte setzte uns direkt vor der Landebahn von Riata ab, wodurch wir einiges Chaos verursachten, denn eigentlich hatte sich gerade eine andere Reiterei im Anflug befunden. Die drehte hastig ab, als unerwartet ein wacklig segelnder, halb toter blauer Drache vor ihnen auftauchte, dicht gefolgt von einem stachelbewehrten, laut brüllenden weißen Ungetüm. Mein Drache sorgte dafür, dass wirklich jeder wusste, wer hier im Anflug war.

Manila. Die Königin der Lüfte.

Anders als erwartet, schaffte Galahad die Landung ohne Unterstützung. Das war ein Glück, denn Kendigos Reiterei hatte zu lange gebraucht, um sich nach der Weltendurchquerung zu orientieren. Dadurch war sie viel zu weit weg, als dass sie helfend eingreifen konnten. Galahad ließ sich recht zügig fallen und fing sich halbwegs elegant ab. Das Aufsetzen tat gewiss weh, nur war das in diesem Moment nebensächlich. Er war angekommen. Das Unmögliche war geschehen. Er war gelandet.

Jetzt mussten wir das auch noch schaffen.

In der Sekunde bemerkte ich Aric, der mit seinem Drachen auf der Startbahn stand und uns anstarrte. Und neben ihm wartete niemand anderes als … Ian. Den Kopf in den Nacken gelegt, die Augen gegen die tief stehende Sonne abgeschirmt. Vermutlich hatte Aric ihn zu uns fliegen wollen. Makon befand sich ein gutes Stück von ihm entfernt auf dem Vorbereitungsplatz. Auch er sah zu uns hoch, und zum ersten Mal seit langer Zeit empfing ich ein Gefühl von ihm.

Angst.

Manila bekam es eher mit als ich und brüllte als Warnung, nur leider zu spät. Die Asrai in mir hatte lediglich auf einen Moment der Unachtsamkeit gewartet und schlug zu, knüppelte meinen Verstand zur Seite und drängte nach vorn. Mit einem mächtigen Stoß zwang sie Manila in einen engen Kreis und trieb sie zurück zu Ian, über den wir soeben hinweggeschwebt waren.

Sie hatte ihn erkannt. Als Shetai. Als Pfortenwächter. Als ihren Gegner. Und ich? Ich verlor den Halt in meinem eigenen Kopf.

Das war der Mann, den ich besiegen musste. Das war der Mann, der mir alles genommen hatte und wegen dem ich täglich gegen das Nichts ankommen musste. Wegen dem ich nicht gehen konnte. Ich konnte nicht eher ruhen, bis er endlich Rauch und Asche war – und zwar für immer.

Brüllend ließ ich meine Finger in Flammen aufgehen. Nicht genug, dass er meine letzten Leben zerstört hatte, jetzt war dieser Mann auch noch im Begriff, mein Volk zu übernehmen. Arandor zu infiltrieren. Er brachte seine Reiter in Position, um mein Volk in die Knie zu zwingen. Er musste sterben.

Dass sein letztes Stündlein geschlagen hatte, wusste er ganz genau. Ich sah den Schreck in seiner Körperhaltung. Den Schock über die

Erkenntnis. Seine Gedanken blitzten durch meinen mit ihm verbundenen Geist. Unglaube. Angst. Das Gefühl von Verrat.

O ja, dachte ich triumphierend, dein kleines Herzblatt wird dich töten!

Gleichzeitig ärgerte ich mich über diese furchtbare, schreckliche Verbindung, die durch seinen Drachen und mein viel zu schwaches heutiges Ich entstanden war. Wie hatte sich das naive Ding nur jemals auf ihn einlassen können? Ich stemmte mich mit aller Kraft gegen die Zuneigung, die mich zu überschwemmen drohte, und schrie ihm meinen Jahrhunderte überdauernden Hass entgegen.

Er sah seinem Tod ins Auge. Seltsam reglos. Beinahe ergeben. Immerhin hatte er die Hände erhoben und bereitete sich darauf vor, meinen Angriff abzuwehren. Das konnte er gern versuchen. Seine Magie war nicht viel mehr als ein schwaches Glimmen. Ich würde ihn pulverisieren. So wie er es verdient hatte!

Die Flamme brannte so gleißend, dass ich kurz die Augen zukneifen musste. Dann schleuderte ich sie auf ihn – oder wollte es zumindest.

Manila drehte sich in dieser Sekunde so schnell, dass ich nicht eingreifen konnte. Mein Angriff verrutschte, sodass die Kugel weit entfernt von ihm im Boden eingeschlagen wäre. Womöglich hätte sie dabei einen grünen Drachen verletzt, daher ließ ich sie hastig vergehen.

»Was machst du?«, schrie ich meinen Drachen erbost an, der in dieser Sekunde eine Pirouette drehte.

Und was für eine!

Ich kreischte. Das Mistvieh machte das Manöver mit purer Absicht und in dem Wissen, dass ich nur an einem einzigen Seil hing. Beinahe sofort verlor ich den Halt, viel zu abgelenkt von meinem Angriff und der erschreckenden Erkenntnis, dass mein eigener Drache im Begriff war, mich abzuwerfen.

Um den Shetai zu retten!

»Das wirst du bereuen«, brüllte ich noch und berührte gleich darauf auch schon den Boden mit den Füßen. In letzter Sekunde bekam ich das Seil zu fassen und zog mich ein Stück hoch, sonst hätte ich mir sämtliche Knochen gebrochen. Das Manöver half nur bedingt. Ich wurde trotzdem ein ganzes Stück am Seil hängend mitgeschleift, denn Manila flog noch immer über mir. Ich sah nicht ein, unsere Verbindung zu trennen,

und klammerte mich am Seil fest. Mit großen Sprüngen hielt ich mich halbwegs aufrecht, doch zwei-, dreimal berührte ich recht schmerzhaft den harten Boden. Dabei schürfte ich mir das Schienbein und die Knie auf und schaffte es gleichzeitig, am Drachen dranzubleiben. »Manila!«, tobte ich außer mir vor Wut, und um ein Haar hätte ich meinen Drachen mit purer Gewalt zur Räson gebracht. Zeitgleich sprang mich etwas in meinem Geist an.

»Raus aus meinem Kopf«, kreischte mein neues Ich wütend und brachte es irgendwie fertig, mich zur Seite zu drängen. Einen Moment überlegte ich, gegen sie zu kämpfen, und entschied mich spontan dagegen. Noch war nicht der richtige Zeitpunkt gekommen. Von meinem eigenen Drachen über den Boden geschleift zu werden und gleichzeitig einen Machtkampf in meinem Kopf ausfechten zu müssen, war zu viel. Kurz bevor ich mich zurückzog, gab ich dem kleinen naiven Ding aber doch noch etwas, worüber es nachdenken konnte.

»Er wird dich im denkbar schlimmsten Moment fallen lassen. Sein Volk geht bei ihm immer vor. Denk an meine Worte, wenn es so weit ist«, sagte ich und säte damit einen Korn des Misstrauens in ihr. Gleichzeitig ließ ich sie frei. Sollte sie gefälligst die höllischen Schmerzen ausbaden, die dieser Sturz unweigerlich nach sich ziehen würde.

»Abrollen, Asrai!«, brüllte mich Manila in der Sekunde an, in der ich endlich wieder Herrin meiner Sinne war. Mein Körper reagierte zum Glück instinktiv. Ich ließ das Seil los und wurde durch den Schwung noch ein gutes Stück nach vorn geschleudert. Halbwegs elegant schaffte ich eine Rolle über die Schulter hinweg und federte dadurch den Aufprall ab, weshalb ich mir bei der Schlitterpartie quer über den Boden nicht alle Knochen brach. Manila verlangsamte umgehend ihre Geschwindigkeit und landete.

Trotzdem riss ich mir Ellbogen und Knie auf, prellte mir den Beckenboden und bremste am Ende halb mit dem Kinn. Der Schmerz sorgte immerhin dafür, dass ich wieder komplett in die

Realität zurückfand. Zumal Manila in einer Tour in meinem Kopf brüllte: *»Elaja, Elaja, Elaja! Hörst du mich? Elaja!«*

Ich stöhnte als Antwort und drehte mich ganz langsam auf den Rücken. Mein gesamter Körper brannte von den vielen Schürfwunden, und ein unangenehmes Pochen setzte in meiner Hüfte ein.

»Scheiße«, war seltsamerweise das Einzige, was ich hervorbrachte.

»Das kannst du laut sagen. Bist du wieder bei mir? Rede ich mit Elaja oder ist das Höllenweib noch am Wüten? Muss ich dich ohnmächtig hauen?«

»Bitte nicht. Ich bin's. Elaja.« Erst dann begriff ich die Worte meines Drachen. Vor Staunen schaffte ich es sogar, meinen Kopf ein Stück anzuheben. »Du hast Elaja zu mir gesagt!«, rief ich.

»Ist mir so rausgerutscht. Bild dir bloß nichts drauf ein.«

»Du hast Elaja zu mir gesagt! Das hast du noch nie getan!«

»Ja, na gut. Ja. Hab ich wohl. Irgendwie muss ich ja schließlich dich und dieses Gruselweib unterscheiden. Verdammte Axt. Ich hab vergessen, wie unheimlich die Frau ist und was für eine höllische Angst ich vor ihr hatte.« Manila schüttelte sich am ganzen Körper. Dann stupste sie mich mit der Nase an. *»Entschuldige die Rolle. Mir fiel nichts anderes ein, bevor sie mich komplett unter ihre Kontrolle bringen konnte.«*

Ich antwortete mit einem Ächzen, mehr war nicht drin.

Schritte erklangen. Jemand rannte auf uns zu, stoppte kurz vor uns. Aric, der sich direkt neben mir auf die Knie fallen ließ. »Elaja? Lebst du noch?«

»Ja. Hilf mir mal hoch.« Ich reichte ihm die Hand, und er zog mich langsam ins Sitzen. Die Welt drehte sich einmal komplett um sich selbst und blieb an Torlin hängen, der auf uns zueilte und umgehend an Manila hochkletterte, um nach Delken zu sehen. Jaro folgte direkt dahinter, und anschließend kam …

Ian.

Sein Blick ging mir durch und durch. Er kam bedächtig näher. Vorsichtig. Erst als er sich sicher war, dass ich ihn nicht mit loderndem Blick empfing, überwand er die letzten Meter. Anders als gehofft, hockte er sich allerdings nicht neben mich, sondern blieb mit deutlichem Abstand zu mir stehen.

Es hätte auch ein ganzes Leben sein können. Zumindest fühlte es sich so an.

»Wie konntest du nur so was Unvernünftiges tun?«, sagte er zunächst ruhig und brüllte mich gleich darauf an. »Bist du wahnsinnig geworden?«

»Ich –«

»Was an ›öffne erst mal keine Pforten‹ hast du nicht verstanden?«, unterbrach er mich nun deutlich leiser und weiterhin drohend. Vermutlich war ihm erst jetzt das Publikum wieder bewusst geworden, das eifrig lauschte. »Sei froh, dass hier zu viele Leute rumstehen. Sonst würde ich dich festnehmen lassen.«

Ich klappte meinen zum Protest geöffneten Mund wieder zu und sah ihn ungläubig an. »Festnehmen?«, fragte ich fassungslos.

»Elaja! Glaub nicht, dass ich die Magiekugel in deinen Händen nicht als das erkannt habe, was sie war. Du ... du ...« Er warf Aric einen kurzen Blick zu und anschließend Jaro, der unsere Diskussion mit größer werdender Irritation verfolgte. Daraufhin atmete er tief durch. Die Schärfe in seiner Stimme blieb dennoch bestehen. »Wenn du die Kontrolle verlierst, bin ich das Einzige, was zwischen dir und den Marani steht. Ich kann es mir nicht leisten, mein Leben durch dich zu riskieren. Du wusstest, wie gefährlich die Aktion war – und hast es trotzdem getan.« Am Ende des Satzes war er wieder lauter geworden.

»Jetzt lass mal gut sein«, ging zu meiner Überraschung ausgerechnet Aric dazwischen. »Sie hat Galahad gerettet. Und Delken. Niemand ist zu Schaden gekommen. Oder habe ich da etwas nicht mitbekommen?«

Ian und ich starrten einander an, ignorierten Arics Einwand. »Du musst aufhören, in kleinen Dimensionen zu denken«, sagte Ian mit vor Wut zitternder Stimme zu mir. »Jede deiner Entscheidungen hat ab sofort weitreichende Auswirkungen auf zwei Völker. Ein Drachenleben ist nichts im Vergleich zu dem, was du gerade riskiert hast.«

»Ian«, hob ich vorsichtig an. »Ich –«

»Ich will nichts hören«, herrschte mich Ian an. »Zwing mich nicht dazu, mich zwischen dir und meinem Volk entscheiden zu müssen. Nicht schon wieder.« Auf die letzten Worte folgte eine schwere, kaum zu ertragende Stille. Gleichzeitig hob er die Hände und machte einige Schritte zurück. »Es ist wohl besser, wenn ich jetzt gehe. Bevor ich noch mehr sage, das ich hinterher bereuen könnte. Aric. Kümmer dich um Elaja. Ich schaue nach Galahad«, sagte er gepresst. Im Anschluss eilte er von uns fort.

Wir starrten ihm reglos hinterher. In meinem Kopf hatte ich mir die Begegnung mit Ian tausendmal vorgestellt. Ich hatte mich darauf gefreut, ihr geradezu entgegengefiebert. Stattdessen bekam ich Wut und Enttäuschung serviert. Seine Reaktion fühlte sich dadurch noch viel schmerzhafter an.

Und das Schlimme war: Er hatte recht.

Ich hatte sehenden Auges eine Pforte geöffnet, obwohl ich genau gewusst hatte, dass ich damit womöglich die Asrai auf den Plan rufen würde. Nur welche Wahl hatte ich sonst gehabt? Delken und Galahad sterben zu lassen hatte sich falsch angefühlt. Wer waren wir, wenn wir Menschenleben gegeneinander aufwogen? Wenn wir Gott spielten?

Ich hatte es gewagt und beinahe verloren. Aber nur beinahe. Delken war am Leben, genau wie Galahad. Allerdings war der Preis hoch gewesen, denn Ian war so zornig auf mich, dass es in meiner Seele brannte.

Womöglich hätte ich vor den Augen des gesamten Hortes zu heulen angefangen und damit allen mein wahres Ich gezeigt: Die Drachenreiterschülerin, die mit ihrer Macht nicht umzugehen wusste und nach einer Maßregelung ihres Lehrers völlig überfordert zu weinen anfing. Zum Glück legte mir Aric eine warme Hand auf die Schulter und drückte mich kurz an sich.

»Du hast Galahad gerettet. Für mich ist das für den Moment das Allerwichtigste. Gut gemacht.« Vorsichtig zog er mich auf die Beine und dirigierte mich vehement herum, damit ich nicht mehr länger in die Richtung sehen musste, in die Ian verschwunden war. »Ian beruhigt sich meist genauso schnell wieder, wie er wütend geworden ist.«

»In dem Fall wage ich das zu bezweifeln. Er hat mir befohlen, keine Pforten zu öffnen, und ich hab ihn ignoriert. Um ehrlich zu sein, war ich mir sicher, dass ich es kann.«

»Konntest du ja auch, nur hast du im Anschluss um ein Haar Ian gegrillt. Asrai, können wir uns auf eine Sache einigen?«

»Die da wäre?«

»Ich will gar nicht wissen, was mit dir und deiner Magie nicht stimmt, nur bitte vertrag dich wieder mit Ian und lern durch ihn, wie du mit dieser Macht in dir umgehen kannst.«

Meine Augen füllten sich mit Tränen, die ich nur mit größter Mühe runterschlucken konnte. Vermutlich ließ ich sie nur nicht frei, weil ich unter Arics missbilligendem Blick nicht losheulen wollte wie ein kleines Kind. Erst dann bemerkte ich die Freundlichkeit in seinen Augen und stutzte. »Du brüllst mich ja gar nicht an«, stellte ich verwirrt fest.

»Nein. Du liegst schon am Boden. Da trete ich normalerweise nicht nach, sondern helfe hoch. Also, nimm sie an. Kinn recken, Tränen runterschlucken, Schultern gerade. Die können dich alle mal. Du hast Galahad und Delken gerettet und dich damit bewiesen. Sei stolz drauf.«

Er klatschte mir mit seiner Pranke gegen die Schulter, wodurch ich nach vorn stolperte. Gleich darauf schnappte er mich ungefragt am Oberarm und zerrte mich rüber zu Delken und den anderen. »Komm. Wir müssen uns um Delken kümmern.«

Jaro und Torlin hatten den Verletzten mittlerweile von Manila runtergeholt. Ihre Blicke in Richtung des zerfetzten Kriegszaumes waren deutlich. »Was hast du angestellt? Einen Wutanfall bekommen?«, fragte Torlin in dem Versuch, die Stimmung zu lockern.

Mir fehlten die Kraft und Energie für eine gelogene Erwiderung, also sagte ich nichts. Stattdessen beugte ich mich über Delken, der noch immer schwer atmete, aber endlich wieder wach war. Blinzelnd musterte er mich.

»Danke«, flüsterte er und zog mich mit erstaunlicher Kraft zu sich herunter, sorgte dafür, dass die nächsten Worte nur für mich zu hören waren. »Ich stehe tief in deiner Schuld, daher warne ich dich eindringlich. Deine Selbstgespräche waren beängstigend, von deinen Aktionen ganz zu schweigen. Was immer da in dir tobt: Bekomm es in den Griff. Sonst wird Ian nicht lange tatenlos zusehen, Asrai.«

Ich zuckte vor ihm zurück und machte mich hastig los. Mit einem Schlag war mir schlecht. So schlecht, dass ich mich aufrichten musste, ein paar Schritte zur Seite ging, mich vorbeugte und mich erbrach.

»Du warst beeindruckend, Elaja«, hörte ich Manila leise in meinem Kopf. *»Das hast du gut gemacht. Irgendwann wird Ian das auch einsehen. Er ist nur geschockt, weil er erst jetzt wirklich begriffen hat, was da in dir vorgeht.«*

»Manila! Wenn du nicht eingegriffen hättest, wäre Ian tot!«

»Ich weiß. Und weißt du noch was? Ich bin darüber genauso entsetzt wie du. Dass ich den Shetai mal retten würde – wer hätte das gedacht.« Sie schnaubte genervt. *»Das ist erschütternd. Genauso wie die Erkenntnis, dass ich dich als Elaja offenbar bevorzuge und sogar riskiere, die Asrai zu verärgern. Und wofür? Statt Danke zu sagen, motzt der Kerl nur rum.«*

Manila klang ernsthaft eingeschnappt, woraufhin ich tatsächlich leise lachen musste. Ganz konnte sie offenbar nicht aus ihrer Haut.

Als ich meinen Magen einigermaßen wieder im Griff hatte, wandte ich mich abermals Delken und den anderen zu. Die hatten mir geduldig beim Kotzen zugesehen.

»Bist du fertig? Können wir Delken endlich ins Warme bringen?«, fragte Aric mit gewohnter Härte im Tonfall, allerdings fehlte seinen Worten die Spitze.

»Wir warten noch auf den Mann da. Der bringt eine Trage«, mischte sich Jaro ein.

Ich hob den Kopf und sah Sean, der auf uns zueilte, die Trage in den Händen. Kurz bevor er bei uns angekommen war, ließ er seine Last zu Boden fallen und hob die Arme. Augenblicklich sprang ich auf, rannte zu ihm und ließ mich umgehend gegen ihn sinken. Sofort zog er mich fest an sich.

»Es tut so gut, dich wieder hierzuhaben«, sagte er liebevoll.

»Da bist du garantiert der Einzige, der das so sieht. Inklusive Ian.«

Seans Seufzen vibrierte sogar in seinem Brustkorb, gegen den ich fest mein Ohr presste. »Ja, das mit Ian war … unglücklich. Bist du denn wenigstens in Ordnung?«

Ich nickte schwach und schüttelte irgendwie gleichzeitig den Kopf. »Ich hab Angst, dass Ian nie wieder ein Wort mit mir redet.«

»Nun werd mal nicht dramatisch. Wir haben ihm seine unendlichen Lügen ja auch irgendwie verziehen. Da kann er bei einem kleinen Fackelangriff auf sich die Augen zudrücken. Was viel schlimmer wiegt, ist die Außenwirkung. Die Drachenreiter von Riata werden nervös, wenn Ian dich als Pfortenwächterin angeht. Das sieht so aus, als würde er dir nicht mehr trauen.«

»Tut er auch nicht.« Ich hob den Kopf von Seans Brust, um ihn ansehen zu können. »Da ist was in mir, das unheimlich ist.«

»Unheimlich? Wie unheimlich?«

»Weltenzerstörend unheimlich.«

Sean blinzelte. Blinzelte noch einmal. »Eine nicht ganz unerhebliche Information«, murmelte er im Anschluss. »Ich schätze, ich muss mal mit Ian ein ernstes Wörtchen darüber reden. Fängt er schon wieder an mit der Geheimniskrämerei?«

»Es war mein Geheimnis. Vermutlich hat er dir deswegen nichts verraten.«

Seans Falte zwischen den Augenbrauen wurde immer tiefer, bis er sich schließlich einen Ruck gab. »Lass uns später drüber reden. Jetzt bringen wir erst mal diesen sterbenden Krieger auf die Krankenstation.«

Auf mein Nicken hin lösten wir uns voneinander und legten Delken vorsichtig auf die Trage. Der Verletzte stöhnte leise und kniff die Augen fest zusammen.

»Nicht mehr lange, Delken. Dann kannst du dich ausruhen«, versprach Torlin und schüttelte fassungslos den Kopf. »Mannomann. Was für eine Ankunft. So außer sich hab ich Ian noch nie gesehen.«

Wir erstarrten alle in der Bewegung. Einzig Aric beschäftigte sich betont interessiert mit den Gurten der Trage. »Na ja«, sagte er gedehnt. »Du hast ihn ja auch nur kurz bei der Evakuierung von Marani hierher kennengelernt. Oder irre ich mich?« Diesmal sah er Sean herausfordernd an.

»Lass gut sein, Aric. Behalt deine Theorie einfach für dich, in Ordnung?«, antwortete der und schnappte sich ein Ende der Trage. »Hilf mir lieber.«

Ich wartete, bis die beiden Delken an mir vorbeigetragen hatten. Im Anschluss gaben Jaro und ich Torlin zeitgleich einen Klaps auf den Hinterkopf.

»Vollpfosten«, brummte Jaro verstimmt.

»Entschuldigung. Ist mir so rausgerutscht. Das waren anstrengende Tage.«

»Lass bitte das Kommentieren und konzentrier dich.« Ein letzter finsterer Blick, dann wandte sich Jaro an mich. »Alles in Ordnung bei dir? Du siehst mitgenommen aus.«

Ich versuchte ein Lächeln und versagte auf ganzer Linie. »Das letzte Mal, als Ian so ausgerastet ist, hab ich seinen Drachen fast bei einem Überlandflug umgebracht und anschließend meine ganze Drachenreiterkarriere versaut. Ich schätze, das hier übertrumpft das noch. Also nein. Mir geht es nicht gut, aber ich werde es überleben. Irgendwie.«

19

Das »Irgendwie« wurde zur Herausforderung. Zunächst war ich mit Delkens Überleben beschäftigt, schlief auf dem Boden vor seiner Pritsche und wurde am nächsten Tag von einer Befragung zur nächsten geschleppt. Natürlich begegnete ich dort auch Ian, doch der hielt sich dezent im Hintergrund und mied sogar meine Hilfe suchenden Blicke. Das tat weh. Wir mussten dringend noch mal miteinander sprechen, nur blieb dafür keine Zeit. Ich kam ja nicht mal zum Essen.

Als angebliche Oberbefehlshaberin der Marani wurde ich überschwemmt mit Aufgaben, Organisationsanfragen und Hilfegesuchen. Hinzu kamen die vielen Notfallsitzungen. Es gab Ausschüsse, in denen ich meinen Senf dazugeben sollte, Arbeitsgruppen und so viele Termine, dass ich manchmal im Stehen an die Wand gelehnt einschlief.

Dabei fühlten sich die misstrauischen Blicke der grünen Drachenreiter noch immer wie Dolchstöße an. Wann immer ich einen Raum betrat, wurde es kurz still. Schritt ich durch eine Menge, teilte sie sich vor mir, als würde ich mit einer Axt um mich herumwirbeln. Arandor ging auf Abstand. Die wenigsten wussten, wie sie mit mir umgehen sollten.

Leider waren Hora, Neth und Narel wieder zurück nach Lark beordert worden. Ihre Ausbildung ging weiter, sie mussten ihren

Abschluss schaffen. Auch Maai fehlte, da sie als Oberste Heilerin ihren festen Platz auf meinem Heimathort hatte. Ich vermisste ihre Rückendeckung schrecklich. Jeden Tag. Jede Minute.

Sean bemühte sich redlich, mir den Rücken frei zu halten. Er positionierte Aric als ständigen Begleiter an meiner Seite, der verbale oder sogar mögliche körperliche Angriffe im Keim erstickte. Allein seine finstere Miene hielt jeden davon ab, sich mir ungebührlich zu nähern. Das sorgte nur leider dafür, dass ich mich noch einsamer und abgeschnittener fühlte als ohnehin schon.

Und die Marani? Die wussten noch viel weniger mit mir anzufangen. Sie spielten die Scharade so gut es ging mit, doch wer die Gelegenheit hatte, flüchtete hastig aus meiner Reichweite. Ich konnte sie sogar verstehen. Sich in meiner Anwesenheit zu verplappern, geschah verdammt schnell. Also ging niemand das Risiko ein, wenn er es nicht unbedingt musste. Selbst Torlin verfuhr so, nachdem er schon einmal ins Fettnäpfchen getreten war. Sobald ich mich zu ihm gesellte und er Aric bemerkte, verstummte er. Jaro versuchte weiterhin, mir das Gefühl zu geben, willkommen zu sein, und Gaeil redete ohnehin für drei, und dennoch … dass ich mich jemals wirklich bei den Marani integrieren konnte, hielt ich für ausgeschlossen. Ich konnte ja noch nicht mal den Gesprächen folgen. In Anwesenheit eines grünen Reiters sprachen sie Arandor. Sobald sie unter sich waren, wechselten sie zu Maranisch. Ich verstand daraufhin kein Wort und hatte ständig das Gefühl, womöglich Teil des Gesprächsinhalts zu sein. Verfolgungswahn ließ grüßen. Hinzu kam die unbändige Angst vor der Asrai, die den Marani seit ihrer Kindheit eingebläut worden war. Im Gegensatz zu Arandor hatten die Marani die Geschichten über die Vergangenheit korrekt weitergegeben. Auch die Begriffe wie Asrai und Shetai waren im kollektiven Gedächtnis geblieben.

Weil sämtliche erwachsene Drachenreiter und Drachen beim Angriff auf Marani verloren gegangen waren, hatte sich in Arandor eine völlig falsche Geschichte durchgesetzt. Die des Vulkanausbruchs und der Drachenpest. Die Wahrheit über die Pfortenwächter war verloren gegangen. Das half uns jetzt natürlich, um die Wahrheit vorm grünen Volk von Arandor zu verschleiern. Einzig die Marani wussten sehr genau Bescheid.

Die fanden mich gruselig, genau wie ich die gesamte Situation.

Alles, wovor ich jemals Angst gehabt hatte, geschah nun mit mir. Ausgrenzung. Verachtung. Misstrauen. Hass.

Dass ich mich nicht einfach heulend in eine Ecke zusammenkauerte, lag vermutlich an Arics unerschütterlicher Begleitung, an Seans mutmachenden Worten und an Velias Sturheit. Sehr schnell war mir klar, warum alle diese Frau so dermaßen vergötterten. Sie sprang ein, wenn mir in den Sitzungen die Worte fehlten und die Marani sich wegen meiner Anwesenheit seltsam benahmen, lotste mich durch schwierige Verhöre und vermittelte zwischen mir und ihrem Volk. Sie war ein Fels in der Brandung, den ich sehr schnell nicht mehr missen wollte.

Leider neigte sie dazu, die Gespräche auf rein beruflicher Ebene zu belassen, sodass ich sie nie richtig nach Sean fragen konnte. Dabei platzte ich vor Neugierde. Auch der schwieg sich diesbezüglich aus, und mir blieb nichts anders übrig, als zu beobachten.

Soweit ich sagen konnte, gingen die beiden betont höflich miteinander um und taten so, als würden sie sich erst seit Kurzem kennen. Dass sie einmal ein Liebespaar gewesen waren, ließen sie sich nicht anmerken.

Ich nahm mir fest vor, Velia irgendwann darauf anzusprechen, doch noch standen wir uns nicht nahe genug, als dass ich so etwas hätte fragen können. Stattdessen zeigte ich ihr mein Heilerbuch. Gemeinsam gingen wir die Zauber durch, die ich bereits getestet hatte, und Velia führte mir ihre Tricks vor, mit denen sie einen Patienten sanft in den Schlaf schicken konnte. Rasch stellte sich heraus, dass ihre und meine Techniken beinahe identisch waren.

»Dieses Buch ist unfassbar«, rief sie daraufhin begeistert, und ich ließ mich von ihrer Freude anstecken. Wenigstens ein Lichtblick in diesen trüben Zeiten.

Der Rest war zum Heulen. Dass Ian mich mied, war schlimmer als alles zusammen.

Auch Manila hatte zu kämpfen. Die sonst nie um ein Wort verlegene Drachendame war still und nachdenklich geworden und hatte sich von mir und allen anderen zurückgezogen. Auch sie wurde ausgegrenzt. Im Stall wollte niemand neben ihr liegen. Die blauen Drachen würden sonst kein Auge zumachen, und die grünen drehten ihr als Verräterin den Rücken zu. Sie zog daraus ihre Konsequenzen und machte es sich am anderen Ende der Landebahn gemütlich. Zumindest so gemütlich, wie es bei diesem eisigen Wind und den niedrigen Temperaturen überhaupt ging.

»Ich gehe zu Manila«, sagte ich zu Sean nach einer besonders üblen Ratssitzung, in der man mich auseinandergenommen hatte.

»Elaja, lass uns erst über die letzten zehn Minuten reden. Du –«

»Ich gehe zu Manila«, wiederholte ich stur und winkte schwach, um Sean davon abzuhalten, mir zu folgen.

Aric machte Anstalten, mir zu folgen, doch ich schüttelte so vehement den Kopf, dass er aufgab. Also brachte er mich lediglich nach draußen und wartete, bis ich bei meinem einsam auf der Landebahn hockenden Drachen angelangt war.

»Mieser Tag?«, fragte ich sie.

»Ich weiß nicht, auf wen ich wütender sein soll. Auf Arandor, weil es mich für eine gute Tat hasst. Auf Marani, weil es undankbar ist. Auf die Asrai, weil sie ein Miststück ist. Oder auf dich, weil du mich in diesen Schlamassel manövriert hast.«

»Du darfst mich gern anschreien. Ich gewöhne mich langsam daran, dass mich alle hassen.«

Daraufhin seufzte mein Drache tief auf. *»Wie hat Aric es so treffend formuliert? Ich kann nicht mal nachtreten, weil du schon am Boden liegst«*, schimpfte sie und stupste mich vorsichtig mit der Schnauze an. *»Kopf hoch. Das renkt sich irgendwann wieder ein. So in fünfzig Jahren. Wenn wir genug von den Blicken haben und als Eigenbrötler unser Leben im Vulkan fristen und Rai diese Welt auseinandergenommen hat. Dann werden sie uns um Hilfe anflehen. Versprochen. Bis dahin wünschen wir ihnen die Glibberflitschflatschkrankheit an den Hals.«*

Ich musste lachen, obwohl mir wirklich nicht danach war. »Was ist denn die Glibberflitschflatschkrankheit?«

»Die werde ich noch erfinden, um diesem muffeligen Pack Demut beizubringen.«

Ich warf drei Decken vor ihr auf den Boden und setzte mich nah an ihre Vorderpfoten, lehnte mich dagegen. Die Landebahn war derart ausgekühlt, dass sich die Kälte unverzüglich durch sämtliche Decken fraß. »Bin dabei. Wann starten wir die Experimente?«

»Morgen. Erst mal müssen wir dieses Gespräch hinter uns bringen.«

»Welches Gespräch?«

»Das mit deinem Herzblatt.«

Zunächst verstand ich ihre Aussage nicht recht. Dann setzte ich mich abrupt auf. Ian kam auf uns zu.

»Wurde auch mal Zeit, dass er sich blicken lässt. Ich war drauf und dran, seinen hässlichen Drachen in Geiselhaft zu nehmen und den Shetai dazu zu zwingen, mit dir zu reden. Dein Herzeleid macht mich ganz wahnsinnig. So viel Sehnsucht erträgt eine Kriegerin meines Kalibers nicht länger als fünf Minuten. Da bekomme ich Mordgedanken.«

Ich ignorierte die seltsamen Ausführungen meines etwas anders denkenden Drachen und starrte Ian an, wie er sich mit ruhigen Schritten näherte. Er trug noch immer die Sachen vom Vortag. Einfarbiges weißes Hemd. Dunkle Hose. Geschnürte Stiefel. Einen schlichten, frei schwingenden Mantel. Dass er ein Fürst war, sah man ihm nicht an. Vielmehr wirkte er wie ein völlig überarbeiteter, übermüdeter junger Mann mit zu viel Last auf den Schultern. Von Fürstenwürde keine Spur.

Sobald er bemerkte, dass wir ihn entdeckt hatten, wurde er etwas langsamer. Vermutlich wappnete er sich genau wie ich vor diesem Gespräch.

»Was soll ich ihm denn sagen?«, fragte ich Manila panisch.

»Dass er sich wie ein Arsch verhält? Dass er sich verpissen soll und sein blödes Volk gleich wieder mitnehmen darf?« Manila, die Diplomatin. *»Alternativ hörst du dir an, warum er sich so benimmt, als würde er förmlich darum betteln, dass man ihm den Kopf abbeißt.«*

»Wir haben ihn beinahe pulverisiert!«

»Ja und? Das ›beinahe‹ ist entscheidend. Jetzt himmel ihn nicht gleich an und schieb stattdessen das Kinn vor. Du musst nicht gleich zu Kreuze kriechen. Der hält ein wenig Gegenwind schon aus.«

Ich aber nicht. In diesem Moment war ich jeglichen Streit so dermaßen leid, dass ich mich am liebsten unter Manilas Flügeln versteckt hätte. Einzig die Tatsache, dass mein kämpferischer Drache das niemals zugelassen hätte, hielt mich davon ab.

Sekunden später war ohnehin alles zu spät, denn Ian hatte uns erreicht. Langsam und wie immer beneidenswert elegant ließ er sich vor mir in die Hocke sinken und starrte mich im Anschluss für etwa drei Atemzüge einfach nur an.

»Tu das nicht«, sagte er sanft.

Ich blinzelte verwirrt. »Was meinst du?«

»Dich auf der Landebahn verstecken. Dich abkapseln und dich zurückziehen. Glaub mir. Das wird dir und Manila auf Dauer schlecht bekommen. Ich hab da meine Erfahrungen.« Langsam streckte er seine Hand aus und legte sie auf meine. Im Gegensatz zu meiner war seine schön warm. »Als ich dich gesehen habe, wie du allein zu deinem Drachen gegangen bist, war das wie ein fester Hieb in den Magen. Ein Weckruf. Auf keinen Fall kann ich zulassen, dass du das Gleiche durchmachst wie ich. Du musst die Menschen, die dir helfen wollen, an dich ranlassen. Schieb sie nicht weg, bloß weil es schwierig ist.« Er schluckte hörbar und ging im Anschluss von der Hocke auf die Knie. Seine Hand blieb auf meiner liegen. »Es tut mir leid. Ich hätte dich nicht so anschreien und auf Abstand gehen dürfen. Da hat der Shetai in mir gehandelt und gewütet. Auch ich habe manchmal mit meiner Magie zu kämpfen. Sie hat panische Angst vor der Asrai.«

Beinahe ohne es zu bemerken, ergriff ich seine Hand. Hielt sie so fest ich konnte. Weil mir die Worte fehlten, schwieg ich. Ian missverstand das und hielt es für Ablehnung. Sein Blick wurde traurig.

»Weißt du noch, was ich zu dir gesagt habe, nachdem ich dir alles gebeichtet hatte und du so schrecklich böse auf mich gewesen bist?«

»Du hast viel gesagt. Davor und danach.«

»Eine Sache war wichtiger als alle anderen. Ich habe geschworen, dass ich dir niemals etwas tun werde. Dieses Versprechen gilt noch immer. Ich werde dir nichts tun. Niemals. Egal was mit deiner Magie geschieht. Ich hätte dir nach deinem Beinaheangriff auf mich niemals das Gefühl geben dürfen, eine Bedrohung für dich zu sein, und dich in den Kerker werfen zu wollen. Es ist unverzeihlich, dass ich dir Angst gemacht habe.«

»Ist es nicht. Womöglich bin ich genau das. Eine Bedrohung. Du hattest durchaus guten Grund, mich deswegen zu maßregeln. Und schon gar nicht will ich, dass du dich zwischen mir und deinem Volk entscheiden musst.«

»Asrai! Verdammte Axt! Er kriecht zu Kreuze und will sich entschuldigen. Nun entschuldige du dich gefälligst nicht bei ihm! Er hat Mist gebaut.«

Ian musste Manilas Einmischung an meiner Mimik abgelesen haben, denn er seufzte. »Schimpft sie wieder mit dir?«

»Ein wenig.« Bislang hatte ich tapfer die Tränen zurückgehalten. Jetzt drängten sie nach vorn. »Für sie bin ich wohl niemals gut genug. Eigentlich sollte ich mich an das Gefühl gewöhnt haben.«

»Elaja«, protestierte Ian sanft. »Sag so etwas nicht. Lass dir weder von Manila, mir oder dem Rest der Welt einreden, dass du unfähig bist. Das bist du nicht. Im Gegenteil. Du kämpfst, wo andere aufgeben – wenn auch mit manchmal fragwürdigen Methoden.« Zärtlich strich er mir die erste Träne aus dem Augenwinkel und umarmte mich gleich darauf fest, schlang seine Arme um mich. Hielt mich. Ich ließ es zu und lehnte mich gegen ihn, verkroch mich in seiner Wärme und dem Halt, den er versprach.

»Du hast mich erschreckt«, flüsterte ich. »So zornig. So wütend. Dass du mich danach wie Luft behandelt hast, war die Hölle.«

»Bloß weil ich mal rumbrülle, wende ich mich nicht von dir ab.« Er drückte mich etwas von sich und umfasste meinen Kopf, sodass ich ihn ansehen konnte. Die Wärme in seinem Blick beruhigte fast augenblicklich mein wild schlagendes Herz. »Ich lass dich nicht allein. Nie«, sagte er fest zu mir. »Das Problem bei uns beiden ist nur, dass ich mich zurückziehe, sobald mir alles zu viel wird. Ich brauche Abstand, um runterzukommen und über Lösungen nachzudenken, bevor ich mich wieder hervorwage. Dass das mit deinen Verlustängsten kollidiert, hätte mir bewusst sein müssen. Das tut mir leid.«

»Ich hab keine Verlustängste«, protestierte ich schwach.

»Du bist eine Vollwaise, die wegen ihrer Andersartigkeit ständig ausgegrenzt wurde. Natürlich hast du Verlustängste. Daher rührt auch dein Hang, ständig querzuschießen. Je eher sich die anderen von dir abwenden, desto weniger Angst musst du davor haben, dass sie genau das tun. Ich mach das nicht, Elaja. Wenn ich weggehe, komme ich immer zu dir zurück. Manchmal dauert es, normalerweise beruhige ich mich auch wieder zügig. In diesem Fall hab ich ein paar Tage gebraucht, aber jetzt bin ich wieder da und habe meine Lektion gelernt. Es schmerzt mich sehr, dass du wegen mir einsam auf einer Landebahn sitzt. Du solltest als Drachenreiterschülerin neben Hora und Narel Geschichtslehre büffeln, statt dich mit Weltpolitik auseinandersetzen zu müssen. Was das angeht, mache ich mir keine Illusionen. Ich hab dich da mit reingezogen. Könnte ich es rückgängig machen, würde ich es tun.«

»Ich bin eine Pfortenwächterin. Früher oder später hätte mich die Weltpolitik so oder so eingeholt. Das hat nichts mit dir zu tun.«

»Aber du wärst eine geachtete Pfortenwächterin deiner eigenen Welt.«

Das konnte ich schlecht abstreiten. Dennoch zögerte ich, die nächsten Worte auszusprechen. Sie waren ein großer Schritt für mich. Kurioserweise war es ausgerechnet Ian, der seine Gefühle in Worte verpacken konnte. Ich tat mich da ungleich schwerer. Es machte mich verletzlich. »Ich bleibe gern eine ausgegrenzte und geächtete Pfortenwächterin, solange du mit mir zusammen auf der einsamen Landebahn sitzt.«

Daraufhin schmolz auch der letzte Rest Distanz in seinem Blick, und er beugte sich vor, um mir einen sanften Kuss zu geben. »Jederzeit«, flüsterte er, bevor er mich wieder so fest an sich zog, dass mir die Luft wegblieb. »Hab ich schon erwähnt, wie leid es mir tut?«, murmelte er an meinen Lippen.

»Hm-mhm. Du kannst es wiedergutmachen.«

Er lächelte, weil er meinen Hinweis natürlich verstand. Als er mich jetzt küsste, fühlte es sich wehmütig und verheißungsvoll an. Vor allem, weil er meinen Hinterkopf umfasste und dafür sorgte, dass sich unser anfangs eher zarter Kuss verstärkte. Drängender wurde.

Sein Atem vermischte sich in der kalten Luft mit meinem, während seine Lippen meine öffneten und unsere Zungen sich trafen. Sofort zogen sich sämtliche Muskeln in meinem Inneren zusammen, was erst ein intensives Prickeln auslöste und schließlich in sinnlichem Verlangen endete. Eher instinktiv schob ich mich auf seinen Schoß, presste mich an ihn, als hinge mein Leben davon ab. Ich wollte ihn endlich spüren. Richtig spüren.

Nicht nur seine Hände halten. Ihn sanft küssen. Blicke tauschen. Das reichte nicht länger aus. Ich brauchte mehr von ihm.

»Wolltet ihr eure wilde Leidenschaft füreinander nicht vor der Welt geheim halten?«, mischte sich Manila leicht amüsiert in meine verhangenen Gedanken. *»Skandalös auf einer Landebahn rumzuknutschen ist da eher kontraproduktiv.«*

Ich löste mich umgehend von Ians Lippen, der daraufhin tief seufzte. »Manila hat was gesagt«, mutmaßte er.

»Diesmal war es sogar ein berechtigter Einwand. Wie war das, dass wir uns voneinander fernhalten müssen?«

»Ich habe wegen dir eine wichtige Sitzung verlassen, nachdem ich dich vom Fenster aus beobachtet habe. Das hat jeder mitbekommen. Das Gerede über uns ist mir auch völlig egal.«

»Aber mir nicht. Die Drachenreiter verachten mich auch so schon genug.«

»Ich weiß.« Er lächelte sanft und irgendwie entschuldigend. »Nur können wir in diesem Fall nicht alles haben.« Mit deutlichem Bedauern schob er mich von sich und stand auf, hielt mir die Hand hin. »Dann komm. Während meiner beleidigten Phase habe ich so einige Pläne geschmiedet, die uns helfen dürften.«

Ich musste lachen. Ian war alles, nur garantiert kein schnell beleidigter Mensch. Sein Rückzug war tiefgründiger gewesen. Komplizierter. Sobald Magie im Spiel war, war das eigentlich immer der Fall. So langsam lernte ich auch das. »Was für Pläne?«, fragte ich, sobald wir nebeneinanderher zurück zu den Gebäudekomplexen liefen. Manila folgte uns eher unwillig.

»Ich habe verschiedene Unterrichtseinheiten für dich konzipiert. Da du ein sehr visueller Mensch bist, musste ich kreativ werden.

Hora und Narel kommen morgen dazu. Anschließend können wir loslegen.«

Schockiert blieb ich stehen. »Du holst meine Freunde aus dem offiziellen Drachenreiterunterricht? Ian! Sie müssen ihren Abschluss schaffen.«

»Der läuft nicht weg. Sie haben auch keine Sekunde gezögert, als ich sie gefragt habe.«

»Wenn der Fürst der Drachenreiter etwas *fragt*, lehnt man nicht ab.«

Diese simple Tatsache war Ian eindeutig noch völlig fremd. Einen Moment stutzte er, dann zuckte er mit den Schultern. »Mag sein, aber Hora wäre so oder so sofort gekommen. Sie will helfen, und mit Verlaub: Hilfe hast du wirklich nötig.« Sein Blick wurde weicher, als er meine missbilligende Miene bemerkte. Ich hasste es, wenn er etwas über meinen Kopf hinweg entschied. Vor allem, wenn es um die Zukunft meiner Freunde ging. »Wir brauchen dich aktuell selbstbewusst, Elaja. Das bist du nur, wenn du dich sicher fühlst. Rückhalt besitzt. Den verschaffe ich dir. Es ist keine Schande, Hilfe anzunehmen, wenn das Gewicht eines gesamten Volkes auf deinen Schultern lastet. Das hab ich auf die harte Weise gelernt. Du brauchst Hora und Narel an deiner Seite, damit dich die Einsamkeit in Ruhe lässt und du nicht den Eindruck hast, niemand legt Wert auf deine Gesellschaft. So ist das nämlich keineswegs. Es gibt genug Menschen in deiner Nähe, die dich sehr wertschätzen. Allen voran ich.«

»Du scheinst mich bedenklich gut zu kennen«, murrte ich und bemerkte voller Staunen, dass ich mich gleich besser fühlte. Sehr viel besser. War ich wirklich so einfach gestrickt? »Eigentlich bin ich total undurchschaubar«, merkte ich möglichst würdevoll an und ignorierte Ians darauffolgendes spöttisches Lachen geflissentlich. Als er damit fertig war, zog ich eine Augenbraue in die Höhe. »Und wie geht es dir mit dem ganzen Chaos?«

Das Blitzen in seinen Augen ließ mich ahnen, dass ich keine ganz ernst gemeinte Antwort erhalten würde. »Gerade bin ich ausgesprochen traurig darüber, unseren Moment auf der Landebahn ziehen lassen zu müssen. Dabei wurde es gerade erst richtig spannend.«

Genervt knuffte ich ihn in die Seite. »Sei ernst«, ermahnte ich ihn.

Sofort wurde er das. Sogar sehr ernst. »Ich schlag mich tapfer. Den Schmerz über Shys Verlust lasse ich nur in kleinen Dosen an mich heran, um damit umgehen zu können. Über den Tod meiner Schwestern denke ich noch nicht allzu viel nach. Sobald es Delken besser geht, werde ich mich damit beschäftigen und ihn wegen der Vergangenheit ausfragen. Das wird hart, aber es ist ein notwendiger Schritt, um abschließen zu können. Und der Rest?« Zum ersten Mal, seit er zu mir gekommen war, ließ er mich seine Müdigkeit sehen. »Der Magieschock steckt mir tief in den Knochen. Um durchzuhalten, mache ich grundsätzlich Mittagsschlaf wie ein alter Mann und gehe so früh es irgendwie machbar ist ins Bett. Allerdings gibt es viel zu tun, und die Sorge um unsere Zukunft treibt mich aus dem Bett. Es ist seltsam, den Marani so nah zu sein und mich gleichzeitig von ihnen fernhalten zu müssen. Himmel. Die reden nur Unsinn, sobald ich unerwartet mit jemandem aus Arandor an meiner Seite bei ihnen auftauche. Eigentlich müssten sie ja nur so tun, als ob sie mich nicht kennen, leider bekommen das die wenigsten hin.«

Ich dachte an Torlins unbedachte Worte und wusste ganz genau, was Ian meinte. »Wir finden einen Weg, damit alle normal mit uns umgehen können«, sagte ich leise zu ihm und berührte ihn ganz kurz an der Hüfte. Er fing meine Hand auf und behielt sie so lange in seiner, bis wir zu nahe an die Gebäude herangekommen waren. Eher widerwillig ließ er mich los.

»Das Wissen, die Marani in Sicherheit gebracht zu haben, wiegt schwerer als die Wehmut, ihnen nicht nahe kommen zu dürfen. Gleichzeitig muss ich mich der Frage stellen, wie ich mit den Drachenreitern von Arandor umgehen soll. All die Jahre bin ich davon ausgegangen, sie irgendwann zu verraten oder sämtliche meiner Bekannten von einem Tag auf den anderen verlassen zu müssen. Ich hab mich von ihnen ferngehalten, so gut es ging. Mauern errichtet. Menschen ignoriert, die mir helfen wollten. Die ich unter normalen Umständen sehr gemocht hätte.« Er seufzte. »Ich muss endlich begreifen, dass ich für immer zu Arandor gehören werde. Das bedeutet aber auch, dass ich ernsthaft über Freundschaftspflege nachdenken muss. Wie geht das überhaupt?«

»Sieh mich nicht an! Ich bin da die denkbar schlechteste Ratgeberin.«

»Delkens gesamte Einheit verehrt den Boden, auf dem du gehst. Du hast Aric dazu gebracht, dich vor mir zu verteidigen. Selbst Brick hatte nette Worte für dich übrig. Erzähl mir also nicht, dass du nicht weißt, wie das geht!« Ian sah mich strafend an. »Selbstbewusstsein, Elaja. Früher hattest du davon reichlich. Wo ist es abgeblieben?«

»Das wurde mit dem Auftauchen der Asrai pulverisiert.«

Als ich seinen Blick bemerkte, verdrehte ich die Augen. Jaja. Langsam hatte ich es kapiert. Zum Glück musste ich nicht antworten, denn wir waren vor den Stallungen angekommen und Ian blieb stehen. »Ich hab für Manila eine Box einrichten lassen, die genau zwischen einer Einheit grüner und blauer Drachen liegt. Jaro, Torlin und Gaeil waren damit einverstanden. Bei den grünen liegen Nevin und Zair. Eine gute Ecke, um sich zu entspannen. Makon hat da auch schon Posten bezogen. Er ist ganz zufrieden mit dieser Lösung.« Fragend sah er Manila an. »Lässt du es auf einen Versuch ankommen?«

»Meinetwegen. Aber auch nur, weil ich Elajas Zähnegeklapper auf der Landebahn nicht länger ertrage. Die Frau friert schneller als eine Hundertjährige.«

Weil Ian mich fragend ansah, übersetzte ich Manilas Worte für ihn. »Hörst du sie noch immer nicht?«

»Nein. Selbst bei Makon klappt es nur an wirklich guten Tagen. Sobald ich müde werde, versagt meine Magie auf ganzer Linie. Deswegen ist es auch so wichtig, dass wir dich unterrichten. Im Moment bist du die einzige Verteidigungslinie zwischen Rai und uns.«

»Lass das bloß nicht Marani und Arandor hören. Die ergeben sich Rai freiwillig, um ihr Schicksal bloß nicht in meine Hände legen zu müssen.«

»Selbstbewusstsein, Elaja!«

Ich seufzte genervt. »Wie wäre es damit: Du baust mein Selbstbewusstsein wieder auf und ich zeige dir, wie Freundschaftspflege geht. Eigentlich musst du dir nur abgewöhnen, den Menschen aus dem Weg zu gehen, damit sie feststellen, dass du ein wirklich netter Mann bist.«

»Nett? Mehr nicht?«

»Freundlich. Zugewandt. Hilfsbereit. Treu. Liebevoll. Zärtlich.«

Wie sehr Ian meine Worte freuten, sah ich an seinem Lächeln, das endlich auch seine Augen erreichte. Er beugte sich vor. »Sexy hast du vergessen«, hauchte er mit einem übertriebenen Schmelz in der Stimme, der mich dennoch erbeben ließ.

»Herrje. Elaja, geh bitte mit ihm auf sein Zimmer, um eure durchgehenden Hormone wieder unter Kontrolle zu bekommen. Euer Gesäusel ertrage ich sonst nicht länger.«

Weil Ian laut lachte, wusste ich, dass er Manila diesmal gehört hatte. Offenbar hatte sie es darauf angelegt. Im Anschluss stapfte sie an uns und an den Reihen blauer Drachen vorüber und ließ sich schließlich direkt neben Makon in einen mit dickem Stroh ausgepolsterten Bereich nieder.

»Sei lieb zu ihm«, sagte ich streng zu ihr.

»Ich bin immer lieb. Zumindest wenn ich schlafe. Nun geh mit deinem Herzblatt. Ich gönn es euch.«

Beinahe sofort schoss mein Puls nach oben, und eine noch nie gefühlte Unsicherheit schwappte in mir hoch. Ian und ich. Allein. Für einen längeren Zeitraum und sogar gesund. Das verkraftete meine Vorstellungskraft nicht.

Ian hingegen wartete geduldig, bis Manila sich zurechtgerückt hatte, dann dirigierte er mich sanft aus dem Stall heraus. »Du bist erschöpft und gehörst in ein vernünftiges Bett. Wo liegt dein Zimmer?«

Bei seiner Frage blieb ich abrupt stehen. »Äh. Ich hab eins, aber … ich weiß nicht mehr wo. Nach unserer Ankunft ging alles so schnell. Velia hat mir meine Räumlichkeiten gezeigt, danach bin ich sofort zu Delken, den wir neben Galahad in einem ruhigen Stallbereich untergebracht haben. Da hab ich meistens geschlafen. Oder im Sitzen in irgendwelchen Beratungen. Oder in einer abgeschiedenen Ecke. Oder –«

»Komm einfach mit zu mir.«

Alles in mir schrie begeistert Ja, und gleichzeitig geriet ich ein wenig in Panik, denn erst jetzt fiel mir mein desaströser Zustand auf. »Ian, ich stinke. Ich hab seit Tagen nicht geduscht, meine Klamotten habe ich noch viel länger nicht gewechselt und meine Haare sind eine Katastrophe.«

»Ich weiß«, antwortete er amüsiert. »Besonders dieser Dreckstreifen an deinem Halsbereich, der mit jedem Tag sichtbarer wird, ist faszinierend.« Mit funkelnden Augen nahm er mich an die Hand. »Ich habe eine Wanne in meinen Räumlichkeiten. Die Annehmlichkeiten eines Fürsten. Komm.«

Es dauerte etwas, bis wir bei Ians Räumen angelangt waren. Dabei begegneten wir nur drei Drachenreitern, doch ich machte mir diesbezüglich keine Illusionen. Dass der Fürst der Drachenreiter von Arandor die Hand der Asrai aus Marani gehalten hatte, würde morgen früh das bestimmende Thema am Frühstückstisch sein. Wenigstens sah uns niemand, als ich mit wild pochendem Herz durch Ians Tür trat, die er mir zuvorkommend aufhielt.

»Schick«, sagte ich anerkennend, sobald ich drin war. »Viel roter Teppich. Besonders die Vase mit den rosa Herzchen zeugt von gutem Geschmack. Passt wunderbar zu dir.«

Ian lachte leise. »Momentan fehlt mir die Zeit für Inneneinrichtung. Da drüben ist übrigens das Bad. Du musst nur gegen die Wand klopfen, schon rauscht ein Wasserfall in die Wanne. Das Wasser ist erstaunlich warm.«

Plötzlich wieder schüchtern nickte ich und eilte in den angrenzenden Raum, schloss die Tür. Tief durchatmend bemühte ich mich, mein zu schnell schlagendes Herz zu beruhigen. Danach entkleidete ich mich und stellte fest, dass ich die Sachen nur noch verbrennen konnte. Sie müffelten fürchterlich und waren sandig, dreckig und zerschlissen. Dass ich nicht mal bemerkt hatte, wie übel ich aussah, sagte eigentlich alles. Ich hatte irgendwie die Kontrolle über die Zeit, mich und die Ereignisse verloren.

Die Minuten in der Wanne konnte ich nicht wirklich genießen, dazu war ich viel zu aufgeregt.

»Kommst du klar?«, rief mir Ian durch die geschlossene Tür zu.

»Ja«, antwortete ich ihm und beschloss gleichzeitig, dass das reichen musste. Sekunden später hüllte ich mich in ein flauschiges Handtuch, das verdächtig nach Ian roch. Anscheinend hatte er es bereits benutzt. Ich schnupperte daran und schloss die Augen, hüllte mich in seinen Duft. Mein Moment der Ruhe verflog allerdings rasch, als mir ein Problem bewusst wurde: Was zog ich denn an?

Suchend sah ich mich um und entdeckte nichts Brauchbares. Warum musste Ian auch einer von der ordentlichen Sorte Mann sein? Verdammt.

»Machen wir uns nichts vor. Egal was du dir überziehst: Du wirst es ohnehin nicht besonders lange tragen. Also spiel nicht die Prüde und geh einfach zu ihm. Das Handtuch sollte genügen.«

»Manila! Hör auf, mich zu bespitzeln!«, empörte ich mich.

»Du bist so panisch, dass ich es mit der Angst bekommen habe. Da musste ich in deinem Geist nach dem Grund suchen. Bitte krieg dich ein und geh zu ihm. Das ist Ian.«

»Ja, du hast es erfasst. Das ist Ian! Genau das ist das Problem.«

»Der Kerl ist netter als eine ganze Armee kleiner Hundewelpen. Wenn ich euch auf der Landebahn nicht unterbrochen hätte, würdest du derzeit nicht hadern. Ihr wart so was von scharf aufeinander. Und glaub mir, Ian ist genauso nervös. Das hat mir Makon gerade bestätigt.«

»Hab ich nicht!«

»Du hast gebrummt, als ich dich gefragt habe. Das ist grundsätzlich ein Ja bei dir.«

Ich erstarrte, als ich Makons Stimme so unerwartet in meinem Kopf hörte. »Du bist zurück«, sagte ich laut. »Makon. Den Drachengöttern sei Dank. Ich höre dich wieder.«

»Auch ich bin froh. Mit Ian ist es noch hakeliger, weil er viel schwächer zu erreichen ist als du, doch das bekommen wir in den Griff.«

»Makon! Das ist momentan völlig nebensächlich. Wir sind gerade bei einem epischen Moment dabei! Die zwei sind kurz davor, es endlich zu tun. Und du redest von Schwäche und Magie.«

»Eigentlich solltet ihr gar nicht dabei sein«, schimpfte ich. »Also bitte. Privatsphäre, ihr zwei.«

Es klopfte an der Tür. »Alles in Ordnung? Du klingst so aufgebracht. Meckert Manila wieder mit dir?«, fragte Ian besorgt.

»Sag ihm, dass kuscheln heute nicht drin ist. Sei Feuer. Flamme. Pure Hitze und wilde Ekstase. Da sind wir richtig gut drin!«

Ich stöhnte laut auf, woraufhin ich Makon leise in meinem Kopf lachen hörte und ein weiteres Klopfen folgte. »Elaja?«

Vermutlich hatte ich ohnehin nur noch Sekunden, um mich zu entscheiden – und genau das tat ich. Ich überwand den Abstand zur Tür. *»Raus aus meinem Kopf«*, mahnte ich, bevor ich sie öffnete und tropfnass und nur bekleidet mit einem viel zu kurzen Handtuch vor dem überraschten Ian auftauchte. »Unsere Drachen waren der Meinung, dass ich lange genug gebadet habe«, sagte ich trocken. »Sie wollen Feuer, Glut und Ekstase.«

»Flamme und Hitze nicht zu vergessen.«

Mir kroch besagte Hitze in die Wangen, als Ian mich etwas verdattert anstarrte. Schließlich lächelte er voller Wärme. »Kriegen wir hin. Mir genügt aber fürs Erste auch deine Nähe. Du siehst müde aus und solltest schlafen.«

»Knick bloß nicht ein. Schlaf wird überbewertet. Vernasch den Kerl, bevor ihr beide wieder kalte Füße bekommt oder Rai uns angreift. Die Gelegenheit ist günstig für feurigen –«

»Makon, könntest du Manila bitte ohnmächtig schlagen?«, unterbrach ich sie gequält und sprach dabei laut, damit Ian mein Problem verstand.

Makon brummte daraufhin. *»Ich regel das für dich. So, du kleiner Puberdrache. Schluss mit Bespitzeln. Wir zwei reden erst mal über Drachenmanieren.«*

Die anschließende Stille war erstaunlich … seltsam. Ungewohnt. Als wäre etwas aus meinem Kopf verschwunden, an das ich mich längst gewöhnt hatte. Erst jetzt bemerkte ich, wie viel Platz Manila in meinem Denken eingenommen hatte. Dennoch war sie irgendwie bei mir, denn ich wusste genau, was sie in diesem Moment gesagt hätte. *Sei mutig und voller Feuer.*

Also war ich genau das.

Ich ließ mein Handtuch los, und es sank beinahe lautlos zu Boden. »Ich will nicht schlafen«, erklärte ich und überwand den kleinen Abstand zwischen uns, umschlang Ians Oberkörper und küsste ihn so, dass keine Zweifel mehr bestanden. »Ich will dich.«

Das Funkeln in Ians Augen bestätigte mir, dass er genau das erhofft hatte. Ohne Zögern fuhr er mit seinen großen Händen über meinen Rücken, strich meine noch immer nassen Haare zur Seite und streichelte meinen Nacken, meine Schultern. Dabei wurde sein Kuss eindringlicher, fordernder. Ich genoss das Gefühl seiner Haut an meiner, nur war das noch nicht genug. Mein nackter Körper berührte zu viel Stoff.

Auffordernd zog ich ihm das Hemd aus der Hose. Den Mantel hatte er mittlerweile abgelegt, genau wie die Stiefel. Als ich meine Finger unter den Stoff schob, spürte ich genau, wie er die Luft anhielt. Zunächst hielt ich es für Aufregung, doch dann erinnerte ich mich wieder an Ians Grundproblem. Keine Berührungen. Wie hatte ich das nur vergessen können? Hastig zog ich mich zurück.

»Wir können es auch langsamer angehen lassen«, murmelte ich.

»Du stehst nackt vor mir. Wie könnten wir es da langsam angehen lassen?«, entgegnete Ian und trat einen kleinen Schritt zurück, um sich entschlossen selbst das Hemd über den Kopf zu ziehen. Gleich darauf war er wieder bei mir, legte seine Lippen auf meine und eroberte meinen Mund. Als er dabei mit den Fingern an meiner Seite entlangstrich, konnte ich ein leises Stöhnen nicht unterdrücken.

»Es ist alles in Ordnung, Elaja«, flüsterte er an meinen Lippen. »Berühr mich. Verführ mich. Mach mit mir, was immer du willst. Solange du nur nicht damit aufhörst, mir nahe zu sein.«

»Aber –«, wollte ich protestieren.

»Du und dein ›aber‹«, knurrte er missbilligend, schnappte mich an der Hüfte, hob mich hoch und legte sich meine Beine um den Körper. Der plötzliche Stellungswechsel raubte mir kurz den Atem. Er war intim. Er war sexy und völlig überraschend. Zum Glück hatten wir es nicht weit bis zum Bett, sonst wäre es vermutlich komplett um mich geschehen gewesen. Auch so klammerte ich mich hilflos an ihn und spürte seine Hände in Regionen, die in mir pure Glut entfachten.

Er setzte mich rücklings auf der Matratze ab und schob sich über mich, ließ seine Finger über meine Brust wandern und fuhr die Konturen nach, strich über meinen Bauch. Bevor er noch tiefer ging, wartete er auf eine Regung von mir, sah mich fragend an.

»Du hast deine Hose vergessen. Zieh sie aus«, forderte ich daraufhin.

Er grinste als Antwort. »Endlich verstehen wir uns.« Mir war es ein Rätsel, wie man sich so elegant und gleichzeitig beiläufig eines Kleidungsstückes entledigen konnte. Er hatte sogar noch die Zeit, meinen Körper mit Wärme zu bedecken. Endlich lagen wir Haut an Haut, er halb auf mir, ich zum Teil unter ihm.

Nun ergriff auch ich die Initiative, traute mich, ihn an Stellen zu berühren, wo er unter anderen Umständen sofort in eine Abwehrhaltung gegangen wäre. Dass er es zuließ, bedeutete mir viel. Seine Arme waren rau und von langen Wunden überzogen, die noch immer nicht vollständig verheilt waren. Die geöffneten Magieadern. Auch an seinen Beinen bemerkte ich sie. Ein Symbol für mich, wie knapp es gewesen war. Dass ich ihn beinahe verloren hätte – ohne uns noch mal aussprechen zu können.

Ich verdrängte den Gedanken hastig und konzentrierte mich stattdessen lieber auf das Gefühl von seinen Lippen auf meiner Haut. Von seinen Fingern, mit denen er mich sanft streichelte und recht zügig dafür sorgte, dass ich mich ihm entgegenwölbte. Er grinste, als er meine stumme Aufforderung erkannte, und schob sich zwischen meine Schenkel.

»Ich liebe dich«, flüsterte er mir ins Ohr, als er behutsam in mich eindrang. Ich antworte ihm mit einem leisen Stöhnen und drängte mich an ihn. Wollte mehr von ihm. Ich liebte seine ruhige und vorsichtige Art, doch gerade wollte ich den ungezügelten Ian spüren.

»Ich bin nicht aus Zucker«, flüsterte ich und biss spielerisch in seine Unterlippe.

»Das weiß ich«, antwortete er mit ein wenig Verzögerung. »Nur lass mich den Moment genießen. Wir haben Zeit.« Sein folgender intensiver Kuss wirkte beinahe wie eine Entschuldigung. Sorgsam verwob er die Finger seiner linken Hand mit meinen und hielt sie fest. Eine liebevolle und gleichzeitig dominante Geste, die mich dazu bringen sollte, für den Augenblick nachzugeben. Natürlich akzeptierte ich seinen Wunsch, sodass er bei seinem langsamen, zärtlichen Rhythmus blieb.

Seine Ruhe sprang auf mich über, und zu meiner eigenen Überraschung spürte ich beinahe sofort den besonderen Reiz darin. Das langsame Aufeinander-zubewegen. Das Auskosten jeden Moments. Dadurch baute sich der Druck noch intensiver in mir auf, sorgte dafür, dass ich bei jedem Stoß erbebte. Dass er mir dabei tief in die Augen blickte, tat sein Übriges. Endlich hatten wir uns gefunden. Endlich durften wir einander so nahe sein, wie ich es mir seit dem Moment im Schneesturm erträumt hatte.

Pures Glück explodierte in meiner Brust. Freude. Erleichterung und Hoffnung. Es war ein wunderschöner Moment, den ich vermutlich niemals wieder vergessen würde, denn so nahe hatte ich mich noch nie einem Menschen gefühlt.

Als Ian mich küsste, fühlte ich seine Liebe für mich so intensiv wie noch nie. Ich empfand genauso. Und endlich fand ich den Mut, es ebenfalls auszusprechen.

»Ich liebe dich auch«, wisperte ich in sein Ohr. Von mir aus hätten wir uns im gleichen sanften Rhythmus bis zum Höhepunkt hochschaukeln können. Ich hätte es akzeptiert, allerdings änderte Ian völlig unerwartet den Winkel ein klein wenig und sorgte mit einem tiefen Stoß dafür, dass mir kurzzeitig der Atem stockte. Parallel küsste er mich tief und hungrig und erhöhte das Tempo noch weiter.

Die Welt schrumpfte auf uns beide zusammen, auf den Punkt, an dem wir uns immer wieder berührten. Immer schneller und leidenschaftlicher.

»Feuer und Ekstase«, murmelte er frech an meinen Lippen. Tatsächlich fühlte es sich so an, als hätten die Flammen nur darauf gewartet, sich in mir zu entzünden. Sie rasten durch meinen Körper und sorgten für eine Hitze, die kaum auszuhalten war, genau wie der Druck in meinem Unterleib, der sich mit jeder von Ians Bewegungen erhöhte.

Sein Atem verwandelte sich in ein Keuchen. Ich schmeckte seinen Schweiß auf den Lippen, den Hunger nach mir. Gleichzeitig spürte ich genau, dass er sich weiterhin zurückhielt. Auf mich horchte. Mich in den Mittelpunkt stellen wollte.

Das war der Moment, in dem ich mich vehement aus seinem Griff löste und die Arme um seinen Oberkörper schlang, mich an ihn presste und so fest anspannte, dass jetzt er es war, der erbebte. Unsere Umarmung veränderte sich beinahe unmerklich.

Ich hielt ihn und er mich. Auf Augenhöhe.

Die nächste Bewegung führten wir beinahe zeitgleich aus. Ich explodierte etwa eine Sekunde vor ihm, bäumte mich auf und klammerte mich an ihm fest. Seine Umarmung wurde fester, und er presste sein Gesicht an meine Halsbeuge, sodass ich sein rasendes Herz an meiner Brust und seinen keuchenden Atem an meiner Kehle fühlte.

Es war ein unbeschreiblicher Moment.

Voller Liebe.

Und ja. Auch voller Vertrauen.

20

Ich wachte von einem Brennen tief in mir auf. Asrai-Magie, die sich Gehör verschaffen wollte. Einen Atemzug lang sah ich eine Vision. Das Buch, das ich in ein Regal stellte. Kurz zuvor hatte ich mehrere Skizzen hineingelegt. Zeichnungen von Menschen. Drachen. Eine Landkarte.

Das war neu. Hastig bemühte ich mich, mehr erkennen zu können, doch vergebens. Die Vision verschwand und hinterließ einen seltsam faden Geschmack im Mund.

In der gleichen Sekunde öffnete ich die Augen und blickte direkt in Ians Gesicht. Er schlief neben mir. Die Lider geschlossen, seine Züge so entspannt, wie ich sie selten gesehen hatte. Ein Arm lag unter meinem Kopf, der andere über meiner Hüfte. Sobald er einatmete, berührten wir uns hauchzart, und das erinnerte mich immer wieder daran, wie eng wir aneinandergekuschelt dalagen.

Am liebsten hätte ich ihn noch eine halbe Ewigkeit so betrachtet. Leider weckten ihn seine Instinkte, und er öffnete langsam die Lider. Sobald er bemerkte, dass ich wach war, formte sich ein Ausdruck in seinen Augen, der mein Innerstes wärmte.

So liebevoll. Zugewandt. Zärtlich.

»A en mor, mi'Salana«, sagte er leise zu mir und küsste mich zart.

Den ersten Teil hatte ich schon mal gehört. Nur der letzte Part war neu. »Was heißt das?«, fragte ich.

»Guten Morgen. Wir müssen dringend an deinen Sprachfähigkeiten feilen. Je eher du Maranisch kannst, desto eher wird dich mein Volk akzeptieren – und sie können hinter deinem Rücken nicht mehr länger lästern.«

Ein Stich ging durch meinen Magen. »Tun sie das denn?«

»Garantiert. Aber mach dir keinen Kopf. Wir werden sie schon noch von deinen Qualitäten überzeugen.« Mit einem breiten Grinsen zog er mich halb auf seine Brust und legte die Hände auf mein Kreuz. Sein nun folgender Kuss war so intensiv, dass ich sofort wusste, worauf es hinauslaufen würde.

Weil ich diesmal oben lag, nutzte ich die Chance, um ihn eingehender betrachten und berühren zu können. Nachdenklich fuhr ich die Narben an seinem linken Arm entlang, bis ich zu der direkt über seinem Herz kam. »Als ich dich kennengelernt habe, hast du Berührungen kaum ertragen. Dass ich es jetzt darf, bedeutet mir viel.«

»Es sind nicht die körperlichen Berührungen, die mir Schwierigkeiten bereiten«, antwortete Ian schließlich ruhig. Sein liebevoller Blick ging mir durch und durch. Verdammt. Ich liebte diesen Mann. Diesen ruhigen, freundlichen, wunderbaren Menschen. »Das Problem ist die menschliche Nähe, die mit den Berührungen einhergeht. Das Vertrauen, das dafür notwendig ist. Abstand zu halten war für mich überlebensnotwendig. Ich konnte es mir nicht leisten, mein Herz an jemanden zu verlieren. Bis zu diesem Zeitpunkt. Meine innere Ablehnung gegen die Menschen in meiner Umgebung mündete darin, dass ich vor jeglicher Annäherung zurückgeschreckt bin. Berührungen wurden unmöglich, genau wie Umarmungen oder sogar Händeschütteln. Nur bei dir war das alles anders. Von Anfang an. Als du mir dieses Brot in die Hand gedrückt hast und unsere Finger sich für einen winzigen Moment berührt haben, hat sich mein komplettes Weltgefüge verschoben. Es war nicht allein Nahrung, die du mir gereicht hast. Es war so viel mehr. Mein Rettungsanker kurz vorm Untergang. Plötzlich war da jemand, der sich um mich gekümmert hat. Der meine Not sah, obwohl ich sie so gut verstecken wollte. Du hast sie gesehen und reagiert.« Er küsste sich einen Weg von meiner Nasenspitze hinunter bis zum Mund, und obwohl ich es nicht sehen konnte, spürte ich sein Lächeln.

»Ich weiß nicht, ob du es absichtlich getan hast oder unterbewusst, aber dass du immer vorher gefragt hast, wenn du mir näher kommen wolltest, hat den letzten Widerstand in mir aufgelöst. Auf der Landebahn war es schließlich komplett um mich geschehen. Dass mich jemand vorwarnt, weil er mich umarmen will, war neu für mich und unfassbar süß. Du warst respektvoll, sanft – und hartnäckig.« Er lachte leise. »Vor allem hartnäckig.« Jetzt war er an meiner Halsbeuge angekommen, und ich drehte den Kopf, damit er die empfindsame Stelle direkt unter dem Ohrläppchen liebkosen konnte. Seine Berührung sorgte für eine Gänsehaut, und ich schloss die Augen, ließ mich in den Moment fallen. In das Gefühl, so zärtlich behandelt zu werden. Mit Worten und mit Berührungen.

»Du bist wunderbar. Mein absoluter Lieblingsmensch in beiden Welten. Ohne dich wäre ich bereits tausendmal gestorben. Ohne dich gäbe es keinen einzigen blauen Reiter mehr dort draußen. Du solltest stolz auf dich sein. Ich bin es jedenfalls.«

Er wanderte mit seinen Händen tiefer und tiefer, und ich freute mich auf das Folgende. Bis es an der Tür klopfte.

»Ian? Raus aus den Federn. Die unterbrochene Sitzung von gestern Abend fängt in zehn Minuten an.« Seans Stimme.

Ian seufzte leise. »Verschieb sie noch mal«, rief er genervt.

»Das geht echt nicht.«

Als sich die Klinke gleich darauf senkte, reagierte Ian erstaunlich zügig. Er zog mir das Laken, das unbeachtet über meinen Beinen und dem halben Po lag, bis über den Kopf. Gerade noch rechtzeitig, denn Sean kam gleich darauf herein.

»Aufstehen. Ich weiß, dass du von den vielen Disku…« Sean verstummte mitten im Satz. Vermutlich hatte er soeben einen Blick aufs Bett werfen können. »Oh.«

»Ja. Oh. Könntest du bitte wieder gehen?«

»Schließ das nächste Mal einfach ab! Dann komm ich auch nicht rein.«

»Sean! Geh!«

»Ich mach ja schon.« Schritte waren zu hören, die jedoch abrupt wieder verstummten. »Ist das Elaja unter dem Laken?«

Ian seufzte laut auf. »Wenn sie es nicht wäre, hättest du mir jetzt den Morgen komplett ruiniert.«

Sean lachte leise. »Das ist wahr. Also ist sie es.«

»Ein Edelmann enthält sich jeden Kommentars. Könntest du bitte gehen?«

»Mach ich, allerdings … ist das klug von euch?«

Das reichte. Ich drehte mich unter dem Laken und setzte mich abrupt auf. Gleichzeitig zog ich es mir vom Kopf und hielt es schützend vor meine nackte Brust. Dass ich Ian dadurch entblößte, war sein Problem. Das hier war schließlich sein nerviger bester Freund.

»Sean«, fauchte ich. »Können wir das später besprechen? Du störst!«

Zu meiner Überraschung sah Sean nur wenig zerknirscht aus. Eher besorgt. »Ich gönn es euch von Herzen, aber momentan ist die Situation wirklich angespannt. Wir müssen vorsichtig sein.«

»Vor allem musst du vorsichtiger sein. Man platzt nicht ohne Erlaubnis in ein Zimmer«, schimpfte ich im Manila-Tonfall.

»Die Botschaft ist angekommen«, antwortete Sean versöhnlicher. Anschließend sah er Ian mahnend an. »Du hast zehn Minuten. Komm in die Gänge.«

Als Sean endlich verschwunden war und die Tür hinter sich geschlossen hatte, ließ ich mich mit einem tiefen Stöhnen rücklings in die Kissen fallen. »Wie peinlich«, jammerte ich.

»Wieso? Für Sex muss man sich nicht schämen«, antwortete Ian gelassen und beugte sich über mich, um seine Worte zu untermalen. »Und für gegenseitige Anziehung auch nicht«, murmelte er. Sobald er seine Finger ein wenig zu sinnlich über meine Haut wandern ließ, hielt ich seine Hand auf.

»Du musst los«, sagte ich streng. Als ich seine Enttäuschung bemerkte, milderte ich meine Worte mit einem zärtlichen Kuss ab. »Wir können das wiederholen. Ohne Zeitdruck. Nur leider hat Sean recht. Wir müssen vorsichtig sein. Niemand soll uns nachsagen können, dass wir unsere Pflichten vernachlässigen. Also, raus aus den Federn, mein Fürst. Du musst regieren.«

Ian verdrehte die Augen und fügte sich zugleich. Als er wie selbstverständlich splitternackt durch den Raum lief, wandte ich zunächst den Blick ab, um ihm Privatsphäre zu geben. Sofort kam ich mir albern vor. Also sah ich zu, wie er Hose und Hemd überstreifte. Ein schöner Moment. Vertraut und beinahe normal.

»Besorgst du mir noch ganz schnell andere Kleidung?«, fragte ich, während er sein Hemd zuknöpfte. »Ich kann schlecht im Handtuch über die Flure huschen.«

»Kannst du nicht einfach hierbleiben, bis ich wieder zurück bin?« Als er meine hochgezogenen Augenbrauen bemerkte, seufzte er tief. »In Ordnung. Ich hol schnell was. Um Mittag herum erwarte ich dich zu deiner ersten Übungsstunde. Für die Zeit hab ich mir etwas Pause freigeschaufelt. Wir müssen deine Ausbildung intensivieren.«

Er kam kurz zurück zum Bett, küsste mich zum Abschied und verschwand. Die Anziehsachen brachte dann allerdings Sean. Diesmal klopfte er zumindest, ehe er reinkam, sodass ich mich sorgsam in das Laken hüllen konnte. Zu meiner Überraschung legte er die Hose und das Hemd direkt aufs Bett und blieb reglos vor mir stehen.

»Für euch zwei freue ich mich«, wiederholte er zögerlich seine Worte von vorhin. »Als politischer Berater bin ich mir unsicher.«

»Dann spiel die Szenarien durch und leg dabei den Schwerpunkt darauf, dass Ians und meine Anziehung ohnehin schon längst kein Geheimnis mehr in der Drachenwelt ist«, schlug ich vor.

Sean drehte sich daraufhin zur Tür um. Im ersten Moment dachte ich, dass er gehen würde, doch er blieb wie festgewachsen stehen. Offenbar gab er mir nur etwas Privatsphäre, damit ich mich anziehen konnte. Das Gespräch war allerdings nicht vorüber.

»Sie werden sich auf euch stürzen wie die Aasgeier«, sagte Sean zur Wand.

Ich schnappte mir hastig das mitgebrachte Hemd und zog es über. Gleich fühlte ich mich besser. »Erzähl mir was Neues. Es ist ohnehin egal. Sie stürzen sich sowieso jeden Tag auf mich. Mit Blicken. Mit Abweisung. Mit Spucke. Schlimmer geht nicht.«

Kaum hatte ich das gesagt, drehte sich Sean um und sah mich schockiert an. Sofort quiekte ich und warf ihm ein Kissen ins Gesicht. »Umdrehen, du Spanner!«

»Entschuldige«, murmelte er, während er sich hastig abwandte. »Es ist nur … mir war klar, dass die Situation schwierig für dich ist. Nur dass du so sehr darunter leidest, ist mir neu. Die spucken auf den Boden vor dich?«

»Ein paar Drachenreiter aus Arandor schon.«

»Wer? Die mach ich zur Schnecke!«

Ich seufzte tief. »Sean. Mit einem allein komme ich klar. Es ist die große Anzahl, die mich fertigmacht. Die Marani bekommen in meiner Anwesenheit vor Panik kein Wort raus und Arandor hasst mich. Es ist schlimm. Ohne Ians Rückendeckung gehe ich so oder so drauf. Vielleicht wird es ja besser, wenn alle verstehen, dass der Shetai und ich zusammengehören. Völkerverständigung und so.«

Sean dachte einen Moment darüber nach. An seiner angespannten Haltung sah ich genau, dass er mit meinen Schlussfolgerungen nicht ganz einverstanden war. »Lass es uns nicht an die ganz große Glocke hängen, sondern seid einfach so diskret wie bisher. Bist du fertig? Können wir?«

»Ja, aber wohin geht es denn? Ich wollte eigentlich zu Delken und mich dann wieder als Heilerin zur Verfügung stellen. Die Marani brauchen jede helfende Hand, die sie kriegen können. Noch immer.«

»Ian hat mir einen anderen Auftrag für dich gegeben. Einen, der dich aufbauen wird. Komm!«

Er winkte mir zu und ich folgte, während ich mir hastig meine verstrubbelten Haare zu glätten versuchte. Hoffnungslos. Zunächst machte Sean einen kurzen Abstecher in seine Räumlichkeiten, um für mich und sich eine Jacke zu holen. »Wir müssen dich dringend einkleiden«, merkte er an, als es auch schon raus auf die Landebahn ging. Seltsamerweise hielten wir nicht auf Manila zu, die mal wieder abseits von allen in der Morgensonne hockte und sich aufwärmte. Stattdessen ging es seitlich an einer etwas abseits gelegenen Bahn vorbei, rüber über ein Übungsfeld, hin zu …

Als ich die Drachen erkannte, stürmte ich so schnell los, dass mich nichts und niemand aufhalten konnte. »Hora!«, brüllte ich dabei und winkte wild. Meine Freundin warf daraufhin die Satteltaschen von sich, die sie gerade vom Rücken ihres Drachen zu sich ziehen wollte, und rannte mir entgegen. Etwas langsamer und mindestens genauso erfreut lächelnd entdeckte ich Narel und wiederum dahinter ...

»Neth ist auch mitgekommen?«, fragte ich erstaunt, kaum dass meine Freundin mich fest in die Arme genommen hatte. Dass sie hier war, hatte ich kaum zu hoffen gewagt.

»Ja. Sie war in letzter Zeit ein wenig seltsam drauf. Total wortkarg, und sobald das Gespräch auf dich oder Ian kam, ist sie rausgegangen. Als Ian uns gefragt hat, ob wir dich unterstützen, hat sie trotzdem sofort Ja gesagt. Keine Ahnung, was genau ihr Problem war. Zum Glück hat sie beschlossen, ihre beleidigte Phase zu beenden und wieder mit uns abzuhängen. Sie –« Hora unterbrach sich, weil Narel seine langen Arme um uns legte und uns fest drückte.

»Ich bin so froh, dass ihr da seid«, sprudelte ich hervor. »Nur müsst ihr das nicht tun. Wirklich nicht. Was ist denn mit eurer Ausbildung? Ich will nicht –«

»Halt die Klappe, Elaja. Wir sind genau da, wo wir sein müssen«, unterbrach mich Narel grinsend. »Und die Ankündigung von Sean klingt zu verlockend und spannend.«

Bevor ich nachfragen konnte, hatte Neth uns erreicht. Wie immer in solchen Momenten hielt sie sich eher zurück, vor allem, weil sie vermutlich unsicher war, wie wir miteinander umgehen sollten.

Augenblicklich ließ ich Narel und Hora los und trat zu Neth, um sie fest an mich zu pressen. »Es tut mir leid, in was ich dich da mit reingezogen habe«, flüsterte ich ihr ins Ohr. »Bitte glaub mir. Wir versuchen nur eine Lösung zu finden, die ohne Blutvergießen auskommt.«

Meine Freundin sagte zunächst nichts, hielt mich erst mal nur fest. Dann nickte sie. »Sean ist in letzter Zeit immer wieder nach Lark gekommen, um mit mir zu reden. Wir haben lange über unsere Gewissensbisse gesprochen. Das hat geholfen. Es fällt mir nach wie vor schwer, mich damit abzufinden, und ich habe das Gefühl, mein Volk zu hintergehen. Letztlich bleibt mir nur nichts übrig, als mich damit abzufinden. Das mach ich aber nur, weil du meine Freundin bist und ich dich nicht in Gefahr bringen will. Sage ich die Wahrheit, könnte ich dir auch direkt selbst ein Messer in die Brust stoßen. Du würdest zwischen den Fronten aufgerieben.« Sie drückte mich etwas von sich, um mich strafend anzusehen. »Du hast etwas unglaublich Dummes und Riskantes getan. Allerdings muss ich zugeben, dass du damit eine Menge Leben gerettet hast. Also bin ich wieder mit dabei.«

Unser Grinsen wurde breiter, je länger wir uns ansahen. Bis wir schließlich wie damals kurz nach unserer bestandenen Prüfung auf und ab hüpften und dabei vor purer Erleichterung lachten.

Sean gab uns gut eine halbe Stunde, um uns wieder zu beruhigen. In der Zeit lockte ich Manila her, damit sie meine Freunde kennenlernte. Die drei wurden ein wenig blasser um die Nase, als der stachelbewehrte Drache auf sie zuschlenderte und sie dabei mit Blicken bedachte, die jeden im Umkreis pulverisieren konnten.

»Das sind deine Freunde? Früher haben wir mit den Königinnen und Königen gespeist. Jetzt müssen wir uns mit einer Horde naseweiser Jungreiter abgeben? Ich bin fassungslos«, murrte sie.

»Du wirst sie schätzen lernen«, antwortete ich ihr versöhnlich. *»Anders als deine so hoch geschätzten Königinnen und Könige wenden sie sich auch dann nicht von uns ab, wenn es mal schwierig wird. Schau. Selbst ihre Drachen sehen dich nicht an wie Abschaum.«*

»Das sind Babys.«

»Sie sind älter als du!«

Unser mentaler Schlagabtausch wurde durch das Auftauchen einer jungen Frau unterbrochen. Sie trug ihre dunkelbraunen Haare in einem kunstvollen Dutt, der sie noch größer aussehen ließ, als sie ohnehin schon war. Ihre Augen wirkten riesig in dem ansonsten recht schmalen Gesicht, auf dem sich jede Menge Sommersprossen abzeichneten. Sie blieb neben Sean stehen und musterte uns mit einem abschätzenden und zugleich freundlichen Ausdruck.

»Das hier ist Elenora. Sie gilt als die beste Magierin der Drachenwelt. Ian hat sie herbeordert, damit sie euch Privatunterricht gibt. Wir müssen Elaja auf das Kommende vorbereiten. Dass sie eigentlich eine Schülerin ohne Abschluss ist, macht alles etwas schwieriger. Elenora geht die Grundlagen mit euch durch, bis Ian am Mittag dazukommt. Er erklärt euch sein weiteres Vorgehen. Elaja? Ich soll dir von Ian ausrichten, dass du zunächst nur zusehen sollst. Mach die Übungen erst mit, wenn er da ist.« Sean warf einen Blick auf den Sonnenstand. »Ich muss leider los. Benehmt euch, ihr vier. Ganz Riata schaut euch zu. Elenora? Viel Erfolg.« Ein letztes Winken, schon war Sean weg und ließ uns mit unserer neuen Lehrerin allein.

»Versorgt so schnell es geht eure Drachen. Im Anschluss hab ich einen Unterrichtsraum für uns reserviert«, sagte sie mit einer zauberhaft melodischen Stimme. »Wir beginnen zunächst mit grauer Theorie. Ian hat mich mit seiner Warnung vor Elajas Magie ein wenig beunruhigt. Wir sollten uns erst mal genauer besprechen, bevor wir praktische Übungen beginnen. Also los!«

In den nächsten drei Stunden kam ich gehörig ins Schwimmen. Es war seltsam, sich wieder als Schülerin zu fühlen. Dass ich ständig getestet wurde, war Alltag für mich geworden. Als Asrai stand ich nun einmal unter Beobachtung. Ich hatte mir angewöhnt, nur noch in Bereichen zu agieren, in denen ich mich sicher fühlte. Da das eindeutig die Heilkunst war, hatte ich mich darauf konzentriert. Jetzt ging es plötzlich wieder um Drachenmagie. Ein Feld, das mir die Haare zu Berge stehen ließ. Meine letzte Begegnung mit der Asrai steckte mir tief in den Knochen.

Elenora schien das zu spüren, womöglich hatte Ian sie auch vorgewarnt, jedenfalls gingen wir zunächst nur die absoluten Grundlagen durch. Den Verlauf der Magieadern unter der Haut anhand eines nachgebauten Drachenreitermodells. Magieknoten. Kleine Aufwärmübungen, um den Körper auf Magiegebrauch vorzubereiten. Laienhafte Anwendung von Runen. Drachenzeichen. Konzentrationstraining. Meditation, wobei sie darauf achtete, dass ich nicht zu tief in mich selbst abdriftete.

Dabei hatten wir einen kompletten Übungsraum für uns. An der Seite lagen gemütliche Kissen für die ruhigen Übungen. Eine große Tafel mit Stühlen davor befand sich direkt gegenüber, ebenso eine kleine Trainingsfläche und das nachgebaute Modell eines magiebegabten Menschen. Sogar Übungsschwerter stapelten sich am Rand. Kaum hatte der Unterricht begonnen, stellte ich fest, dass mir Narel, Neth und Hora weit voraus waren. Während ich durch die Wüste gestapft war, hatten sie weiter Unterricht gehabt. Das machte sich tatsächlich bemerkbar.

Elenora verteilte gerade Bücher über den Alltagsgebrauch von Magie, als Ian den Raum betrat. Im ersten Moment wirkte er müde und genervt, aber sobald er mich sah, lächelte er und jegliche Erschöpfung verschwand aus seinen Zügen.

»Ich sehe, ihr seid fleißig«, sagte er freundlich und gab Narel und meinen Freundinnen die Hand. Schlagartig veränderte sich die Atmosphäre im Raum. Narel und Hora stotterten Unsinn vor sich hin, während Neth sofort in eine Art Abwehrhaltung ging. Verdammt.

Auch Elenora wurde von Ian per Handschlag begrüßt, einzig bei mir verfuhr er anders. Er berührte mich ganz kurz an der Schulter. Mehr nicht. Allein dieser kurze Moment sorgte dafür, dass die Anspannung von mir abfiel. Sobald Ian in meiner Nähe war, fühlte ich mich gleich besser. Dass Neth dabei mit gerunzelter Stirn zwischen uns hin und her sah, ignorierte ich geflissentlich.

»Darf ich kurz übernehmen?«, fragte Ian Elenora, die sich daraufhin neben ihn auf einen Stuhl setzte. Ian wartete noch einen Moment und atmete tief durch. »Alles, was wir hier besprechen, trainieren oder austesten, muss unter uns bleiben. Ich verlasse mich auf euch und eure Verschwiegenheit. Auf keinen Fall dürfen wir den Drachenreitern das Gefühl geben, dass Elaja eine Gefahr für sie oder sich selbst darstellen könnte.« Nacheinander sah er uns streng an. Bei mir verweilte sein Blick besonders lange. »Gleichzeitig muss euch bewusst sein, dass alles nur auf einer schnell entworfenen Theorie von meiner Seite beruht, basierend auf Überlegungen von Elaja.

Es kann sein, dass ich mich irre. Hoffen wir, dass dem nicht so ist und wir Elaja mit meinem Trainingsplan wirklich helfen können.«

Eher lässig lehnte er sich gegen den niedrigen Schreibtisch, der quer vor unserer Stuhlreihe stand. »Ich hab das mal visualisiert, damit es einfacher für euch wird, unser Problem zu verstehen. Das hier ist der Körperbau eines durchschnittlichen Drachenreiters. Wir sehen die Magieadern und die Magieknoten, die sich gleichmäßig verteilen. Der größte Knoten sitzt oberhalb des Herzens und hat eine ähnliche Funktion wie dieses Organ. Es schlägt genau wie das menschliche Herz im regelmäßigen Rhythmus und schickt Magie durch den gesamten Körper. Diese Art der Magie benutzen wir, um mit den Drachen zu kommunizieren, Dinge zu uns zu rufen oder zu kämpfen.«

Ian machte eine Handbewegung, und im Inneren des Modells flammte ein Licht auf. »Bei Elaja und mir kommt noch eine weitere Komponente hinzu. Zwischen Herz und dem Hauptknoten sitzt ein weiterer Magieknoten. Geben wir ihm einen Namen, um es zu verstehen. Das ist der Wächterknoten. Er schickt eine ganz andere Art Magie durch Elajas und meinen Körper. Wächtermagie. Damit können wir kurzfristige Pforten innerhalb einer Welt öffnen, von Welt zu Welt springen und je nach Wächter noch ein paar andere Dinge, die wir vermutlich noch gar nicht alle entschlüsselt haben.«

Ich starrte den Funken an, den Ian in dem Modell um sich selbst drehen ließ. Gleichzeitig horchte ich in mich hinein und wusste sofort, dass er mit seiner Theorie recht hatte. Seit Beginn meiner Ausbildung hatte ich diesen Knoten gespürt, aber nie sonderlich beachtet. Ich hatte ihn für den Hauptknoten gehalten. In letzter Zeit hatte sich das geändert, und instinktiv hatte ich ihn immer als meine Asrai-Magie bezeichnet. Spannend.

»Elaja? Gehst du so weit mit meiner Theorie konform?«, riss mich Ian aus meinen Gedanken. Als ich nickte, wirkte er erleichtert. »Ihr Drachenreiterschüler lernt mit eurer Magie umzugehen, indem ihr Konzentrationsübungen durchführt und die Magie wie einen dritten Arm verwenden sollt. Als Teil von euch. Ich kann mit meiner Wächtermagie ähnlich verfahren. Da gibt es keinen Unterschied, nur dass ich mal den normalen Magieknoten, mal den Wächterknoten anspreche. Elaja hingegen kann das nicht, denn es gibt da ein Problem.« Er schnippte mit den Fingern, und ein blaues Etwas schob sich über den glühenden Funken. »Hier wage ich mich in Regionen vor, von denen kaum einer etwas gehört hat, daher kann ich mich auch irren. Doch je mehr ich mich mit dem Thema beschäftige, desto sicherer bin ich mir. Das blaue Etwas, das ihr hier seht, ist ein sogenanntes Echo. Magie zirkuliert zwischen Magiern ähnlich wie Sauerstoff in der Luft. Wir inhalieren nicht nur Atemluft ein und aus, sondern auch Magie. In der Regel passiert da nichts. Bei einem Echo gibt die Magie allerdings alte Erinnerungen von einem Magier an den anderen Magier weiter. Bislang dachte ich, dass das jedem Drachenreiter passieren kann. Allmählich bin ich mir sicher, mich in dem Punkt geirrt zu haben. Es ist auf die Pfortenwächtermagie beschränkt, und es ist auch kein fremder Magier, von dem wir die Erinnerungen empfangen, sondern das Erlebte vergangener Jahrhunderte. Ich zum Beispiel erinnere mich dadurch an so ziemlich alle meine Leben. Damit ich nicht verrückt werde, gibt es allerdings einen Schutzmechanismus. Ich empfange eher Gefühle als konkrete Bilder. Will ich mich an eine bestimmte Szene erinnern, muss ich mich oft lange konzentrieren, um wirklich Bilder zu erkennen. Das hier ist zum Beispiel die prägendste Erinnerung, die sowohl Elaja als auch mir bis heute zusetzt. Elaja? Schau weg, falls du es nicht noch mal sehen willst.«

Er gab mir einen Moment, um mich zu entscheiden. Dann drehte er seine Handflächen nach oben und ließ eine Szene vor unseren Augen entstehen, die so real und plastisch war, dass mir der Atem stockte. Sobald ich verstand, was er zeigte, schloss ich hastig die Augen.

Sein und mein letzter Kampf. Wir standen uns gegenüber, sprachen miteinander. Gleich darauf gingen wir aufeinander los und starben nur wenig später nebeneinander im Dreck.

»Du kannst die Augen wieder öffnen«, sagte er sanft zu mir. Ich tat, wie mir geheißen, und sah in Narels und Horas geschockte Gesichter. Neth wirkte wie erstarrt, während Elenora sich interessiert weiter vorbeugte, als könnte sie dadurch noch mehr Wissen in sich aufsaugen. »Elaja und ich sind Todfeinde seit Jahrhunderten. Wir gehen immer wieder aufeinander los, weil unsere Magie uns das so diktiert. Weil es in ihr verankert ist. Allerdings nicht im Wächterknoten, sondern im Echo. Zumindest hoffe ich das, denn in dem Fall habe ich eine Idee, um Elajas tief in ihr verwurzelten Hass auf mich abzustellen.« Ian machte kurz Pause. Erst dachte ich, dass er uns Zeit geben wollte, um alles zu verstehen, bis ich registrierte, dass er sich sammeln musste. Nach Worten suchte. »Elajas Visionen werden vom Echo erzeugt. Während ich das steuern und auf alte Erinnerungen zugreifen kann, so wie ich es will, wird sie von dieser uralten Magie einfach überschwemmt, und in manchen Situationen übernimmt sie sogar die Kontrolle. Dieses Phänomen haben wir gesehen, als sie während ihrer Ausbildung mit dem Schwert auf mich losgegangen ist oder vor Kurzem im Landeanflug auf Riata. Ich glaube, dass das nur passiert, sobald sie den Wächterknoten aktiviert und diese Art der Magie benutzen will. Das Echo reagiert darauf. In meinem Fall erhalte ich hilfreiche Informationen wie vergangene Lösungsansätze oder Schwerttaktiken, die mir helfen könnten. Bei Elaja ist das auch der Fall, nur kommt noch eine Komponente hinzu. Der alte gespeicherte Hass und der Wunsch nach Rache.«

Ian sah mich fragend an. »Deckt sich das etwa mit deinen Erfahrungen?«

Zunächst war ich zu sprachlos, um zu antworten, also nickte ich lediglich und räusperte mich. Zehn Sekunden vergingen, in denen niemand etwas sagte. »Es ist die Asrai in mir«, sprach ich schließlich das aus, was in meinem Herzen brannte. »Sie ist garstig, gemein und unfassbar dominant. Sie tobt, sobald ich mich ihrer Meinung nach zu unterwürfig verhalte. Erkennt sie einen Moment der Schwäche, versucht sie meinen Verstand zur Seite zu drängen und die Kontrolle über meinen Körper zu übernehmen. Als würde da noch eine zweite Frau in mir wohnen, die nur darauf lauert, mich als Elaja auszulöschen.«

»Und genau das werden wir verhindern.« Ian verhakte seinen Blick in meinem. Ernst und absolut unerschütterlich. »Es ist keine wirkliche Persönlichkeit, die dir da zu schaffen macht. Es ist das Echo, das mit Hass und Rachegedanken angefüllt ist. Darunter versteckt sich allerdings auch die Magie, die über sämtliches Wissen deiner vergangenen Leben verfügt und die dafür sorgt, dass du die Pfortenmagie kontrollieren kannst. Willst du sie verwenden, aktivierst du meist auch das Echo und damit die garstige Asrai in dir.«

»Ach. Du. Scheiße«, murmelte Hora leise neben mir. Abrupt nahm sie meine Hand und drückte sie. »Diesem Miststück überlassen wir garantiert nicht unsere Elaja. Niemals.«

»Und was sollen wir dagegen machen?«, entgegnete ich gequält. »Sobald es dem anderen Pfortenwächter besser geht, wird er uns wieder angreifen. In dem Moment brauche ich diese Art der Magie und das alte Können. Sonst können wir einpacken. Ich als Elaja hab keinen Plan von höherer Magie. Zweites Lehrjahr, sag ich nur.«

»Deshalb möchte ich in zwei Richtungen trainieren. Zum einen wird Elenora dir so intensives Magietraining geben, dass du womöglich als Elaja mit der Pfortenmagie umgehen lernst – ganz ohne dass du das Echo benötigst. Und wir versuchen gleichzeitig, das Echo loszuwerden. Abtropfen ist die Devise. Alle zwei Stunden. Erinnerst du dich noch, wie das funktioniert?«

Natürlich. Ian hatte es mir in einem denkwürdigen Moment auf der Landebahn beigebracht. Kurz bevor ich ihn das erste Mal umarmen durfte. Den Tag würde ich niemals vergessen. »Das Abtropfen hab ich ehrlich gesagt in letzter Zeit sehr vernachlässigt«, gab ich zu. »Vielleicht wird es deshalb auch immer schlimmer. Die Asrai rebelliert gegen deine Anwesenheit, und … dass wir uns in der falschen Welt aufhalten.« In letzter Sekunde hatte ich mich daran erinnert, dass Narel, Hora und Elenora keine Ahnung von der Wahrheit hatten.

Ian wirkte erschrocken. »So schlimm?«

»Ich bin stark genug, um mich dagegenzustemmen, aber wenn wir uns nicht bald was einfallen lassen, wird es gefährlich.«

Daraufhin stieß sich Ian vom Schreibtisch ab und hielt auf die Tür zu. »Ich sag alle Termine für heute ab. Ihr geht jetzt erst mal zum Mittagessen. Elaja und ich treffen uns in einer Stunde wieder hier, der Rest darf sich erst mal einrichten.« Seine Hand lag bereits auf der

Klinke, da drehte er sich noch mal zu uns um. »Hora, Neth, Narel? Ich vertraue darauf, dass ihr Elaja den Rücken frei haltet. Sorgt dafür, dass sie sich nicht ausgegrenzt fühlt. Helft ihr, sich im Alltag zurechtzufinden. Zeigt Arandor, dass sie noch immer einen Platz in dieser Welt hat, und vor allem: Mischt euch unter die Marani. Ihr seid meine Botschafter für mehr Völkerverständigung. Elenora? Auf ein Wort!«

Damit verließ er den Raum und ließ uns Schüler allein, denn unsere Lehrerin war ihm hinterhergeeilt. Einen Moment herrschte erst mal Stille, dann seufzte Hora tief auf. »Da tobt ein Monster in dir?«, fragte sie mitfühlend.

»Kann man wohl sagen. Sie ist brutal und mitleidslos. Das komplette Gegenteil von mir. Wenn sie könnte, würde sie den ganzen Laden hier übernehmen und uns alle unterjochen. So hat sie das die vergangenen Jahrhunderte gehalten. Führen ist ihre Leidenschaft, Schrecken verbreiten ihre Passion. Ihr Lebensziel ist, den Shetai auszuschalten. Ihr glaubt gar nicht, was seine Nähe in mir auslöst. Ein mörderischer Machtkampf in meinem Innern.«

Für etwa drei Sekunden wirkte Hora schockiert, gleich darauf wich der Schock einem schrägen Grinsen. »Das hat euch nicht davon abgehalten, euch noch näherzukommen, nicht wahr?«

Ich bemühte mich verzweifelt um eine neutrale Miene und versagte vermutlich grandios. »Ian und ich sind nur … äh … Freunde.«

Daraufhin lachte mich Hora schamlos aus. »Ach komm, Elaja. Wir sind es. Die Blicke zwischen euch waren so eindeutig.«

Rasch sah ich zu Neth, die mit unbeweglicher Miene starr auf ihrem Stuhl saß. Letztlich gab ich nach. »Na gut. Ich geb es zu. Ian pfeift auf die Meinung der Asrai, und ich … ich kann einfach nicht die Finger von ihm lassen.«

Hora kicherte. »Er ist aber auch heiß!«

»Hora! Er ist dein Fürst«, empörte sich Narel amüsiert.

»Ja und? Es gibt auch heiße Fürsten.«

»Könnten wir bitte über die wirklich wichtigen Dinge sprechen?«, mischte sich Neth ein und bemühte sich eindeutig darum, das problematische Thema Ian fallen zu lassen.

»Neth! Seit Wochen dreht sich alles nur um Weltenkriege, sterbende Drachen und düstere Magie. Jetzt lass uns bitte den Moment genießen, dass Elaja endlich bei Ian die Kurve gekriegt und ihn vernascht hat. Hast du doch, oder?«

Mir stieg das Blut in den Kopf, was vermutlich Antwort genug war. Hora klatschte jedenfalls begeistert in die Hände. »Für die Details nehme ich dich später mal zur Seite. Jetzt hab ich Hunger«, ließ sie mich vom Haken, stand auf und zog mich auf die Beine. Gleichzeitig legte sie mir den Arm um die Schulter. »Unfassbar. Mein alter Almosenfall wird noch die Frau vom Drachenfürsten. Muss ich dich dann mit Eure Durchlaucht ansprechen?«, frotzelte sie und wuschelte mir fröhlich durch die Haare, doch in ihren Augen sah ich die Wahrheit. Sie machte sich Sorgen um mich. Um das Etwas in mir und um mein Herz.

Dass sie dennoch alles tat, um die Stimmung aufzulockern, sagte eigentlich alles über sie. Sofort ging es mir deutlich besser. Meine Freunde waren wieder an meiner Seite. Nicht nur als Rückendeckung, sondern als die besten Begleiter, die ich mir wünschen konnte.

Wir zogen los, um uns etwas zu essen zu organisieren. Da bekamen Hora, Narel und Neth zum ersten Mal zu spüren, was es hieß, sich mit mir an ihrer Seite irgendwo sehen zu lassen.

»Die Blicke sind ja krass«, murmelte Narel, während wir uns hastig etwas Suppe aus einem dafür bereitstehenden Kessel schöpften. »Als wollten sie dich lynchen.«

»Deswegen habe ich eigentlich auch immer einen Leibwächter an meiner Seite. Der kommt gerade zu uns. Ich entschuldige mich schon mal im Voraus für sein schlechtes Benehmen.« Hastig lächelte ich Aric an, um seine finstere Miene ein wenig aufzulockern. Vergebens.

»Wo zur Hölle bist du gestern abgeblieben? Da gehe ich kurz rein, um mich aufzuwärmen, und als ich wieder rauskomme, sitzt du nicht mehr, wie erwartet, auf der Landebahn, sondern Drache und zu schützende Person sind verschwunden. Manila hab ich nach einer halben Stunde gefunden, nur konnte mir niemand sagen, wo du abgeblieben bist.« Er sah mich mit herausforderndem Blick an, woraufhin ich hastig ein Brötchen zwischen meine Zähne schob und mich intensiv mit dem Schöpfen von Suppe ablenkte. »Elaja«, sagte Aric darauf noch schärfer. »So geht das nicht. Ich habe Ian versprochen, auf dich aufzupassen. Das funktioniert nicht, wenn du einfach verpuffst.«

Ich sah genau, wie sich Hora das Lachen verbeißen musste. Da sie mich recht gut kannte, wusste sie ganz genau, wo ich gestern abgeblieben war. Beziehungsweise mit wem. »Nur die Ruhe«, mischte sie sich ein. »Elaja war am sichersten Ort der Welt.«

»Der wäre bei mir«, entgegnete Aric trocken. »Und wer genau bist du?«

»Hora. Schülerin im zweiten Jahr und beste Freundin von Elaja. Und du?«

»Dein Vorgesetzter. Lern erst einmal die Schulterklappen auswendig, dann sprechen wir uns wieder. Misch dich gefälligst nicht ein, wenn die Höherrangigen miteinander reden.«

»Aric«, zischte ich daraufhin aufgebracht. »Das sind meine Freunde. Finde dich damit ab, dass du zukünftig mehr Zeit mit den Niederrangigen verbringen musst. Also krieg dich wieder ein. Ich war bei Ian.«

Man musste ihm zugutehalten, dass er nur für etwa eine halbe Sekunde wie überfahren wirkte. Dann hatte er sich wieder im Griff. »In dem Fall sag mir zukünftig einfach Bescheid«, blaffte er mich an und nahm sich zu meinem Entsetzen ebenfalls eine Schüssel. Als er meinen Blick bemerkte, verdrehte er die Augen. »Du machst Mittagspause. Ich mach Mittagspause. Danach klebe ich an dir wie Kaugummi. Verlass dich drauf.«

21

Mein Unterricht begann. Elenora war dabei nur ein kleines Puzzleteil in einem von Ian ausgeklügelten System. Er organisierte für mich Gruppentrainings mit meinen Freunden, ordnete Meditationsübungen bei Velia und ihren Freundinnen an, holte mich zum Einzelunterricht, um mit mir zusammen meine Essenz abzutropfen, und jagte mich von einer Ausbildungsstunde zur nächsten. Zwischendurch sorgte er immer wieder für kleinere Erholungspausen, die ich meist dazu nutzte, um nach meinen Patienten zu sehen. Elaja die Heilerin war bei den Marani hoch angesehen. Elaja die Asrai wurde mit Misstrauen überhäuft. Ich gedachte meine Pluspunkte durch mein Können als Heilerin auszubauen und auf diese Weise auch das Image der Asrai aufzupolieren. Wäre doch gelacht, wenn ich meine beiden Leben nicht endlich unter einen Hut bekommen würde.

Ich bin Elaja. Pfortenwächterin, Drachenreiterin und Heilerin. Gewöhnt euch dran!

Am Abend fiel ich meistens todmüde in mein Bett. Mittlerweile hatte ich eins in dem Zimmer, das ich mir mit Hora, Neth und Gaeil teilte. Die blaue Reiterin hatte ohne Zögern zugestimmt, als Ian sie gefragt hatte. Im Namen der Völkerverständigung war es einfach wichtig, dass sich grüne und blaue Reiter miteinander mischten.

Kendigo war darunter, der bei Jaro und Torlin Nachhilfe nahm, wie man einen angreifenden Drachen abwehren konnte. Aric, der sich dem Training schließlich anschloss und gleich darauf seine gesamte Schülerschar mitschleppte, damit die direkt von den Lehrern lernen konnten. Velia, die auf Ians Befehl hin eine gemischte Jungreitergruppe im Nahkampf trainierte, und Elenora, die auch den blauen Reitern magische Übungen beibrachte, um ihr Kampfgeschick zu erweitern.

Dass ich Ian in all der Zeit kaum zu Gesicht bekam, fand ich schlimm. Allerdings wusste ich genau, dass er sehr beschäftigt war und gleichzeitig noch immer mit seinem Körper rang. Wann immer er eine Pause fand, legte er sich hin und schlief. Sobald ich mal kurz Zeit hatte, war er meist in irgendwelchen Sitzungen oder trainierte abseits von den anderen mit Sean.

Immerhin trainierte er wieder, wenn auch vorsichtig. Solch schwere Verletzungen zogen auch an einem starken Mann wie ihm nicht einfach vorüber. Teilweise musste er ganz neu anfangen, seine Muskeln erst aufbauen und wieder lernen, sein Gleichgewicht zu halten. Sean war ein geduldiger Trainingspartner, im Gegensatz zu Aric.

Der warf Ian immer wieder besorgte Blicke rüber, während er in meiner Nähe herumlungerte und knappe Kommentare zu meinen Schwertkampfübungen abgab.

»Du siehst wie eine Ente mit Niesattacke aus, wenn du die Abwärtsbewegung mit dem Kurzschwert ausführst«, merkte er gerade an.

»Aric! Kritisier meine Schülerin nicht. Das ist meine Aufgabe«, ermahnte ihn mein Ausbildungsleiter genervt. »Aber ja. Elaja, du streckst deinen Hintern so komisch raus und führst die Bewegung viel zu ruckartig aus. Erinnert tatsächlich an eine Ente mit Niesattacke.«

Ich wusste, dass mich Beleidigtsein nicht weiterbringen würde, und ignorierte die Anmerkungen. Stattdessen bemühte ich mich, die Bewegung fließender auszuführen und meinen Po anzuspannen.

»Besser«, sagten Aric und mein Lehrer zeitgleich.

»Brauchst du eine Pause von Aric? Ein Wort genügt und ich ersetze ihn durch jemand anderen.«

Die Stimme tauchte so plötzlich in meinem Kopf auf, dass ich vor Schreck mein Schwert fallen ließ. Das nun folgende tiefe Seufzen meiner beiden Beobachter ignorierte ich. Stattdessen sah ich mich um und entdeckte Ian, der in einiger Entfernung ein paar Dehnübungen ausgeführt hatte und nun hoch aufgerichtet zu mir rübersah. Er winkte, als er meinen Blick auf sich spürte.

»Du kannst wieder mit Magie kommunizieren?«, fragte ich ungläubig.

»Ich stelle es auch gerade erst fest. Makon ist völlig euphorisch. Allerdings spüre ich schon jetzt, wie es mich auslaugt.«

»Dann vergeude deine Kraft nicht mit mir«, ermahnte ich ihn streng.

»Das ist keine Vergeudung. Es ist der Lichtblick meines Tages zwischen tausend Konferenzen und Seans nervtötendem Trainingsplan für Opas.« Ich spürte sein Lächeln in meinen Gedanken, noch bevor ich es in der Ferne auf seinem Gesicht entdecken konnte. *»Ich vermisse dich«*, setzte er hinzu.

»Schieb mehr Einzeltrainings dazwischen. Du als mein Lehrer. Ich als Schülerin.« Huch. Wieso tauchte ganz plötzlich nackte Haut in meinem Kopf auf? Hastig schob ich das Bild beiseite, doch Ian schien es mitbekommen zu haben.

»Ja«, sagte er leise. *»Das vermisse ich ganz besonders.«* Er hob erneut die Hand und wandte sich gleich darauf von mir ab, um seine Dehnübungen fortzusetzen. *»Ich denk mir was aus. Reagier nur bitte endlich auf Aric. Der schreit dich sonst an.«*

Tatsächlich war ich so versunken im Austausch mit Ian gewesen, dass ich den Hünen erst verspätet registrierte, der mit seiner Prankenhand vor meinem Gesicht herumwedelte. »Elaja? Bist du noch da?«

»Ja«, sagte ich hastig und spürte, wie mir die Röte vom Hals Richtung Gesicht kroch. »Kann weitergehen.«

Von da an wurde es für mich insgesamt leichter, das Training und Ians körperliche Abwesenheit auszuhalten. Wann immer wir Zeit hatten, tasteten wir auf magische Weise nacheinander und unterhielten uns kurz. Er begann mich in Marani zu unterrichten, damit ich die Sprache meines angeblichen Volkes endlich verstand, ich vertrieb ihm die Zeit in langweiligen Sitzungen mit Anekdoten über meine Freunde.

Ian und ich gewöhnten uns an, uns jeden Morgen gegenseitig zu wecken. Ians »A en mor, mi'Salana« sorgte dafür, dass ich mit einem Lächeln in den Tag startete, und sein »A en dor, mi'Salana« schickte mich sanft in die Träume. Wenn ich im lärmenden Speisesaal saß und frühstückte, begleitete er mich dabei still in meinem Kopf, obwohl er fünfzig Räume entfernt über einem Haufen Morgenpamphlete brütete und eher nebenbei aß.

Meine Freunde hatten sich längst an meinen manchmal tief versunkenen Gesichtsausdruck gewöhnt und ignorierten mich in der Zeit einfach. Und obwohl ich diese Art der Kommunikation liebte, fehlte mir die körperliche Nähe.

»Heute Abend fällt übrigens die Sitzung aus. Kommst du rüber?«, fragte Ian, der meine Schwermut offenbar direkt aufgefangen hatte.

»Ich kann nicht. Da hat mir ein gewisser Fürst einen höllischen Trainingsplan aufgenötigt. Tiefenmeditation mit anschließenden Schwebeübungen steht an. Das dauert bestimmt bis Mitternacht.«

»Dann komm danach. Weck mich einfach, wenn du zu mir unter die Decke schlüpfst.«

Ich verschluckte mich prompt an meinem Haferbrei, woraufhin mir Hora freundschaftlich auf den Rücken klopfte und mich vielsagend angrinste. »Hat er schlüpfrige Dinge von dir verlangt?«

»Hora«, empörte ich mich und musste gleichzeitig ihr Grinsen erwidern. »Na gut. Könnte sein, dass heute Abend mein Bett leer bleibt. Also wundert euch nicht.«

Daraufhin lehnte sich Gaeil nach vorn und schnalzte mit der Zunge. »Wenn das so ist, bin ich auch nicht da. Ich versuche mal mein Glück bei Aric – so im Namen der Völkerverständigung.«

»Ach, Gaeil«, seufzte Hora. »Du hast panische Angst vor ihm. Warum hast du dich darin verrannt, ausgerechnet ihn zu verführen?«

»Weil mich Unerreichbares magisch anzieht und er außerdem absolut heiß ist.« Gaeil stand auf und klopfte zum Abschied kurz auf den Tisch. »Wir sehen uns morgen«, flötete sie vergnügt und hüpfte von dannen.

Ich bezweifelte stark, dass sie Erfolg haben würde, enthielt mich aber jeden Kommentars. Das war Arics Sache.

»Bis heute Abend«, sagte ich zu Ian und stand auf, um zu meinem nächsten Magietraining zu gehen. Ich schätzte Elenoras ruhige und gleichzeitig fordernde Art sehr.

Auch mit Velia verstand ich mich immer besser. Sie war freundlich und zugewandt, allerdings an einigen Tagen auch sehr nachdenklich.

»Alles in Ordnung?«, fragte ich sie, als sie mich am Abend zu einer Besprechung mit dem Fünfgestirn abholte und ausgesprochen schweigsam auf dem gesamten Weg war. Die Führung von Marani tagte grundsätzlich draußen, damit die Drachen mit dabei sein konnten. Da es mittlerweile recht kühl geworden war, versammelten wir uns rund um ein gemütliches Feuer. Der Schein der Flammen tauchte soeben im Dunkeln vor uns auf.

Velia ignorierte zunächst meine Frage, dann seufzte sie leise auf. »Ian wird bei dem Treffen ebenfalls dabei sein. Und Sean. Seine Anwesenheit macht mich immer nervös.«

»Habt ihr euch noch immer nicht ausgesprochen?«

»Wir haben es versucht. Das Ergebnis war, dass wir uns erst angeschrien und danach geküsst haben.«

Ungeachtet der Tatsache, dass wir dadurch zu spät kommen würden, blieb ich abrupt stehen. »Ihr habt euch geküsst?«, quietschte ich begeistert.

»Ja. Seitdem geht mir Sean allerdings wieder aus dem Weg. Offenbar bereut er den Moment seiner Schwäche.«

Die Freude, die ich kurz zuvor verspürt hatte, verschwand sofort und machte tiefer Enttäuschung Platz. Wie schade für die beiden. »Gib ihm Zeit«, war der einzige Rat, der mir auf die Schnelle einfiel.

»Ja, das muss ich wohl. Etwas anders bleibt mir auch kaum übrig.«

Wir gingen wieder weiter und erreichten gleich darauf das Lagerfeuer. Sean und Ian waren bereits da, genau wie der Rest des Fünfgestirns. Wir waren die Letzten.

Hastig nahmen wir auf den ums Feuer gruppierten Baumstämmen Platz, direkt gegenüber von Sean und Ian, sodass das Feuer nun zwischen uns tanzte. Während Ian uns kurz zuzwinkerte, nickte Sean uns knapp zu und mied ansonsten den Blick in unsere Richtung. Vermutlich wegen Velia.

»Der Drachenfürst und sein Stellvertreter sind heute hier, um mit uns über das weitere Vorgehen zu beratschlagen. Wie können wir die

Marani dauerhaft in Riata integrieren? Wollen wir das überhaupt? Oder zieht es uns ohnehin bald wieder zurück in unsere Heimat«, hob Delken an. Er hatte mittlerweile die Führung im Fünfgestirn übernommen, genau so, wie es Ian gehofft hatte.

Ich wusste, wie heikel das Thema war. In früheren Sitzungen hatte es heftigen Streit darum gegeben. Vor allem Velia sperrte sich dagegen, eine Rückkehr nach Marani überhaupt in Betracht zu ziehen. Ihrer Meinung nach war die einzige Überlebenschance für die Kinder Arandor. Die Mehrzahl sah das ähnlich. Im Moment. Wie lange das so blieb, je besser es den Kriegern und Drachen ging, war die große Frage.

Ich hielt mich bei diesen Diskussionen grundsätzlich zurück. Dass ich irgendwann dauerhaft nach Marani ging, war ausgeschlossen für mich. Was sollte ich da? Dennoch verstand ich natürlich die Kriegerinnen und Krieger, die nach jahrelangen Kämpfen nicht loslassen konnten und wollten. Es war ihre Heimat, die ihnen unrechtmäßig genommen worden war. Kein Wunder, dass sie aufbegehrten. Momentan waren diese Stimmen noch wenige, doch es wurden mehr.

Ich warf einen prüfenden Blick auf Ian. Der wirkte angespannt. Wann immer die Rede auf Marani kam, wurde er unruhig und verwandelte sein Gesicht in eine unbewegliche Maske, um sich nur ja nicht zu verraten.

Da ich ihn jedoch sehr gut kannte, wusste ich genau, wie aufgewühlt er war. Vermutlich war ich nicht die Einzige, die sofort an die Gefangenen dachte. An Fianon. An den gigantischen Hort Pendragon und die Gefahr, die für mögliche zurückgelassene Marani von ihm ausging. Mit hoher Wahrscheinlichkeit gab es noch blaue Drachenreiter, die wir während unserer Flucht verloren hatten. Die Gefangenen waren mittlerweile vermutlich tot.

Nur mühsam konnte ich mich dazu zwingen, wieder zuzuhören. Es ging um Integration. Um Sprachbarrieren. Um kleinere Konflikte, die daraus entsprangen. Alles Dinge, die händelbar waren. Zum Glück. Die Marani hatten sich angepasst, genau wie Arandor.

Zwischendurch wurde das Gespräch hitziger, wieder ruhiger, beinahe sanft, wieder aufgebrachter. Es dauerte lange und war ermüdend. Letztlich beendete es Ian. »Ich danke euch für die Einladung und hoffe, auch beim nächsten Mal dazukommen zu dürfen. Zwischendurch bin ich jederzeit zu sprechen. Meine Tür steht immer offen. Jetzt sollte ich mich allerdings verabschieden. Ich werde anderswo erwartet.«

Vermutlich wussten nur Sean und ich, dass die ursprüngliche Sitzung eigentlich abgesagt war und Ian lediglich müde war und ins Bett wollte. Auch Velia und ich standen auf. »Wir müssen noch ein wenig magische Tiefenentspannung üben«, sagte meine Lehrerin entschuldigend zum Rest des Rates und bedeutete mir, dass ich vorangehen sollte.

»Gute Nacht«, sagte Ian zu den anderen.

Ich wollte ein wenig angeben und holte die paar Brocken raus, die ich mittlerweile fließend auf Marani sprechen konnte. »A en dor, mi'Salana«, sagte ich vergnügt und wunderte mich ein wenig über die nun folgende Reaktion. Ian erstarrte mitten in der Bewegung, während mich die Frauen und Männer am Lagerfeuer eindeutig verwundert musterten. Eine seltsame Stille breitete sich aus, in der sich niemand so richtig rührte.

Hä?

»A en dor«, antwortete schließlich Delken mit einiger Verzögerung und lachte im Anschluss leise in sich hinein. Ian warf mir noch einen undeutbaren Blick zu und verschwand anschließend mit Sean im Dunkeln.

Einigermaßen verwirrt folgte ich Velia, die mit hochgezogenen Augenbrauen auf mich wartete. »Was hab ich denn Falsches gesagt?«, fragte ich sie.

Velia legte den Kopf schräg und schmunzelte. »Woher hast du denn das *mi'Salana?«*, stellte sie die Gegenfrage.

Ich zögerte zu lange, woraufhin Velia stehen blieb und mich ernst musterte. »Ian hat das zu dir gesagt?«

»Ja. Jeden Morgen. Jeden Abend. Ich dachte, das gehört zum ›Guten Morgen‹ und zum ›Schlaf gut‹ mit dazu.« Jetzt, wo ich es aussprach, wurde mir bewusst, dass ich den Zusatz tatsächlich nie im allgemeinen Sprachgebrauch gehört hatte. Ian war der Einzige, der ihn benutzte.

»Was heißt es?«, hakte ich daraufhin vehementer nach.

»Das sollte dir Ian selbst erklären.«

»Das macht er nicht. Erklär du es mir. Bitte.«

Velias Blick wurde so sanft, wie ich es an ihr noch nie gesehen hatte. »Es ist ein Kosename, nur nicht irgendeiner. Direkt übersetzt heißt es ›meine Sonne‹. Eigentlich geht die Bedeutung tiefer. Mein Leben. Mein Herz. Man sagt es nur zu seinem Lebenspartner oder zu dem, mit dem man sein Leben teilen möchte. Es ist stärker als jedes ›Ich liebe dich‹. Stärker als jeder Eheschwur. Ich hab das zum Beispiel noch nie ausgesprochen. Nicht mal Sean gegenüber. Wenn Ian das so selbstverständlich zu dir sagt, dann ist es ihm ausgesprochen ernst mit euch. Keine Schwärmerei oder dezentes Verliebtsein. Er hat dir quasi sein Herz und sein Leben zu Füßen gelegt.«

»Und ich sag so was daraufhin zum Fünfgestirn«, stöhnte ich. »Wieso hat er mir denn die wahre Bedeutung verschwiegen?«

»Vermutlich hat er sich nicht getraut. Oder er war sich nicht sicher, ob du das *mi'Salana* erwidern würdest, und wollte dich nicht unter Druck setzen.« Jetzt trat Velia noch dichter an mich heran und legte sogar ihre Hände auf meine Oberarme. »Wenn du das nicht kannst, dann bring es ihm so schnell wie möglich bei. Es ist alles schon kompliziert genug, und Ian … er hat viel verloren. Du bist sein letzter Halt in einer verwirrenden Welt. Ihr zwei sol-«

»Wir müssen das Meditationstraining ausfallen lassen«, platzte ich dazwischen. »Ich muss da was klären.«

Bevor sie darauf etwas antworten konnte, stürmte ich bereits los, machte einen großzügigen Schlenker um die noch immer ums Lagerfeuer versammelten Marani herum und hielt auf das Gebäude zu, in dem sich Ians Räumlichkeiten befanden.

»Du solltest dringend herausfinden, was ›Ich erkläre euch hiermit den Krieg‹ auf Marani heißt. Nicht dass du das dem Fünfgestirn beim nächsten Treffen versehentlich um die Ohren haust«, merkte Manila belustigt an.

»Ach, halt die Klappe!«

Manilas amüsiertes Glucksen begleitete mich bei meinem rasanten Lauf durch die zum Glück wie ausgestorbenen Gänge. *»Ich gebe es ja nicht gern zu, aber irgendwie ist das schon ganz süß gewesen. Wie Delken geguckt hat. Hahaha. Ich schmeiß mich weg.«*

»Das Fünfgestirn ist mir gerade so was von egal. Die halten mich ohnehin für die größte Fehlbesetzung schlechthin. Begreifst du nicht, was Ian mir die ganzen letzten Tage zu verstehen gegeben hat, ohne dass ich es kapiert habe?«

»Natürlich verstehe ich das, nur ändert auch ein kleines mi'Salana nichts daran. Der Kerl ist dir mit Haut und Haaren verfallen. Sag mir was Neues.« Mein Drache hatte ernsthaft die Nerven, laut in meinem Kopf zu gähnen, als würde sie sich schrecklich langweilen.

»Ich schmeiß dich raus aus meinen Gedanken. Du bist nicht hilfreich.«

»Ach, nun hab dich nicht so. Ich wol-«

Zack! Ich setzte meine Drohung in dem Moment in die Tat um, denn mittlerweile konnte ich das tatsächlich. Das Magietraining zahlte sich endlich aus. Nur Sekunden später huschte ich so lautlos wie möglich in Ians Zimmer. Der saß auf der Bettkante und zog sich gerade die Schuhe aus. Überrascht blickte er mich an. »Das war ja eine Blitzmeditation.«

Mit großen Schritten durchquerte ich den Raum und schob mich ohne Zwischenhalt über seine angewinkelten Beine auf seinen Schoß, sodass er geradezu gezwungen war, die Arme um meine Hüfte zu legen. »Du hättest es mir sagen müssen«, sagte ich streng zu ihm.

»Ah.« Sein Grinsen wurde breiter. Er wusste genau, was ich meinte. »In dem Fall wäre dem Fünfgestirn eine kuriose Geschichte entgangen. Ich bin sicher, sie rätseln gerade, wen genau du mit deiner Liebesbekundung gemeint haben könntest.«

»Das weiß hier ohnehin jeder. Nur du offenbar nicht.« Ich hob die Hände und fuhr ihm liebevoll durch die Haare, strich ihm ein paar Strähnen hinters Ohr, die seinem Zopf im Laufe des Tages entkommen waren. Im Anschluss verschränkte ich die Hände hinter seinem Nacken und legte die Stirn gegen seine. »Ich liebe dich auch«, flüsterte ich und machte eine Kunstpause, bevor ich es endlich aussprach. *»Mi'Salana.«*

Pure Freude explodierte in Ians Blick, und er lächelte. So herzlich, wie ich es noch nie an ihm gesehen hatte. Dann jedoch runzelte er die Stirn. »Wenn du das zu einem Mann sagst, heißt es *mi'Salanae*«, merkte er an, woraufhin ich ihn rasch küsste und dafür sorgte, dass er mich mit weiterer Grammatik verschonte. Da gab es nun wirklich Wichtigeres.

Uns zum Beispiel.

22

IAN

Elaja schlief dicht an mich gekuschelt in meinen Armen, und ich genoss jeden einzelnen ihrer Atemzüge. Dass ich sie halten durfte, war ein Geschenk. Deshalb zögerte ich auch meinen nächsten Schritt hinaus, haderte seit Tagen mit mir. Konnte ich es wagen? Und musste ich Elaja ins Vertrauen ziehen, damit sie nicht wieder wütend auf mich sein würde?

»Sie wird mitkommen wollen«, wandte Makon wenig hilfreich ein. Gemeinsam hatten wir das Thema schon einige Male durchgekaut und es immer wieder auf später verschoben. Nur rann uns die Zeit davon. Rai ging es besser. Ich spürte ihn auf magischer Ebene wie ein Brennen, jetzt, nachdem ich ihm einmal nahe genug gekommen war, um seine Magiespur aufzunehmen. Er plante etwas.

Von daher hätte ich mich eigentlich mehr auf mein eigenes Training und auf das von Elaja konzentrieren müssen. Bloß ließ das nagende Gefühl in mir das nicht zu. Damit konnte ich nicht leben.

»Sag es ihr«, entschied Makon schließlich. *»Danach fliegen wir. Noch heute Nacht. Wir müssen wissen, was auf Marani los ist. Sonst macht dich das ganz verrückt.«*

»In dem Fall sag Torlin und den anderen Bescheid. Wenn ich ohne sie fliege, reden die nie wieder ein Wort mit mir. Ich wecke Elaja und bete, sie akzeptiert, dass sie nicht mitfliegen darf.«

Bevor Makon antworten konnte, hatte ich mich bereits über Elaja gebeugt und küsste sie sanft wach, streichelte so lange ihre Wange, bis sich ihre Lider flatternd öffneten. Zeitgleich ließ ich mehrere Magiekugeln aufflammen, damit ich sie besser sehen konnte.

»A en mor, mi'Salana«, begrüßte ich sie, als ihr Blick belebter wurde und ich mit einem Lächeln belohnt wurde. Blinzelnd reckte sie sich in meinen Armen.

»Guten Morgen? Bist du sicher? Das sieht eher noch nach mitten in der Nacht aus«, brummte sie.

»Ich muss da etwas erledigen. Etwas, das dir nicht gefallen wird. Und nein. Du kannst nicht mit. Keine Diskussion.«

Sofort hatte ich ihre volle Aufmerksamkeit. »Klingt übel. Spuck es aus!«

»Ich fliege mit Delkens Trupp nach Marani, um dort nach dem Rechten zu sehen«, sprudelte ich heraus und hielt gleichzeitig die Luft an, kaum dass ich es ausgesprochen hatte.

Elajas Reaktion war zu erwarten gewesen. Zunächst versteifte sie sich. Unglaube schlich sich in ihre Miene. Abgelöst von Entschlossenheit. »Da komme ich mit!«

»Nein. Keine Weltenpforten für dich, solange du nicht mit der Asrai in dir umgehen kannst.«

»Ich bin schon viel besser geworden.«

»Nicht gut genug.« Da ich noch immer über sie gebeugt war, sah ich den Trotz in ihrem Blick genau. Wenigstens mischte sich ein Hauch von Einsehen darunter.

»Was ist mit dir? Du hast erst seit Kurzem wieder Magie zur Verfügung. Sicher, dass du einen Weltensprung schaffst?«, wechselte sie die Taktik.

Ich musste ungeachtet des Ernstes der Lage schmunzeln. Sie verhandelte hart. »Ich fühle mich gut. Keine Sorge. Wir werden keinen Kampf mit Fianon vom Zaun brechen. Eigentlich wollen wir nur kurz rüber, um unsere Fühler nach verlorenen Drachenreitern von Marani auszustrecken. Nicht auszudenken, wenn wir ganze Reitereien zurückgelassen haben. Am Ende war es völlig unübersichtlich, ob bestimmte Drachenreiter gefangen genommen oder getötet worden sind. Womöglich haben sich einige versteckt, um zu überleben. Wenn dem so ist, müssen wir sie holen.«

»Und was machst du, wenn du die Gefangenen auf Pendragon spürst?«, hakte Elaja nach. »Lass dich nicht zu unbedachten Rettungsaktionen verleiten. Wir brauchen dich.«

Sobald ich das hörte, entspannte ich mich ein wenig. So wie es klang, hatte Elaja tatsächlich akzeptiert, dass ich sie zurücklassen würde. »Keine unbedachten Rettungsaktionen. Versprochen. Wir überprüfen die Lage und sind schneller wieder weg, als Fianon Alarm schlagen kann.«

Zu meiner und vermutlich auch ihrer Überraschung nickte Elaja schließlich. »Ich bleibe nicht gern zurück«, stellte sie dennoch klar.

»Das ist mir vollkommen bewusst. Allein dass du es jetzt überhaupt in Betracht ziehst, ist bemerkenswert. Sag bloß, der Hitzkopf in dir hat sich abgekühlt?« Beinahe sofort begannen ihre Augen protestierend zu funkeln. Ich gab ihr rasch einen Kuss und zog sie in die Arme. Gönnte mir noch den Moment, bis ich mich schließlich von ihr löste und aus dem Bett stieg.

Während ich mir meine beste Kampfmontur anlegte, zog sich Elaja lediglich ihre Sachen vom Vortag über und wartete dann auf mich. Ihr Blick war voller Sorge.

»Manila möchte mit«, informierte sie mich trocken.

Ich lachte leise. »Das war klar. Sag ihr, dass sie noch die Gelegenheit bekommen wird, Fianon zu vierteilen. Zunächst geht es lediglich um einen Erkundungsflug. Den hätte sie ohnehin schrecklich öde gefunden.«

»Du kennst meinen Drachen gut.« Elaja bemühte sich um einen lockeren Tonfall, doch ich hörte ihr Unbehagen heraus.

Gemeinsam verließen wir das Zimmer, folgten ausgestorbenen Gängen und gelangten schließlich nach draußen, wo wir auf der am weitesten entfernten Landebahn dunkle Schatten umherhuschen sahen. Delken mit seinem Trupp. Makon stand schon bei ihnen, während eine verschlafene Manila soeben aus dem Stall getappt kam.

Sie trottete neben uns her, als wir Hand in Hand zu der Reiterei gingen. Erst als wir näher kamen, runzelte ich die Stirn. Da stand ein Drache zu viel.

»Hast du echt geglaubt, dass du ohne mich fliegen kannst?«, wurde ich gleich darauf von einem stinkwütenden Aric empfangen. »Du enttäuschst mich. Ich hab keine Ahnung, wohin ihr wollt, aber ich komme mit!«

Er verschränkte trotzig die Arme vor der Brust und zeigte mir schon allein durch seine Körperhaltung, dass diskutieren zwecklos war.

»Also schön. Dann komm halt mit. Allerdings fliegen wir nach Marani. Es könnte also haarig werden.«

»Haarig kann ich«, antwortete der Hauptmann trocken und saß schon auf seinem Drachen, da hatte ich mich nicht mal von Elaja verabschiedet.

»Beeilung. Sean will sonst auch noch mit«, merkte sie an und deutete auf eine Gestalt, die sich zügig näherte.

Hastig küsste ich sie ein letztes Mal und stieg auf Makon. Jemand von Delkens Leuten hatte ihm bereits den Kriegszaum angelegt. Vermutlich Gaeil. So ordentlich zäumten die anderen nicht auf.

»Bleibt die Asrai hier? Ist doch eigentlich ihre Welt!«, rief mir Aric zu und stocherte wie immer sehr genüsslich in offenen Geheimnissen herum. Vermutlich nervte es ihn furchtbar, dass ich ihn nicht einweihte. Was das anging, war ich jedoch vorsichtig. Ich vertraute Aric. Nur wollte ich ihn davor bewahren, genauso hin- und hergerissen zu sein wie Sean.

»Elaja bleibt hier. Du musst dich mit meiner Führung begnügen«, antwortete ich und gab Makon rasch das Zeichen zum Start. Der ließ sich das nicht zweimal sagen und hob zügig in den nachtschwarzen Himmel ab. Solche Flüge waren wir gewohnt. In meiner Jugend waren wir ständig im Dunkeln geflogen, um Hilfsgüter nach Marani zu bringen. Es war wie Atmen für uns.

Auch die anderen waren geübte Reiter. Sie starteten beinahe lautlos und gesellten sich dann zu mir. Delken hatte uns am Boden noch geholfen, war dann aber zurückgeblieben. Galahad war für solch einen Flug noch nicht gesund genug.

»Ich öffne gleich eine Pforte und wir fliegen rüber. Zeitgleich suchen wir magisch nach zurückgelassenen Drachenreitern von Marani. Ich sichere parallel die Gegend. Beten wir, dass sich Fianon sicher fühlt und

kaum noch Suchtrupps unterwegs sind. Los geht es!«, sagte ich lautlos zu meinen Leuten und ermahnte mich streng, dass ich wegen Arics Anwesenheit vorsichtig mit meiner Wortwahl sein musste.

Eine Weltenpforte zu öffnen fiel mir erstaunlich leicht. Meine Magie war zurückgekehrt. Noch nicht so mächtig wie zuvor, aber stark genug, um kleinere Zauber durchzuführen. Vor allem solche, die ich schon tausendmal ausgeführt hatte. Den Weg nach Marani fand ich im Schlaf.

Die gesamte Reiterei folgte mir lautlos und segelte hinter mir durchs Nichts. Gleich darauf spuckte ich uns direkt über den Bergen aus. Wenn sich Drachenreiter versteckten, dann im Gebirge. Die Wahrscheinlichkeit, sie erspüren zu können, lag dort am höchsten.

Vermutlich eher unbewusst nahmen wir Aric in die Mitte. Er war der Einzige, der noch nie hier gewesen war. Gleichzeitig warfen wir unsere magischen Netze aus. Meine reichten am weitesten, weshalb ich mich besonders konzentrierte. Autsch. Da hatte ich eine grüne Reiterei berührt. Zunächst stutzten sie, dann drehten sie um und flogen in unsere Richtung. Hastig überprüfte ich die Umgebung. Noch waren sie die einzigen in unserer Nähe.

»Ich hab jemanden von Arandor aufgeschreckt«, teilte Torlin in dieser Sekunde per Zeichensprache mit. Auch Gaeil winkte hektisch. Offenbar war ihr das Gleiche passiert.

Verdammt.

Wir gingen augenblicklich tiefer, um uns zwischen den Berghängen in Sicherheit zu bringen. Die Täler waren unser Zuhause, wir durchflogen sie schneller als jeder grüne Reiter. Dass sie uns hier erwischten, war eher unwahrscheinlich.

Da winkte mir Jaro zu, um mir etwas mitzuteilen. »Marani entdeckt. Drei Drachen. Einen halben Kilometer entfernt. Übernehme Führung«, zeigte er uns an und setzte sich gleichzeitig an die Spitze.

Auch ich hatte sie mittlerweile bemerkt. Zwei Bullen und ein Weibchen. Sofort zog sich mein Herz zusammen. Wir hatten tatsächlich unsere Kameradinnen und Kameraden zurückgelassen. Ein erschreckender Gedanke.

»Wir kommen euch holen«, sagte ich zu ihnen. *»Delkens Einheit und ich. Ian. Ein grüner Drache begleitet uns. Ein Freund. Also bekommt keine Panik.«*

»Arandor hängt uns im Nacken. Sie haben uns zwischen den Felsen entdeckt«, merkte Makon an.

»Ich weiß. Wir erreichen die drei noch rechtzeitig, und ich werfe eine Pforte«, antwortete ich und ließ den Rest der Reiterei gleich mithören.

»Achtung! Da kommt eine grüne Reiterei aus dem rechten Seitenarm auf uns zu. Sie wollen uns einkesseln«, mischte sich Makon dazwischen. *»Wir kommen noch so gerade an ihnen vorbei, aber danach sind sie direkt hinter uns.«*

Kaum hatte er das kundgetan, passierten wir bereits besagten Seitenarm, und ich erhaschte einen Blick auf mindestens acht Drachen, die auf uns zuhielten. Mein Fluch ging im Rauschen des Windes unter. »Schneller!«, befahl ich. Auf einen Kampf waren wir nicht vorbereitet.

Jaro flog noch immer vor uns und erhöhte sofort das Tempo. In der schmalen Schlucht war das natürlich gefährlich. Vor allem Aric hatte Schwierigkeiten, da er die Gegend nicht kannte.

»Über uns fliegt noch eine Reiterei«, stellte ich erschrocken fest.

»Ja. So viel dazu, dass die Jäger hoffentlich unachtsamer geworden sind. Sie haben nur auf uns gewartet.« Makon knurrte die Worte und war dadurch kaum zu verstehen. Die Wut auf die grünen Drachen dieser Welt steckte tief in ihm.

Gleichzeitig ließen mich seine Worte stutzen. Die blauen Drachen, auf die wir zuhielten – sie bewegten sich nicht. *»Makon? Sprich du die blauen Drachen an«*, sagte ich alarmiert. *»Sie reagieren nicht auf mich.«*

»Hab ich schon versucht. Auch mir antworten sie nicht. Vermutlich zu viel Tal zwischen uns.«

In der Sekunde, in der ich verstand, war es auch schon zu spät. Wir schossen aus der Schlucht heraus und befanden uns über einem kleinen Waldbereich mit angrenzender Wiesenfläche. Die drei blauen Drachen, die wir erspürt hatten, hockten tatsächlich dort. Bloß wurden sie von einer ganzen Armee bewacht. Von den Felsen um uns herum ließen sich augenblicklich grüne Drachen auf uns fallen. Ein Katapultgeschoss feuerte ein Fangnetz ab, das Makon nur durch puren Zufall verfehlte und sich stattdessen um Nevins Flügel legte. Der Drache brüllte vor Schreck auf, als er herumgerissen wurde.

Auch Jaros Tier musste den ersten Angreifer abwehren. Das Gebrüll der Kämpfer echote vielfach verstärkt von den Hängen auf uns herab.

Ich zögerte nicht eine Sekunde länger und warf eine Pforte, um den trudelnden Nevin darin in Sicherheit zu bringen und Aric Zeit zu geben, seinen Drachen von dem verdammten Netz zu befreien. Zeitgleich holte ich Jaro und Gaeil aus den Gefahrenzonen. Torlins Drache musste sich erst von seinem Gegner befreien, ehe ich auch ihn in eine Pforte fliegen ließ.

Blieben nur noch Makon und ich übrig.

Tatsächlich warf ich eine Pforte, bloß brachte die mich nicht nach Arandor zurück, sondern tiefer über die Gefangenen, womit wirklich niemand gerechnet hatte. Es waren drei halb tote Drachen, die kaum noch lebten. Kein Wunder, dass sie nicht antworteten. Ihre Magie flackerte.

Zwei von ihnen hoben mühsam die Köpfe und sahen mich flehend an. Eine Frage von Sekunden, denn die Soldaten um mich herum richteten bereits ihre Katapulte neu aus. Vier grüne Drachen versuchten Makon zu packen, doch der wich zur Seite aus, hielt weiterhin auf die drei gefangenen Tiere zu.

Sie zu befreien war unmöglich, doch eine einzige Sache konnte ich noch für sie tun. Ich öffnete eine Pforte direkt unter ihren Füßen, knapp über dem Gestein, und schleuderte sie mit einem Magiestoß hinein. Makon folgte, indem er die Schwingen anlegte und sich hinterherstürzte.

Alle Drachen waren mit dicken Ketten gefesselt, sodass sie nicht fliegen konnten. Der ohnmächtige war bereits aus meinem Sichtfeld verschwunden, ehe ich im Nichts neben den anderen beiden auftauchte. Doch auch sie konnten ihre Schwingen nicht nutzen und rutschten unweigerlich in die Dunkelheit.

Ich wusste, dass ich sie nicht retten konnte. Elajas Manöver nachzuahmen und sie auf Arandor in einen See fallen zu lassen, brachte nichts. Mit all den Fesseln würden sie außerdem untergehen.

Also ließ ich sie in die Dunkelheit fallen und spürte bereits, wie das Leben aus ihnen verschwand. Die Pfortenwelt tötete auch Drachen. Sie konnten länger überleben als wir Menschen, aber nicht unendlich. Diese zwei kämpften nicht einmal.

»Ein würdigerer Tod als der auf Marani«, sagte einer noch zu mir. Dann herrschte Stille um mich herum.

Ich war zu geschockt, um mich auch nur zu rühren. Bis sich Makon schüttelte. *»Wir sind schon zu lange hier drin. Wir müssen raus«,* ermahnte er mich.

Nur mühsam riss ich mich zusammen und öffnete eine Pforte, die uns im Endanflug über Riata herausbrachte. Makon brauchte nur noch die Flügel auszubreiten und sich absinken zu lassen.

»Aric und Nevin sind schon gelandet«, stellte Makon fest und redete dabei in doppelter Geschwindigkeit. Wahrscheinlich spürte er, wie tief erschüttert ich war. *»Torlin und Gaeil sind direkt hinter uns. Sie haben noch auf uns gewartet. Jaro hockt zusammen mit seinem Drachen dort hinten auf der Wiese vor dem Hort. Sieht nach einer Bruchlandung aus. Es geht beiden gut.«* Er machte eine kurze Pause. *»Und dir?«*, fragte er vorsichtig.

»Die haben uns eine Falle gestellt«, murmelte ich schwach. »Wir sind drauf reingefallen.«

»Das stimmt. Ein zweites Mal gelingt ihnen das allerdings nicht.« Die Entschlossenheit in der Stimme meines Drachen ließ mich aufmerken. Gleichzeitig tat es mir gut, so etwas zu hören. Makon gab nicht auf, genauso wenig wie ich.

Kaum waren wir gelandet, sprang Elaja bereits auf Makon zu und zog sich an seinem Zaum zu mir hoch. »Bist du verletzt? Arics Landung sah übel aus, von Jaros ganz zu schweigen. Sean hat eine Reiterei rübergeschickt, die nach ihm sieht.« Als sie meinen Gesichtsausdruck sah, nahm sie mich unverzüglich in die Arme. »Die Gefangenen?«, fragte sie leise.

»Ich habe in der Nähe von Pendragon keine blauen Reiter mehr gespürt«, flüsterte ich tonlos. »Sie sind tot, schätze ich. Fianon wird sie vermutlich umgebracht haben. Stattdessen hat er uns eine Falle in den Bergen gestellt, wo wir es nicht erwartet haben.«

Elaja erkannte sofort, dass sie von weiteren Fragen absehen musste. Stattdessen küsste sie mich und hielt mich, bis ich mich wieder im Griff hatte.

»Wenigstens sind wir jetzt um eine Erkenntnis reicher«, brachte ich schwach hervor, woraufhin mich Elaja fragend ansah. »Marani ist für uns verloren, Arandor ist unsere Zukunft. Wir müssen diese Welt vor Rai verteidigen, damit nicht noch ein Tyrann gewinnt. Diese Welt wird friedlich bleiben. Das garantiere ich.«

»Und die Zurückgelassenen auf Marani?«

Ich zögerte mit der Antwort. »Falls es noch welche gibt, verstecken sie sich gut. Ich habe meine Magie weit ausgestreckt und niemanden mehr entdecken können. Wir müssen uns gedanklich von Marani lösen und uns voll auf das eigentliche Problem konzentrieren: auf Rai und auf den Kampf, der uns sicher bevorsteht.«

23

Die nächsten Tage sprach Ian sehr wenig. Er wirkte in sich gekehrt und nachdenklich, genau wie der Rest von Delkens Truppe. Einzig Aric ging mit dem Erlebten anders um. Er wurde nicht müde zu erzählen, wie brutal die grünen Drachenreiter auf Marani vorgingen und dass »wir niemanden an diese Sadisten aufliefern dürfen!«. Es half tatsächlich, dass selbst die skeptischsten Drachenreiter von Arandor einsahen, dass die blauen Drachen weiterhin bei uns bleiben mussten. Womöglich traute sich auch niemand, etwas anderes zu sagen, weil sie Arics Zorn fürchteten. Ab sofort war er ein glühender Verfechter von Integration und lebte das voll aus.

Selbst mir gegenüber verhielten sich die grünen Drachenreiter bald nicht mehr ganz so unerträglich. Seltsamerweise waren die Marani für sie schon immer die Opfer gewesen, während ich für meine Rolle als ihre Anführerin verachtet worden war. Ich war in ihren Augen nicht die Retterin, sondern die Verräterin. Ganz langsam begriff Arandor jedoch, dass das eine eng mit dem anderen verbunden war. Vielleicht war es doch eines Tages möglich, dass sie mir verziehen und mir glaubten, dass ich auf ihrer Seite stand.

Bis es soweit war, bemühte ich mich redlich, den Gedanken an die Gefangenen, an Marani und Ians Schockzustand zu verdrängen und mich auf meine Ausbildung zu konzentrieren. Rai lauerte irgendwo. Das wurde Ian nicht müde zu erwähnen.

Wenigstens wurde meine Magiehandhabung immer besser, mein Selbstbewusstsein stärker und mein Mut größer. Auch Manilas Rückendeckung half mir, dass ich mich immer öfter der Asrai-Magie näherte und sie vorsichtig berührte, sie kennenlernte. Noch hatte ich es nicht gewagt, sie benutzen zu wollen. Das Echo lauerte stets im Hintergrund auf eine Schwäche von mir, doch solange ich ihr die Stirn bot, hielt sich die Asrai im Hintergrund. Sie kam eigentlich nur hervor, wenn ich zu lange in Ians Nähe blieb. Eine ganze Nacht neben ihm zu liegen sorgte dafür, dass ich am nächsten Morgen mit Visionen bombardiert wurde.

Die Geste mit der anschließenden Dunkelheit. Die untergehende Welt nach dem Vulkanausbruch. Die Szene mit dem Buch. Der Schwertkampf zwischen dem Shetai und mir.

All das prasselte so heftig auf mich ein, dass ich sogar schon quer über Ians Bett gekotzt hatte. Mir war das total peinlich gewesen, er hatte lediglich besorgt reagiert. »Wir müssen dieses Magiechaos sortieren und dich besser ausbilden. Schon allein, weil Rai bald zuschlagen wird «, sagte er stattdessen und drängte mich dazu, mich mutiger mit meiner Magie auseinanderzusetzen. »Heute Mittag habe ich Zeit für dich. Wir sollten es endlich ausprobieren. Du musst deine Asrai-Magie benutzen.«

Als er meine Angst bemerkte, nahm er mich sofort in den Arm, strich mir beruhigend über den Rücken. »Besser jetzt als in einem Moment, wo du sie benutzen musst. Lass es uns in Ruhe ausprobieren.«

Da hatte er recht. Dennoch war ich den Rest des Morgens ein Nervenbündel. Den Anflug mit Manila versaute ich komplett, beim Aufwärmen für die Nahkampfausbildung landete ich ständig im Dreck und beim Theorieunterricht hörte ich nicht eine Sekunde zu. Dass mir Aric dabei an den Hacken klebte, machte es nicht besser.

»Kannst du nicht etwas Abstand halten?«, fuhr ich ihn irgendwann an, als er beim Essenholen im Speisesaal zum dritten Mal in mich reingerannt war.

»Du zappelst rum wie ein Hampelmann und stehst völlig neben dir. Hast du eigentlich bemerkt, dass du dem armen Kerl da beinahe das Messer ins Auge gestochen hast, als du es so ruppig aus der Schublade geholt hast? Und du trittst mir in die Hacken, nicht umgekehrt. Atme mal durch. Was ist denn los?«

»Ich hab gleich Einzelunterricht bei Ian.«

»Aha. Freust du dich nicht sonst darauf?«

»Heute nicht.« Aufgewühlt setzte ich mich auf die Bank neben Hora und stellte genervt fest, dass ich mein Essen auf der Theke hatte stehen lassen. Aric brachte es mir kommentarlos und setzte sich neben mich. Gaeil wollte sich zu uns gesellen, entdeckte dann aber meinen ständigen Begleiter und setzte sich hastig zu Kendigo, der eigentlich gerade fertig mit Essen war.

Beim Anblick des Manövers zog ich eine Augenbraue in die Höhe. »Warst du sehr ruppig zu Gaeil?«

Aric tat so, als hätte er mich nicht verstanden. Weil ich ihn jedoch weiterhin mit Blicken löcherte, verdrehte er genervt die Augen. »Ich war für meine Verhältnisse vollkommen feinfühlig und sanft, habe sie wortreich abblitzen lassen und dabei sorgsam auf ihre Gefühle Rücksicht genommen. Im Korbgeben von Damen bin ich ein wahrer Meister geworden. Es gibt also keinen Grund, sich nicht neben uns zu setzen. Dass ihr ihr forsches Vorgehen peinlich ist, ist ihr Problem.«

Ich seufzte. »Hast du ihr wenigstens gesagt, dass du auf Männer stehst, damit sie es einordnen kann?«

»Nö. Ich hab die gute alte Leier von mir gegeben. Von wegen, es liegt nicht an dir, sondern an mir und … Mann, Elaja. Sieh mich nicht so an. Natürlich hab ich es ihr gesagt. Ist ja auch kein Geheimnis.«

»Wehe, du warst ein Trampeltier. Gaeil ist eine Freundin von uns.«

»Weiß ich. Deshalb war ich so wenig Trampeltier wie möglich.«

Dabei ließ ich es bewenden und wollte mich aufs Essen konzentrieren, doch da tauchte bereits ein erschöpft wirkender Ian im Türrahmen auf. Seit seinem Ausflug trainierte er deutlich mehr und mutete seinem Körper für meinen Geschmack ein wenig zu viel zu.

Ich stoppte ihn jedoch nicht. Vermutlich brauchte er das momentan, um das Gefühl zu haben, etwas tun zu können. Sich vorzubereiten.

Beim Anblick des Fürsten verstummte das Gemurmel um mich herum. Dass der Shetai in den Speisesaal kam, geschah eigentlich nie. Normalerweise aß er zwischen irgendwelchen Besprechungen in einem separaten Raum. Einige Reiter standen sogar auf, um Ian mit einem Schlag gegen die Brust zu begrüßen.

Der antwortete mit einem knappen Nicken und winkte, als er mich am Tisch entdeckte. Seufzend erhob ich mich, schnappte mir noch meine Schüssel und das Brot und drängte mich zwischen den Bänken hindurch. Aric folgte, das Brot zwischen den Zähnen. Als auch meine Freunde mitkommen wollten, schüttelte Ian den Kopf und verschwand gleich darauf um die Ecke. Ich beeilte mich hinterherzukommen und nahm beim Rausgehen noch zwei Brote mit. Eins davon drückte ich Ian in die Hand, kaum dass ich neben ihm angekommen war.

»Bleibt es beim Einzelunterricht?«, fragte ich schaudernd.

»Ja. Aric? Du brauchst nicht bei uns bleiben. Iss in Ruhe zu Ende. In einer Stunde kannst du sie vom Unterrichtsraum abholen.« Ian hatte bereits die Tür zum Zimmer geöffnet.

»Ich setz mich hier hin und pass auf, dass euch keiner stört. Ist schließlich mein Auftrag.«

Ian gab nickend sein Einverständnis, schob mich in den Raum und schloss die Tür. In der gleichen Sekunde zog er mich fest an sich. »Erster Programmpunkt: Nähe genießen. Zweiter Programmpunkt: Essenz abtropfen lassen, bevor wir uns an die erste Übung wagen.«

Viel zu schnell ließ er mich wieder los und bedeutete mir, mich auf ein Kissen auf eine kleine Übungsfläche zu setzen. Wortlos ließ ich mich nieder und begann bereits mit dem Abtropfen, bevor Ian sich überhaupt zu mir gesellen konnte. Im Gegensatz zu mir lehnte er sich ein kleines Stück von mir entfernt im Sitzen an die Wand und schloss die Augen.

Etwa zehn Minuten sagten wir kein Wort zueinander, dann stand ich auf und lehnte mich dicht neben ihn an die Wand. Abtropfen konnte ich auch hier. Während aus meiner einen Hand die Magie funkelnd zu Boden fiel, hielt ich mit der anderen seine und sorgte dafür, dass das schlechte Gefühl in meinem Magen ganz langsam verebbte.

Leider galt das keineswegs für den Druck in meiner Asrai-Magie. Die regte sich aufgebracht und wehrte sich dagegen, aus mir herausgeschwemmt zu werden. Ich spürte die Strömungen, die sich in mir verschoben. Hauptsächlich tauschte ich nur meine ganz normale Magie aus, doch ab und zu erwischte ich ein paar Strähnen der Asrai und jagte sie mit dezenten Triumphgefühlen aus mir heraus.

Die Asrai-Stimme in mir schwieg zum Glück. Seit mein Training begonnen hatte, war sie nicht wieder aufgetaucht. Als hätte sie sich zur Sicherheit tief verzogen, um von mir nicht zum Teufel gejagt zu werden.

Diesmal war es allerdings anders. Je länger ich die Übung durchführte, desto aufgebrachter wurde das Etwas in mir. Ich wertete das als Hinweis darauf, dass wir auf dem richtigen Weg waren. Entschlossen versank ich weiter in meine Art Meditationen, stöberte den Bewegungen meiner Magie in den Adern nach und tastete mich vorsichtig an den inneren Kern heran. Er verströmte so viel Macht, dass ich unwillkürlich erschauderte. Bevor ich allerdings noch mehr davon erwischen und aus mir rausschmeißen konnte, packte mich etwas von der Seite. Ein Reißen ging durch meinen gesamten Körper, als mich eine Vision völlig unerwartet überschwemmte und sich mein altes Ich vor meinen Augen zu mir umdrehte.

»Du willst die Wahrheit wissen?«, fragte sie mit vor Wut funkelnden Augen. »Sieh hin!« Sie deutete vor sich, und ich erkannte die Bilder meiner alten Vision. Die von der Bibliothek, nur dass ich diesmal noch mehr von der Umgebung erkennen konnte. Steinwände. Buntglasfenster. Es roch nach Staub, und obwohl es kühl war, spürte ich eine flirrende Hitze, die vermutlich vor den Fenstern flimmerte. Ich sah die Asrai von vor Jahrhunderten, wie sie ein Buch vehement in ein Regal schob. Anders als sonst wurde sie jedoch nicht unterbrochen, sondern sie drehte sich zu mir um, hob herausfordernd die Augenbraue.

Endlich begriff ich. Das waren Aufzeichnungen. Erinnerungen. Skizzen. Sie hatte sie versteckt. In einer –

»Elaja! Verdammte Scheiße! Elaja!«

Ein fester Schlag gegen meine Wange weckte mich, gefolgt von einem Schwall Wasser direkt ins Gesicht. Prustend und geschockt fuhr ich hoch und starrte sowohl in Ians als auch in Arics besorgte Gesichter. Mein Leibwächter hielt noch immer das nun leere Wasserglas in der Hand, das er sich aus dem Speisesaal mitgenommen hatte. Gut, dass er kein Kaffeetrinker war.

»Bin wach«, krächzte ich und hob abwehrend die Hand, weil Ian so aussah, als würde er mir noch mal eine Ohrfeige verpassen wollen. Sofort ließ er den Arm sinken.

»Du hast geknurrt und die Zähne gefletscht«, brachte Aric hervor. »Wie eine Raubkatze oder als wärst du besessen. Deine Augen haben geglüht. Wie eine verdammte Fackel. Scheiße. Wenn das jemals ein anderer sieht als wir, kerkern die dich sofort ein – und ich könnte es sogar verstehen. So was Unheimliches hab ich ja noch nie gesehen.«

Ich beachtete Aric nicht, sondern sah Ian panisch an. »Hab ich dich angegriffen?«

»Du hast dazu angesetzt. Wenn Aric nicht den Aufruhr bemerkt und dir das Wasser ins Gesicht geschüttet hätte, weiß ich nicht, was geschehen wäre.«

»Es tut mir leid«, flüsterte ich. Als mich Ian daraufhin fest in seine Arme zog, ließ ich es zu, erwiderte die Geste aber nicht. Dazu war ich zu geschockt. Vehement drückte ich ihn von mir weg. Ich musste herausfinden, wo das Buch versteckt war. Die Hitze. Der Geruch nach sonnenverbrannten Gebäuden. Der Staub. Da kam eigentlich nur ein einziger Hort in Betracht. »Hat Goldin eine Bibliothek mit Buntglasfenstern?«

Ian wirkte zu überrollt von der Frage, daher antwortete Aric. »Auf Goldin gibt es überall Buntglasfenster. Normale Fenster halten das Sonnenlicht und die Hitze nicht draußen. Von der Bibliothek ist aber nicht mehr viel übrig. Das Gebäude ist halb in sich zusammengefallen. Was der Vulkanausbruch und die Erdbeben nicht zerstören konnten, hat die Hitze geschafft.«

»Wir müssen dorthin. Sofort.« Entschlossen löste ich mich vollständig aus Ians Armen und stand auf. Weil keiner der Männer sich rührte, klatschte ich schließlich in die Hände. »Hopphopp!«

»Können wir bitte erst mal über das gerade Geschehene sprechen?«, brachte Ian schwach hervor. »Ich meine: In der einen Sekunde saßt du neben mir und hast meine Hand gehalten, in der nächsten hast du mich mit glühenden Augen angestarrt und mir deine Fingernägel in die Handflächen gerammt.« Er hob den Arm und zeigte mir drei blutige Striemen, von den Fingern ausgehend bis runter zum Puls.

Erst dadurch bemerkte ich, dass meine Fingernägel seltsam feucht waren. Blut und Hautfetzen klebten daran. Tief geschockt starrte ich meine Hand an. »Nein«, flüsterte ich im Anschluss. »Das hab ich nicht getan.«

»Doch, hast du«, antwortete Aric für Ian. »Kein Händchenhalten mehr, bis wir das unter Kontrolle haben. Wir können es uns nicht leisten, dich zu verlieren«, den letzten Satz hatte er zu Ian gesagt. Nicht zu mir.

Ian sah aus, als hätte ihm Aric kräftig in den Magen geschlagen. »Wie gut, dass du das nicht zu entscheiden hast«, antwortete er für ihn ungewöhnlich scharf und wandte sich übergangslos an mich. »Hast du mehr getan, als die Magie harmlos abtropfen zu lassen?«

Sofort schoss mir die Röte ins Gesicht. »Ich hab dabei meditiert, wie Velia und du es mir beigebracht habt, und bin dadurch immer tiefer in mich hineingesunken. Ich dachte, es sei harmlos. Die Asrai hat völlig unerwartet zugeschlagen.«

Ian rieb sich nachdenklich den Nacken, ehe er aufstand. »Mach dir keinen Kopf«, sagte er leise zu mir. »Wir finden schon noch raus, wie wir sie kontrollieren können. Warum willst du denn so plötzlich wieder nach Goldin zurück?«

»Die Asrai hat da Aufzeichnungen versteckt. Ob vor dreihundert Jahren oder vor noch längerer Zeit, weiß ich nicht. Aber sie könnten uns einen Hinweis darauf liefern, worum es in diesem Konflikt überhaupt geht.«

Überrascht zog Ian eine Augenbraue in die Höhe. »Sie hat für sich selbst Notizen hinterlassen? Quasi als Erinnerungsstützen? Und das hat sie dir in den mysteriösen Visionen mitteilen wollen?«

»Offenbar.«

»Spannend«, mischte sich Aric mit vor Ironie triefender Stimme ein. »Und bemerkenswert. Warum sollte ein für Marani kämpfendes Teufelsweib Hinweise für sich selbst auf Arandor verstecken?« Ian und ich erstarrten, während Aric nur die Augen verdrehte. »Ich mein ja nur. Mir ist total egal, wer wohin gehört. Solange ihr nicht durcheinanderkommt und euch einig seid, dass ihr beide für dasselbe kämpft, bin ich fein damit. Nur wenn ihr plötzlich beschließt, euch gegenseitig an die Gurgel zu gehen, weil ihr endlich wieder wisst, warum ihr euch hassen statt küssen solltet, hätte ich gern vorher gewusst, wen ich in dem Fall schützen und auf wen ich losgehen sollte.«

Wie immer hatte Aric mit seinem scharfen Verstand den Nagel auf den Kopf getroffen.

Ian fand seine Sprache schneller wieder als ich. »Hier geht niemand auf irgendwen los, aber ja. Du hast recht. Unsere Suche nach der Wahrheit ist auch gleichzeitig gefährlich. Ich weiß nicht, was geschieht, wenn Elaja sich erinnert. Leider gibt es keine Alternative. Diesen Konflikt lösen wir nur, wenn wir ihm auf den Grund gehen. Also lasst es uns angehen, wie unangenehm das auch immer werden könnte.«

»Allerdings solltest du vorher deine tausend Sitzungen absagen und gleich mal deine Nachfolge regeln. Das klingt nämlich nach einem Himmelfahrtskommando.«

Den letzten Satz ignorierte Ian geflissentlich. »Wir treffen uns an der Landebahn, nachdem ich Sean vorsichtig beigebracht habe, dass er für mich übernehmen muss. Bis gleich.« Bevor er ging, berührte er mich kurz an der Hand, gab mir mit dieser zarten Geste ein wenig Halt. Dann war er auch schon raus aus dem Zimmer. Zurück ließ er einen nachdenklich wirkenden Aric und ein Nervenbündel namens Elaja.

»Spuck es aus, was dir auf der Zunge brennt«, sagte ich schließlich, als wir nebeneinander zur Tür gingen.

»Das muss ich gar nicht mehr sagen. Du weißt es selbst ganz genau. Da ist etwas in dir, das Ian töten will. Die Konsequenz daraus liegt auf der Hand.« Er hielt mir die Tür auf und ließ mich passieren, ehe er den niederschmetternden Satz dennoch aussprach.

»Halte dich von ihm fern. Wenn er es nicht kann, sei wenigstens du vernünftig.«

Ich brachte nicht mal ein Nicken zustande, weil Arics Worte zu entmutigend waren. Alles in mir sperrte sich gegen den Gedanken, Ian meiden zu müssen. Nach heute sah es leider danach aus, dass uns gar keine Wahl mehr blieb. Was geschah, wenn wir beide schliefen und die Asrai beschloss, die Gelegenheit zu nutzen und ihn mit einem Kissen zu ersticken? Beinahe sofort drehte sich mir der Magen um, und ich hielt nur mit ganz viel Mühe mein Mittagessen bei mir.

Vermutlich war ich blass geworden, denn Aric blieb abrupt stehen. »Wir finden eine Lösung«, sagte er mit fester Stimme zu mir. »Du hast das Unmögliche fertiggebracht und Ians Sicherheitsabstand von mindestens drei Meter inklusive tonnenschwerer Schutzmauern irgendwie durchbrochen. Dass ausgerechnet du ihm ans Leder willst, ist ausgesprochen verstörend für alle Beteiligten. Umso wichtiger ist es, dass wir das irgendwie geradebiegen.«

Erneut verstand ich, warum Ian Aric so schätzte, selbst wenn die Art seiner direkten Kommunikation recht gewöhnungsbedürftig blieb. »Danke«, entgegnete ich leise. »Entschuldige, dass wir dich da mit reinziehen. Es muss seltsam für dich sein – und schwierig.«

»Ach, halb so wild. Ich bin Kummer gewohnt. Und jetzt komm, bevor wir uns noch gegenseitig unser Herzeleid klagen!«

Unverzüglich konzentrierte sich Aric ganz auf seine Aufgabe, mich zu Manila nach draußen zu befördern. Die wartete bereits auf uns, neben sich den nervös wirkenden Nevin, der bereits den Kriegszaum im Maul trug und ihn seinem Reiter entgegenstreckte. Manila warf einen verächtlichen Blick darauf.

»Wag es ja nicht, mir das doofe Teil wieder umlegen zu wollen«, drohte sie mir.

»Das ist dein größtes Problem? Die Asrai in mir hat gerade Ians Hand zerkratzt, und ich hab das nicht mal mitbekommen. Das ist gruselig.«

»Ian wird an dem Kratzer nicht sterben. Immer schön positiv denken. Du hättest ihm auch das Genick brechen können. Da ist die Hand das kleinere Übel, oder? Der Beweis, dass du noch ein gewisses Maß an Kontrolle besessen haben musst.«

Was sollte ich dazu sagen? Schweigend stapfte ich in den nächsten Stall, schnappte mir das erstbeste Zaumzeug, das ich finden konnte, und legte es der sich sträubenden Manila an. »Wenn die Asrai hervorbricht und du sie wieder mit irgendwelchen Rollen ablenken musst, will ich festgebunden sein«, bestimmte ich.

»Wenn die Asrai das nächste Mal die Kontrolle übernimmt, werden uns plötzliche Luftrollen nichts mehr nutzen. Die macht uns beide platt, denn mit jedem Mal spüre ich sie mehr. Gerade lacht sie uns aus.«

Ich erstarrte, denn Manila hatte recht. Da war ein seltsames Kitzeln in mir, das ich nicht zuordnen konnte. »Das ist ihr Lachen?«, fragte ich entgeistert.

»Ja. Sie amüsiert sich königlich über unsere Versuche, sie gefangen zu halten. Elaja! Noch einmal Magie in der falschen Sekunde und es ist aus.«

Was für eine Ansage. Gleichzeitig fiel mir wieder etwas anderes ein. »Merkst du eigentlich, dass du mich mittlerweile ganz selbstverständlich Elaja nennst?«, fragte ich sie.

Manila wurde das wohl erst jetzt bewusst, denn sie trat einen Schritt nach hinten und verdrehte möglichst verächtlich die Augen. *»Ja nun, jetzt, wo du das sagst, merke ich das auch.«*

Ich grinste daraufhin breit, warf die letzten Schnüre zur Seite und trat an sie heran, umarmte sie, so gut es ihre Größe und vor allem ihre Stacheln zuließen. »Ich freue mich so, dass du mich endlich als Elaja akzeptiert hast«, sagte ich feierlich.

»Ach herrje. Hör auf mit dem Unfug. Die Leute gucken schon!«

»Ist mir völlig egal. Jeder knuddelt mit seinem Drachen, nur du lässt das nicht zu. Ich mach aus dir noch ein richtiges Kuscheltier, das schwöre ich!«

Nun war ich mir sicher, dass sich eine zarte Röte über Manilas weiße Schuppen zog. *»Erinnere mich daran, dass ich nie wieder Elaja zu dir sage«*, seufzte sie und hielt dennoch still, während ich mich an sie drückte. Der Beweis, dass auch ihr die Zuneigung gefiel.

Ian und Sean unterbrachen den Moment, indem sie neben uns traten und Manila sich hastig vor meiner Umarmung in Sicherheit brachte. Zair trug bereits seinen Kriegszaum und wirkte amüsiert.

Es war wohl offensichtlich, wie peinlich Manila meine Liebesbekundung war.

»Du kommst mit?«, fragte ich Sean überrascht.

»Falls die Asrai in dir hervorbricht und beschließt, Ian erledigen zu wollen, wird Aric allein nichts ausrichten können. Zu zweit haben wir vielleicht eine Chance.«

Im ersten Moment wollte ich anmerken, dass Ian ja auch noch da war, aber dann sah ich seinen Blick. Wie er mich ansah. Sofort erinnerte ich mich an eine ganz bestimmte Szene, in der er mir ein Messer an die Kehle gehalten und nicht zugestoßen hatte.

Verdammt. Sean hatte recht. Ian war in einem Kampf gegen mich so was von unnütz.

»Vielleicht wäre es besser, wenn du hierbleibst«, sagte ich schließlich zögernd zu ihm.

»Vergiss es. Ich komme mit.« Entschlossen ging Ian zu Makon. »Wir müssen noch auf Kendigo, Jaro, Torlin und Gaeil warten. Die bewachen den Luftraum über uns, damit Rai nicht wieder auf dumme Gedanken kommt. Außerdem kann dich eine komplette Reiterei möglicherweise in letzter Sekunde stoppen, solltest du die Kontrolle verlieren und mit Manila einen Rachefeldzug epischen Ausmaßes starten.«

Ich schauderte bei seinen Worten. Leider hatte er vermutlich recht mit seinen Vorsichtsmaßnahmen. Schweigend saß ich auf und wartete auf die anderen, die nach kurzer Zeit zu uns auf den Vorplatz kamen. Kendigo grüßte nach Brauch von Arandor mit der Hand auf der Brust, während Jaro und der Rest lediglich knapp nickten.

»Wir grünen Reiter nutzen die Heimatpforte. Für die blauen Drachenreiter werfe ich eine Pforte«, rief Ian uns zu. Gleich darauf hoben Nevin und Makon bereits ab, dicht gefolgt von Manila und dem gesamten Geschwader. Natürlich sorgten wir für Aufsehen. Vermutlich kam gerade der gesamte Betrieb auf Riata zum Erliegen. Allein dass grüne und blaue Drachen zusammen wegflogen, war noch immer ungewöhnlich, aber dass der Drachenfürst wieder seinen schwarzen Drachen ritt, geschah seit seiner Verwundung für alle sichtbar zum ersten Mal. Der unheimliche weiße Monsterdrache in seiner Begleitung setzte dem Ganzen die Krone auf.

Der Flug selbst verlief zum Glück erstaunlich unspektakulär. Zair, Nevin, Makon und Manila landeten, während die anderen, wie besprochen, ihre Kreise in der Luft über uns zogen.

»Was hältst du denn davon, dass die Asrai offenbar ein paar Hinweise hinterlassen hat?«, fragte ich Manila, bevor ich abstieg.

»Klingt nach ihr. Bereite dich nur darauf vor, dass diese Hinweise gut ausgesucht sein werden. Vermutlich stoßen sie Erinnerungen an, die dafür sorgen könnten, dass sie leichtes Spiel mit dir hat.«

»Mach mir Mut.«

»Ich will nur, dass du vorsichtig bist. Lass dich bitte nicht aus deinem Körper schmeißen, ja? Ich fange gerade an, dich ihr vorzuziehen. Das weiß sie ganz genau, und es stört sie maßlos. Dass sie nicht mehr meine Nummer eins ist, lässt sie brodeln vor Zorn. Sollte sie wieder an die Macht gelangen, würde ich die volle Wucht ihres zerrütteten Egos abbekommen.«

Mittlerweile war ich abgestiegen und stand neben meinem Drachen. Sanft tätschelte ich eine Halsschuppe von ihr. »Ich pass auf, mein süßes kleines Mäuschen«, sagte ich möglichst zärtlich zu ihr.

Zu meiner Überraschung lachte Manila leise in sich hinein. *»Und ich auf dich, Elaja«*, antwortete sie genauso liebevoll, senkte den Kopf und stupste mich in Ians Richtung. *»Und jetzt finde endlich heraus, was uns zu Racheengeln hat werden lassen.«*

24

Es war seltsam, wieder auf Goldin zu sein. Überall lagen von den Marani und Arandor zurückgelassene Sachen herum. Zerschlissene Kleidung, blutige Mullfetzen, zerbrochene Teller und Tassen und ein paar Decken. Es sah ganz nach einer spontanen Flucht aus, was es im Prinzip ja auch gewesen war. Der Aufbruch war schnell und zügig gewesen und hatte vermutlich sehr viele Menschenleben gerettet.

Wir gingen an dem ursprünglichen Lager vorbei und hielten auf zwei in sich zusammengesackte Gebäude zu. »Die Bibliothek ist einsturzgefährdet. Bitte sag mir, dass wir da nicht runtermüssen.« Als Aric mein Nicken sah, seufzte er tief auf. »Hoffen wir, dass wir überhaupt die Treppe runterkommen.«

Tatsächlich gestaltete sich das schwieriger als erwartet. Die Treppe war schlicht nicht mehr vorhanden und der halbe Boden weggebrochen. Wir mussten uns mit Seilen runterlassen. Aric ging wie immer vor. Was das anging, ließ er nicht mit sich diskutieren.

»Wenn ihr drei draufgeht, hat Arandor ein echtes Problem. Mir weint niemand eine Träne nach«, erklärte er und verschwand gleich darauf im Loch.

»Ich würde mir vielleicht eine Träne rausquetschen können«, brüllte ihm Ian hinterher.

»Leckt mich, mein Fürst«, kam die undeutliche Antwort. Ein Ächzen folgte. »Hier unten ist es stockdunkel und total staubig. Überall liegen Bücher und umgestürzte Regale rum. Ich hoffe, du kannst das gesuchte Buch beschreiben.«

»Es ist dunkel. Alt und schmal«, rief ich runter, rutschte gleichzeitig an den Rand und band mir das Seil um die Hüfte. »Warte. Ich komme.«

Während mich Ian vorsichtig in das Loch abseilte, flackerte Licht im Keller auf. Aric hatte seine magischen Kugeln aktiviert, um besser sehen zu können. Vor lauter tanzendem Staub in der Luft konnte ich nicht viel erkennen. Zwei kräftige Hände umfassten mich an der Hüfte, als ich mich dem Boden näherte.

»Alles klar, kleine Asrai. Zeig uns mal dein Zauberbuch.«

»Nenn mich bitte nicht Asrai. Ich bin Elaja. Geht das?«

Aric antwortete mit einem schrägen Grinsen. »Aber du ärgerst dich immer so schön, wenn ich das sage.«

»Denk dir was anderes aus, um mich zu ärgern. Das fällt dir bestimmt nicht schwer.« Rasch löste ich das Seil und zupfte daran. »Der Nächste bitte.«

Ich wartete nicht, wer das sein würde, sondern balancierte vorsichtig über eine Menge Schutt und zerstörte Holzteile hinweg Richtung Ecke. Welche genau es gewesen sein könnte, wusste ich nicht, aber es war auf jeden Fall ein Regal am Ende des Raumes gewesen.

Sobald ich dort angekommen war, spürte ich sofort, dass ich richtig gewählt hatte. Meine Instinkte übernahmen. Ich schob einen kleinen Berg aus Stein und Holzresten zur Seite, um mich gänzlich zur Außenmauer vorzuarbeiten. Die Perspektive kam mir verdächtig bekannt vor. Das Buntglasfenster, das zur Hälfte überlebt hatte. Die Regalreihen, von denen nur noch drei wirklich standen. Die Bücher, die überall verstreut herumlagen.

Das Regal stand tatsächlich noch an Ort und Stelle, da es anders als die meisten fest an Decke und Boden verschraubt gewesen war. Allerdings waren sämtliche Bücher herausgefallen. Ich hockte mich hin und erschuf nun selbst mehrere Lichtkugeln, um besser sehen zu können. Aric war mir in der Zwischenzeit gefolgt und bückte sich, genau wie ich.

»Dunkler Einband, alt und schmal. Geht das auch genauer?«, fragte er mich grummelig.

Ich antwortete nicht, sondern ließ meine Instinkte fließen. Natürlich war das gefährlich, denn die Asrai legte es genau darauf an. Nur was blieb mir anderes übrig? Wir konnten unmöglich die ganzen Bücher durchblättern. Außerdem hatte ich keine Ahnung, was genau sich darin befand.

»Was gefunden?« Ian kam um die Ecke und drückte sich an Aric vorbei zu mir durch. Die Gänge waren schmal, sodass nicht viel Bewegungsfreiheit war. Er ließ sich so dicht neben mir nieder, dass ich seine Wärme an meiner Seite spürte. Seine Präsenz beruhigte mich wie immer. Als könnte mir in seiner Nähe nichts geschehen.

Im ersten Moment wollte ich seine Frage verneinen, aber dann entdeckte ich es – und erkannte es sofort. Schmal. Mit Wasserflecken übersät. Dunkelbrauner Einband. Lose Blätter zwischen den Seiten. Ich griff danach und schauderte in der Sekunde, als ich das Leder berührte. Die Asrai war darin gegenwärtig. Ich konnte sie trotz der vergangenen Jahrhunderte spüren.

Bevor ich es aufschlug, ließ ich mich nach hinten sinken. Setzte mich in den Staub und in die Mäuseköttel. Meine Knie waren weich und mein Magen vor Aufregung hart. Mit angehaltenem Atem schlug ich es auf und starrte die erste Seite an.

Für Asrai von Asrai, stand dort in kleiner, komplett schnörkelloser Schrift. *Erinnerungen an unsere Leben.*

Ian hockte sich neben mich und sah mir dabei zu, wie ich ehrfürchtig die nächste Seite umblätterte. Zwei Skizzen flatterten zu Boden. Er griff danach …

Und erstarrte. Erbleichte. Erbebte. Verstand.

Alarmiert ließ ich das Buch sinken. »Was ist?«, fragte ich.

Zunächst antwortete Ian nicht. Als hätte er mich nicht gehört. Starr blickte er auf das Papier in seinen Händen. »Ich hatte eine Tochter«, flüsterte er leise. »Vor neunhundert Jahren. Ich hab dir von ihr erzählt. An die Gefühle, die ich mit ihr verbinde. Erinnerst du dich?«

Ja, daran erinnerte ich mich. Ian hatte sie nach dem ersten Zusammenprall mit Rai erwähnt.

Weil er noch immer das Papier anstarrte, pflückte ich es ihm schließlich aus den Händen und drehte es um, sodass ich die Zeichnung nun ebenfalls sehen konnte.

Es zeigte eine Skizze. Eine Kohlezeichnung. Ein junges Mädchen, so um die acht Jahre alt. Es lachte. Hinter ihr stand eine Frau, die die Hände auf ihre Schultern gelegt hatte. Auch sie sah glücklich aus, wenn ihre Züge auch eher streng und unnahbar wirkten.

Ich starrte sie an und spürte, wie mir heiß und kalt zugleich wurde. Alte Gefühle prasselten auf mich ein. Längst vergangene Emotionen. Wie sehr hatte ich dieses Kind geliebt. Es war meine Welt gewesen. Mein Leben.

Meine Tochter.

Papierrascheln riss mich aus meiner Betrachtung. Ian schob mir eine zweite Skizze in die Hände. Sie zeigte eine stolze Kriegerin auf einem weißen Drachen. Eindeutig die Frau von zuvor. Die Asrai. Ich.

»Die Zeichnungen sind von mir«, sagte Ian mit belegter Stimme. »Ich erkenne meine Handschrift. Heutzutage zeichne ich nicht mehr, aber ich habe ein Talent dafür. Wann immer ich damit angefangen habe, ist mir seltsam zumute geworden. Ich wurde traurig. Vermutlich, weil ich früher immer meine Familie gezeichnet habe. Eine Familie, die es nicht mehr gibt. Die ich verloren habe.«

Langsam hob ich den Blick, starrte Ian an. »Ich hatte eine Tochter?«, fragte ich ungläubig.

»*Wir* hatten eine Tochter.« Sanft zog er das untere Blatt wieder nach oben und drehte es um. *Freya und Lessa*, stand dort geschrieben.

Mein Gehirn weigerte sich einfach, die Information zu verarbeiten. Viel zu langsam setzte ich die Puzzleteile zusammen. »Die Asrai und der Shetai waren ein Paar?«

»Ja. Offenbar.« Ian sagte es sehr sanft und ließ dabei seine Finger zart auf meinem Handrücken ruhen. Erdete mich damit. Sein Blick war allerdings tief in sich gekehrt. Er suchte nach Antworten, jetzt, wo er einen Anhaltspunkt hatte. Lessa. Unsere Tochter.

Ich sah erst ihn, danach die Skizzen an. Meine Hände zitterten, während ich das Unfassbare endlich begriff. Aus Liebe war Hass geworden. Nur warum?

So mutig ich konnte, hob ich das Buch an, wollte es aufschlagen. In der Sekunde schnappte die Asrai zu.

Es ging so schnell, dass ich mich nicht wehren konnte. Sie überschwemmte einfach meinen Verstand mit einer Vision, die ich noch nie gesehen hatte. »*Sieh hin und verstehe, wie alles begann*«, schrie sie in meinem Kopf.

Ich sah eine junge Frau mit weißen Haaren, die ihr Baby im Arm trug und es einem stachelbewehrten Drachen zeigte. Beide strahlten glücklich. Ein Mann kam hinzu. Dunkle Haare, ruhige Aura. Ansonsten sah er dem heutigen Ian nicht wirklich ähnlich, doch ich wusste sofort, dass er es war. Der Shetai. Hinter ihm trottete ein schwarzer Drache her, der genau wie der weiße das Baby beschnupperte.

Unser Baby. Lessa.

Die Szene wechselte. Ein roter Drache kam hinzu, der von Makon und Manila misstrauisch beäugt wurde. Er hielt sich etwas im Hintergrund, im Gegensatz zu seinem Reiter. Der legte gerade einen Arm um die Schultern des Shetai und lachte mit ihm, während er eine Hand auf den zarten Körper des Babys legte. Das lag sicher und geborgen in den Armen seines Vaters, der es stolz präsentierte.

»Glückwunsch«, sagte der Reiter, und ich wusste sofort, wer das war. Rai. Er lächelte mich an. Mich. Freya. Offenbar befand ich mich plötzlich im Körper der Asrai. Sah alles aus ihrer Sicht. Sie stand mit verschränkten Armen vor den Männern, eher abweisend und genervt.

»Danke«, sagte ich nach einer kurzen Pause. »Können wir reingehen? Dein Drache macht mich nervös.«

»Die ist harmlos. Beruhig dich.« Rai nahm dem Shetai das Baby aus dem Arm und schaukelte es gekonnt, während er leise Gurrlaute von sich gab. »Ist deine Mama wieder misstrauisch? Das braucht sie nicht zu sein. Mein Drache ist ganz lieb.«

»Solange ihr die roten Drachen mit Gewalt gefügig macht, sind und bleiben sie gefährlich. Wehe, ich sehe meine Tochter auch nur in der Nähe deines Mistviehs«, antwortete ich giftig und wandte mich zum Gehen. »Lasst uns reingehen. Lessa hat Hunger.«

Aus den Augenwinkeln bemerkte ich, wie sich die Männer augenverdrehend fügten. Sie hielten mich für überfürsorglich. Ich hingegen war mir sicher, dass die roten Drachen eine Gefahr für jedermann darstellten. Leider war der beste Freund meines Mannes auch gleichzeitig der Pfortenwächter dieses Volkes. Ich musste mich also damit abfinden, dass wir regelmäßig Kontakt mit roten Drachen hatten.

Seit Jahren besuchten wir uns gegenseitig in unseren Welten. Dadurch waren der Shetai und ich uns auch nähergekommen. Seit Lessa auf der Welt war, lebte er in meiner Welt. Tagsüber hielt er sich meist in Marani auf und kam abends wieder zurück. Ich zog Arandor vor und mied sorgsam Envalo, Rais Welt. Die roten Drachen waren mir unheimlich. Das hielt Rai allerdings nicht davon ab, ständig bei uns aufzutauchen.

Wieder wechselte die Szene. Aus dem Baby war ein tapsiges Kleinkind geworden, das unverständlich brabbelnd durch die Gegend torkelte. Es wankte an mir vorbei zwischen Manilas Beinen hindurch, die gutmütig brummte. Als es jedoch auf den roten Drachen seines Patenonkels zuhielt, schob Manila es mit einer Schwinge sanft zurück.

»Halt dich von den roten fern«, sagte ich streng zu meiner Tochter. Die gluckste nur und änderte den Kurs, um zu ihrem Vater rüberzugehen, der gerade mit seinem Freund über einem Stapel Karten brütete.

»Platzier dein Mistvieh das nächste Mal weiter weg«, brüllte ich Rai zu. »Sonst macht Manila Hackfleisch daraus!«

Rai sah nicht mal auf, sondern winkte lediglich. Wie immer ignorierte er meine Einwände, genauso wie mein Mann, der meine Ängste einfach nicht ernst genug nahm.

Bis der rote Drache zuschnappte.

Es geschah so schnell, dass wirklich niemand mehr reagieren konnte. Der Shetai und Rai standen dicht beieinander, um sich eine Verletzung an der Pfote des roten Drachen anzusehen. Die achtjährige Lessa blieb zunächst dicht an der Seite ihres Vaters und winkte mir zu, als sie mich bemerkte. Ich kam gerade aus dem Haus und blieb beunruhigt stehen. Wann immer Lessa so nahe an dem roten stand, wurde ich nervös.

Ich bedeutete ihr, zu mir zu kommen, und Lessa gehorchte, machte drei Schritte von ihrem Vater fort, um ihn zu umrunden. Dabei kam sie noch etwas dichter an das Drachenmaul heran und …

Ich schrie nicht nur in meiner Vision auf, sondern auch in der Realität. Die Zähne. Das Blut. Der Schmerzenslaut meiner Tochter. All das formte sich in mir zu einem grässlichen Strudel aus Leid, Schock und purem Entsetzen. In meiner Erinnerung rannte ich los, hetzte über den Vorplatz und brüllte, kreischte, wehklagte.

Der Shetai war schneller als ich, warf sich gegen das geschlossene Drachenmaul und zwang das Tier mit magischer Gewalt, seine Tochter freizugeben. Doch zu spät. Die rasiermesserscharfen Zähne hatten das Kind innerhalb von Sekunden getötet. Es hing schlaf und leblos in seinen Armen.

Schlitternd kam ich bei ihm an, starrte all das Blut und die Leere in Lessas Augen an. Mir sackte der Magen in die Kniekehlen, meine Gedanken gerieten ins Trudeln, meine Sicht verschwamm. Vor Schock konnte ich mich kaum rühren, bis sich ein anderes Gefühl daruntermischte.

Pure. Reine. Absolut. Animalische. Wut.

Wut auf den roten Drachen, der zugeschnappt hatte. Zorn auf Rai, der immer so getan hatte, als wäre sein Vieh nicht gefährlich. Abscheu auf meinen Mann, der meine Sorge immer mit einem Handwink weggewischt hatte. Schuldgefühle. Warum hatte ich nicht besser aufgepasst?

Jetzt lag sie da. Mein Mädchen. Tot.

Meine Magie formte sich blitzschnell zu einem brodelnden Geschoss, und ehe mich irgendwer daran hindern konnte, feuerte ich es auf den Drachen neben mir ab. Zeitgleich stürzte sich Manila auf ihn. Mein Drache hatte meine kleine Tochter mindestens ebenso geliebt wie ich. Durch die Magie waren unsere Gefühle miteinander verbunden. Sie fühlte dasselbe wie ich. Handelte wie ich. Wütete wie ich.

Der Drache brüllte vor Schmerzen auf, als sich die magische Kugel tief in seinen Brustkorb bohrte. Die Wunde war tief, jedoch nicht tödlich. Bevor ich eine weitere schleudern konnte, warf mich Rai um, hinderte mich daran, seinen Drachen zu erledigen. Ich kreischte vor Wut und schlug nach ihm. Meinen Dolch zückte ich ganz instinktiv, hieb ihn tief in seine Schulter. Rai ging zu Boden, während Manila nach der Kehle des roten Drachen schnappte.

Und inmitten all des Chaos hockte mein Mann. Der Shetai. Beinahe reglos. Er hielt unsere Tochter weiterhin fest an sich gedrückt und weinte, vor Entsetzen wie festgefroren.

Daraufhin ließ ich von Rai ab und sprang zu ihm, riss ihm meine Tochter aus den Armen. »Fass sie nicht an«, kreischte ich und hob die Hand mit dem Dolch, hätte womöglich sogar zugeschlagen, wenn Rai nicht in der Sekunde dazwischengegangen wäre. Er fing meinen Arm ab und verdrehte ihn, woraufhin ich die Waffe und auch meine Tochter loslassen musste.

Das war zu viel. Sowohl für Manila als auch für mich. Die pure Macht der Asrai explodierte wie ein zorniger Vulkan. Ich hatte schon immer gewusst, dass in mir ein Pulverfass ruhte. Solange ich regelmäßig meditierte, mich mit meiner Familie umgab und viel mit Manila fernab von jedem Lärm durch die Gegend flog, unterdrückte ich die Unruhe, die Hitze und die Energie in mir. Nun ließ ich sie frei – in Form von purem Hass.

Hass, den ich auf beide Männer gleichermaßen verspürte. Mein Mann bemerkte vermutlich, dass ich für niemanden mehr zu erreichen war. »Lauf, Rai«, rief er und stellte sich verzweifelt zwischen mich und seinen Freund. »Freya! Komm zu dir! Komm zu dir!«

Aber ich wollte nicht zu mir kommen. In dem Fall hätte ich mich dem Schmerz über den Tod meiner Tochter stellen müssen. Stattdessen konzentrierte ich mich auf die Wut – und griff an.

25

IAN

Elaja verlor die Kontrolle über die Asrai. In einer Sekunde saß sie noch schockiert auf das Blatt Papier in ihren Händen starrend auf dem Boden. In der nächsten hob sie den Kopf und sah mich mit glühenden Augen an.

Mit den Augen der Asrai.

»Du hast meine Tochter getötet«, sagte sie mit schneidender Stimme zu mir und hob die Hand, warf pure Magie auf mich. Ich blockte den magischen Schlag in letzter Sekunde ab und wurde dennoch nach hinten gerissen, rutschte über den Boden. Die gegenüberliegende Wand stoppte mich mit voller Wucht. Ein scharfer Schmerz sauste durch meine Rippen, mein Steißbein. Ich ignorierte das und errichtete hastig alle magischen Barrieren, die ich zustande brachte.

Denn die Asrai warf sich mit voller Wut auf mich.

»Ich habe dir immer und immer wieder gesagt, dass die roten Drachen gefährlich sind«, brüllte sie. »Sie sind Bestien. Wilde Monster! Du hast mir nicht geglaubt. Mich als übervorsichtig hingestellt. Dabei hatte ich recht gehabt mit meiner Sorge. Deine Freundschaft war dir wichtiger als die Meinung deiner Frau. So ist das. Jetzt ist sie tot. Tot!«

Ich überlegte hastig meine nächsten Worte, nur war das schwierig, während mich meine ehemalige Ehefrau zu grillen versuchte. Scheiße, tat das weh. Verzweifelt hielt ich dagegen und brüllte gleichzeitig Sean und Aric eine Warnung zu. Nicht auszudenken, wenn die Asrai sie aufs Korn nahm. Meine beiden Freunde hätten keine Chance gegen dieses Wesen aus Wut und Hass.

»Elaja! Komm zu dir!«, rief ich.

»Elaja kann dir nicht mehr helfen. Sie ist tot. So tot wie unsere Tochter.«

»Nein! Elaja ist nicht tot, doch Lessa ist es. Seit neunhundert Jahren, Asrai. Lass sie ruhen. Lass sie gehen und mit ihr deinen Hass.« Das hätte ich besser nicht gesagt, denn die nächste Magiewelle hätte mich beinahe pulverisiert. Meine Magieadern stöhnten bereits bedenklich. Noch immer war ich kräftemäßig nicht wiederhergestellt. Einem Angriff dieser Größenordnung konnte ich unmöglich lange standhalten.

»Rai und du habt mir meine Tochter genommen. Das Wertvollste in meinem Leben. Dafür werde ich mich rächen. So lange, bis ich euch ein für alle Mal von dieser Welt getilgt habe. Ich werde euch das nehmen, was euch lieb und teuer ist. Eure Familien. Eure Lebensgrundlage. Eure Völker und eure Welten.«

So langsam bekam ich eine Ahnung, worum es hier ging, und dass Rai womöglich recht gehabt hatte. Mit der Asrai konnte man nicht verhandeln. Nicht mehr. Sie hatte sich derart in ihrem Hass vergraben, dass nichts und niemand sie mehr erreichen konnte.

Mir wurde schlecht, als ich die Bedeutung dahinter begriff. Nicht Rai hatte die Kriege begonnen. Es war die Asrai gewesen. Immer und immer wieder.

»Was hast du vor neunhundert Jahren getan, das Rai dir niemals verzeihen kann?«, brachte ich mühsam hervor und hoffte, sie durch reden ablenken zu können. Womöglich hörte sie endlich auf, mich mit ihrer Magie zu bombardieren.

Es klappte für den Moment. Der Druck auf meinen Schutzschild ließ nach, und ich sah eine in sich lodernde Asrai vor mir stehen. Ein unheimlicher Anblick. Die Haare schlohweiß, genau wie die

Augenbrauen. Blutleere bläuliche Lippen. Flammende Pupillen und rot glühende Haut. Ein Wesen aus Feuer und Eis. Ich starrte sie fassungslos an und versuchte verzweifelt, einen Hauch von Elaja darin zu entdecken, doch da war nichts mehr. Sie bewegte sich sogar anders. Katzenhaft. Wie ein Raubtier, das sich näher schlich.

»Ich habe Rai vor neunhundert Jahren erledigt. Auf Arandor. Ihn, seinen roten Drachen und einen Großteil seines Gefolges. Ein paar rote Drachen entkamen, versteckten sich tief in den Bergen vor meinem Zorn. Weil ich sie nicht finden konnte, flog ich in seine Welt. Rächte mich dort auf meine Weise. Danach habe ich mich um dich gekümmert.«

So wie sie mich ansah, wurde mir noch viel kälter. Innen und außen. »Wie hast du dich gerächt?«, hakte ich nach. »Was hast du mit Rais Welt angestellt?«

»Sie in Dunkelheit gehüllt. In Hitze eingesperrt. Und du? Du hast versucht, mich aufzuhalten. Du hast dich gegen mich gestellt. So getan, als wäre ich das Monster. Dabei waren es die roten Drachen, die mein Mädchen getötet haben. Sie sind die wahren Monster!« Den letzten Satz kreischte sie.

Ich duckte mich und machte mich klein, unterwürfig. Vermutlich meine einzige Überlebenschance. Wenn sie jetzt zuschlug, würde ich das nicht überleben.

Sie atmete zischend ein und aus. »Du hast mir keine Wahl gelassen. Du hast zwischen mir und meinem Ziel gestanden. Meiner Rache. Also musstest du sterben.«

Ich erinnerte mich. Verrat. Demut. Schlechtes Gewissen. Qual. Die Erinnerungen, die ich bislang so sorgsam hinter einem Schutzwall verborgen gehalten hatte, drängten nach vorn. Nun, wo die Asrai sie ohnehin hervorgeholt hatte.

Ich hatte Lessa mit in meine Welt genommen, um sie dort zu begraben. Ihr die Ruhe zu geben, die ihre Mutter ihr verwehrte. Gleichzeitig bereitete ich meine Kriegerinnen und Krieger auf einen Kampf vor, der uns mit voller Wucht treffen würde. Was die Asrai anging, machte ich mir nichts vor. Freya war schon immer eine gefährliche Frau gewesen. Aufbrausend, dominant, machthungrig.

Sie hatte mich fasziniert, und ich war ihr Gegenpol gewesen, damit sie nicht abdriftete. Als unsere Tochter zur Welt kam, wurde sie beinahe sanftmütig. Sie liebte das Baby mehr als ihr Leben. Mehr als ihr Volk. Sogar mehr als Manila oder mich zusammen. Lessa war ihr Leben.

Jetzt, wo sie tot war, drehte die Magie einfach durch. Ihr Drache folgte ihrem Wutrausch. Ich spürte tief in mir, wie Rai starb. Dass etwas Schreckliches in seiner Welt geschehen war. Ich wappnete mich vor dem unausweichlichen Zusammenprall mit der Frau, die ich einst geliebt hatte.

Als sie dann zu mir kam, wusste ich sofort, dass sie unerreichbar für mich geworden war. Kein Argument der Welt würde sie davon überzeugen, mich zu verschonen.

»Du hast ihn verteidigt«, spie sie mir entgegen. »Den Mann, der unsere Tochter der Bestie ausgeliefert hat. Das werde ich dir nie verzeihen.«

Und das tat sie auch nicht. Bis heute.

»Ah«, sagte die Asrai der heutigen Zeit und riss mich aus meinen Erinnerungen. »Du weißt wieder über das Geschehen vor neunhundert Jahren Bescheid. Und vor sechshundert? Da hat Rai mich angefleht, alles zurückzunehmen und seine Welt zu retten. Ich wusste nicht einmal mehr, was er überhaupt meinte. An meine Tochter erinnerte ich mich nicht länger. Nur noch an den bohrenden Hass. Rai war mein Feind. Ich griff an. Er entkam und wandte sich an dich. Du wolltest dich aus unserem Krieg heraushalten, damit ich dein Volk diesmal verschone. Wolltest neutral sein.« Sie spuckte auf den Boden. »Du hast dich als Vermittler angeboten und mich angefleht, mich zu erinnern. An Lessa. An die Liebe zwischen uns. Letztlich sah ich nur Schwäche. Auch Rai erkannte das. Er war verzweifelt und brauchte Rohstoffe, damit sein Volk die nächsten dreihundert Jahre während seiner Abwesenheit überleben konnte. Er griff deine Welt an. Ich musste mich nur zurücklehnen und zuschauen. Du warst noch schrecklich jung. Zu jung, um gegen Rai zu bestehen. Danach hatte ich leichtes Spiel mit Rai. Leider starb ich, bevor ich seiner Welt den Rest geben konnte. Eine verschleppte Lungenentzündung.

Wie peinlich. Wie unnötig. Und vor dreihundert Jahren? Da war Rai schneller als ich. Bevor ich mich erinnern konnte, hatte er meine Welt bereits in Schutt und Asche gelegt, die Vulkane zum Leben erweckt und die Horte zerstört. Die Finte, die er benutzte, kennst du ja mittlerweile. Er ließ seine Drachen blau aussehen und wir griffen deine Welt statt seiner an.« Die Asrai bleckte die Zähne. »Wir starben, und meine Erinnerungen versanken immer tiefer in mir. Aber jetzt sind sie wieder da. Ich weiß alles. Meine Rache brennt genauso stark wie am Todestag meiner Tochter.«

Sie hob die Hand, und ich wusste, dass ich den nächsten Schlag nicht überleben würde, dafür war sie zu mächtig und ich zu schwach. Ich lehnte an der Wand und konnte ihr lediglich seitlich ausweichen. Auch das würde mir nichts nützen. Ich war gefangen.

»Wir haben uns einst geliebt«, versuchte ich mit einer anderen Taktik zu ihr durchzudringen. »Daraus ist unsere Tochter entstanden. Aus dieser Liebe. Lass nicht zu, dass Lessas Vermächtnis aus Rache und zerstörten Welten besteht. Das hat sie nicht verdient.«

»Sie hatte es nicht verdient, mit acht Jahren von einem Drachen zerfleischt zu werden«, brüllte die Asrai zurück – und schleuderte so viel Magie auf mich, dass ich nicht mal versuchte, sie aufzuhalten.

Hastig warf ich mich zur Seite und bezweifelte, dass mir das irgendetwas nützen würde. Mein Schutzschild zerbarst, kaum dass die Magie der Asrai auf ihn prallte. Kurz bevor sie mich erreichte, drehte sie jedoch ab und schlug etwa einen halben Meter neben mir ein. Mauerreste zerplatzten um mich herum, Schutt und Geröll flogen mir um die Ohren. Ich duckte mich und schützte mein Gesicht mit den Armen, machte ich mich so klein wie möglich. Parallel gab die Decke nach. Mit einem Knirschen sackte der getroffene Mauerteil in sich zusammen, drohte mich komplett unter sich zu begraben. Hastig kam ich auf die Beine, bewegte mich weg von der einbrechenden Wand, hin zur Asrai, denn das war die einzige Richtung, die mir noch blieb. Meine Ohren klingelten vom Lärm des Einschlags, sodass ich kaum etwas hören konnte. Staub und kleine Schuttpartikel flirrten um mich herum, und auch meine Sicht war eingeschränkt. Wo zur Hölle war Elaja?

Auch die Asrai hatte sich geduckt oder … krümmte sie sich? Sie hatte die Hände an den Kopf gelegt und war halb in die Knie gegangen. Der Mund stand offen, die Augen waren weit aufgerissen. Ich brauchte einen Moment, um zu begreifen, dass sie schrie. Über das Klingeln in meinen Ohren war es kaum zu vernehmen. Aber ja. Sie brüllte. Und wie!

»Nein«, schrie sie wie von Sinnen, und allein am Tonfall erkannte ich, dass es Elaja war, die den Laut hervorbrachte. »Nein, nein, nein!«

Der Klang gab mir Hoffnung, wobei das relativ war. Wenn wir nicht gleich hier rauskamen, würde uns das Gebäude unter sich begraben. Neben mir krachte ein Teil der Decke zu Boden, weiterer Schutt folge, inklusive eines ganzen Regale, das vom Erdgeschoss ins Loch schlitterte.

Endlich war ich bei Elaja angekommen, packte sie an der Schulter. Noch immer wirkte sie wie verwandelt, doch das Glühen in ihren Augen war zu einem Glimmen geworden. Ich schüttelte sie. »Elaja«, rief ich und riss sie an mich, sobald ich ein wenig Regung in ihren Augen erkannte. »Bleib bei mir«, flüsterte ich in ihr Ohr.

»Schlag mich tot«, antwortete sie mir mit bebender Stimme.

Wir starrten einander an. Sie vor Angst und Schock wie gelähmt, ich vor Verzweiflung und Panik völlig außer mir. Sie hatte recht. Sie hatte verdammt noch mal recht. Sie in dieser Sekunde zu erledigen war das einzig Richtige, bevor die Asrai wieder hervorkam und sich auf uns stürzte.

Auf mich. Auf unsere Welt. Auf Marani und auf Rai, der seine Welt zu verteidigen versuchte.

Aber ich konnte es nicht. Ich konnte nicht! Obwohl ich die Tränen in ihren Augen sah. Die Angst davor, die Kontrolle erneut zu verlieren und alles zum Einsturz zu bringen. Das Flehen, es zu verhindern.

»Wenn du mich liebst, beendest du es jetzt«, antwortete sie mit immer wilder flackerndem Blick. »Sie kommt. Sie wird mich verschlingen. Sie wird dich verschlingen. Die Welten. Alles, was wir lieben. Bitte! Ian! Bitte! Töte mich!«

Ein Teil von mir wusste, dass sie recht hatte. Dass ich den Dolch zücken musste, den ich stets in meinem Stiefel bei mir trug. Dass es meine Pflicht war und das einzig Richtige, um eine Katastrophe zu verhindern.

Doch mein Herz verhinderte, dass ich mich auch nur rühren konnte. Sie zu verlieren war unmöglich. Sie gar selbst zu töten undenkbar. Also umfasste ich ihren Kopf, strich ihr liebevoll über die Wangen und hielt dem Flehen in ihrem Blick stand.

»Du bist stärker als die Asrai«, sagte ich so fest ich es vermochte. »Die willensstärkste, sturste und hartnäckigste Frau, der ich je begegnet bin. Lass sie nicht gewinnen. Du musst kämpfen. Für uns. Für ein gemeinsames Leben.« Den letzten Satz hatte ich geflüstert. Womöglich war er im Donnern der Steine untergegangen, trotzdem hatte Elaja ihn irgendwie verstanden.

Sie blinzelte gegen das Flackern in ihrem Blick an, bemühte sich, einen Fokus zu finden. Sich zu konzentrieren. Das war natürlich schwierig, da um uns herum das komplette Gebäude einzustürzen drohte.

»Ian«, hörte ich Aric brüllen. »Wo zur Hölle seid ihr? Wir müssen raus! Sofort!«

Ich antwortete ihm nicht. Stattdessen erschuf ich mit letzter Kraft einen Schutzwall, der nicht nur mich, sondern auch Elaja mit einschloss. Sie schützte. Vor den Steinen. Dem Zeitdruck. Der Welt.

Wieder verließ eine einzelne Träne ihren Augenwinkel, als sie begriff, was ich von ihr verlangte. Sie erbebte in meinen Armen, wurde noch blasser.

»Konzentrier dich, Elaja. Beruhige deinen Geist, lass dich fallen und vertrau auf dich und dein Können. Ich bin bei dir. Die ganze Zeit. Lass das Gebäude über uns einstürzen. Wir halten stand. Lass die Welten aufeinander losgehen. Wir halten zusammen. Lass den Hass in dir frei. Wir begegnen ihm mit Liebe. Weil das die einzige Waffe ist, die die Asrai niemals verstehen und die sie letztlich in die Knie zwingen kann. Mit Liebe hat es angefangen. Wir können es damit beenden, *mi'Salana.*«

26

Tans sanfte Worte, die liebevolle Berührung und seine bestärkende Präsenz sickerten in mich hinein wie die tiefste Meditation. Selbst das Wüten, Reißen und Zerren der Asrai in meinem Inneren wurde erträglicher. Aus dem beißenden Schmerz wurde ein Pochen, und ich konnte besser dagegenhalten. Der Strudel, der mich zuvor nach unten gedrückt hatte, kehrte sich um, sodass ich immer weiter nach oben driftete, an der Asrai vorüberzog. Sie keifte und sträubte sich, kämpfte mit allen Mitteln gegen mich an. Ich hielt dagegen und stellte erstaunt fest, dass es gar nicht die angeblich allmächtige Pfortenmagie war, die ich dafür benutzte, sondern meine normale Drachenmagie.

Sie war mir mittlerweile so vertraut, so zugetan, dass sie wie selbstverständlich gehorchte, denn ich benutzte sie seit Jahren und in letzter Zeit ganz besonders, um zu heilen. Zu helfen. Sie war freundlich und zugewandt. Sie liebte mich, so wie ich war – und ich sie. Denn das war der wahre Teil meiner Magie. Derjenige, der mich zu Elaja machte.

Sanft, helfend, heilend.

Eher instinktiv wandte ich einen Zaubergriff an, den ich von Velia gelernt und durch Informationen aus dem Heilerbuch perfektioniert hatte: die Schmerzen eines Patienten lindern. Ich hüllte die Asrai darin ein und legte meine Drachenmagie wie eine dicke Decke um sie, sorgte dafür, dass die Wärme und Ruhe wie ein kuschliger Mantel in sie hineinsickerte.

»Alles wird wieder gut«, sagte ich zu ihr in meinem Geist. »Beruhige dich. Atme durch. Lass den Schmerz gehen.«

»Ich habe keine Schmerzen«, brüllte sie mich an. »Ich zeige dir gleich, was wirkliche Schmerzen sind.«

»Der Schmerz in deinem Herzen ist gewaltig. Du musst dich ihm endlich stellen. Du behauptest, dass ich schwach sei? Feige? Der Asrai-Magie nicht würdig? Dann bist du das ebenfalls nicht. Im Gegensatz zu dir habe ich an meinen Schwächen gearbeitet, während du den leichteren Weg gewählt hast. Du hast dich in den Kampf und in den Hass gestürzt, weil du den wahren Schmerz über den Verlust unserer Tochter nicht ausgehalten hast. Er hätte dich in die Knie gezwungen.«

»Meiner Tochter«, korrigierte mich die Asrai mit bebender Stimme. »Du hast ja keine Ahnung von meinem wahren Verlust.«

»Doch. Das weiß ich. Ich spüre es. Den Verlust. Die Einsamkeit. Die Trauer. All das fühle ich, im Gegensatz zu dir. Du hältst wütend dagegen, statt dich dem Kampf wie eine Kriegerin zu stellen.«

»Welchem Kampf denn?«, giftete die Asrai zurück.

»Den anderen zu verzeihen. Dir zu verzeihen. Zu vergeben.«

Ich spürte, wie die Asrai vor mir zurückschreckte. Das war die Wahrheit gewesen, die sie nie hatte hören wollen. Sich selbst zu verzeihen, weil sie den Tod ihrer Tochter als allmächtiges Wesen nicht hatte verhindern können, war vermutlich sogar noch schwerer, als Rai oder dem Shetai zu vergeben. Und dennoch war es der einzige Schritt heraus aus dieser Abwärtsspirale.

»Du und ich haben die gleichen Voraussetzungen. In jedem Leben. Wir sind beide Heilerinnen und Kriegerinnen in einem. Unser Herz und unser Verstand ticken gleich, nur die äußeren Umstände haben uns verändert, uns gegensätzliche Richtungen einschlagen lassen. Als ich es am dringendsten gebraucht habe, haben mich die Menschen in meiner Umgebung aufgefangen. Sie haben dafür gesorgt, dass ich mich nicht der Wut oder dem Frust hingegeben habe, obwohl mich viele aus Arandor wegen meiner Visionen wie Dreck behandelt haben. Sie haben mich beschützt und mir gezeigt, dass ich wertvoll bin, egal was andere über mich denken. Mein wütendes ›aber‹ ist verstummt, das mich so viele Jahre begleitet hat, und ich konnte zu meinem heutigen Ich werden. Eine selbstbewusste Drachenreiterin, die sich aufs Heilen versteht. Das steckt auch in dir. Du musst nur endlich zulassen, dass du dich selbst heilst. Oder mir erlauben, es für dich zu tun.«

Die Asrai hörte zu. Sie hörte wirklich zu. Das war vermutlich das Erstaunlichste überhaupt. Noch immer spürte ich ihr Sträuben in mir. Ihren Drang, mich zu dominieren, zu besiegen. Doch der Sog wurde weniger, bis ich ihn kaum noch spürte. Sie gab auf.

Und sie weinte.

Ich spürte ihren Schmerz wie ein Feuer tief in mir brennen. »Es ist in Ordnung«, sagte ich zu ihr. »Zu Tränen und Trauer zu stehen, beweist Stärke und Mut. Du bist nicht schwach, wenn du deinen Irrtum einsiehst. Im Gegenteil. Das ist wahre Stärke.«

Um ihr Zeit zu geben, meine Worte zu verinnerlichen, entfernte ich mich ein wenig von ihr. Gab ihr den Raum, sich selbst zu fühlen. Dadurch spürte ich auch wieder Ians Griff. Seine Hand an meinen Wangen. Die Stirn, die meine berührte. Er hielt mich. War an meiner Seite. So wie immer, seitdem wir uns gefunden hatten.

Als ich nun die Augen öffnete, war das Feuer darin erloschen. Es tanzten keine Funken mehr vor meinen Pupillen herum. Kein Brennen war zu spüren. Kein Wunsch nach Zerstörung. Stattdessen lächelte ich, als ich Ians besorgten Blick auf mir spürte.

»Sie hat sich beruhigt«, flüsterte ich.

Vermutlich hatte Ian etwas anderes erhofft. Dass ich sie besiegt hatte. Dass sie weg war. Leider konnte ich ihm diese Rettung nicht bieten. Freyas Hass hatte sich etwas abgekühlt, doch sie war noch da. Außerdem war die Asrai und die damit verbundene Ungeduld und der Drang zu herrschen ein Teil von mir. Es war meine Aufgabe, dafür zu sorgen, dass ihr Wunsch nach roher Gewalt niemals wieder hervorbrechen konnte.

Ian antwortete auf mein zaghaftes Lächeln mit einem sanften Kuss auf meine Stirn und zog mich an sich, in seine Arme. Ich nutzte den Moment, um tief durchzuatmen – und festzustellen, dass ich nicht weiter als bis zu ihm sehen konnte. Um uns herum war alles grau und staubig. Wir standen in einer Art Schutzkreis, umgeben von Schutt und Asche.

Wie aus weiter Entfernung hörte ich jemanden rufen. Ians und meinen Namen. Sofort ließ mich Ian los, hob den Kopf. »Wir sind hier«, rief er. »Irgendwo unter dem Schutt.«

»Das Gebäude ist zusammengebrochen?«, fragte ich ungläubig. Wann war das denn passiert?

»Ja. Die Asrai hat die halbe Stützwand weggesprengt. Aric und Sean sind in letzter Sekunde rausgekommen.« Er deutete auf den Schutzschild um uns herum. »Es war knapp. Allerdings halte ich nicht mehr lange durch.«

Erst jetzt bemerkte ich die Schweißperlen auf seiner Stirn und den angespannten Zug um seinen Mund. »Ich könnte übernehmen«, bot ich an, woraufhin Ian schnaubte.

»Lass uns unser Glück nicht überstrapazieren.«

Etwas krachte über uns. Steine bewegten sich, und ein riesiges Drachenmaul schob sich in unser Sichtfeld. *»Hab ich euch gefunden«*, brummte Makon. *»Wir müssen uns beeilen.«*

»Wieso?«, fragte ich beunruhigt.

»Rai greift Lark an.«

Der Schock sauste wie ein realer Schmerz durch meinen gesamten Körper. Nein! Nicht Lark. Warum ausgerechnet Lark? Dort lebten hauptsächlich Schüler und Lehrer. Der friedlichste Hort überhaupt. Und zugleich der Hort, der mir am meisten bedeutete. Wo Jama lebte, den ich mittlerweile zu meiner Familie zählte. Wo Maai zu Hause war, meine Freunde.

Vermutlich lag da die Antwort begründet. Rai hatte uns im Lauf der Zeit beobachtet und wusste vermutlich, wo er mich am meisten treffen konnte. Meinen Heimathort anzugreifen lag da auf der Hand.

»Er will dich aus der Reserve locken«, sagte Ian, kaum dass uns Aric und Sean endlich durch eine schmale Öffnung ins Freie gezogen hatten. Wir waren alle staubig, zerkratzt und mitgenommen. »Schaffst du die Konfrontation, ohne dass die Asrai übernimmt?«

»Ja«, sagte ich selbstbewusster, als ich mich fühlte. »Und es ist auch nicht die Asrai, die so wütet. Es ist Freya, deren Zorn im Echo gefangen war.«

»War?«, fragte Aric, wie immer viel zu aufmerksam, als dass ihm irgendetwas entging. »Ist sie weg?«

»Ich hoffe es. Zumindest ist die Wut verschwunden.«

Aric und Ian wechselten einen besorgten Blick, während Sean bereits zu den Drachen rannte. »Wir müssen nach Lark«, brüllte er uns an, und endlich kam Bewegung in uns. Ich rannte dicht neben Ian her, der bereits auf Makon zuhielt. Der Bulle kam uns entgegen, während sich Manila für sie ausgesprochen ungewöhnlich im Hintergrund hielt.

Ian war schon halb auf seinen Drachen geklettert, da war ich gerade mal bei meinem angekommen. »Alles in Ordnung?«, keuchte ich beim Hochklettern auf Manilas Rücken.

»Ich glaube, ich hab noch nie so viel Angst gehabt und mich gleichzeitig so hilflos gefühlt. Mann, Elaja. Du hast der Asrai die Wut geklaut. Wie zum Teufel hast du das angestellt?«

»Mit Verständnis. Und Liebe.«

Ich sah geradezu, wie mein Drache mit den Augen rollte. *»Zu viele Liebesromane«*, murrte sie, aber ich meinte ein Lächeln herauszuhören. *»Sag ich doch immer.«*

»Sei froh. Das hat uns den Arsch gerettet. Los jetzt. Wir müssen uns dem nächsten Feind stellen. Rai. Wobei ich mir mittlerweile nicht mehr so sicher bin, ob er wirklich einer ist. Vielleicht können wir den Konflikt friedlich beilegen, wenn wir ihm klarmachen, dass ich die Asrai unter Kontrolle habe?«

»Wir werden sehen.« Manila klang eher skeptisch. Gleich darauf hob sie ab und jagte mit Makon an der Seite Richtung Heimatpforte. Natürlich wäre es schneller gegangen, wenn wir sofort in eine selbst erschaffene Pforte eingetaucht wären, doch sowohl Ian als auch ich hatten uns entschlossen, den Umweg und den Zeitverlust in Kauf zu nehmen. Kein Risiko einzugehen, wenn es nicht absolut notwendig war. Der auf uns zukommende Kampf würde schon schlimm genug werden.

Sobald wir uns der Heimatpforte näherten, regte sich die Asrai-Magie in mir. Im ersten Moment wollte ich sie erschrocken unterdrücken, aber dann spürte ich, dass etwas anders war als sonst.

Ja. Die Asrai reagierte auf die magische Barriere. Allerdings fehlte dabei die gewohnte Wut. Das Brennen. Die Gier. Stattdessen fühlte sie sich beinahe so an wie meine normale Drachenmagie, wenn sie sich für eine Heilung in Position brachte.

Das Echo war weg.

Ich schluckte schwer, als mir die Bedeutung bewusst wurde. Freya hatte sich zurückgezogen. Falls sie noch existierte, spürte ich sie zumindest nicht mehr länger.

»Bleibt dicht zusammen. Ich schicke wie beim letzten Mal die blauen Reiter durch eine von meinen Pforten. Der Rest sichert Manila ab. Mit ihr können wir durch keine meiner Pforten. Die roten Drachen werden garantiert die Heimatpforte von Lark umkreisen, um die hinzueilenden Reitereien abzufangen, bevor sie sich ins Getümmel werfen können. Manila? Setz dich hinter Makon. Ich werfe Pforten auf die Gegner, sollten wir umzingelt werden. Danach darfst du uns gern den Weg freiboxen.« Ian, der wie selbstverständlich das Kommando übernommen hatte und die Aufgaben verteilte.

Beim Klang seiner Stimme in meinem Kopf entspannte ich mich ein wenig. Gleich darauf jagte mein Puls wieder in ungeahnte Höhen, als wir durch die Heimatpforte flogen, den Weg nach Lark einschlugen und uns innerhalb von wenigen Atemzügen in einem Luftkampf wiederfanden.

Ian warf die bereits angekündigten Pforten. Eine. Zwei. Drei. Erst dann kam Manila dazu, überhaupt agieren zu können. Gefühlt drehten sich so ziemlich alle roten Drachen zu uns herum, um uns anzugreifen. Es waren viele. Sehr viele.

Doch auch Arandor hatte sich versammelt. In der Ferne entdeckte ich gleich mehrere Reitereien, die sich im Schnellflug näherten. Janara lag nicht weit entfernt. Vermutlich kamen die meisten von dort. Anders als wir hatten sich die meisten Anführer gegen den Flug durch die Heimatpforte von Lark entschieden. Zu gefährlich, dass sie so wie wir mitten hinein ins feindliche Heer flogen.

Stattdessen kamen sie von rechts, von links, von vorn, um den Ausbildungshort zu verteidigen. Viele von ihnen hatten Kinder, die hier zur Schule gingen. Lark war das Herz der Drachengesellschaft – und genau darauf hatte es Rai abgesehen.

»Also los«, sagte Manila und spannte sich an. Entschlossen warf sie sich ins Getümmel und zeigte damit wieder einmal ihre wahre Passion. Geschmiedetes Feuer. Eine Waffe. Nur fehlte der Zorn, und anstatt jede Konfrontation zu suchen, zog sie eher einen Schutzring über Lark, hielt die Gegner von möglichen Angriffen ab und sorgte allein mit ihrer Präsenz dafür, dass die roten Drachen zögerten.

Bis Rai uns entdeckte.

»Lass es uns endlich beenden«, sagte der Pfortenwächter in meinem Kopf.

Anders als beim letzten Mal wusste ich diesmal, wie ich antworten konnte. Ohne das störende Echo dazwischen konnte ich meine Asrai-Magie endlich hervorholen und sie benutzen.

»Es muss nicht so enden, Rai. Lass uns noch mal in Ruhe miteinander reden. Ich erinnere mich und weiß, wie alles seinen Anfang genommen hat. Wir möchten dir und deiner Welt helfen.«

»Uns ist nicht mehr zu helfen. Du hast uns in die Knie gezwungen. Alles, was uns jetzt noch bleibt, ist, dafür zu sorgen, dass du uns die nächsten dreihundert Jahre in Ruhe lässt.« Rais Stimme in meinem Kopf klang beunruhigend kalt.

»Ich –«

»Vorsicht! Er greift an«, schrie Manila und unterbrach damit unser Gespräch, tauchte im letzten Moment nach unten, ehe uns Rais Magie grillen konnte.

»Rai! Hör auf! Lass uns reden«, rief ich verzweifelt und bekam keine verbale Antwort. Stattdessen ließ er Taten sprechen.

Sein nächster Angriff war wahrhaftig pulsierende Wut. Angefüllt mit Zorn und Frust. Sein Ziel war eindeutig: Manila erledigen. Dabei ging er nicht zimperlich vor. Ich musste mehrere tödliche Magiegeschosse abwehren, während sich Manila hastig in die Tiefe fallen ließ, um den zupackenden Krallen des feindlichen Pfortendrachens zu entkommen. Gleichzeitig wurden wir von oben, von unten und von den Seiten von weiteren roten Drachen bedrängt. Sie schnappten nach uns, versuchten uns zu packen. Manila ließ ihren tödlichen Schwanz kreisen, jagte Feuerwalzen durch den Himmel und wich so geschickt aus, wie ich es noch bei keinem einzigen Drachen gesehen hatte. Dennoch war klar, dass wir das Tempo kaum länger durchhalten konnten. Es waren zu viele. Die gesamte Streitmacht konzentrierte sich einzig auf uns.

»Wo sind Makon und Ian?«, schrie ich panisch, als mir bewusst wurde, in welcher Gefahr wir steckten.

»Weiter unter uns. Sie versuchen zu uns hochzukommen, aber Ian ist erschöpft. Die Asrai hat ihm ein paar Treffer versetzt, die er noch nicht verdaut hat.«

Das konnte ich mir denken. Die Asrai hatte es wirklich darauf angelegt gehabt, ihn zu töten. Wobei das eher Freya gewesen war als die wahre Asrai-Magie. Die war … weder bösartig noch rachsüchtig. Sie spiegelte Gefühle wider, so wie sie es bei den Erinnerungen machte.

Meine Überlegungen stoppten, als mich ein roter Drache beinahe mit den Krallen zu packen bekam. Ich wurde ihn mit einem garantiert sehr schmerzhaften Magiestoß wieder los, allerdings machte ich mir keine Illusionen. Ein anderer roter Drache ersetzte ihn bereits.

»Tötet sie!«, hörte ich Rai in meinem Kopf. *»Oder lasst mich durch, damit ich das erledigen kann.«*

Er klang noch immer schrecklich zornig. Und seltsamerweise auch … verwirrt.

Immer mehr rote Drachen scharrten sich um uns herum, so viele, dass ich kurz davor war, uns durch eine Pforte in Sicherheit zu bringen. Unser einziger Ausweg. Allerdings hörten in der gleichen Sekunde die Angriffe auf, als hätte das jemand befohlen.

Rai war es gewiss nicht gewesen. Ich spürte seine Präsenz weiter unterhalb von uns, wie er versuchte, sich durch die Traube roter Drachen hindurchzudrängen, um zu uns zu gelangen. Um uns zu töten.

»Manila? Was geht hier vor sich?«, fragte ich atemlos. Gleich darauf entdeckte ich ihn. Den dunkelroten Drachen mit den vielen Narben am Kopf. Der Riese, der uns beim letzten Luftkampf aus irgendeinem Grund verschont hatte. Er kam wie ein Blitz nach oben geschossen und setzte sich neben uns. Der Reiter hob den Arm, genau wie drei oder vier weitere Reiter rund um uns herum. Wir waren eingekesselt. Für einen schrecklichen Moment war ich mir sicher, dass unser letztes Stündlein geschlagen hatte.

Aber statt Magie auf mich zu werfen, kreuzten sämtliche Reiter die Arme über dem Kopf. Genau wie der Reiter es getan hatte, kurz bevor Manila ihn beinahe enthauptet hätte. Auch jetzt spannte sie sich an, bereitete sich auf einen möglichen Angriff vor, nur blieb der aus. Wir flogen dicht an dicht nebeneinander, beinahe friedlich. Die Reiter behielten ihre seltsame Pose bei und starrten mich dabei an, als wollten sie mir verzweifelt etwas mitteilen. Zeitgleich begannen die roten Drachen zu brummen. Ein dunkler Ton, der seltsam in mir widerhallte und dafür sorgte, dass sich sämtliche Härchen auf meinen Armen aufstellten.

Endlich begriff ich, was sie wollten. Je länger die roten Reiter diese Körperhaltung beibehielten, desto deutlicher wurde es.

»Elaja! Das ist ein Friedenszeichen«, sagte Manila in der gleichen Sekunde, in der ich es ebenfalls begriff. *»Die wollen verhandeln.«*

Fassungslos starrte ich den Reiter auf dem vernarbten Drachen an, der als einziger die Hände sinken ließ und mir nun mehrere Zeichen hintereinander zeigte, die ich allesamt nicht verstand.

»Kapierst du das?«, fragte ich Manila.

»Nein, aber ich verstehe die Körperhaltung der Drachen. Sie schirmen uns von Rai ab. Anders als er möchten sie mit uns reden.«

Ich starrte den fremden Reiter noch immer mit halb offenem Mund an und überlegte mir fieberhaft eine Antwort. Zögernd hob ich die Hand zu einem hoffentlich eindeutigen Zeichen. Ein hochgereckter Daumen. *Das* konnte ja wohl keiner falsch verstehen.

Als er mit derselben Geste antwortete, meinte ich sein breites Grinsen sogar auf die Entfernung von vier Drachenlängen zu erkennen. Zum Zeichen ihres guten Willens ließen sie uns sogar ein wenig Platz, damit Manila wieder besser mit den Flügeln schlagen konnte. Verdammt, waren die uns nahe gekommen. Nicht auszu–

Der Angriff von unten kam völlig unerwartet. Sowohl für mich als auch für Manila. Etwas packte meinen Drachen am Bauch und riss sie zur Seite. Das Weibchen brüllte vor Schreck und Wut, gleich darauf vor Schmerz. Krallen hatten sich tief in ihre unteren Schuppen gegraben und waren bis zum Fleisch vorgedrungen. Wir kippten seitlich weg und ich erhaschte einen Blick auf ein einheitlich rotes Drachenweibchen. Rais Drache. Sie hatte sich also durch die uns schützende Reiterei hindurchgeschlängelt und uns erreicht.

Ihr Schnappen nach Manilas Kehle war zum Glück nicht besonders präzise, sodass mein Drache Zeit hatte, sich aus ihrem Griff herauszuwinden.

»*Pforte, Elaja*«, schrie sie in der Sekunde, in der wir seitlich wegkippten und beinahe auf einen unter uns fliegenden Drachen gekracht wären.

Ich reagierte instinktiv und gehorchte, warf meine erste Weltenpforte als Elaja, nicht als Asrai. Ein ungewohntes Gefühl. Die Magie gehorchte mir zum Glück anstandslos, sauste durch meine Adern und öffnete ein schwarzes Loch, in das wir uns seitlich hineinfallen ließen.

Schwärze umhüllte mich gleich darauf, und wir segelten ein Stück geradeaus, bevor ich einen Pfad hinaus wählte. Einen, der selbst mich überraschte.

»*Bist du sicher?*«, fragte Manila ungläubig, als sie spürte, wohin es mich zog.

»*Ganz sicher*«, antwortete ich. Nur Sekunden später spuckte uns die Pforte in der Welt der roten Drachen aus.

Es war unfassbar heiß. Es war stickig. Es war staubig und die Luft kaum zu atmen. Selbst Manila keuchte erschrocken auf, als wir die beinahe lebensfeindliche Atmosphäre einatmeten. Staub wirbelte um uns, obwohl wir uns etliche Kilometer hoch über einer Wüstenlandschaft befanden. Die Sonne brannte gnadenlos auf uns nieder, so heftig, dass mein Körper vor Schreck sogar mit einer Gänsehaut reagierte.

Es war einfach zu … heiß.

»*Hier soll irgendetwas leben?*«, fragte Manila ungläubig, sobald sie ihre Sprache wiedergefunden hatte.

Fassungslos ließen wir unsere Blicke über den flirrenden Sand gleiten, der sich bis zum Horizont erstreckte. Wüste. Nichts als Wüste. Doch anders als bei uns wuchsen hier nicht einmal Kakteen. Hier lebte nichts mehr.

Manila schlug mit den Flügeln und sorgte dabei für einen Wind, der sich unangenehm heiß auf der Haut anfühlte. Wir stiegen höher, um eine bessere Sicht zu bekommen. Schweiß brannte auf meiner Stirn, unter meinen Achseln, und meine Lunge stöhnte bei jedem Atemzug.

Da entdeckte ich ihn. Den Hort der roten Drachen.

Vermutlich war es meiner Magie geschuldet, die sich erinnert und mich deswegen genau hier abgesetzt hatte. Sie hatte gewusst, dass er sich hier befinden musste. Inmitten der Wüstenlandschaft. Des Nichts. Auf den ersten Blick sah er wie eine Ansammlung schwarzer Gesteinsbrocken aus. Erst als ich genauer hinsah, erkannte ich die Gebäude, die sich an den Hang eines gewaltigen Sandberges schmiegten und dessen Schatten ausnutzten. Vermutlich überlebte man nur in dieser Gegend, wenn man sich nicht der direkten Sonne aussetzte. Dicht an dicht standen die Gebäude. Einige hoch, andere winzig klein. Wie Zwerge inmitten einer tödlichen Landschaft.

Ich hielt die Luft an, als ich die ersten roten Drachen starten sah. Sie hatten uns bemerkt und kamen auf uns zu, schneller als erwartet. Für einen Moment flimmerte ihr Anblick vor meinen Augen, und ich hielt es zunächst für einen Streich aufgrund der monströsen Hitze. Schließlich begriff ich, dass es meine Magie war.

Eine Vision.

Anders als die vorherigen überspülte sie mich allerdings nicht, sondern klopfte vorsichtig an. Bereitete mich vor. Ich wandte mich ihr zu und wappnete mich für was auch immer.

Was ich sah, ließ mir trotzdem den Atem stocken.

Die Asrai. Sie kam wie ein tödliches Geschoss aus einer Weltenpforte heraus. Der weiße Drache, auf dem sie saß, war mindestens genauso zornerfüllt wie sie. Er breitete die Flügel aus, und die Frau auf seinem Rücken hob die Hände.

Ich hob die Hände.

Was nun kam, kannte ich bereits. Ich sah mich, wie ich auf Manila ritt und diese seltsame Geste ausführte. Jene Geste, die Ian mir verboten hatte. Die, wie er nicht müde geworden war zu erwähnen, vermutlich meine ganz eigene Pfortenmagie aktivierte. Er hatte recht damit.

Ich war die Asrai. Und die konnte Heimatpforten erschaffen.

Und sie schließen.

Fassungslos sah ich dabei zu, wie die Asrai, ohne mit der Wimper zu zucken, die lebenswichtige Ader dieser Drachenwelt zerstörte. Anders als bei uns war diese Pforte kein unsichtbares Flirren am Himmel, sondern ein helles Gestirn, das seltsamerweise Licht hereinließ und gleichzeitig wie ein natürlicher Schattenspender wirkte. Es sorgte dafür, dass unten auf dem Wüstenboden überhaupt so etwas wie Leben möglich war. Hier lebten die roten Drachen mit ihren Reitern, denn anders als die grünen oder blauen Drachen brauchten sie die Wärme der Wüste. Ihre Heimat. Wer sie zähmen oder reiten wollte, musste in Kauf nehmen, in dieser schwierigen Gegend zu leben. Dank der Heimatpforte war das allerdings kein großes Problem. Sie verband den sich endlos erstreckenden Teil der Wüste mit dem blühenden Paradies auf der anderen Seite dieser Welt. Dort gab es genug Wasser. Genug Ackerbau. Reichlich Nahrung. Dort lebten die magielosen Menschen, und genau wie auf Arandor kümmerten sich die Drachenreiter dieser Welt um sie. Sorgten für Ordnung, Recht und Hilfe.

Nur dass von einer Sekunde auf die andere alles anders war.

Denn ich oder Freya oder die Asrai verschlossen diesen Übergang für die nächsten neunhundert Jahre. Die Heimatpforte verging, und mit ihr der Hitzeschutz und die freundliche und schützende Lichtquelle, die sonst über dem Hort hing. Dunkelheit senkte sich herab, und es wurde heiß. Furchtbar heiß.

Der Überlebenskampf der roten Drachen begann.

Die Vision verschwand so schnell, wie sie gekommen war, und ließ mich völlig schockiert zurück. Manila wirkte ebenfalls sichtlich erschüttert, als auch sie unsere damaligen Taten begriff.

»Sag mir bitte, dass wir das wiedergutmachen können«, murmelte sie schwach in meinem Kopf. *»Was haben wir uns nur dabei gedacht?«*

»Wir waren vor Zorn wie von Sinnen. Keine Entschuldigung, lediglich eine Erklärung.«

»Dann mach mal zügig die verdammte Heimatpforte wieder auf. Vorzugsweise bevor uns die roten Drachen da erreicht haben. Die sehen eher angriffslustig aus. Vermutlich haben sie nichts von der Kapitulation ihrer Kameraden in unserer Welt mitbekommen.«

Da konnte ich Manila nur beipflichten. Die herannahenden Drachen wirkten tatsächlich aggressiv. Zu verdenken war es ihnen nicht. Das letzte Mal, als der weiße Drache über ihnen am Himmel aufgetaucht war, war ihre Welt beinahe untergegangen. Dass sie bis jetzt durchgehalten hatten, grenzte an ein Wunder.

Ohne noch länger nachzudenken, hob ich die Hände. Bereit, Wiedergutmachung zu leisten. Die Heimatpforte zu öffnen. Das Volk der roten Drachen zu retten.

Doch bevor ich dazu kam, schoss ein roter Blitz aus einer Weltenpforte heraus, und ein Magiestrahl erwischte uns, ehe ich auch nur reagieren konnte.

Er zerfetzte Manilas rechte Schwinge und schoss quer durch ihren Brustkorb. Sie kam nicht einmal mehr zu einem Schrei, bevor sie sich vor Schmerzen und Schock zusammenzog und gleichzeitig wie ein Stein vom Himmel stürzte. Auch durch meine Magieadern ging ein solcher Ruck, dass ich mich krümmte.

»Manila«, schrie ich erschrocken, doch mein Drache antwortete nicht. Stattdessen stürzten wir schneller und schneller zu Boden. Der heiße Wind sorgte innerhalb von Sekunden für Brandblasen auf meinen Wangen, und ich musste die Augen schließen, um nicht zu erblinden. Trotzdem spürte ich, dass mir nur noch Sekunden blieben, um einen Aufschlag zu verhindern.

Ich warf eine Pforte. Voller Verzweiflung und viel zu hastig.

Tatsächlich trafen wir sie und trudelten gleich darauf haltlos durch die Dunkelheit. Oben und unten verschwammen, während ich mich krampfhaft zu orientieren versuchte. Wo sollte ich uns rausfallen lassen? Wo …

Ich spürte Rai nur, ohne ihn zu sehen. Er war uns gefolgt und ließ sich in der Pfortenwelt hinter Manila fallen. Anders als wir tat er das kontrolliert und zielgerichtet. Er wollte uns noch immer töten.

»Wir wollen dir helfen«, rief ich ihm auf magischem Weg zu und rechnete nicht wirklich mit einer Antwort.

Zu meiner Überraschung bekam ich sie tatsächlich. *»Du kannst uns nicht mehr helfen.«*

»Natürlich kann ich! Ich kann die Heimatpforte wieder öffnen.«

»Es gibt keine Heimatpforten in meiner Welt.«

Ich blieb ihm eine Antwort schuldig, denn Manila erschauderte unter mir. Sie kam zu sich, und die Schmerzen waren gewaltig. Ihr Brustkorb war aufgerissen, und sie verlor so viel Blut, dass es kein Drache überleben konnte. Selbst keiner ihres Kalibers.

»Manila«, stöhnte ich, als mir die Wahrheit bewusst wurde. Im Gegensatz zu mir geriet mein Drache nicht in Panik. Vielmehr wurde sie ruhiger, als sie unsere Umgebung erkannte.

»Raus aus der Pfortenwelt«, befahl sie mit flackernder Stimme in meinem Kopf. *»Schnell. Bevor sie dich tötet.«*

»Du musst fliegen«, antwortete ich verzweifelt. *»Und landen.«*

»Und du musst dich bereit machen, Rai abzuwehren!«

Mit vor Angst zitternden Händen öffnete ich schließlich den Ausgang der Weltenpforte und ließ uns direkt über Lark herauskommen. Hier waren genug Drachen in der Luft, die uns hoffentlich vor Rai beschützen konnten. Vor allem spürte ich Ian in der Nähe, der mit Makon noch immer seine Runden drehte. Vermutlich überlegte er, wohin ich geflüchtet sein könnte, um meinen Verfolger abzuschütteln.

Auf die Idee, dass wir keine drei Drachenlängen vor ihm plötzlich aus dem Nichts auftauchen und dabei wie ein Stein zu Boden stürzen würden, war er gewiss nicht gekommen. Zumal direkt hinter uns Rais roter Drache hervorschoss und mit Makon kollidierte. Die beiden Tiere kreischten, als sie ineinanderkrachten, nur bekam ich das lediglich am Rand mit.

»Die Flügel, Manila! Du musst fliegen«, brüllte ich mit meiner Magie, mit meiner Stimme, mit allem, was ich hatte. »Flieg!«

Mein Drache schrie vor Schmerzen auf, als sie meinen Befehl mit großer Verzögerung ausführte. Der getroffene Flügel flatterte dabei unnütz im Wind. Blut prasselte gegen mich, sobald sie ihn bewegte.

Verzweifelt erhob ich mich in meinen Halteseilen und sammelte so viel Magie in mir, wie ich zusammenkratzen konnte.

Nein! Ganz einfach nein! Wir waren so weit gekommen, da würden wir nicht am Boden zerschellen. Dennoch kam er unweigerlich schneller und schneller auf uns zu. Eine grüne Wiese mit Gras und kleinen Hügeln inmitten einer länglichen Waldfläche. Letztlich war es egal, wo wir aufschlugen. Wir würden dabei zerschmettern.

Kurz vor dem Aufprall bekam ich noch genug Magie unter Manilas linken Flügel und den Rest ihres Körpers, stützte uns ab. Dennoch schlugen wir so hart auf dem Boden auf, dass mich selbst die Seile kaum noch hielten. Ich wurde seitlich von Manilas Rücken geschleudert und von meinen Sicherungen aufgehalten. Die Riemen schnitten tief in meine Hüfte ein, als sie mich ruckartig abbremsten. Das war allerdings nichts im Vergleich zu dem Schmerz, der tief in meiner Seele explodierte.

Der Schmerz, den Manila empfand, als sie sich bei der harten Landung sämtliche Beine, den Brustpanzer und den Schwanz brach. Ich spürte ihr Herz noch ein letztes Mal mit meinem im Einklang schlagen. Ganz kurz wurde es noch einmal schneller, pumpte verzweifelt das letzte verbliebene Blut durch ihren Kreislauf, sodass sie noch einen letzten Gedanken an mich schicken konnte.

»Du musst unsere Schuld wiedergutmachen, Elaja. Rette die roten Drachen.«

Mitten im nächsten Schlag verharrte ihr Herz, genau wie ihr Brustkorb. Ihre Atmung. Ihre Lunge.

Ich schrie und zappelte vor Schmerz und Schock, verhedderte mich dabei immer mehr in den Halteriemen. Endlich bekam ich die Verschlüsse auf und fiel direkt an Manilas Seite zu Boden.

»Nein«, brüllte ich. »Nein!« Mehr stolpernd als gehend kletterte ich über ihre reglosen Beine hinweg, rutschte in einer Blutpfütze aus und gelangte mühsam zu ihrem Kopf. Sie hatte die Augen geschlossen und wirkte beinahe friedlich. Ruhig.

Im Gegensatz zu mir.

Ich brüllte wie von Sinnen, während das Reißen in meinen Magieadern einsetzte und mich augenblicklich von den Füßen fegte. Der Asrai-Knoten zog sich so heftig zusammen, dass es sich anfühlte, als würden sich meine Eingeweide ineinander verknäueln. Ein Gefühl, das mich zusammensacken ließ, sodass ich auf die Knie fiel. Dornen wühlten sich durch meine Adern. Lava wälzte sich hinterher.

Dass Makon in meinem Kopf rief, mich verzweifelt zu erreichen versuchte, hörte ich nur am Rand. Mein Gehirn war überfüllt von endloser Leere und dem Bewusstsein, dass Manila tot war.

Tot.

Mein Drache.

Tot.

Und gleichzeitig schrie etwas in mir mich an. Eine Stimme, die ich nur zu gut kannte. Die ich zu fürchten gelernt hatte, weil sie böse und wütend war. Ausgerechnet sie riss mich aus dem Schock heraus, weil sie diesmal so anders klang. Beinahe mitfühlend. Verständnisvoll.

Vor allem warnend.

»Dreh dich um«, rief sie mir zu. Ich verstand so lange nicht, bis sie meinen Namen nannte. *»Elaja! Dreh dich um!«*

Endlich reagierte ich, drehte mich kniend herum. Verwirrt bemerkte ich als Erstes einen roten Drachen, der so nah neben uns gelandet war, dass er sich in direkter Nähe zum Zubeißen befand. Makon hatte den Fehler begangen, ein kleines Stück entfernt zu landen, sprang nun in großen Sätzen näher, versuchte schneller als der rote Drache zu sein, der in dieser Sekunde nach mir schnappte.

Ich sah die Zähne. Das Gebiss. Das gewaltige Maul, dem ich unmöglich entkommen konnte. Gleichzeitig war mir mehr als nur bewusst, dass dieser Drache auch Lessa getötet hatte. Meine Tochter. Vor neunhundert Jahren. Eine ähnliche Szene. Kein Mucks kam über meine Lippen, als ich meinen Tod auf mich zujagen sah.

Und obwohl ich mich keinen Millimeter bewegt hatte, verfehlte er mich. Die Zähne krachten nicht mal eine Handbreit vor meiner Nase zusammen, parallel brüllte der Drache und krümmte sich, bockte, taumelte. Drehte den gewaltigen Hals und …

… versuchte seinen Reiter auf seinem Rücken zu erwischen.

Leider hatte Rai offenbar mit diesem Manöver gerechnet, denn er ließ sich mit erstaunlicher Geschwindigkeit von dem Drachen fallen und jagte ihm einen garantiert schmerzhaften Lichtblitz in die empfindliche Seite. Das Tier jaulte vor Schmerz auf und wich zur Seite aus, stolperte über Manilas liegenden Körper. Zeitgleich erreichte Makon den Kampfplatz und warf sich mit seinem vollen Gewicht auf den roten Drachen, verbiss sich in seinem Halsansatz.

»Elaja, pass auf!«, schrie Ian mich an und riss mich aus der Starre. *»Rai!«*

Tatsächlich stürmte der Pfortenwächter ungeachtet der um ihn herumwirbelnden Krallen weiter auf mich zu. In seinen Händen hielt er ein Schwert, holte aus. Sein Ziel war eindeutig. Er wollte mich erledigen. Endgültig.

Bloß war sein Drache schneller.

Obwohl Makon mit seinem gesamten Gewicht auf ihm lag, drehte sich der rote Drache noch ein letztes Mal. Statt seinen Gegner von einem womöglich tödlichen Biss abzuhalten, warf er sich herum, und diesmal traf er.

Und zwar nicht mich, sondern Rai.

Der Pfortenwächter kam nicht mal mehr zu einem Schrei, dann war er auch schon zwischen den Zähnen des gewaltigen Tieres verschwunden. Ich duckte mich, als der Drache zubiss, und entging damit haarscharf einem versehentlichen Zusammenprall.

Der rote Drache schaffte es noch, Rai wie eine Puppe von sich wegzuschleudern, bevor Makon seinen Hals erneut zu fassen bekam.

Der rote Drache.

Er hatte Rai erledigt. Er hatte mich gerettet. Er …

»Nicht, Makon«, brüllte ich im Geist so laut ich konnte und sprang auf die Beine. *»Nicht!«*

Und diesmal hörte Makon auf mich. Bei Shy hatte er zugebissen. Diesmal erstarrte er mitten in der Bewegung, das Maul schon halb um die Kehle seines Gegners geschlossen.

Der rote Drache rührte sich keinen Millimeter, wagte vermutlich kaum zu atmen. Schließlich ließ Makon los, trat zurück, woraufhin der rote Drache in sich zusammensackte. Sein Kopf lag dadurch neben mir, sodass wir uns ansehen konnten. Ich sah die Panik in seinem Blick. Pure Angst. Schmerz.

Und Genugtuung.

Ich hingegen konnte das Geschehene kaum fassen. Warum …? Wieso …?

Der Gedanke zerfaserte, als mit meiner abebbenden Todesangst auch die letzte verbliebene Kraft aus meinem Körper verschwand. Beinahe sofort brach ich zusammen, lehnte mich an den kühler werdenden Drachenkörper hinter mir. Manila.

»Elaja«, schrie jemand meinen Namen. So laut, dass ich es selbst über das Klingeln in meinen Ohren vernehmen konnte. »Wo zur Hölle bist du?« Ian, der mich zwischen den toten und sterbenden Drachen suchte.

»Hier«, brachte ich schwach hervor und bekam nur unscharf mit, dass mich Ian drei Atemzüge später regelrecht an sich riss.

Er wiederholte immer wieder meinen Namen, streichelte mein Gesicht, drückte mich an sich, sodass ich sein viel zu schnell schlagendes Herz sogar hören konnte. Ich verlor mich in diesem Klang, hielt mich daran fest, während mich eine bleierne Müdigkeit erfasste, die jeden Gedanken fortspülte.

»Bleib wach, Elaja«, sagte Ian daraufhin drängend und zog mich seitlich in seine Arme. Mittlerweile saß er ebenfalls auf dem Boden, inmitten einer Blutpfütze meines Drachen. Er küsste mich auf die Stirn, die Lippen, anschließend schlang er wieder die Arme um mich und hielt mich einfach nur. »Nicht sterben«, setzte er leise hinzu. »Bitte nicht. Bitte, bitte nicht. Du bist stark. Du bist stur. Du kannst das überleben, wenn du kämpfst.«

Ich wollte so gern daran glauben, doch mein Herz schlug bereits viel zu langsam. In meinen Adern flossen Nägel statt Magie, zumindest fühlte es sich so an. Von meiner in sich zusammenbrechenden Asrai-Kraft ganz zu schweigen. Sie war ein schwarzer Strudel, der mich einsaugte.

Bis diese nervige Stimme ganz plötzlich wieder in meinem Kopf auftauchte. Viel zu streng. Viel zu dominant und herrisch und dafür umso deutlicher.

»*Sieh nach rechts*«, sagte sie befehlend zu mir und zwang mich gleich darauf zu dieser Bewegung, ob ich wollte oder nicht. Ich starrte den roten Drachen neben mir an, der mittlerweile bei jedem schweren Atemzug leise Blubbergeräusche von sich gab. Makon musste ihn beim Angriff schwer verletzt haben. Vielleicht war es auch sein eigener Reiter gewesen. Sein Blick wurde lebhafter, als er unsere Musterung spürte. Womöglich sah er auch die Asrai in meinen Augen. Freyas glühenden Zorn.

Ian bemerkte es ebenfalls, denn er versteifte sich, trotzdem ließ er mich nicht los.

Der rote Drache starrte uns an. Ich spürte Freyas unbändigen Zorn auf dieses Wesen, das ihre Tochter ermordet hatte, und wappnete mich davor, dass sie ihn womöglich jetzt und hier töten würde. Durch meine Hand. Unsere Magie. Ich war mir so sicher.

Nur dass der Angriff ausblieb. Stattdessen wurde der Zorn kleiner, wandelte sich in brodelnde Wut und schließlich in Trauer.

»Warum hast du das getan?«, fragte Freya, vielleicht auch ich, womöglich wir beide zusammen. »Warum hast du sie getötet? Und uns jetzt gerettet?«

Der Drache gab einen hilflosen Ton von sich. Wenn er hätte weinen können, hätte er es gewiss getan. Ich sah so viel Trauer und Verzweiflung in seinen Augen, dass mir mein Herz schmerzte. Und seltsamerweise nicht nur meins. Auch Freya spürte es.

»Er wollte Lessa nicht töten«, sagte Ian leise in die Stille hinein. »Es war ein Unfall, nur hast du das nie glauben wollen, Freya. Rai und ich haben eine tiefe Wunde an seiner Pfote versorgt. Eine Wunde, die Rai ihm zugefügt hatte, um ihn gefügig zu machen. Rai und ich stritten deswegen miteinander. Der einzige Aspekt in unserer Freundschaft, der uns entzweite. Rai war der Meinung, dass man die roten Drachen nur auf diese Weise zähmen konnte. Ich war der Ansicht, dass sie nur mehr Zuwendung benötigten als unsere Drachen. Rai stand mit dem Rücken zu seinem Tier, als er etwas zu fest auf die Wunde drückte. Parallel hast du Lessa zu dir gerufen. Sie wollte um Rai herumgehen, zwischen ihm und dem Drachen. In der Sekunde hat es dem Drachen gereicht. Der erneute Schmerz war zu viel. Er hat zugeschnappt. Nicht nach Lessa. Er wollte Rai erwischen. Heute hat er es endlich geschafft.«

Der Drache brummte als Zustimmung leise und sah mich gleichzeitig so intensiv an, dass mir ein Schauder über den Rücken jagte. Stumm bat er mich um Vergebung. Mich und Freya.

Etwas löste sich tief in mir. Ein letzter Knoten Wut, der noch überdauert hatte. Er löste sich – und mit ihm Freya, die sich endlich von dem Echo und der Asrai-Magie befreien konnte. Sie vergab dem roten Drachen. Dem Shetai und vor allem sich selbst.

Ich hielt den Atem an, als ich spürte, wie sie mich verließ. Wie sich das Echo in mir einfach auflöste, als hätte es nie existiert. Zurück ließ es den Strudel, der einst meine Asrai-Magie gewesen war. Der Strudel, der mich innerhalb der nächsten Stunde umbringen würde.

Eine Stunde, die kriegsentscheidend sein konnte. Das hatte uns unser Lehrer bei einer meiner ersten Unterrichtsstunden eingebläut. Eine Stunde, um so viel zu retten wie möglich, bevor der Magiekollaps unweigerlich tötete.

»Ian«, flüsterte ich heiser, und mein Herz begann immer schneller zu schlagen, als ich den Ausdruck im Blick des roten Drachen begriff. Er bat nicht nur um Vergebung. Er flehte uns an zu helfen. »Es gibt da etwas, was wir tun müssen.«

Ich drehte mich in seinem Griff, um ihn ansehen zu können. Seine Augen waren noch dunkler als sonst, angefüllt mit Magie. Erst jetzt bemerkte ich, dass er sie wie eine feste Decke um mich geschlungen hatte. Als könnte er dadurch das Unabwendbare verhindern. Er hielt mich mit allem, was er zur Verfügung hatte.

»Ich hab vor neunhundert Jahren die Heimatpforte in Rais Welt geschlossen. Seitdem sind die roten Drachen in der Wüste gefangen«, begann ich zögerlich. »Wir müssen dorthin und sie wieder öffnen.«

Ian erstarrte bei meinen Worten. Riss die Augen auf, als er begriff. »Manila ist tot«, erinnerte er mich. »Wie willst du rüberfliegen?«

Mein Blick wanderte von ihm zu Makon, der reglos hinter dem roten Drachen stand, das Maul voller Blut. Er versteifte sich, als auch er erkannte, was ich von ihnen verlangte.

»Ich brauche einen Pfortenwächterdrachen für diese Art von Magie. Um die Welt zu wechseln und für das Öffnen oder Schließen einer Heimatpforte. Die Geste, Ian. Die habe ich so oft in meinen Visionen gesehen. Es war der Zauber, der die Heimatpforte verschlossen hat. Ich muss ihn noch mal ausführen, nur umgekehrt. Ich muss sie wieder öffnen.«

»Aber …«, hob Ian an und unterbrach sich selbst, als er meinen Gedankengängen folgte. Sein Blick wurde immer trauriger.

»Du musst mir Makon für einen letzten Flug anvertrauen. Ich gehe mit ihm durch die Weltenpforte und komme mit ihm so hoch es geht in Rais Welt heraus. Er wird wie beim letzten Mal das Bewusstsein verlieren. In der Zeit öffne ich die Heimatpforte und lasse uns parallel zurück in unsere Welt fallen, wo ihr Makon irgendwie auffangen müsst.«

Irgendwie.

Wir wussten beide, dass es beinahe unmöglich sein würde. Beim letzten Mal waren wir nur knapp einer Bruchlandung entkommen, weil wir Makon in letzter Sekunde hatten wecken können.

»Zwei Weltendurchquerungen und eine Heimatpforte, die du mit ihm durchfliegen musst? Das wird er nicht überleben«, antwortete Ian nach einer langen Pause, in der wir einander angestarrt hatten.

»Ich mache das trotzdem«, mischte sich Makon ein. *»Nein! Lass den Protest, Ian. Ich mach das! Wenn wir dadurch diesen wahnsinnigen Weltenkrieg ein für alle Mal beenden können, bin ich dabei.«*

Ian schloss die Augen, als er das hörte. Bemühte sich um innere Balance. Um Ruhe und die Energie, sich gegen seinen Drachen zu stellen. Und gegen mich. »Das ist Wahnsinn«, flüsterte er. »Wir werden alle dabei draufgehen.« Langsam öffnete er wieder die Lider, sah mich flehend an. »Du könntest Manilas Tod überleben. Das wird nicht der Fall sein, wenn du dich völlig verausgabt. Wählst du diesen Weg, ist es vorbei.«

Ich hob die Hände, strich ihm liebevoll über die Wange, fuhr die Kontur seines Kinns entlang. »Du weißt, dass es das einzig Richtige ist«, sagte ich leise. »Wenn du an meiner Stelle wärst, würdest du den Flug wagen. Du würdest kämpfen. Für Arandor. Für Marani. Für die roten Drachen.«

Eine lange Sekunde starrte mich Ian einfach nur an, bis er seine Stirn gegen meine legte und mir einen Kuss gab, der voller Sehnsucht und Zweifel war. »Ich will das nicht«, flüsterte er. »Ich will ein Leben mit dir. Ein ganzes Leben. Das haben wir uns verdient.«

»In dreihundert Jahren haben wir die nächste Chance dazu.«

»Nein. Dann weißt du wieder nicht mehr, wer ich bin. Dann hast du mich vergessen. Dann –«

»Sssssh«, machte ich und zog diesmal ihn an mich, hielt ihn, während er sich fest an mich klammerte. »Wir schaffen das. Ich bring dir Makon wieder zurück und du –«

»Ich komm mit«, unterbrach er mich ruppig.

»Was? Nein! Auf keinen Fall! Wieso solltest du das tun?«

»Weil Makon vielleicht eine Weltenpfortendurchquerung mit dir überlebt. Ganz vielleicht auch noch einen Sprung durch eine Heimatpforte, aber gewiss nicht den Flug zurück in unsere Welt. Ich komm mit.«

»Du wirst ohnmächtig sein, sobald ich den ersten Sprung wage.«

»Wahrscheinlich. Vielleicht bleibe ich auch wach und kann uns retten, wenn du ohnmächtig wirst. Unsere Chancen steigen, wenn ich dabei bin.«

»Ian! Bitte, ich –«

»Entweder wir machen das alle zusammen oder gar nicht. Mein Drache. Meine Regeln«, stieß Ian wütend hervor, und ich wusste genau, wieso er so ruppig wurde. Makon und mich allein auf diesen Flug zu schicken, würde ihm das Herz brechen.

»Also ist es entschieden«, sagte Makon in unsere Gedanken hinein. *»Allerdings sollten wir uns beeilen. Elaja wird bereits merklich schwächer. Wenn sie noch zwei Sprünge schaffen will, müssen wir los. Jetzt.«*

IAN

Ich war nicht bereit. Auf gar keinen Fall. Nicht für so etwas. Alles sperrte sich in mir gegen Elajas Vorschlag, und doch wusste ich, dass wir keine Wahl hatten.

Ein letztes Mal drückte ich sie an mich, prägte mir ihren Geruch und die Wärme ihrer Haut ein, küsste ihre Lippen, ihre Wangen, ihre Stirn. »Vergiss mich nicht«, flüsterte ich in ihr Ohr, denn uns beiden war klar, dass sie dieses Abenteuer unmöglich überleben würde. Ich ganz vielleicht. Bei ihr sah es übel aus.

Manila war tot. Ein Magiekollaps drohte, und sie wollte Magie verwenden. Sehr viel Magie.

»Ich werde mich erinnern«, antwortete sie mit einiger Verzögerung und bewies damit, dass sie ganz genau wusste, wie schlecht ihre Überlebenswahrscheinlichkeit aussah. Sanft fuhr sie mir über den Arm, ließ ihre Hand auf meiner ruhen. »Du musst weitermachen. Auch ohne mich«, setzte sie hinzu.

Nur mit ganz viel Mühe unterdrückte ich die Tränen, die mir bei diesen Worten in die Augen schossen. Weitermachen? Ohne sie? Wie sollte das gehen? Sie war in mich gesickert, hatte mein Herz erobert und füllte mein ganzes Denken aus. Ohne sie würde ich zusammenbrechen. Das wusste ich. Das wusste sie.

Und dennoch sah ich in ihren Augen so viel Stärke, so viel Mut und Tapferkeit, dass ich nickte, mein Einverständnis geben musste – um sie zu beruhigen und uns zu ermutigen, den nächsten Schritt wirklich zu tun.

Sie war die Einzige, die Heimatpforten öffnen und schließen konnte. Die Einzige. Ich wünschte, ich hätte die Kraft dafür. Leider war dem nicht so. Auf Marani gab es nur die Pforten, die von der Asrai erschaffen worden waren.

Bei dem Gedanken runzelte ich die Stirn, verharrte. »Können denn die roten Drachen in ihrer Welt durch eine Pforte fliegen, die von dir stammt?«

In Elajas Augen flackerte es kurz. Ein Moment der Unsicherheit. Dann blitzte es hinter ihren Pupillen rot auf und ihre Asrai-Magie arbeitete, gab ihr die Antworten auf meine Frage.

»Die roten Drachen sind anders als unsere«, erklärte sie mit seltsam tonloser Stimme. »Viel weniger magisch. Sie verbinden sich nicht auf die gleiche Weise mit den Reitern. Für sie ist ein Sprung kein Problem. Für die Reiter ist es jedes Mal eine Kraftprobe, aber da die Drachen es ohne Schmerzen und Ohnmacht überstehen, schaffen es auch die Reiter.« Ihr Blick wanderte noch tiefer in sich, als sie sich erinnerte. »Ich habe die Pforten vor über tausend Jahren in ihre Welt gebracht. Damit sie in der Wüste leben können, wo sie hingehören, und gleichzeitig genug Wasser und Nahrung für die Menschen vorhanden ist, die sie reiten. Ich habe sie erschaffen. Ich habe sie geschlossen. Jetzt muss ich sie wieder öffnen.«

Eine Träne entkam meinen Augen, als sie das so traurig zu mir sagte. Ich wischte sie hastig fort und zog sie gleichzeitig an mich heran, presste sie an meinen Oberkörper, als würde uns das irgendwie helfen.

»Ich liebe dich«, sagte ich zu ihr. »Vergiss auch das nicht in deinem nächsten Leben.«

»Wie könnte ich dich vergessen?«, murmelte sie wie in Trance. »Niemals.«

Ich wusste, dass ihre Worte lediglich ein frommer Wunsch von ihr waren. Die Asrai vergaß grundsätzlich ihre letzten Leben, bis die Erinnerung in Bruchstücken zurückkehrte. Ob sie sich genau an den Teil mit unserer Liebe erinnerte, blieb abzuwarten. Und dennoch …

Mit der größten Willensanstrengung kam ich auf die Beine, hob sie gleichzeitig in meine Arme. Ihr Körper erbebte, als ich sie bewegte. Die Schmerzen wurden schlimmer, das Fieber stieg. »Halte durch«, sagte ich eindringlich zu ihr und eilte auf Makon zu, der sich bereits auf die Vorderbeine niedergelassen hatte, um uns den Aufstieg zu erleichtern.

»Ian!«

Der Ruf ließ mich kurz innehalten, und ich sah mich um. Zair war ein Stück neben uns gelandet und Sean sprang von seinem Rücken, rannte zu uns herüber. Direkt neben ihm folgte Aric mit gezücktem Schwert und misstrauischem Blick. Wie immer ganz der sicherheitsbedachte Krieger.

»Ihr müsst mir helfen«, rief ich Sean zu, der nur etwa fünf Sekunden später atemlos neben mir ankam und sowohl Elaja als auch mich einfach in die Arme schloss.

»Manila …«, setzte er an und unterbrach sich, als er meinen Blick und Elajas aschfahle Haut bemerkte. Kurz drehte er sich zu dem weißen Drachen herum, starrte sie an. »Es tut mir so leid.« Gleich darauf umarmte er uns noch einmal doppelt kräftig. Anders als ich trug er seine Emotionen ganz offen vor sich her und war sehr viel körperlicher. Aus Rücksicht auf meine Gefühle hatte er sich all die Jahre mir gegenüber gezügelt, nun ließ er seine Zurückhaltung fahren. Er hielt mich so fest er konnte, denn er wusste ganz genau, was Manilas Tod für uns bedeutete.

»Wir müssen los«, brachte ich schwach heraus und löste mich beinahe gewaltsam aus seiner Umklammerung, trat zurück.

»Was? Wohin?«

»Wir müssen da was in Ordnung bringen. Damit es im nächsten Leben keinen Krieg zwischen den Welten gibt.« Weil Sean mich sehr gut kannte, wusste er sofort, dass dieser Plan gefährlich war. Womöglich tödlich. Seine Gesichtszüge entgleisten ihm. Ich versuchte mich an einem Lächeln, das mir völlig misslang. »Du musst für mich übernehmen, falls ich es nicht packe. Halte Arandor und Marani zusammen. Wenn das einer kann, dann du!«

»Ich? Nein! Ian! Was redest du denn da?« Sean wurde immer fassungsloser, vor allem, als ich mich an ihm vorbeidrängte und Anstalten machte, Elaja auf Makons Rücken hochzuwuchten.

Aric war mittlerweile längst bei uns angekommen und agierte sofort wie ein Soldat. Statt wie Sean mit mir zu reden, zog er sich an Makons Kriegszaum hoch und hob Elaja in die Höhe. Sobald sie meine Arme verließ, hätte ich schreien können. An das Gefühl musste ich mich vermutlich gewöhnen.

»Sitzt du hinter ihr?«, fragte er mich, woraufhin ich stumm nickte und mich dann zu Sean umdrehte. Mein Freund und Bruder war so blass wie ein Gespenst. Nackte Verzweiflung stand ihm ins Gesicht geschrieben.

»Du schaffst das«, sagte ich eindringlich zu ihm. »Aric wird dir den Rücken frei halten und Velia dich unterstützen. Verzeih ihr endlich. Du stehst deinem Glück selbst im Weg und weißt das ganz genau. Sie wollte damals bei dir bleiben, bloß habe ich ihr keine Wahl gelassen. Es hat ihr das Herz gebrochen. Rede mit ihr, Sean! Du wirst sie brauchen. Als Rückendeckung und als Freundin. Bitte!«

Vermutlich hätte er mir in dieser Sekunde so ziemlich alles versprochen. Wenn ich auch nur halb so mitgenommen wirkte, wie ich mich fühlte, musste ich wie der Tod aussehen. Sein Nicken kam etwas zu schnell. Gleich darauf zog er mich in die Arme. »Ihr kommt zurück«, erklärte er mit fester Stimme.

»Wir versuchen es. Haltet euch bereit und zieht mit so vielen Reitern wie es geht eure Kreise über Janara. Ich imitiere Elajas Manöver und lasse uns über dem See rauskommen. Beten wir, dass ihr uns vorher auffangt und aus dem Wasser fischen könnt.«

Sean nickte und schob mich von sich. Hastig drehte ich mich um, damit ich die Tränen in seinen Augen nicht ertragen musste. Sean bereitete sich innerlich auf unseren Tod vor. Ein kluger Schachzug.

Aric reichte mir von oben die Hand und zog mich zu sich hoch, rutschte zurück, damit ich mich hinter Elaja setzen und sie stützen konnte. Sie war kaum noch bei Bewusstsein und stöhnte, als ich sie bewegte.

»Sie stirbt«, erklärte mir Aric unnötigerweise. »Bist du sicher, dass ihr überhaupt fliegen wollt? Wir brauchen dich hier.« Sein Blick war dunkel und angefüllt mit Schmerz. Mich zu verlieren fiel ihm vermutlich schwerer als Sean, da er sich von den meisten anderen noch mehr fernhielt, als ich es getan hatte. Ich war lange Zeit sein einziger Halt gewesen, und wir hatten viel zusammen durchgemacht.

»Wenn wir nicht am Tod eines ganzen Volkes schuld sein wollen, müssen wir es versuchen«, entgegnete ich und atmete tief durch, als ich mich endlich angeschnallt hatte. Einzig Aric hinderte uns noch am Abflug. Ich drehte mich, um ihn ansehen zu können. »Du musst gehen.«

Er wollte das genauso wenig wie ich. Seine Miene blieb unergründlich, und seine Augen wirkten so traurig, wie ich es noch nie an ihm gesehen hatte. Weil Worte nicht ausgereicht hätten, hob er stattdessen die Hand und legte sie mir kurz auf die Schulter. Im Anschluss machte er Anstalten, vom Drachenrücken zu klettern. Ich hielt ihn noch mal kurz auf und nahm ihn in die Arme. Um ehrlich zu sein, brauchte ich das ungefähr so dringend wie er.

»Igel dich nicht ein. Muffel nicht rum«, befahl ich ihm streng. »Sei freundlich zu deinen Mitmenschen, und sie werden dich akzeptieren. Sean wird dafür sorgen, da bin ich sicher. Pass auf ihn auf. Es wird ihn hart treffen.«

»Wenn du stirbst, wird uns das alle hart treffen«, entgegnete Aric knapp und löste sich von mir. Erstaunlich sanft strich er Elaja über die verschwitzte Stirn, die ihn mit unstetem Blick zu mustern versuchte. »Du hast eine gute Wahl getroffen«, sagte er zu ihr oder womöglich auch zu mir. Dann ließ er sich einfach von Makons Rücken fallen und hob die Hände, kaum dass er unten aufgekommen war. »Viel Erfolg!«

»Bereit?«, fragte Makon in meinem Kopf.

»Nein. Leider haben wir keine andere Wahl.«

ELAJA

Die Schmerzen waren schlimm, aber nicht so grässlich wie der Ausdruck in Ians Augen. Ich wünschte verzweifelt, ihm helfen zu können, nur lag das nicht mehr in meinen Händen. Dieser Flug war das einzig Richtige. Das wussten wir beide.

Ich spürte seinen starken Herzschlag an meinem Rücken. Seine Hände lagen warm auf meinem Bauch, seine Arme hatte er um mich geschlungen. Dass ich deswegen kaum atmen konnte, war mir egal. Wahrscheinlich war er auch gar nicht schuld, denn die Atemnot lag vermutlich eher an dem beginnenden Magiekollaps, der mir den Schweiß auf die Stirn trieb.

Makon schlug kräftig mit den Flügeln und schraubte sich dadurch immer höher, flog an einer bunt zusammengewürfelten

Reiterei vorüber. Ich erkannte Jaro und Kendigo, die fast zeitgleich die Arme hoben und uns verwirrt grüßten. Auch der Reiter auf dem roten Drachen winkte, als wir an ihm vorüberzogen. Nur zu gern hätte ich mich mit ihm unterhalten. Traurigerweise war uns das verwehrt geblieben. Hoffentlich schafften wir den Sprung in seine Welt und zurück, damit Ian ihn und seine Kameraden wieder zurückbringen konnte. Sonst würden sie für immer in Arandor stranden.

Das ließ mich etwas munterer werden, woraufhin mich Ian höher zog, sodass ich aufrechter saß. »Ich öffne jetzt die Weltenpforte. Versuch wach zu bleiben, Ian!«

Er nickte lediglich und verstärkte seinen Griff um meinen Körper. Sein Zittern war mehr als deutlich. Auch er hatte Angst. Auch er war kurz vorm Durchdrehen. Blitzartig überlegte ich, ob es klüger wäre, wenn er die Pforte öffnete. Die Antwort fand ich sofort im Brennen in meinen Gliedern. Ich würde ohnmächtig werden und nicht wieder aufwachen. Nie wieder.

»Ich liebe dich, Makon«, sagte ich in Gedanken zu meinem Drachen.
»Und ich liebe dich, Ian. Das werde ich garantiert niemals vergessen.«

Bevor sie antworten konnten, hatte ich bereits die Weltenpforte geöffnet und wir flogen hindurch. In der gleichen Sekunde krümmte sich Makon und schrie vor Schmerz auf, genau wie Ian. Er sackte schwer gegen mich, als ihn meine Magie angriff. Dennoch blieb er wach. Ich hörte sein gepresstes Atmen direkt an meinem Ohr. Er hatte das Gesicht in meiner Halsbeuge vergraben und krallte sich parallel in meinem Hemd fest. So schnell ich konnte, öffnete ich den Ausgang und ließ Makon herausfallen, betete, dass er noch flugfähig war.

War er nicht.

Der Drache war längst ohnmächtig geworden und stürzte reglos in die Tiefe. Wir machten eine viel zu enge Drehung um uns selbst und rasten auf den Boden zu. Ich wusste, dass ich nur noch Sekunden hatte, und nahm all meine Magie zusammen.

Die der Asrai.

Meine Drachenmagie.

All das presste ich zusammen und horchte in mich hinein, erinnerte mich daran, wie ich eine Heimatpforte erschaffen und schließen konnte. Die Geste führte ich ganz instinktiv aus, während die Erde näher und näher kam.

Zehn Sekunden. Mehr nicht. Höchstens.

Die Drehung. Magie. Noch mehr Magie. Nicht genug. Ich brauchte mehr.

Ian regte sich hinter mir und stöhnte leise. Vermutlich war er kurz ohnmächtig geworden. Langsam kam er wieder zu Bewusstsein.

Mir ging es hingegen genau andersherum. Mein Körper kollabierte mit dem größer werdenden schwarzen Strudel in mir. Die Magie brach in sich zusammen, drohte mich in den Tod zu reißen, noch bevor ich die Heimatpforte hatte öffnen können. Ich sah Wüste. Sand. Eine Reiterei roter Drachen, die auf uns zuhielt. Sie würden sterben, wenn ich ihnen nicht half.

Magie. Ich brauchte …

Magie!

Ian reichte sie mir wie selbstverständlich. Ich spürte das Band zu ihm, das uns durch Makon miteinander verknüpfte. Das seit unserem Drachentausch vorhanden und uns mit jedem Monat bewusster geworden war. Jetzt rettete genau dieser Tausch das Leben unzähliger anderer.

Weil er mir damals vertraut hatte. Den entscheidenden Schritt auf mich zugegangen und einen anderen Weg eingeschlagen hatte als all die Male zuvor. Statt mich anzugreifen, hatte er mir die Hand gereicht.

Und ich nahm sie wie damals sofort an. Ohne zu zögern.

Ians Magie gab den Ausschlag. Sie sauste wie ein prickelnder Strom durch meine Adern, und als ich die Geste schließlich beendete, sorgte sie mit einem Knall dafür, dass direkt vor uns ein gewaltiges Loch erschien. Die Heimatpforte. Sie hing nicht an der gleichen Stelle wie zuvor, viel tiefer und eher schlecht zu erreichen, aber es reichte, um Makon geradewegs hindurchplumpsen zu lassen.

Hinein in ein grünes blühendes Paradies voller Wasserfälle, bunter Pflanzen und Leben. Als ich mich ein wenig drehte, sah ich noch, wie die ersten roten Drachen aus der Wüste ohne Zögern hinter uns herkamen. Sie brüllten, als sie ihre Umgebung bemerkten.

Vor Überraschung. Vor Erleichterung. Vor purer Lebensfreude.

Ich lächelte. Meine Schmerzen vergingen, genau wie meine Panik. Obwohl wir noch immer stürzten, war ich glücklich. Denn anders als die letzten Male beendete ich dieses Leben nicht mit Tod und Zerstörung.

Sondern mit Liebe und Heilung, Hoffnung und Freude.

Und Frieden.

27

An jenem Tag fiel ein schwarzer Drache aus einer Weltenpforte direkt über Janara zu Boden. Er wäre auf der Erde zerschellt, wenn nicht sämtliche Drachen losgeflogen wären, um seinen Sturz aufzuhalten.

Die grünen von Arandor.

Die blauen von Marani.

Und schließlich sogar die roten Drachen aus Rais Welt.

Sie hielten seinen Sturz auf.

Gemeinsam.

Ende

DANKSAGUNG

Liebe Lesende!

Lasst bitte die letzten Worte auf euch wirken. Fühlt ihr den epischen Moment? Das Fallen von Makon? Den Spurt der Drachen und das Gefühl, Teil von etwas Großem zu sein? Ich saß jedenfalls da und hab gedacht: Ja! Das ist es! Deshalb meine Bitte an euch: Spürt das Drama. Lasst es zu, selbst wenn ihr denkt: Und was ist mit Ian? Mit Elaja? Mit Makon? Ich weiß, was ihr fühlt. Hab ich auch gedacht. Und trotzdem schlaft eine Nacht drüber, ehe ihr jetzt weiterlest. Denn ja: Die Geschichte um Elaja und Ian ist hiermit zu Ende. Und auch irgendwie nicht.

Dass ihr sie überhaupt lesen konntet, habt ihr meinem Mann zu verdanken. Der hat schon vor zwanzig Jahren gesagt, die Asrai sollte einen Verlag finden. Es hat ein wenig gedauert, aber dann habe ich zwei bedeutende Sätze zu Astrid, der Verlegerin vom Drachenmond Verlag, gesagt: Ich hätte da noch eine Geschichte mit Drachen. Willst du sie haben?

Danke an den Drachenmond Verlag für das Zuhause. Danke, liebes Team, dass ich euch stundenlang während der Signieraktionen zulabern durfte. Über Ly, Zacharias Zylinder und Kartons, in denen Autoren hausen. Es war sehr lustig, und ich freue mich auf weitere Signierstunden. Danke, Astrid, für dein offenes Ohr, als ich eine panische WhatsApp wegen des Endes geschickt habe. Offene Enden. Da hab ich schlechte Erfahrungen mit – Bin hexen 2 lässt grüßen!

Danke, liebe Lesende, dass ihr euch auf meine Bücher freut und sie sogar signiert bestellt, obwohl es dann einfach dauert. Es ist mir eine Ehre. Danke an meine Patrons für ihre Treue und die Möglichkeit, dass ich so schöne Postkarten drucken lassen kann.

Daher danke ich besonders Sarah von Trimagie für ihre jahrelange Treue – nicht nur als Patron, sondern auch als Leserin. Danke Pac für all die lieben Nachrichten und deine Unterstützung. Liebe Anita! Es war mir ein Fest, dich mal getroffen zu haben. Es ist so toll, dich jetzt auch persönlich zu kennen. Danke für deine Unterstützung.

Danke an meine Lektorin Nina, die eine Million Zwischenfragen beantworten musste (und natürlich auch wegen des Endes hart diskutiert hat), und danke an meine Korrektorin Michaela, die sich mit jeder Menge »was« herumplagen musste.

Doch vor allem danke ich meinen Testleserinnen, die diesmal Tausende von Sprachnachrichten mit mir geteilt haben.

Denn das Ende mit den fallenden Drachen hat definitiv für Furore gesorgt. Für mich war es perfekt. Und auch wieder nicht.

Denn uneigentlich gibt es noch zwei Epiloge – und irgendwie sogar noch einen dritten. Meine Testleserinnen und ich haben hart miteinander gerungen. Danke, Inken, für deine euphorischen Textnachrichten und dass du das Ende mit den fallenden Drachen so fühlst. Danke, Jenny, dass du das Ende so gefeiert hast und nicht mal bemerkt hast, dass da eigentlich noch ein Epilog dranhing. Über Carmelas Sprachnachricht, warum ich den Epilog auf keinen Fall nehmen sollte, lache ich noch immer. Es war herrlich, eure Argumente nachzuverfolgen. Jeder einzelne Hinweis war enorm wichtig für mich. Wir waren uns einig, dass wir mit den fallenden Drachen enden. Weil es eindringlich ist. Weil es zur Asrai passt. Weil auch Lesende träumen sollten.

Und dann kam Janina. Sie hat gekämpft. Sie hat diskutiert. Und sie hat uns alle schwanken lassen. Wir haben wieder und wieder den Epilog durchgekaut. Ihn verändert. Angepasst.

Soll die Asrai episch mit den fallenden Drachen enden? Oder braucht sie ein Happy End?

Dieser Epilog ist also für all jene gedacht, die so wie Janina fühlen. Die einen Abschluss brauchen.

Dieses Happy End ist für euch:

EPILOG

Dreihundert Jahre später

»Linnea, Linnea!« Die Stimme meiner Schwester überschlug sich beinahe vor Aufregung, als sie von draußen ins Haus gepoltert kam. »Der schwarze Drache ist wieder da. Er ist im Anflug auf Riata. Komm!«

Sie war schon weg, bevor ich eilig den Tontopf zurück auf den Rost schieben konnte. Mit den Hacken schlug ich die Ofentür zu und stürmte meiner Schwester nach. Die hüpfte bereits auf dem Vorplatz herum und deutete aufgeregt in den Himmel. »Da ist er! Ganz vorn!«

Wie befohlen, legte ich den Kopf in den Nacken und blickte nach oben. Zunächst sah ich lediglich blauen Himmel. Gleich darauf schob sich ein ganzes Drachengeschwader in mein Sichtfeld. Acht Drachen insgesamt, doch vom Prinzip her interessierte mich nur der vorderste.

Er war schwarz. Von der Schwanzspitze bis zur Schnauze. Komplett schwarz. Jede Bewegung seiner mächtigen Flügel zeugte von purer Kraft und Energie. In Schönheit geschmolzene Eleganz. Ich liebte das Spiel jedes einzelnen seiner Muskeln.

»Ob der Shetai auf ihm sitzt?«, fragte meine kleine Schwester Elissa mit sich vor Aufregung überschlagender Stimme.

»Ja, wer denn sonst?«, antwortete ich und verdrehte die Augen, als ich Elissas verhangenen Blick bemerkte. Sie war seit Jahren hoffnungslos in einen Drachenreiter verliebt, den sie nur aus einer Entfernung von etwa fünfhundert Meter gesehen hatte – und das auch nur ein einziges Mal. Kein Einzelfall. Nur ich wollte auf keinen Fall eine von den Frauen sein, die beim Anblick des Shetai ohnmächtig zu Boden sank, bloß weil er sie angelächelt hatte. Wobei ich zugeben musste, dass sich seine wohlgeformten Schultern, die perfekten Gesichtszüge, sein charmantes Schmunzeln und vermutlich auch seine geschmeidigen Bewegungen durchaus in mein Gehirn gegraben hatten.

Doch würde ich das nie im Leben zugeben.

»Linnea!«, riss mich meine Schwester aus den Grübeleien, weil ihre Stimme mindestens fünf Oktaven höher war als normal. »Die Reiterei dreht ab!«

Ich blinzelte verwirrt und bemerkte es jetzt ebenfalls. Tatsache. Statt weiter auf Riata zuzuhalten, legten sich die Drachen in die Kurve und flogen einen eleganten Bogen. Sanken tiefer und tiefer und tiefer und …

»Die wollen hier landen«, brachte ich schockiert heraus.

Zeitgleich hörte ich Gebrüll vom anderen Ende unseres Dorfplatzes. »Drachen im Anflug! Macht die Wiese frei! Runter mit den Schafen! Verdammt, Oska, hol den Hund, damit der das Vieh vom Gras treibt.« Mein Vater, der selbst in den ungewöhnlichsten Momenten einen kühlen Kopf bewahrte.

»Komm!« Ich schnappte meine Schwester an der Hand und zog sie eilig rüber zu besagter Wiese, die dem gesamten Dorf gehörte. Hier wurden Feste gefeiert, jeder durfte sein Vieh grasen lassen, und bei Bedarf pflanzten wir alle gemeinsam Getreide oder Gerste. Momentan bestand sie hauptsächlich aus Matsch, entsprechend sahen unsere weißen Schafe aus. Nämlich so schwarz wie der Drache, der da auf uns zukam.

Mittlerweile war das gesamte Dorf in Aufruhr. Ein Teil geriet angesichts der herannahenden Drachen in Panik, der andere konnte vor Aufregung kaum still stehen. Dass Drachenreiter uns einen Besuch abstatteten, war in letzter Zeit recht häufig vorgekommen.

Sie kamen regelmäßig her, um die jüngere Generation auf Drachenmagie zu untersuchen. Wer sie besaß, wurde ausgebildet, egal ob die Familie reich oder arm war. Da machten die Drachenreiter keinen Unterschied.

Es war eine Ehre für jeden, der erwählt wurde, allerdings hatte ich mich jedes Mal verdrückt. Um ehrlich zu sein, wäre ich schrecklich gern eine Drachenreiterin geworden, doch wer sollte dann auf meine sieben Geschwister aufpassen? Meine Eltern waren hoffnungslos überfordert. Von daher hatte ich meinen heimlichen Wunsch für mich behalten und verhindert, dass mich irgendjemand auf Drachenmagie hatte untersuchen können.

»Willst du dich nicht wie sonst verdrücken?«, fragte mich Elissa besorgt. »Was ist, wenn sie wieder prüfen?«

»Dann kann ich die Ausbildung immer noch ablehnen«, antwortete ich. Bei einem normalen Drachenreiter hätte ich mich jetzt wirklich verzogen, nur landete gerade der schwarze Drache. Ich war schrecklich neugierig. Wer kannte die Geschichte um den Shetai nicht?

Angeblich wurde er alle drei Jahrhunderte wiedergeboren, was ich, ehrlich gesagt, ein wenig bezweifelte. Das klang dann doch etwas nach Märchen. Und noch angeblicher hatte er vor dreihundert Jahren die Drachenwelt gerettet und dabei die Liebe seines Lebens verloren. Jetzt war er auf der Suche nach ihr, denn auch sie sollte wiedergeboren werden, nur wusste sie nichts mehr über ihre vergangenen Leben.

Ich schmunzelte, als ich mir die vielen Varianten in Erinnerung rief, die über das Schicksal des Shetai erzählt wurden. Er sollte vor Kummer über den Tod seiner Geliebten beinahe den Verstand verloren haben, doch sein Volk brauchte ihn, und so kämpfte er sich heldenhaft ins Leben zurück. Ob er sich jemals wieder gebunden hatte oder womöglich sein Leben allein verbrachte, blieb unklar. Da gab es so viele Geschichten drüber, dass sich unmöglich sagen ließ, welche jetzt wahr war.

Ich hoffte für den armen Kerl, dass er sein Glück vor dreihundert Jahren doch noch gefunden hatte. Ein ganzes Leben allein zu verbringen war nicht so wirklich schön, wahre Liebe hin oder her. Das

Einzige, in dem sich alle einig waren, war eine Sache: Er war damals und heute ein Held. Der riesengroße Anführer, den es gebraucht hatte, um zwei einander völlig fremde Drachenvölker zusammenzuschweißen und die Marani von der dämlichen Idee abzuhalten, in ihre Welt zurückzukehren und dort weiter zu kämpfen. Irgendwann hatte auch der Letzte kapiert, dass der Shetai in dieser Hinsicht stur blieb, und sich gefügt.

Vermutlich wäre es vor dreihundert Jahren eine Sensation gewesen, dass blaue, grüne und teilweise auch rote Drachen gemeinsam in einem Geschwader flogen. Heutzutage fand ich es eher seltsam, wenn ich eine einheitlich farbige Gruppe entdeckte. Diese hier war bunter als bunt, inklusive schwarzem Drachen.

Der in diesem Moment direkt hinter unserem Haus landete. Prompt fiel das erste Mädchen in Ohnmacht, und ich seufzte. Als Heilerin des Dorfes war ich für das Wohl der Bewohner verantwortlich.

»Mama? Ich hole den Verbandskasten«, rief ich meiner Mutter zu, die mit hochrotem Kopf und wehenden Rockschößen auf uns zugerannt kam.

»Bring ganz viel Riechsalz mit«, brüllte sie mir hinterher.

Ich winkte zum Zeichen, dass ich sie verstanden hatte, und lief so schnell ich konnte zum Haus zurück, eilte in die Küche und zog die Verbandssachen hervor, die wir dort im Schrank aufbewahrten. Mit vier halbwüchsigen Jungs holte ich sie beinahe jeden Tag heraus.

Ein Klopfen ertönte an der Haustür. Eher zaghaft. Fragend.

»Ich komm ja schon«, brüllte ich. Hastig wetzte ich durch das Wohnzimmer, riss die nur halb angelehnte Haustür auf und krachte im vollen Lauf gegen einen gestählten Körper. Peinlicherweise kreischte ich vor Schreck und wäre wohl wie ein nasser Sack nach hinten gefallen, wenn mich nicht starke Hände aufgefangen hätten.

»Hoppla«, sagte eine tiefe, sonore Stimme, die geradewegs in mein Herz, danach in meinen Magen und im Anschluss noch viel tiefer sickerte.

Sämtliche Härchen stellten sich auf meinem Körper auf, während ich sprachlos in die schönsten Augen starrte, die ich je erblickt hatte. Stahlgrau. Mit ganz viel Wärme darin. Wie das behaglichste

Lagerfeuer in kühler Nacht. Übertrumpft wurde der Anblick seiner Augen nur noch von dem Lächeln, das seine selbstverständlich perfekt geformten Mundwinkel umspielte.

»Entschuldige«, brachte ich perplex hervor. »Ich hab dich nicht gesehen.«

»Ich bin zwei Meter groß«, antwortete er amüsiert. Im Anschluss wandelte sich das Lächeln in ein breites Grinsen. »Aber du darfst mich jederzeit umrennen, wenn ich dich danach auffangen darf.«

Ach herrje. War das etwa ein Flirtversuch gewesen? Und ein schrecklich schlechter noch dazu? Wer war der Kerl überhaupt?

Hastig zappelte ich in seinem Griff und flüchtete mich ein kleines Stück nach hinten, musterte den Hünen, der halb drinnen, halb draußen stand. »Was suchst du in unserem Haus?«, fragte ich atemlos. Sobald ich das leichte Zittern in meiner Stimme bemerkte, straffte ich mich und setzte meinen strengsten Blick auf. Niemand betrat unser Haus ohne Erlaubnis.

Mein Gegenüber blieb gelassen. »Ich habe gesehen, wie du ins Haus gelaufen bist. Da bin ich dir nachgegangen.«

Das erklärte lediglich, wie er reingekommen war. Nicht jedoch den Grund dafür. »Und wieso schleichst du mir hinterher?«, hakte ich nach, und endlich machte es klick in meinem Gehirn. Wurde auch langsam mal Zeit. Ein unbekannter Kerl, in schwarzes Leder gekleidet, der nach Luft und Drachen roch. Wer konnte das wohl sein? »Du bist ein Drachenreiter.«

»Korrekt.«

»Die Drachen stehen alle da.« Ich zeigte grob in Richtung Wiese. »Inklusive eines ganzen Dorfes, das vor Aufregung völlig hysterisch ist. Was machst du stattdessen in unserem Haus?«

Lässig zuckte er mit den Schultern, doch etwas in seinem Blick ließ mich aufmerken. Er tat zwar möglichst entspannt, war es jedoch nicht. Hilfe. Er war nervös!

Die Erkenntnis ernüchterte mich, zumal er die Stille zwischen uns ausdehnte. »Ich habe dich gesucht«, sagte er schließlich leise und gleichzeitig so intensiv, dass ein Schauder quer über meinen gesamten Rücken jagte. Als hätte er mehr als nur diesen einen Satz gesagt. Viel mehr.

Wir starrten einander an, und so wie er aussah, wurde er mit jeder Sekunde genau wie ich aufgeregter. Meine Knie verwandelten sich aus irgendeinem Grund in Gelee, was mir vor mir selbst schrecklich peinlich war.

»Äh«, brachte ich schwach heraus und räusperte mich hastig, weil meine Stimme viel zu kratzig klang. »Ich muss jetzt wirklich los. Da draußen steht der Shetai und lässt vermutlich reihenweise die Frauen in Ohnmacht fallen. Ich bin für das Riechsalz zuständig.«

»In dem Fall ist die Frauenwelt nicht in Gefahr. Der Shetai steht nicht auf dem Feld. Der steht vor dir.« Er grinste frech. »Es sei denn, du fällst deswegen jetzt auch in Ohnmacht. Dann hätte ich gern vorher das Riechsalz, um dich wiederzuerwecken.«

Vermutlich entgleisten meine Gesichtszüge. Ja, verdammt. Mir klappte sogar die Kinnlade runter, und wenn ich ehrlich war, entwich mir auch ein leises »Ach du Scheiße«. Dann hatte ich mich wieder in der Gewalt oder bildete es mir zumindest ein. »Ach so«, stammelte ich mit hochrotem Kopf. »Ja, wenn das so ist …« Mein angefangener Satz starb einen erbärmlichen Tod, weil mein Gehirn wie leer gefegt war.

Der Shetai. Er stand vor mir. Keine zehn Zentimeter. Und ich hatte ihn sogar umgerannt. Er hatte mich aufgefangen und mich berührt und … tiiiiief durchatmen. Ich war keine dieser Frauen, die wegen eines Kerls den Verstand verloren. Wobei mir das bei diesem hier ausgesprochen schwerfiel.

Ein amüsiertes Grinsen huschte über seine Mundwinkel. Zeitgleich funkelte es wie wild in seinen Augen. Tatsache. Er fand die Situation ausgesprochen lustig.

»Ich freue mich, dich kennenzulernen«, sagte er vorsichtig und hob zeitgleich die Hand, berührte mich beinahe unmerklich an der Schulter. Wenn ich mich nicht irrte, hielt er sogar die Luft an.

Ich rührte mich nicht, stand wie erstarrt und konnte partout nicht erkennen, was genau er von mir hören wollte. Da standen so viele unausgesprochene Worte zwischen uns, dass sie ein ganzes Buch hätten füllen können. »Die Freude ist ganz auf meiner Seite, Eure … äh … Hoheit?« Erst jetzt fiel mir ein, dass der Shetai zugleich der Drachenfürst war. Der verdammte *Drachenfürst* stand in unserem Wohnzimmer. »Darf ich Euch auf ein Glas Wasser einladen? Tee? Schnaps?«, versuchte ich die Situation zu retten.

Seltsamerweise erstarb etwas in seinem Blick. Der Funke verschwand so schnell, wie er gekommen war. Als hätte jemand die Flamme einer Kerze ausgepustet. »Bitte nicht so förmlich. Das tut weh.« Tatsächlich klang er dabei so, als hätte ich ihm ein Messer in die Brust gerammt. Ein Hauch Verzweiflung mischte sich in seine selbstbewusste Stimme. »Die Einladung zum Tee müssten wir verschieben. Darf ich dir stattdessen jemanden vorstellen?«

Ich war überfordert, was wirklich selten geschah. Hilflos hob ich den Verbandskasten an. »Den müsste ich erst meiner Mama bringen.«

»Elaja«, sagte er sanft und verwirrte mich mit seiner Anrede nun komplett. »Den braucht momentan wirklich niemand. Ich …« Er brach ab und atmete tief durch. »Entschuldige. Ich bin unser Kennenlernen im Geiste schon tausendmal durchgegangen, und irgendwie läuft es nicht so, wie ich das geplant hatte. Wir sol–«

»Ich heiße Linnea. Nicht Elaja«, unterbrach ich ihn und blinzelte verwirrt, als der mir eigentlich fremde Name über meine Zunge perlte. Er ließ etwas in mir klingeln. Eine alte Erinnerung, die ich nicht packen konnte.

Der Shetai fixierte mich mit seinem stechenden Blick. Schwieg. »Komm mal mit.« Auffordernd hielt er mir die Hand hin.

Ich zögerte, sie anzunehmen. Den Shetai zu berühren. Nicht nur flüchtig wie bei unserem Zusammenprall, sondern richtig. Schließlich gab ich mir einen Ruck, griff beherzt zu und legte meine Hand in seine. Sie verschwand fast vollständig darin, wurde von seiner Wärme umhüllt. Ich spürte Schwielen, raue Haut auf meiner. Seltsamerweise fuhr er mir mit dem Daumen über die Finger. Eine intime Geste, die meinen Puls in die Höhe schießen ließ. Bevor ich das jedoch kommentieren konnte, zog er mich hinter sich her, und ich folgte ihm, stolperte regelrecht auf unsere Veranda und am Haus vorbei nach hinten zur Wiese, wo sich sämtliche Dorfbewohner um die Drachen versammelt hatten. Der schwarze hielt sich allerdings am Rand auf. Hoch aufgerichtet. Stolz. Kaum waren wir um die Ecke herum, drehte er den Kopf und brummte zur Begrüßung.

Augenblicklich stockte ich im Schritt. Da sah mich ein Drache an! Und dann auch noch mit einem seltsamen Blick. Der Shetai bemerkte das natürlich und zog erneut an meiner Hand. Sanft und drängend. »Das ist Makon«, erklärte er, und erneut hatte ich den Eindruck, als würde er eine Frage stellen, die ich nur nicht hören konnte.

Wie hypnotisiert ging ich auf den Giganten zu, der sich in dieser Sekunde zusammenkauerte und dabei weiterhin leise brummte. Ein schöner Laut, der merkwürdige Gefühle in mir verursachte. Aufregung. Glück. Pure Freude. Freundschaft.

Tiefe Verbundenheit.

Wie in Trance ließ ich den Shetai los und ging an ihm vorbei auf den Drachen zu. Der begrüßte mich wie ein Hund, indem er leicht mit dem Schwanz wedelte. Etwa drei Schritte vor ihm blieb ich stehen, hielt den Atem an. Wir blickten einander in die Augen, und ich hob die Hand, legte sie ihm auf die Schnauze. Wie selbstverständlich. Als hätte ich das schon unzählige Male getan. Die Schuppen waren warm und fühlten sich wie ein Blatt mit tiefen Rissen an. Bei jedem Atemzug vibrierte es unter meinen Händen.

Der Shetai trat neben mich, stand mir nun so nah, dass wir uns berührten. Zögernd legte er seine Hand über meine und wandte den Kopf, um mich mit seinen dunklen Augen beinahe flehend anzusehen.

»Ich will dir keine Angst machen«, sagte er leise. »Nur dafür sorgen, dass du erinnerst.«

»Mich erinnere? Aber woran denn?«

Wieder blitzte der Schmerz in seinen Augen auf, doch er unterdrückte ihn möglichst rasch. »An uns. An dich und mich. An …« Er unterbrach sich mit einem leisen Seufzen. »Vergiss es. Ich möchte dich nicht drängen. Wir haben Zeit.«

So wie er das sagte, fand er den Gedanken ganz furchtbar. Mir Zeit zu geben. Sich zu gedulden. Ich drehte mich, sodass ich ihn besser mustern konnte. Erst jetzt bemerkte ich die dunklen Schatten unter seinen Augen. Die angespannte Haltung. Und die Angst in seinem Blick. Pure Sorge. Wenn nicht sogar Panik.

»Alles in Ordnung mit Euch?«, fragte ich besorgt.

Sein Zögern alarmierte mich, woraufhin ich ihn so strafend ansah, wie ich es sonst nur bei ganz schlimmen Vergehen zu tun pflegte. Schließlich seufzte er. »Du wirst darüber spotten.«

»Lasst es darauf ankommen.«

Daraufhin nahm er meine Hand in seine und legte beide gemeinsam auf seine Brust. Direkt über sein Herz. »Das ist es, was wehtut. Sobald ich dich ansehe, will ich dich eigentlich nur in die Arme schließen und niemals wieder loslassen. Dass ich das nicht darf, tut weh. Vor allem, weil du mich jetzt so ansiehst, wie du das gerade tust. Als wäre ich verrückt geworden.«

»Na ja. Das klingt durchaus verrückt. Vermutlich ist es nicht das schmerzende Herz, sondern der verwirrte Geist, der Euch zu schaffen macht.«

Er lachte leise. Noch immer hielt er meine Hand auf seiner Brust fest, und ich spürte sein Herz mal schneller, mal ruhiger schlagen. Momentan wummerte es so heftig, dass ich es als Heilerin beinahe als bedenklich einstufen musste. Wobei ich den Grund dafür zu kennen meinte. Der Shetai war fürchterlich aufgeregt.

Wegen mir!

»Ich vermisse dich so schrecklich, Elaja«, flüsterte er nach einer langen Schweigepause. »Jede Sekunde. Jeden Tag. All die Monate und Jahre. Komm zurück zu mir. Erinnere dich!«

Ich starrte ihn an, meine Hand lag weiterhin auf seiner Brust. Gleichzeitig verschob sich meine Welt. Nur ein klein wenig, doch es reichte, um Gefühle zu erhaschen, die ich nicht zuordnen konnte.

Das Glück eines zaghaften Lächelns. Die Freude einer vorsichtig geteilten Umarmung. Die Aufregung eines ersten Kusses. Das Prickeln beim Klang eines »Ich liebe dich«.

Erschrocken trat ich einen Schritt zurück, sah den Mann vor mir plötzlich mit ganz anderen Augen. »Die Geschichte über den Shetai«, flüsterte ich tonlos. »Ist sie wahr? Dass Ihr alle dreihundert Jahre wiedergeboren werdet? Und nicht nur Ihr, sondern auch …«

Ich verstummte, weil mir das Ausmaß meiner Überlegung unheimlich wurde.

»Viele Geschichten sind erfunden, doch der Kern ist wahr«, erklärte der Shetai sanft. »Ich habe vor dreihundert Jahren schon einmal gelebt und dabei die Liebe meines Lebens verloren. Elaja. Sie war ebenfalls eine Pfortenwächterin. Auch sie kommt alle dreihundert Jahre zurück, allerdings erinnert sie sich nicht mehr an ihr vergangenes Leben. Ich hingegen weiß noch das meiste davon.«

O nein. Er hatte mich kurz zuvor Elaja genannt. Mich. Zeitgleich sah er mich so intensiv an, dass ich seine Andeutungen unmissverständlich begriff – und auch wieder nicht. Unmöglich!

Instinktiv trat ich einen weiteren Schritt zurück und blieb abrupt stehen, als ein gigantischer roter Drache um die Ecke trottete. Er brummte, als er mich entdeckte.

»Das ist Shyla. Ihr Name ist zusammengesetzt aus Shy und Manila, zwei Drachen, die in meinem letzten Leben eine wichtige Rolle gespielt haben.«

Ich kannte die Drachennamen. Sie waren legendär. »Manila war der Drache Eurer Geliebten«, murmelte ich. Prompt blitzte ein Bild in meinem Kopf auf. Ein weißer Drache, der genervt die Augen verdrehte. Ich blinzelte so lange, bis ich den Shetai wieder klar sehen konnte.

Der musterte mich auf eine Weise, als wüsste er genau um die seltsamen Dinge, die in meinem Kopf vorgingen. »Manila wird bald schlüpfen. Ihr Ei habe ich bereits gefunden. Auch Shyla ist ein Wächterdrache – der von Rai. Den Pfortenwächter suche ich allerdings noch. Da wir alle im letzten Leben in dieser Welt gestorben sind, werden wir offenbar auch alle wieder in dieser Welt neu geboren. Ich habe Shyla zu mir genommen. Um nichts auf der Welt werde ich sie Rai überlassen, zumindest nicht, solange er sein Verhalten ihr gegenüber nicht wesentlich verbessert. Allerdings habe ich ein wenig Angst vor Manilas Reaktion, wenn sie den Namen hört. Als roter Drache kann Shyla mir ihren Namen nicht selbst mitteilen, daher habe ich das für sie übernommen.«

Mir schwirrte der Kopf von den vielen Informationen. Trotzdem tat ich ihm den Gefallen und fragte nach. »Angst? Wo ist das Problem?«

»Manila spielt gern die erste Geige. Es wird ihr gar nicht behagen, dass Makon und ich Rais roten Drachen Shyla genannt haben. Shy-La. Makon war für Manshy, aber das klang zu niedlich.« Der Shetai zuckte betont lässig mit den Schultern. In Wirklichkeit war er noch immer angespannt. Ich sah es an seinem ernsten Gesichtsausdruck und seiner verkrampften Haltung. Vermutlich versuchte er lediglich, die Situation durch kleine Anekdoten aufzulockern. »Manila wird sich ärgern, dass sie einen Buchstaben weniger beitragen durfte – und dann noch an zweiter Stelle«, setzte er mit einem zaghaften Lächeln hinzu.

Manila. Den Namen hatte ich schon häufiger in den Geschichtsbüchern gelesen, doch ihn aus dem Mund des Shetais zu vernehmen fühlte sich anders an. Bedeutsamer.

Er ließ mir die Zeit, alles sacken zu lassen. »Soll ich dich zu Manilas Ei bringen?«, fragte er vorsichtig.

»Warum solltet Ihr das tun?«

»Du weißt warum oder ahnst es zumindest.«

Alles in mir sperrte sich gegen diesen ungeheuerlichen Gedanken. Dennoch wusste ich instinktiv, dass ich mich der Wahrheit stellen musste. »Ihr haltet mich für Elaja. Für die Pfortenwächterin, die vor dreihundert Jahren gelebt hat«, sprach ich es vorsichtig aus.

»Ich halte dich nicht nur dafür. Du bist es. Ich spüre deine Magie. Zweifel ausgeschlossen.« Als er meinen fassungslosen Blick bemerkte, lächelte er beruhigend. »Keine Sorge. Wir lassen es langsam angehen. Einen Schritt nach dem anderen. Ich erwarte nichts und werde dich nicht bedrängen. Deine Magie wird mit jedem Tag stärker. Vermutlich wirst du bald Visionen bekommen, wenn du sie nicht längst hast. Wir müssen dich vorbereiten auf die Zukunft. Auf deinen Drachen. Auf deine Magie. Auf die Welt der Drachenreiter.«

Drachenreiter. Das Wort echote in meinem Kopf herum und fühlte sich wahnsinnig und zugleich absolut richtig an. Meine Bestimmung. »Ich soll eine Drachenreiterin werden?«, hakte ich dennoch nach.

Liane Mars
Asrai – Das Herz der Drachen
Band 3
ISBN 978-3-95991-536-6, Softcover mit Farbschnitt

Wovor fürchtet sie sich mehr?
Vor ihrem Drachen, der ihr vorherbestimmt ist?
Oder vor dem Mann, der ihr Seelengefährte sein soll?

Eigentlich will Linnea nur in Ruhe als Dorfheilerin leben. Stattdessen wird sie an den Drachenhort gerufen, weil sie die wiedergeborene ASRAI sein soll. Leider weiß sie nichts mehr von ihren vergangenen Leben. Weder erinnert sie sich an Manila, den mächtigsten Drachen aller Zeiten, noch an den Mann, den sie einst unendlich liebte. Der hingegen weiß noch jedes Detail und setzt alles daran, seine frühere Seelengefährtin zurückzugewinnen. Doch Linnea ist nicht Elaja und will um ihrer selbst willen geliebt werden. Bis sie entdeckt, dass ihr Seelengefährte ein tödliches Geheimnis verbirgt.

»Du bist eine Drachenreiterin«, korrigierte er mich. »Schon seit Jahrhunderten.« Erneut hielt er mir die Hand hin. »Komm. Ich zeige dir das Ei. Es wird dir helfen, dich deinem neuen Leben anzunähern.«

»Aber meine Familie … meine Verpflichtungen. Ich kann nicht einfach so verschwinden und zu den Drachenreitern gehen.«

»Das lässt sich alles regeln. Vertrau mir. Alles wird gut.«

Als ich jetzt in seine warmen Augen blickte, geschah es. *Vertrau mir.* Dieser Satz klang so, als hätte er ihn in der Vergangenheit schon öfter gesagt. Zu mir. Und ich vertraute ihm. Tatsächlich.

Also ergriff ich seine Hand. Folgte ihm. Es fühlte sich erstaunlich gut an. Als gehörte ich fest an seine Seite. Als ein Teil von ihm. Und noch eine Sache wusste ich mit einem Mal ganz genau. Egal ob ich Elaja oder Linnea hieß.

Ich war eine Drachenreiterin.

Liane Mars

Funkenmagie – Farbenspiel der Nacht

ISBN: 978-3-95991-776-6, Softcover mit Farbschnitt

Lass die Funken in dein Herz!

Eigentlich hat Inea schon genug Schwierigkeiten, ihre zwei kleinen Drachen und sich selbst am Leben zu erhalten. Doch dann wird auch noch das Schloss belagert, in dem sie als Kaminkehrerin arbeitet.
Ausgerechnet in diesen unsicheren Zeiten verliebt sie sich in den Kriegsmagier Eamon. Zu spät begreift sie, dass er zum Fürsten gewählt wurde: Ein unberechenbares Wesen aus Feuer und Magie, das in Zeiten höchster Not erschaffen wird. Sobald der Kriegsfürst seine Aufgabe erfüllt hat, muss er sterben. Auf keinen Fall darf er sich verlieben, sonst verliert er seine Macht. Doch Eamons Herz gehört Inea. Nur wenn er sie tötet, kann er sein Volk retten. Inea kämpft daraufhin. Für ihre Drachen und ihr Leben. Für ihr Volk. Doch vor allem für ihre Liebe.

Liane Mars

Der Gesang des Sturms

ISBN: 978-3-95991-346-1, Klappenbroschur

»Ich liebe diese Frau«, sagte Elendar in die entstandene Stille.
»Um sie zu töten, musst du erst an mir vorbei.«

Wer sind die unheimlichen Fremden, die sich in den Wäldern rund um Siranys Dorf niedergelassen haben? Grausame Gerüchte eilen ihnen voraus. Sind sie wirklich die Krieger des schlimmsten Königs der Welt? Morden sie in seinem Namen? Ausgerechnet ihr Anführer Elendar rettet Sirany das Leben und freundet sich mit ihr an. Doch Elendars Zukunft ist so finster wie die Gerüchte, die sich um ihn ranken. Welche Verbindung gibt es zwischen ihm und dem schrecklichen König? Und warum will dieser Sirany töten? Um einander zu retten, müssen Elendar und Sirany einen Sturm entfachen. Einen Sturm, der Grenzen verschiebt, Könige stürzt und Völker vereint …

Liane Mars

Seelentraum – Das schlafende Wolkenvolk

ISBN: 978-3-95991-344-7, kartoniert

Aya Teufelsbraut hat den gefährlichsten Job der Welt: Hoch oben am Himmel hütet sie eine Herde Wolkenschafe. Das fliegende Volk gilt als ausgestorben, die Himmelsstädte sind verwaist. Einzig die Schafe erinnern an die vergangene Welt. Doch dann erweckt Aya versehentlich den mächtigen Wolkenkrieger Enron zum Leben und löst damit den Untergang des Erdenvolkes aus. Um ihre Familie zu retten, muss Aya herausfinden, warum das Wolkenvolk vom Himmel fiel. Das jedoch ist eine Mission, die ihr ganzes Leben infrage stellt.